U0461509

天津《红楼梦》与古典文学论丛

赵建忠 ◎ 主编

畸轩谭红

赵建忠◎ 著

JIXUAN TANHONG

知识产权出版社
全国百佳图书出版单位
——北京——

图书在版编目（CIP）数据

畸轩谭红 / 赵建忠著. —北京：知识产权出版社，2019.8（2019.12 重印）
（天津《红楼梦》与古典文学论丛 / 赵建忠主编）
ISBN 978-7-5130-6545-0

Ⅰ.①畸… Ⅱ.①赵… Ⅲ.①《红楼梦》研究 Ⅳ.①I207.411

中国版本图书馆CIP数据核字（2019）第228395号

内容简介

　　本书为作者多年研究《红楼梦》的成果总结，分为红学新史迹、红学新观点、红学新文献、红学新视角等篇章，从红学史、红学文献、现代红学学科建设等方面展开具体论述，内容充实、资料丰富并富于思辨色彩。本书包括作者本人的研究文章以及学界就相关问题的争鸣文章，这些文章从不同视角展开了深入的专题讨论，为红学研究者和广大《红楼梦》爱好者提供了继续对话的空间。本书具有较强的红学资料、理论和红学史研究价值。

责任编辑： 安耀东　　　　　　　　**责任印制：** 孙婷婷

天津《红楼梦》与古典文学论丛　赵建忠　主编

畸轩谭红

赵建忠　著

出版发行：知识产权出版社有限责任公司	网　　址：http://www.ipph.cn
电　　话：010-82004826	http://www.laichushu.com
社　　址：北京市海淀区气象路50号院	邮　　编：100081
责编电话：010-82000860转8534	责编邮箱：anyaodong@cnipr.com
发行电话：010-82000860转8101	发行传真：010-82000893
印　　刷：北京九州迅驰传媒文化有限公司	经　　销：各大网上书店、新华书店及相关专业书店
开　　本：880mm×1230mm　1/32	印　　张：14.375
版　　次：2019年8月第1版	印　　次：2019年12月第2次印刷
字　　数：399千字	定　　价：72.00元

ISBN 978-7-5130-6545-0

出版权专有　侵权必究

如有印装质量问题，本社负责调换。

周汝昌为本书作者所题

津沽红学研究概述

——《天津〈红楼梦〉与古典文学论丛》导言

"津沽红学"系指出生于或籍贯为天津以及长期在津工作的学者作出的学界公认的红学成果。早在新中国成立之初，周汝昌先生就出版了红学代表作《红楼梦新证》，奠定了其全国红学大家的地位。老一辈中取得重要红学成果的还有：出生在天津并且曾经在这座城市学习、生活过的杨宪益先生及其英籍夫人戴乃迭女士共同完成的《红楼梦》英文全译本，得到了红学界和翻译界的广泛肯定，他们的译作在忠实原著的基础上，文学性和创造性都很突出；出生在天津的美籍华人学者余英时的文章《近代红学的发展与红学革命》，由于涉及百年红学发展历程的很多问题，在红学界产生了巨大反响，围绕此文论点中对索隐、考证、批评等红学主要流派的争鸣思想交锋激烈，至今余波未息；长期在南开大学任教的加拿大籍华人学者叶嘉莹先生，写过《从王国维〈红楼梦评论〉之得失谈到〈红楼梦〉之文学成就及贾宝玉之感情心态》的长篇论文，系统地评析了王国维红学的得失，这是一篇很有分量的红学力作；"脂学"是红学的重要分支，毕生致力于中国古代小说文献整理的南开大学朱一玄老教授，红学资料整理方面的成果就包括《红楼梦脂评校录》。

由天津红学家与古典文学教授共同策划完成的《天津〈红楼梦〉与古典文学论丛》（以下简称"论丛"）即将由北京的知识产权出版社郑重推出，这不仅是天津红学及学术圈的大事，也是值得进入天津文化史的事件！出版前夕，出版社审稿人和论丛撰稿人希望我写一篇

"导言"性质的文字置于卷首，以便向广大读者介绍这套书的基本内容和特色，作为本论丛主编，于公于私都是义不容辞的。《天津〈红楼梦〉与古典文学论丛》收录的文章以红学为主，兼及明清小说及古典文学，本论丛集中收录了改革开放后天津学人取得的重要学术成果。下面按照出版社编排次序重点介绍本论丛收录的相关红学论述：

宁宗一教授《走进心灵深处的〈红楼梦〉》分为上、中、下三篇，上篇为小说研究总论性质，中篇为经典文本赏析，下篇专谈天才伟构《红楼梦》。其中，《心灵的绝唱:〈红楼梦〉论痕》，开宗明义强调"读者面对小说中人生的乖戾和悖论，承受着由人及己的震动。这种心灵的颤栗和震动，无疑是《红楼梦》所追求的最佳效应"。《追寻心灵文本——解读〈红楼梦〉的一种策略》具体指出"《红楼梦》心灵文本的追寻，使这部旷世杰作的多义性成了它艺术文化内涵的常态，而对《红楼梦》任何单一的解读都成了它艺术内涵的非常态。事实上，对《红楼梦》心灵文本的追寻，极大地调动了读者思考的积极性。每一位读者都有可能根据自己的生活经验和审美体验，思考《红楼梦》文本提出的问题并且得出完全属于自己的结论"。面对《红楼梦》"死活读不下去"的尴尬与困窘，作者仍提出应努力进入心灵世界去解读曹雪芹这部文学经典，为读者构建一条心灵通道。本书结尾篇《为新时代天津〈红楼梦〉研究进言》，系作者在京津冀红学研讨会上所提三点建议，即：第一，珍重、维护和强化《红楼梦》研究共同体，使《红楼梦》研究群体得以健康发展；第二，"红学"永远在进行时，为此，反思旧模式，挑战新模式是必然的前进过程；第三，为了拓展《红楼梦》的研究空间，我们亟需创造性思维。此文最后仍满怀深情地呼唤"曹雪芹以他的心灵智慧创造了他的小说，我们同样需要智慧的心灵去解读《红楼梦》"，足见与作者倡导的回归"心灵文本"一脉相承。

陈洪教授《红楼内外看稗田》收《由"林下"进入文本深处——〈红楼梦〉的"互文"解读》篇，该文结合《世说新语·贤媛》《晋书·列女传》记载，尝试对《红楼梦》的深层内涵进行探索。作者通过互文研究的方法，找到孳乳《红楼梦》的文化/文学的渊源。与此相联系，运用"互文"的思路，在《红楼"碍语"说"木石"》篇中对小说成书背景等方面的研究也有新收获。作者指出，"《红楼梦》中的'只念木石''偏说木石'，是和历代文士歌咏的'木石'有着文化血脉的联系，显示出作者在价值取向上的自我放逐，同时又是和当时统治者标榜的主流话语'非木石'构成特殊的互文关系，曲折地流露出作者倔强地'唱反调'情绪。""碍语"者何？该文认为"木石"系其首选，并引述瑶华对爱新觉罗·永忠《因墨香得观〈红楼梦〉小说吊雪芹三绝句》诗批注"此三章诗极妙。第《红楼梦》非传世小说，余闻之久矣！而终不欲一见，恐其中有碍语也"为证，可备一说。而《〈红楼梦〉中癫僧跛道的文化血脉》一篇，也是把目光向文化传统的深层透视，认为"癫"与"跛"承载了讽世、批判的思想内涵。至于《〈红楼梦〉脂评中"囫囵语"说的理论意义》篇，则是站在中国古代小说批评发展史的角度去论证，按脂砚斋批语云"宝玉之语全作囫囵意……只合如此写方是宝玉"，而在贾宝玉囫囵难解的话语中，最有代表性、与全书主题密切相关的，莫过于"水、泥论"，印证这观点的，正是所收《〈红楼梦〉"水、泥论"探源》。

《畸轩谭红》系赵建忠教授红学论文选，分四个专题。（1）红学新史迹。近年来作者一直致力于红学史方面的探索，并获批2013年度国家项目"红学流派批评史论"，有些思考形成了文章发表，如《红学史模式转型与建构的学术意义》等。（2）红学新观点。如作者提出的《红楼梦》作者问题的"家族累积说"以及《曹雪芹家世研究存在的观点争鸣及当代新进展》《〈红楼梦〉后四十回的不同观点论争及新进展》等，介绍了改革开放以来较重要的红学争鸣。（3）红学新文献。本专题侧重收录了一组与《红楼梦》续书新文献相关文章，如《新发现的程伟元佚诗及相关红学史料考辨》《红学史上首部续书〈后红楼梦〉作者考辨》《〈红楼梦〉续书的最新统计、类型分梳及创作缘起》等。（4）红学新视角。如收入本专题的《"非经典阅读理论"

在〈红楼梦〉续书研究中的尝试》，系作者为《红楼梦学刊》编审张云在中华书局出版的《谁能炼石补苍天：清代红楼梦续书研究》专著的书评。还有《大观园"原型"探索及〈红楼梦〉研究中的两种思路》，是作者对大观园问题研究、思考的产物。《〈红楼梦〉小说艺术的现当代继承问题》一篇，系作者为女作家计文君《谁是继承人：红楼梦小说艺术现当代继承问题研究》写的书评，意在借助于《红楼梦》经典在传播中的呈现特别是对后世作家的影响，以逆向的方式显现《红楼梦》的文学意义和真实内容。另外，为方便读者明了红学发展史的轮廓概貌、脉络流变，书末附了"曹雪芹与《红楼梦》研究史事系年（1630—2018）"。

鲁德才教授《〈红楼梦〉——说书体小说向小说化小说转型》，专门收录有"红学篇"，其中《〈红楼梦〉读法》特别强调，第一回至五回是《红楼梦》总纲，读者尤其应该仔细品味，并具体指出"第一回开篇作者就明确向读者提示小说的创作意旨，不否认和作家的经历有关，可又特别强调将真事隐去，'假语村言（贾雨村言），敷演故事'，别把小说看成是作者的自传"；"第二回，积极入世的贾雨村充当林黛玉教习，不过是为日后由他护送林黛玉至荣国府做引线。而冷子兴向贾雨村演说荣、宁二府，则概括介绍了荣、宁二府的发展历史及主要代表人物的性格特征"；"第三回，由于小说家将宝、黛设置为表兄妹关系……这样，林黛玉进入荣国府同贾宝玉会合，透过林黛玉的视点介绍荣国府"；"第四回，贾雨村借贾政题奏，复职应天府……为小说中的人物提供了社会背景。贾家由盛而衰的历程，也影响了人物发展的轨迹，可能是小说家要表现的一种意旨，但不是主要主题。贾雨村为讨好薛家而循情枉法的错判，却又把薛宝钗推进贾府，这样，宝、黛、钗拧在一起，展开了木石前盟与金玉良缘的矛盾冲突"；"第五回，小说家虚构贾宝玉神游太虚境，看金陵十二钗正副册，听唱红楼梦曲子预示了贾宝玉与众裙钗的悲剧命运。红楼幻梦仍是小说的主色调，甚或是作家认识世界的主要视点"。此外，同专题文章还包括《传统文化心理与〈红楼梦〉的典型观念》《〈红楼梦〉打破传统写法了吗？》《贾宝玉的理想人格与庄禅精神》等，也颇给人启发。

《〈红楼梦〉论说及其他》系滕云先生所著，除外篇部分收录的评论明清小说《三国演义》《水浒传》《儒林外史》及当时的评点家李卓吾、金圣叹外，内篇全部讨论红学方面内容，如《也谈贾宝玉的鄙弃功名利禄》《曹雪芹典型观初探——〈红楼梦〉人物性格刻划的艺术成就》《〈红楼梦〉人物形象的客观性》《〈红楼梦〉文学语言论》等。值得注意的是，《抽丝剥茧说脂批》一文系统地表述了作者的学术见解，如认为脂批不具备李卓吾、金圣叹、毛氏父子、张竹坡之批所显示的各自的世界观、历史观、政治观、哲学观、文学观、小说观，尤其是社会现实观的大理识。脂砚斋不懂得曹雪芹何以发愤、何所发愤、所发何愤作《红楼梦》……尽管脂砚斋作为评点名家成色不足，但脂砚斋毕竟作出了具有历史性的、属于他的大贡献：第一，脂评本有传承并开来的贡献。请注意笔者说的是脂评本而非脂评的贡献。脂评本是曹雪芹创作《红楼梦》未完成就已经以手抄本形式流传于世的众多抄本之一……第二，由于脂评本原藏带雪芹自评注，或混入小说正文，或被裹入脂批混同脂批，遂使在《红楼梦》文本之外，雪芹思想的另一种载体，记录雪芹初创《红楼梦》时措笔情形和想法的另一种亲笔，获得保存，这也是脂评本贡献于中国文化史的特功……第三，脂批提供了有关雪芹生平的若干信息……第四，脂批提供了有关《红楼梦》八十回后情节的若干信息，包括贾家及一些人物的命运变迁、结局，包括若干关目，以及八十回后全书回数规模的信息。

《〈红楼梦〉与明清小说研究》系李厚基先生遗著，由其早年研究生林骅、郑祺整理完成。"明清小说研究部分"的文章有《〈聊斋志异〉刻画人物性格的几点特色》《浅谈〈聊斋志异〉的艺术心理节奏美》《〈三国演义〉的主题和它的认识作用》《试论〈三国演义〉的结构特色》等；红学部分主要包括《闪闪发光的思想性格 无法摆脱的悲剧命运——谈贾、林等为代表的恋爱婚姻悲剧》《漫话〈红楼梦〉

的作者和读者——红楼艺苑掇琐之一》等。收入论丛中的《景不盈尺
游目无穷——从金钏儿事件看〈红楼梦〉艺术构思》，体现出作者的
治学特色。文章透过金钏儿这个"小人物"，进入《红楼梦》的整体
宏观艺术构思，诚如作者所论述的"从金钏儿事件来看，真是以小概
大，咫尺千里。虽然景不盈尺，但令人游目无穷。一个情节包涵了多
少丰富的内容：不仅清晰地写出了这个天真的少女惨遭残害，以此对
封建社会提出强烈的抗议；通过这个事件也巡视了许多人物的思想性
格，烛照了他们（她们）的灵魂；同时，从一旁有力地推进了全书的
主要矛盾线索，用来揭示出恋爱婚姻悲剧的必然的社会原因，反映出
这个行将崩溃的封建贵族家庭的真实的生活面貌。自然，还必须从整
体来看，曹雪芹所创造的每一个情节、故事，每一个人物，既有独立
存在的意义，又互相依存，和其他各个方面有千丝万缕的联系，如果
脱离了整个作品，是难以理解它的作用和所居的地位的"，正所谓"景
不盈尺 游目无穷"。作者毕业于北京大学，曾受教于中国红楼梦学会
首任会长吴组缃教授，收入本论丛的文章就有《吴组缃先生教我们读
〈红楼梦〉》。

　　《〈红楼梦〉与史传文学》系汪道伦先生遗著，宋健同志整理完
成。红学部分主要由《人性发展的艺术画卷——试论〈红楼梦〉是
怎样一部书》《〈红楼梦〉风格浅论》《无材补天 枉入红尘——〈红楼
梦〉思想赘述》《中国传统文化中的情学与〈红楼梦〉》《中国封建伦
理文化的解体与〈红楼梦〉女冠男亚的新座次》《〈红楼梦〉彼岸世
界中的文化雏形》《〈红楼梦〉的真假两个世界》《〈红楼梦〉中的隐
线脉络》《哲理与艺术的交融——〈红楼梦〉哲理内涵探微》《〈红楼
梦〉"注彼而写此"的艺术手法管见》《〈红楼梦〉塑造形象中的人物
相生法》《以虚出实 以幻出真——谈〈红楼梦〉中的虚幻手法》《〈红
楼梦〉平中见奇的艺术》《以儿女常情谱写儿女真情——论林黛玉性
格内涵》《〈红楼梦〉对曲艺的融会贯通》《〈红楼梦〉中的枢纽性人
物——贾母》《试说"说不得"的贾宝玉》《美丑正反的辩证人物——

王熙凤》《兼并立冠军之美而居殿军——秦可卿排位深思》等研究文章组成，文章侧重于《红楼梦》的艺术理论研讨，作者对古代史论、文论、诗论、画论和小说理论具有极为丰富的知识，且能融会贯通，左右逢源。此外，作者对中国古典小说与史传文学的关系问题也进行了探讨，收入本论丛的文章就包括《从踵事增华到虚实相生——中国古典小说与史传文学艺术渊源发微》《略其形迹 伸其神理——中国小说与史传文学艺术渊源探微》《文其言与文其人——谈经典与小说的渊源关系》《传奇事写奇人——谈经史与小说的渊源关系》《记言与写心——谈经史与小说的渊源关系》等。

孙玉蓉先生著《荣辱毁誉之间——纵谈俞平伯与〈红楼梦〉》，上编重点谈了俞平伯的学术经历及与友朋的交往，下编系俞平伯《红楼梦》研究年谱。作为"新红学"的开创者之一，俞平伯的《红楼梦辨》在红学史上具有不可替代的地位，但晚年对自己曾主张的"自传说"进行了反省，指出"自传之说，明引书文，或失题旨，成绩局于材料，遂或以赝鼎滥竽，斯足惜也"，进而认为，"虚构原不必排斥实在，如所谓'亲睹亲闻'者是。但这些素材已被统一于作者意图之下而化实为虚。故以虚为主，而实从之；以实为宾，而虚运之。此种分寸，必须掌握，若颠倒虚实，喧宾夺主，化灵活为板滞，变微婉以质直，又不几成黑漆断纹琴耶"。他还进一步指出自己早年对高鹗续补的《红楼梦》后四十回肯定得不够。在他生命的最后时刻，念念不忘的是对《红楼梦》后四十回的再研究，感到自己对高鹗保全《红楼梦》的功劳评价得还不够。俞平伯认为《红楼梦》续书的版本很多，唯有高鹗是成功的。不管怎么说，《红楼梦》现在是完整的，如果只有前八十回，它是否能有现在的影响都很难说。他为高鹗辩护说：续书中有败笔，不能求全责备。前八十回就没有败笔了吗？他要重新撰文评论后四十回的价值，给高鹗一个公正恰当评价，然而，晚年的俞平伯已力不从心。

《文学·文献·方法——"红学"路径及其他》，系由南开大学两位青年博士孙勇进、张昊苏合著。他俩的共同导师陈洪教授在"序"中谈及高足时说:"入选论丛的作者多为红学界的耆宿,八十高龄以上者超过半数。这显示了津门红学悠久而深厚的传统……不过,'江山代有才人出',诸多前辈奠定了坚实的基础,发展还要寄希望于后昆……勇进、昊苏的研究,对于方法与路径有较多的关注。二十年前,霍国玲姐弟活跃于京师时,勇进便著长文讨论文献材料使用的学术规则问题。黄一农'e考据'提出后,昊苏也就其价值与限度著文讨论。"具体而言,"勇进篇"主要包括《"索隐"辩证》《索隐派红学史概观》《一种奇特的阐释现象:析索隐派红学之成因》《无法走出的困境——析索隐派红学之阐释理路》《〈红楼梦〉与中国人生悲剧意识》《〈红楼梦〉对中国古代小说叙事艺术的全面继承与创新》《〈红楼梦〉的写实艺术与诗化风格》等;"昊苏篇"主要包括《〈红楼梦〉文本研究的初步反思》《经学·红学·学术范式:百年红学的经学化倾向及其学术史意义》《对胡适〈红楼梦〉研究的反思——兼论当代红学的范式转换》《红学与"e考据"的"二重奏"——读黄一农〈二重奏:红学与清史的对话〉》《〈红楼梦〉书名异称考》《"作践南华庄子"考:兼及〈红楼梦〉涉〈庄〉文本的学术意义》《畸笏叟批语丛考》等。

收入本论丛中的《红楼与中华名物谭》与前九种写作风格迥异,作者罗文华多年来致力于文物收藏和鉴赏,因而从屏风、如意、茶具、钱币这四种《红楼梦》中的重要名物为主题和角度切入就比较得心应手。作者充分挖掘和利用历史文献和实物资源,详征博引,不仅提示和解读了《红楼梦》中一些很有价值的文化问题,而且在更加广阔深厚的中华文化背景下证实了这些名物的重要意义和特殊作用。从解读《红楼梦》的角度看,作者写出了名物在标志人物身份、塑造人物性格、展示人物关系、推动情节发展等方面所发挥的特殊作用。作者还通过很多名物与《红楼梦》文字之间关系的解读,印证了《红楼梦》的写作年代。如名物中的如意,是中国特有的一种象征吉祥的民族传统器物，古代帝王、豪族、文士、僧人等都有执握如意之好，以此求得称心如意与平安祥和。尤其是清代中期，是中国封建文化和传统工艺集大成时期，也是如意发展的鼎盛时期。帝王们的推崇，更使如意的制作水平登峰造极，而最喜欢如意的人则非乾隆皇帝莫属，他不仅刻意搜集民间的精美如意，还令宫中造办处制作如意，而且大量接受地方官员进贡的如意。作者介绍了很多乾隆皇帝喜爱如意的史实，指出"《红楼梦》中，对贾府这个皇亲国戚之家，多有关于如意的描写，尤其是元妃对贾府最高人物贾母的赏赐，首选金、玉如意，这些情节完全符合乾隆皇帝重视如意的历史背景。"证明《红楼梦》写作于乾隆时期，有力地支持了曹雪芹对《红楼梦》的著作权。

这套论丛是对天津地区《红楼梦》与古典小说研究成果的一次集中检阅。论丛中的老、中、青三代学人的十部著作，基本代表了天津该领域学人研究的总体水平，反映出天津《红楼梦》与古典文学小说研究的发展历程及方向。某种意义上讲，这套论丛也折射出天津《红楼梦》与古典文学小说研究史。需要说明的是，上述文字只是作为论丛主编的简单介绍以便导读，作品究竟如何，读者才是最权威的裁判。

赵建忠　己亥仲夏于聚红厅

自　序

　　书名含有"谭红"者，民国年间有吴克岐著《犬窝谭红》，沪上裴世安老人生前也出版过《一瓢谭红》，故乡天津的《今晚报》还设有"灯下谭红"专栏，足见"谭红"名目渊源有自。至于"畸轩谭红"，乃红学前辈周汝昌为本人斋名之一所题。将"畸轩"与"谭红"结合起来命名自己的红学新著，也是为了表达对周先生的怀念。

　　本书是自己从事红学研究以来的论文精选，大体可分为四个专题。

　　1. 红学新史迹

　　传统的红学史研究模式不外乎以历史分期为本位、红学人物为本位、方法论为本位、国别红学为本位等，研究者从各自的视角总结了其视野所及之红学，但多少都出现了由材料和方法所带来的缺陷及阐释盲点，难以把握《红楼梦》被读者接受的真正脉络。通过对红学史既有模式盲点的剖析进而探索建构新模式，是实现学术增长的有效途径。近年来本人一直致力于红学史方面的探索，并获批 2013 年度国家项目"红学流派批评史论"（项目编号：13BZW035）。有些思考还形成了文字发表，如本专题内的《近代中国三次社会转型与红学批评范式的转换》《民国红学的学术特征及其当代回响》《社会历史批评研究范式与当代红学》《外来文化思潮涌入与红学空间拓展》《当代红学六十年的历史回顾及展望》《红学史模式转型与建构的学术意义》，相关文字分别发表于《文艺研究》《红楼梦学刊》《明清小说研究》《河北学刊》《南开学报》《天津师范大学学报》等。

　　2. 红学新观点

　　《红楼梦》作者问题的"家族累积说"，这个新观点是在综合"世代累积"与"文人独创"两种写作类型的基础上提出的。本专题除收入拙文外，连同天津两位青年学人盛志梅、付善明的商榷文章《〈红楼梦〉著作权问题的"假设"要适可而止》《〈红楼梦〉：大师的心灵史》也一并收录。与此相联系，本专题中所收拙文《曹雪芹家世研究存在的观点争鸣及当代新进展》《〈红楼梦〉后四十回的观点争鸣及当代新进展》《红学：走出"汉学"与"宋学"对立的历史阴影》，介绍了改革开放以来较重要的红学争鸣，并提出了自己的一些想法。此外，由于出现过红学前辈周汝昌早年对"曹荃和曹宣"推考的"悟证"成功个案，近年来红学领域又出现了"悟证"模式的尝试并引发热议，本人刊于《学术交流》的《论〈红楼梦〉研究中的"悟证"问题》探索了这个话题。《论探佚派红学的主观愿望及客观失误》一文，论及探佚派红学赖以建立的理论基础溯源于乾嘉学派的"训诂明而后义理明"。这一派主观上认为把文字还原为原始古义，经典的含义自然呈现。其实语言的厘清虽有助于理解作者本意，但并不能替代。如果仅仅抓住脂批提示的"伏笔"和前八十回有关谶语的只言片语去任意发挥，也势必会走到探佚派创立之初要"还原曹雪芹原著真面"的反面。其结果不但得出的结论缺乏可信度，而且还会将曹雪芹呕心沥血、精雕细琢的艺术品解构作未成型的粗糙毛坯。《红楼梦》探佚派还存在一个通弊，就是参照系上表现为"一维性"。目光仅局限在曹雪芹创作的前八十回，而对程本简单视为"续貂"之作，不肯研究后四十回中有可能掺杂的曹雪芹原稿，研究方法上敝于一曲而失其正求，造成了这门红学新兴学科自身的封闭性，也影响到《红楼梦》探佚的总体成果。《论红学评点派的文化渊源与批评功能》一文，从传统文化的长期积淀诸如前代诗话、词话、文论、曲话、画论等方面，分析了红学评点派产生的文化背景，同时又在清代学术思潮的影响下，这一派对《红楼梦》作了全面而富有创造性的美学开拓。对红学评点派进行全面清理与价值新估，于《红楼梦》传播研究、古典小说批评史阐释盲点填补都具有重要意义。

3. 红学新文献

近年来在天津发现了《石头记》"庚寅本"。毋庸讳言,红学界对其版本价值及抄录年代的判断存在较大意见分歧,促成该抄本影印面世,是为让《红楼梦》版本研究者了解这个抄本的基本概貌和研究现状。《天津王超藏〈脂砚斋重评石头记〉抄本辨伪》,系北京语言文化大学沈治钧教授关于"庚寅本"的争鸣文章,附录于拙文《新发现的脂系〈石头记〉"庚寅本"考辨》后,以便关注这个问题的研究者深入研考。还有裕瑞及其《枣窗闲笔》是近年红学界讨论的一个热点话题,大陆青年学人高树伟及台湾文史学者黄一农均介入讨论,本人也曾在《红楼梦学刊》发表过关于裕瑞斋名印章"凄香轩"的考辨文章,"程前脂后说"主要提出者、古典小说研究专家欧阳健的争鸣文章《〈枣窗闲笔〉的辨伪与脂砚斋的"存在"》,一并收录于拙文后。不同观点之间的探讨、争论、确认、推翻、重构,是接近真理的必经之路,后来的研究者总会在前贤研究基础上得出更接近情理的结论。此外,除《新发现的程伟元佚诗及相关红学史料考辨》一篇外,本专题侧重收录了一组与《红楼梦》续书新文献相关文章:《红学史上首部续书〈后红楼梦〉作者考辨》《新发现的清人〈六续红楼梦〉文献之考释》《新发现的〈红楼觉梦〉及张船山文献叙录》《新发现的〈红楼梦〉续书及相关文献考辨》《刘心武"秦学"及其新续〈红楼梦〉指摘》《〈红楼梦〉续书的最新统计、类型分梳及创作缘起》。

4. 红学新视角

收入本专题的《"非经典阅读理论"在〈红楼梦〉续书研究中的尝试》,系本人为《红楼梦学刊》编审张云在中华书局出版《谁能炼石补苍天:清代红楼梦续书研究》专著的书评。这部专著最大的亮点是将以往对《红楼梦》续书的忽视甚至蔑视的阅读态度,置于"非经典阅读"的理论之下加以透视,此理论的提出对今后阅读其他非经典小说具有普适性作用。还有大观园问题的探索,历来红学研究者都很关注，近年来叙事学中新兴的"庭院叙事"模式，又以新的学术话语将这个课题重新激活。《大观园"原型"探索及〈红楼梦〉研究中的两种思路》，正是本人对大观园问题研究、思考的产物。《〈红楼梦〉小说艺术的现当代继承问题》一篇，系本人为女作家计文君《谁是继承人：红楼梦小说艺术现当代继承问题研究》写的书评，意在借助于《红楼梦》经典在传播中的呈现特别是对后世作家的影响，以逆向的方式显现《红楼梦》的文学意义和真实内容。此外，本专题还侧重收录了一组从新视角研究《红楼梦》仿作的三篇文章：《仿红作品〈儿女英雄传〉的"崇武尚侠"集体无意识》《仿红系列作品"狭邪小说"的多重意蕴》《仿红作品〈新红楼梦〉〈风月鉴〉透视》。

为方便读者明了红学发展史的轮廓概貌、脉络流变，书末附了"曹雪芹与《红楼梦》研究史事系年"，这是移录自《红楼梦大辞典》（文化艺术出版社 2010 年版）。由于该辞典"增订本"下限截至 2006年，除增补原辞典系年"下限"之前的相关曹雪芹与《红楼梦》研究史事的遗漏外，本人还据原辞典设计的体例重点增补了 2006 年后的曹雪芹与《红楼梦》研究史事的相关内容，新下限截至 2018 年岁末。由于本人见闻有限，挂一漏万在所难免，恳请广大读者原谅。

我在新近出版的《红学讲演录》"自序"中曾写到，青少年时代的我，体会到了过多的世态炎凉。由于特殊的家庭背景、纷纭复杂的社会环境加之性情使然，曾走过一段逆境求学的曲折之路。但那些经历过的磨难已成为我在任何困境下永不懈怠的内驱力，也更加磨炼了我坚韧不拔、愈挫愈奋的意志。"四十年来家国"，半生漂泊，一梦红楼。曹雪芹"滴泪为墨、研血成字"的旷世巨作早已融化在我的血液中并成为生命中的不能承受之轻。"煮字生涯墨磨人"，我会力争在有生之年拿出更多的精品力作，为了那些对我有所希冀的师友，也为了自己曾经失落的昨天。

赵建忠　己亥新正于畸轩

目　录

红学新史迹

红学新观点

红学新文献

红学新视角

附录

红学新史迹

近代中国三次社会转型与红学
批评范式的转换

一

　　"红学"能在古典文学研究领域独占鳌头、领尽风骚且受到国际汉学界瞩目，是和这一学科的现实参与意识分不开的。以近代中国的三次社会转型为参照，或许我们能更清晰地看到这一点。第一次社会转型为推翻清王朝以后直至五四运动时期，具体到《红楼梦》研究方面，蔡元培持民族主义思想从事红学索隐，"反满"就是当时的"舆论热点"；胡适以《红楼梦》为载体传播他的"科学方法"，而当时高扬"科学与民主"，也就是五四时期的"舆论热点"。第二次社会转型即中华人民共和国成立以后，具体到《红楼梦》研究方面，则是"社会历史批评派"红学因与主流意识形态合拍，遂取代新、旧两派红学而一枝独秀。第三次社会转型即改革开放时期，具体到对红学研究的影响而言，20世纪80年代以来至于今日的百家争鸣，红学新格局终于形成。

　　索隐派、考证派、批评派不同范式的转换以及当代红学新格局的形成，正是近代中国三次社会转型的产物。从这个角度去研究红学诸流派的兴衰，尚有很大的拓展空间。当然，红学流派的缘起和衍化，还受到文化渊源和学术传统的影响，对流派演进的现象我们也要充分注意。但即便如此，我们仍要考虑时代背景的因素，因为它决定或制约着该流派在此时而不是彼时的出现。

二

第一次引发社会影响的红学重大建树，是《红楼梦》索隐派与考证派的对垒。蔡元培通过红学"反满"，胡适则通过红学张扬"科学方法"，他们都与自己所处其中的"时代思潮"合拍，因而引起国人共鸣是必然的。蔡元培《石头记索隐》的面世，首先就和作者激烈的民族主义思想密不可分。"驱除鞑虏，恢复中华"的口号是那个时代的主旋律，尽管这一从元末农民起义领袖那里借用过来的口号带有狭隘民族主义色彩，与辛亥革命的先驱者倡导的平等、博爱以及人本思想本身就有着明显矛盾。但晚清末年，内忧外患，疮痍满目，中国社会积蓄已久的推翻清王朝的政治呼声日益高涨。蔡元培正是顺应了当时这种社会转型的历史必然趋势，明确提出《红楼梦》是一部"政治小说"，认为其主题是"吊明之亡，揭清之失，而尤于汉族名士仕清者寓痛惜之意"，并且在《石头记索隐》具体论证说：

石头记叙事自明亡始。第一回所云，这一日三月十五日葫芦庙起火，烧了一夜，甄氏烧成瓦砾场。即指甲申三月间明愍帝殉国，北京失守之事也。士隐注解"好了歌"，备述沧海桑田之变态，亡国之痛昭然若揭……甄士隐即真事隐，贾雨村即假语存，尽人皆知。然作者深信正统之说，斥清室为伪统，所谓贾府即伪朝也。

蔡元培的研究结论肯定是不对的，尽管他还有一套系统的索隐方法论诸如"品性相类""轶事有征""姓名相关"的三法则，但还是挡不住胡适派新红学的反击，这主要是因为索隐派在学理上存在着严重的缺陷。这一派最致命的弱点是求之过深，非要在文本意义诠释领域中进行"史料还原"，结果是求深反惑，直到难以自圆其说。造成这种红学现象的根本原因，与那个时代我国小说理论相对创作实践的明显滞后有关，人们习惯上还是把小说看作是"史"的支流。不独蔡元培深陷其中，当时的学人也都或多或少受此传统思维定式的影响，甚至向蔡元培索隐红学发起总攻的新红学掌门人胡适，也难免此病。看来，真正达到清儒戴震所说的"学者不以人蔽己，不以己自蔽"的治学境界，并不容易。同时我们还应该看到，索隐红学在当时之所以能够如日中天，除了蔡元培本人作为教育家和学界泰斗的社会影响外，也与索隐派本身对解读《红楼梦》潜存着特殊的优势有关，而这种优势又非其他流派所能完全替代，因此考证派就不可能完全廓清其影响，当然也与那时的主流意识形态有关。离开了清末民初的"反满"背景，时代风潮对索隐派的支撑作用就会失去，今天的读者谁还会对这个流派表现出那种心神俱旺的激情？尽管索隐派在以后各个历史阶段也曾出现过不同程度的复活，但这要进行具体分析。比如抗日战争前后梓行的景梅九索隐著作《红楼梦真谛》，由于迎合了事关民族兴亡时代的社会普遍心态而在当时影响颇大，正如作者序中阐明的著书意旨："亡国悲恨难堪，而一腔红泪倾出双眸。"虽然这部著作所兼容的索隐派种种旧说，差不多都被新红学派扫荡过，但在那个烽火连绵的救亡年代，人们宁愿相信这部著作隐含了清宫秘史的刀光剑影，而不忍在山河破碎、"黍离麦秀"的国难中去品味什么红楼儿女情长。再如台湾索隐著作的频频出现，不能不说与两岸隔绝的历史——一部分人希图偏安一隅的心态有关，"反清复明"这面索隐旧旗，在新的特殊历史条件下又颇能迎合一些人的所谓"光复"隐衷。至于内地索隐派的复活，市场经济下媒体的炒作不可忽视，当然也与新索隐派吸纳了考证派和批评派的许多优点有关。这些新式索隐著作不仅在方法上比旧索隐派灵活，眼界也大为开阔，而且还将其理论建立在当代红学中的"社会历史批评派"的基础上。这些都反映了新索隐派的聪明，他们已经不再像其前辈那样去猜"笨谜"。但这些新情况的发生，一言以蔽之，仍然是社会转型和特定时代思潮的产物。

对考证与索隐这两大红学流派的反思，迄今为止，表述最为简洁醒豁、深刻全面的，还是新红学派创始人之一的俞平伯在《索隐与自传说闲评》中讲过的一段话：

> 索隐派凭虚，求工于猜谜；自传说务实，得力于考证……索隐、自传殊途，其视本书为历史资料则正相同，只蔡视同政治的野史，胡看作一姓家乘耳。

这就比胡适在同一问题上的有关论述要客观、辩证得多，体现了老一辈红学家对自己研究路径深刻反思后的思维亮点。一个学人、一个学派，能看到别家的长处并能冷静地反观自身，才是学术上真正成熟的标志，而胡适在这一点上却给人以固执己见的感觉。他在《红楼梦考证》开篇就颇为自信地宣布人家研究《红楼梦》"都走错了路"，好像只以他为代表的"新红学"才是不二法门，这未免失之武断。且不说旧红学时期"题咏派"以韵文形式对《红楼梦》扣人心弦的聚焦透视，也不说评点派以散文形式对《红楼梦》导人迷津的散点辐射，即使单就红学索隐派而论，胡适对之居高临下、一笔抹杀，也是有欠公允的。诚如俞平伯在上述同一篇文章中所总结的："索隐逆入，自传顺流。"用今天的话讲，索隐是指向情节的作品考证，自传是指向家世的作者考证。然而，我们总不能说"考证情节"就没有价值，如果从今天"回归文本"的提法上看，红学索隐派更注重与作品本身挂钩，恰恰是胡适红学研究范式的缺失。再从文化渊源上逆向考察，红学索隐派走的是"西汉今文学派"的治学路数，而红学考证派则沿"东汉古文学派"一脉而下，近承清乾嘉学风。索隐派注意的是《红楼梦》中存在的大量隐语和象征意象，这样也就很容易陷入猜谜和牵强附会的困境；而考证派更注重"有一分证据，说一分话"，颇有梁启超在《清代学术概论》中所云"正统派"的学风遗韵，因此在作者家世文献钩沉整理方面往往是很扎实的。用顾颉刚为俞平伯《红楼梦辨》作序时所说之语，就是："用新方法去驾驭实际的材料，使得嘘气结成的仙山楼阁换做了砖石砌成的奇伟建筑。"这话并不全是溢美之辞。也正因为如此，"自传说"比起索隐红学，更能赢得人们的信任。但这两派又都是把《红楼梦》当作"信史"，区别仅是将曹家人物代替了清代历史人物对《红楼梦》的附会而已。尽管如此，从红学流派发展史上考察，考证派代替索隐派，毕竟算是一种历史进步。正是考证派才使得红学研究第一次纳入了科学研究的轨道，研究者意图在家世与版本等实证材料的基础上去探求《红楼梦》的创作意旨，无疑是一种进步。对这一贡献，我们必须客观承认。从前对胡适的"自传说"非议颇多，由此对考证范式也持一种偏见，甚至认为他提倡"整理国故"是要人们钻入学术"象牙塔"，目的是对抗马克思主义在中国的传播，这恐怕不尽符合胡适本意。其实，作为自由知识分子，他不过就是希望人们对各种纷至沓来的思潮和"主义"不要盲从而已。在当时的时代风气下，他那么讲也并非不能理解。事实上，如果全面地看胡适的言行，他也并非一般地反对"主义"。诚如他在《新思潮的意义》一文中所阐述的，他是系统主张"研究问题—输入学理—整理国故——再造文明"的，而当时的"新思潮"，就是"科学与民主"，提倡"整理国故"。具体到"新红学"的操作，也就是通过《红楼梦》的史料还原，弘扬一种科学的启蒙精神。所以，从根本上讲，红学考证派最终能形成，也还是由胡适所处时代的文化背景提供的。新红学的治学范式，恰恰标志着科学意识的自觉渗透。当然，文学毕竟又不同于科学，心灵感悟的东西单靠所谓"科学意识"是难以得到圆满解释的。如果强调过了头，有时这种"科学意识"反而还会成为窒息"创造精神"的劲敌。任何一个学术流派都必然有所恃和有所失，对胡适以"自传说"为基础形成的考证红学只有从学理上指出其弊端，才能进一步从"问题意识"出发，寻求新的学术环境下红学突破的契机。

正是由于以"自传说"为核心形成的考证红学远离《红楼梦》

文本，因而存在着自身无法克服的缺陷和理论困境，尤其是发展到后来的那种无关宏旨的一事一考、一字之辨，"征实太多，发挥太少，有如桑蚕食叶而不能抽丝"❶，使得许多重大的红学现象往往有意无意地被置身于脑后，在很大程度上确实遮蔽了《红楼梦》的审美视线。考证派红学的故步自封、作茧自缚，也就越来越走向胡适创立新红学之初那种生机勃勃、大气淋漓的反面，同时新的时代又要求一种新的治学范式，这样，内外因的综合作用，以"典型论"为理论基础的社会历史批评派红学便得以在 20 世纪 50 年代初应运而生。美籍华人学者余英时认为这种批评范式是"根据政治的需要而产生的，不是被红学发展的内在逻辑逼出来的"，所以"革命的红学"尚不能构成"红学的革命"❷。这种看法也有可商榷的余地。当时的政治环境催生了社会历史批评派红学，这种看法基本上无大偏颇，因为红学的每一次批评范式的转换，本来就和社会转型相关，但研究这样重大的红学现象时还要注意到红学内在机制上本身已经存在的如余英时引库恩理论所说的"技术崩溃"问题，同时应该考虑文化背景的影响。从中国学术史的渊源上考察，社会历史批评派红学与我国传统的侧重微言大义的"宋学派"一脉相承，尽管单纯的线性描述还不能圆满解释红学从"自传说"向"典型论"范式转换的根源。社会历史批评派红学与"五四"以来西方文艺思潮的涌入有关，实质上可以溯源于 19 世纪以前较为重视作品与时代关系的那种批评范式。强调作品与时代背景的关系，并没有什么特别不合理的地方，如果离开历史、社会而仅仅从作品本身去寻找答案，人物形象也就变得难以理解，甚至解读流于随意性，这方面，恰恰是"典型论"对"自传说"的可贵反拨。胡适开创的"新红学"研究范式只强调"作者"与"版本"两项，虽然也提及"时代"，但仅是一笔带过，并没有取得什么骄人的研究实

❶ 章学诚：《章氏遗书》卷九《与汪龙庄书》，文物出版社 1985 年版。
❷ 余英时：《近代红学的发展与红学革命》，见《红楼梦的两个世界》，上海社会科学院出版社 2002 年版。

绩。对"时代背景"的深入考察,是社会历史批评派红学的重要贡献,不容抹杀。可以说,"典型论"在一定程度上拓展了《红楼梦》研究的学术空间。对于考证派独霸红学天下的历史而言,它也确实构成了一场"红学的革命",具有扭转乾坤的作用。作为一种可能的研究角度和认知方法,"社会学"也并不外在于"红学"研究的内在逻辑,而恰恰是对胡适考证派红学的缺项所做的重要补充,因而对理解《红楼梦》来讲,是非常必要的。然而,这种范式也并不是唯一正确的"红学观",事实上它也不可能穷尽《红楼梦》的研究。从动态的文学观来考察,《镜与灯》一书的作者艾布拉姆斯曾提出文学四要素说,即"世界—作者—作品—读者",认为只有从这四个维度去诠释,才有可能较全面地把握一部作品。但以"典型论"为理论基础的社会历史批评范式对世界与作品之间的关系看得过重,仅仅触及了《红楼梦》的"历史层面",但包括《红楼梦》在内的所有优秀文学作品也并不只有这一层面,此外尚有哲理层面、语言层面、文化层面等。对哲理层面的探讨,恰恰是对曹雪芹"生命中不能承受之轻"所进行的深层次冥索,因为真正伟大的作家无不关注人类的生存价值与意义,无不充盈着对人类命运的形上追问与思考。至于语言层面,这里所指不仅仅是运用我国传统语言学理论对《红楼梦》进行微观剖析,也不止于借鉴国外语言理论对《红楼梦》的解读阐释,如果取其广义,还应包括《红楼梦》文字因缘上的传统继承以及风格境界方面的沿波讨源等。比如李劼就认为《红楼梦》"在气脉上直承《山海经》的混沌苍茫,在章法上具有《易经》的无穷变幻,在风格上则如同《诗经》中原始民歌那样的淳朴清新"。❶ 这些地方都还有开掘的余地。关于《红楼梦》文化层面的话题就更多了,人们好比从须弥芥子中看到了大千世界。胡文彬著《红楼梦与中国文化论稿》(中国书店 2005 年版),正是在这方面进行的有益尝试。与同类论著相比,该书既没有游离红

---

❶ 李劼:《论红楼梦的文化皈依和美学革命》,《钟山》1994 年第 1 期。

学本体去大而无当地泛谈形而上的文化，也没有沦入《红楼梦》"知识摆摊"般的琐碎，其中探讨了中国园林文化中的空间思维、戏曲文化中的场景意识、绘画艺术中的画意诗境等方面对曹雪芹创作思维以及《红楼梦》文化机制构成的影响，这就避免了"泛文化"的流弊及其对《红楼梦》审美视线的另一种遮蔽，做到了"博不离题，深不穿凿"。从文化皈依的角度去研究《红楼梦》，还会开辟出一个别有洞天的新境。归根结底，这种众声喧哗、思想多元、畅所欲言的红学新格局的最终得以形成，是与第三次社会转型，即改革开放的社会大气候相呼应的。

三

"文革"的结束和思想解放运动给学术带来了宽松环境，红学研究的范式已呈现出多元并存的格局。红学研究者已不满足于在"自传说"和"典型论"的语境下去寻找话题，更关注《红楼梦》文本自身，要求对作品进行主体价值学诠释，由此而诞生或引进了不少新的批评理论，这种由外向内的诠释维度的转换，正是对传统治学范式偏向的反拨。应该承认，这种新的批评范式，让人们把目光聚焦于作品，并将这一局部显影放大，使人们看清了它的详细构造，意义自不可估量，也具有一定的科学性。总的来看，新的批评范式为红坛吹来了新气息，不同流派对《红楼梦》的解读都有自己独特的视角，为其他流派所无法完全替代，但同时也因各自的立足点不同而导致偏差，也就是不同程度都存在着某些方面诠释过度问题。有些论点也许偏激了些，但往往有振聋发聩、开辟新路的作用。理论上的创新与突破常常有这个规律，即所谓"片面的深刻"。对有缺陷的新事物的涵容，能使我们走出传统惰性形成的生生不息的平庸怪圈，从而为构建学术"新典范"做积累。应该看到，在文化开放、价值多元的社会文化语境中，红学这一东方显学研究的起点已被垫高，研究也越来越难，如何开辟新的方向，已成为红学界共同关心的重大课题。"辨章学术，考镜源流"也正是为了解决红学自身的困惑，从而获得某种方向感。研究方法总是在摇摆、对峙、反拨中发展的，经过多元吸纳后的融通、贯穿、整合，红学前景会更加光明灿烂。

民国红学的学术特征及其当代回响

一、"民国红学"研究的时代语境及学术渊源

在由晚清向民国过渡的社会转型期，新旧思想彼此交融，学术领域则出现了"红学"与传统"经学"分庭抗礼的局面。关于这一变化，清光绪举人均耀在《慈竹居零墨》中曾有专门记述："华亭朱子美先生昌鼎，喜读小说……时风尚好讲经学，为欺饰世俗计。或问：'先生现治何经？'先生曰：'吾之经学，系少三曲者。'或不解所谓，先生曰：'无他，吾所专攻者，盖红学也。'"❶这一简略记述蕴含着丰富的红学史衍化信息。一般而言，"红学"史要从《红楼梦》早期抄本阶段的脂砚斋随时加批算起，而据目前发现的脂砚斋批语系统最早的甲戌本上诗句"字字看来皆是血，十年辛苦不寻常"上溯，可证曹雪芹创作《红楼梦》的时间不会晚于乾隆九年（1744）。沿着脂砚斋一路而来的《红楼梦》感悟式评点或乾嘉以降对曹雪芹原著的题咏等，基本上属于以文本为依托的传统解经模式，还不能撑起体系完备的真正意义上的"红学"。

自晚清"新政"风行以来，作为士大夫阶层晋身之阶的"经学"受到鄙视，有识之士将学术旨趣转向了"红学"，尽管此时的"红学"一词带有开玩笑的性质，但《红楼梦》研究地位的空前提高却为"民国红学"的走红作了必要的舆论准备。由于朱昌鼎对"红学"术语的重新定位，晚清士大夫阶层出现了由传统"经学"向"红学"转型的自觉意识，从而完成了"红学"术语始于戏谑终于《红楼梦》研究

---

❶ 均耀：《慈竹居零墨》，《文艺杂志》1918 年第 8 期。

"正言"的佳话缔造,"红学"这一学术意义上的概念始真正深植于红学研究者和爱好者心中。从这个意义上讲,红学史注定会记住朱昌鼎的名字。对此,可以通过"红学"得名的时代语境来考察。

由晚清向民国社会转型尤其是五四新文化运动以来,新旧红学各自领军人物胡适与蔡元培关于《红楼梦》具体指涉人物"原型"的论辩,还有两派之外稍早的王国维,这些学术巨擘分别奠定的批评、索隐、考证的《红楼梦》研究基本范式,致使红学从学术史上揭开了崭新一页。回顾、盘点清末民初的红学建树时会发现,没有任何一门学问能像《红楼梦》研究那样,学界巨擘、政坛领袖、广大民众等各色人物均入"楼"中。

从中国学术史的角度沿波讨源,批评、索隐、考证红学诸派都有各自的源流谱系。"辨章学术,考镜源流",是从事学术研究的必经之路。就谱系而言,红学索隐派的产生与经学发展中的"汉儒解经"传统渊源颇深❶,但红学索隐派能在民国初期形成,也有其特殊的历史文化背景。蔡元培的索隐红学著作面世后短期内连续再版,不能说与清末民族主义情绪高涨、反满社会思潮无关。胡适的《红楼梦》研究,表层上看与旧红学索隐派不同,但将其放到五四文化背景去考察,胡适是期望通过解剖《红楼梦》这一范本,倡导"科学"的研究方法,并通过阐述文本内容宣扬"民主"启蒙精神,尽管这后一点——对《红楼梦》文本的解读,他所做的工作并不深入,远不及同时代的鲁迅深刻,亦未超越此前的王国维。

当然,红学进入民国后很快成为一门"显学",也与早期的脂砚斋抄本、曹雪芹家世等新文献陆续被发掘有关。《红楼梦》研究还有一个其他学科所不具备的特点,即其本身的边界性:向文学之外的其他研究领域开放,而其他学科也喜欢与红学"结缘",使之在很大程度上开拓、延展了"红学"空间,提升了《红楼梦》研究的影响力。

---

❶ 林冠夫:《索隐派红学的文化渊源》,《红楼梦学刊》1993 年第 1 辑。

二、《红楼梦》研究史上的"民国红学"实绩

"民国红学"是200多年《红楼梦》研究史上的重要环节，这一时期的《红楼梦》研究文献具有重要的学术价值。"民国红学"比较重要的论文荟萃于《红楼梦研究稀见资料汇编》（人民文学出版社2001年版），重要的专著则收于《民国红学要籍汇刊》（南开大学出版社2017年版）。

就《红楼梦》研究流派而言，承晚清余绪的索隐红学在民国初年仍颇有市场。蔡元培的《石头记索隐》出版于民国六年（上海商务印书馆1917年版），该书面世后备受瞩目，但有些论点也引发过争议，除了作者认为此书主旨是"反满"外，还有考证作品情节究竟有没有价值的话题讨论。针对胡适的批评，蔡元培在《石头记索隐》第六版自序中辩解道："唯吾人与文学书最密切之接触本不在作者之生平，而在其著作。著作之内容，即胡先生所谓'情节'者，决非无考证之价值。例如我国古代文学中之《楚辞》，其作者为屈原、宋玉、景差等。其时代，在楚怀王、襄王时，即西历纪元前三世纪顷，久为昔人所考定。然而'善鸟香草，以配忠贞；恶禽臭物，以比谗佞；灵修美人，以媲于君，宓妃佚女，以譬贤臣；虬龙鸾凤，以托君子；飘风云霓，以为小人'，为王逸所举者，固无非内容也。"结合中外文学研究的实际考察，蔡元培的自辩颇能获得学术界同情。站在今天主流红学倡导的"回归文本"立场上看，旧红学索隐尽管颇多穿凿附会，但由于考证作品情节更注重与文本去挂钩，这恰恰是胡适新红学派远离文本的缺失。

蔡元培是民国时期教育界的代表人物，同时由于其提出了一套系统的索隐方法，即品性相类、轶事有征、姓名相关等，其《石头记索隐》成为红学索隐派的最重要著作。受蔡元培启发，索隐红学著作不

断出现，如民国十四年（1925）阚铎的《红楼梦抉微》、民国十六年（1927）寿鹏飞的《红楼梦本事辩证》等。值得注意的是，早已脱离了反满历史背景的民国二十三年（1934）景梅九的《石头记真谛》，将旧红学索隐派利用《红楼梦》宣传民族主义的手法发挥到极致，将红学与政治的关系更紧密挂钩，推动《红楼梦》索隐派向日后的《红楼梦》社会历史批评派转型。

"索隐"方法本来在史学领域被普遍运用，亦有很多成功的个案，如《史记索隐》的作者为探求历史事件原委去求索本事，但将这种治学路数套用于对文学作品的解读则不免牵强附会，尤其是索隐手法对《红楼梦》本事的引申，更令人啼笑皆非。不可否认，索隐红学本意是想制约早期那些依托《红楼梦》的题咏、评点以及后来杂评家的任意发挥，其出发点无伤大雅，操作方式也是"回归文本"，但由于未摆脱"文史合一"旧观念的窠臼，便极易在分析《红楼梦》情节时陷入主观臆测。退一步讲，即使某些历史信息被写进《红楼梦》，也会被曹雪芹进行重新整合，那些旧的历史人物和事件必然会被赋予崭新的意义。

还要指出的是，索隐红学欲寻觅《红楼梦》的"微言大义"，不无合理之处。《离骚》开辟了"香草美人"传统，《文心雕龙》还专设"隐秀"篇，说明中国文学这种"象外之象"的情形是一种普遍存在的现象，越是伟大的作品越不可能一览无余，更不可能仅用于人们茶余饭后的消闲。既然孔尚任的《桃花扇》能通过侯方域、李香君的离合之情抒兴亡之感，那么，曹雪芹也同样有权利通过《红楼梦》去委婉地表达他的家国之恨，何况小说这种体裁更能容纳隐喻意象。《红楼梦》索隐派走的是"今文学派"的治学路数，较为注意《红楼梦》中存在的大量隐喻意象，而汉字的象形特征使得这一派潜存的特殊优势得以发挥。就已被索隐派破解的曹雪芹在书中使用的"拆字法""谐音法"看，这些内容的确令《红楼梦》考证派、社会历史批评派望而却步、无措手足，以至于不得不借鉴和吸收索隐派红学所取得的某些研究成果。今日的红学研究者应当放开眼光，在更宽阔的历史背景上看待《红楼梦》所塑造的人物，不必拘泥于清乾隆时期的江宁织造曹家"原型"。当然，也不必像旧红学索隐派那般试图把曹雪芹描写的每个人物、每个情节都要在史实上找到一一对应的关系，其结果只能是欲深反惑，很多情节与本事的不合隽致其不能自圆其说。

由于索隐红学陷入难以自拔的困境，导致胡适对这一红学流派做出总体反思，他在民国十年（1921）发表的《红楼梦考证》这部新红学的代表作中归纳了几种索隐红学著作的要点，并指出其弊端是"猜笨谜"。今日看来，胡适全盘否定索隐红学是不够客观和公允的。以《石头记索隐》为例，无论蔡元培考索出的清史本事是否符合《红楼梦》实际，但他认为作者具有深挚的民族主义思想，并据此提出"政治小说"的概念，具有十分重要的红学史意义，这比此前很多评点家视《红楼梦》为"闲书""情书"所体会到的作品内涵要深邃得多。

考证红学在曹家文献资料挖掘方面比索隐红学要扎实，但这一派将文本与曹家文献一一对应，致使许多丰富的历史文化现象被置身于脑后，其学术视野有时还不如索隐红学开阔。后来居上的社会历史批评派对《红楼梦》人物原型的理论阐释令新旧红学望尘莫及，但这一派过于看重文学作品与其时代的联系，片面强调作品反映社会的功能，导致其对文学审美视线的遮蔽，就此而论，社会历史批评派有时反不如索隐红学的探幽揭秘更令人神往，这也是当代新红学索隐得以复活的原因之一。

在胡适《红楼梦考证》之外，"民国红学"考证派著述最重要的代表作自然是俞平伯的《红楼梦辨》。胡适主要是从文献角度考辨出《红楼梦》全书非一人所作，基本上是从"外证"入手，而真正从"内证"即文本方面进行研究，证明后四十回为续书，并花费了大量精力比勘辨析的，应推俞平伯。《红楼梦辨》的出版，标志着继胡适《红楼梦考证》之后新红学的又一座里程碑。该书分上、中、下三卷，《红楼梦》后四十回的考证占了上卷的全部篇幅。俞平伯的研究思路正如其所说："我所用的总方法来攻击高氏的，说来也很简单，就是他既说八十回和四十回是一人做的，当然不能有矛盾；有了矛盾，就可以反证前后不出于一人之手。我处处去找前后底矛盾所在，即用八十回来攻四十回，使补作与原作无可调和，不能两立。我们若承认八十回是曹雪芹做的，就不能同时承认后四十回也是他做的。"俞平伯的《红楼梦辨》在民国十二年（1923）由亚东图书馆出版，新中国成立之后出版的《红楼梦研究》则是《红楼梦辨》的修订本。通过深入考察原著再版前后的细致变化，可以见出俞平伯红学观念的演变轨迹，这对研究新红学阵营的标志性人物很有意义。

胡适、俞平伯之外，较有代表性的红学考证派著述还有民国三十三年（1944）方豪的专著《红楼梦新考》，该书对研究中西文化交通史有重要的参考价值。容庚在民国十四年（1925）发表的文章《红楼梦的本子问题质胡适之俞平伯先生》，启发了今人对一百二十回抄本的继续思考。由于"民国红学"中考证派的影响最大，故一直遭到了颇多指摘，其中较有代表性的是美籍华人学者余英时的批评文章。❶余文从学术史的视角去探讨红学这门"显学"的发生、发展以及所蕴藏的危机，旨在探寻红学研究今后如何突破，其论述上升到了学理层面，较有理论深度，其中的一些看法对纠正红学考证通弊也有积极作用。例如，红学考证总是凭借新材料的挖掘，但历史文献毕竟十分有限，该挖掘的曹家文献虽不能说已经一网打尽，但所剩无多。相比而言，《红楼梦》文本研究还有很大发挥空间，因此，余英时发出的"回归文本"呼吁及"新典范"命题得到众多学人的激赏或同情，便在情理之中了。

余文中的某些偏激论点，引起了红学界的持续争鸣，主要问题是其对胡适新红学之外的其他红学研究模式未给予充分注意，如批评派红学自王国维《红楼梦评论》以来绵延发展的传统，而索隐红学实际

❶ 余英时：《近代红学的发展与红学革命》，见《红楼梦的两个世界》，上海社会科学院出版社 2002 年版。

也并未完全绝迹。故余文中所描述的考证范式统治了半个世纪的《红楼梦》研究，并不符合红学史发展的实际。从旧红学过渡到新红学，从王国维开创的美学批评演变为当代红学的社会历史批评派模式，尽管有前后发展的阶段，但索隐红学、考证红学、批评红学这三大流派在更多情况下并存于同一时空，只不过不同阶段某种范式影响的比重有所不同而已，故不能用直线嬗变去简单描述复杂的红学现象。当然，关键问题还在于，余英时对文献考证的价值和作用认识不足，如他讥讽"红学"已经蜕变为文献意义上的"曹学"，正是这种心态的流露。余氏具有较深厚的国学根底，也写过很扎实的考证性文章，应当明了考证对于红学之所以成为"显学"的意义，鉴于《红楼梦》成书的特殊性及存在脂钞、程刻两个版本系统，故需考证原著与续书。如果连曹雪芹创作的前八十回以及掺杂的脂批尤其是后四十回他人伪续的文字都不去考辨清楚，便草率地实践其所谓的"新典范"，作为诠释对象的文本尚且不稳定，实现"红学转向"也好，呼吁"回归文本"也好，岂不是宋学般空谈义理？诚然，我们没有任何理由将《红楼梦》简单地视为江宁织造曹家谱牒或清康雍乾三朝的历史记录，但如果对曹雪芹的成长环境及清王朝历史一片茫然，对《红楼梦》的把握程度也便可想而知了。

在"西学东渐"时代语境下，运用外国文艺理论对《红楼梦》进行阐释的著作为数不少，如陈铨《尼采与红楼梦》（《当代评论》第一卷第20期），吴宓《红楼梦新谈》（《民心周报》第1卷第17期、第18期），佩之《红楼梦新评》（《小说月报》第11卷第6号、第7号）等。这一时期，较有新意且产生影响的同类红学著述要属李辰冬所著《红楼梦研究》（重庆正中书局1942年版）。该书"导言"部分批评了索隐和考证红学，但并未彻底否定《红楼梦》研究中的考证范式。这种不苟同也不苟异的学术思考，难能可贵。

"民国红学"中还有一批著述，其性质不同于传统的随感式《红楼梦》评点、题咏，也不同于蔚为大观的《红楼梦》索隐、考证。如民国二十九年（1940）姚燮所著《红楼梦类索》。他在书中详细统计了《红楼梦》人数并辑录了各项事物，这一派可以笼统地命名为《红楼梦》研究中的"杂评派"。"杂评派"红学存在琐碎、不够系统的通弊，短暂的过渡后终被"社会历史批评派"红学所替代。"社会历史批评派"红学宗奉唯物史观，重视对文学作品时代背景的深入考察，在红学史上自有其重要位置。很久以来，颇多研究者误认为用唯物史观或马克思主义文艺观解读《红楼梦》等文学作品，是在中华人民共和国成立之后出现的。其实，随着五四新文化运动而涌入的包括马克思主义在内的各种西方文艺思潮，其某些理论话语早已被民国时期的学术界所运用，只是未普及而已。这方面影响较大的著作是民国三十七年（1948）由国际文化服务社出版的王昆仑《红楼梦人物论》。作者视野宏阔，比较深刻、全面地分析了《红楼梦》中林黛玉、薛宝钗等女性"千红一哭"的悲剧命运，引起了读者的强烈共鸣。

　　以上提及的红学著述，虽不能全面覆盖"民国红学"的所有学术成果，却是那一时期乃至整个红学史上的标志性作品，具有独特的研究价值。值得肯定的是，"民国红学"鲜有商业行为的炒作，且很少政治方面的渗透干预，这使得其学术视野开阔，研究成果颇丰。"民国红学"上承晚清余绪，下启新中国之开篇，作为红学史上的一个特殊阶段，难以复制，也是不可替代的。

三、"民国红学"对当代红学研究的启示

　　"民国红学"以其突出的研究实绩在红学史上写下了浓重的一笔，在近年学术界所艳称的"民国学术"中，如果缺少了"民国红学"，这一阶段的学术成色肯定会减损不少。尽管"民国红学"难以跳出特定历史条件的局限，但就学术实绩而论，民国《红楼梦》研究格局不仅确立了红学史上的几种主要研究范式，并为深入拓展研究奠定了文献基础、提供了思想资源。"民国红学"所取得的成就，如胡

适对《红楼梦》作者身世的考证，俞平伯对后四十回的考论辨析等，其结论至今也能站得住脚。今日红学界的很多"热点"争鸣，其实在民国年间的红学著述中早已发端引绪，不过是旧话题在新时代语境下被重新激活而已。如持续颇久的曹雪芹祖籍"丰润说""辽阳说"之争鸣，李玄伯根据故宫博物院所藏曹家朱批奏折，在《曹雪芹家世新考》一文中明确提出了"曹寅实系丰润人而占籍汉军"的论点，此文发表时间是在民国二十年（1931，《故宫周刊》第 84 期、第 85 期）。再如吴克岐曾提到了《红楼梦》的清代抄本线索，记录在其民国元年（1912）所著《犬窝谭红》一书中，这条宝贵线索引发美籍华人学者周策纵在《红楼梦学刊》1995 年第 1 辑发表题为《〈犬窝谭红〉所记红楼梦残抄本辨疑》的研究文章。而当代著名红学家周汝昌《红楼梦新证》"红楼纪历"部分的构思，恰恰受到姚燮《红楼梦类索》中"表解"模式的影响。

王国维《红楼梦评论》开创的红学模式，在相当程度上拓展了《红楼梦》的阐释空间，但由于不符合中国学术传统而在当时缺乏群体支撑，并被胡适新红学的光环所遮蔽。当年的那一空谷足音，在当代红学中产生了遥远的回响。不可否认，作为跨文化比较研究的《红楼梦评论》也存在着"误读"成分，在阐释学尚未成熟的晚清时代，王国维对《红楼梦》的"误读"多为借鉴叔本华理论、结合个人感悟的读书心得。其实，"误读"是中外文学碰撞初期难以避免的现象，应当分析造成这种现象的多重因素，而不是因此停止学术探索。

如前所述，"民国红学"已出现尝试运用马克思主义文艺观研究《红楼梦》的著述，但这种研究模式即社会历史批评派至 1954 年才真正取得正统地位。❶民国年间这一派红学还不成熟，社会历史批评的视角决定了这一派必然着眼于作品的时代背景分析，于是，《红楼梦》被当作反映社会的"一面镜子"。这本无可厚非，但曹雪芹不仅

---

❶ 赵建忠：《李希凡批评范式与当代红学的发展》，《明清小说研究》2017 年第 4 期。

仅是要再现"历史",更重要的是通过《红楼梦》去表达一种人生况味,因此这种研究模式并不能穷尽《红楼梦》的全部,其诠释维度具有相当的限制。还要看到,社会历史批评派红学更注重于《红楼梦》中呈现的"物质态文化",但更深层的"精神态文化"则很少涉及。依照海明威的"冰山理论",露出水面的部分才会进入人们的视野,水面下隐藏的大于冰山若干倍体积的冰体,则未必人人都能看得出。社会历史批评派红学范畴中常用的"典型环境"中的"典型形象"等千篇一律的表述,由于未顾及《红楼梦》整体性和复杂性,机械套用"现实主义"理论来解读曹雪芹的思想境界,结论不从《红楼梦》的客观本体中得出,因而出现理论与作品的"油水分离"现象。发展到"评红热"的"文化大革命"年代,红学的专学意义便不复存在。《红楼梦》研究通俗化的同时也伴随着庸俗化,最终沦为庸俗社会学的产物。从红学发展的角度看,新时代的批评派红学对传统考证派、索隐派红学的取代尽管功不可没,但以"烦琐"全盘否定文献在《红楼梦》解读中的意义,造成一枝独秀的社会历史批评派红学理论在发展中愈来愈显得力所不支。人们眼中的红学研究高境界,应当是"有思想的学术"与"有学术的思想"的完美统一。

在改革开放新时期,"红学热点"基本局限于文献、文物范围的争鸣,除了"热点"争鸣与《红楼梦》文本比较遥远外,红学文献考证的分支划分也愈来愈细。有一个现象应当引起红学界注意,当今所挖掘到的曹学家世史料和《红楼梦》版本文献要比民国年间多得多,但并未出现比新红学创建初期更大的突破,这其中究竟蕴涵着怎样的学术规律?值得红学共同体加以深思。《红楼梦》既然打破了传统的思想和写法,便不可能被某种既定的研究模式所笼罩。应该看到,当代红学比民国红学的研究的起点已被明显垫高,勇于开辟新研究模式的红学研究者绝不可能在自我封闭的心态中思维,若实现新的学术增长点就应该不断与外界对话,摄取新的学术信息。无论是学人还是学派,都要看到其他学人、其他学术流派的闪光点,同时通过对照去冷静反观自身的学术困境，这样才能达到学术上的真正成熟。消除"外学"与"内学"在《红楼梦》研究中的分野，是红学转型的需要，也是《红楼梦》研究多元格局整合后的当代走向。

社会历史批评研究范式与当代红学

屈指算来，1954 年那场红学大讨论已经过去了一个"甲子"。无论后人对当年那场红学运动做何评价，不可否认的是，由两个"小人物"引发的那场运动无疑是红学史上的重大事件，而这个事件对以后的《红楼梦》研究及古典文学格局乃至整个社会科学领域都产生了深远影响。以社会历史批评派红学取得正统地位为标志，1954 年也就成了《红楼梦》研究史的分水岭，有研究者写的有关那场红学大讨论的专著直接将"1954"字样嵌在书名中❶，足见这个年份标识的特殊含义。今天，拂去历史的烟云重新审视那场红学大讨论，回顾、反思当代红学的历程并对其走向进行前瞻式展望，无疑有着重要的理论价值和现实意义。

一、社会历史批评范式是当代红学的逻辑起点和转型标志

学术界形象地将两个"小人物"运用马克思主义文艺观写出的文章称为"可贵的第一枪"，这个比喻在大部分学人中基本达成共识。当然，也颇有争这个"第一枪"的射手为谁者，如曾有人撰文指出，某研究者在某报刊上发表的类似文章要比李、蓝文章早若干年甚至统计出发表的具体年月，当然不排除此种可能性，然而弄清某些细节还不是这一宏观问题的关键。进一步需要说明的是，长期以来，人们误以为用马克思主义文艺观去研究《红楼梦》等优秀作品，一定是在中华人民共和国成立之后，这种主观臆断乃是想当然的误解。实际上

---

❶ 孙玉明：《红学：1954》，人民文学出版社 2011 年版。

随着五四新文化运动而涌入的包括马克思主义在内的各种文艺思潮，其某些话语早已被当时的学术界尝试运用，只是尚未普及而已，仅仅是作为一个学术派别被先进知识分子加以引进介绍。中华人民共和国成立后，马克思主义文艺观才可能取得主流和正统地位。坦率承认这一点，丝毫不影响两个"小人物"文章不可替代的学术史意义。在此之前的很长一段时期内，虽也曾出现过若干运用唯物史观去分析《红楼梦》的著述，但总体上看，那些文字既不系统也不够深刻，因此很难切中胡适新红学研究范式的要害。最主要的，是那些著述中的思考没能形成广泛、持久的社会影响，也就不可能以新文艺思潮面貌出现而形成迥异于前人的红学范式。诚如梁启超所言：

> 凡"思"非皆能成"潮"，能成"潮"者，则其"思"必有相当之价值，而又适合于其时代之要求者也。凡"时代"非皆有"思潮"，有思潮之时代，必文化昂进之时代也。其在我国，自秦以后，确能成为时代思潮者，则汉之经学，隋唐之佛学，宋及明之理学，清之考证学，四者而已。❶

倘若按照上述的价值尺度去估衡红学史上的诸研究范式，我们也可以这样说，第一次引发社会影响的重大红学建树，应该是红学索隐派与考证派的交锋对垒。蔡元培通过《红楼梦》研究期望达到"反满"政治目的，所谓"悼明之亡，揭清之失"，而胡适则通过解构红学索隐的旧范式去张扬其新的"科学方法"，他们都与自己所处其中的"时代思潮"合拍，因而其红学著述引起国人共鸣是必然的。以后一个相当长的历史时期内，新旧红学此消彼长，甚至还包括如前所说的运用唯物史观阐释《红楼梦》的著述，都没有对社会产生巨大的冲击波，因而其学术影响自然有限。直到 1954 年 9 月 1 日，山东大学

---

❶ 梁启超：《清代学术概论》，东方出版社 1996 年版，第 1 页。

的《文史哲》刊物发表了李希凡、蓝翎与红学权威俞平伯商榷的《关于〈红楼梦简论〉及其他》一文，引起毛泽东高度重视并发表了《关于〈红楼梦〉研究问题的信》，以马克思主义文艺观为指导思想的红学社会历史批评范式才备受瞩目，从而在相当层次和范围内展开了《红楼梦》研究方法大讨论，由此揭开了红学史上新的一页，标志着《红楼梦》研究由近现代以来占统治地位的考证范式转型进入了当代史的新阶段，社会历史红学批评范式的确立，就是这种转型的重要标志。

还要指出的是，有的研究者不是从当年李、蓝文章的总体意义出发去评论这一文化事件，而是热衷于挖掘些碎片化的"史料"去进行所谓的"揭秘"，试图"还原"1954年红学事件的"来龙去脉"，既无聊也歪曲了历史真相。至于认为李、蓝文章凭借偶然的"运气"才侥幸一举成名，更是皮相之见。不错，两个"小人物"确实赶上了特殊年代，但历史机遇不会无缘无故降临到任何人身上，而只能青睐有准备的人。实际上在那场红学大讨论之前，还是青年学生的李希凡本人已在《文史哲》刊物发表过《典型人物的创造》《略论水浒评价问题》等重要文章，在学界已崭露头角，而且李希凡自幼接受了古典小说的启蒙熏陶。他15岁前已经读过很多古典小说，以后还帮助姐夫赵纪彬（哲学家、教育家）笔录了一些艰涩的理论书籍，同时阅读了不少马克思主义原著，初步形成了自己的文艺观，并且一旦形成，始终不渝。正是由于以上的作品阅读和理论积淀，才为他与蓝翎合作《关于〈红楼梦简论〉及其他》一文做好了充分的写作准备，因此绝不是一时的突发奇想就构思出了与红学权威俞平伯商榷的文章。应该说，两个"小人物"的脱颖而出，是个人机遇与历史潮流的交汇契合，偶然性中蕴含着深刻的必然。不错，李希凡因此成为那个时代的弄潮儿，但他绝非偶然飞溅的一朵浪花，不是流星划过或昙花一现的时代大潮中的匆匆过客，经过半个多世纪风云变幻的历史检验，《关于〈红楼梦简论〉及其他》一文中很多有价值的学术思想至今仍然没有过时，从某种意义上也可以说，此文是检验当代红学的逻辑起点和探讨新世纪红学走向的历史前提。

二、社会历史批评范式的红学史意义

放到200多年的红学史历史长河中去检验，评判一种研究范式的学术史价值，就要从学理上去检验社会历史红学批评范式的真正价值所在。而评判一种新的研究范式，主要考察其是否切中了旧研究范式的要害，在此基础上，还要考察其建立的研究范式中包含了哪些新的质素。简言之就是如何在"破"和"立"这两个方面体现出新的学术增长点，为此有必要回溯一下社会历史批评之前的主要红学范式。

从曹雪芹创作《红楼梦》起步，包括他的亲密合作者脂砚斋在抄本上作的自赏型评语及程本面世后形成的导读型评点，还有重点探究《红楼梦》"真事"的索隐红学，红学史上一般称这段历史时期的《红楼梦》研究为古典红学阶段，原因是清代红学评点、索隐均是以文本为依托的传统解经模式。从时间上看，脂砚斋评批《红楼梦》比较早，并且由于批语提供了大量的有关作者曹雪芹的家世背景材料特别是八十回后佚稿情况，因此显得弥足珍贵，但受文献材料的限制，脂砚斋是谁目前尚未弄清楚，并且脂批文出众手，水平参差不齐，学术界还存在着脂本与程本孰先孰后的公案，此处且不枝蔓。就传播受众面的社会影响而言，清代红学评点派的典范作品其实并非脂评而主要是道光以后附在一百二十回《红楼梦》印本上的文字，如著名的王希廉、张新之、姚燮"三家评"等，评点派对《红楼梦》艺术尤其是结构方面的分析，确实是非常精辟的。当然，一方面，由于红学评点还停留在随感、印象式杂评阶段，特别是由于没有受过"新红学"的洗礼，没有红学版本意识，尽管这种评论是从《红楼梦》文本出发，但一般都将《红楼梦》前八十回与后四十回混为一谈，导出的论断也就缺乏科学性。另一方面，清代红学评点由于形式本身的琐碎难成系统，严格说尚未形成真正的红学范式，因而胡适的《红楼梦考证》不屑于将其视为批判对象而仅锁定红学索隐派为"破"的靶标。索隐方法由于受"今文经学"治学路数的影响，这一派很容易在解释文本时陷入误读和主观臆测。《红楼梦》人物极多，情节又极丰富，这就决定了索隐家们"索"出来的所谓"本事"极其有限，而且就已索出者来看，也常常顾此失彼，不能自圆其说。正是由于索隐红学范式难以摆脱的理论困境，才挡不住胡适新红学范式的摧枯拉朽。胡适研红范式使红学史步入近现代阶段，这应该算红学第一次质的飞跃，用顾颉刚为老友俞平伯《红楼梦辨》作序时所说的，就是"用新方法去驾驭实际的材料，使得嘘气结成的仙山楼阁换作了砖石砌成的奇伟建筑"❶。

美籍华人学者余英时在其《近代红学的发展与红学革命：一个学术史的分析》长文中，引入了库恩关于科学革命的理论：

> 科学史上的"典范"并不能永远维持其"典范"的地位。新的科学事实之不断出现必有一天会使一个特定"典范"下解决难题的方法失灵，而终至发生"技术上的崩溃"（technical breakdown）。……危机导向革命；新的"典范"这时就要应运而生，代替旧的"典范"而成为下一阶段科学研究的楷模了。❷

余英时结合库恩理论对近代红学的发展进行了具体考察，他认为胡适1921年发表的《红楼梦考证》标志着红学史上一个新"典范"的建立，所谓"典范"，就是本文所指的范式。这种红学范式延续了三十多年后，终于由其燕京大学的弟子周汝昌在1953年出版了《红楼梦新证》而集其大成。从操作方式上看，这一派是通过考索曹雪芹的家世去阐释《红楼梦》的主题和情节，因此余英时又认为"考证派

---

❶ 俞平伯：《俞平伯论红楼梦》，上海古籍出版社1988年版，第79页。
❷ 余英时：《红楼梦的两个世界》，上海社会科学院出版社2002年版，第7页。

红学实质上已蜕变为曹学了"●，"考证派这样过分地追求外证，必然要流于不能驱遣材料而反为材料所驱遣的地步，结果是让边缘问题占据了中心问题的位置"●。撇开余英时对《红楼梦》考证的偏见，他的上述言论，应该说对"新红学"范式的剖析可谓洞若观火。当时光进入 1954 年，实现红学转型的重任便历史地落在了两个"小人物"李希凡、蓝翎身上，他们《关于〈红楼梦简论〉及其他》的文章，比余英时先发表整整二十年，"破"中有"立"，实际上已击中了"新红学"范式的要害。胡适将《红楼梦》视为曹雪芹的"自传"，同红学索隐派的争论仅局限在考证《红楼梦》究竟是写人还是写己这个较小的范围内，并没有把这部伟大著作当作一部文学作品来研究，因此由他创立的"新红学"范式所开拓的新路是非常狭窄的。"自传说"这个基本结论画地为牢，既是这个范式的起点同时也是它的终点，以后这一派的工作，主要就是找更多的材料来证明其结论罢了，足见"新红学"是一个封闭的学术体系。我们应该看到，1954 年由两个"小人物"引发的那场运动从根本上扭转了红学发展的总体走向，是他们引导红学走出了"自传说"的危机，同时树立了新的范式，为红学的进一步发展开辟了新路径。对两个"小人物"的历史贡献，今日无论怎么评价都不算过分。余英时文章中也未否认这一点，"我们必须承认，在摧破自传说方面，斗争论是有其积极意义的"●，但他同时又武断地认为两个"小人物"的红学观点"是根据政治的需要而产生的，它不是被红学发展的内在逻辑（inner logic）所逼出来的结论"●，"斗争论虽可称之为革命的红学，却不能构成红学的革命（第二个革命取库恩之义）。其所以不能构成红学的革命，是因为它在解决难题的常态学

● 余英时：《红楼梦的两个世界》，上海社会科学院出版社 2002 年版，第 10 页。

● 余英时：《红楼梦的两个世界》，上海社会科学院出版社 2002 年版，第 19 页。

● 余英时：《红楼梦的两个世界》，上海社会科学院出版社 2002 年版，第 16 页。

● 余英时：《红楼梦的两个世界》，上海社会科学院出版社 2002 年版，第 14 页。

术工作方面无法起示范的作用"❶,甚至认为"它不但没有矫正胡适的历史考证的偏向，并且还把胡适的偏向推进了一步"❷，这种看法就未免偏颇。余英时这里所指"革命的"红学或他比喻的所谓"斗争论"，其实属于社会历史批评派范畴，强调作品与时代背景的关系，并没有什么特别不合理之处，如果离开历史、社会而像考证派仅从作品本身寻找答案，或像西方"新批评"那样封闭文本，人物形象也就变得难于理解甚至解读流于随意性，这方面，恰恰是社会历史红学范式对"自传说"的可贵反拨，对当代"新批评"也具有补偏救弊之效。胡适开创的"新红学"研究范式只强调"作者"与"版本"两项，虽然也提及"时代"，但仅是一笔带过，并没有取得什么骄人的研究实绩。对"时代背景"的深入考察，是社会历史批评派红学的重要贡献，不容抹杀，可以说，社会历史批评范式在相当程度上拓展了《红楼梦》研究的学术空间。

还要指出的是，正是基于胡适的曹雪芹"自传说"而形成的红学范式远离《红楼梦》文本这个轴心，才促使两个"小人物"《关于〈红楼梦简论〉及其他》一文的研究从侧重作家身世考证的"外学"转向注重《红楼梦》文本阐释的"内学"，这个"转向"的意义是不可忽视的。仅从这个层面上评价，我们也可以说，不管1954年那场划时代的红学运动有多少偏颇或不足，但着重对文本阐释的研究路向是值得充分肯定的，即使放在今日，红学界有识之士还不断发出"回归文本"的呼唤，这应该看作是1954年确立的红学范式遥远的回响。

改革开放以来，红学在全球化文化语境下形成了活力四射的新局面，文献研究空前繁荣，文本研究出现多元格局，进入了当代红学史中的新时期阶段。从1978年起，红学界发生的有影响学术论争基本属于文献的发现及由此而引申出来的话题，由此我们也可以看出，1954年的红学论争毕竟主要还是围绕着《红楼梦》的思想性展开的，

---

❶ 余英时：《红楼梦的两个世界》，上海社会科学院出版社2002年版，第16页。

❷ 余英时：《红楼梦的两个世界》，上海社会科学院出版社2002年版，第14页。

两个"小人物"文章着重对文本阐释的研究路向,不仅在当年对胡适"自传说"独霸红坛三十多年的历史具有解构作用,即使在改革开放后的今天,对红学界碎片化、娱乐化的"揭秘""猜谜"尤其是远离文本的某些"研究"乱象也是一种有益的反拨,从这个意义上讲,社会历史红学范式仍然有着拨正红学研究大方向的"风向标"作用。

三、社会历史批评范式的红学贡献及历史局限

像一切筚路蓝缕、开创新路的学派先行者一样,社会历史红学范式自然也不是完美无缺。正如胡适的《红楼梦考证》破旧立新,体现出学术增长点的同时也给后人留下了许多聚讼纷纭的话题一样,并不影响他作为新红学奠基人的历史地位。关于这一点,红学史论家刘梦溪论述得非常精辟:

历史上创立新学派的人,主要意义是提出新的研究方法,建立不同于以往的研究规范,为一门学科的发展打开局面,而不在于解决了多少该学科内部的具体问题。❶

上述这段话适用于估衡蔡元培、王国维、胡适创立的不同于以往的研究规范,同样也适用于评价李希凡、蓝翎代表的社会历史批评红学范式。

红学研究大体可分为"还原"与"诠释"两个领域❷,但是胡适建立的研究范式始终对文学作品打外围战,虽进行了大量的史料"还原"式工作,却很少触及作品的内核,李希凡红学范式的最可贵品质,就在于走出了胡适新红学文献考据的单维度"还原"模式,与"史料还原"比较而言,"思辨索原"才是红学研究的最终目标。人们之所

---

❶ 刘梦溪:《红楼梦与百年中国》,河北教育出版社 1997 年版,第 107 页。

❷ 陈维昭:《还原与诠释——红学的两个世界》,《明清小说研究》1995 年第 4 期。

以反对那些烦琐无补于作品研究的考证，就是某些有考证癖的专家为考证而考证，从来不想与元气淋漓的作品去挂钩。人们之所以提出"回归文本"，恐怕并不是嫌真正的红学考证做得差不多了，而是离这部作品愈来愈远的缘故。因此，为了对统治红学三十年之久的胡适考证派研究范式弊端进行反拨，强调红学的"回归文本"或"思辨索原"，是非常必要和及时的。社会历史批评范式正是向更纵深的《红楼梦》文本诠释方向迈出了一大步，由"史料还原"走向了"思辨索原"，开辟了红学研究领域的新向度，建立了红学史上一座新的里程碑，从而使《红楼梦》研究步入了继古典红学、近现代红学之后的当代红学新阶段，其学术史意义是不可低估的。恐怕只有从这个高度而不是碎片化去看待1954年那场红学大讨论，才能把握住社会历史红学批评范式的真正品格和历史价值所在。

如果从吸取教训的角度看，李、蓝当年的文章也并非完美无缺。主要问题在于以"烦琐"来贬低"考证"的作用和价值，同时由于受当时特定政治环境的影响，社会历史批评派红学又过分看重文本中的社会历史内容部分，《红楼梦》仅仅被当作一份记录一定历史时期的文本材料。但有必要指出，社会历史批评派红学自身也有其发展的阶段，两个"小人物"当年与俞平伯商榷的《关于〈红楼梦简论〉及其他》一文，虽然在尝试运用马克思主义文艺观去研究《红楼梦》时有着简单化问题，文章本身存在粗糙和不够成熟之处，但毕竟与"文化大革命"期间庸俗社会学笼罩下的"评红热"催生的大批判式文章不能简单画等号，它们之间有着本质的区别，尤其是改革开放后，李希凡重新焕发了第二次青春，写出大量《红楼梦》思想、艺术方面的很有力度的文章并结集出版。他在坚持当年红学范式的同时，又吸纳了新时期以来的红学考证和文艺美学成果，说明社会历史批评派红学是开放的体系，经过融合当代优秀的理论成果，不断丰富自己的学术内涵，仍有广阔的发展空间。

外来文化思潮涌入与红学空间拓展

一

　　《红楼梦》的命运与中华人文学术史的递嬗变革密切相关。毋庸置疑，在整个红学史上，20 世纪真正地铸就了红学的辉煌，伴随着论战交锋出现的新旧红学的宗师巨擘蔡元培、胡适，他们分别以自己独特的学术视角解读《红楼梦》，令人耳目一新并为其他流派所无法取代；但同时，也因自己的立足点而导致偏差，像索隐派的犯呆犯傻、考证派的自结牢笼，时至今日还给人们留下了这样那样的遗憾。今天我们当然不能将这些流弊完全"寻根"于前贤，因为特殊的时代限制了他们的学术视界。

　　然而，就是在那样一个特殊的时代，也有人自能冲破樊篱，凌跨红学诸派而一枝独秀。当红学界依然被"索隐派"搅得浑浑噩噩之时，当《红楼梦》依然被评点派当成"闲书"欣赏的时候，一位于中学西学间抴注彼此、撅开奇蕾丛簇的文化巨人却独上红楼，通过《红楼梦评论》开始了跨文化比较研究，以其博大的堂庑和不同凡响的建树开拓了解读《红楼梦》的新向度。红学何幸，但有静安便生辉！有识之士早已指出：具有现代学术品质的"新"红学应从王国维开始。这是颇具眼光的睿识深见。

　　王国维却又是不幸的。"寒塘渡鹤影，冷月葬诗魂"，人们在惋惜这位学人魂"天下国家衰一身"自沉悲剧的同时，也为《红楼梦评论》在当时的知音难觅而扼腕叹息！香港已故著名红学家宋淇曾指出："最可惜的是王国维在文学批评方面建立了桥头堡，后继无人，没有人做更深入的研究。"❶摸之近现代红学发展的史实，比较符合实际。

王国维的《红楼梦评论》通常被视为对于《红楼梦》的美学、哲学上的诠释，尽管这种诠释只占其中的第五小节，但它的研究视角却能在红学史上别开生面，只是由于它不符合西学东渐之前的中国学术传统，亦即缺乏必要的学术背景和学术群体的支撑，虽然它对《红楼梦》的解读可算是"回归文本"，但王国维在这一视角下展开的诠释内容如"消极解脱说"等却更多地被否定。此后，考证派红学既兴，王国维模式遂成绝响。然而，《红楼梦评论》毕竟是空谷足音，王国维是将西方文艺理论引进红学领域的第一人。

有些论者认为，王国维之后，红学批评派的传统绵延不绝，特别是 20 世纪下半叶以来已在红坛上占统治地位，怎么能说王国维模式成为"绝响"或如宋淇讲的"后继无人"呢？

其实，这也是皮相之见。后来的批评派红学并没有在王国维开辟的道路上前进，而是更注重从社会的经济关系、阶级关系去诠释《红楼梦》；然而在红学的社会学诠释下，《红楼梦》只是被当作一份记录一定历史时期的文本材料，这与从结构整体上去把握作品，显然有着文艺与非文艺、实用与审美的本质区别。由于社会学注释的维度局限于历史、政治方面，势必在一定程度上遮蔽了《红楼梦》的审美视线，实际上是以牺牲王国维模式的合理内核为代价的。真正伟大的作家无不关注人类的生存价值与意义，而关于《红楼梦》的"意义"，红学中的社会历史批评派的确已经阐释得淋漓尽致，然而充盈于《红楼梦》中对人类命运的形上追问与思考，却鲜有"解味"者。

当然，放到红学发展史上去考察，对 20 世纪 50 年代以来勃兴的社会历史批评派，也要客观地估衡其历史地位。从积极意义上讲，它使《红楼梦》普及到相当的程度，恐怕自有《红楼梦》以来，也

---

❶ 宋淇：《新红学的发展方向》，《红楼梦学刊》2001 年第 2 辑。

没有出现过如此空前的盛况。具体到个人如何解读，那属于"趣味无争辩"问题，鲁迅说过："单是命意，就因读者的眼光而有种种"，所谓"经学家看见《易》，道学家看见淫，才子看见缠绵，革命家看见排满，流言家看见宫闱秘事……"，怎么能不允许别人"看见政治"甚至看见"阶级斗争"呢？至于看法正确与否，治红学史的学者自可做出评价来。但我们应该承认这样一个基本事实，随着《红楼梦》的普及，红学也在古典文学中独占鳌头且受到国际汉学界关注，特别是社会历史批评派对《红楼梦》那种全新的研究范式，对流行已久的古典文学研究范式——考证派独霸红坛的局面确实具有一举扭转乾坤的意义；但是从消极方面上讲，由于《红楼梦》不止一次成为政治斗争的载体，其专学意义和学术价值也随之减弱，使《红楼梦》研究在通俗化的同时也变得日益庸俗化。诚如钱锺书先生沉痛感慨过的："大抵学问是荒江野老屋中二三素心人商量培养之事，朝市之显学必成俗学。"诚哉斯言！如今红学界提倡"回归文本"，审美研究已成为红学的主流，这是对庸俗社会学笼罩下红学研究偏向的反拨，因为如果学术研究纷纷卷入政治的旋涡中，那就容易失去自我，即所谓"批评的失语"。看来"失语"不仅仅是西学东渐形成的冲击，还有本土内在的根源和环境土壤。

如果进一步分析这个问题，社会历史批评派与外来文化思潮的涌入有一定的渊源关系，它实质上可以溯源于 19 世纪以前较为重视作品与时代关系的那种西方文艺批评，只不过到了 20 世纪 50 年代时，这种影响的产生已经是间接过滤式的了。从吸取教训的角度看，20 世纪 50 年代后的红学文章因为片面强调"历史层面"，结果"现实主义"变成了极其简单的公式，其他如所谓"典型形象""典型环境"等舶来品，也是与解读的文本格格不入，就勉强拿来去"套用"而不顾及文本的整体性和复杂性，发展到以后的"文革"时期，红学文章沦为庸俗社会学的产物，也就势在必行了。

尽管如此，社会历史批评派由于重视了作品时代背景的研究，从而拓展了《红楼梦》研究的学术空间，这是应该肯定的。今天红学界倡导的"回归文本"，实质上也是这一传统的承续。

同样的，由此上溯到20世纪初王国维之后的红学批评，我们也要以历史唯物主义的态度客观看待。五四时期，随着西方学术思潮更多地传到中国，《红楼梦》研究受到的这种影响也就更大，出现了一批直接用西方文艺批评标准来评析《红楼梦》的文章。郭豫适《红楼梦研究小史续稿》中专辟一章"西方文艺思想和《红楼梦研究》"，评价十分公正。但由于该书系20世纪80年代出版，且从体例上始于五四，迄于20世纪60年代初，特别是胡文彬、周雷编的《海外红学论集》《香港红学论文选》《台湾红学论文选》当时尚未面世，使得那些处于各种学术争鸣异常活跃折冲之地的受西方思想影响的红学文章没能及时介绍到大陆红学界，囿于材料的限制，该书也就没能对这个专题进行系统探讨；同时，也由于王国维之后用西方文艺思想研究《红楼梦》这种范式被考证红学所取代，经过20世纪三四十年代的民族救亡，这种研究模式遂截云断岭，造成客观上篇数不多、形不成气候的局面，郭豫适著作中的评介，也仅指出三篇作为例证，即吴宓的《红楼梦新谈》、佩之的《红楼梦新谈》、陈独秀的《红楼梦新叙》等。吴宓将贾宝玉与英国雪莱的风流行为相比自是牵强，但他关于《红楼梦》艺术方面的论述颇可采信。又如佩之引用尼采的话，提出对《红楼梦》应当"重新给它一个价值"，尽管这种价值观在今日看来也许是老生常谈，诸如曹雪芹的书是批评社会的"婚姻问题，纳妾问题，子女教育问题，弄权纳贿问题，作伪问题"，等等，但在当时，也还不失为新人耳目之语。尤其是他对《红楼梦》全书结构的分析，如"从第一回到九十七回，全书的进行是向上的；从九十七回到末回，全书的进行是向下的；中间'苦绛珠魂归离恨天'一回，便是全书的最高的一点"。虽立论颇采八十回后者，但比起传统评点派琐碎的结构说，似显得更为简捷、醒豁。因此，从整个红学史上来看，20世纪初以来的那些用西方思想研究《红楼梦》的文章，虽然由于时代环境的限制及这些文章自身的缺陷，如社会转型时期必然出现的新旧思想杂糅，特别是引进外国文艺理论时在操作上的机械套用等，以至于它们未能形成主潮，但若从拓展《红楼梦》研究学术空间所做的贡献这个角度看，也是不能一笔抹倒的。

二

西方文艺思潮真正对大陆红学界产生的冲击影响，是在 20 世纪 80 年代以后。随着"文革"的结束和思想解放运动给学术带来的宽松环境，使得红学研究的范式呈现出多元并存的格局，这表明红学研究已经摆脱了政治化的思维定式。

由于摆脱了以往政治功利观念的影响，《红楼梦》这部作品现在被更多的研究者看成是作家追求"心灵自由"的表述，因此研究者更关注文本自身。甚至有些研究者对于考证曹雪芹身世失去了兴趣。他们引福克纳、海明威等世界名作家的看法为例证，认为伟大的作家应该退隐于作品身后，法国文豪福楼拜也曾经说过："小说家的任务就是力求从作品后面消失。他不能当公众人物……如果一个小说家想成为公众人物，受害的终归是他的作品。这些小说，人们充其量只能当是他的行动、宣言、政见的附庸。"

这些话，我们现在还无力完全否认。的确，伟大的小说里所蕴藏的智慧总比它的创作者要多。《生命中不能承受之轻》的作者米兰·昆德拉曾称之为"小说的智慧"。因为它不仅是作家意识层的人生经验及创作思想的实现，更是作家无意识的载体。而按照心理学的看法，无意识恰如冰山隐没于水下的部分，比意识更深刻、忠实地反映人。就《红楼梦》而言，似乎也没有理由认为，它仅仅是曹家的谱牒记录。当然，我们也不能用一种倾向去掩盖另一种倾向。在红学研究中，将"作家本位"与"作品本位"完全二元对立的倾向是不足取的。事实上，在近年的红学研究中，家世、版本等考证派的研究范式仍很有市场。只要对解读《红楼梦》这部作品哪怕有一点实际价值，我们对家世、版本的红学研究还是表示欢迎的，这总比那种大而无当而又庸泛的文学批评要质实得多。正如宋淇所说："坏的文学批评比考据和资料的整理更不着边际。"❶

但是考证派不是直接去研究文本自身，旨在提供更多的作家背景知识，就其研究对象、研究过程而言并不属于文学研究的范畴，如果我们再进一步从《镜与灯》的著者所论述的文学四要素构成的角度去考察，就看得更明白了。我们必须承认，单独的曹学也仅限于作者的研究，而不能最终抵达文学本身，亦即新批评派的所谓"文本外部研究"。这种外部研究，立足点的偏差在于过分地将《红楼梦》与曹家史实一一对应，而其具体解决问题的途径则是通过考察曹雪芹的身世来阐释《红楼梦》的主题和情节。这比较符合我国古代的"知人论世"的传统，也的确解决了不少问题，从而将《红楼梦》研究建立在扎实的史料基础之上，具有一定的科学性。因为作家在创作时，完全有可能融进自己的生活经历，像巴金的《家》等即是明证。但是聪明的作家能将那些生活素材巧妙地整合、融化，从而构造成为新的意义单位。后世的考证派却硬要机械地对《红楼梦》这部作品实行"史料还原"，那就不免胶柱鼓瑟了。

正是由于考证派、社会历史批评派各自立足点的偏差，必然会导致红学研究者们"求新声于异邦"，用其他治学范式对他们的失误做出纠正。不错，"文献还原"式的考证和社会历史批评这两派都能告诉人们《红楼梦》中"有什么"，但"有什么"是不能等同于"是什么"的。即使考证清楚曹雪芹扑朔迷离的身世或者真的索隐出什么历史事件来，也未必能穷尽了《红楼梦》中的一切；况且目前红学界更多的是侧重曹雪芹远祖的考证，这自然有价值，因为创作界也有"寻根"文学之说，去追溯自己祖先的文化传承。但曹雪芹本人实际上却

---

❶ 宋淇：《新红学的发展方向》，《红楼梦学刊》2001 年第 2 辑。

是萍踪不定的由"秦淮旧梦"到"燕市悲歌",问遍天涯家何在,空余明月"悼红轩"。雪芹即使有"家",谅也不过是《红楼梦》开篇"茅椽蓬牖""瓦灶绳床"的景象,已与当年曹寅时期的那个百年望族不可同日而语,我们为什么不能探索一下曹氏家族式微后漂泊状态下的曹雪芹的"精神家园"及其对《红楼梦》的直接影响呢?

当代西方新批评派提出文学"本体论",认为研究作品,无须研究作者的传记,无须研究历史背景等,并视那些为"外在研究"。这实际上是强调文学四要素中的作品,即要求对作品进行主体价值学诠释。这种由外向内的诠释维度的转换,正是对传统治学范式偏向的反拨,虽然在提法上陷入片面但又不失其深刻。20 世纪 80 年代以来,随着主体性哲学在中国大陆的演成主潮,以主体价值学诠释为特征的新批评派也就为不少研究者所乐于采用。应该承认,新批评这种研究范式让人们把目光聚焦于作品,并将这一局部显影放大,使人们看清了它的详细构造,意义自不可估量,也具有一定的科学性。对《红楼梦》主体价值方面的诠释也确实比以往更深入了一层,但如果夸大认为是研究了作品的全部,那就又犯了以偏概全的错误。特别是新批评派不惜割断"世界—作者—作品—读者"中的三个重要环节,只剩下"作品"一项,更显出"见木不见林"的形而上学。倘若我们把《红楼梦》这部作品经过新批评派那样的微观显影放大后,再吸收考证派、社会历史批评派的研究成果,将作品放置到特定的时代背景上去进行宏观考察,追溯作品之所以在此时出现的根由,岂不是看得更清楚,分析得也更加圆满、得体、到位么?因为如果不把史料还原作为意义探究的前提,那么最终所寻得的意义很可能就是随意的。虽然我们也承认,并非所有的史料还原都蕴涵着对《红楼梦》文本解读的有效性(比如那些无关宏旨的一事一考、一字之辨,更为极端的是那些横逸斜出的与《红楼梦》略无瓜葛的考证),但是我们不能人为地将"文献还原"与"思辨索原"二元对立起来,尽管我们的最终目的还是应该回到文本,探讨《红楼梦》本身的精神向度及其在世界文学史上占据的地位。

三

当代红楼学人中，确有不少以西方文艺理论解读《红楼梦》者。如梅新林的《红楼梦哲学精神》，以"神话—原型批评"为主的方法来建构理论体系；刘宏彬《红楼梦接受美学论》这部专著，从题目上即可看出其对《红楼梦》的阐释转向于文学四要素之一的读者；还有俞晓红的《红楼梦花园意象解读》，特别是她把《红字》中的"A"字和《红楼梦》中的"玉"进行比较，从中可以寻绎出西方"意象批评"的影响轨迹；还有根据需要杂取各种西方文艺理论来解读《红楼梦》者，如饶道庆的《红楼梦的超前意识与现代阐释》，李劼《历史文化的全息图像——论〈红楼梦〉的文化皈依和美学革命》以及段江丽、陈惠琴等人用现代西方心理学阐释《红楼梦》中的人物形象；还有陈维昭用西方互文性理论去研究传统的索隐派等。总的来看，当代红楼学人们虽然大多沿着弗洛伊德、荣格、韦勒克·沃伦、尧斯、罗兰·巴特、伽达默尔、弗莱等人一路"引"来，但由于他们自身的学术水平，运用到红学上时，解释的也还算得体、到位。或许这种解读既闪烁着西学"舶来"的吉光，又与国学结合得较好。但除上述之外，也确实有一批红学文章（又不限于红学），倘若我们剥去其西学的外壳，就发现其研究方法并未超越传统的文学批评，只是结论中多了一些心理学、叙事学、文化学的东西，而又没有经过融化，是直接从西学中拿来的产品。需要指出的是，有时这类文章的各个版块间比例失调，比如西学理论大于《红楼梦》文本分析，让人弄不清楚这是借心理学、叙事学、文化学来指导文学解读呢，还是以《红楼梦》为标本去挖掘其中的心理学、叙事学、文化学的宝藏？

但不管怎么说，这种研究范式为红坛吹来了新气息。对比传统红学的研究现状，特别是一般性的《红楼梦》思想内容、艺术手法分析、庸泛的人物论等，即近代文艺心理学家所说的那种"套板反应"式的陈词滥调，应该说是一种进步和超越。当今的世界是开放的世界。在这样的一个时代，只有敞开胸怀，吸取别人的长处，才能保持与别的民族对话、共处的权利。红学研究也是如此，应该在返回中国传统文化原点的同时，参照西方文艺理论的精粹，所谓"多元吸纳，一元凝聚"。为什么要参照西方精粹为红学所用？这主要是因为中西研究方法是不同的，可以在互相交流中资源共享，共同补益。

中国人做学问相对来说随意性强，不管怎么概括，大都难脱"得鱼忘筌"的批评模式。中国学人长于印象随感式批评，这里我们以《红楼梦》上的脂批以及后来出现的《红楼梦》评点家为例，尽管它们在解读作品时能给人一种剥骨剔髓的明爽感，但同时我们也必须清醒地意识到，这种传统的批评不爱穷尽其理的分析，拒绝卷入严密的体系。我们不是妄自菲薄，也不否认评点派的价值，作为中国小说批评史上的一个重要阶段，评点派自有其不可抹杀的贡献，但是我们也不能人为地夸大它们的作用，像北京大学教授叶朗的专著《中国小说美学》，将一般的小说技法学上升到"美学"的高层次，窃以为就值得商榷。实际上，评点派由于存在支离破碎的形式上的弊端和自身思想上的局限，在整体上是很难驾驭《红楼梦》这样一部伟大杰构的；特别是当西方批评家已经建立了"小说修辞学""整体小说诗学"的时候，我们还故步自封，抱残守缺，红学研究就明显地滞后于时代的发展了。我们适当引进一些先进的西方文艺理论是很有必要的。相比中国传统文学批评而言，西方有关的文体学、叙述学等理论的共同点是：它们均以文本形式为研究对象，试图使文学批评建立在相对稳定、客观的基础上。如果我们以西方人重视对作品形式做切割式研究为参考系，并与我国的传统治学范式结合起来，那将会开拓《红楼梦》研究的学术空间。

20世纪是西方文学批评空前活跃的时代。有的学者认为，如果不考虑各种理论的利弊得失，而只考察批评家们的着眼点，也可以说

20世纪的西方批评是面上的拓展与点上的掘进齐头并进的。结合到红学研究上来，如果我们侧重研究《红楼梦》文本，那么像结构主义、叙事学、符号学、新批评、修辞批评等，完全可以消化吸收后被我们所用；如果从《红楼梦》的影响史角度考察，即侧重从文学四要素之一的读者角度考虑，强调重建作品的阅读空间，那么解构批评、接受美学、文学社会学、阐释学等，研究者自可各取所需。从某一个点向下掘进，也导致了点上的深化；每一个点又涉及许多层面，不同的研究者掘到哪一个层面，必然会有欣喜的发现。比如，研究曹雪芹的创作过程，如果我们单纯停留在刘勰的《文心雕龙》阶段或是脂评所提示的那样去理解，那也只能注意到曹雪芹的意识层，而引进弗洛伊德的精神分析，则可能掘进到曹雪芹的无意识层面；再进一步引进些荣格的分析心理学，很可能又掘进到了曹雪芹心理结构中的集体无意识层面；如果再引进索绪尔的语言理论作为参照，我们也能发掘出不少《红楼梦》语言层面的价值；如果我们再引进些意象批评、神话原型批评的理论，那么对于《红楼梦》这部作品象征意象背后蕴藏的民族文化心理，对于《红楼梦》哲理层次、文化层次的解读，无疑是有益的。这样做到面的拓展与点的掘进同时并举，对于开拓红学研究的新视野，一定能打开一个别有洞天的新境界而为大家所欢迎。

四

一位红学朋友就红学学科的重建问题曾写过一篇大块文章《经学品质—国学架构—汉学视域》❶，对于其视《红楼梦》为"拟经"之作，所谓"反面春秋"，坦率地讲，笔者不敢苟同。将《红楼梦》提升为"第十四经"去笺注索解，势必变相地重新陷入索隐派的泥潭；但该文中指出："在20世纪中西文化碰撞时代有幸成为'显学'的现

❶ 乔福锦：《经学品质—国学架构—汉学视域》，《南都学坛》2002年第1期。

代红学，其学术体系归属于跨学科的国学大系统而非小系统。在日益全球化的新时代，红学的视界应突破国门之限。国际汉学视域，乃是这门'东方专学'广阔的学科新天地。"无论是提法还是思路，都颇有新意。

关于红学这一"东方专学"的发展态势，还有必要强调指出：在与国际学术接轨、学科空间全面拓展的大前提下，红学的首要问题应该是比较文学研究的角度确立。因为两种不同学术文化的比较研究，往往会得出同一文化立场、单一学术维度中难以产生的结论，这一点已成为目前学术界共识。张法在《中西美学与文化精神》中讲过：

具有现代精神的比较学，从基本上说，就是一种引入新的参考系的研究，通过新参考系的引入，显示事物在原有参考系中无法显现的新的性质，从而深化对事物的认识。❶

比较文学在红学中的运用，正是为了将王国维等前辈学者当年开辟的研究方向进一步引向深入。尽管王国维模式也存在某些清晰可见的误区，但这些误区又适足以成为我们接踵而进的新起点。王国维生于现代阐释学远未成熟的近百年前，因而他的《红楼梦评论》中有更多的"误读"成分，但难能可贵的是，在"误读"中还是体现出更多的创造性的解释。而我们今日的中青年红学研究者有着比他更多的优势，专攻外国文学、比较文学的博士、硕士越来越多，又懂外语，可以看原文资料，有条件的学者还可以到国外去访学。特别是作为中国学人，我们可以将《红楼梦》和中华文化精粹毫不费力地联系起来，这是缺乏中国文化背景的西方学者很难达到的境界。我们不仅应在《红楼梦》内容上的诠释要超过王国维那个时代的学术水平，还应在形式上多做些与外国文学作品的比较研究，如结构的、语言的、意象

---

❶ 张法：《中西美学与文化精神》，北京大学出版社 1994 年版。

的、叙事角度的、修辞的、文类批评的诸方面的综合研究，从而全方位地拓展《红楼梦》研究的诠释维度。

我们正处在一个非同寻常的文化转型时期，不同文化面临的种种冲突更加凸现出交往理解的必要性和迫切性。反映在红学研究上，如果一味恪守传统的研究模式，就容易在文化交流之间形成一道无形的"文化壁垒"，从而成为红学走向世界过程中一个相当突出的困扰。关于比较文学在红学中的运用，我们也不能因为前人有过经验教训就因噎废食，不能动辄就指斥人家用西方理论研究红学是"误读"。需要指出的是，"误读"作为中西方文化交流中不可回避的文化现象和解释学原则，被一定程度上属于人为的理论夸张并导向一种思维的误区，它无形中暗示着某种民族文化本位的理论立场，以极具情感说服力的借口，为某种不愿走出自身狭窄文化视野的自我中心主义找到了最实用的理由，从而构成了文化交流上的困境。红学既然被称为古典文学的窗口，那么更不应该画地为牢，而应该让红学成为各种理论模式的试验场。至于新方法在引进红学研究中表现出的不足，我们当然应该有清醒的认识并在实践中纠正，但是不能因此而放弃探索。

像《红楼梦》这样伟大的作品，也不可能是任何一种研究方法能笼罩住的。正像我们前面讲过的，要"多元吸纳"，最终争取达到"一元凝聚"的新境界。《红楼梦》应进入整体的文化研究视野，但是又不能昧于文学的审美感知。如果以注重文献的红学考证派为理论建构基础，再以高屋建瓴的理论思维革新考证派，同时在现代美学观照下拓展评点派、索隐派、社会历史批评派的视野，使那些传统的方法离琐碎而远大，摒狭隘而见宏阔，不也是一种建设性的新旧融通么？研究方法总是在摇摆、对峙、反拨中发展的，经过"多元吸纳"后的融通、贯穿、整合，红学前景一定会更加美好。

当代红学六十年的历史回顾及展望

  如果说《红楼梦》在一座座文学的崇山峻岭之间可比作"世界屋脊"珠峰的话，那么，曹雪芹无疑就是星汉灿烂的文学星空中最醒目的一颗。2014 年恰恰是毛泽东《关于〈红楼梦〉研究问题的信》发表整整六十周年，是当代红学的"甲子纪念"，无论红学史家对那场红学运动做何评价，但有两点却是研究者相同的立场，即近、现代红学与当代红学是以 1954 年为分水岭的，由两个"小人物"引发的那场运动无疑是红学史上的重大事件，这个事件对以后的《红楼梦》研究乃至整个古典文学格局都产生了深远的影响。今天，拂去历史的烟云重新审视那场重大红学运动，回顾当代红学六十年的历史进程并进行学科走向展望，对"红学"模式的转型与重新建构无疑有其重要的理论价值和现实意义。

一

  中华人民共和国的诞生，是继辛亥革命推翻清王朝至五四运动之后中国社会的又一次重大转型。如同伴随上次重大社会转型红学领域出现的新红学考证派与旧红学索隐派交锋对垒一样，《红楼梦》研究方面由于"社会历史批评派"与主流意识形态的合拍，遂取新、旧两派红学而一枝独秀。1954 年 9 月 1 日，山东大学的《文史哲》刊物发表了两个"小人物"李希凡、蓝翎与红学权威俞平伯商榷的《关于〈红楼梦简论〉及其他》一文，引起毛泽东高度重视并发表了《关于〈红楼梦〉研究问题的信》，从而揭开了红学史上新的一页，《红楼梦》研究进入了当代史阶段。不管那场划时代的红学运动有多少偏颇或不足，但有一点还是有其"合理内核"的，这就是着重对文本阐释的研究路向，用今天的话说，就是由"外学"转向"内学"即"回归文本"。可以这样说，与20世纪80年代以降红学的多次论战大都围绕着家世、版本等史料辨析不同，这时的红学论争毕竟主要是围绕着《红楼梦》的思想性展开的，虽然由于它的"形而上学"立场和政治运动性质，又不可能使思想性的探讨达到真正的准确和深刻，但对统治红学达三十年之久的胡适考证派批评却颇能击中要害。

如果从吸取教训的角度看，"社会批评派"在红学研究中过分看重《红楼梦》中的社会内容，《红楼梦》只是被当作一份记录一定历史时期的文本材料，这与从整体上把握作品，显然有着文艺与非文艺、实用与审美的本质区别。如翦伯赞的《论十八世纪上半期中国社会经济的性质——兼论〈红楼梦〉中反映的社会经济状况》及邓拓《论〈红楼梦〉的背景和历史意义》两篇文章可说是这方面的代表作❶。从中国学术史的渊源上考察，社会批评派红学与我国传统的侧重微言大义的"宋学派"一脉相承，也与"五四"以降西方文艺思潮的涌入有关。把《红楼梦》当作"历史"来读，这种看法本身并没有什么特别不合理之处，如果离开历史、社会而仅仅从作品本身去寻找答案，人物形象也就变得难于理解而流于随意性，这方面恰恰是"社会批评派"对"考证派"的可贵反拨。胡适所开创的"新红学"研究模式仅强调"作者"与"版本"两项，对"时代背景"的深入考察，是社会批评派红学的重要贡献，可以说，在一定程度上拓展了《红楼梦》研究的学术空间。当然，作为中华文化的"全息图像"，《红楼梦》又不仅仅是写了"历史"，从这个意义上来考察，"社会历史批评派"对《红楼梦》的诠释维度就有限，因为它不能穷尽《红楼梦》的全部。社会历史批评派红学被纳入政治轨道的学术批判运动，也必然会导致

---

❶ 翦伯赞文载《北京大学学报》1955年第2期，邓拓文载《人民日报》1955年1月9日。

学术品格的失落。尽管对胡适、俞平伯《红楼梦》研究的批判是新政权建立以后对意识形态整合的需要，并对当时学习和宣传历史唯物主义、辩证唯物主义起到了很大作用，但学术问题是精神层面的问题，采取政治批判运动的方式来解决，就容易流于简单和片面，更不利于学术的健康发展。如果说要全面总结历史经验的话，政治与学术的关系应该是首先要反思的问题。

1954 年的《红楼梦》批判运动之后，围绕着红学思想理论层面的争论主要是对"市民说"的质疑。"市民说"的核心论点是：曹雪芹作为"新兴市民"的代表写了一部"市民文学"，贾宝玉和林黛玉是"新人的萌芽"。何其芳在《论红楼梦》中对此提出异议，认为用"市民说"解释清初的思想家和《红楼梦》是一种教条主义的表现，他还提出了"典型共名说"，后来蒋和森的《红楼梦论稿》又把"共名说"发展成"共感说"❶，这就形成了与社会历史批评派"典型论"的争鸣。其实，正像有人指出的，"共名说"与其说"在建设性方面有理论意义，毋宁说在拦阻渐渐上涨的庸俗社会学、机械唯物主义论的思潮上起了中流砥柱的作用"❷。

20 世纪 60 年代特别是"文化大革命"期间的《红楼梦》研究，基本上逸出了学术的范围而成了政治的工具，操作方式是用阶级斗争的观点去分析《红楼梦》中的人和事。也有研究者对这段红学历史持保留看法，如刘梦溪《红学三十年》一文就代表了另一种倾向。❸基本观点是认为《红楼梦》在那特殊的时代也得到了相当程度的普及。其实，这也是皮相之见。《红楼梦》的普及与对《红楼梦》的内在价值真正学术性的认知完全是两回事，遥想当年的"评红"运动，确实曾震撼朝野上下，席卷大江南北，一方面让《红楼梦》普及到街谈巷

---

❶ 何其芳《论红楼梦》收入《文学研究集刊》第5册,1959年人民文学出版社出版的《红楼梦》曾将此文加以删节作为代序; 蒋和森《红楼梦论稿》,人民文学出版社 1959 年版。

❷ 胡明:《"红学"四十年》,《文学评论》1989 年第 1 期。

❸ 刘梦溪文载《文学研究》1980 年第 3 期。

议的程度，使红学在古典文学中独占鳌头且受到国际汉学界的关注；但另一方面，其专学意义和学术价值也随之减弱，使《红楼梦》研究在通俗化的同时也变得日益庸俗化。由于《红楼梦》中蕴含着异端性、反叛性、超前性，而这种思想向度其实具有某种"革命"意味，造成了1949年以后特别是"文化大革命"的特殊历史时期它学俱废、红学独兴的畸形繁荣局面，称它为"显学"并不为过，但学术研究应该通过对具体作品的解读而达到客观认知而非外力所加，这是我们应引以为戒的学术教训。

二

1978年开始的改革开放，标志着中国社会的又一次重大转型。由于摆脱了以往政治功利观念的思维定式，红学研究更关注曹雪芹和《红楼梦》的本体。这一个时期的《红楼梦》研究表现出集团性和组织性，《红楼梦》研究所和中国《红楼梦》学会先后成立，专门的《红楼梦》研究刊物《红楼梦学刊》创刊出版。从那时起，红学界发生过多次较大的学术论争，但基本上属于文献的发现考证及由此而引申出来的问题，如关于河南省博物馆收藏的陆厚信绘"雪芹小像"的真伪的争论、曹雪芹香山"故居"的争论、张家湾曹雪芹"墓石"真伪的争论、关于脂批本真伪的争论等，其中，关于《红楼梦》"原始作者"和曹雪芹祖籍的争论最为激烈和持久。戴不凡在《北方论丛》1979年第1期发表的《揭开〈红楼梦〉作者之谜》长文，引起了红学界广泛注意。而在曹雪芹祖籍方面，则形成了"丰润说"与"辽阳说"的长期对峙。这些争论的产生，首先是自"文化大革命"结束后人们厌倦了"政治红学"转而将精力投注于纯学术上。此时，各种争论都把问题推向了一个更深广的层次，促发了关注曹雪芹和《红楼梦》的社会热情，扩大了《红楼梦》的社会影响。当然，这些争论都有一个明显的共同点，就是距离《红楼梦》的文本意义日渐遥远，以至于愈来愈引起了人们的不满。其实，美籍华人学者余英时早已对这种红学现象提出过尖锐的批评。● 他的有关论述对于纠正考证派红学的末流有着积极的作用，但其观点也有不少可议之处。最根本的失误，是对红学考证工作的难度及其重要性估计不足。他讥讽"红学"蜕变成"曹学"，其臧否倾向，已尽含其中了。诚然，我们没有理由认为，《红楼梦》仅仅是曹家或清代历史的谱牒记录，但我们也很难设想，一个对清代历史、对作者生平一无所知的读者，会对《红楼梦》的理解把握到什么程度。我们可以指出某些考证对红学研究有没有用，有没有效，但却不能指责红学考证本身。

周汝昌在 1982 年发表的文章中●，不仅维护考证派红学的重要地位，还特别强调了红学研究的范围只包括"曹学、版本学、脂学、探佚学"四个分支，但也有人将上述内容目为"红外线"而颇有微词，认为真正的"红学"应是用小说的观点去研究《红楼梦》"本身"，即通过分析小说的内在结构，将作家的"本意"发掘出来的学问，两种观点可谓针锋相对。就争论双方的逻辑归宿来说，后者能得到大多数研究者的同情，是可以理解的。长期以来，考证派特别是考证曹雪芹远祖的文章汗牛充栋，不少文章用力虽勤，但却存在着琐屑、苍白的流弊，无关宏旨的一事一考，甚至一字之辨，使得许多重大的红学现象往往有意无意地被置身于脑后。当然，关于红学定位的论争，也使得考证红学的几个分支都得到了进一步的发展，特别是"探佚学"从倡导到最终建立，并对以后的《红楼梦》电视剧拍摄给予了重要影响。探佚派对《红楼梦》前八十回与后四十回的辨析方面具有其他红学流派不可替代的优势，但这一派也有一个通弊，就是价值取向、参照系上表现为"一维性"，即"凡是"曹雪芹前八十回和脂批提到的情节就视为写得好的文字，对后四十回有相当可能掺杂的曹雪芹笔

● 余英时：《近代红学的发展与红学革命》，见《红楼梦的两个世界》，上海社会科学院出版社 2002 年版。

● 周汝昌：《什么是红学》，《河北师范大学学报》1982 年第 3 期。

墨就不去爬梳，甚至写得好的文字也不肯正视，从而弊于一曲而失其正求。尤其是抓住脂批和前八十回有关谜语、诗词的只言片语就想入非非去探索《红楼梦》后半部的情节，更是用主观想象去代替客观实证，也势必会走到探佚派创立之初要"还原曹雪芹原著真面"的反面；与此相联系，再以考证派中的版本和成书过程研究来说，这本来该是红学研究中最基础的史料还原，而真正把《红楼梦》原始文字的源流演变的脉络梳理清楚，当然是很有意义的，但有的研究成书过程的学者仅仅根据尚未露出庐山真面的《风月宝鉴》，以及抓住《红楼梦》中的某些独特语言现象就不加节制地猜想，不但得出的结论缺乏可信度，而且还有把曹雪芹呕心沥血、精雕细琢的艺术品解构为未成型的粗糙毛坯之嫌。

与考证派红学在 20 世纪八九十年代以来形成的"热点"相对应，索隐派红学在这一时期也出现了前所未有的复兴。先是名噪一时的霍氏姊弟出版了《红楼解梦》，其索隐结论是"曹雪芹毒杀雍正帝"，继而是著名作家刘心武在"百家讲坛"上的系列红楼讲座，引发了新一轮"红楼热"。当然他提出的"秦学"并声称是从对秦可卿原型的研究入手，揭示《红楼梦》文本背后的清代康、雍、乾三朝的政治权力之争，也引起了红学界的批评。本来，索隐派想挖掘作品的微言大义，有其合理的因素。中国文学讲究意在言外，小说这种文学样式更容易容纳象征意象，何况《红楼梦》包孕又是那么丰厚。问题在于如何具体看待《红楼梦》里的人和事，索隐派的致命弱点是求之过深，使得那些本来有些道理的东西也弄得不能自圆其说，特别是索隐派的最大毛病在于它非要在文本意义诠释领域中进行"史料还原"，以为这样的"还原"才算解读了《红楼梦》。其实，不管《红楼梦》里存在着多少真实历史信息，而这些信息一旦进入小说艺术整体中，就已经被天才的作家所整合，从而被构造成新的意义单位。由于索隐派这种理论上的先天不足，自然挡不住科学的红学新理论的摧陷廓清。今日，索隐派早已失去了当年那种"反满"时代风潮的支撑，即使有市场经济下媒体的炒作，这种"文史合一"的研红模式也不可能成为主流力量去推动当代红学的发展。

三

红学流派都有各自的源流谱系，无论是较为注重史料钩沉的索隐派、考证派还是偏向于思辨分析的批评派，就其根源上讲，它们与中国传统经学史上的"西汉今文学派""东汉古文学派""宋学派"一脉相承。当然，这样的描述也还只是线性描述，人文科学中的某些现象往往呈现着非线性嬗变，学术流派的嬗变沿革还有其更为深刻的时代价值观念、集体无意识的影响渗透。"辨章学术，考镜源流"也正是为了全面了解红学各个流派的特征，从而使多视角的研究具有某种互推互补性，因为研究方法总是在对峙、摇摆、反拨中发展的。

应该指出的是，红学研究中的不同流派对《红楼梦》的解读都有自己独特的视角，为其他流派所无法完全替代；但同时，也因自己的立足点而导致偏差，尽管这些偏差又能被其他流派所补救。正因如此，研究者从不同的价值尺度、评判标准出发，往往就会造成对同一红学现象褒贬悬殊、抑扬失实的情状。其实，简单地指出某些红学流派的长处与缺陷，还仅是停留在表浅的研究层面上，更重要的是应在不同学派的影响与反影响、渗透与反渗透中寻求突破的契机。在文化开放、价值多元的全球化文化语境下，就学科走向而言，红学研究也应该是多元吸纳后的融通、贯穿、整合。还应该看到，"红学"这一东方显学研究的起点已经被垫高，如何开辟新的方向，是红学界共同关心的问题。回顾当代红学六十年的历史进程并进行学科走向展望，正是为了实现"红学"模式的转型与重新建构。

红学史模式转型与建构的学术意义

一

《红楼梦》体内流淌着不同于以往传统文学的新鲜血液，被高度赞誉为打破了传统的思想和写法，同时由于其含混旷古的东方神秘主义、庞大的网状散射结构、姿态万千的人物众生相、"大旨谈情"又超越了言情的内涵深度，使得人们对这部杰作流连忘返，由喜爱而走向研究，这门研究竟成为一门专学。"红学"在清代与"经学"并立，在当代又与"甲骨学""敦煌学"鼎足而三。

然而，红学中的"死结"和难解疑谜太多了，以至于引起了很多学者包括一流学术大师去猜谜解梦，有的甚至为此耗费了毕生精力，心香燃尽，其治红成果亦并未在学界达成共识。推究其原因，主要是由于诸家研究的操作方式不同，学术思路迥异，这就在实际上形成了红学史上能成一家之言的不同研究流派。从前，由于受主流意识形态和单一思维模式的影响，一些红学研究者对某些缺陷明显的红学流派如索隐派等进行了简单否定，对考证派亦大加挞伐，尽管硕果仅存的社会历史批评派红学在当时历史条件下得以"一花独放"，但实践证明，它并不能解决好也不可能包办红学研究中的所有问题。今天我们回过头来进行学术反思，才深刻醒悟到：只有多元的红学研究格局互补，且不断拓展创新，才有可能使红学研究产生新的学术增长点。

从红学发展史的角度考察，《红楼梦》研究主要经历了古典、近现代、当代三个重要阶段：第一阶段以曹雪芹"披阅增删"《红楼梦》的创作经历为起步，包括他的亲密合作者脂砚斋在早期抄本上作的

"自赏型"评语及程本面世后形成的"导读型"评点❶，还有探究《红楼梦》"真事"的索隐派红学。称为古典红学的原因是清代红学以评点、索隐为主，而评点、索隐均是以文本为依托的传统解经模式。第二阶段为近现代红学。这个阶段从王国维引入西方哲学及文艺理论为《红楼梦》的评论树立新典范开始，而胡适改造乾嘉学派建立的"新红学"成为这个阶段《红楼梦》研究模式的主流。第三阶段为当代红学。这个阶段以1954年泛政治化语境下出现的社会历史批评派红学取得正统地位为标志。改革开放以来，红学在全球化文化语境下形成了活力四射的新局面：文献研究空前繁荣及文本研究多元化格局，从而进入了当代红学史中的新时期。

上述三个阶段的红学研究，成果丰硕，不少红学代表作可圈可点。新时期以来，总结红学的渊源流变、学科特点的红学史研究应需而生。20世纪80年代初，曾出版了两部红学史方面的专著：郭豫适《红楼研究小史稿》及《续稿》（上海文艺出版社，1980年、1981年），韩进廉《红学史稿》（河北人民出版社，1981年），但这两部专著由于成书时间较早，未能反映出新时期以来红学的进一步发展。众所周知，后来红学又出现了很多新的"热点"问题，诸如程先脂后版本论争、曹雪芹祖籍新论争、曹雪芹墓石论争、二书合成说论争、刘心武"秦学"的论争、土默热红学的论争以及新旧两版《红楼梦》电视剧评论、《太极红楼梦》《红楼解梦》的评论，等等。白盾主编的《红楼梦研究史论》对上述某些新的红学"热点"问题有所反映，但该书体例同郭豫适、韩进廉那两部专著一样，都是侧重于红学的历史分期的横向考察，还不是从纵向做红学流派本体源流的追溯。进入21世纪后，陈维昭《红学通史》（上海人民出版社，2005年）开始关注红学研究地域文化上的差异并注意到了红学史的当代阐释，但体例方面

---

❶ 谭帆曾将中国古代小说评点分为三种类型，即"文人型""书商型""综合型"，参见《中国小说评点研究》"导言"部分，华东师范大学出版社2001年版。就《红楼梦》评点实际状态考察，可谓兼之。

仍难脱以历史分期为本位的窠臼。除了以上这几部红学史专著，还有一些具有红学史论性质的著作，如杜景华《红学风雨》（长江文艺出版社，2002年）。该书大体概括了20世纪红学的百年历程：从王国维、蔡元培、胡适的研红模式比较到20世纪90年代的学术迷失，又从20世纪70年代的泛政治化语境下的红学到新时期以来红学多元格局的形成，为人们再现了《红楼梦》这一迷人的文化景观。此书缺陷是对红学史的丰富性注意不够。梁归智《独上红楼》（山西古籍出版社，2005年），将原著与续书两种格局的《红楼梦》作为"焦点问题"的论述颇具思辨色彩，但置"探佚派"红学以压倒一切的地位，则明显表现出某种学术旨趣的自恋情结，在这个问题上被自己的学术视野所遮蔽。欧阳健等著《红学百年风云录》（浙江古籍出版社，1999年）也存在类似问题，尽管目前脂批、《春柳堂诗稿》、《绿烟琐窗集》、《枣窗闲笔》等红学史料或许存在这样那样的问题，该书作者对这些问题的探索也有积极意义，但作为挑起脂本、程本两大版本论争的主要当事人，涉及这段公案执笔时就更应该慎重。遗憾的是，欧阳健还是在该书中下了"程先脂后"的结论。红学版本问题异常复杂，目前掌握的材料有限，而且对有限材料的解释又是众说纷纭，在一部史论性质的专著中匆忙下结论恐为时过早。孙玉明《红学：1954》（北京图书馆出版社，2003年）从另外的视角，详细地展现了20世纪50年代那场划时代红学运动的全过程，涉及许多重大问题令人深思，但受"截面式"体例所限，该书不可能勾勒红学史的全貌。刘梦溪《红楼梦与百年中国》（河北教育出版社，1999年）有上升到文化史的高度总结红学的意图，为红学研究者的进一步探索提供了一个再思考的平台，但由于过多篇幅投注在考证派红学的论争方面，对《红楼梦》的精神向度和艺术构思这些最关键的红学本体性问题反而缺乏鞭辟入里的分析。美籍华人学者余英时在《近代红学的发展与红学革命》（载胡文彬、周雷编：《海外红学论文选》，上海古籍出版社，1982年）中，首次从红学流派的研究视角切入，研究思路新颖独特，但他将红学史仅概括为索隐、考证、批评三派之间的冲突尚不能充分反映出红学史的"全息图像"。黄毅、许建平著《20世纪中国古代小说研究的视角与方法》（复旦大学出版社，2008年）虽非红学专著，但该书附个案篇"《红楼梦》研究方法论"，归纳出的主要视角与方法比较契合红学实际，虽然其中分梳的"文本分析派""形象论析派""形式分析派"等应合并，而"考据派"与"文献学视角"似不必强行分开。此外，香港洪涛《红楼梦与诠释方法论》（北京图书馆出版社，2008年）颇具新意，其援引的理论范畴主要是作者功能理论、文本批评、读者反应批评，但对传统文论重视不够，诚如作者自序所云该书特点"是以西方文学理论为架构"。还有姜其煌《欧美红学》（大象出版社，2005年）也值得一读。总的来看，上述红学史专著或具有红学史性质的著述，不外乎以红学历史分期为本位、以红学人物为本位、以红学方法论为本位和以国别红学为本位等几大类别，体例不一，论述侧重点各异，研究者都从各自的视角总结了其视野所及之红学，但多少也都出现了由材料和方法所带来的缺陷及阐释盲点。通过对红学史盲点的探索而发现新的学术增长点，应该属于红学史的"推进型"研究，这正符合学术史发展趋势。应该指出的是，红学史的"写法"还不仅仅是一种写作策略，不同红学史模式的背后总是有不同的观念和思路，红学流派批评史的建构目标正是追寻红学发展史的真正脉络。

二

梁启超在《清代学术概论》中曾指出：

凡"思"非皆能成"潮"，能成"潮"者，则其"思"必有相当之价值，而又适合于其时代之要求者也。凡"时代"非皆有"思潮"，有思潮之时代，必文化昂进之时代也。

如果按照梁任公的要求去衡量红学诸流派，我们也可以说，旧红学时期的评点、题咏等，其模式还只能算是"随感式"杂评，并没有构成有影响的"时代思潮"，因为其影响仅局限于红学领域。第一次引发社会影响的重大红学建树，是蔡元培、胡适红学研究方法的冲突，即索隐派与考证派的交锋。蔡元培通过红学宣传其"反满"思想，胡适则通过红学张扬其"科学方法"，应该承认，他们的研究都与自己所处其中的"时代思潮"合拍，所以在当时能引起国人共鸣。蔡元培、胡适以及稍前一些的王国维分别以自己的红学实绩奠定了索隐派、考证派、批评派的主要格局，给以后的红学研究以深远的影响。

索隐是指向作品情节的文学考证，自传是指向作者家世的文献考证。从前，不少红学研究者对索隐派批评过苛，其实，考证"作品情节"不能说没有实际价值，站在红学界倡导的"回归文本"的立场上看，我们明显可以看出，红学索隐派反而更注重与《红楼梦》本身挂钩，就红学索隐派的出发点而言，欲制约文本释义的发散性，并进而去挖掘《红楼梦》的微言大义，其初衷并不坏。《红楼梦》中客观存在的大量隐语本来就有象征意蕴，索隐派在这方面的成功破解确实令考证派、社会历史批评派无从措手。王梦阮和沈瓶庵的《红楼梦索隐》认为："大抵此书，改作在乾嘉之盛时；所纪篇章，多顺、康之逸事。特以二三女子，亲见亲闻；两代盛衰，可歌可泣。江山黻黻，其事为古今未有之奇谈；闺阁风尘，其人亦两间难得之尤物。"不能说这种推测毫无道理，问题在于求之过深。索隐红学的最大失误就在于它非要在文本意义诠释领域中进行"史料还原"，以为将清代某些历史与《红楼梦》中的人事"关合处"一一坐实才算解读了《红楼梦》。其实，不管曹雪芹这部作品中存在多少真实的历史信息，这些信息一旦进入作家的审美心理结构、进入小说艺术整体中，它们就必然会被天才的作家所整合，从而被构造成为新的意义单位。索隐派因内在学术理路上的先天不足而导致其存在无法克服的理论困境；而考证派更注重"有一分证据，说一分话"，颇有梁启超在《清代学术概论》中所说的"正统派"朴学学风的遗韵,因此在作者家世文献钩沉、整理方面往往是很扎实的。新红学的治学模式,恰恰标志着科学意识的自觉。然而,物极必反,发展到后来,考证派的症结居然与索隐派如出一辙。如果说,索隐派的偏差在于机械地将清代历史与《红楼梦》中的人物一一坐实的话,红学考证派在这方面不过也是五十步笑百步,它立足点的偏差也正是过分地将《红楼梦》与"曹家"史实一一对应。由于在学理上这两派存在着通弊,它们后来均被社会历史批评派摧陷廓清并最终取而代之,也是红学流派发展的必然逻辑归宿。不过,前引余英时那篇《近代红学的发展与红学革命》文章中曾认为这种新的批评模式是"根据政治的需要而产生的,不是被红学发展的内在逻辑逼出来的",所以"革命的红学"尚不能构成"红学的革命",这种看法也值得进一步商榷。就其来源而论,社会历史批评派红学实质上可以溯源到 19 世纪以前较为重视作品与时代关系的批评模式。其实强调作品与时代背景的关系,本身并没有错,离开历史、社会而去孤立地研究作品,人物形象必然会变得解读流于随意性,将"时代背景"的考察引入《红楼梦》等文学作品研究领域,是社会历史批评派红学的重要贡献,可以说,社会历史批评派红学在一定程度上拓展了《红楼梦》研究的学术空间。它怎么能不算一场"红学革命"呢?作为一种研究角度,它自有存在的理由。其实,"社会学"也并不外在于"红学"的内在逻辑,恰恰是对考证派红学的缺项的重要补充,对理解《红楼梦》来说也是合理且必要的。当然,这种研究模式也不可能穷尽《红楼梦》的全部。社会历史批评派的问题在于对世界与作品之间的关系看得过重,这就不但矫枉过正而且也势必在一定程度上遮蔽了《红楼梦》艺术赏鉴的审美视线。

三

打破传统红学史模式，从红学流派的新视角切入并结合文化渊源考察其源流演变，不失为实现红学史模式转型与构建的有效途径。

红学中无论是较为注重史料钩沉的索隐派、考证派还是偏向于思辨分析的批评派，就其根源上讲，它们与中国传统经学史上的三大流派"西汉今文学派""东汉古文学派""宋学派"一脉相承。如果我们再做些横向比较就不难发现，西方的"传记式文学批评"与我们红学中指向作品的索隐及指向作者的考证方法颇有异曲同工之妙；当然，这也还只是线性描述，而人文科学中的某些现象往往呈现着非线性嬗变，学术流派的嬗变沿革还有其更为深刻的时代价值观念、集体无意识的影响渗透。应该看到，红学流派都是与特定时期的文化思潮相呼应的，各种流派的研究方式只不过是一些人文表征，它们的背后隐含着深厚的历史底蕴。两百年来《红楼梦》的"寻梦之旅"对这部旷古奇书进行了艰辛的求索，然而，正如庄子"言不尽意"那个古老哲学命题所揭示的，我们一方面看到的是红学研究模式的不断转型，曾几何时它们各领风骚，有的研究模式还成为在一个相当长的时期内红学的"典范"，但同时我们也看到另一方面可悲的现象，即红学中的无论哪一派，它们在《红楼梦》这株"常青树"前，都因为远离文本或诠释过度而沦为了僵化甚至是灰色的理论。红学史模式的转型与建构应力争走在学术前沿，要充分注意到红学史的当代阐释性，对于那些虽已成为历史陈迹但其原典精神仍扎根于现代人文化心理结构的红学流派，努力去寻找传统与现代沟通的衔接点，对传统红学流派体现的核心价值观用现代学术视野去观照。整合传统红学资源不仅能对以往的红学史研究进行总结，而且对其他古典小说的研究也会起到一定启示作用。

　　研究红学流派的发展历史，应该把各个时期重要的各学派全数网罗，这就需要占有各个流派的大量资料，尤其需要对过去红学史不常涉及领域的文献进行关注，在钩沉、爬梳、整理这些资料的基础上，将各个流派的特点提挈出来，令读者有明晰的观念，并客观地评价他们在红学史上的地位。笔者在学术思考中将红学各流派具体分为十部分加以剖析，具体包括"红学评点派""红学题咏派""红学杂评派""红学索隐派""红学考证派""红学探佚派""红学社会历史批评派""《红楼梦》文本分析派"以及"《红楼梦》影响研究模式""《红楼梦》文化研究模式"。❶

　　应该看到，不同红学流派对《红楼梦》的解读都有自己独特的阐释方法，但同时，也因自己的学术旨趣而导致学术视野的遮蔽，正因如此，往往就会造成对同一红学现象褒贬悬殊、抑扬失实的情状。通达点儿说，我们不能指望某个红学流派所承担的任务超过它的功能极限，因为有所恃就必然有所失。在全球化文化语境下，如何开辟新的方向，是红学界共同关心的问题。研究方法总是在对峙、摇摆、反拨中发展的，在冲突对垒与磨合重构中，正是为了实现红学批评模式的有益转换，而这也是红学史模式转型与建构的学术意义。

---

❶ 赵建忠：《红学流派批评若干问题的思考》，《红楼梦学刊》2013 年第 6 辑。

红学新观点

《红楼梦》作者问题的新探索："家族累积说"

　　《红楼梦》的作者是谁？这个问题提的似乎十分荒唐可笑，然而，《红楼梦》研究问题上有些事情是很有趣的，有的问题看来是解决了，实际并没有真正解决。

　　近年来出现了《红楼梦》作者"洪昇说"。此说的提出者土默热对《红楼梦》的创作缘起、时间地点、故事本事、人物原型以及评点题名、抄录问世、版本源流等作了较全面的解释，因此颇受世人关注。他认为，《红楼梦》立意为"闺阁昭传"的十二个女子，原型是"蕉园诗社"的十二个成员，她们都是当时杭州洪黄钱顾"四大家族"的女儿，她们的命运随着"四大家族"毁灭而全部惨遭不幸，正所谓"千红一哭""万艳同悲"。他由此进一步推测，《红楼梦》中的大观园原型就是洪昇及其"蕉园姐妹"共同的故园。《红楼梦》创作过程中还大量借用了流行于当时的南明时期江南才子与"秦淮八艳"的事迹与作品。

　　应该承认，《红楼梦》中确实较多地保留有江南文化的诸多特征，土默热在这方面的深入研究拓展了人们的视野，将这部作品的成书时间放在康熙朝并认为体现了清初独特的"遁世"观念和"情教"哲学并与"晚明文化气脉"一脉相承。这些看法似能自圆其说，并有文本内部的具体描写作支撑。类似问题在当年戴不凡的文章中虽也指出过，但他是基于小说地点"忽南忽北"的混乱描写，而作为曹雪芹将贾府从南京"搬家"到北京的"内证"而论，"原始作者"最终还是落实到了曹氏家族。土默热就不同了，其核心论点为"洪昇著书说"。尽管土默热也谈到，清康熙四十三年（1704）洪昇到南京江宁织造府演《长生殿》并给曹寅留下《稗畦行卷》，后来曹雪芹在此基础上"披阅十载，增删五次"，使《红楼梦》在清乾隆年间开始流传。但这仅局限于承认曹雪芹对《红楼梦》所起的传播作用，而从根本上剥夺了曹雪芹的著作权，并且这种大胆的猜测没有任何足资可信的文献作支撑。章培恒先生著有《洪昇年谱》，内中未透露出任何这方面的信息，这就使土默热的立论失去了根基。再有就是大观园的"原型"问题。过去曾有代表南方的"随园说"、代表北方的"恭王府说"等，其实《红楼梦》中的"大观园"是以南北各地园林为"原型"并加以艺术处理的，地名、景名的相近或相同，在中国地名文化中本来司空见惯，不能看得过死。

应该指出的是，将《红楼梦》作者判归给曹雪芹，到目前为止问题算是一个矛盾最少、因而也更能被大多数研究者所接受的结论，但这并不意味着问题不存在，尤其是在研究曹雪芹生卒年代与《红楼梦》成书过程的逻辑关系、《红楼梦》诞生过程中的文化语境及文本内部的很多矛盾现象时，这些问题难以得到全面合理的解释，我们很明显感到存在颇多症结，而这些症结在一定程度上造成了深入研究《红楼梦》的困扰。

我们应正视那些客观存在的症结和困扰。有鉴于此，有必要先梳理《红楼梦》"著作权"问题争论的历史和现状，在此基础上，提出笔者对这一问题的初步思考。

一

自 20 世纪 70 年代末戴不凡提出《红楼梦》的"原始作者"问题以来，关于这部伟大作品的"初创者"与"写定者"的讨论便一直没有停止过。近年来引起争论的"土默热红学"其实还是《红楼梦》著作权问题的继续。归纳起来，从《红楼梦》诞生至今，关于作者，不外乎以下几种说法。

（1）作者不详。代表性说法有早期的《红楼梦》甲辰抄本上梦觉主人序云："说梦者谁，或言彼，或言此。"对此，首次刊印《红楼梦》的程伟元也没有弄清楚，他在序言上只是说"作者相传不一，究未知出自何人"。此外，李放《八旗画录》云："所著《红楼梦》小说，称古今第一。惜文献无征，不能详其为人。"这种情况固然是由于旧时代轻视小说的现象造成的，以至于作者根本不懂得也不重视自己的"著作权"而普遍署化名，但也与《红楼梦》这部小说存在"碍语"有关。

（2）确定《红楼梦》的作者为曹雪芹。这种说法以胡适撰写的新红学奠基之作《红楼梦考证》为代表。尽管此前也有人提出过曹雪芹创作《红楼梦》的说法，但未经详细论证，或者是道听途说的稗贩相传，而真正从文献出发，根据清代笔记、志书及其他史料爬梳剔抉，通过乾嘉学派式的严谨考证，得出作者为曹雪芹的结论，当自胡适开始。

（3）否定曹雪芹的著作权，猜测《红楼梦》的作者另有其人。从清至民初，关于《红楼梦》的作者，许多人做了多种猜测，如倪鸿《桐阴清话》中云为"京师某府西宾常州某孝廉手笔"，邓狂言《红楼梦释真》猜测为诗人吴梅村作，也有人猜测作者为清词人纳兰性德，寿鹏飞《红楼梦本事辨证》确指是《四焉斋集》的作者曹一士。上述这些提法主要大多局限于索隐派诸家制造的混乱，其用意无非是为他们的学说张本，故其说法并没有多少可资征信的史料作为立论的基础，基本上属于无稽之谈，因此也没有引起世人太多的重视。

（4）在《红楼梦》成书过程中最初有一个"原始作者"，曹雪芹只是在此基础上"披阅增删"而"写定"。清代裕瑞《枣窗闲笔》中提出过此说，他认为："闻旧有《风月宝鉴》一书，又名《石头记》，不知为何人之笔。曹雪芹得之，以是书所传述者与其家之事迹略同，因借题发挥，将此部删改至五次，愈出愈奇。"现当代以来，也有不少持此论者，戴不凡即为其中最典型的代表。近年来，杜春耕还提出了《红楼梦》"二书合成论"。"原始作者"说的提出，对于圆满解释《红楼梦》文本内部的复杂现象很有启发，但论证过于简单化，且过多地局限于某位"原始作者"的探究，给人以否定曹雪芹"著作权"的印象。

通过归纳《红楼梦》作者问题的上述几种主要观点可以看出，简单地将这部作品的草创放在清乾隆朝并视为曹雪芹一个人独立完成，则《红楼梦》文本内部的很多矛盾现象就难以得到全面合理的解释，但在探索"原始作者"过程中如果诠释过度则有可能走向误区。本文从《红楼梦》文本内部分析入手，并结合脂批等清代文献提供的丰富信息尤其是这部作品成书过程长期性的实际，在扬弃第四种说法的基础上提出一个新命题：《红楼梦》作者的"家族累积说"。对"原始作者"的探索也不局限于某人，而以"原始作者群"的概念替换，试图对作者问题上的种种偏颇加以节制，从而更恰切地把握《红楼梦》诞生过程中的文化语境，并试图对这部作品文本复杂构成状况加以阐释。"家族累积说"的提法还可以与红学界已取得的"曹学"成果挂钩，启示人们去探索曹氏家族的遗传基因特别是曹寅的文化素养对曹雪芹直接、间接的可能影响。这个新命题是在综合了"世代累积"与"文人独创"两种写作类型的基础上提出的，一方面承认曹雪芹"十年辛苦"披阅增删以及在最后定稿上所花费的创造性心血；另一方面也不抹杀此前曹雪芹家族诸多人分别从事的提供素材、草创初稿并参与早期《红楼梦》评点的工作，这与所谓否定曹雪芹"著作权"完全是两个不同的概念。

二

在当代，真正挑起《红楼梦》著作权论争是《北方论丛》1979年第1期刊载的戴不凡长达四万余字的文章《揭开〈红楼梦〉作者之谜》。该文发表后立即引起许多研究者撰文讨论，一场《红楼梦》著作权问题的论争由此而拉开了序幕。据不完全统计,《红楼梦学刊》《红楼梦研究集刊》《文艺研究》《北方论丛》等刊物共发表有关文章数十篇,为此《北方论丛》编辑部还汇集出版了《〈红楼梦〉著作权论争集》一书。

戴不凡在文章中指出了《红楼梦》中客观存在的"南腔北调"、语言不统一现象,并据此提出了有关《红楼梦》著作权的新说:

> 究竟如何解释《红楼梦》中应用南北方言的如此驳杂情况呢?问题似乎不易回答。不过,若要解开这个难题的哑谜也并不难……以常识判断:一个作家,他除非是出于特殊的(如:为使文字生动或有意开玩笑之类等等)原因,那绝不可能既用京白又用苏白"双管齐下"来写小说的。《红楼梦》中纯粹京语和道地吴语并存的情况,看来只能是这样理解:它的旧稿原是个难改吴侬口音的人写的(他还能说南京和扬州话);而改(新)稿则是一位精通北京方言的人的作品。后者是在别人旧稿基础上改写的。在改写过程中,由于创作中可以理解的种种原因,故书中语言未能统一,致出现南腔北调的情况。❶

此外,戴不凡还指出《红楼梦》存在曹雪芹将贾府从南京"搬家"到北京、"时序倒流""大宝玉小宝玉"等问题,进而在《北方论丛》1979年第3期上刊载的另一篇文章《石兄和曹雪芹》中认为,《红楼梦》的原始作者为"石兄",而"石兄"就是曹寅胞弟曹荃的次子竹村。

今日我们重新看待那场论争,公平地讲,戴不凡并没有否定曹雪芹的"著作权",他只是想论证曹雪芹不是《红楼梦》"一手创纂"或"原始"意义上的作者,而是在"石兄"《风月宝鉴》旧稿的基础上改作成书的。这种猜想有其合理性,也有《红楼梦》文本内证和清代

---

❶ 戴不凡:《揭开〈红楼梦〉作者之谜》,《北方论丛》1979年第1期。

相关文献作支撑，只是由于戴不凡过多地纠缠于"原始作者"的那位"石兄"，就难免给人以剥夺曹雪芹"著作权"的感觉，而他一时又拿不出"石兄"的有力证据，才引起大多数研究者的质疑。尽管如此，戴不凡的文章确引发了后来关于《红楼梦》作者问题的持续探索。

除了"石兄"说外，红学界集中争论的《红楼梦》"原始作者"还有曹颜、曹頫等。

曹颜的名字是在清康熙二十九年（1690）四月初四内务府为捐纳监生事致户部的咨文中出现的，档案上明确记载，"三格佐领下苏州织造、郎中曹寅之子曹颜，情愿捐纳监生，三岁；……三格佐领下南巡图监画曹荃之子曹頫，情愿捐纳监生，二岁。"需要说明的是，上引内务府"咨文"本身存在错乱可疑之处。例如，除此之外的所有史料都表明曹頫系曹寅之子，但"咨文"却将他放在了曹荃名下。我们目前知道，曹寅育有曹頫和珍儿两子，曹颜之名不见载于江宁织造曹家档案史料和其他文献，此情况颇令人费解。由此可以联想，既然"咨文"能将曹頫错判给曹荃，那么会不会曹颜本是曹荃之子而在"咨文"中同样也误判曹寅呢？由于内务府"咨文"属于孤证，而且曹颜之名是在这个材料中首次也是唯一一次出现，以后，曹寅名下这个叫曹颜的儿子就下落不明。有的研究者认为他就是曹渊，并据《浭阳曹氏族谱》第十三世曹鼎望名下载有"渊出嗣"三字推断他过继给了曹寅。但从清代有关旗人立嗣问题的规定看，身为旗人的曹寅似不能违背旗人立嗣制度去私立民人曹鈖之子为嗣。张书才根据相关材料还推断出曹颜生于康熙二十七年（1688），而曹渊至迟当生于康熙二十五年（1686）前，两者不是同一人。❶

《河南大学学报》1990年第2期刊发赵国栋《红楼梦作者新考》一文，认为《红楼梦》的作者、脂砚斋和"石头"同为一个人，即曹頫，曹雪芹只对《红楼梦》做过整理增删的工作。其实，"原始作者"

---

❶ 张书才：《〈曹渊即曹颜〉平议》，《红楼梦学刊》1995年第1辑。

为曹頫的提法并不新鲜，台北三三书坊 1980 年出版的《红楼猜梦》第一章"引言"中就宣称"《红楼梦》最初有个原稿，此稿的作者乃是曹頫"，作者认为曹頫将皇室纠纷史与曹家家族史混合写在书里。曹頫死后，脂砚斋把原稿交给曹頫之子曹雪芹，曹雪芹从清乾隆十四年（1749）左右便开始披阅增删工作。此书出版之际正值中国大陆改革开放刚刚起步，海峡两岸的学术文化交流还不像今天这样通畅，大陆的一般读者很难见到中国台湾地区红学研究者的著作。此前不久，湖北的黄且在其所著《红楼梦新考》中也主张"曹頫说"，只是由于该书乃作者自印的非卖品，自然局限了其影响范围。赵国栋的文章系正式发表在国内重点大学学报，不久还被《新华文摘》以一万两千字的篇幅予以摘登，进一步扩大了该文的影响，而且那个时期红学界围绕着戴不凡引发的《红楼梦》"著作权"的讨论余波未息，读者对与此相关的问题很感兴趣，因此赵国栋的这篇文章颇引人注目。

但是，很多研究者不同意曹頫为《红楼梦》"原始作者"的看法，如《红楼梦学刊》1991 年第 4 辑刊发李春祥的文章指出，曹頫在清康熙五十四年（1715）继任江宁织造前不过十几岁，其生活积累尚不足以撰写《红楼梦》，任江宁织造期间因累遭皇帝斥责甚至惩罚，故而无精力去写书，清雍正五年（1727）撤职抄家后曹頫处境更为凄惨，根本没有条件从事创作。他还认为，曹頫无文才，不具备创作《红楼梦》的文化素养。对于这种质疑，笔者有些相左的看法。关于曹頫的才华，是有文献为佐证的，作为曹荃的第四子，曹寅在《辛卯三月闻珍儿殇，书此忍恸，兼示四侄寄东轩诸友》诗中用"世出难居长，多才在四三"的语句赞美他。李春祥也注意到了这一点，但却将曹寅所称曹頫之"才"理解为办事之"才"而非"文才"。然而，《上元县志》"曹玺传"中涉及曹頫其人时说他"好古嗜学，绍闻衣德"。对此，李春祥解释为是修地方志者的一般恭维之辞，且并非指"文才"而是指"道德修养"。这就关涉如何理解的问题了。但即便如此，"好古嗜学"的评语至少能表明他具有一定的文化素养。其实，从曹頫题陶柳村绘海棠图"秋边"二字特别是画面上不短的题跋看（原件藏曹雪芹纪念馆），其书法及文字还是有一定功力的。退一步讲，就算曹𫖯不具备最终"写定"《红楼梦》的卓越才华，但他为这部带有"自传"性质的小说积累一些早期曹氏家族的素材，并在此基础上"草创"初稿轮廓的基本文字之能力，当是胜任的。

与此相联系，还有一点需要考辨，那就是是否具备《红楼梦》创作条件之一的年龄问题。关于这个问题，戴不凡在当年那篇文章中就提出过，他首先举出庚辰本第十三回末的朱笔眉批："读五件事未完，余不禁失声大哭！三十年前作书人在何处耶？"作为质疑对象，并进而推断，此系畸笏叟清乾隆壬午年（1762）所批，接着指出该批语带来的一些难以解释的现象："由壬午上溯三十年为雍正壬子（1732），按雪芹生于乙未（1715）说，壬子他才十七岁，十七岁就开始创作这部自称是写他'半生潦倒之罪'的小说，说不过去吧？若按雪芹生于甲辰（1724）说，壬子这年他才八岁，八岁孩提自叹'风尘碌碌，一事无成'，'撰此《石头记》一书也'，岂非神话！"

有的研究者指出，戴不凡引用的"半生潦倒之罪""风尘碌碌，一事无成"等所谓"作者自云"语句，在甲戌本上是置于第一回回目之前另纸抄录的，属于"凡例"的组成部分而非曹雪芹所写，第一回的正文应从"列位看官，你道此书从何而来"开始，后来那段"凡例"中的文字在辗转抄录过程中窜入正文，因此，戴不凡用那段话作为个人论点的支撑是不可靠的。对于这种质疑，笔者并无异议，但无论怎样说，就目前红学界所持的曹雪芹生年主要说法看，曹雪芹创作《红楼梦》的生活积淀确实不够丰厚。按照"遗腹子"说，曹雪芹应生于1715年，那么到了1727年他家被抄后流落北京，至多也不过十三岁，倘据敦诚《挽曹雪芹》诗句"四十年华付杳冥"推断，曹雪芹生于1724年，则抄家时年龄才四岁，就更谈不到已往所赖"天恩祖德"的创作素材的积累。值得注意的是，很多研究者是以"遗腹子"说来捍卫曹雪芹"著作权"的，认为十三岁的年龄有"秦淮风月忆繁华"

的经历说得通。对此，笔者也无异议，但有一点必须指出，研究者认为抄家时仅有十几岁的曹雪芹可以具备《红楼梦》的生活经验，但同样是担任江宁织造前十几岁的曹頫就被认为生活积累不够，前引李春祥文章就是这样对不同的人采取了"双重标准"，从论证逻辑角度讲，存在着前后不统一的问题。

三

其实，对"原始作者"的探求，实不必局限于曹頫一人，也不必胶柱鼓瑟地仅仅围绕着曹氏家族，如同广义上的"脂砚斋"亦非专指某人一样。

《红楼梦》这部旷古奇作虽说突然降临于清乾隆年间，却聚合了曹雪芹之前江宁织造曹氏家族甚至亲属苏州织造李煦家族等人的生活素材和相关原型。如果把《红楼梦》的成书情况放到历史长河中去考察，就会发现一些类似的文化现象。先秦有很多经典作品，并非一时一人所做，并且还经过后人的多次修改、润色，有的"原始作者"和创作年代已难指实。诸子散文虽然标明了作者，但其实有许多亦非个人著作，如孔子的《论语》系孔门弟子所记，孟子的七篇是他和万章共同所著，《庄子》分内、外、杂篇，关于此书的时代和作者的争论更是众说纷纭。应该承认并尊重这样一个基本事实，先秦诸子中有影响的学派及其代表作一般都是靠其奠基人与后学合力形成的，今人大多并无疑问。此外，有的作品在传承过程中也有所损益，较明显者是由于作品的写定经历了很长时间，造成师说与后学之说混杂在一起，特别是先秦典籍经秦火之后，大多为后人重新编订，这就难免有讹误。同时还应考虑到传播经典时的复杂情况，比如古文、今文学派的分庭抗礼，致使很多异说产生。这些都模糊了先秦诸子作品的本来面貌，使之存在很多可争议之处。之所以不厌其详地描述这种重要的文化现象，并不是要以此类比剥夺曹雪芹的"著作权"，而是希望放

开眼界，对《红楼梦》成书过程作整体和宏观上的全面考察。就前期
的素材积累来看，应当充分注意到曹雪芹家族及其亲属对这部作品的
初期投入。这方面，吴世昌曾有过很好的分析思路，他认为"记录康
熙驻跸曹家与寅女出嫁的场面的是脂砚，'忆昔感今'者正是批书人
脂砚自己"，"既然书中有些故事的素材发生在雪芹生前的曹家，由脂
砚记录，则单就那些故事而论，若说雪芹在这稿子上作了些'披阅增
删'的加工，是与事实相符的。当然，并不是全书都有成稿，雪芹仅
作加工"。❶此外，他在《郑州大学学报》1977 年第 4 期发表的《〈风
月宝鉴〉的棠村序文的钩沉与研究》一文中也涉及这个问题，并归纳
了旧稿的相关内容。当然，研究者对"棠村序文"本身也有不同看法，
日本红学研究者伊藤漱平在《东京支那学报》1962 年第 8 号上刊发
的文章提出质疑，仍认定那些文字系脂砚斋所写的回前总评；新加坡
的皮述民进而推测，脂砚斋就是李煦之子李鼎，后来他在新加坡举办
的"汉学研究之回顾与前瞻国际会议"上还提交了《苏州李家与红
楼梦的关系》的论文，发表于《红楼梦学刊》1991 年第 4 辑；而国内
有的研究者甚至认为李鼎就是《红楼梦》的"原始作者"。对这些看
法，我们不一定都认同，但不可否认的是，苏州织造李煦一系与曹氏
家族及《红楼梦》中的实际描写都有密切的联系。致力于中西交通
史研究的方豪早年曾以《红楼梦》中提及的西洋物品为着眼点，通过
考证这些物品的来源去挖掘《红楼梦》背后时代和人物的相关信息。
我们知道，在曹雪芹的亲属中，李煦是长期与西方传教士有来往的人，
并且《红楼梦》中关于宁国府描写有不少素材取资于李家，其实，甄、
贾两府分别影射的应该是曹、李两家。《红楼梦》的故事是从苏州开
始的，书中有相当多的"吴语词汇"绝非偶然，这个问题必须深入研
究曹雪芹与苏州李家的渊源才有可能得到更为合理的解释。但遗憾的
是，红学界长期以来关注的是江宁织造的曹家并形成了"曹学"，而

---

❶ 吴世昌：《论〈石头记〉的旧稿问题》，《红楼梦研究集刊》1979 年第 1 辑。

对《红楼梦》成书有着重要影响的苏州织造李煦家族却缺乏应有的重视，除了故宫博物院明清档案部曾编印过《李煦奏折》及王利器编写的《李士桢李煦父子年谱》外，对这一支系的关注实在是少得可怜；偶尔有所涉及，也是因为与曹家有亲戚关系而被附带提到，如同《红楼梦》中的四大家族其实仅仅重点写了贾家一样，李煦家族只是在作了曹家的衬托，其存在才被认为有意义。这种封闭型的研究思维模式很不利于红学的健康发展。令人欣慰的是，当代研究者已经注意到了这种畸轻畸重的研究偏向。《曹雪芹研究》第 2 辑上公布的李煦信札《虚白斋尺牍》，内容丰赡，弥足珍贵，对深入研究江南荣损与共的曹、李家族关系及《红楼梦》的影响，意义重大。

鉴于《红楼梦》成书的复杂状况，"原始作者"的概念似乎改成"原始作者群"更加符合实际。对于这个群体的探索，近年来主要是集中在曹寅的子侄一辈，曹颙和珍儿的资格已经被排除掉，因为有关材料表明这两位均早殇。除了曹𫖯外，曹顺年纪最大，因而对当年繁华生活体验更深，所以也合乎条件的，只是后来难以寻觅其形迹，是否早殇，亦未可知。综合清代档案及各种文献记载，在江宁织造曹氏家族内，由于曹𫖯是唯一真正具备"秦淮旧梦"和"燕市哭歌"浮沉经历的人，再结合他本人的文化素养尤其是与曹雪芹的特殊关系，人们因而对他比较关注。当然，具体探索中不一定仅锁定曹𫖯一人，我认为用"家族累积说"来概括这部小说的作者似乎更为贴切，这是基于脂批复杂情形及提供的丰富信息尤其是《红楼梦》成书过程的长期性而做出的判断。需要说明的是，《金瓶梅》之前的章回小说，都属于"世代累积型"作品，只有从兰陵笑笑生开始，章回小说的创作才普遍采取了无所依傍的个人独撰方式。为区别于"世代累积型"，文学史一般称《金瓶梅》开辟的这种写作路数为"文人独创型"，这个过程确实反映出古代小说发展的一般规律。然而，文学史上很多复杂迹象也表明，任何事物的发展都不会是直线式的而呈现出曲折反复的前进历程。就《红楼梦》的创作主要撰述方式看，当然也属于"文人独创型"，但这并不意味着对前人积累的素材可以视而不见，为了赞美曹雪芹的超人才华，便千方百计证明是他个人闭门造车、靠想象完成了博大精深的《红楼梦》。如果那样去理解所谓"文人独创"，也太机械了，何况这里提出的"家族累积说"命题，就时间上而言，与《金瓶梅》之前的那些"世代累积型"作品，相对来说要短得多。自唐宋至元明，《西游记》《水浒传》的成书"累积"了几百年，《三国演义》到定稿成书"累积"的时间竟达千年之久。最后，这三部长篇章回小说分别由吴承恩、施耐庵、罗贯中写定，他们和那些素材的提供者大都"异代不同时"。而"家族累积型"就不同了，曹雪芹与那些素材的提供者不仅熟识还大都是亲友，不过就是三代以内人述说家史甚至写出部分初稿，最后由天才曹雪芹创造性地完成。"家族累积说"的提法还可以启示人们去探索曹氏家族的遗传基因特别是曹寅的文化素养对曹雪芹直接、间接的影响。从某种意义上讲，"家族累积说"这个新命题是在综合了"世代累积"与"文人独创"两种写作类型的基础上提出的，其目的是为了探索《红楼梦》的"原始作者"时眼界更为开阔，这与所谓否定曹雪芹"著作权"完全是两个不同的概念。

"家族累积说"这个新命题不仅与《红楼梦》"原始作者群"有密切联系，深入探索下去，必然会涉及曹雪芹家世问题。如果通过"曹学"研究的不断深入而能将《红楼梦》成书过程还原清楚，当然是再好不过了，这样的研究能与《红楼梦》和曹雪芹直接挂钩，也就更有价值和意义。

《红楼梦》著作权问题的"假设"
要适可而止

盛志梅

　　《红楼梦》的作者是谁，这个问题从程高本面世以来，似乎一直处于热点状态。随着研究的深入、细化，变得愈加复杂，难以一言两语就说清楚了，成为红学研究的"三大死结"之一。研究的种种结果，归结起来，大致可分为两大类，其一，《红楼梦》的作者不是曹雪芹。其人不详或者另有其人，比如吴梅村、纳兰性德、某孝廉等，前几年又出现了洪昇说、冒辟疆说等，不一而足。其二，《红楼梦》的作者就是曹雪芹。此说从胡适开始，一直到今天，成为探究《红楼梦》作者之谜的主流派。尽管是主流派，也还是有一些问题得不到合理的解释，如迄今为止没有哪一个专家，哪一个学者，哪一部文献材料能够确凿地、明确地告诉我们，《红楼梦》的作者确定无疑就是某某人了，大家不用再考证了。至于明义等人的挽诗、悼文，虽则一往情深，但在关键处却缺少令人信服的证据，以致后来者往往因为这些相互龃龉的证据"打架"……从胡适开始，这问题一直处于"大胆的假设，小心的求证"的状态。随着持"曹雪芹"说的队伍日益壮大，胡适的这个"假设"竟然变成了"真说"，大家都默认了《红楼梦》的作者就是曹雪芹，而这个曹雪芹就是曹家的后代，甚至就是曹寅的孙子。但这个说法瞒得住一般的读者，敷衍得了一般的红学爱好者，却无论如何不能令熟谙红学研究状况且有求真意识的研究者们心安理得。因为他们深深地知道，问题并没有得到真正的解决。

于是 1979 年戴不凡在《北方论丛》发表了名曰《揭开〈红楼梦〉作者之谜》的长文，提出《红楼梦》的作者另有其人，即"原始作者——石兄"，曹雪芹不过是个修改者的说法。一"石"激起千层浪，随后即掀起了红学界的大讨论，甚至还有了《红楼梦著作权论争集》一书的诞生。问题继续发酵，有人顺着"原始作者"的思路继续发掘，把整个康熙年间的内务府档案、苏州织造府的档案翻遍，找出了一个"三岁"、一个"二岁"的曹家男丁，但又难以断定到底哪一个才是曹寅的骨血，才是《红楼梦》的正牌"原始作者"。于是"猜谜"继续……这种被胡适称为"猜笨谜"的方法，被作家刘心武借用，推出了煊赫一时却也完全溢出了《红楼梦》文学研究范畴的刘氏"秦学"。

当然，也有人受戴不凡"原始作者"说的启发和激励，继续发掘材料，并且提出了有史料根据的"曹頫"说（同时，也有人提出"李鼎"说），这是《红楼梦》研究史上第一位有史可查的曹姓"作者"。但接着就是曹頫是不是具有创作《红楼梦》的时间、才华等具体问题的"大胆假设"和"小心求证"的辩论了，问题由此进一步走向"务虚"。不管结果如何，这个"原始作者"说算是初步走出了胡适的思路桎梏，眼界似乎由此开阔了很多，著名红学家赵建忠的《"家族累积说"：红楼梦作者的新命题》❶（后面简称"赵文"）就是在此基础上进一步探讨的成果。该文不仅分析论证了曹頫成为"原始作者"的可能性，而且认为"李鼎"说也有一定的可能性，至少打破了以往"封闭型的研究思维模式"，有"利于红学的健康发展"。这说明，赵文至少是意识到了当前红学研究的困境以及症结所在，并力图打破这种僵局。从这个意义上说，赵文所提出的"家族累积说"还是认真的，具有一定程度的学术勇气。

---

❶ 赵建忠：《"家族累积说"：红楼梦作者的新命题》，《河北学刊》2012 年第 6 期。

尽管思路和大体的研究方向比之前的红学研究者进了一步，但如果想让一个新说法立得住脚，还要有史料和逻辑论证来支持，且必须要合理解决所有的"疑问"。细究该文，我想就以下几个方面请教赵先生及学界的专家学者，并略陈鄙见，不当之处，还请海涵、指正。

一

应该承认，赵先生提出"家族累积说"这个新命题，是基于对当前红学研究困境的一种反思。因为就目前的研究状况来看，尽管研究者意识到将《红楼梦》的著作权归于曹雪芹有些不妥，但其他说法似乎更不靠谱。诚如赵文所说，将"作者判归给曹雪芹，到目前为止算是一个矛盾最少、因而也更能被大多数研究者所接受的结论，但这并不意味着问题不存在……这些问题难以得到全面合理的解释，我们很明显感到存在颇多症结，而这些症结在一定程度上造成了深入研究《红楼梦》的困扰"。从具体论证来看，他对于以往及当今红学研究成果采取了"扬弃"的态度，即在不反对核心问题的前提下，对部分结论进行了辩证讨论。如对于创作主体，在坚决捍卫曹雪芹著作权的基础上，提出了自己的"原始作者群"的说法，对于创作过程，则提出了"家族累积说"。且对于创作者的年龄问题，表示了两个"无异议"。这两个"无异议"，显然是为他的"新命题"服务的。

其一，明确表示"戴不凡用那段话作为个人观点的支撑是不可靠的。对于这种质疑，笔者并无异议。"因为戴不凡曾在《揭开〈红楼梦〉作者之谜》中提出过不同看法："八岁孩提自叹'风尘碌碌，一事无成'，'撰此《石头记》一书也'，岂非神话！"学界目前对这个问题的回应则认为甲戌本上"半生潦倒之罪""风尘碌碌，一事无成"等所谓"作者自云"的语句，是另纸抄录的，是"凡例"的一部分，并不是曹雪芹所写的正文。《红楼梦》正文应从"列位看官，你道此书从何而来"开始。赵文支持这种说法，实际就是反驳了戴不凡的质疑，从而支持并主张曹雪芹对《红楼梦》拥有著作权。

其二，他对于曹雪芹是遗腹子，13 岁有"秦淮风月忆繁华"的经历，"也无异议"。换句话说，赵先生认为曹雪芹是可以创作《红楼梦》的，年龄、经历都不是问题。但在细节问题的论证上，赵先生又有所保留和辩证，这一点显示了可贵的理性思辨精神。如他接着又用13 岁的曹雪芹尚且可以写《红楼梦》，来反证曹頫也具有创作《红楼梦》的能力和资格。他说："研究者认为抄家时仅有十几岁的曹雪芹可以具备《红楼梦》的生活体验，但同样是担任江宁织造前十几岁的曹頫就被认为生活积累不够，前引李春祥文章就是这样对不同的人采取了'双重标准'，从论证逻辑角度讲，存在着前后不统一的问题。"

但糟糕的是，问题如果进一步推论下去，就陷入了赵先生所持论点的反面。即既然曹頫和曹雪芹在年龄和经历上都具备创作《红楼梦》的资格，据目前学界掌握资料，这两人又绝无同时合著的可能性，那么结论只有一个，即不论曹頫还是曹雪芹，都不是《红楼梦》的原始作者，他们只能是"修订者"。从而也就顺理成章地推出了他的"原始作者群"的概念——这似乎应该是该"新命题"的内在逻辑。但有一个难以逾越的障碍，就是"修订者"当然不是"著作者"，这是常识。因此，这个结论实际上"从某种程度上否认了小说作者的独立著作权"❶，显然，这又有违赵先生的初衷。因为他一直在强调其"新命题""与否定曹雪芹'著作权'完全是两个不同的概念"。

之所以会造成如此的尴尬，究其原因，还是赵文的研究立场出了问题。一个新命题的提出，既要有可贵的怀疑精神，又要有充分的理论自信，而不应该首鼠两端，兼美得之。赵先生的态度真正是做到了既不冒犯前人，又不得罪时贤，既如此，其所持"命题"之"新"从何说起呢？行文中，作者对于一些关键性的观点或者论证，本可以理直气壮地驳斥，或者如他所打算的，"从《红楼梦》文本内部分析入

---

❶ 付善明：《红楼梦：大师的心灵史》，《明清小说研究》2014 年第 2 期，第 14 页。

手，并结合'脂批'等清代文献提供的丰富信息尤其是这部作品成书过程长期性的实际"提出自己的新观点。但遗憾的是，我们在阅读全文之后，除了看到作者在诸多"无异议"基础上的细节辩证，以及重复已有的材料、论证之外，并没有看到任何"结合文本内部的"分析。对于他所提出的"原始作者群"，既没有界定，也没有论证材料指实，不过是利用现有的"曹学"成就进一步夯实曹氏家族经历是《红楼梦》原型的主张。诚如作者自己所说，"'家族累积说'的提法还可以与红学界已取得的'曹学'成果挂钩，启示人们去探索曹氏家族的遗传基因特别是曹寅的文化素养对曹雪芹直接、间接的可能影响"。实际上这种"联姻"的主张并没有解决任何根本性的问题。

"新命题"为什么不能解决旧问题？因为该观点的核心部分是完全认同、继承了"旧说"，这就必然带有"旧说"遗留的胎记，比如赵文一再表示维护曹雪芹对《红楼梦》的著作权，认定曹雪芹是曹家后人，又一再表示《红楼梦》是曹家的"集体印象"，曹頫也是具备创作条件的。然而曹雪芹是曹家子孙的内证问题，曹雪芹、曹頫的个人生平资料缺乏相关史料佐证等老问题，胡适当年回答不了，今天赵先生同样也回答不了。

举例来说，假设曹雪芹是曹家的血脉，如何解释《红楼梦》中如下的情节，这些显然是作为一个曹家子孙所不宜为的。比如第26回，薛蟠把唐寅念成了"庚黄"，是宝玉为之更正。如果按照现在红学界的主流说法，雪芹是宝玉的原型，是《红楼梦》的创作者或者如赵文所说，是创作者之一，那他无论如何也不能犯祖父曹寅的尊讳，何况在小说中竟然是作为一个笑话来讲，让一个粗俗不堪的薛蟠来再三的调侃。再有，就是小说中几次想致宝玉于死地的那个万恶的马道婆，居然与曹雪芹的母亲（一说婶母）一个姓氏！天下姓氏那么多，何必一定要让这个恶妇与自己母亲（婶母）同姓！退一步说，曹雪芹的母亲到底是不是姓马现在还不确定，他的太祖母，曹寅的母亲，康熙的保母姓孙可是确凿无疑的。为什么小说中还要出现一匹姓孙的中山狼？！小说中说到迎春的丈夫，那个禽兽不如的孙绍祖，从仆妇丫头到主子迎春、王夫人，甚至贾母都无好感，甚至用了厌恶的语调谈论"那孙家的"如何如何。在《红楼梦》中，老太太屋里的猫儿狗儿都是要敬重的，宝玉连老太太的丫头都不敢直呼其名，而是要恭恭敬敬地叫姐姐。曹雪芹在小说中借林之孝家的教育宝玉，一再点出这是大家子的规矩。既如此，为何在小说写作过程中，曹雪芹对自己家的女性长辈，就这样"没规矩"起来，竟然有胆量把老太太的"娘家人"写进书里，让一大家子从主子到奴才这样肆无忌惮地诅咒着，怨恨着。现在又有新的考证文章，说这个"马道婆"本不姓马，"马"乃其职业身份"马子"（巫婆）之意。❶这样，曹雪芹写她就不存在冒犯自己母亲的问题了，似乎就合理了。但又如何解释孙绍祖的姓氏呢，难道他也不"本不姓孙"？还有小说中那个集"扒灰""不肖""败家"于一身的贾珍，竟然犯了曹家"珍儿"的名讳！❷尽管这个"珍儿"已"殇"，而且可能没有子嗣传承，但家谱上他是永久在的，曹雪芹如果真是曹家后人，他怎么可能把这样的恶名让一个逝去的先人来扛！何况又有人斩钉截铁地称，这个"珍儿"就是曹雪芹的生父！❸既如此，曹雪芹作为其遗腹子，竟然这样无端的抹黑自己从未谋面的先父大人，情何以堪！

这样诅咒先人的举动只能是那些仇家或者路人所为，是曹家后世子孙的耻辱，一个曹家的后人怎么可能去做这样"亲者痛，仇者快"的蠢事？同理可推"作者曹頫说"。诚如前人所疑惑："且使贾府果为曹家影子，而此书又为雪芹自写其家庭之状况，则措辞当有分寸。今观第十七回，焦大之谩骂，第六十六回柳湘莲道'你们东府里，除

---

❶ 詹健：《马道婆新考》，《红楼梦学刊》2015 年第 2 辑。《棟亭诗钞》别集卷四《辛卯三月二十六日闻珍儿殇，书此忍恸，兼示四侄，寄西轩诸友三兄》。

❷ 《棟亭诗钞》别集卷四《辛卯三月二十六日闻珍儿殇，书此忍恸，兼示四侄，寄西轩诸友三兄》。

❸ 张书才：《曹雪芹生父新考》，《红楼梦学刊》2008 年第 5 辑。

了那两个石头狮子干净罢了’，似太不留余地"。❶退一步来讲，即便曹雪芹可以将家族丑闻公之于众，将祖先名讳置之脑后，小说中那个不成器的"芹儿"，怎么竟然也犯了他本人的名讳！难道是雪芹有意既以宝玉自诩，又以贾芹自污？如此，怎对得起冰清玉洁的颦儿？关于曹雪芹这一系列有违常情的举动，胡适当年没有做出任何回应，后来的研究者也无法解释。红学大家如周汝昌、蔡义江等都提出过质疑，认为曹雪芹不可能不知道自己母亲的姓氏，他如果真的是马氏所生，怎么可能"忍心把母亲的姓给了一个最不堪的女人，在一个小说家的心理上讲，能够这样做吗？"❷"这在情理上讲得通吗？"❸孙玉明更是直击要害，直言"曹公史料矛盾多"。❹今天，虽然红学研究队伍庞大，学术成果汗牛充栋，但关于作者及其家世问题，依然疑云密布，任何研究《红楼梦》的人，若涉及著作权的问题，都要面对这个尴尬的存在。

当然，那些已发现的文献中问题也不少。如张宜泉、敦诚、敦敏、永忠、明义等人所撰写的与曹雪芹交往唱和以及悼、挽、忆曹雪芹的诗文，是令我们惊喜的重大发现，我们认可、利用这些资料，并在此基础上进一步夯实了曹雪芹的著作权问题。但既然敦诚有"辑故友之诗文"《闻笛集》，"凡片纸只字，寄宜闲馆者"均笔笔在录，为什么没有曹雪芹诗文的片纸真容？再有一个更大的疑问，就是这些曹雪芹的知己朋友，为什么都对曹雪芹家世、经历闪烁其词，对他的墓葬地点讳莫如深，没有一个明确的记载呢？以至于我们想要详尽清晰的了解曹雪芹的家世，只好去"猜笨谜"，为了一块突然出现的"曹雪芹"墓碑而绞尽脑汁辨其真假，甚至真的还没辨出来，假的反倒又多了几

---

❶ 蔡子民：《〈石头记〉索隐第六版自序——对于胡适之先生〈红楼梦〉考证之商榷》，见易竹贤编撰《胡适论中国古典小说》，长江文艺出版社 1987 年版，第 85 页。

❷ 周汝昌：《红楼夺目红》，作家出版社 2003 年版，第 325 页。

❸ 蔡义江：《红楼梦答客问》，龙门书局 2013 年版，第 58 页。

❹ 孙玉明：《曹公史料矛盾多——纪念曹雪芹逝世 250 周年兼与蔡义江先生商榷》，人民政协报 2013 年 9 月 9 日 C03 版。

块！总之，凡到关键处，证人就"集体失语"，经过这么多年的红学考证，曹雪芹仍旧俨然神龙一般不可捉摸，用王国维的话说就是"遍考各书，未见雪芹何名"。而基于这些历史文献记载之上的《红楼梦》曹雪芹著作权新、旧说，如果不面对、解决这些疑难问题，则如沙上建塔，既不会长久，也很难令人信服。

二

新命题"家族累积说"是由"原始作者群"推展而来的，但却缺乏必要的资料支撑和内在逻辑关系的论证。

赵文提出了一个"原始作者群"的概念，是在戴不凡及其他持"原始作者"论的研究成果之上提出来。赵先生主张："对'原始作者'的探求，实不必局限于曹頫一人，也不必胶柱鼓瑟地仅仅围绕着曹氏家族，如同广义上的'脂砚斋'亦非专指某人一样。"他建议大家将目光放开一些，不要盯着曹氏家族不放，要注意到与曹氏家族有关联的其他大家族的相关史料。曹氏其他姻亲家族的史料，不能仅仅作为曹家与《红楼梦》关系的佐证，应该被看作素材、原型，这是赵文令人眼睛一亮的主张。他说："我们知道，在曹雪芹的亲属中，李煦是长期与西方传教士有来往的人，并且《红楼梦》中关于宁国府的描写有不少素材取资于李家，其实甄、贾两府分别影射的应该是曹、李两家，《红楼梦》的故事是从苏州开始的，书中有相当多的'吴语词汇'绝非偶然，这个问题必须深入研究曹雪芹与苏州李家的渊源才有可能得到更为合理的解释。"这个思路是对的，也是很有建设性的。如果顺着这个思路下去，接下来应该论证李氏家族或者其他曹家姻亲的生活原型在《红楼梦》中的存在或者影响。但很可惜，赵文接下来的思路又回到了曹家。

在戴不凡以及之后所有持"原始作者"观点的研究者看来，具备创作《红楼梦》这部大书的生活经历、情感经历以及个人资质的，在现有所知的曹家子孙中，唯有一个曹頫是可能的（尽管这样，还有人在质疑，提出了种种不可能性）。对此，赵文并不反对，而且还积极地为这个说法寻求逻辑上的支持。如前文所提过的批评李春祥文章采取了"双重标准"。但他又进一步主张在"具体探索中不一定仅锁定曹頫一人，""鉴于《红楼梦》成书的复杂状况，'原始作者'的概念似乎改成'原始作者群'更加符合实际"；认为用"'家族累积说'来概括这部小说的作者似乎更为贴切，这是基于脂批复杂情形及提供的丰富信息尤其是《红楼梦》成书过程的长期性而做出的判断。"值得注意的是，赵文在这里扩大了概念的内涵，模糊了概念的外延。

什么是"原始作者"？这是问题的核心。是有类似生活经验，能提供原始素材，甚至做过批注、对小说创作提过建议就算呢，还是有实在的创作经历，写出作品才算呢？在戴不凡的文章中，他将"原始作者"定义为后者。如他认为"石兄"是"原始作者"，曹雪芹是在"石兄"创作的《风月宝鉴》的基础上继续创作、修改而成的。后来的研究者在进一步的探讨中却渐渐偏离了这一原始定义，而专注于"创作资格"的探讨。而赵文的观点则是把这两者都囊括在内了。其实，那些《红楼梦》的批注者如脂砚斋、畸笏叟等人，也不一定就都是曹家人。批评史上，对作品产生共鸣的，除了有过类似家族遭遇的大家族出身的人，那些理性的读者或者批评家，在读了作品之后都会产生共鸣，正如张竹坡之批评《金瓶梅》、陈继儒之评点《牡丹亭》。而所有《红楼梦》的研究者，似乎都忽略了这一点常识，非常默契地甘心情愿地被脂砚斋等人牵着鼻子走，以为《红楼梦》底事一定与曹家有对应关系，从而将脂砚斋等批注者坐实在曹家成员之中。这显然是模糊了生活与艺术的界线，将生活真实混同于艺术真实。

类似的错误在西方的名著研究中也是存在的，诸如认为《简·爱》的作者艾米丽·勃朗特，"一定经历过她笔下的希斯克利夫的那种激情；还有人则争辩说：一个女人不可能写出《呼啸山庄》来，而艾米丽的兄弟帕特里克才是该书的真正作者。这类评论曾使有些人断言莎

士比亚一定访问过意大利,他必定当过律师、士兵、教师和农场主"。❶
这显然是非常荒谬的一个逻辑推理。然而现在学界流行的曹雪芹说、
曹頫说,乃至戴不凡的"原始作者"说,他们的逻辑起点恰恰就在
这里。赵先生则是在同意以上诸说的基础上推出他的"原始作者群"
说的。

再推展开来,看赵文提出的"原始作者群"与"家族累积说"。
这两个概念实质是同一个问题的不同角度,前者说的是创作主体,后
者说的是创作过程。该文认为,"鉴于《红楼梦》成书的复杂状况,
'原始作者'的概念似乎改成'原始作者群'更加符合实际。对于这
个群体的探索,近年来主要集中在曹寅的子侄一辈……当然,具体探
索中不一定仅锁定曹頫一人,我认为用'家族累积说'来概括这部小
说的作者似乎更为贴切","就《红楼梦》的创作主要撰述方式看,当
然也属于'文人独创型',但这并不意味着对前人积累的素材可以视
而不见……曹雪芹与那些素材的提供者不仅熟识还大都是亲友,不过
就是三代以内人述说家史甚至写出部分初稿,最后由天才曹雪芹创造
性地完成"。也就是说,这里"原始作者群"是指那些曹雪芹"不仅
熟识还大都是亲友"的"素材的提供者",他们"就是三代以内""述
说家史甚至写出部分初稿"的人,所谓的"家族累积",就是指这些
"前人累积的素材"。这是赵先生"放大眼界,对《红楼梦》成书过
程作整体和宏观上的全面考察"。那么,我们不禁要问,这些"素材
的提供者"都是谁,可能一一指实?这些人中又有谁承认过跟曹雪芹
是"三代以内的人"?文学史上、《红楼梦》研究史上谁见过那个"部
分初稿"及"写出部分初稿的人"?

退一步说,即令这些内证都存在,单就艺术创作规律而论,"前
人累积的素材"也不能成为艺术作品。因为在艺术创作中,素材是生
活、是事实,相应的,提供素材的人充其量也就是个素材见证者。而

---

❶ 〔美〕勒内·韦勒克、奥斯汀·沃伦(刘象愚等译):《文学理论》,凤凰出版传媒集
团 2005 年版,第 80 页。

"一位杰出作家绝不满足于前代所提供的小说素材，而是以这些素材、母题为基础，创作出截然不同流俗的一新世人耳目的作品"。❶ 其"所写的事迹，大抵有一点见过或听到过的缘由，但决不全用这事实，只是采取一端，加以改造，或生发开去……人物的模特儿也一样，没有专用过一个人，往往嘴在浙江，脸在北京，衣服在山西，是一个拼凑起来的脚色"。❷ 在鲁迅的小说中，"鲁四老爷""祥林嫂""闰土"都是有原型的，难道说这些原型都是初期投入者？还有一个现成的例子，巴金的《家》《春》《秋》是他以自己的经历及家庭为素材创作的，难道说他的家人都是这个"激流三部曲"的"原始作者群"？更远一点说，历史上那些"闲坐说玄宗"的白头宫女们是不是也可以被称作《琵琶行》《梧桐雨》《天宝遗事诸宫调》等所有以"李杨故事"为题材的小说、戏曲作品的"原始作者群"？答案当然是否定的。

再来看这个新命题的逻辑推展问题。作者以先秦诸子学说的流传过程来比附，认为"先秦有很多经典作品，并非一时一人所做，并且还经过后人的多次修改、润色，有的'原始作者'和创作年代已难指实。诸子散文虽然标明了作者，但其实有许多亦非个人著作。""先秦诸子中有影响的学派及其代表作一般都是靠其奠基人与后学合力形成的"，认为这样的文化现象与《红楼梦》内容的断续迷乱甚至某些情节相互龃龉的现象很类似，由此引出"应当充分注意到曹雪芹家族及其亲属对这部作品的初期投入"的观点。这显然是混淆了哲学表达与文学艺术创作的界线。一个学说可以经过几代人的传承、修正，并最后集大成，是因为它的任务是反映人们对于世界的哲学认识，凡是认同或者在认同基础上更进步的哲学思考，都可以纳入到一个学说的传承流程中来。先秦的诸子百家的作品，从本质上说，应该是哲学表达，而非文学叙事。因为在文学中似乎永远无法建立"有X必有Y"

---

❶ 付善明：《红楼梦：大师的心灵史》，《明清小说研究》2014年第2期，第13页。
❷ 鲁迅：《我怎么做起小说来》，见鲁迅《鲁迅全集》第四卷，人民文学出版社2005年版，第527页。

之类的因果关系式❶，而这种"因果关系式"恰恰是先秦诸子惯用的。虽然诸子百家中也有很多虚构的寓言故事，但虚构的意象不是用来系统地再现世界，而是承载叙述者的思想，用来表达对世界的看法的。这样，只要看法一致，同一类型的寓言故事的相继、更新就不受限制。而文学叙事则不同，虽然"虚构性是文学的核心"，但任何文学形象一旦诞生，就都具有本体论的地位。换句话说，他们都是具有独特生命特征的"这一个"，与承载诸子百家观点的寓言故事在叙事使命上完全不同。因此二者不具备类比性。

再就是，赵文提出的"家族累积说"之"累积"内涵，是在比附《三国演义》《水浒传》等"世代累积型"作品的基础上提出来的。这个说法看似很新颖，但存在的问题也是很致命的。

其一，这个新命题的基础就是《红楼梦》存在一个"原始作者群"。这个概念虽然提出来了，但作者却没有很有力的组织论证，且缺乏必要的论据支撑。说《红楼梦》是家族世代累积，有哪一条证据是可以确凿无疑的证明曹雪芹之前曹家的人写过《红楼梦》？史料？文人笔记？哪怕《红楼梦》批语中透漏出一鳞半爪，明确说这一段是曹家某某人写的，都可以。遗憾的是这样的证据一件也没有！有的只是旧观点的横向联合。而旧观点之不可靠，我在前面已经论述过了。赵文是在一并无异议的前提下的补充，当然也就继承了旧观点的一切毛病。

其二，世代累积型小说的一个重要特征，就是这些作品不是有事实依据，就是从历史事实中延伸出来的。如《三国演义》的出处在《三国志》；《水浒传》的本事就是《大宋宣和遗事》所记载的"宋江等三十六人横行河朔"；而魔幻如《西游记》，也是从历史上的唐玄奘印度求学经历以及《大唐三藏法师传》里的记载进一步演化出来的；而且他们经过历代说唱艺人和戏剧演员的加工磨炼，其形象、主题、

---

❶ ［美］勒内·韦勒克、奥斯汀·沃伦（刘象愚等译）：《文学理论》，凤凰出版传媒集团，2005年版，第19页。

情节的"历史累积"都是可查的。因为历史上确实是存在着这样一个作品的形成过程，而且后来者确实是在先前历代作品的框架下成长起来的，具有某些共同的特质和内容，我们才把最后由文人之手成型的付梓之作称为"世代累积型"作品。《红楼梦》要成为"家族累积型"作品，显然也要有这样一个有目共睹的"累积"过程才行。首先我们要看到最初的作品，其次我们要看到这个"家族作者群"的历史存在。不但作者要落实，就是"累积"的痕迹——各个阶段的作品也要落实，也即都是哪些人，为现在的《红楼梦》写了哪些内容，或者这些所谓的"原始作者群"都有哪些作品存世，这些作品都与《红楼梦》有哪些"累积"瓜葛……诸如此类的"累积"要素一定要落到实处，不能似是而非，通过推理、"合理想象"得出。这样一一落实之后，我们才能说署名曹雪芹的《红楼梦》是部"家族累积型"作品。现在，在前两者俱语焉不详甚至是推论结果的情况下，提出《红楼梦》是"家族累积型"作品这个新命题，显然为时过早。

余论

生活真实与艺术真实的关系是文学创作理论的第一需要划清界限的问题，艺术真实来源于生活真实，又高于生活真实，这是众所周知的。但实际操作起来，往往容易走入误区，包括一些大家、学者。具体到《红楼梦》的研究，由于研究者们过分地追求艺术描述背后的事实真相，有意无意之间把《红楼梦》的艺术世界等同于作者所感慨的那"一把辛酸泪"，无形之中就跨越了艺术真实与生活真实的界线，混淆了二者之间的逻辑辩证关系。这种方法论上的错误，导致了今天红学研究的尴尬状况。

关于艺术真实性的问题，中国文论，从古至今，所有关于"虚"与"实""奇"与"正"关系的辩证都是针这个问题而谈的。如谢肇淛曾说"凡为小说及杂剧、戏文，须是虚实各半，方为游戏三昧之笔。亦要情景造极而止,不必问其有无也"❶。清代俗文学大家李渔也明确提出"传奇无实,大半皆寓言耳。欲劝人为孝,则举一孝子出名,但有一行可纪,则不必尽有其事,凡属孝亲所应有者,悉取而加之……凡阅传奇而必考其事从何来,人居何地者,皆说梦之痴,人不可以答者也"❷。我们最熟悉的莫过于鲁迅先生关于"典型"的名言:"杂取种种,合成一个"。而法国作家巴尔扎克也曾经说过"文学是一个庄严的谎言"。这些古今中外的理论,我相信每一个研究《红楼梦》的专家学者都是耳熟能详的,但当他们皓首穷经追索曹雪芹创作过程及其家世的时候,似乎就把这些至理名言抛诸脑后了。直到今天,红学界还在找寻《红楼梦》的作者,由考证曹雪芹,到论证"原始作者"为曹頫的可能性,再到赵先生提出的"原始作者群""家族累积说",其思路的实质都是一致的,都把《红楼梦》当成了作者的自传,当成了江宁织造府的翻版。

也许有人会说,我们考证曹雪芹及其家族,目的就是为了更好的研究《红楼梦》,所谓"知人论世"也。当然,我们并不反对"知人论世",也不反对"以意逆志",但"那种认为艺术纯粹是自我表现,是个人感情和经验的再现的观点,显然是错误的"❸。因为尽管作家的生平与艺术作品之间有密切关系,但绝不是一种简单、直接的因果关系,也绝不意味着该艺术作品就是作家生活的摹本。因此,关于《红楼梦》的著作权问题,在目前研究资料和研究能力尚不足以支撑任何新说法的情况下,个人认为还是保留读者的阅读习惯,以署名"曹雪芹"为妥,再极端一点,或者可以署"无名氏",切不可再往深处求索了。因为即便我们探究到了《红楼梦》的作者就是历史上那个曹

❶ [明]谢肇淛:《五杂俎》,见俞为民、孙蓉蓉编《历代曲话汇编》(明代卷第2集),黄山书社2009年版,第409页。

❷ [清]李渔:《闲情偶寄·词曲部》"审虚实",见《中国古典戏曲论著集成(七)》,中国戏剧出版社1959年版,第20—21页。

❸ [美]勒内·韦勒克、奥斯汀·沃伦(刘象愚等译):《文学理论》,凤凰出版传媒集团,2005年版,第81页。

寅的孙子，或者曹家的什么人，也不能把《红楼梦》当成历史，当成传记，当成回忆录来读。它纵然是"满纸荒唐言，一把辛酸泪"，但一经读者的手、眼，这"荒唐言""辛酸泪"，也已经不姓曹了。

参考文献

［1］易竹贤. 胡适论中国古典小说［M］. 武汉：长江文艺出版社，1987.

［2］勒内，奥斯汀.《文学理论》［M］. 刘象愚，等译. 南京：凤凰出版传媒集团，2005.

［3］周汝昌. 红楼夺目红［M］. 北京：作家出版社，2003.

［4］蔡义江. 红楼梦答客问［M］. 北京：龙门书局，2013.

［5］俞为民，孙蓉蓉. 历代曲话汇编［M］. 明代卷第2集. 合肥：黄山书社，2009.

［6］中国戏曲研究院. 中国古典戏曲论著集成（七）［M］. 北京：中国戏剧出版社，1959.

《红楼梦》：大师的心灵史

付善明

关于《红楼梦》的作者问题一直是红学研究中的重要内容，为诸多研究者所关注。《河北学刊》2012年第六期发表的赵建忠先生的《"家族累积说"：〈红楼梦〉作者的新命题》一文，提出关于作者的新观点——"家族累积说"。这一新命题是"在综合了'世代累积'与'文人独创'两种写作类型的基础上提出的，一方面承认曹雪芹'十年辛苦'披阅增删以及在最后定稿上所花费的创造性心血；另一方面也不抹杀此前曹雪芹家族诸多人分别从事的提供素材、草创初稿并参与早期《红楼梦》评点的工作，这与所谓否定曹雪芹'著作权'完全是两个不同的概念"。❶

赵建忠先生提出的"家族累积说"，无疑对于探究《红楼梦》作者问题是有益的。通过学术上的讨论、争鸣，会进一步接近事实真相，得出更为正确的结论。因此，笔者不揣固陋，写出自己的想法，以就正于赵先生和广大《红楼梦》研究者和爱好者。

一

20世纪90年代前后徐朔方先生在《论〈西游记〉的成书》《论书会才人——关于世代累积型集体创作的编著写定者的身份》《再论〈金瓶梅〉》等系列论文和专著《小说考信编》"前言"中，提出世代累积型集体创作说，认为中国古典小说、戏曲中的许多作品并非出于任何个人作家的天才笔下，而是由不同时代的民间艺人和文士在前人基础上编写而成，并逐渐成熟而写定的。此说提出后受到众多研究者认可，当然也有学者对此提出商榷意见，如纪德君、沈伯俊等人即认为世代累积型集体创作说没收了罗贯中等人的著作权，对小说写定者在作品定型过程中的决定作用有所忽视等。"世代累积说"的产生具有重要的意义，它为我们了解明代几部奇书和部分戏曲作品的成书过程提供了重要借鉴。由徐先生和部分学者对于"世代累积说"的相关论述，使我们借此得以梳理出《三国演义》《水浒传》《西游记》等历史演义、英雄传奇、神魔小说的故事本事和定型过程，对于爬梳并探究小说的素材来源，具有重要意义。也有中国文学史和古代小说史论著采纳这一观点，撰写专题论述，如《中国小说艺术史》在论述章回小说叙事体制时即有一部分曰"从世代累积到文人独创"。

---

❶ 赵建忠：《"家族累积说"：〈红楼梦〉作者的新命题》，《河北学刊》2012年第6期。

"世代累积说"有其局限性，我们不能止步于这一说法，而应该从更高的理论层次对这些小说作品进行论述。"世代累积说"毕竟只是停留在素材层面，未能从更为重要的情感层面进行考量。平心而论，论者称《三国演义》《水浒传》《西游记》是世代累积型作品，主要是着眼于小说的"素材"。深得小说创作三昧的鲁迅先生在《我怎么做起小说来》中说："所写的事迹，大抵有一点见过或听到过的缘由，但决不全用这事实，只是采取一端，加以改造，或生发开去，到足以几乎完全发表我的意思为止。人物的模特儿也一样，没有专用过一个人，往往嘴在浙江，脸在北京，衣服在山西，是一个拼凑起来的脚色。"❶具体到"世代累积说"来看，研究者将其中浙江的"嘴"、北京的"脸"和山西的"衣服"找出来，就认为已发现了小说创作的奥秘。其实，明清时期的经典著作，皆为罗贯中、施耐庵和吴承恩们的天才创造。若说是累积，也只是素材层面的积累；至于说到创作，罗贯中等天才作家们对于前代作品可谓是信手拈来为我所用，并不拘于之前素材的形式、情节与观念。三位巨著的作者在创作过程中都融入了自己的深厚情感：或歌颂三国时期"武勇智术，瑰伟动人"的英雄，发出"天下大事，合久必分、分久必合"的历史感喟；或痛恨乱自上作、贪官横行，同情甚或赞颂揭竿而起与暴政做斗争的梁山好汉；或寓意深远，曲写人世，通过唐僧师徒的取经故事折射现实社会的黑暗、混乱和积重难返。❷从全书贯穿的一贯情感来看，这期间是不容其他文人措手的；而且其他作者由于感情、经历、世界观、人生观的不同，其思想也不可能和原作者的创作思想完全合辙。所以古代小说"成于一人"还是"出于众手"，通过细读文本即可了然。

丹麦著名文学史家勃兰兑斯在其《十九世纪文学主流》引言中说："文学史，就其最深刻的意义来说，是一种心理学，研究人的灵

---

❶ 鲁迅：《鲁迅全集》第4卷，人民文学出版社2005年版，第527页。

❷ 鲁迅：《中国小说史略》，人民文学出版社1973年版，第106、209页。

魂，是灵魂的历史。"●俄国著名作家果戈理也称自己"最近的著作都是我的心史"●。所以，从有机整体的角度来看，以经典文本为核心的中国小说发展史，在某种意义上就是审美化的心灵史。古典小说作家，从志怪、志人作者到唐传奇作者，从宋元话本的"说书人"到明清长篇章回小说的巨匠，从罗贯中、施耐庵、吴承恩到兰陵笑笑生、吴敬梓和曹雪芹，其作品都是他们心灵的投影，是他们的心史。即使被传统观念认为是世代累积型作品的《三国演义》《水浒传》《西游记》，它们的最后成书也是在一位天才的小说巨匠的创作下完成的。世世代代的累积，如果没有一流的小说家的创作，也只能沦为"说唐""说岳"、《杨家府演义》《南北宋志传》等小说史上二三流的作品。其实从小说创作、小说母题、小说类型等角度来看，一位杰出作家绝不满足于前代所提供的小说素材，而是以这些素材、母题为基础，创作出截然不同流俗的一新世人耳目的作品。将《三国志通俗演义》与《三国志平话》《水浒传》《西游记》与前代流传的《大宋宣和遗事》《大唐三藏取经诗话》等相比，就可见罗贯中、施耐庵、吴承恩们的隽秀杰出和超逸前代。至于从《水浒传》中潘金莲、西门庆故事一支逸出而蔚为大观的《金瓶梅》，更是作者兰陵笑笑生创作出的一幅反映晚明社会风俗画卷的杰构，也是文人空无倚傍独立创作的第一部长篇章回小说巨著。清乾隆年间问世的《红楼梦》，是作者曹雪芹在借鉴《金瓶梅》等前代小说艺术的基础上，结合自身家世经历创作的又一部百科全书式的世情杰作。

中国古代的经典长篇白话小说，每一部大书都是其作者心灵的外化，作为创作主体的作者是根本的，其主体性往往排斥"他者"的介入。一部《红楼梦》即是作者曹雪芹的一部心灵自传，是他的心灵史。

● ［丹麦］勃兰兑斯（张道真译）：《19世纪文学主流》第1分册，人民文学出版社1997年版，第2页。

● ［苏］魏列萨耶夫（蓝英年译）：《果戈理是怎样写作的》，天津人民出版社1980年版，第21页。

作者在第一回中有一首偈语曰：

> 无才可去补苍天，枉入红尘若许年。
> 此系身前身后事，倩谁记去作奇传？ ❶

此偈虽系以书中人物石头之口道出，实为作者的心声。作者曹雪芹历经"烈火烹油、鲜花着锦之盛"的江宁织造府生活、幼年时期被抄家的凄惨经历，以及在北京西郊"举家食粥酒常赊"的落魄生活，所有这些政治上、经济上和家世上的变故，都深深刺痛他敏感而又多情的心灵。在对传统的长篇小说创作艺术批判继承的基础上，作者曹雪芹创作出了"大旨谈情"的"怀金悼玉的《红楼梦》"。从《红楼梦》前八十回来看，全书的故事情节、人物形象和鲜活的人物语言都是一脉贯通的，作者的创作思想、文章的伏线、作品的艺术风格也都是一以贯之的，看不出丝毫的勉强和做作，这与成于众手的文学作品有着天壤之别。

曹雪芹对《红楼梦》前八十回拥有独立的创作权。曹雪芹这位文学天才，首先创作出了《风月宝鉴》一书，但历经人世沧桑和家庭变故的他并不满足于这种风月情浓的作品；于是在此基础上进行了脱胎换骨的再创作，"披阅十载，增删五次"，终于完成了《红楼梦》这部杰构。若曰曹雪芹的家族成员为他创作《红楼梦》提供了众多素材则可，如果说除却曹雪芹之外，尚有一个"原始作者群"，则尚待商榷。其实，"家族累积说"是对"世代累积"和"个人独创"两种类型的折中，是从某种程度上否认小说作者的独立著作权，是不合理的。

---

❶ ［清］曹雪芹（无名氏续）：《红楼梦》，人民文学出版社 2008 年第 3 版，第 4 页。

二

从文学创作的一般规律来看,无论是"历史演义""英雄传奇""神魔小说",还是"世情小说""人情小说",古代的经典文本都是古代天才小说家的独自创作。在之前可能有小说素材的累积,创作艺术、创作方法的继承和发展,以及人物形象和故事情节的模仿和借鉴,但最后无疑是定型于一位天才小说家之手。从这一点上来说,"世情小说"与"人情小说"更是如此,因为创作一部抒写自己情愫和心灵的大书,是不容许"他者"的介入的。《红楼梦》作为一部小说诗、诗小说,是描写作者"半世亲睹亲闻的这几个女子",是作者情感纠葛的艺术再现,是排他的。

聪敏的作家只有选择适合他们的题材,才会诞生伟大的作品。记得有位当代作家说过:喜欢上一个题材,如同喜欢上一个人,你才愿意与之"结合",才会有创作的冲动。否则,再大的题材,与你的心灵产生不了共鸣,融入不了感情,你就驾驭不了这个题材。每位作家的创作都是其心灵与题材产生共鸣而结出的硕果。罗贯中这位"有志图王者",其心灵深深契合于历史题材特别是朝代更替之际割据称雄、农民起义、英雄人物的发迹变泰等故事,于是创作出了《三国志通俗演义》《隋唐两朝志传》《残唐五代史演义》《平妖传》《赵太祖龙虎风云会》等经典作品;《水浒传》是作者"发愤之所作",作者"虽生元日,实愤宋事"[1],创作出了反映北宋末年梁山好汉风起云涌的市民抗暴运动的杰构;吴承恩喜欢上唐僧西游取经的题材,同样是因为他可以借此抒发自己心灵的郁积并书写自己的心灵共鸣;《金瓶梅》作者兰陵笑笑生对于西门庆家庭这一题材的描写,《红楼梦》作者曹雪芹

---

❶ 陈曦钟、侯忠义、鲁玉川辑校《水浒传会评本》,北京大学出版社1981年版,第28页。

对于宝黛爱情故事和贾史王薛四大家族的描写，都是因为他们的心灵与其所选素材的高度契合。

不同作家可以选择同一题材，但他们的心灵是永远不同的。很多作者都会对爱情题材产生共鸣，会去描写贾宝玉、林黛玉般的爱情故事，但是"一千个读者心目中有一千个林黛玉"，每一位作家心目中的林黛玉都是独特的"这一个"，而不能等同于曹雪芹笔下的黛玉。这就是为什么有程伟元、高鹗的《红楼梦》后四十回、《后红楼梦》《续红楼梦》《绮楼重梦》《红楼复梦》《鬼红楼》《红楼梦影》，以及最新版《刘心武续红楼梦》等形形色色的续书，皆是续作者自说自话，"大率承高鹗续书而更补其缺陷，结以'团圆'；甚或谓作者本以书中无一好人，因而钻刺吹求大加笔伐……故复有人不满，奋起而补订圆满之。此足见人之度量相去之远，亦曹雪芹之所以不可及也"❶。续书失败的原因之一，是作者曹雪芹之才远非续作者可及；另一重要原因是：涉及感情纠葛的小说，并非第二位、第三位作者所能代替的，小说中男女之间的情爱往往是个体独特体验的结果。所以即使不同作家创作出若干部《红楼梦》续书，也都不是曹雪芹的本意。因为续作者既未有曹雪芹钟鸣鼎食式的生活，又缺乏"亲睹亲闻"的经历，他们没有"贾宝玉式"的无才补天、枉入红尘的强烈的心灵感喟，只是强作解人，于是我们看到的是续作和仿作者将原书已达到的文学高度的一次次降低，是创作思想、创作主题和创作艺术方面"画虎不成反类犬"的低等品。这正如俞平伯先生所说："我以为凡书都不能续，不但《红楼梦》不能续；凡续书的人都失败，不但高鹗诸人失败而已。""作者有他底个性，续书人也有他底个性，万万不能融洽的。不能融洽的思想、情感，和文学底手段，却要勉强去合做一部书，当然是个四不像。"❷

历数中国古代小说经典之作的续书，真正能小有所成者，有《水

---

❶ 鲁迅：《中国小说史略》，人民文学出版社 1973 年版，第 106、209 页。

❷ 俞平伯：《红楼梦研究》，人民文学出版社 1973 年版，第 1—3 页。

浒后传》《荡寇志》《西游补》等。翻阅其书，即可知续作者并非对原作亦步亦趋，而是抛开原作另起炉灶，借他人酒杯浇自己之块垒。古代小说续书的创作，很难做到与原著思想上的统一。即使如当代作家进行集体创作，虽然能够通过讨论以统一思想，但在具体创作过程中仍不免有分歧；更何况续书作者与原著作者的思想轩轾可分了。如"英雄传奇"题材的作品是"因文生事"，创作者个性特色鲜明，即使《水浒传》不同版本间，我们也可以看到征田虎、征王庆、征辽故事与原著间的不合隼。《西游补》"全书实于讥弹明季世风之意多"，是作者董说有感而发之作，是董氏借《西游记》一个情节生发开去、加以演绎，创作出的全新的文学作品。董说《西游补》和兰陵笑笑生的《金瓶梅》，都是对原作的彻底颠覆，都是借壳上市，但后者走得更远，脱离《水浒传》这一英雄传奇的范式而成为明代世情小说的巅峰之作。

《红楼梦》是作者曹雪芹的心灵自传，是作者经历了人生困境和内心孤独之后，发出的对生命的深沉感喟。他不仅注重于摹写人生、摹写社会和对世俗百态的善恶的评判，而且更加倾向于心灵的抒写，更加倾向于描写自己心灵中的"太虚幻境"。所以《红楼梦》虽可谓涉及社会的千姿百态，但最为重要的，是描写作为十二钗活动场所的大观园。作者曹雪芹的收放自如，源于他与自己所深深眷爱着的题材的高度契合、他对自己家族和亲历亲闻的世态人情的烂熟于心，和他在感情寄托上的无上慰藉。所以说《红楼梦》是曹雪芹的《红楼梦》，脂砚斋写不出，曹雪芹的兄弟叔伯写不出，曹雪芹家族的"原始作者群"（假设说有这个作者群）也写不出。

三

曹雪芹幼年家道的衰败和经历的坎坷，使他敏感的心灵过早成熟，对于人生和社会进行着思考和反思。曹雪芹留给世人的是半部

《红楼梦》，但正是在这残缺的经典文本中，我们能看到曹雪芹对于社会历史的反思，对于男女两性的社会功用的思考，对于他自己的大家族"树倒猢狲散"式的预言、大厦即倾之后的伤痛和"无可奈何花落去"般的感伤，对于封建社会中女子追求爱情追求幸福却终归"薄命"的哀挽，等等。

曹雪芹在《红楼梦》中描写了以贾府为代表的贾史王薛四大家族的败落，进而折射出了"渐渐地露出那下世的光景来"的封建社会。贾府从贾演、贾源创立家业以来，历经代字辈、文字辈、玉字辈、草字辈五代人，男子们一代不如一代，正应了"君子之泽，五世而斩"的俗语。与贾府男子"无才补天"形成鲜明对比的，是众多"或情或痴，或小才微善"的异样女子；她们不再是传统的封建女性，而是"水作的骨肉"，是作者曹雪芹所赞颂讴歌的对象。金陵十二钗是远远高出《红楼梦》中诸男子的女中巾帼。十二钗正册中的王熙凤，年纪轻轻即掌管荣国府大权，并在秦可卿死后殡葬期间协理宁国府，走笔至此作者感叹道"金紫万千谁治国，裙钗一二可齐家"；"时宝钗""敏探春"以及在海棠社、桃花社中大展诗才的林黛玉等，都是具有特出才能和鲜明个性的杰出女子。金陵十二钗副册和又副册中的平儿、鸳鸯、袭人、晴雯、紫鹃，也是诸位丫鬟中的翘楚。作者在描写金陵十二钗优点的同时，也写出了她们或此或彼的缺陷，最重要的是，他描写了十二钗所代表的青春和美的毁灭。作者在对书中众多可歌可泣的女子发出由衷赞叹的同时，也展示了自己悲天悯人的情怀。

当然，悲天悯人的前提，是这个作家对世界没有绝望。作者曹雪芹描写了美的毁灭，但并不意味他的绝望，绝望的人写不出美。其实写美的毁灭更是因为他呼唤着美！

作者曹雪芹描写了贾府这一世家大族的方方面面。昔日显赫无比的宁国府，在内部蛀虫的腐蚀下"除了那两个石头狮子干净，只怕连猫儿狗儿都不干净"；王家从王夫人之父、到其兄王子腾、其侄王仁，也是每况愈下，以致王熙凤只好回忆昔日的繁华；史家虽有小史侯支撑残局，但史湘云最终也落了个"湘江水逝楚云飞"的下场；薛家到了宝钗一辈，男子只有其兄"呆霸王"薛蟠和叔伯兄弟薛蝌，蟠既无才无德，蝌也乏善可陈。作者在描写四大家族的由盛而衰时充满着对逝去繁华的眷恋和叹惋，但又恪守着严格的现实主义的风格展现了这一铁的事实：以四大家族为代表的封建社会不配有更好的结局，只能走向自我的毁灭。

曹雪芹对贾府为代表的封建社会的描写，触及到了当时社会的纵剖面和横断面：举凡医卜僧道、三姑六婆、帮闲文士、歌儿舞女、泼皮流氓、官场政客、社会豪侠、皇帝太监等无不穷形尽相，他们以自己的性格活跃在《红楼梦》的人物世界中；上至朝廷宫闱、宰相潭府的生活，下至仆人、百姓的蜗居世界，也都一一展现；作者有对百姓穷苦生活的描写、农民暴动的展现，但更多的是对贾府的日常生活起居、"钟鸣鼎食"生活的细致入微地刻画。曹雪芹对主人公贾宝玉和林黛玉寄予了厚望。贾宝玉出生在"翰墨诗书"的贵族之家，本来是"富贵闲人"的他，却终日"无事忙"，甘心为身边的清洁女儿们服役，以能为她们"尽心"而欣悦。与传统观点将女子视为"红颜祸水"不同，他认为"女儿是水作的骨肉"，从而将封建社会的男权主义观点踏得粉碎。宝玉以平等的观点看待庶出的兄弟姐妹，对丫鬟小厮也未摆出高高在上的姿态，对于受侮辱受损害的弱势群体充满了同情。他和林黛玉一样，都是封建社会的叛逆。林黛玉寄身贾府篱下，感到"一年三百六十日，风刀霜剑严逼"；她只有宝玉一人可诉肺腑，却又不得不受到"男女授受不亲"的陈腐观念的禁锢。宝黛二人以共同的理想、共同的志向和长期培育的爱情，彼此互为知己，但是贾府这一封建家族的当权者却棒打鸳鸯，最终将这对美好的恋人拆散。作者曹雪芹在寄予了深厚感情的宝黛这对恋人身上，写出了封建社会中爱情的萌芽、发展、成熟和最终的被扼杀，写出了爱情的悲歌和悲凉的爱情之美的毁灭。

曹雪芹在封建家族的根基之下建造出了一个现实版的"太虚幻

境"——大观园。他让自己的男女主人公在大观园中诗酒流连,起诗社、放风筝、斗百草、扑蝶、葬花,诗意盎然。然而,"曹雪芹虽然创造了一片理想中的净土,但他深刻体悟到这片净土其实并不能真正和肮脏的现实世界脱离关系"❶。桃花源式的大观园是建基于肮脏之上的,它以宁国府会芳园和荣国府东花园为地基,"竹树山石以及亭榭栏杆等物"是从贾赦住处移来;会芳园是贾珍和秦可卿幽会的地方,贾赦也是《红楼梦》中行为比较龌龊之人。大观园难以与世隔绝保持清净。作为贾宝玉和诸钗栖止主要场所的大观园,自建园始即不断被世俗男女所侵入,女性入侵者有刘姥姥、傅试家的两个嬷嬷、贾珍的妾偕鸳配凤等,男性有贾蔷、贾芸、薛蟠、贾珍、潘又安等。宝玉这位群钗护法身体常有不适,所以地处封建势力围困中的大观园也难以出淤泥而不染。更何况大观园中还居住着诸多丫鬟婆子,婆子们赌钱吃酒、结党营私、寻衅滋事,也使得园中不时充满流言蜚语和战火硝烟。更为重要的是,离开荣国府的月例银子和物质供应,大观园中的公子小姐将无法生存。《红楼梦》中的现实世界一直在试图摧残和摧毁大观园这个理想的世界。司棋、晴雯、黛玉等人的夭亡,迎春、探春、湘云、宝钗等人的出嫁,妙玉的沦落风尘,惜春的出家,最终宣告了大观园这一理想世界的彻底破灭。这也是希冀红楼女儿们"清净洁白"理想的破灭,是作者曹雪芹在当时社会超前的女儿观的破灭。

四

《红楼梦》是文学大师曹雪芹的一部心灵自传,是记录其心路历程的心灵史。曹雪芹"外师造化,中得心源",通过对《红楼梦》中贾宝玉和金陵十二钗诸女儿的塑造,以及大观园诸钗最终魂归"薄命司"的描写,谱写了一首青春哀曲和美好青春逝去的挽歌。大观园是

---

❶　余英时:《红楼梦的两个世界》,上海社会科学院出版社 2002 年版,第 42 页。

贾宝玉和诸钗合谱的一首复调式的哀婉的青春乐章，这一乐章中有黛玉之歌、宝钗之歌、湘云之歌、凤姐之歌，等等，所有这些歌曲共同汇成了这众声喧哗的多声部。我们在这一乐章中听到了哀怨的爱情、凄凉的身世、权力的展现、欲望的展示和美的被毁灭。

　　曹雪芹的伟大之处即在于，他一面将美好的事物展现给我们，另一面却同时预示了这些事物的势必毁灭，让我们深深体会那缠绵悱恻、风情万种和惊心动魄。于是我们看到了《红楼梦》第五回金陵十二钗的册子判词和《红楼梦》十二支曲，看到了林黛玉吟咏的《葬花吟》和《秋窗风雨夕》，也看到了元春、迎春、探春、宝钗等人的灯谜。曹雪芹呼唤着美，展现了美，同时也展示了"将人生的有价值的东西毁灭给人看"❶的悲剧。曹雪芹创作的这一伟大悲剧，并非另一位"原始作者"所能预先架构草稿，也不会有一个"原始作者群"的参与草创。《红楼梦》是永远属于天才小说家曹雪芹这一创作主体的。

---

❶ 鲁迅：《鲁迅全集》第 1 卷，人民文学出版社 2005 年版，第 203 页。

曹雪芹家世研究存在的不同观点及当代新进展

　　曹雪芹家世的研究是从 1921 年胡适发表《红楼梦考证》开始的，在文章中他特别强调了"著者"和"版本"的重要，当时甲戌本等脂本尚未发现，所以他将考证重心放到了"著者的事迹家世"方面，以至于后来的研究者又称胡适开创的新红学为"自传说"。这当然不够确切，也不能概括新红学的全部，但也确实反映出胡适在《红楼梦》作者问题上花费了功夫，他勾勒出了曹雪芹的生平，指出"曹雪芹是汉军正白旗人，曹寅的孙子，曹頫的儿子，生于极富贵之家，身经极繁华绮丽的生活，又带有文学与美术的遗传环境。他会作诗，也能画，与一般八旗名士往来""曹家极盛时，曾办过四次以上的接驾的阔差，但后来家渐衰败，大概因亏空得罪被抄没""《红楼梦》一书是曹雪芹破产倾家之后，在贫困之中做的"，胡适的这些看法，尽管有的并非定论，但不影响他作为考证派红学开山的地位。

　　1953 年周汝昌的《红楼梦新证》由棠棣出版社出版，这是考证派红学里程碑式的著作。该书《史事稽年》一章尤见功力，其所提供的大量曹家史料远远超过了胡适勾画的作者家世轮廓，而 1980 年上海古籍出版社出版的冯其庸《曹雪芹家世新考》及 1997 年文化艺术出版社的该书增订本，代表了新时期以来曹雪芹家世生平研究的最高成就，他们的专著从各个角度弥补了胡适当年关于"著者的事迹家世"方面的不足，进一步揭示了孕育曹雪芹和《红楼梦》的土壤。

　　曹雪芹的生卒年考证是作者生平研究中的一个重要话题，这种讨论的意义在于确定作家生活年代的上下限，以便更好地把握产生《红楼梦》的具体时代背景。

关于"卒年",目前红学界存在"壬午说""癸未说""甲申说"三种主要说法,提出者都能做到持之有故、言之成理。认为曹雪芹卒于"壬午除夕"的根据是甲戌本第一回的批语"能解者方有辛酸之泪,哭成此书。壬午除夕,书未成,芹为泪尽而逝"。此外,北京通州张家湾发现的曹雪芹墓石题刻,也为这一说提供了物证(详见冯其庸《曹雪芹墓石目见记》,1992 年 8 月 16 日《文汇报》),俞平伯、周绍良、陈毓罴等大多数研究者均认同此说。但周汝昌论证曹雪芹应该卒于"癸未除夕",根据是敦敏《懋斋诗钞》里乾隆二十八年癸未春天作的《小诗代简寄曹雪芹》,并且敦氏兄弟挽曹雪芹的诗全编在甲申年,他认为脂批只是将纪年弄错,而"除夕"这个特殊的日子是绝不可能记错的,支持"癸未说"的研究者主要有吴恩裕、吴世昌等。也有的研究者对上述两种关于曹雪芹卒年的说法均持否定意见,《红楼梦学刊》1980 年第 3 辑发表了梅挺秀(梅节)《曹雪芹卒年新考》,提出"甲申"说,主要根据也是甲戌本上那条脂批,但他进行了重新断句,把原文的"壬午除夕"变成前一句批语末署年,然后用敦氏兄弟的挽诗和靖藏本批语"甲午八月"作"甲申八月"作为重要的佐证,呼应此说的研究者主要是徐恭时、蔡义江等。总的来看,卒年问题的探讨虽有一定价值,如果结合张家湾发现的那块曹雪芹墓石,还能借此推测这位伟大作家晚景,尤其是去世时的凄凉状况(如果墓石确定为真的话),但争论的结果也不过就差那么一两年,而且对《红楼梦》成书的影响不是很大,将太多的精力花费在这方面,如纪念曹雪芹逝世两百周年之际关于这个问题的大会战,在影响很大的《光明日报》和《文汇报》上连篇累牍发表文章,考证派红学的主力全部出动造势,似无此必要,这反映出"曹学"的某种考证偏向。相对而言,生年问题的探讨应该更重要,这个问题实际上牵涉到曹雪芹生在康熙或雍正朝对社会的不同感受,时代不同所导致的生活环境的不同体验,自然不能说对《红楼梦》创作没有影响。曹雪芹的生年在红学界也有三种说法,这又涉及曹雪芹生父系谁的问题。如按照李玄伯 1931 年 5 月在《故宫周刊》上发表的文章所说，《红楼梦》作者就是曹颙的"遗腹子"，那么曹雪芹应该诞生在康熙五十四年，根据是康熙五十四年三月初七日曹頫所上的代母陈情折"奴才之嫂马氏，因现怀妊孕已及七月"，这同张宜泉《春柳堂诗稿》中"伤芹溪居士"小注"年未五旬而卒"也很吻合，结合曹雪芹的卒年，他大约享年四十八九岁，这一说的优点是能让曹雪芹在抄家前过上十三年"秦淮风月"的好日子，从而具备描绘《红楼梦》中百年望族的一些实际生活体验，因此王利器在 1955 年 7 月 3 日《光明日报》"文学遗产"栏目发表《重新考虑曹雪芹生平》，再次谈及"遗腹子"问题，红学界大多数研究者也都倾向于此说。周汝昌则持异议，他根据敦诚《挽曹雪芹》"四十年华付杳冥"诗句，再结合自己的"癸未说"，由此上溯四十年，得出曹雪芹生于雍正二年、系曹頫之子的说法，此说显而易见的缺陷是，当曹家被抄家时，曹雪芹不过是个三四岁的孩子，也就谈不上经历过繁华，以过来人的身份去写《红楼梦》，但周汝昌后来又提出过乾隆初年的曹家"中兴说"去弥补，终因缺乏实证，未获普遍认可。另外，吴新雷还曾提出曹雪芹生于康熙五十年说，他在《红楼梦研究集刊》第 6 辑上发表《〈朴村集〉所反映的曹家事迹——兼考曹雪芹的生年和生父》，主要根据张云章《闻曹荔轩银台得孙却寄兼送入都》"得孙诗"，认为该孙就是曹雪芹，是于康熙五十年十一月初在北京诞生，比较前两种提出的曹雪芹生年主要靠推测而言，这种看法的优点是"有诗为证"，并且契合敦诚"扬州旧梦久已觉"诗注"雪芹曾随其先祖寅织造之任"，而无论"乙未"说和"雍正二年"说，曹雪芹诞生时根本不可能见到曹寅（根据李煦奏折，曹寅已于康熙五十一年七月二十三日去世）。就"乙未"说而言，即使根据五庆堂谱确定曹颙有"遗腹子"，也还存在着曹雪芹是否就是曹天佑的问题。❶至于"雍正二年"说，一旦敦诚挽诗中的"四十年华"系举成数而言，结论就不攻自破。当然，"康熙五十年"说并非没有可指摘处，因为依照这种判断，曹雪芹至少应活到五十二岁，这与现存"曹学"史料记载他享年"四十"或以上都存在着明显抵牾。尽管如此，这一说近年来仍受到重视，如2011年刘广定在《曹雪芹研究》上发表《纪念曹雪芹诞辰三百年（1711—2011）》文章，所取的正是"康熙五十年"说并在论证上有所补充。

与此相联系，研究曹雪芹的生年及生父，又必然会涉及他上世的一些争论不休的话题。"曹学"领域围绕曹雪芹祖籍的论争，成为"红学"研究中的另一热点。曹雪芹祖籍主要有两种说法，即"丰润说"和"辽阳说"。"丰润说"也是李玄伯在1931年《故宫周刊》上那篇文章中最早提出，但证据尚嫌薄弱，后来周汝昌《红楼梦新证》发展了这个论点，他根据相关曹氏族谱指出曹端明是丰润始祖，而曹雪芹恰是曹端明的胞弟曹端广的后人，因此祖籍也就是丰润。周汝昌还推测"曹雪芹的远祖，当是明永乐以后由丰润出关"。该书《史事稽年》"明万历四十七年后金天命四年"部分说："据丰润曹氏宗谱，其先世于永乐初自江西迁丰润，一支又出关落籍铁岭，则曹世选（又名曹锡远，雪芹的上世祖）有可能为铁岭卫或附近一带人"（有关曹雪芹上世"寄籍辽阳"观点实际就是从类似提法演变而来）。至此，曹雪芹祖籍"丰润说"基本确立，以后出版的《辞源》《辞海》等工具书均取此说。1980年，冯其庸的《曹雪芹家世新考》由上海古籍出版社出版，他根据五庆堂《重修辽东曹氏宗谱》论定曹雪芹的入辽

---

❶ 五庆堂《重修辽东曹氏宗谱》明载"十三世，颙，寅长子，内务部郎中，督理江南织造，诰封中宪大夫，生子天佑。十四世，天佑，颙子，官州同"。按《八旗满洲氏族通谱》"天佑"作"天祐"，王利器在《红楼梦学刊》1980年第4辑撰文《马氏遗腹子·曹天祐·曹霑》，认为曹雪芹与曹天佑系一人。考《诗经》文字，"天祐"与"霑"取义相应，但"官州同"是否符合曹雪芹性格，红学界有争议。有研究者为弥合这个矛盾，提出"遗腹孪生"说，认为曹天佑即曹雪芹"孪生"胞弟棠村，参见贾穗著《红楼梦考评集》中《重论曹雪芹与曹天佑》，中国文联出版社2001年版。

始祖是曹俊，与途经丰润入辽的曹端广毫无关系，从而证实了曹家的祖籍是辽阳，近迁沈阳，而不是河北丰润，此书还举出辽阳"大金喇嘛法师宝记碑"和"重建玉皇庙碑"碑阴题名中均有曹寅祖父曹振彦之名的物证，并提到曹寅诗集中自署"千山曹寅"，而"千山"在辽阳东南六十里，古属辽阳（襄平）所辖，此外，康熙《上元县志》亦记载曹寅之父曹玺"著籍襄平"。冯其庸《曹雪芹家世新考》出版后，"丰润说"受到空前的挑战，而"辽阳说"逐渐被红学界大部分研究者所接受。然而，围绕曹雪芹祖籍的争论却一直没有停止过，以后出现的"新丰润说""沈阳说""铁岭说"实质上仍然是"丰润说"与"辽阳说"的翻版。1993年河北丰润发现曹鼎望墓志铭与曹鋡碑，新闻媒体报道说"曹雪芹祖籍研究有新发现"。中央电视台于1995年又播放了电视片《红楼梦与丰润曹》，探讨曹雪芹祖籍的变迁问题，认为曹雪芹祖籍的演变路线为：河北灵寿（曹彬）—江西南昌（曹孝庆）—河北丰润（曹端明、曹端广）—辽东铁岭（曹端广）—沈阳（曹锡远）—辽阳（曹振彦、曹玺）—北京（曹寅）。电视片放映后，引起很大争议。1995年3月29日，中国红楼梦学会在京召开了"关于曹雪芹祖籍、家世和《红楼梦》著作权问题"研讨会，与会者对"新丰润说"提出了不少批评意见。平心而论，"新丰润说"试图涵盖曹雪芹上世曾"著籍"辽阳这一历史事实，认为"丰润说"与"辽阳说"是可以互相衔接的曹雪芹上世籍贯变迁的两个阶段，在消除观点对立方面也尝试着做了努力，但总的来看，"新丰润说"实际上探索的不是曹雪芹祖籍而是"曹雪芹祖宗"的祖籍，这就将话题扯得太远，是祖籍研究的一种偏向。记得1997年北京国际红学研讨会期间，一位研究者论文题目是《中国出了个曹雪芹》，乍一听好像是故弄玄虚，细按则事出有因，鉴于"曹学"在祖籍问题上一直纠缠不清并且近年又有追溯曹雪芹远祖的倾向，离《红楼梦》这部作品越走越远，大概这位研究者出于一时愤激遂生此言，反正曹雪芹属于中国，管他出生何地？有的研究者还引福克纳、海明威等世界名作家的话为依据，其至认为伟大的作家就应该退隐于作品身后。基于这种理论，当前红学研究中出现了将"作家本位"与"作品本位"二元对立的新倾向，有不少研究者尤其是中青年对考证曹雪芹身世完全失去了兴趣。这固然是另一种偏执，但也道出了对"曹学"偏离《红楼梦》文本轴心研究的不满情绪，这种心态是完全可以理解的。"惆怅西堂人远，仙家白玉楼成，可怜残墨意纵横。茜纱销粉泪，绿树问啼莺"。曹雪芹祖籍何在？问遍天涯，空余冷月悼红轩！

"曹学"建立之初是出于"知人论世"的需要，但是发展到后期，离曹雪芹尤其是离《红楼梦》越来越远，这就违背了学科倡导者的初衷。考证不是目的，科学的考证以及有用的曹学史料应该能更好地为研究《红楼梦》本身服务。为补偏救弊，近年有的研究者另辟新径，将"曹学"与曹雪芹和《红楼梦》本身的研究尽量贴近，如吴新雷、黄进德合著的《曹雪芹江南家世丛考》（黑龙江教育出版社 2000 年版），是这方面的有益尝试。作为江宁织造的曹家，自康熙二年起直到雍正六年曹雪芹全家北上止，首尾共六十五年，其中曹玺、曹寅、曹颙、曹頫祖孙三代四人先后担任此重要职务，这段时间内本身也有不少没完全弄清楚的问题，除了前面提到的曹雪芹是曹颙还是曹頫的儿子以及张云章给曹寅的"得孙诗"是否就是他本人外，还有曹頫被抄家真正原因的探讨，雍正何以如此薄情不念及曹家祖上的军功？曹寅家族是否真的卷入康熙晚年的太子党争？曹寅被特别眷顾是否因其早年做过康熙伴读？清人萧奭《永宪录续编》记载曹寅情况时提到"母为圣祖保姆，二女皆为王妃"，但曹玺的妻子孙氏是否就是曹寅生母？敦诚所谓"雪芹曾随其先祖寅织造之任"是否可靠？这些问题，都还有待于进一步探讨。

从"秦淮旧梦"到"燕市哭歌"，曹雪芹由南京迁到北京后的踪迹，就与创作《红楼梦》更直接相关了。吴恩裕很注意这方面新材料的发掘，《懋斋诗钞》《四松堂诗钞》《鹪鹩庵杂诗》《延芬室集》等手稿都是他最先发现的，通过对这些材料的考订，使人们对曹雪芹的身世、性格、诗风以及在北京贫穷著述的景况有了更具体的了解，尤其是他对敦诚"当时虎门数晨夕"诗句的独特理解❶，使人们知道曹雪芹还曾在右翼宗学做事。这一独特发现，已为红学界大多数研究者所承认，从而填补了曹雪芹生平事迹的一段空白。此外，吴恩裕在《文物》1973 年第 2 期发表的《曹雪芹的佚著和传记材料的发现》，更是引起轰动。他认为《废艺斋集稿》是曹雪芹的佚著，还认为"爱此一拳石，玲珑出自然。溯源应太古，堕世又何年？有志归完璞，无才去补天。不求邀众赏，潇洒做顽仙"这首《题自画石》诗，是曹雪芹的作品。但也有的研究者持否定意见，如陈毓罴、刘世德等认为《废艺斋集稿》上的曹雪芹序、董邦达序和敦敏记全系伪造。主要疑点是："曹序"中的"是岁除夕，老于冒雪而来"与乾隆的"除夕诗"特别是当年北京地区的《晴雨录》记载相抵牾。"敦记"中提及乾隆二十三年腊月二十四日在北京太平湖畔的聚会七人里有敦惠，但据《爱新觉罗宗谱》，敦敏的这位堂弟乾隆三十年才出生，既不可能躬逢那次聚会，也不可能与此前就已去世的曹雪芹见过面。此外，高居上层的御用文人董邦达也不可能对沦落底层的曹雪芹感兴趣。至于《题自画石》，据查系富竹泉《考槃室诗草》中的作品，孔祥泽是把外祖父的诗冒充曹雪芹的诗提供给人发表的❷，后来吴恩裕对有关质疑也曾答辩，但除"下雪"问题的解释模棱两可尚能自圆其说外，其他方面的辩解很苍白。如果能在董邦达的故里杭州富阳发掘有关地方志、笔记、家谱、碑刻等文字信息，从中寻觅他与《废艺斋集稿》的可能联系，不失为解决问题的一条有效途径。在真伪问题尚未获得澄清之前，对这些新发现的曹雪芹史料在使用时我们应持谨慎态度。"曹学"诞生以来，确实出现过不少造假现象，而更可悲的是，红学

---

❶ "虎门"一词，周汝昌《红楼梦新证》初版云"不详所指"，再版释为"侍卫值班守卫的宫门"，并由此推断曹雪芹曾与敦诚同为侍卫，约在乾隆四五年后，但当时敦诚才六七岁，似无从事此职务的可能，而且现有文献也没有他做过侍卫的记载，因而这种解释殊难令人信从。

❷ 陈毓罴、刘世德、邓绍基：《红楼梦论丛》，上海古籍出版社 1979 年版。

界一些研究者甚至资深红学家也盲目信从，甚至为了论证自己观点需要，以这些赝品为论据，也是"曹学"发展过程中的一种偏向。即如河南省博物馆收藏的"陆厚信绘曹雪芹像"，周汝昌一开始就断定为真迹，直到文物专家和红学研究者根据《尹文端公诗集》等文献鉴定像主为俞楚江，甚至参与造假的郝心佛自己都承认了画像题记系友人朱聘之伪造后❶，周汝昌仍坚持像主为曹雪芹，除了认为"洪才河泻，逸藻云翔"这类文字源于魏晋风流非一般人能伪造外，还由于题记中"尹公望山时督两江，以通家之谊，罗致幕府"的内容与他认为的曹雪芹乾隆年间曾"南游"的观点相吻合。与此相联系，曹雪芹《题琵琶行传奇》佚诗面世后，吴世昌断定系"雪芹原作，绝无可疑"，并与徐恭时共同撰写出详细笺释、评论的文章❷，盛赞"雪芹此诗，是思想性和艺术性高度统一、浑成的优秀范例"。针对有的研究者怀疑是周汝昌的游戏笔墨，吴世昌却认为时人断"补"不出这样高水平的作品。又如 20 世纪 70 年代末出现的曹雪芹书箱，向以考证严谨著称的冯其庸也失察，曾在《红楼梦学刊》1980 年第 1 辑撰文《二百年来的一次重大发现》，并据书箱上所刻"芳卿悼亡诗"认同了曹雪芹卒年中的"癸未说"，然而当 20 世纪 90 年代初北京通县张家湾镇"曹雪芹墓石"出现后，冯其庸又坚持曹雪芹卒年中的"壬午说"。尽管史树青等大多数文物专家鉴定"墓石"非赝品，而研究明清木器家具的专家王世襄也认为此前发现的那对书箱确系乾隆旧物，但有一点我

---

❶ 《红楼梦研究集刊》第 12 辑。又，王长生在《谈小像内幕》(《商丘社会科学》1998 年第 1、2 期合刊、第 3 期）中根据"知情人"了解的情况披露，郝心佛由于有"历史问题"在小像真伪问题上被迫作了伪证，是为和郭沫若意见"保持一致"。这种理由很牵强，当年河南省博物馆的调查报告形成的"证据链"表明，"小像问题"难翻案。

❷ 《新发现的曹雪芹佚诗》，原载南京师范学院编《文教资料简报》1974 年 9 月增刊，《哈尔滨师范学院学报》1975 年第 1 期转载。曹雪芹能诗，但除《红楼梦》外，没有完整的诗作流传，仅敦诚《琵琶行传奇》题跋中有两个断句"白傅诗灵应喜甚，定教蛮素鬼排场"被赞为"新奇可诵"，而此诗其他六句一直未露庐山真面，20 世纪 70 年代初，曹雪芹这首"佚诗"忽然现身，全诗八句为："唾壶崩剥慨当慷，月荻江枫满画堂。红粉真堪传栩栩，渌樽那靳感茫茫。西轩鼓板心犹壮，北浦琵琶韵未荒。白傅诗灵应喜甚，定教蛮素鬼排场。"

们可以肯定，就是曹雪芹一个人绝不可能死两次。冯其庸大概也意识到这个问题，只好重新解释"乩诼玄羊重剋伤"那句诗（《曹雪芹书箱补论》，见《红楼梦学刊》2011 年第 3 辑），虽说"诗无达诂"，但难免给人牵合己说之感。

曹雪芹身世的扑朔迷离为《红楼梦》的解读带来了很多障碍。"诗书家计俱冰雪，何处飘零有子孙？"清代诗人屈复当年怀念曹寅的诗句不幸竟成为谶语，无根的漂泊是曹雪芹生命中的不能承受之轻，在失衡生存环境中重新确立自己文化身份的最佳方式，就是在作品中对自己及家族命运进行"天问"式的思考。人们之所以对那些连篇累牍的"曹学"考证文章有成见，主要原因恐怕还是很少直接涉及《红楼梦》旨趣本身。本来材料是任何学问的必要条件，但相对于研究文本的主旨而言，材料的价值的确并不平等，而且考证作为一种手段，也不能仅局限于文献考证，还应与文学考证和谐统一起来。其实，曹雪芹的浮沉，我们从《红楼梦》本身也是能寻绎出蛛丝马迹的。"陋室空堂，当年笏满床，衰草枯杨，曾为歌舞场"，应该说就是曹雪芹生活的最形象写照。而且，从艺术感受出发的品悟，有时甚至比胶柱鼓瑟般的拼凑几条零碎的"史料"更能说明问题。可惜的是，我们很多研究者往往视其为"小说家言"，将如此重要的文字信息忽略，反而舍近求远，宁愿去浩瀚的典籍和真伪难辨的"文物"中去挖掘那些与曹雪芹及《红楼梦》略无瓜葛的文字，这也是"曹学"研究中的一种偏执。

《红楼梦》后四十回的不同观点论争及新进展

胡适在那篇新红学奠基之作《红楼梦考证》中特别强调了版本问题的重要：

> 我们只须根据可靠的版本与可靠的材料，考定这书的著者究竟是谁，著者的事迹家世，著书的时代，这书曾有何种不同的本子，这些本子的来历如何。这些问题乃是《红楼梦》考证的正当范围。

他一语道破了问题症结所在。胡适区分了《红楼梦》前八十回与后四十回的异同，从而开启了日后的《红楼梦》版本研究。200多年的红学史表明，尽管红学领域关注的问题五花八门，但最关键和最有全局性的问题其实只有一个，那就是：后四十回是否为续书？所有问题的症结与解蔽大都是围绕这个实质性问题展开的，这个问题解决了，其他很多问题都能迎刃而解。新红学诞生后，《红楼梦》后四十回问题便成为红学论争的一个焦点，争论主要集中在三个方面：第一，真伪问题，即后四十回属曹雪芹作还是别人续补？第二，作者问题，如果非曹雪芹原作，那么作者是高鹗抑或他人？第三，优劣问题，即续作水平如何？要了解这些问题的来龙去脉，我们还要从乾隆五十六年末"程甲本"问世谈起。

"程甲本"卷首有程、高二人序各一篇，描述他们搜求后四十回佚稿及其修订、付梓的简略经过，为了说明问题的方便，兹节录相关文字如下：

《红楼梦》小说本名《石头记》……好事者每传钞一部，置庙市中，昂其值，得数十金，可谓不胫而走者矣。然原目一百廿卷，今所传止八十卷，殊非全本。即间称全部者，及检阅仍止八十卷，读者颇以为憾。不佞以是书既有百廿卷之目，岂无全璧？爰为竭力搜罗，自藏书家甚至故纸堆中无不留心，数年以来，仅积有廿余卷。一日偶于鼓担上得十余卷，遂重价购之，欣然翻阅，见其前后起伏，尚属接笋，然漶漫不可收拾。乃同友人细加厘剔，截长补短，钞成全部，复为镌板，以公同好，《红楼梦》全书始至是告成矣……小泉程伟元识。

高鹗序文又对程氏上述说法做了补充说明或者说是做了旁证：

予闻《红楼梦》脍炙人口者，几廿余年，然无全璧无定本……今年春，友人程子小泉过予，以其所购全书见示，且曰："此仆数年铢积寸累苦心，将付剞劂，公同好。子闲且惫矣，盍分任之？"予以是书虽稗官野史之流，然尚不谬于名教，欣然拜诺，正以波斯奴见宝为幸，遂襄其役……时乾隆辛亥冬至后五日铁岭高鹗叙并书。

程本面世后，关于它的后四十回真伪向存歧见，迄于今日亦难定论。对于程、高二人的序言尚存疑者不乏其人。

从现存史料看，最早提出续书问题的是清代山阳人潘德舆。他著有《金壶浪墨》，从其嘉庆十六年自序可推知成书年代。该书的"读《红楼梦》题后"一节中说：

传闻作是书者少习华腴，老而落魄，无衣食，寄食亲友家，每晚挑灯作此书，苦无纸，以日历纸背写书，未卒业而弃之。末十数卷，他人续之耳。

关于曹雪芹的"传闻"，与此处讨论问题无涉，不必深究。潘德舆提到的《红楼梦》"末十数卷",究竟自哪卷续起,他说的亦含糊其辞。❶不过,在嘉庆年间程本梓行未久就能敏锐地指出通行本存在续书问题,不愧为有识之士。

潘德舆以下能察觉到续书问题的还有很多人。考察嘉庆年间蜂起的《红楼梦》诸多续书情况,可以得到印证。

当时的续书一般是接一百二十回顺续,但至少有三种续书是在原著第九十七回林黛玉去世前接续。即《续红楼梦》(秦世忠)、《红楼梦补》(沈懋德)、《红楼幻梦》(花月痴人),其中有"鬼红楼"之诮的秦续书出现在嘉庆四年。从哪一回续起,当然并不单纯是一个形式问题,这里也反映出续书作者对程本的态度。有不少续者(包括接一百二十回续下的)在创作缘起的自序中直接、间接地表示了对程本结局的不满,有的还提到某些旧抄本异于程本八十回后的情节,并提供了收藏线索。这就表明,对程本后四十回,并非时人都认同,尽管不是所有人都能确切指出一百二十回内续书的分界点。

确指后四十回为续作的首推清人裕瑞,在其《红楼梦》续书研究专著《枣窗闲笔》中明确指出:

> 《红楼梦》一书,曹雪芹虽有志于作百二十回,书未告成即逝矣。诸家所藏抄本八十回书及八十回书后之目录,率大同小异者……此书由来非世间完物也。而伟元臆见,谓世间当必有全本者在,无处不留心搜求,遂有闻故生心思谋利者,伪续四十回,同原八十回抄成一部,用以怡人。伟元遂获赝鼎于鼓担,竟是百二十回全装者。不能鉴别燕石之假,谬称连城之珍,高鹗又从而刻之,致令《红楼梦》如《庄子》内外篇,真伪永难辨矣……但细审后四十回,断非与前一色笔墨者,其为补著无疑。

---

❶ 潘德舆书中直接提及续书除这则材料外,还有《〈红楼梦〉题词十二绝》第十首注"谓续末数十卷者,写怡红娶蘅芜以后事",可见他认为续书是在程本第九十七回后。

在做出了如上的判断后，裕瑞还比较了程本后四十回在措辞、命意方面与曹雪芹原著的根本差异，并下了评语："诚所谓一善俱无、诸恶备具之物。"

今日看来，裕瑞对程本后四十回的评价太苛刻，但应该肯定的是：红学史上是他第一个准确指出后四十回存在续书问题，比前面提到的时人在这个问题上的判断要高出一等，因为裕瑞弄清了研究对象。至于他批评的对不对，是另外一回事。

当然，从判断是否续书的角度看，裕瑞的方法也给后人留下了可商榷的余地。他虽然指出了后四十回在人物塑造方面的一些失误及情节接榫处的一些漏绽，但仅仅从人物塑造、结构安排等方面入手，这种标准的伸缩性本来就很大。去裕瑞未远的著名《红楼梦》评点家王希廉，就认为一百二十回是和谐的统一体：

《红楼梦》一百二十回，分作二十段看，方知结构层次。(《红楼梦总评》)

显然，王希廉是以一百二十回为整体，来把握全书的脉络间架的。另一位评点家张新之，甚至不相信程本后四十回是续作：

有谓此书止八十回，其余四十回乃出于另手，吾不能知。但观其中结构，如常山蛇，首尾相应，安根伏线，有一发浑身动摇之妙。且语句笔气，前后略无差别，则所谓增之四十回，从中后增入耶？抑参差夹杂入耶？觉其难甚于作书百倍者。虽重以父兄命，万金赐，使闲人增半回，不能也。何以耳为目，随声附和者之多？！(《妙复轩本石头记》评语)

我们当然不能怀疑张新之的眼光思力，作为清代著名的《红楼梦》评点家，他的很多见解即使在今天看来也很精辟，以至于当时能与王希廉、姚燮那样的评点大家成鼎足之势，亦非偶然。尽管他认为后四十回"词句笔气"与前八十回"略无差别"，并不妥当，但他的错误中包含着真理的颗粒——肯定了一百二十回本《红楼梦》在矛盾冲突发展、情节展开的必然趋势、结构的安排等方面表现出了鲜明的整体性，亦即后四十回基本遵循了前八十回的伏线。这一点，在今日也还是能站得住。

裕瑞、张新之的审美感悟、鉴赏力都是一流的，但在具体评价程本后四十回时却得出了迥然相反的结论，这就促使我们反思：仅仅从艺术比较的角度来鉴别是否续书，并不完全靠得住。

对续书问题进行系统研究并在红学史上产生了重大影响的，应从胡适、俞平伯算起。胡适在 1921 年发表的那篇划时代的文章《红楼梦考证》中对程伟元、高鹗的序言进行了辨析，认为他们讲的不是实话，并断定后四十回为高鹗所续。他主要强调的根据是下面几点：

> 张问陶的诗及注，此为最明白的证据。
> 程序说先得二十余卷，后又在鼓担上得十余卷，此话便是作伪的铁证，因为世间没有这样奇巧的事！
> 高鹗自己的序，说得很含糊，字里行间都使人生疑。

大概以上这些外证胡适自己也感到并不完全可靠，在《红楼梦考证》中，他也曾认为"但这些证据固然重要，总不如内容的研究更可以证明后四十回与前八十回绝不是一个人作的"，于是他又用前八十回攻后四十回的方法找到了一百二十回《红楼梦》的许多内在矛盾，如宝玉中乡魁、贾家延世泽等，即认为这样的描写不符合曹雪芹的创作思想。

胡适的所谓"内证"，主要是吸融了俞平伯的研究成果为助。如前所述，真正从"内容"方面进行研究，证明后四十回为续书，并花费了大量精力比勘辨析的，应推俞平伯。1923 年他所著《红楼梦辨》

出版，标志着继胡适《红楼梦考证》之后新红学的又一座里程碑。

《红楼梦辨》分上、中、下三卷，而关于后四十回的考证则占了上卷的全部篇幅。他首先论证了"续书底不可能"，认为文章本难续，而"好的文章更难续"，因为"作者有他底个性，续书人也有他底个性，万万不能融恰的。不能融恰的思想、感情和文学底手段，却要勉强去合做一部书，当然是个'四不像'……而且续《红楼梦》，比续别的书，又有特殊的困难"。

从方法论上看，俞平伯的研究思路正如他自己所说：

我所用的总方法来攻击高氏的，说来也很简单，就是他既说八十回和四十回是一人做的，当然不能有矛盾；有了矛盾，就可以反证前后不出于一人之手。我处处去找前后底矛盾所在，即用八十回来攻四十回，使补作与原作无可调和，不能两立。我们若承认八十回是曹雪芹做的，就不能同时承认后四十回也是他做的。

对于程本问世后在读者中造成的影响，俞氏则做了如下评论：

读者们轻轻地被瞒过了一百三十年之久，在这一时期中间，续作和原作享受同样的崇仰，有同广大的流布。高氏真是撒谎的专家，真是附骥尾的幸运儿。他底名姓虽不受人注意，而著作却得到了十倍的声价。我们不得不佩服程高两位底巧于作伪，也不得不怪诧一百三十年读者底没有分析的眼光（例外自然是有的）。

1927年，在《红楼梦》版本史上是一个重要年份。甲戌本的发现，使胡适、俞平伯建树的新红学获得了版本上的重要依据。该本所附脂评透露了曹雪芹有关身世，特别是《红楼梦》八十回后佚文线索，而那些线索与程本后四十回有绝大出入。从判断续书角度看，无疑是很重要的文献。

当代红学研究者在关于程本后四十回及其作者的考论方面，无论从深度和广度以及所用的方法上不仅超过了胡、俞的"历史考证"及"文学考证"，也远远超过了清人囿于文学比较的传统模式。但总的看，无论是坚持或反对新红学关于续书问题的论点，目前看双方各自所持的论据还不足以驳倒对方。

1955 年，《高兰墅集》由文学古籍刊行社印行，这使研究者将程本后四十回与这个集子的文字比较提供了可能，叶征洛《菩提树上两花开》❶，是这方面的典型文章，该文认为"高鹗当过乡试同考官，写八股文是他的看家本领，故他补后四十回时，一开始的八十一回中，就写'奉严词两番入家塾'……高鹗擅长此道，写来自然得心应手。这也足以证明后四十回确是高鹗的手笔，他在小说中显示他的制艺绝招"。论者还进一步认为，由于高鹗有"丧偶的感受"，旧情难忘，所以写"苦绛珠魂归离恨天"时，"势必情不自禁地忆及妻子弥留时情景，感同身受地产生'杜鹃血印香罗帕'之痛。后四十回的艺术成就不可低估，主要得力于作者将平生的深挚感受融入作品的情节，融入人物形象之中。这就是高鹗追步曹雪芹的后尘却无逊色的重要原因"，此外，该文还对比了高鹗的《砚香词》和《红楼梦》后四十回的某些语言现象，发现二者"都喜用主谓、主从或动宾结构的联合词组"等。

对于上述诸语言现象的考察，我们首先应肯定，论者的探索不仅有积极的意义，也有学理上依据，美国哈佛大学教授韩南曾撰文《中国短篇小说——年代、作者、作法研究》❷，从词语运用角度，为鉴定不同时期的短篇小说确定了一定的风格标准，他提出的那些科学的原则和具体方法，对于《红楼梦》后四十回的辨析有借鉴价值。然而，程本后四十回的问题比较复杂，不少研究者早已指出，后部中可能有曹雪芹残稿。1980 年，陈炳藻在首届国际《红楼梦》研讨会上介绍了《从词汇统计论证红楼梦的作者》的论文，他借助数理语言学来考

---

❶ 叶征洛：《菩提树上两花开》，《红楼梦学刊》1988 年第 1 辑。

❷ 韩南：《中国短篇小说——年代、作者、作法研究》，《明清小说研究》总第 3 期。

察《红楼梦》前后所用词的相关程度，具体操作时把《红楼梦》分为 a、b、c 三组，即第一—四十回、第四十一—八十回、第八十一—百二十回，并且配上了 d 组《儿女英雄传》。各组主体总字数经随机抽样约八万字，然后再从各组中勾出虚词、副词、形容词、名词等词类，并借助计算机排字统计，最后得到各组合相关表，前八十回与后四十回用字的正相关达 22 次，占 78.57%，而前八十回与《儿女英雄传》用字的正相关只有 9 次，占 32.14%，他得出的结论是：程本后四十回也出自曹雪芹手笔。

作家在从事创作时，选用的字词带有很大的偶然性，但大量偶然性中又蕴含着一定的必然性。偶然事件中客观规律的科学叫概率论，而数理语言学是它向语言学渗透的结果。陈炳藻的创造性研究值得肯定，但他在具体操作此法时，还存在某些技术环节上的问题。比如抽样，他随机抽取 8% 的文字来统计、推断 a、b、c 三组主体是否同一，即用子样的性质来判断母体的性质，进而判断作者是否同一。这种方法用于一般问题或许可以，但以此研究《红楼梦》却欠妥当，因为后四十回情况比较特殊，研究者曾指出它含有曹雪芹残稿，即使全部是别人续作，续者也会刻意模仿曹雪芹的某些字词用法。如果仅仅抽取 8% 的文字，就有可能恰好抽到含有较多曹雪芹残稿或续者模仿曹雪芹文字较成功的那部分。这样，即使 c 组被抽取的文学性质与 a、b 两组近似，也难以据此就评定出于同一作者；再有是检验的项目少了一些，由于后四十回的复杂与特殊性，对它检验的项目就不仅仅应包括虚词、动词、形容词等，还应该包括一些特殊的文体特征等。基于以上的原因，陈大康对《红楼梦》全书进行了重新统计分析，他依据的是人民文学出版社 1982 年新校本，该本前八十回以庚辰本为底本，第六十四、六十七回缺文由程甲本补配，后四十回则采用程甲本。统计时，a、b、c 组的分法与陈炳藻相同，只是六十四、六十七回没有包括在 b 组之内（因采自程甲本，且其真伪向有争议）。陈大康重点统计了《红楼梦》前八十回与程本后四十回中含的词、字、句的 88 个项目。他发现，这些词在 a、b 两组出现的规律相同，在后四十回却不一致。至于用字特点及句式规律，a、b 两组也惊人吻合，而与程本后四十回迥异，因此得出了程本后四十回非曹雪芹所作（但含有残稿）的结论。❶

从以上语言现象的考察可以看出，程本后四十回未必出于高鹗续作，但由于他参与了"细加厘剔，截长补短"的文字补缀、润饰性质的工作，存在个别高鹗式的用语习惯亦不足为奇。从前书坊刊刻的旧小说常被改写、增删，带上改写者的语言痕迹，也可以作为类似现象的一种解释。因此，在目前掌握的文献范围内，将程本后四十回的著作权轻易送给高鹗并不妥当。

至于当代一些红学研究者由怀疑高鹗续书到为后四十回寻找具体的作者，同样应拿出确凿证据。"破"一说固不易，然"立"一说则尤难。胡适当年"处处尊重证据，让证据做向导"，以引他到"相当的结论上去"。他在《红楼梦考证》中为了考证程本后四十回是高鹗所续也确实搜求了不少证据，但仍不免漏绽百出，授人以柄。今天的某些研究者仅凭猜测或一二点薄弱证据就随便提出几位后四十回作者，更显轻率。

在程本后四十回作者的各种探寻结果中，有的纯系猜测，提不出任何证据，严格地讲，也就难称得上是"一说"，不足深辨。除了"高续"说及"曹雪芹自作"说外，还有一种说法值得注意，即程伟元续书说（或程高合续）。

关于程伟元，由于从前人们对他的家世生平不甚了解，以致造成许多重大关键问题上的误会，正如潘重规所指出的❷：

传播《红楼梦》一书的功臣，最具劳绩而又受冤屈的要数程伟元。百二十回《红楼梦》是他搜集成书的，编校刻印是他主持的，然

---

❶　陈大康：《从数理语言学看后四十回的作者》，《红楼梦学刊》1987 年第 1 辑。

❷　潘重规：《〈红楼梦〉史上一公案》，1977 年 4 月 17 日台湾《联合报》。

而长期以来，人们误认他不过是个书商，所以校补《红楼梦》的工作，都归功于高鹗，而程伟元只落得个串通作伪、投机牟利的恶名，天地间不平之事宁复过此。

1976年第10辑《文物》月刊，发表了署名文雷的文章《程伟元与〈红楼梦〉》，该文提供了鲜为人知的大量程伟元历史文献，使人们对他有了全新认识。实际上，就总体文化底蕴而论，程伟元要比中过进士的高鹗还要丰厚些。

然而，一些研究者对程伟元文化底蕴肯定的同时又做了刻意求深的发挥，以致矫枉过正，这就是将后四十回的作者判归给程伟元，或者让他与高鹗平分著作权。有研究者指出程本后四十回中"兰桂齐芳"近似程伟元为晋昌官舍所题匾额"兰桂清芬"，且这回内容颇符程氏情趣，因此判断续书也出其手笔。我们注意到，白盾主编《红楼梦研究史论》（天津人民出版社1997年版）在有关部分还进一步认为：

后四十回的基本构思及激动人心的篇章，如"焚诗绝粒""黛死钗嫁""抄检贾府""贾母之死"等优秀篇章，均出自他（按指程伟元）的手笔。所谓"多年积有廿余卷"，就是"多年"创作所"积"，约占近四分之三，鼓担上的"十余卷"，可能只有构想或不完全的草稿。

提出一种新观点应该有翔实的文献作为依据，否则，仅靠一二点迹象猜测得出的结论是靠不住的，目前断后四十回为程伟元所著，硬证明显还不如高鹗。

随着新材料的不断出现和文学研究方法的日益精密，当代研究者对于胡适、俞平伯的新红学成果提出了更强烈的质疑，就文献角度言，主要有这样几点。

第一，张问陶诗注中的"补"字，不宜直解作"续"，"补"还有

"修补""辑补"等含义,结合其他外证,如高鹗诗题用"重订",程高序文、引言中有"截长补短""修辑""厘定""厘剔"等用语,"补"字有他字可参,解作"修补""补订"更为恰切。至于为什么张问陶赠诗提及"后四十回"为高鹗"所补",而不提程伟元及前八十回的"补订"工作,可能是因为程高二人的"补订"工作各有分工,程负责前八十回,高"分任之"的是"八十回以后",所以高鹗才有"遂襄其役"的话。再说,前八十回流传既久,几为定本,也无须多加"修辑",而后四十回虽"前后起伏尚属接笋",然"漶漫不可收拾",所以工作量和难度都大得多,又考虑到张问陶的诗系赠高鹗,故只提一人,也合情合理。至于用张问陶四妹张筠嫁高鹗的传闻为"高续说"张本,更是捕风捉影。回检《船山诗草》诗注,张问陶也只是说"妹适汉军高氏",并未提及高鹗之名。事实上高鹗妻子仅卢氏一人,新发现《遂宁张氏族谱》所载,张问陶之妹张筠所适"汉军高氏",并非高鹗,实指四川人汉军高瑛之子高扬曾,至此,红学史上争论颇久的这一悬案可以定谳。❶

第二,关于程伟元在序中自述其于鼓担上得到《红楼梦》残卷一事,胡适认为"世间没有这样奇巧的事",并断言程氏的话就是"作伪的铁证",这话说得太绝对。事实上世间这样"奇巧的事"早就发生过,号称"罗贯中旧刻"的《三遂平妖传》原本为四十回,后被书贾删成二十回出版,致力于通俗小说传播和创作的冯梦龙遂留心搜罗其残本,功夫不负有心人,以后他果真在长安"购得数回",就以此为基础,重编为《新平妖传》四十回。有"小红楼梦"之称的《浮

❶ 胡传淮:《洗百年奇冤,还高鹗清白——高鹗非"汉军高氏"铁证之发现》,《红楼梦学刊》2001 年第 3 辑。

生六记》残卷的发现也存在类似情形。❶

当然，与程本后四十回一样，这些后来陆续出现的"残卷"都存在一个真赝鉴定问题。

第三，胡适认为曹雪芹只完成了《红楼梦》前八十回的创作，直至乾隆五十六年后才出现一百二十回本，以此来怀疑后四十回的可靠性，这种判断也不符合《红楼梦》版本流传的实际。据各种史料看，早在程甲本问世前，就已有一百二十回的《红楼梦》流传。吴晓铃收藏的舒元炜序本，就透露出这个信息。按舒序作于乾隆五十四年，他在序中讲："惜乎《红楼梦》之观止八十回也，全删未窥，怅神龙之无尾，阙疑不少，隐斑豹之全身……漫云用十而得五，业已有二于三分"，又说"核全函于斯部，数尚缺夫秦关。"据此可以推知，舒元炜知道有一种回数约当"秦关百二"这个数目的书存在。周春《阅红楼梦随笔》记载的乾隆五十五年他的亲戚杨畹耕转述的话"雁隅以重价购抄本两部：一为《石头记》，八十回；一为《红楼梦》，一百廿回，微有异同"，也可与舒元炜序互为印证。《乾隆抄本百二十回红楼梦稿》版本实物的出现，更为这个问题的探讨注入了生机。此本对于《红楼梦》的铺叙描写往往作简化处理，缩为几个字的说明，这种文字特点为程甲本所继承，可能是个流传于程甲本付印前的后四十回早期抄本。长期以来，《红楼梦》版本研究大都集中在脂抄本和百二十回的程印本上，而对于程本之前存在的一百二十回其他抄本的研究还是一个全新的领域。据陆续新发现的《红楼梦》版本文献可知，除《乾隆抄本百二十回红楼梦稿》外，目前已知的一百二十回抄本有近二十种

---

❶ 《浮生六记》是沈复的一部自传体作品，全书原本六卷，但清人王韬的妻兄杨引传在苏州发现的《浮生六记》仅存四卷，即《闺房记乐》《闲情记趣》《坎坷记愁》《浪游记快》。1936年，林语堂将《浮生六记》前四卷译成英文，并猜想"在苏州家藏或旧书铺一定还有一本全本"，嗣后不久苏州出现了"全抄本"，有卷五《中山记历》、卷六《养生记道》全文，有些研究者通过与前四卷文字的比较，认为新发现后两卷系伪作。2005年，山西藏书家彭令又在南京朝天宫古玩市场购得与沈复同时的清代学者钱泳的手抄本《记事珠》，其中载有《浮生六记》各卷的标题，且《记事珠》中的条目《海国记》与《浮生六记》遗失的卷五《中山记历》文字相关，这个发现引起学界关注。

之多，它们代表了《红楼梦》传播的一个重要时期，夏薇在 2007 年第 2 期《文学遗产》上撰文认为"大规模的百二十回抄本有极大的可能是出现在程本之前，程本不是最早的百二十回本子，而且它的刊刻是有底本参照的"，遗憾的是，这些底本的抄写年代及其对程本系统的影响一直没被红学研究者重视。这方面研究的重要意义不仅可以研究"脂本"向"程本"衍变的轨迹，而且还保证了《红楼梦》传播研究的完整性。

除以上对胡适在外证方面的文献质疑，有的研究者还指出了俞平伯的"内证法"即所谓"用八十回来攻四十回"的方法论上的逻辑错误。熊立扬出版的《红楼梦后四十回作者辩证》（四川人民出版社 1998 年版），这方面论证颇有新意。作者认为：

这个"总方法"就有问题。第一，无论是从"总方法"本身，还是它的实际运用，俞平伯同志都是先就断定了后四十回是高鹗续作，然后从证明这个结论的需要"处处去找前后的矛盾所在"……这种带有强烈主观意向的研究方法是不客观的，难以避免证据及其运用的主观、片面……第二，由于种种原因，同一作者，哪怕是大作家，其作品也会有点矛盾，前八十回就不是没有矛盾。要看是什么样的矛盾，怎样造成的。就是后四十回有了确为他人造成的矛盾，也得考察矛盾部分在整个后四十回中的地位、性质。所以简单笼统地说"不能有矛盾，有了矛盾，就可以反证前后不出于一人之手"，从方法学来说是不严谨的。第三，按"总方法"的逻辑，那么，有了一致，就可以证明前后出于一人之手，轻率地从方法上给予排除，就使"总方法"有了片面性，在逻辑上陷入矛盾。

从辩证逻辑的角度看，上述分析是有一定道理的。古今中外名著确实出现过前后不一致的矛盾现象，诸如《简·爱》《复活》等，在它们的后半部对于所憎人物的批判锋芒有所减弱，从而多少降低了现实主义作品的批判力度，因此不能因为作品本身的矛盾而轻率做出前后出于不同作者的结论。当然，作者的分析并不全面，即使按照他的思路，后四十回作者的可能性也并非只有一种，而应该并存着三种情况：一种全部是曹雪芹原笔，第二种是悉为后人作，第三种是部分留有曹雪芹残稿，部分为后人续作。而在这三种情况下都能找出后四十回和前八十回之间的矛盾，正如作者自己所说"同一作者，哪怕是大作家，其作品也会有点矛盾，前八十回就不是没有矛盾"，既然俞平伯"用八十回攻四十回"的总方法所导出的结论，亦即"前后不出于一人之手"不具有必然性，那么这位作者从三种可能性中只选择第一种，也并不具有必然性。从形式逻辑的角度看，如果不能将其他可能情况排除，就不能轻易做一个全称肯定判断。可见，作者的立论，在论证时并不能将自己的原则贯彻到底，使得他的批判只能指向对方，而无法战胜自己，从而使他的立论出现了悖论。

综合目前各种文献，可以排除程本后四十回系高鹗续作的结论，但若肯定一百二十回均出自曹雪芹一手，则前面还横亘着一个巨大障碍，就是那些抄本上脂评提供的佚稿线索。

有的研究者为了弥合这个矛盾，就引甲戌本开头那段楔子："……曹雪芹于悼红轩中披阅十载，增删五次，纂成目录，分出章回"云云，借此想证明两点：一是曹雪芹"披阅增删"的工作是在原稿基础上，目录也已"纂成"，二是程本后四十回只是这"披阅增删"过程中的一个稿本，亦即曹雪芹原稿之一，因此程本后四十回与脂评提供的佚稿线索的矛盾并非完全不能解释。有的研究者则认为后四十回有一部分曹雪芹原稿，并逐回做了甄辨。❶而有的研究者如欧阳健等干脆"釜底抽薪"，认定那些脂本系伪造，用脂评来判断是否续书，不足为据。

种种迹象表明，曹雪芹早期手稿的阅读接受者，分为不同的传播圈子，包括脂砚斋为代表的家族群体和明义、墨香、永忠等为代表的

---

❶ 周绍良：《略谈〈红楼梦〉后四十回哪些是曹雪芹原稿》，《红楼梦研究集刊》第6辑。

朋友群体，而版本系统也有区别。家族群体中传阅的是侧重写盛衰之变的，一般书名叫《石头记》，而将大观园儿女作为载体，所以脂砚斋等人的批语中颇多家世兴亡之感，他们甚至还能干涉曹雪芹的创作自由，如"遂命芹溪删去"天香楼一节秦可卿有关文字，即是明证。朋友圈子中传阅的主要是为"闺阁昭传"，一般书名都叫《红楼梦》，即曹雪芹开卷反复强调的"大旨谈情""都只为风月情浓"，而将家族兴亡作为"千红一哭"的具体背景。但曹雪芹接近定稿的作品，则应该是爱情离合与家族兴亡两条主线的有机结合。由于是在朋友群体中，无所避忌，曹雪芹更能放开笔自由抒写。需要说明的是，这里的"朋友"，未必都和曹雪芹见过面，更注重的是"神交"，因为他们和曹雪芹一样，都有过类似的家世经历，其思想境界相通，故见到早期《红楼梦》稿本时，容易产生共鸣。

尽管红学界对脂、程两大版本系统的先后、优劣有较大分歧，但《红楼梦》这些版本的丰富馆藏及由此贯穿的 20 世纪红学发展史，却是不容否认的客观事实。红学中的许多争议，正是由《红楼梦》不同版本的歧异处造成。混合两种版本系统来立说，势必产生种种矛盾和大相径庭的结论。如果深入一层分析，《红楼梦》版本论争从表面上看好像是关于脂、程的孰先孰后、孰优孰劣问题，但实质上已涉及对两种版本系统的文化意蕴的不同理解及研究者们的价值取向。

脂本的价值是多方面的。研究者可以根据脂批来考索曹雪芹的家世生平或《红楼梦》的早期创作情况，在目前曹氏生平及成书过程材料缺乏的情况下，相对于白文的程本，脂本就显得愈加弥足珍贵了。例如关于曹雪芹的卒年向有争议，胡适在得到"甲戌本"后就根据批语中"壬午除夕，书未成，芹为泪尽而逝"这句话，推定曹氏卒年为 1763 年。再如，研究者根据脂本十三回脂批"秦可卿淫丧天香楼，作者用史笔也……因命芹溪删去"，得出秦氏非正常死亡的结论，1987 版电视剧《红楼梦》亦据此改变了原著情节。

程本价值的认定从前主要局限在《红楼梦》传播角度，但随着早期一百二十回抄本的陆续发现，研究者们开始探讨该版本系统在《红楼梦》成书过程方面的价值。单就《红楼梦》传播意义上说，从脂本的基本构成情况分析，那十几个残抄本最多的都未超过八十回，而王府本虽号称一百二十回，后四十回亦不过后来的藏书家据程甲本配补。如果没有程本的摆印流传，仅靠那些有限的残钞脂本，《红楼梦》的影响必然大大受到限制，也很难想象出我们今天这样红学繁荣的局面。这一点，就连视脂残甲戌本为拱璧的胡适也不得不承认："（程甲本）一出来就风行一时，故成为一切后来刻本的祖本。"的确如此，正是程本才使得《红楼梦》普及到遍及海内的程度。可见，从抄本到印本，虽只是简单的形式上差别，其意义却非同寻常。

当然，脂本与程本的研究价值取向，不仅仅是简单的残缺与完整的区别，也不仅仅体现在抄本提供了作者家世材料或成书过程情况，印本保持了《红楼梦》的完整流传这样一个较浅层面上，这些当然是最主要的事实，但更重要的是，脂、程两种版本系统体现了不同的思想意蕴和文化指向，正是这个原因，形成了红学中的许多热点问题。

脂本、程本都有各自不可替代的价值，脂本凝聚了曹雪芹及其家族群体有关《红楼梦》素材的积淀和早期草创之际的版本形态，程本则体现出《红楼梦》大体成书后一代代文化精英们的长期思考。因此，研究前八十回"庙市"传抄阶段、一百二十回抄本传播阶段和以程伟元为代表的"书坊"摆印及后来翻刻阶段形成的不同文本，进而研究《红楼梦》版本完整接受过程中所折射的集体无意识，都是有价值的学术工作。

红学：走出"汉学"与"宋学"对立的历史阴影

一

红学领域中有的研究者擅长"史料还原"式的文献挖掘，有的研究者更注重《红楼梦》文本的"思辨索原"，不时还常伴随着两种迥异的学术路数之争，如果从治学思路上考察，其实不过是中国传统学术中"汉学"与"宋学"之争在红学中的反映而已。

这里所说的"史料还原"，并非意味着单纯指红学研究中资料的钩沉、爬梳、整理；而"思辨索原"亦非仅指宋学那般的空谈义理或今人运用到红学领域的所谓"回归文本"，我们应重视两者之间的联系。无前者，研究缺乏根基，近于游谈无根的空疏红学；无后者，红学难有创新和突破，其末流，甚至沦为腐儒饾饤文字，而两者的真正臻于完善，仍是当代红学面临的一个课题。

关于"史料还原"问题，旧红学特别是索隐派也曾尝试进行过这种工作。然而正如胡适在《红楼梦考证》中指出的："他们不去搜求那些可以考订《红楼梦》的作者、时代、版本，等等的材料，却去收罗许多不相干的零碎史事来附会《红楼梦》里的情节"，尽管索隐派的红学著作出发点并不相同，所达到的社会效果也不尽一致。有很多学者如蔡元培、景梅九还抱有深厚的民族情感，所谓"持民族主义甚挚"，一掬红泪，拳拳赤心，着实令国人感动，但在学术思路上共同的弊端是企图将清代的某些历史与《红楼梦》中的所谓人事"关合处"一一坐实，以为这样的"史料还原"才算解读了《红楼梦》，其实乃是一种牵强附会。这种散漫无稽的附会，自然是不堪胡适派新红学的一击和摧破的。

有位红学研究者曾认为，中华人民共和国成立以来的红学研究"从总体看仍然没有摆脱新红学派的影响。研究的内容、领域和思维论证方法依然囿于新红学的樊篱而很少突破。相当大量的研究文章讨论的问题依然是家世、版本、脂批、成书过程等，方法上则依然是搜寻史料，助证己说"，所以红学"如果要有一个新面貌，就必须摆脱新红学的羁绊"❶，其好意，诚然是可感的，然细味此语，总觉得给人以轻视考证之嫌，不免有些纠枉过正。应该看到，比起旧红学来，新红学所做的"史料还原"工作，其历史功绩要大得多，这是红学研究者有目共睹的事实。其实，单纯的为考证而考证的文献梳理，并不完全等同于我们这里所说的红学的"史料还原"。而且，新红学也不完全等同于文献考证。比如俞平伯先生的红学研究，虽然也运用了考证的方法，但与《红楼梦》这部作品扣得比较紧，是与文学鉴赏结合起来的文学考证，一开始就包含有与红学批评派合流的倾向。所以，不能笼统地说"摆脱新红学的羁绊"，就可以使"红学有一个新面貌"。

这就涉及对红学研究中"考证"及与此相关的"史料还原"的看法问题。

早在 20 世纪 50 年代，关于这个问题就有过不同意见。例如一位古典文学研究专家曾在一篇文章中谈到：

> 几乎五四以来，像以胡适为首的一些"权威"们所做的那些工作，说起来是研究"文学"，其实却始终不曾接触到"文学"本身。他们"研究"作家，只是斤斤计较于作家的生卒年月；"研究"作品只是考订作品有多少种版本；充其量，也不过是对某一作品的故事演化，或对作品内容中的一草一木、一人一事进行一些无关宏旨的考据。他们的历史考据癖好像很深：比如研究《红楼梦》，就专门钻研曹雪芹的家世，考证这位伟大作家到底是不是壬午年死的，以及他和贾宝

---

❶ 胡绍棠：《摆脱新红学的羁绊》，《红楼梦学刊》2000 年第 2 辑。

玉究竟是一人抑两人；研究《水浒传》，就专门比勘七十回本、百回本、百二十回本、百十五回本的异同。至于作品本身的思想艺术如何简直很少谈到。……既然以考据代替了研究，就很容易形成材料第一的"研究"方式。……我并非说研究这些问题全无用处，但如果把精力全集中在研究这些东西上面，就真有点"珠买椟还"，甚至把捕鱼用的"筌"看作是"鱼"，弄成"得筌忘鱼"了。❶

材料的考证与文本的关系该如何处理，是一个比较复杂的问题，该文指出了一些考证文章的通病，是有意义的；但需要说明的是：材料与文本之间，绝不是"珠"与"椟"、"鱼"与"筌"的关系，况且上述论述，也容易给人造成一种轻视考据的印象。发展到后来，另一位小说研究专家将考证工作藐视为"不过把以前的旧说从较为冷僻的书上找来放在一块儿"，甚至认为，"所谓辨伪存真，并非对于任何文学作品都是必要或重要的"❷，这其实乃是一种对小说考证的偏见和误解。

余冠英在对待古典小说的研究方法上，也有过类似的意见。

近代白话小说不同于"经"，《红楼梦》也不是古书，这是明显的事实。《红楼梦》里虽然也有讹脱的字句，虽然也需要据善本来校正，但绝没有像先秦古籍那么严重的错乱，字句异同也不会有那么大的关系，绝没有不勘就不能读的情形，这也是明显的事实。即如俞先生关于"宝玉喝汤"这一条的校勘，定"好汤"的"汤"是"烫"的误字，当然是对的，对读者当然也是有用的。但却不能说这样一个字不加校正就会影响到《红楼梦》研究的大局。我相信甚至对于个别情

---

❶ 吴小如：《我所看到的目前古典文学研究工作中的一些问题》，《文艺报》1954年第23、24期，见《红楼梦研究资料集刊》第2辑，第493–494页。

❷ 聂绀弩：《论俞平伯对红楼梦的"辨伪存真"》，《人民文学》1955年1月号，见《红楼梦问题讨论集》第1集，第346–349页。

节也没有多大关系。反过来说，过分重视这类问题倒反而妨碍我们从大处着眼，作"由表及里"的研究……不可忽视，在我们许多古典文学研究工作者脑中存在着一种牢不可破的、对研究的错误看法。一提到研究就只想到考证、校勘，而不是想到思想、艺术的分析。甚至对于非考证、校勘之学一概目为"空疏"。不管是一首诗或是一部小说，如果没有作品以外的材料，研究就无法下手。❶

余冠英是治先秦古籍的名家，其上述提法对于纠正过分推崇文献特别是考据的末流，有补偏救弊的作用。但他认为"近代白话小说不同于'经'"，也就是不同于他研究范围的那些称得上"经"的《诗》《书》《礼》《易》《春秋》及《论语》《孟子》之类，因此不值得去做考证、校勘工作，这是轻视小说的传统观念并且不重视现代小说特别是《红楼梦》的版本问题之重要的缘故。其实，古代小说研究同样需要有文献学、版本学的功底，否则，正如俞平伯先生所说的"其他的工作都如筑室沙上，不能坐牢"❷，是一点也不过分的。

考证不是目的，科学的考证及有用的文献史料能更好地为研究作品本身服务，即如前引文中提及的《水浒传》而论，其版本就有繁简之别，根据容与堂百回本、袁无涯一百二十回本以及贯华堂七十回金圣叹腰斩本去分别研究，得出作者创作意图的结论就大相径庭。与此相联系，关于《水浒后传》作者问题的考证也很重要。有的研究者曾因为此书"序"上存万历字样，遂断为明人作品，还有的研究者据题署的"古宋遗民"将此书定为元人所作，其实《水浒后传》作者的年代，在《南浔镇志》中可以找到相关线索。倘若不进行必要的考证而去盲目论《水浒后传》的社会背景，得出的结论就不可能客观。

当然，红学文献并非只有资料价值。红学中的"史料还原"应该

---

❶ 余冠英：《为什么不能从大处着眼？》，1954 年 11 月 14 日《光明日报》"文学遗产"栏目。

❷ 参见俞平伯《读红楼梦随笔》"宝玉喝汤"条。

指的是对红学研究有实际价值的版本校勘、作者考证及相关材料的钩沉、梳理性质的工作，它应该服务于解读《红楼梦》而不是远离文本轴心。按这个尺度去衡量,那些远离《红楼梦》文本轴心的考证文章,就很难说是有益于红学的。

二

与"史料还原"比较而言,"思辨索原"则是我们进行红学研究的根本目的。考证和材料如果不能服务于研究红学本身,那么这样的文献钩沉、梳理就不是真正意义上的红学"史料还原",人们之所以反对那些烦琐无补于作品研究的考证,共源盖出于此。而人们之所以提出"回归文本",恐怕并不是嫌真正的红学考证做得差不多了,而是离这部作品愈来愈远的缘故。因此,为了对考证之末流进行反拨,强调红学中的"思辨索原",也就在情理之中、势所必然了。

我们这里讲的"思辨索原",也并不是指单纯对曹雪芹或《红楼梦》思想价值的评判,而是为了追求"有思想的学术"和"有学术的思想"的真正统一。从红学史上看,无论是脂评还是王希廉、张新之等人的评点乃至蔡元培式的索隐、胡适之的"自传说",尽管他们的著述中有这样那样的缺陷,但都以其独特的红学观曾令人耳目一新;即令王国维深受叔本华影响的那篇《红楼梦评论》,人们至今不是还感慨于他对人生的追问、对宇宙的探索而时有共鸣么?就是争议较大的 20 世纪 50 年代红学批评派的崛起及其对后来的影响,尽管人们有这样那样的不同评价,但有一点是公认的,批评派红学对《红楼梦》全新的价值判断以及那种新的治学方法,对于流行已久的古典文学研究范式确实具有一举扭转乾坤的普遍意义。

因此,对于那种一般意义上人云亦云的"炒冷饭"红学文章,即使思想观点并无大错,但因其缺乏自己的思想识见、学术追求,也就很难谈得上具有思辨色彩。我们试看 20 世纪 50 年代以后,时髦的说法认为《红楼梦》是反封建的"现实主义"杰作。于是，在红学文章的写作上，有了一种统一的调子，"现实主义"变成了极其简单的公式，到处去套用。其他诸如所谓"典型形象""典型环境"等舶来品，也是与解读的文本格格不入就勉强拿来"套"一番。这样的文章，由于拾人唾余，患了文化"失语症"，并不能给读者任何新的知识，因为没有深入到作品中去，没有顾及文本的整体性和复杂性。

三

梁启超《清代学术概论》中谈到历史上的学术思潮时曾有一段著名的话：

> 境界国土，为前期人士开辟殆尽，然学者之聪明才力，终不能无所用也……晚出之派，进取气较盛，易与环境顺应，故往往以附庸蔚为大国，则新衍之别派与旧传之正统成对待之形势，或且骎骎乎夺其席。

当代红楼学人希望能建立一种新的研究范式，从而去适应和推动新世纪红学的转型，这一愿望无疑是好的；但任何一种新"典范"都有它的局限性。它在发展过程中表现出的不足，我们固然不必求全责备，但作为具有兼容性、开放性和边界性的红学，各种红学范式应该互相阐发和解释，而不是故步自封地用一种范式去规范其他范式。特别是 21 世纪新的研究范式应该吸收 20 世纪红学流派的长处，从而使多视角的研究具有互推互补性。诚如章学诚所倡导的："义理不可空言也，博学以实之，文章以达之。"而且，不管是哪一种新的红学范式，在具体操作运用时，应该是对红学"史料还原"特别是"思辨索原"更有用。不然的话，只是挂一下新品牌，改换一下门面，该解决的问题一个也没解决，其实乃是花拳绣腿，于红学无补，在这方面，是应该引起注意的。

《红楼梦》研究中"史料还原"与"思辨索原"两个领域的探索不能偏废，努力走出"汉学"与"宋学"对立的历史阴影，追求有思想的学术和有学术的思想的辩证统一，应该是红学的发展趋向。

论《红楼梦》研究中的"悟证"问题

一、红学流派中的三种形态

围绕着《红楼梦》这部经典作品的阅读与探索，出现过不少红学流派，当代著名文学理论家刘再复曾尝试概括为三种形态："一是《红楼梦》论；二是《红楼梦》辨；三是《红楼梦》悟"。● 这种分梳是否符合 200 年来红学史的研究实际姑且勿论，他本人就率先出版了《红楼梦悟》，作为其理论的具体实践，该书面世后反响还相当不错。

刘再复概括的第一种形态"《红楼梦》论"，就是晚清国学大师王国维所开创的研究路数，就其基本特征而言，这种评论文字主要侧重于逻辑分析，应具备一般学术论文规定的"论点、论据、论证"诸要素。到了 20 世纪的 50 年代，这种研究路数终于形成了《红楼梦》社会历史批评派，在红学研究领域独占鳌头、一枝独秀。至于第二种形态"《红楼梦》辨"，刘再复大概是从俞平伯《红楼梦辨》书名受到启发。他还特别指出："所谓辨，乃是指辨析、注疏、考证、版本清理。度过索隐派这一比较牵强的阶段，从胡适起，直至俞平伯、周汝昌等，都下了功夫作考证，他们为《红楼梦》辨创造了实绩，其功难没。"但这里需要辨析的是，俞平伯与胡适、周汝昌的研究路数其实并不相同，尽管他也算新红学奠基人之一。1921 年，胡适以一篇《红楼梦考证》开创了新红学，1953 年，周汝昌以一部《红楼梦新证》成为新红学的集大成者。他们同属于红学中具有"实证"性质的"文献考证"，而俞平伯虽然被划归为"新红学"阵营，但就内容上考察，

● 刘再复:《红楼梦悟》，三联书店 2009 年版，第 1—4 页。后文引该书内容，不再一一标注。

他的专著《红楼梦辨》明显属于"文学考证"性质,与刘再复说的"辨"指的"辨析、注疏、考证、版本清理"还不能完全等同。不过,对笔者本文重点要阐释的问题而言,尚构不成多大影响,故不必深究。本文要重点讨论的,是《红楼梦》研究中的"悟证"问题。所谓"悟证",凭的是一种艺术直觉,系刘再复命名的《红楼梦》阅读的"第三种形态"。用他的话来讲:"悟的方式乃是禅的方式,即明心见性、直逼要害、道破文眼的方式,也可以说是抽离概念、范畴的审美方式。因此,它的阅读不是头脑的阅读,而是生命的阅读与灵魂的阅读。"

二、红学研究中"实证"与"悟证"的关系

应该指出的是,从"悟"的角度解读《红楼梦》,并非刘再复所首创。早在清同治八年,号称明镜室主人的江顺怡就在杭州发表了其《读红楼梦杂记》。他明确指出《红楼梦》是部"大彻大悟"之书,写道"至无可奈何之时,安得不悟? 谓之梦,即一切有为法作如是观也! 非悟而能解脱如是乎?"这里的"悟",主要指的是一种通过阅读《红楼梦》所获得的精神感悟,他由"悟"又升华到了"解脱",还特别提到:"其所遇之人皆阅历之人,其所叙之事,皆阅历之事,其所写之情与景,皆阅历之情与景:正如白发宫人涕泣而谈天宝,不知者徒艳其纷华靡丽,有心人视之,皆缕缕血痕也",看得出,这与尼采所推崇的文学作品"余爱以血书者"可谓不谋而合,与甲戌本"凡例"的题红诗句"字字看来皆是血,十年辛苦不寻常"的精神气脉也是灵犀相通的。可以说,在红学史上,明镜室主人是以"悟"法阅读《红楼梦》的代表人物。其实,早在这部巨著以抄本形式流传之时,脂砚斋的批注也颇多"悟语",或者说是"悟证"的萌芽状态。当然,将"悟"视为一种基本的阅读形态和创作形态,确实是从刘再复开始,他的《红楼梦悟》堪称是以"悟"法解读红楼的系统集大成之作。

那么，如何评价《红楼梦》研究中"悟证"的实绩？"悟证"与传统红学中的"实证"又应该是一种什么样的关系？

刘再复的《红楼梦悟》由三联书店出版发行后，经过多次再版，"悟"的这种阅读形态开始受到关注并为广大读者所欢迎。应该承认，《红楼梦悟》的很多精彩论述发前人所未发，给许多读者以很大启发，对普及《红楼梦》也起到了一定作用，这是不可多得的一部红学精品。但此书也有个致命弱点，就是论据的选择方面有不够严谨之处。例如此书作者自序（二）中提及林黛玉和贾宝玉常常借禅说爱，以心传心。有一次，林黛玉逼着贾宝玉交心而问道："宝姐姐（指宝钗）和你好你怎么样？宝姐姐不和你好你怎么样？宝姐姐前儿和你好如今不和你好你怎么样？你不和他好他偏要和你好你怎么样？"宝玉呆了半晌，忽然大笑道："任凭弱水三千，我只取一瓢饮。"上述文字出自《红楼梦》第九十一回后半部分"布疑阵宝玉妄谈禅"，我们自然不好断定后四十回就一定没有曹雪芹残稿，但看接下来的二人对话即可发现此回破绽，黛玉道："瓢之漂水奈何？"宝玉道："非瓢漂水，水自流，瓢自漂耳！"黛玉道："水止珠沉，奈何？"宝玉道："禅心已作沾泥絮，莫向春风舞鹧鸪"，按"禅心"句尽管表达出贾宝玉弃家为僧的愿望，但那是苏轼友人诗僧答复妓女的原话，正如红学家蔡义江所指出的，以林黛玉的小性，连贾宝玉引《西厢记》文句开玩笑以及史湘云将她比作戏子都要恼，此处又"升级"将林黛玉比附成妓女她反而心安理得，不可思议。❶据此判断，此回文字系他人续补，再联系紧邻的第九十二回"评女传巧姐慕贤良"，如此恶俗文字，与曹雪芹的创作境界亦不啻天壤之别。显然，这里问题的症结还是刘再复论述相关问题时没能严格区分《红楼梦》前八十与后四十回。更明显的，他还根据程高本"黛死钗嫁"这一众所周知的情节去"悟"林黛玉："她悟到一切皆空，连自己用一生的眼泪所灌溉的情爱也不真实，

❶ 蔡义江：《红楼梦是怎样写成的》，北京图书馆出版社 2004 年版，第 278 页。

连那些用心血铸成的诗稿也是幻象。付之一炬，免得留下欺骗别人。"
显然这里所引的文本证据并非曹雪芹所创原稿，但《红楼梦悟》依据
通行的一百二十回本竟也能分析得头头是道。研究《红楼梦》，从版
本学立场出发，是不该混合脂、程两种版本系统来立说的。如果哪些
文字是出自曹雪芹手笔，哪些文字是后人所续，何者为脂批，何者为
正文，连这些最基本的问题都不能分辨清楚，《红楼梦》就失去了稳
定的研究对象。文本不稳定，也势必为各种观点开了方便之门，其实
在这种基础上来谈论曹雪芹的所谓"创作意图"已没有实际意义。因
此，红学中的"悟证"一定要有"实证"做基础，当然，"实证"也
应该服务于解读《红楼梦》而不是远离文本轴心。

三、补论

那么，有没有靠"悟证"的研究模式来取得红学硕果的实例？当
然有，周汝昌早年关于"曹荃和曹宣"的推考就是得力于"悟证"。
其红学代表作《红楼梦新证》"人物考"部分，曾指出史料所载的曹
宣并非曹寅之弟，曹寅之弟名荃，字子猷，但曹荃并非其本名。周汝
昌还具体提出了三个条件进行了逆推，第一，既然曹寅是单名，那
么其弟亦当如此；第二，既然"寅"字是宝盖头，那么其弟亦应如此；
第三，该宝盖部首的字应该与"猷"字有经典字句上的关合。经过仔
细查证，周先生从《诗经》内终于查到了"秉心宣猷"的句子，并据
此推出新结论：曹寅之弟实名为曹宣，字子猷。这个考证结果由于主
要靠的是"悟证"，一开始自然颇有一些研究者不接受甚至讥讽，认
为纯系主观猜测。后来，随着康熙本《上元县志》"曹玺传"的新发
现，这个结论得到了确凿证明，"曹玺传"中果然载明曹玺有长子曹
寅，次子曹宣，从此，原先那些对曹宣此名持怀疑论者终于接受了这
个考证结果，此事在红学界还传为佳话。之所以改名曹荃，周汝昌曾
推断是由于"宣"字北音犯帝讳"玄"，有同声之嫌。由于靠"悟证"

取得了成功，他很看重自己考证方法的创新，后来还据此例提出了"悟性考证法"，就是"边证边悟、边悟边考、证中有悟、悟中有考"。●但即便如此，我们还是要说，这种"悟证"的成功个案，不能作为考证学的通则，因为个案带有一定的偶然性，尤其是这种方法还要有相应的条件制约。首先这要得益于周汝昌自身的国学功底，从《红楼梦新证》"史料编年"部分研究者都能看出，他具有深厚的红学"实证"基础，才有可能去进行如此"大胆的假设"；其次，曹宣之名的最终被确认，是靠着《上元县志》"曹玺传"的发现，不然的话，曹宣其名也只能是红学研究中种种未经证实的猜测的一种而已。就普遍意义上说，红学研究中的"悟证"必须与"实证"相结合，才有可能最终获得成功，否则会沦为"痴人说梦"的。曹宣之名被确证以后，周汝昌凭借这种"悟证"又去设法证明"脂砚即湘云"，所谓曹雪芹"续弦妻"，就颇不能令人信服了，主要还是缺乏相应的"实证"。因此笔者还是坚持认为，"悟证"必须建立在"实证"的基础上，才谈得上学术研究中真正的领悟融通，那种凭空揣测、天马行空式的"悟证"是根本不靠谱的。

● 周汝昌：《红楼别样红》，作家出版社 2008 年版，281 页。

论探佚派红学的主观愿望及客观失误

一、《红楼梦》"探佚派"的性质归属

所谓"探佚"，顾名思义，就是探讨《红楼梦》八十回后原稿的"迷失"部分，目的是"正本清源"，还曹雪芹原著全璧的真实面貌。

《红楼梦》"探佚派"究竟是个什么性质的流派？这要结合红学流派的基本特性去归类。一般来说，《红楼梦》可大体划分为感性研究和理性研究两类。感性研究基本属于形象思维范畴的联想和感悟，而理性研究则基本属于逻辑思维的归纳和总结。诸如《红楼梦》中人物形象、主题艺术的研究就基本属于感性研究，而《红楼梦》版本与曹雪芹家世的考证则属于理性研究。然而，《红楼梦》"探佚派"情况比较特殊，不同研究者站在各自的角度对这个新兴的红学派别有不同的理解。周汝昌先生将其与红学的另外三个分支"曹学""版本学""脂学"并列，倾向将"探佚派"归入红学中的"考证"一派。但这一派颇有实绩的代表人物梁归智结合文学批评去论述相关《红楼梦》探佚问题，这从他的《石头记探佚》"新版前言"所列的标题"探佚版本论""探佚与自传说""探佚结构论""探佚悲剧观""探佚人物论""探佚思想论""探佚接受论""探佚层次论"可窥一斑。● 可见，他理解的"探佚派"是以考证派为立论基础，在美学层次上追求与曹雪芹心魂的契合与灵感的冥会。既然有这样的认识，《红楼梦》"探佚"又与批评派有着千丝万缕的联系。鉴于《红楼梦》"探佚派"兼有考证派的文献实证性与批评派的文学遐思性双重特征，就有必要分门别类去

● 梁归智：《石头记探佚》，山西教育出版社1992年版。以下梁归智引文出自该书的，不另注。

评析。

二、《红楼梦》"探佚"兴盛的学理依据

正是由于"佚",才有必要去"探"。关于这一点,梁归智在其专著中表述得很明确:

> "探佚学"的产生基于这样一个事实:《红楼梦》前八十回是曹雪芹所作,八十回后原稿迷失,现在的后四十回是高鹗、程伟元所续。"探佚学"的任务是要探讨曹雪芹完整的艺术构思,勾勒出八十回后的基本轮廓,以显示曹雪芹原著的整体精神面貌。

也有的研究者对《红楼梦》"探佚"颇为不屑,如欧阳健先生否定"脂本"的专著《红楼新辨》中认为,"探佚"的大前提存在失误,这是为他的"程先脂后"说张本。既然认为一百二十回系曹雪芹"真本",那么"探佚"就纯属多余了。为维护自己学说体系的完整性而对"探佚"全盘否定,这种"连坐"式的逻辑论证思路并不足取。当然,"探佚学"的研究成果本身并非无懈可击,上引梁归智的文字也有粗疏草率之处,比如他认为"现在的后四十回是高鹗、程伟元所续"。首先关于续作者的判断就不是定论,而且《红楼梦》后四十回中也不排除有曹雪芹残稿。至于前八十回,笼统说是曹雪芹所作自然没大错,但六十四、六十七两回的真伪问题就一直存在争议。近年关于七十九、八十这末两回是否曹雪芹原作也有不同看法。此外,《红楼梦》有些回的诗词显然是在曹雪芹去世后由他人所补。既然是"探佚",就应该对这些复杂文本现象进行条分缕析的勘验,否则得出的结论就禁不住推敲。

"探佚"的对象既然是《红楼梦》八十回后丢失的内容并设法"复原"曹雪芹原作,因而这一派的研究者便理所当然地认为自己从

事的是"回归文本"工作。这种说法自有一定道理,但深究会发现,所谓"回归文本"云云,并非只有《红楼梦》"探佚"派才积极倡导,实际上其他红学流派也大都这样标榜。例如,将贾宝玉及"金陵十二钗"等与清代相关历史人物一一对应,以为这样才算对《红楼梦》文本的正确解读,这就是蔡元培为代表的旧红学索隐派理解的"回归文本"。胡适代表的新红学在观念上认定《红楼梦》是曹雪芹的"自叙传",必然会从考证曹雪芹的身世出发去说明《红楼梦》情节。周汝昌《红楼梦新证》就是把历史上的曹家和《红楼梦》小说中的贾家完全等同起来。当人们讥讽"曹学"是"红外线"时,红学考证派反而还心安理得地认为,"曹学"研究得越细越深入离《红楼梦》文本就越接近。至于红学社会历史批评派,更是信心十足地认为,只有"典型论"才真正把握住了《红楼梦》的"本质",因而才算真正"回归"了文本。《红楼梦》"探佚派"也是如此,这一派的研究者一般都认为,既然是"还曹雪芹原著全璧的真实面貌",那么自己从事的"探佚"工作就是"回归文本"。我们不否认这一派的初衷,然而动机和效果是两回事。评价红学流派,还要看其解读《红楼梦》的实际效果。

由于《红楼梦》文本的特殊性,作品的成书过程异常复杂,经历了"十年辛苦不寻常"的反复修改,尽管在曹雪芹临终前仍未能定稿,但从《红楼梦》开卷提及"曹雪芹于悼红轩中披阅十载,增删五次,纂成目录,分出章回"这句话看,证明全书已大体完成。"披阅增删"的工作是在原稿基础上,目录也已"纂成",这样就决定了全书故事情节、人物结局不会有根本性的改变。

《红楼梦》"探佚"并非毫无根据的主观猜想,而是以曹雪芹写作的艺术特点作为推论依据,这种艺术手法就是根据原著第五回中作者为各类人物写的谶语式判词、曲子等,去探求后半部的人物结局、故事情节走向。《红楼梦》"探佚"是从文本出发,以原著写作的艺术特点出发去推论曹雪芹的佚著。在《红楼梦》前八十回内曹雪芹还布设了很多"伏笔"。所谓"伏笔"指的是作者在创作过程中有意为后文照应而预先埋下的情节线索。"伏笔"往往是未来事件、人物结局的预兆，这是曹雪芹在行文时采用的一种笔法，用旧时代评点家们的术语表达即所谓"草蛇灰线，伏脉千里"，这种前后照应使《红楼梦》在情节结构上形成一条或隐或显的脉络。此外，由于早期《红楼梦》抄本上客观存在的"脂批"，因了脂批系统《红楼梦》抄本的陆续发现，才使得"探佚"具备主要参照文献。《红楼梦》本身"伏笔"和深知曹雪芹创作底里的脂砚斋大量批语的存在，为《红楼梦》"探佚"提供了学理依据和操作上的可能。

脂批提供的八十回后佚稿的情节线索，主要有：

（1）回目。佚稿回目有末回情榜和"卫若兰射圃""薛宝钗借词含讽谏，王熙凤知命强英雄""茜雪狱神庙慰宝玉""花袭人有始有终""贾宝玉悬崖撒手"等。

（2）情节片段。"探春远适""惜春为尼""凤姐扫雪拾玉及其身微运蹇、短命""狱神庙红玉、茜雪一大回文字""袭人出嫁后劝宝玉'好歹留着麝月'""宝玉'寒冬噎酸齑，雪夜围破毡'""蒋玉菡与袭人夫妇供奉玉兄宝卿得同终始""潇湘馆由'凤尾森森，龙吟细细'变成'落叶萧萧，寒烟漠漠'""宝玉'对景悼颦儿'""宝玉得宝钗之妻、麝月之婢""宝玉'弃而为僧'""情榜中'宝玉情不情''黛玉情情'评语"等。

自红学"探佚"兴起后，伴随着王扶林导演的《红楼梦》电视剧播出，该学派吸引了众多红迷的眼球。除了人们对《红楼梦》八十回后情节的好奇、关注外，探佚结局的不少成果令人开怀解颐，比起红学考证派关于曹雪芹祖籍、《红楼梦》版本之类的冷僻书斋学问，对广大读者而言，自然更有吸引力，这也是《红楼梦》探佚经久不衰的魅力所在。探佚派对前《红楼梦》八十回与后四十回的辨析方面具有其他红学流派不可替代的优势。

通过"探佚"来探索曹雪芹《红楼梦》八十回后的原著面貌，廓清现在通行本中后四十回对前八十回的歪曲所带来的影响，进而区分原著与续书两种《红楼梦》的差异性，不断提高对《红楼梦》艺术鉴赏的审美水平，是《红楼梦》"探佚"存在的合理性和必要性。

"探佚派"虽然是 20 世纪 80 年代新兴的《红楼梦》流派，但其形成与发展有个漫长的历程。早在清代，裕瑞的《枣窗闲笔》就对《红楼梦》后四十回下过"一善俱无、诸恶备具"的断语。既然有如此认识，探索《红楼梦》八十回后"迷失"的更合理原稿也在情理之中。《红楼梦》探佚派的兴起，是这种论断的必然逻辑归宿。只是裕瑞所处的时代红学研究者还不具备自觉的"探佚"意识，所论也只能囿于对《红楼梦》前八十回与后四十回的文学比较层面。直到胡适、俞平伯奠定了"新红学"，才有了对《红楼梦》的初步"探佚"意识，但这一派当时将主要精力投注到了"作者"和"版本"考证上，而且"新红学"诞生伊始脂本还未浮现，因此《红楼梦》"探佚"的条件尚不具备。"探佚学"作为新红学诞生后的衍生物，在新红学产生半个多世纪后的 20 世纪 80 年代初才得以形成，另外，还有复杂的政治历史因素，随着中华人民共和国成立不久那场对胡适、俞平伯红学研究范式批判运动的逐步升级，"探佚"因与"新红学"沾边而被加上"烦琐考据学"的恶谥，同时也由于其本身具有的想象猜测性质还被扣上"唯心论"的帽子受到压制。只有在改革开放的新历史时期，胡适、俞平伯的红学成果及治学方法得到重新评判，《红楼梦》"探佚"才有可能在这种大气候下应运而生。当然，一门学科能走向成熟、繁荣还有赖于支撑其形成的基础文献资料。随着清人有关《红楼梦》的著作陆续整理出版，所有发现的脂本也集中影印重新面世，红学的几个分支曹学、版本学、脂学得到空前发展，这都为红学探佚的形成、发展提供了条件。周汝昌对"探佚"情有独钟，在这方面倡导甚力。"探佚学"这个概念就是他为梁归智专著《石头记探佚》所作"序言"中首次提出。在红学"探佚学"的建立过程中，尽管此前也有不少老一辈红学研究者对八十回后某些人物的结局提出过独到见解，但将这种方法作为一种自觉的红学理念并集其大成，则始于梁归智。

他的《石头记探佚》，代表了这方面研究的最新成就。

梁启超在谈到历史上的学术思潮时曾有一段著名的话：

> 境界国土，为前期人士开辟殆尽，然学者之聪明才力，终不能无所用也，……晚出之派，进取气较盛，易与环境顺应，故往往以附庸蔚为大国，则新衍之别派与旧传之正统成对恃之形势，或且骎骎乎夺其席。❶

《红楼梦》探佚派能在 20 世纪 80 年代的红学领域独领风骚也与考证派各个分支发展不均衡有关。对于曹雪芹家世的考证，这个时期虽达到了顶峰并出现"曹学"专词，但人们对那些大量考证曹雪芹远祖而与《红楼梦》关系不是很大的文字逐渐失去兴趣。而《红楼梦》版本研究的突破主要靠的是新材料的发现，但发现新抄本毕竟具有偶然性。新红学诞生以来的近百年内发现的"脂本"也就那么十几种。至于"脂学"，由于脂砚斋本人的难以落实，这门学科就更显薄弱。相对而言，《红楼梦》"探佚"因其兼有考证派的文献实证性与批评派的文学遐思性双重特征，一方面它可以利用曹学、版本学、脂学已取得的成果作为文献依据，另一方面，还可以根据脂批进行想象生发，其自由度就大得多。王扶林导演的三十六集《红楼梦》电视剧受到空前欢迎，其中后七集正是红学探佚蓬勃发展时期的产物。

三、《红楼梦》"探佚"的歧途及方法论反思

《红楼梦》主要人物结局当如何设计、关键故事该怎样发展，这关系到是否符合曹雪芹在此书前八十回预设情节的逻辑走向。不同《红楼梦》"探佚"者因对曹雪芹文本理解感悟的差异，会出现迥然

---

❶ 梁启超：《清代学术概论》，东方出版社 1996 年版。

有别的设计方案，这不足为奇。但如果将自己的感性认知视作曹雪芹预设的情节走向和探佚证据，则未免主观臆断。

早期抄本中，存在着曹雪芹亲密合作者脂砚斋批语所提示的八十回后情节线索即"伏笔"。但这些"伏笔"，有的意义明确，如针对板儿与巧姐争玩佛手和柚子的这个情节，脂批具体揭示出"小儿常情遂成千里伏线"，这便是《红楼梦》后半部情节中板儿与巧姐结缡的"伏笔"。对这种指向明确的人物结局设计方案，一般红学探佚研究者并无异议。但毕竟还存在意义指向不太明确的大量脂批，《红楼梦》"探佚"者无法据此去"还原"或探究曹雪芹设计的八十回后具体情节。即以脂砚斋针对原著第十八回元妃点的四出戏中《一捧雪》批语为例，所谓"《一捧雪》中伏贾家之败"，《红楼梦》"探佚"研究者根本无从细寻"贾家之败"的具体根由。按李玉这部传奇基本剧情是：莫怀古把他家善于鉴别书画和裱褙的门客汤勤推荐给严世蕃，汤勤向严世蕃告密说莫怀古家有价值连城的玉杯"一捧雪"。严世蕃向莫怀古索要，莫怀古以赝品相赠。严世蕃不识真伪，但汤勤知其为赝品便揭发，莫怀古家遂遭抄没。如套用《一捧雪》基本剧情进行《红楼梦》"探佚"，则《红楼梦》中的"贾家之败"也是遭到背主忘恩的奸人构陷，并具体"探佚"出这奸人就是贾雨村，严世蕃向莫怀古强索"玉杯"对应成贾赦向石呆子强索"古扇"，那就未免刻意求深了。其他如脂砚斋提及的"《长生殿》中伏元妃之死""《牡丹亭》中伏黛玉之死"的批语，"伏笔"可谓详细、具体。脂批尽管揭示了《红楼梦》八十回后人物故事的结局，但问题在于它与元妃、黛玉死亡的具体原因缺乏直接联系。所谓"伏笔"，犹如"常山之蛇，击首则尾应，击尾则首应，击腹则首尾俱应"，其中有条或明或暗的线索，拽之便通体俱动。如只有首部而没有腹部和尾部，大多"伏笔"便无从"细寻"，这就需要《红楼梦》"探佚"研究者纵观曹雪芹的文本整体。脂批提及的曹雪芹设计的"伏笔"还有种情形，就是意义指向虽明确，但批语只是笼统表现出《红楼梦》总体上的悲剧结局，脂砚斋也不会想到《红楼梦》"探佚"研究者会根据这种"伏笔"去探求后半部故事情节，因为这一类"伏笔"并非是专为红学"探佚"研究者探究原著八十回后情节而设，它不过是为了说明作品前后的某种照应和连贯罢了。❶从语言学角度讲，汉语是世界上最易引起歧解的语言之一。汉语词汇除本义外，还有引申义。而《红楼梦》中的"伏笔"有很多是比喻。如果真的坐实其本义，《红楼梦》"探佚"就可能得出啼笑皆非的结论。而随意曲解曹雪芹预设的"伏笔"，也必然会造成对《红楼梦》人物结局、情节走向的猜测五花八门。退一步说，即使脂批提及的有些算是所谓"伏笔"，但《红楼梦》"探佚"研究者对这种"伏笔"的歧解，或过度诠释，也会导致对曹雪芹原著人物结局解释的众说纷纭，例如杨光汉《红楼梦》"探佚"的结果是柳湘莲"率领农民起义军"杀向贾府等。适度的"探佚"是有必要也是有红学价值的。反之，如果过度诠释，《红楼梦》"探佚"就必然会走入误区。因此，探佚的"正当范围"应该是对脂批已揭示的"佚稿"回目、情节线索，以及意义明确的"伏笔"，进行梳理归纳，进而勾勒出《红楼梦》八十回"佚稿"的大致情节。如果对脂批提示的只言片语强作解人，就会落入猜谜的泥潭而不是科学的《红楼梦》"探佚"。

当然，仅凭支离破碎的脂批所提示的情节线索，难以将曹雪芹原著前后情节贯通，但《红楼梦》后半部重要内容尤其是主要人物结局的设计、关键情节的逻辑走向又不得不探。要完善原著"佚稿"的情节，还必须根据原著第五回中作者为各类人物写的谶语式判词、曲子等作为依据去探求，亦即从文本出发，以原著写作特点出发去推论曹雪芹的佚著。

《红楼梦》探佚派对曹雪芹八十回后的人物结局、故事情节等的推考取得了很多成果，但一些研究者在推考环节中，误识"伏笔"并刻意求深或过于坐实，导致得出的结论漫无边际。如前所述，汉语的

---

❶　关于曹雪芹"伏笔"意义指向的归纳分类，参见胡联浩：《红楼梦隐秘探考》，中国戏剧出版社 2004 年版，第 274 页。

语言特点，使得《红楼梦》前八十回谶语、脂批伏笔本身易引起歧解。由于"探佚所利用的文献资料本身具有模糊性、多解性"❶，如果仅仅抓住脂批提示的"伏笔"和前八十回有关谶语的只言片语就任意发挥作品"召唤结构"的想象，也势必会走到探佚派创立之初要"还原曹雪芹原著真面"的反面。其结果不但得出的结论缺乏可信度，而且还把曹雪芹呕心沥血、精雕细琢的艺术品解构作未成型的粗糙毛坯。因此，在探佚过程中，对《红楼梦》佚著中的人物命运结局、故事情节走向等进行推论时，只能适可而止，宜粗不宜细，不能确指或坐实。否则，就会陷入主观臆断的无端猜测，造成求深反惑、不能自拔的境地。《红楼梦》探佚派还存在一个通弊，就是参照系上表现为"一维性"。他们的目光仅局限在曹雪芹创造的前八十回，而把程本简单视为"续貂"之作，因此就不肯研究后四十回中有可能掺杂的曹雪芹原稿，研究方法上敝于一曲而失其正求。这一派有影响的研究者蔡义江认为，《红楼梦》后四十回中"没有曹雪芹一个字"❷，正体现出红学探佚的价值取向。探佚在操作方法上强分《红楼梦》前八十回与后四十回，造成了这门红学新兴学科自身的封闭性，也影响到《红楼梦》探佚的总体成果。清代著名的乾嘉学派中皖派代表人物戴震在《答郑丈用牧书》中曾主张学者"不以人蔽己，不以己自蔽"。红学探佚研究者当以此为训，不能被自己的学术视野所遮蔽。

探佚派红学出发点是要恢复曹雪芹"原意"，势必会采取恢复情节片段甚至一字一考的研究方式，其赖以建立的理论基础可溯源于乾嘉学派的"训诂明而后义理明"，认为把文字还原为原始古义，经典的含义自然呈现。其实语言的厘清虽有助于理解作者本意，但并不能替代。从这个意义上讲，带着曹雪芹家世的文献和脂砚斋提示的后半部线索，或者真的还原出了《红楼梦》八十回全部情节，也不一定就能碰触到曹雪芹这部作品的精神境界。对此，刘小枫在其著作《拯

---

❶ 胡联浩：《红楼梦隐秘探考》，中国戏剧出版社 2004 年版，第 278 页。

❷ 蔡义江：《红楼梦是怎样写成的》，北京图书馆出版社 2004 年版，第 245 页。

救与逍遥》中曾有如下论述：

> 带着曹雪芹家族身世的历史故事走进"红楼"世界，领略其中三昧，却不一定碰触到"红楼"事件涉及的思想史上真实的问题。我要问的是：曹雪芹为什么带着深切的悲情走进"红楼"世界，究竟是一种什么生命感觉使得曹雪芹要构想这个世界？这个世界构想所展的精神过程是如何发生的？《红楼梦》必须作为中国精神史上的重大事件来看待，真正的探佚应该是带着精神史问题的索隐。●

细品上引这段话，作者似乎认为可以离开"曹雪芹家族身世"去探索红楼世界，进而去探索"中国精神史上的重大事件"，自然失之偏颇。但刘小枫能抓住红学探佚的成果没有指涉《红楼梦》精神向度的问题，其眼光思力很深邃，故论述是相当深刻的。探佚范式解读《红楼梦》有局限，不能指望它们承担的任务超过其功能极限。毕竟《红楼梦》是小说，《红楼梦》探佚学的建立是为了更好地理解和阅读这部伟大作品，而不是无边际地游离于作品之外的考索。为避免《红楼梦》探佚走向歧途，对其方法论进行反思很有必要。

● 刘小枫：《拯救与逍遥》，三联书店 2001 年版，第 212 页。

论红学评点派的文化渊源与批评功能

一

就形式而言，红学评点派的文字较为琐碎。它们不像后来出现的索隐、考证、批评诸派那样具有系统性，以致长期以来红学研究者对这一流派的评价并不很高。实际上，清代红学主要是红学评点派的天下，作为极具民族特色的文学批评模式，红学评点派在《红楼梦》传播接受史上曾产生过深远的影响，对红学评点派进行全面清理与价值新估，对红学文献学、《红楼梦》传播研究、古典小说批评史阐释盲点填补都具有意义。

20世纪80年代以来，红学评点派逐渐为研究者所重视。冯其庸《重议评点派》一文❶，分别从《红楼梦》的主题性质、人物评论、艺术结构、作者生平、版本异同、佚稿线索等几方面对红学评点派进行了重新评估。此外，《红楼梦》评点家的个案研究，如胡文彬对王希濂生平的考察、张庆善对陈其泰评点的探索等❷，都相当深入。特别是刘继保《红楼梦评点研究》的出版，填补了这一领域无专著的空白。这些丰硕的学术实绩，为进一步探究红学评点派打下了较好的基础。但是，总体而言，红学评点派研究仍存在"碎片化"倾向。我们需要宏观研究的大气象格局，特别需要在理论层面上进一步提升和融通。

红学评点派的产生，首先是由于《红楼梦》本身的诱人魅力和

---

❶ 冯其庸：《重议评点派》，《红楼梦学刊》1987年第1辑。

❷ 胡文彬《清代红楼梦评点家王希廉生平考述》、张庆善《桐花凤阁主人陈其泰红楼梦评点浅谈》，两文均载《红楼梦学刊》1991年第3辑。

巨大影响，但也离不开清代特殊的历史语境及传统文化的长期积淀。《红楼梦》评点是在对前代诗话、词话、文论、曲话、画论等方面进行吸取、借鉴的基础上，又在清代学术思潮的影响下，对《红楼梦》作了全面而富有创造性的美学开拓。

近年学者的研究成果表明，最早的小说评点本为北宋刘斧的文言小说总集《青琐高议》❶而小说评点真正意义上的发展，则是在明代万历时期，李贽的《水浒传》评点标志着小说评点的真正崛起。由于古代"小说"一词的概念内涵变延较大，文学意义上的小说长期处于缺乏文体自觉的状态。李贽的评点提出了"虚构"的重要命题，将小说从稗官野史、笔记杂录的母体中剥离出来，实际上揭示了小说的文体特征并规定了其基本属性。李贽之后，小说评点更成为一种风气，明代万历、天启、崇祯年间迄至清初刊行的小说几乎都有评点，到了康熙后期，小说评点更是数量骤增。据谭帆《中国小说评点研究》一书统计，"小说评本约有百种之多，大致占明清小说评本的半数"。❷"四大奇书"在这一时期都有代表性的评点本，尤其像金圣叹、毛宗岗、张竹坡这几位评点大家的评本，已经成为小说评点的范本。各家书坊也趁机对评点之风推波助澜。这就是明清小说所处的一般时代氛围。

在众多的小说评点中，《红楼梦》评点可谓独树一帜，成为清代中后期整个小说评点的中心。此种现象，与清代特殊的文化背景有密切关系。由于《红楼梦》评点在道光时期达到了顶峰，因此研究者探讨红学评点派产生的文化背景一般都是以这一时期为展开点。此时期的评点较之从前在体系上也确实更趋完备。需要补充的是，红学评点派产生的文化背景，不仅与乾嘉学派有着千丝万缕的联系，也与宋明理学以及明末清初经世致用的"实学"思潮一脉相承。同时，晚明以降追求个性解放的"心学"也是有关联的思潮。这也解释了为什么在颇多《红楼梦》评本中存在程朱理学等"纲常名教"思想，为

---

❶ 秦川：《青琐高议：古代小说评点的滥觞》，《光明日报》2002 年 5 月 15 日。

❷ 谭帆：《中国小说评点研究》，华东师范大学出版社 2001 年版，第 21 页。

什么肯定人欲特别是大胆肯定"情"的评语会在《红楼梦》评本中高频率出现。同时还应该看到,尽管考据学在当时产生了广泛的影响,但晚清以降特别是道咸年间随着社会动乱和忧患意识的凸显,在思想文化领域出现了由考据学向"经世致用"思潮复归的学术转向,乾嘉学派已经显示出由全盛期向衰落期逐渐过渡的状态。而这种思想动态在一些《红楼梦》评本中也得到了或隐或显的反映。既然以道光时期为展开点去探讨红学评点派产生的文化背景,就应该全面把握这个特殊历史时期上述各种思潮对《红楼梦》评本的交叉互渗。事实上,诚如刘继保著作所言"当时文学流派纷呈,理论思维活跃……汉宋之争已全面展开,其余波所及影响到包括辞章之学在内的各门学问"❶。所谓"汉宋之争",从表象上看,是乾嘉学派为救宋学乃至明清理学末流的凿空之弊而进行的"考据"与"义理"的论争。但值得注意的是,那些论争的陈旧话语因注入了新的生命而更显出学术张力。只不过乾嘉学派的学术追求被湮没在浩繁的钩沉、爬梳工作之中,甚至将作为工具存在的考据之学当作价值理性的前提。尽管如此,我们还是能看到"汉学"与"宋学"在冲突对垒中的磨合重构以及对当时和以后文学格局的影响渗透。如翁方纲同时受到乾嘉考据学风和桐城派古文"义法"说的影响而在诗歌领域创立"肌理说",要求作诗以学问为根柢,做到内容质实而形式典雅。又如本属于"宋学"范畴的桐城派也进行了自我调整。这种融通与创新的学术环境势必会带动评点家摒弃门户之见,从而以更开放、宽阔的胸襟去评点博大精深的《红楼梦》。

---

❶ 刘继保:《红楼梦评点研究》,北京图书馆出版社 2007 年版,第 30 页。

二

放到整个红学史上去考察，从大的流派归属看，脂砚斋的品红模式无疑是该纳入红学评点范畴的。虽然"脂评"与后来出现的红学评点派作品的区别显而易见，但以往的红学研究中，"脂评"也没有包括在红学评点派之内。从寻绎《红楼梦》评点原初状态及演变轨迹的角度，进一步探究"脂评"对红学评点派形成的可能影响，还是很有价值的课题。可惜这方面的研究目前尚显薄弱。明清小说评点史上，曾出现过金圣叹、毛宗岗、张竹坡和李贽那样的"导夫先路"式的前驱，当代小说理论研究者也有不少相关学术成果。尽管对个别评点大家如毛宗岗的著作权问题也存在争议，但他的身世轮廓还是清楚的，不影响我们将其放在特定的时空中去考察。但脂砚斋就不同，直到今天，其真实姓名还难以确定。这多少影响了红学界对相关问题的深入讨论。

从目前掌握的资料看，还没有发现附于"程本"的那些评点参考过"脂评"的直接证据。在"脂评"产生后的一百多年间，它很少被文人笔记提到。这个奇特现象本身就说明了"脂本"流传的封闭性，说明以脂砚斋为代表的这个小群体并非像以后的书商那样是出于"导读"需要才写下评语。这种特殊情形造成了有些"脂评"语言的含混不清，因就评者不需要后期红学评点派的那套固定格式，也无须加圈加点甚至重圈密点去提示读者。这并不是说脂砚斋所处的时代圈、点、抹、画之类的标示符号及固定格式还没有发展定型。根本原因还是"脂评"的"文人自赏型"特点决定了其评语主观随意的模式。

乾隆五十六年（1791）"程甲本"的问世，结束了《红楼梦》仅以抄本流传的形式。这无疑是红学史上值得记住的重要年份。价高而残缺不全的早期抄本，一般人是难以承受的。这就势必影响了《红楼梦》的传播范围。而读者、研究者最初看重程本系统《红楼梦》的价值，主要也是着眼于传播角度。因为它确实扩大了《红楼梦》的影响范围。以后，随着程本系统白文翻刻本被程本系统评本所取代，人们才更注重其评语内涵的研究。

根据史料记载，张汝执是最早在程甲本上加评点的人。但那是并未刊行的手写批语，其抄本现藏北京国家图书馆。从刻本角度而言，嘉庆十六年（1811）"东观阁评本"算是目前最早的。下面列出迄今为止发现的程本系统评本《红楼梦》，以见红学评点派作品概貌。

程本系统评本《红楼梦》表

版本名称	评点时间、版本收藏、出版概况
张汝执评本	嘉庆五年冬至嘉庆六年夏评，抄本现藏国家图书馆
东观阁评本	评点附于程甲本，嘉庆十六年刊行。北京图书馆出版社2004年出版
孙崧甫评本	评点底本属程甲本，抄本现藏南通
王希廉评本	首有王希廉草书批序，双清仙馆道光十二年刊本。北京图书馆出版社2002年出版
陈其泰评本	道光四年评点。刘操南整理的《桐花凤阁评红楼梦辑录》由天津人民出版社1981出版
哈斯宝评本	用蒙文节译《红楼梦》并评论，《序》末题"道光二十七年孟秋朔日撰起"。亦邻真将评语译为汉语，由内蒙古人民出版社1979年出版
张新之评本	道光八年评点。抄本刘铨福藏，借给孙小峰，后刊刻于湖南。北京图书馆出版社2002年出版
云罗山人评本	评点底本为纬文堂刊本《绣像批点红楼梦》，抄本杜春耕收藏。北京图书馆出版社2005年出版
张子梁评本	评本《叙》写定时间是"道光二十四年岁在甲辰清明前三日"，抄本藏山东省图书馆
黄小田评本	评点约在道光二十年至咸丰三年间，后由杨葆光过录于同治元年宝文堂刊本《新增批评绣像红楼梦》上，抄本藏南京博物院。李汉秋、陆林辑校的附有黄小田评语的《红楼梦》由黄山书社1994年出版

版本名称	评点时间、版本收藏、出版概况
过浩、顾曾寿评本	道光、同治间两人先后评批，抄本姚祎收藏
姚燮评本	姚燮评语附在王希廉评语同印的《增评补图石头记》上，评批约写于咸丰元年至咸丰五年间。光绪年间上海广百宋斋铅印本。北京图书馆出版社2002年出版
周藏无名氏评本	书末批语标明"壬子"，为咸丰二年。无名氏评。周绍良藏善因楼刊本
徐传经评本	批语标有"咸丰五年岁次乙卯秋七月"，双清仙馆刊本，藏苏州图书馆
朱湛过录评本	据俞平伯《记嘉庆甲子本评语》所记，底本是嘉庆年间刻本《红楼梦》，末有"光绪十四年三月既望古越朱湛录于襄国南窗下"
黄藏无名氏评本	据胡文彬《红边脞语》载：画家黄苗子藏评本《红楼梦》，存第三十四回至第一百二十回
话石主人评本	话石主人著有《痴说四种》和《红楼梦本义约编》，《痴说四种》有光绪三年申报馆仿聚珍版排印本。《红楼梦本义约编》属于回评
刘履芬评本	底本是嘉庆十六年的东观阁《新增批评绣像红楼梦》。王卫民整理的《红楼梦刘履芬批语辑录》由书目文献出版社1987年出版
无名氏《读红楼梦随笔》及洪秋蕃《红楼梦抉隐》评本	抄本藏四川省图书馆，有巴蜀书社影印本，与上海图书馆刊行洪秋蕃《红楼梦抉隐》内容大致相同。《红楼梦抉隐》成书时间在"光绪癸未"后
蝶芗仙史评本	书名为《增评加批金玉缘图说》，光绪三十二年石印本。现藏国家图书馆
王伯沆评本	抄本藏南京师范大学图书馆。赵国璋、谈凤梁整理的《王伯沆红楼梦批语汇录》由江苏古籍出版社1985年出版

三

上表所列的程本系统评本《红楼梦》，又可以缕析出两个评点时期。

第一个评点时期以"东观阁评本"为坐标。"东观阁评本"是在《红楼梦》"三家评"出现之前最有影响的评本。它流传的时间最长，即使以"三家评"为代表的《红楼梦》评点出现后，东观阁评本的余响也还在。其评语被《红楼梦》评点家姚燮大量采纳，就说明了这一点。曹立波《东观阁本研究》一书对此有详尽的辨析❶，兹不赘述。事实上，以"东观阁"名义翻刻的《红楼梦》白文本也有很多。在此之后，"三让堂本""纬文堂本""同文堂本""佛山连元阁本""三元堂本"等《红楼梦》评点本，其实也都属于东观阁系列。因此，以"东观阁评本"作为基点去考察第一个时期的《红楼梦》评点，是恰如其分的。

作为从"脂评"到《红楼梦》"三家评"之间的桥梁，"东观阁评本"无疑起到了承先启后的作用。笔者注意到了2007年第2期《文学遗产》上夏薇的文章《红楼梦春草堂藏本》。她的考察表明，这个一百二十回的抄本与"脂本"系统有着文字渊源。当然，夏薇的文章也有不够严密之处，其疏漏在于仅仅将"春草堂藏本"与甲乙"程本"及"脂本"进行异文比勘，而没有充分注意到其他版本尤其是"东观阁评本"的存在。不过，笔者从夏薇的文章中得到了有益启示。这就是：如何把"脂评"与"东观阁评"嫁接起来。如果"东观阁"在翻刻程甲本时参考过某些"脂本"，从而在校改中出现与某些"脂本"有文字渊源的现象，那么接下来再进一步探讨"脂评"与"东观

---

❶ 曹立波：《东观阁本研究》，北京图书馆出版社2004年版。

阁评"的源流关系，应该是一个有价值的课题。尽管目前还没有发现附于"程本"的评点参考过"脂评"的直接证据，因此也无法确定二者之间的关系。但将两套评语进行比较，还是发现之间存在着大致相同的审美取向。如能进行细致的挖掘、梳理，肯定会得到有价值的学术信息。

从"脂评"过渡到"东观阁评"，经历了形式的不断发展。"脂本"基本上有评语而无圈点。●形成这种状况的根本原因，如前所述，是由于"脂评"目的不同于以后的书商评点，也就无须加圈加点，甚至重圈密点去提示读者注意哪些。但是到了东观阁主人那里就完全不同了。嘉庆十六年（1811）刊行的初评本除批语外，还使用了点"、"和圈"○"两种符号。后来该书坊又多次将此评点本重镌，说明其社会需求量大。东观阁评本"圈点"的符号功能是多方面的，除了语法角度的句逗作用外，更重要的是在文学赏析方面，如点出佳句、提示主旨，以及对小说的线索、人物特性描写等予以强调。当然，"东观阁评本"仅有侧批，而且主要是如同《诗经》的四字句，比起后来的《楚辞》句式，显然难畅文意。当然这也许是受到了木刻排印技术条件的制约。

道光十二年（1832），以王希廉的双清仙馆本出现为坐标，进入了《红楼梦》评点史的第二个时期。随后，张新之、姚燮评点相继完成并且又有汇集这三家评语的"汇评本"面世，标志着红学评点派第二个黄金时期的到来。以王希廉为代表的"三家评本"能取代长期以来颇有市场的"东观阁评本"，其原因是多方面的。从外在形式上寻找原因，应该看作是印刷技术更新换代的结果，即西方传入的石印和铅印技术代替了我国古老的雕版印刷和活字印刷。但根本原因还是评点内容方面出现的巨大变化。《红楼梦》"三家评"之所以后来居上，

● 现存的十几种脂本，只有己酉本、郑藏本不带评语，而且这两个残抄本尚未找到的散佚部分是否带有评语亦未可知；靖本虽已"迷失"，但据寓目者的介绍来看，也是带有评语的。

是由于版本形态上更趋丰富完善。除了具备《红楼梦》"东观阁评本"的"圈点"外，还增加了诸如卷首批序、题词、图说、论赞、读法、问答等，并且在"侧批"的基础上，又增加了眉批及总批等，尤其是出现了汇评这种形式。较之先前的《红楼梦》评点一家言，读者更愿意看到不同的观点和视角汇集在一部作品中。新增加的形式丰富了评点的批评功能，卷首批序还带有对评点本的总体说明性质，开卷阅读就能对读者的"前理解"产生重要影响，而"读法""问答"等则对文本的细致问题进行具体诠释，带有"导读"作用，将《红楼梦》所蕴藏的时代精神、创作追求、价值观念发掘出来，从而多元地拓展读者的阅读空间。

总的来看，红学评点派与后来出现的那些侧重理论概括的红学论文和专著相比，尽管有琐碎不够系统的通弊，但它长于对一字一句的具体品评，更易于与原著融为一体，有时甚至比某些隔靴搔痒、空话连篇的长篇论文更受读者欢迎。这正是红学评点派的批评功能所在，也是它不能被其他红学流派完全替代的原因。

红学新文献

新发现的脂系《石头记》"庚寅本"考辨

　　红学界一般认为，就版本归属而言，《红楼梦》存在两大版本系统，即脂本系统和程本系统。[1]"庚寅本"无疑应纳入脂本系统中。目前已经发现的如甲戌本、己卯本、庚辰本、列藏本、戚序本、王府本、靖本、甲辰本、杨本、己酉本、郑藏本、卞藏本，其中靖本久已"迷失"。这些抄本上的脂批因提供了《红楼梦》原著八十回后的佚稿线索及曹雪芹的身世文献而弥足珍贵，所以一旦某地又出现了新的脂本，红学界关注的程度是可以想象的。王超曾携"庚寅本"原件拜会过文物鉴定家刘光启。刘光启目验后认为应该是光绪时期的抄本。根据是纸张、字体风格都与那个年代特征相契合。[2]此外，该抄本第九回"闹学堂"文字中有"宁府之元孙"这种写法，显然是有意避康熙帝的"玄"字讳，断"庚寅本"为清代旧物亦并非无据。[3]"庚寅本"的版本形态有自己的特征。该本系用清代竹纸抄写，因年代久远，纸张已泛黄，个别页面还有黄斑，周边自然氧化程度也比较严重。原抄本未曾装订，呈散页状，存第一至十三回全文及第十四回开头的两页文字，共 143 页 286 面。开本长 25.5 厘米，宽 17.2 厘米。每面 10 行，行 30 字。原有 12 处挖改待补痕迹，分布在第 3、17、50、63、68、73、102、180、207、284 面，且有挖掉之字条。"庚寅本"首页两面有"红楼梦旨义"四条，与现存甲戌本独有之"凡例"前四条基本相

---

　　[1] 也有的研究者持有不同意见，认为应区分为《石头记》和《红楼梦》两个版本系统，参见梅节、马力著《红学耦耕集》，文化艺术出版社 2000 年版。考虑到此处争议与本节讨论的问题关系不是很大，为行文方便，该问题不拟枝蔓。

　　[2] 赵建忠：《刘光启与庚寅本〈石头记〉》，《今晚报》2013 年 6 月 9 日。

　　[3] 赵建忠：《冯其庸鉴定"庚寅本"》，《天津日报》2017 年 1 月 16 日。

同。"凡例"最后一条在此为第一回回前批。此批之后才是甲戌本卷首同存的"浮生着甚苦奔忙"一首七律诗。该抄本批语有双行墨批、朱笔侧批及眉批、回前回后朱墨两色批等多种。

庚寅本《石头记》抄本的消息披露后，受到海内外红学版本研究者的密切关注。有的研究者认为，该抄本之发现是20世纪20年代末至30年代初甲戌本、庚辰本发现以来，"红学研究领域最为重要的文献收获。此一发现将为《石头记》版本源流梳理提供出极有价值的文献参照"❶；但也有的研究者判定此本是20世纪50年代某《红楼梦》爱好者以庚辰本《石头记》为正文底本，据俞平伯《脂砚斋红楼梦辑评》抄录而成（按，该抄本确实带有批语，但其中69条批语为它本所无）。为便于比较，同时也为研究者提供些资料，下面对照法籍学人陈庆浩《新编石头记脂砚斋评语辑校》（中国友谊出版公司1987年版），录出此抄本多出、独有的批语。

庚寅本《石头记》多出、独有的批语

位置	内容	备注
14面	（硃眉）全用幻情之至莫如此全采来压卷其后可知	多此十八字
39面	（墨双）此乃假话	多此四字
41面	（硃侧）勿当是个翻过筋斗来者同看	多此十二字
59面	（硃侧）细想黛卿自何而来当必如此也	多此十三字
61面	一、（硃侧）身 二、（硃侧）容	此面多出两条批语： 一、多此一字； 二、多此一字
62面	（硃侧）何转得快也真真写煞	多此九字
67面	一、（硃侧）写得确 二、（硃侧）可知黛玉度其房内阶级陈设之文乃必写之文也	此面多出两条批语： 一、多此三字； 二、多此二十字

位置	内容	备注
89面	（页首，墨笔） 一、有如我挥泪抄此书者乎 二、予与玉兄同肝胆也	此面多出两条批语： 一、多此十字； 二、多此八字
92面	一、（墨双）点名原委 二、（墨双）诚然世态	此面多出两条批语： 一、多此四字； 二、多此四字
93面	（硃侧）僧道本行不忘出身	多此八字
94面	（硃侧）与后文雨村下场遥遥相照	多此十一字
101面	（墨双）把宁国府竟翻了过来	多此九字
107面	一、（墨双）放心 二、（墨双）极妥当 三、（墨双）袅娜纤巧 四、（墨双）温柔	此面多出四条批语： 一、多此二字； 二、多此三字； 三、多此四字； 四、多此二字
108面	（硃侧）可知下人之传闻宁府秽事之由	多此十三字
109面	（墨双）以人名而渐入梦 （墨双）寓言极细	此面多出两条批语： 一、多此七字； 二、多此四字
117面	（硃侧）今（令）人痛煞	多此四字
121面	（硃侧）遥影宝林之香	多此六字
123面	（硃眉）此语乃是作者自负之辞然亦不为过谈	多此十六字
124面	（硃侧）此结是读红楼梦之要法	多此十字
145面	（墨双）补明狗儿所云周瑞先时曾和他父亲交过的一件事	多此二十一字
147面	（硃侧）从周瑞家的口中写阿凤之才略	多此十三字
155面	一、（装订线眼内，墨笔）乾隆庚寅秋日 二、（硃侧）传神之笔 三、（墨夹）毕肖 四、（墨夹）毕肖	此面多出四条批语： 一、多此六字； 二、多此四字； 三、多此二字； 四、多此二字
157面	（硃侧）阿凤阿凤如此乖滑伶俐说得若大家私手下仅仅此二十两矣岂不将这姥姥骗了	多此三十三字

位置	内容	备注
165面	（墨双）此作者意为何意耶与宝玉之从胎里带来的一块通灵宝玉相映成何拟意为数十回后之文伏脉乃千里伏脉之笔	多此四十六字
167面	（硃侧）乃王家常称	多此五字
171面	（硃侧）此批原鹤轩本在贾琏笑声之下因以补此 庚寅春日对清	多此二十三字
175面	一、（墨双）想作者胸中多少丘壑下文岂为写尤氏请阿凤之文哉实欲点焦大胡骂罪宁之文也 二、（硃侧）却不知为玉钟初会	此面多出两条批语： 一、多此三十四字； 二、多此八字
193面	一、（装订线眼外，墨笔）庚寅春日抄鹤轩先生所本 二、（硃侧）宝钗之传由宝玉眼中写来	此面多出两条批语： 一、多此十一字； 二、多此十一字
197面	（硃侧）黛卿之香系自身草卉之香宝钗乃食草卉之香之香作者是何意旨余亦知之	多此三十一字
201面	（墨双）确真为不知黛卿心中意中有何丘壑者	多此十六字。 此处王府本侧批为"疼煞黛玉敬煞作者"
211面	一、（硃侧）玉卿自己心中所忖度 二、（硃侧）系袭卿自己心中忖度之理 三、（墨双）二字恰合石兄经历	此面多出三条批语： 一、多此九字； 二、多此十一字，按：此处王府本侧批为"袭人方才的闷闷此时的正论请教诸公设身处地亦必是如此方是真是曲尽情理一字也不可少者"； 三、多此八字
212面	一、（硃侧）不忘颦卿 二、（硃侧）不可少	此面多出两条批语： 一、多此四字； 二、多此三字
213面	（硃侧）今听此话仍欲惶悚	多此八字

续表

位置	内容	备注
214面	一、（硃侧）活画下人不解宦途世情和政老欲石兄所学者 二、（硃侧）有是语 三、（硃侧）不可少之笔	此面多出三条批语： 一、多此十九字； 二、多此三字； 三、多此五字
215面	（硃侧）一副慵妆仕女图 （墨双）可见玉卿之日课矣	此面多出两条批语： 一、多此七字； 二、多此八字
216面	（硃侧）青山易改秉性难移 （硃侧）是为情种得遇卿卿	此面多出两条批语： 一、多此八字，王府本此处有侧批为"写宝玉总作如此笔"，靖藏本此处有眉批"安分守己也不是宝玉了"； 二、多此八字
217面	（硃侧）原来薛呆子尽下此等工夫	多此十一字
231面	（墨双）我们	多此二字
236面	（墨双）可卿之死之病不从直写且从贾璜入宁府从尤氏语中叙出再后由冯紫英断之	多此三十二字
237面	（墨双）山峦绵连不断之法	多此八字
249面	（墨双）记清宝玉也在此然也必在此	多此十二字
267面	（装订线眼外）苦	多此一字
273面	（硃侧）可怕 （硃侧）至死不悟可怜可叹	此面多出两条批语： 一、多此二字； 二、多此八字
281面	一、（墨双）千里伏脉之笔也见狱神庙一大回文字 二、（墨双）只因闻喜则喜	此面多出两条批语： 一、多此十六字； 二、多此六字
288面	（硃眉）松轩本中伏史湘云四字系正文仍（乃）误抄也	多此十七字
293面	（硃侧）概写凤姐治家有无限丘壑在焉	多此十三字
299面	（装订线眼外，墨笔）乾隆庚寅春阅	多此六字

最早向红学界披露此抄本消息的是梁归智。2012 年 9 月 24 日，他在上海《文汇报》发表《庚寅本：新发现的清代抄本〈石头记〉》一文予以介绍，此抄本始为世人所知。从文章题目上即可看出，他将此抄本断代为清朝旧物，指出该抄本"把甲戌本和己卯本、庚辰本以及王府本、戚序本等几个抄本系统贯通而且联系了起来"，并认为"脂批《石头记》庚寅抄本的发现，是红学史上又一个重要的事件，对《红楼梦》研究与红学的深入发展，必将产生重大的推动作用"。文章中他还特别注意到此抄本批语涉及的《红楼梦》八十回后佚稿内容，如第七回宝钗说"我这是从胎里带来的一股热毒"，此抄本下有墨笔双行夹批："此作者意为何意耶？与宝玉之从胎里带来的一块通灵宝玉相映。成何拟意？为数十回后之文伏脉，乃千里伏脉之笔。"梁归智认为似乎是佚稿中宝钗因"热毒"而丧亡。作为一名探佚红学专家，他从这个角度思考问题是无可厚非的。但应指出的是，红学探佚因带有某种程度的主观推测，所以导出的结论就具有或然性。由于受报纸篇幅的限制，梁归智关于此抄本的论述亦未及全面深入展开。值得注意的是，2013 年第 1 期《辽东学院学报》上发表了乔福锦《〈石头记〉庚寅本考辨》的文章，他在梁归智文章基础上进一步补充介绍了此抄本的版本特征，并高度评价了其研究价值，内容更为翔实丰富。他从外证、内证、理证、旁证、反证等多方面作了综合考辨，主要判断是：一，此抄本是一个《石头记》早期"脂本"；二，此抄本是一个百衲本，其中正文来自两个不同时期的祖本，批语至少由三部分组成；三，底本钞藏与批语过录时间，最迟在乾隆庚寅年秋。

毋庸讳言，关于新发现的"庚寅本"《石头记》抄本，对其版本价值及抄录年代的判断存在着较大意见分歧。较有代表性的反方观点是频年来致力于中国古代小说数字化研究的周文业。他出版了《红楼梦版本数字化研究》专著（中州古籍出版社 2015 年版），涉及"庚

寅本"的基本结论是:

此本的来源主要有以下两种可能:第一种可能是,此本是以1955年版庚辰本影印本和1954年版俞平伯《脂砚斋红楼梦辑评》整理而成,其中也参考了戚序本(有正本)等版本。

第二种可能是,此本批语确实是参考了1954年版俞平伯《脂砚斋红楼梦辑评》,但整理者手中还有一本目前所未知的庚辰系列的"古本",其正文主要是依据此"古本"整理而成的。

周文业还以"庚寅本"的"凡例"空白不存、第一回某条批语可能源自陶洙等为据,来支撑自己的判断。仔细将甲戌本和"庚寅本"第一回进行对照,除了他提到的情况外,"庚寅本"也存在甲戌本不避"玄"字国讳的同样问题,而早些年欧阳健就据此作为甲戌本等脂本系现代人伪造的证据之一。此外,国家图书馆于鹏发现"庚寅本"中有"丁亥春脂砚"的批语署名,他认为与畸笏叟批语中"前批知者聊聊,今丁亥夏,只剩朽物一枚,宁不痛乎!"相抵牾,因为据畸批,曹雪芹、脂砚斋那时都已谢世,"只剩朽物一枚",于鹏遂认为"丁亥春脂砚"之批语恰是"庚寅本"乃伪造的铁证。其实,这样理解是很成问题的,因为畸笏叟的批语是写在"丁亥夏",而"庚寅本"的批语却写在"丁亥春",脂砚斋在夏天去世前写下此条批语,并不存在矛盾抵牾。至于庚寅本上既有甲戌本的批语,又有庚辰本、己卯本、王府本、戚序本和梦觉主人序本上的批语,而正文接近己卯、庚辰一系,那么是否有可能,"庚寅本"是以上述诸本的影印本为据,而拼凑成的百衲伪造本呢?梁归智认为也不可能,他是从那些影印本问世的时间做出此推断的:

甲戌本于1927年被胡适发现,1962年大陆才有少量影印本;庚辰本在1933年被发现和重视,1955年始有少量缩印本发行,1974年才有较多内部影印本;己卯本于1981年始有影印本;王府本出现于 1960 年，1986 年才被影印；戚序本虽于民初有正书局石印本，流传也很有限。新发现的抄本，却长期保存于江泽小柜中，排除了作伪牟利的可能。综合以上因素，现存抄本绝对与各种影印本无关，应抄自一个独立的更早的手抄底本。从庚寅本正文、批语等与已知各抄本的差异之错综复杂的情况看，也不可能是故意伪造。那是皓首穷经呕心沥血，也难以做到的。也就不存在造假的心理驱动力。如果"庚寅本"是现代人伪造，其伪造者必须是一位对红学修养深湛的学者，至少是一个超级红迷。因为"庚寅本"上的正文的异文和批语都如此专业。这位伪造者还必须会写一笔能乱真的毛笔字，还需要找到清朝的纸张。如果"庚寅本"是现代人伪造，那么为什么会有 10 处割切下来的字条？又为什么会是拆散开的散装本？为什么还有 150 多张空白纸张，上面又都有 10 个装订孔？是伪造的半成品吗？下那么大功夫深入钻研甲戌本、己卯本、庚辰本、戚序本、王府本、梦觉主人序本制造迷魂阵，却只搞出一个半成品？这位伪造者有病吗？既然伪造，当然是为了牟利，却又为什么不拿出来牟取暴利，而跑到一个七八十岁老人的小柜中长期搁置呢？

梁归智的上述质疑，是很有说服力的。应该看到，《红楼梦》版本现象异常复杂，有些问题难以贸然做出结论。即以该抄本首页"题名极多"之"多"字为例，除了周文业认为的或据甲戌本胡适添笔外，至少还有三种可能：第一种可能是甲戌原本有此"多"字，抄胥过录时丢落，但"庚寅本"抄手恰据有此古本作参照，不一定就是据胡适后来的添笔。关于这一点，周文业也并不排除"庚寅本"抄录者存有某古本的可能，即有共同或相近的版本来源。第二种可能是"庚寅本"原本并无此"多"字，乃该本流藏过程中阅者参校甲戌影印本后添。"庚寅本"首页墨迹较新，首页字体尤其是那个"多"字与其他页迥异，似为后人抄配（此抄本连带保存有清代空白竹纸达 150 多张，亦具备抄配的物质条件），且首页装订线眼与他页也不同。当然，这个判断仍需文物专家再进一步鉴定。第三种可能是由于"题名极"三字后的空格所要填充的字选择面很窄，一般人极容易据想象拟补出"多"字。如果这个字恰好都补成"多"，应属于不谋而合，未必就一定是抄自胡适添笔。再有周文业指出的俞平伯整理的"脂评辑校"中第一回多出的眉批"予若能遇士翁这样的朋友，亦不至于如此矣，亦不至似雨村之负义也"。固据陶洙藏怡府本而来，但陶洙作为一位版本收藏家并非学术外行，此处多出的眉批或另有所本未必就是"妄添"。这从陶洙自他本过录批语或校改自存抄本，皆以红蓝两色之笔相区分并作校勘记可证。

还要指出，对"庚寅本"的研究，应该跳出传统的惯性思维，这样才能不断出现新的学术增长点。除了在文本方面应与现存的《石头记》脂本进行文字比勘外，最好由文物专家根据纸质和墨色沉淀分析鉴定并据此先"断代"。《红楼梦》版本中有争议的卞藏本的最终裁决，就是运用的此种方法，而且比较有效。2012年第1辑《红楼梦学刊》上王鹏文章针对卞藏本"眉盦题记"，结合《莫愁湖志》古籍中"上元刘氏图书之印"钤印和书中"眉道人"笔迹等信息，认为眉盦即是刘文介，从而否定了卞藏本系伪造的论点。由此可见，红学"圈"外人不带任何成见，只着手于抄本的物质层面即纸质、笔迹、墨色的鉴别，提供的结论更具参考价值，而业内的红学版本专家虽熟悉《红楼梦》文字源流的演变，但也会有先入之见，且仅从文字去判断版本真赝，这样的方法就会聚讼纷纭。当然，不同的文物鉴定专家也会持不同看法，对于相反的意见，仍应采取综合互参的态度。"学术乃天下之公器"，只要持之有故、言之成理，任何研究者都可以保留自己的一家之言，有不同意见很正常。

包括"庚寅本"在内的脂本大多题为"脂砚斋重评石头记"，尤其是"庚寅本"之前的早期脂本，保存了最接近于曹雪芹手稿的正文和大量较可信的脂评，如甲戌本、己卯本、庚辰本，其底本都属于曹雪芹在世时的抄本，弥足珍贵。此期的脂评披露了颇多曹雪芹的家世史料和八十回后不同于通行本的佚稿线索，对"曹学"和"探佚学"的建立提供了第一手资料。后期脂本出现了许多早期《石头记》抄本中没有的批语，不能确认是否为脂评，有的抄本评语显系后人擅加。对此，陈庆浩《新编石头记脂砚斋评语辑校》进行了分梳，将那些不属于脂砚斋一系"后人"所添评语厘剔出作为"附录"，这比简单否定脂评要慎重。今日所能见到的那十几个脂本也不是脂砚斋亲笔誊录的本子，更非曹雪芹的手稿，大都是后人"过录本"甚至是"再过录本"。抄本流动、互递过程中掺杂一些后人评语完全有可能，脂本怀疑论者们指出的某些"脂本"中客观存在的批语矛盾现象，是可以做出合理解释的。当然，反面意见也是一种有用的"资源"，可以检验在胡适基础上构建的红学防御工事是否牢固。整合这种"资源"中所蕴含的合理内核，同样有利于当代红学的发展。

争鸣文章

天津王超藏《脂砚斋重评石头记》抄本辨伪

沈治钧

　　天津王超藏《脂砚斋重评石头记》抄本是现代人氏蓄意造假的产物，原不值得耗费精力去研究。为了辨伪祛妄，迄今我已有五篇陋文涉及这个"西贝货"。诗云，"靡不有初，鲜克有终"。做事忌虎头蛇尾。兹缀小结，趁便作些补充。

一 "脂砚斋重评"与"乾隆庚寅"

王藏本题名《脂砚斋重评石头记》，野心勃勃。众所周知，现存早期抄本有题《石头记》的，有题《红楼梦》的，至今已觉不新鲜。甲戌、己卯、庚辰三脂本迥殊，均题《脂砚斋重评石头记》，誉望飞腾，遐迩著闻。甲戌本系胡适的头号珍宝，底本年代最早；己卯本为"己卯冬月定本"，源出怡亲王弘晓府邸；庚辰本为"庚辰秋月定本"，与己卯本一脉相承。其中庚辰本乃当代通行本（红楼梦研究所校注）的底本主体，影响格外悠邈。王藏本欲与甲戌、己卯、庚辰三脂本媲美争辉，题名自然不肯逊色。

岂止题名，内蕴也不含糊。王藏本批语主要来自甲戌本。正文主要来自庚辰本，另兼采己卯、戚序、甲辰诸本的文字精华。貌似稀世奇葩，天价瑰赂。最为抢眼的是开篇，王藏本将甲戌本凡例改头换面，端然安置于卷首，企图先声夺人。第一回依庚辰本，却将甲戌本凡例题诗"浮生着甚苦奔忙"赫然插入其间，从而形成了极鲜明的版本特征。旧纸旧墨，古色古香。2011年孟秋之后，坐对这一桌红学馐馔，各路专家想拒绝诱惑都难。

王藏本批语最具特点，其显豁指向即"脂砚斋重评"。除卷端总目处标"脂砚斋凡四阅评过"外，首回侧批："若从头逐个写去，成何文字？《石头记》得力处在此。丁亥春脂砚。"甲戌本存此批，无"脂砚"二字。王藏本增出"脂砚"系画蛇添足，使得麒麟皮下露出了马脚，因"丁亥春"批语原属畸笏叟，此叟与脂砚斋非同一个人。该本第三回侧批："少年色嫩不坚牢，以及非矢（天）即贫之语，余犹在心。余阅至此，放声一哭。脂砚。"甲戌、蒙府、戚序、南图诸本存此批，文字略异，均无"脂砚"落款。一般认为，此批属畸笏叟，因了此老容易感宕，动辄一哭。惟周汝昌曾强调，此批属脂砚斋（周说脂畸异名同体），可证一芹一脂关系极亲密，夫妻无疑。王藏本第五回眉批："奇笔摅（撼）奇文。作书者视女儿珍贵之至，不知今时女儿可知。为作者痴心一哭，又为近之自弃自败之女儿一恨。脂砚。"甲戌本存此批，文字微异，无"脂砚"落款。此批仍是畸笏叟的激动口吻，相当典型，但周汝昌已指认它出自脂砚斋之手，别具女性的思致口吻。王藏本如此热衷额外增添"脂砚"色彩，自媒自炫，行险侥幸，欺世惑众，此类心理彰明较著。列藏、蒙府、戚序、南图一系的本子，俱是尽量删刈遮蔽脂砚斋署名的。两相烘衬，真赝可辨，情伪可察。至于王藏本有意提供版本凭据，用以确证脂砚斋与畸笏叟是同一个人，而且是个女的，居心甚不可问。上述三处"脂砚"添得挺讲究，正应了一句古话，有机事者必有机心。惜乎用心过度，用力过猛，叫人一眼便能识破。

更加醒目的是装订线外批语（实为标注）。我曾明确指出过，此类标注是现代人氏蓄意造假的作案标签，历历可见，楚楚可观，绝对不应忽视。然而，透过证真方所反馈的若干信息，我发觉有人对于内中含义尚不甚了然，现只得加以仔细剖摘。此类装订线外墨笔标注如下：

（1）有如我挥泪抄此书者乎？予与玉兄同肝胆也。（第四回）
（2）乾隆庚寅秋日。（第六回）
（3）庚寅春日抄鹤轩先生所本。（第八回）
（4）苦。（第十二回）
（5）乾隆庚寅春内。（末页）

第一条中"我"和"予"是谁？自然是抄手。哪位抄手？王藏本抄手还是其底本的抄手？莫非脂砚斋？另外，第三条中"鹤轩先生"

是谁？莫非乾隆皇帝的内廷宠臣❶？ 这些疑团，留待下节再行详谈。笼统讲，此类装订线外标注就是要告诉读者，我王藏本大有来头，休得等闲视之。

最惹眼的是两处"乾隆庚寅"及一处"庚寅"，此为证真方将王藏本命名"庚寅本"的文字依据❷。该"庚寅"即乾隆三十五年，公元1770年。依壬午说，乃曹雪芹逝后第七年。它还是乾隆三十二年（1767）丁亥后第三年。这个时候，"今丁亥夏只剩朽物一枚"（庚辰本二十二回眉批），脂砚斋已逝，畸笏叟应尚健在。此类装订线外标注着重宣告，王藏本是"乾隆庚寅"年古旧抄本，距今两百四十余载。劳驾注意，此为装订线外的明文标注。

其一，欲掩还露，风光旖旎。装订线外的此类标注，原来当然是不准备展示给读者看的，但因王藏本生态原始，尚未抄毕，也未装订，属于半成品，所以才极不情愿地给展示了出来。此类标注涉及抄录时间，即"乾隆庚寅"。毫无疑义，对于文献价值判断，此系关键性的核心信息。暴露得自然吗？似自然，又似不自然。是否欲盖弥彰，是否诱人上当，读者忖之。

其二，状貌原始，并无承传。王藏本自然有底本，因它不是曹雪芹手稿。它的底本也是没有装订起来的散页吗？笑话，谁肯出借散页？古来抄书，底本必是装订齐整的，除非底本就是作者的凌乱手稿。对《红楼梦》而言，整理抄写手稿，那是脂砚斋一己之责。由于"乾隆庚寅"脂砚斋已入土，故王藏本抄手肯定不是脂砚斋。然则，它的底本顶多是脂砚斋原始誊清稿。万难想象，畸笏叟会出借一堆尚未装订

---

❶ 《左传·闵公二年》："冬十二月，狄人伐卫。卫懿公好鹤，鹤有乘轩者。将战，国人受甲者皆曰：'使鹤！鹤实有禄位，余焉能战？'"南宋罗大经因云："仕而有愧，鹤轩虎冠也。"（《鹤林玉露》卷五）赵蕃读东坡和陶诗："渊明生乱世，何意争鹤轩？念归非一日，寓说因园田。"（《乾道稿》卷上）董其昌《平海篇为大中丞邹平张公》："鹤轩终怯战，虎穴敢深求。"（《容台诗集》卷一）是"鹤轩"一词含浓厚贬义。

❷ 梁归智：《庚寅本：新发现的清代抄本〈石头记〉》，《文汇报》2012年9月24日；乔福锦：《津门发现的庚寅本〈石头记〉》，《今晚报》2013年1月26日。

起来的誊清稿散页。这样一来，王藏本装订线外标注便属无源之水，无本之木。莫管中间过录多少次，王藏本前一个底本上皆不可能存在那些标注，该底本也不可能尚未装订。合理推索仅一项，即王藏本装订线外标注就是它本身的原始状貌，并无渊源。显而易见，王藏本抄手试图告诉读者，它自己就是"乾隆庚寅"本的丈六真身（identity）。它自己就产生于"乾隆庚寅"年，并非嘉道咸同间，并非清末，并非民初，更非民末 1948 年后。从这个角度上讲，证真方将王藏本命名为"庚寅本"（影印本袭），确乎没有辜负那些装订线外标注的明文指示。他们后来撤退到晚清、清末乃至民初，国家文物鉴定委员会委员刘光启（绰号"津门神眼刘半尺"）将王藏本定性为光绪年间旧抄本。❶此类见解与该本"乾隆庚寅"的文字本意，已南辕北辙，马牛其风。

其三，清末民初，无法自足。依照证真者后来的让步设想，王藏本是个"乾隆庚寅"本的过录本，抄写于清末民初，仅祖本为"乾隆庚寅"本。那么，中间过录了多少次？装订线外标注能够承传下来，前提显然是每一部过录本的前一个底本皆必为尚未装订起来的散页。特别注意，不是散页就看不到装订线外标注，也便无从过录之。于是乎，"乾隆庚寅"本散页→乾隆某 A 本散页→乾隆某 B 本散页→乾隆某 C 本散页→……嘉庆某 H 本散页→……道光某 K 本散页→……咸丰某 M 本散页→……同治某 Q 本散页→……光绪某 W 本散页→清末民初王藏本散页。只要肇端及中间环节有一部本子不是散页（即已装订起来），那"乾隆庚寅"字样便承传不下来。此中概率是多少？零而已矣。奉请证真方慎重考虑，各位准备设想几个过录环节？就算中间仅有一个过录环节，即"乾隆庚寅"本散页→某朝某 A 本散页→清末民初王藏本散页，可能性也微乎其微。有的证真者认可王藏本是当代抄本，同时宣称它有个"古本"为依据。❷此当代"古本"说，

<hr/>

❶ 赵建忠：《刘光启与庚寅本〈石头记〉》，《今晚报》2013 年 6 月 9 日。

❷ 周文业：《〈红楼梦〉版本数字化研究》，中州古籍出版社 2015 年版，第 33–54 页。

显然没有琢磨"乾隆庚寅"四字是怎么承传下来的。

其四，眴载易逝，谎话难圆。证真方的一种辩解可能是，中间没有过录环节，王藏本的直接底本就是"乾隆庚寅"本。从"乾隆庚寅"到清末民初，历经一百四十多个春秋，那部"乾隆庚寅"底本竟始终处于散页状态，一直等待王藏本抄手来过录"乾隆庚寅"字样，诚恐无此可能。"乾隆庚寅"本当已抄完（不少于七十八回），否则难以出借。抄完却未装订，明显搪塞不过去。一百四十多载漫长岁月，居然无人肯伸把手装订起来？"乾隆庚寅"本的拥有者（亦即出借者）是干什么吃的？底本如此珍贵，王藏本抄手居然没有过录完，剩下一摞旧纸，因而居然也没装订起来，却有意无意让我们瞅见私密处"乾隆庚寅"字样，这是怎么回事？短短十三回书，装订线外标注竟达五条之多，可谓有心。从清末民初到2011年，也够一百来年了，没时间装订？百年来，红学大潮波澜壮阔，《红楼梦》抄本频频形成爆炸式社会新闻。王藏本拥有者（百年间当然非止一位）居然始终麻木不仁，居然一直无动于衷，最后竟由天津版画家江泽（赵丕绩）的直系亲属当作废品给贱卖处理掉，这明显乖违事理常情。

其五，心思挖空，漏洞依然。证真方另一种可能的辩解为，"乾隆庚寅"本不是散页，那上面"乾隆庚寅"字样标注在回前、回后、页眉或行间，而非装订线外，只是王藏本抄手将它们过录在装订线之外而已。是吗？我们瞧瞧，那些标注有什么见不得阳光的地方。一不黑（非政治碍语），二不黄（非淫秽笔墨），三不灰（无个人隐私），四不白（除"苦"一字批外并非无关紧要），为何藏匿于装订线外？如此紧要、关键、核心的过录信息，理当大大方方抄写在扉页、末页、回前、回后、页眉或行间（附条也行），为什么要鬼鬼祟祟藏匿起来？你藏匿起来也可以，却恰好让读者觑见，什么用意？这个，证真方恐怕诠释不通。逻辑罅隙，补不胜补。譬如江泽受过高等教育，做过副编审，是个艺术家，了解古典文学，自然懂得"乾隆庚寅"意涵，但他的相关行为反常无比。

其实，任何辩解均属负效。王藏本装订线外标注表达得格外明确——我不是"乾隆庚寅"本的什么过录本，我就是"乾隆庚寅"本本身（itself），我就产生于"乾隆庚寅"年。我王藏本来历光明正大，文献价值非比寻常。

装订线外——劳驾特别注意，这个书写位置极其特殊。该位置将那些标注产生时间的可能性框死在极端狭窄的空间范围内，使得此种可能性炯然变作年代唯一性，即那些标注只能产生于"乾隆庚寅"年。舍此以外，过录本之类阐绎统统蹈空，俱属曲解。换言之，根据装订线外标注，王藏本只能就是"乾隆庚寅"本原本（original manuscript）本身，休认黄金作紫铜。麻烦在于，甲戌本附条显示，王藏本分明抄录于民国三十七年（1948）戊子孟夏之后，跟"乾隆庚寅"完全不搭杠。正因如此，我才反复强调，王藏本上"乾隆庚寅"白纸黑字，赫然在目，根本就是现代人氏蓄意造假的作案标签，再显著不过。

证真方指认王藏本为"乾隆庚寅"本的晚清或清末民初过录本，此不啻承认装订线外那些标注（以"乾隆庚寅"为代表）属于谵语谰辞。由此，该说陷入自相矛盾。一方面否定"乾隆庚寅"的事实合理性，另一方面又坚持王藏本即"乾隆庚寅"本苗裔。莫如干脆讲，王藏本乃产生于晚清或清末民初的一部伪书赝籍（pseudograph），即伪"乾隆庚寅"本。在证真方看来，伪"乾隆庚寅"本也没什么不妥。毕竟产生于晚清或清末民初，即胡适创立"新红学"继而购藏甲戌本以前，彼时能够抄出甲戌本凡例及批语，能够抄出庚辰本正文，相当罕觏，必有独家依据。"乾隆庚寅"字样能否成立，根本无关痛痒。照此思路，倘若王藏本抄成于民末1948年后，岂非一场空欢喜？职是之故，有的证真者一定要强硬坚持说，作为当代抄本的王藏本，它有个"古本"为依据。

王藏本上诳语多多，其中最能耸人听闻的两句谎言，一为"脂砚斋重评"，可谓弥天大谎；一为"乾隆庚寅"，可谓大谎弥天。前者司空见惯，难免熟视无睹，后者则为造假标签，无论如何都是不该大而化之的。

二 "松轩本"与"鹤轩本"

作为红学领域新近冒出的一个弥天大谎，"脂砚斋重评"在王藏本上自然会做出呼应，于是遂有"松轩本"与"鹤轩本"之称。将《红楼梦》的本子一一命名为某某本，此为胡适1921年创立"新红学"之后的时代习尚。由此可知，"松轩本"与"鹤轩本"称谓本身便属于作伪马脚。相关批语如下：

a. 此批原鹤轩本在贾琏笑声之下，因以补此。庚寅春日对清。（第七回硃笔侧批）

b. 庚寅春日抄鹤轩先生所本。（第八回装订线外墨笔标注）

c. 松轩本中伏史湘云四字系正文，仍误抄也。（第十三回硃笔眉批）

此处两个"庚寅春日"表明，王藏本正文内批语与装订线外标注，两者是一体的，有机的。所以说，压根儿不存在装订线外标注为他人所额外后添一类问题。"鹤轩本"与"鹤轩先生所本"当然也是一个整体，此唱彼和，密切配合。"鹤轩本"与"松轩本"均朱笔批语，字迹一致，同样珠联璧映，文献形态上是不可拆分的。就中意趣，颇堪玩味。

先谈"松轩本"。获睹此称，我首先联想到曹雪芹的忘年挚友。敦诚字敬亭，住处称"松轩"。敦敏《同贻谋过敬亭松轩看竹小酌》："习骚一夜风兼雨，晓晴喜向松轩启。"（《懋斋诗钞》）又《敬亭招饮松轩》："谢客兼旬总闭门，今朝喜得醉松轩。"（同上）又《晓起即景寄敬亭》："松轩高卧人，诗思何处寄？"（同上）敦诚别号松堂，诗文集题名《四松堂集》，自然与他的居所"松轩"相关。王藏本独有批语中的"松轩本"，是暗示敦诚的本子吗？思之莞尔。

由"松轩本"，还可联想到"松斋"。此公系早期批家。甲戌本十三回眉批："语语见道，字字伤心，读此一段，几不知此身为何物矣。松斋。"庚辰本同回眉批："松斋云好笔力，此方是文字佳处。"吴恩裕、吴世昌均考证过，"松斋"即敦诚的友人白筠，根据是《四松堂集》卷四《潞河游纪》中"松斋（白筠）""松斋在白园""乃其先相国白公（潢）之别墅也"云云。❶白筠是雍正朝大学士白潢的孙子，或缘白园中有"松数十株"，故自号"松斋"。王藏本独有批语中的"松轩本"，是暗示白筠的本子吗？思之莞尔者再。

由"松轩本"，又可联想起"立松轩"。这个署款见蒙府、戚序、南图本四十一回前。"任呼牛马从来乐，随分清高方可安。自古世情难意拟，淡妆浓抹有千般。立松轩。"缘此，陈庆浩认为，蒙府、戚序、南图本属同一系列，祖本出"立松轩"，故而可称"立松轩本"❷。郑庆山赞同陈说，著《立松轩本石头记考辨》（周汝昌与胡文彬序），1992年春由中国文联出版公司印行。此书屡屡将"立松轩本"简称"松轩本"，全称"立松轩藏本"或"立松轩手抄本"。王藏本独有批语中的"松轩本"，是暗示"立松轩"的本子吗？似乎可能。惜"立松轩"到底是谁，不得而知。至新世纪第八年，周汝昌《立松轩·鹤·湘云》贡献一说：

拙意以为：此轩名与鹤相关。因为常见的画幅画题，就有"松鹤延年"一目，画的总是鹤栖于松上，仙禽寿木，相伴不离。如是，"立松"者，应隐有一个"鹤"义在内。……鹤是湘云的象征——在花为

❶ 吴恩裕：《松斋考》，见《有关曹雪芹十种》，中华书局1963年版；吴世昌：《论〈脂砚斋重评石头记〉（七十八回本）的构成、年代和评语》，《中华文史论丛》1965年第6期。

❷ 陈庆浩：《新编石头记脂砚斋评语辑校》，中国友谊出版公司1987年版，卷首导论第70—76页。

棠，在禽为鹤，是以"寒塘渡鹤影"，必出她口；而"鹤势螂形"，又即形容她女扮男装之体态也。推理至此，就又发生一义：立松轩若隐鹤于松，而鹤又象湘，那么所谓"立松轩"者，实乃湘云之别署也。

然而，拙说又早已著明：脂砚即湘云，书中内证甚多，如今同意此说者已日益增添。若如此，"立松轩"实为脂砚之又一署名耳。"立松轩本"即是"脂砚斋初评本"，不无这一可能。原因恐是后来定名为"脂砚斋重评石头记"，就不再题名立松轩了，只是在第四十一回前偶然尚存遗痕未扫而已。❶

原来如此。"立松"者，"鹤"也。依周说，"立松轩"可称"鹤轩"，即史湘云，即脂砚斋。难怪王藏本十三回眉批"松轩本中伏史湘云"会同时道及两颗红学明星，松鹤并举，日月双悬。这么一来，"松轩本"有趣，"鹤轩本"更有趣，两者乃一而二、二而一的魔幻关系。由王藏本独有批语中的"松轩本"，吾侪不该联想"松轩"敦诚，不该联想"松斋"白筠，只该联想"立松轩"（郑氏简称"松轩"），并由此过渡到史湘云，直抵"鹤轩先生"脂砚斋。

实际上，王藏本现身以后，确乎有人这样联想，例如证真方及众多网友。由此看来，"松轩本""鹤轩本"及"鹤轩先生"貌似均属历史事实，并跟史湘云、脂砚斋息息相关。应当承认，由于周说珠玉在前，此种联想自然而然，顺理成章。据周说，脂砚斋是曹雪芹的续弦妻。然则，"鹤轩"是个女的，也能称"先生"吗？能的，有现成旁证。庚辰本二十一回眉批："茜纱公子情无限，脂砚先生恨几多？"既然脂砚斋能尊称"先生"，则"鹤轩先生"自然成立。至于"鹤轩"一词拟人时凸显明确贬义，典出《左传》卫懿公事，喻指滥厕禄位者，以致"卫鹤""宠鹤""轩鹤""乘轩鹤""轩鹤冠猴"等诗文熟语类同嘲骂，那更不成思维障碍。史湘云对"禄蠹"贾雨村之流蛮有好感的。

❶ 周汝昌：《立松轩·鹤·湘云》，见《红楼别样红》，作家出版社 2008 年版，第87-88 页。

"抄鹤轩先生所本"——什么意思？若"所"为助词，"本"即为动词，全句义为抄录脂砚斋依据的本子。这个本子只能是曹雪芹手稿，令人惊愕；若"所"为名词，即指处所，则全句义为抄录脂砚斋家的本子。依周说，脂砚斋家就是曹雪芹家，同样令人震撼。绿衣捧砚晨题卷，红袖添香夜读书。这爿夫妻店的本子，不是曹雪芹手稿，就是脂砚斋誊清稿。王藏本独有批语试图暗示，我这个本子乃曹雪芹手稿或脂砚斋誊清稿之嫡传抄本，和氏璞璧，价值连城。

前面讨论过，像"乾隆庚寅秋日"及"庚寅春日抄鹤轩先生所本"这样的装订线外标注，纯属无枝之花，无稽之谈，只能首现于王藏本一己出笼之际，不可能抄自它前面的所谓底本。再依此节所分析的浅显道理，当王藏本形成之日，它的底本即曹雪芹手稿或脂砚斋誊清稿尚留存于天壤间。此缘事实上，王藏本自身的表述逻辑只能是：曹稿或脂稿→王藏本，中间没有任何过录环节。大家想想，王藏本抄毕于何时？"乾隆庚寅"？清末民初？1948 年后？1954 年后？我们不得不质询，王藏本既未抄竣，也未装订，尚存剩余纸张，可见过录工作正在进行（in progress），那么它的底本即曹稿或脂稿跑到哪里去了？过录本及其直接底本，两者理应在一处。过录进行乃至中止之际必在一处。

有的证真者认为王藏本抄录于当代，即 1954 年后。这个看法本来大差不差，症结在论证主旨——王藏本绝对不是蓄意造假之物，绝对不排除它有个"古本"为依据的可能性。那么好，如前所述，王藏本的直接底本就是曹雪芹手稿或脂砚斋誊清稿，这份稿子最迟至 1954 年还存在吗？若真如此，刻下应该把天津卫翻个底朝天，不计代价，不问后果，一定要觅得曹雪芹手稿或脂砚斋誊清稿。1954 年正是红学成为显学的巅峰时段，举国上下全在热烈谈论《红楼梦》，某人居然会把曹雪芹手稿或脂砚斋誊清稿给藏匿起来，真真匪夷所思。我们由此才讲，作为当代抄本的王藏本有个"古本"为依据，这一说法是超级荒诞的。

"松轩本""鹤轩本""鹤轩先生"，这统统都是刻意编凑出来的新世纪红学谎言，都是"脂砚斋重评"及"脂砚斋凡四阅评过"这些弥天大谎的有机组成部分。"松轩本""鹤轩本""鹤轩先生"，此类字眼之所以能令王藏本证真方及众多网友联想起"脂砚即湘云"说，正因该本是为了迎合该说而特意炮制出来的。妄添"脂砚"署名，企图确证脂砚斋与畸笏叟为同一个人（女的），用意也在于此。只是机关算尽太聪明，反而弄巧成拙罢了。

毋庸讳言，王藏本抄手是个周氏偶像崇拜者（idolater 或 superfan），虽粗通红学皮毛，但心术不正。受时代风气熏染，他对弄虚作假抱有浓厚兴趣，于是造下深重罪孽。他暗捧周记一家言，尤其是"脂砚即湘云"说，幻想左右红学，满足痴念，为此不惜对经典名著大动手脚，诡托题签、篡改正文、窜乱脂评、仿制畸批、冒充古贤、诓骗今士，实属走火入魔。❶ 及今谬种已影印流传，已排印扩散，唯恐不真的传统媒体推波助澜，唯恐不乱的新兴媒体持续狂欢，以致误会迅速蔓延，危机逐步加深。❷ 这势必贻祸后世，有可能将红学引向歧路不归之界，引向万劫不复之境。我们无奈，只得勉力执守底线。原始材料是基础的基础，是根本的根本，不能无中生有，不能弄假成真。

三　王超藏伪本与俞平伯辑评

由于梅节曾揭出甲戌本附条问题，王藏本抄录该附条，俞平伯《脂砚斋红楼梦辑评》旧版均存该附条，于是人们顺藤摸瓜，很快注

---

❶ 关于伪书制作动机，梁启超《古书真伪及其年代》总结六项：托古、邀赏、争胜、炫名、诬善、掠美。据今世情形，应增牟利与抬轿。王藏本抄手属红学追星族，所为亦可归类争胜，是否炫名有待研究。

❷ 何树青：《庚寅本〈石头记〉影印出版》，《今晚报》2014 年 11 月 20 日；名山：《天津收藏家沈阳道淘得旧抄本庚寅本〈石头记〉影印备受关注》，《天津日报》2014 年 12 月 3 日。此类报道着意偏袒证真方，假借红学权威名义力挺王藏本，由各类新兴媒体递相转载，铺天盖地，泛滥成灾，于今不绝。

意到王藏本批语抄自 20 世纪 50 年代铅印出版物。将诸本批语、俞氏辑评与王藏伪本对勘，可知原委。此事证真方做过，因偏于庞杂，淆舛甚夥，论证主旨横递诬悖，正面效果自然萎弱。所以，校雠之事有必要再做一遍。

此番互校书籍主要是甲戌、己卯、庚辰、戚序、甲辰诸本，以及俞平伯辑评上海文艺联合出版社 1954 年 12 月初版与古典文学出版社 1957 年 2 月再版（合称俞辑旧版），中华书局 1963 年 9 月新版（简称"俞辑新版"），还有伪"庚寅本"影印件（简称"王藏本"）。其中己卯本用人民文学出版社 2010 年版，内含陶洙补抄部分，简称陶洙抄件。以 1961 年春台湾影印胡适原藏甲戌本为分水岭，俞辑新旧两版呈现出显著变化，即新版更正了旧版中的许多讹误。此类讹误，有的袭自陶洙，有的是俞平伯自己校改或弄错的。对照新出的甲戌影本，俞氏自然会发现隐疵，从而加以统一修订。凡遇脱漏、增衍、讹误、校改等关节之点（the gene-code keypoints），总体上王藏本概从俞辑旧版，而不从较正确的俞辑新版。涉及己卯、庚辰、戚序、甲辰诸本，情形类似。

（1）第一回"使人一见便知是奇物方妙"，甲戌本侧批"一日卖了三千假"。陶洙抄件同。俞辑旧版"千"径改"個"。王藏本从，作"個"。俞辑新版改同甲戌本，作"三千假"。此俗谚屡见于《金瓶梅》等明代说部，作"三担假"、"三件假"或"三個假"。俞辑旧版校改有理。王藏本属盲从。或指甲戌本该俗谚剽窃光绪朝《梦痴说梦》，诬罔之尤也。

（2）第三回"上无亲母教养下无姊妹兄弟扶持"，甲戌本侧批"一句一滴血，一句一滴血之文"。陶洙抄件首处"血"径改"泪"。俞辑旧版袭。王藏本再袭，首处"句"妄改"字"。俞辑新版从甲戌本，"泪"恢复"血"。

（3）第三回黛玉谈癞头和尚处，甲戌本眉批"今黛玉为正十二钗之贯"。陶洙抄件"黛"讹"代"。俞辑旧版"黛"不讹，校"贯

（冠）"。王藏本从，作"黛""冠"。俞辑新版同旧版。今人或谓甲戌本此批"贯"不误，类同己卯、庚辰本十七回总评"宝玉系诸艳之贯"，取贯串义。

（4）第三回"莫效此儿形状"，甲戌本眉批"只是纨裤袴膏梁"，衍一字，"梁"讹。陶洙抄件"裤袴"作"袴"。俞辑旧版"裤袴"作"裤"。王藏本从，作"裤"。俞辑新版全句作"只是纨裤（袴）膏梁"，指"裤"下衍"袴"。

（5）第三回"只怕你还伤感不了呢快别多心"，甲辰本夹批"应如此川伤感，来还甘露水也"。俞辑旧版校"如（知）"，王藏本从，作"知"；俞辑旧版"川"径改"非"，王藏本又从，作"非"；俞辑旧版脱"来"，王藏本袭其误，无"来"。俞辑新版同旧版，"来"字仍脱，讹误未改。甲辰本（一称梦觉本）1953年春由山西文物局呈送国家，当时知者甚鲜。1954年独自整理辑评之际，俞平伯据有该本原物，旁人未得一窥究竟。王藏本此批与俞辑旧版如出一辙，分毫不差，因袭之迹甚明。该本抄手可独自"如"校"知"，可独自"川"改"非"，但独自也夺"来"，巧合如是，万无之理。

（6）第四回"姨太太就在这里住下，大家亲密些"，甲戌本侧批"偏不写王夫人留，方不死板"。陶洙抄件同。俞辑旧版夺"留"。王藏本袭其误，无"留"。俞辑新版改从甲戌本，补出"留"字。

（7）第四回"宝钗日与黛玉迎春姊妹等一处"，甲戌本眉批"金玉如见，却如此写"。陶洙抄件同。俞辑旧版同。王藏本同。俞辑新版校"如（初）见"，指"如见"应作"初见"。是即俞辑旧版不改讹误，王藏本亦不改。

（8）第五回"此皆饰非掩丑之语也"，戚序本夹批"勿谓前人之矫词所感也"。俞辑旧版校"谓（为）""感（惑）"。王藏本从，作"为""惑"。俞辑新版同旧版。上海有正书局大字本及小字本刊行于清末民初，较易得。王藏本抄手似无之，故一味追随俞平伯。蒙府、南图本存此批，同戚序本。

（9）第六回甲戌本回前评"且伏二递三递及巧姐之归着"，陶洙抄件同。俞辑旧版"二递三递"径改"二进三进"。王藏本从。俞辑新版括注"'进'原作'遞'，盖误字"。按"遞"与"進"义近，音形皆远，"遞"未必误。

（10）第六回"袭人待宝玉更为尽心暂且别无话说"，甲戌本夹批"一句接住上回《红楼梦》大篇文字"。陶洙抄件同。俞辑旧版夺"上回"二字。王藏本袭其误，无"上回"。俞辑新版改同甲戌本，补出"上回"，另校"接（结）"，指"接"应作"结"。是即俞辑旧版脱文，王藏本亦脱；俞辑旧版不改讹字，王藏本亦不改。

（11）第六回"那凤姐家常戴着秋板貂鼠昭君套围着攒珠勒子"，甲戌本夹批"奢侈珍贵好奇贷注脚"。陶洙抄件同。俞辑旧版校"贷（货）"。王藏本从，作"货"。俞辑新版同旧版。按"好奇货"犹涩滞，疑有衍夺。

（12）第六回"身材夭娇轻裘宝带美服华冠"，甲戌本侧批"如纨裤写照"。陶洙抄件"如"径改"为"、"裤"径改"袴"。俞辑旧版袭。王藏本从。俞辑新版"为"同旧版，"袴"改回"裤"，从甲戌本。

（13）第七回周瑞家的同宝玉对答处，甲戌本眉批"余观才从学里来几句……"计九十余字。陶洙抄件无。俞辑旧版无。王藏本无。俞辑新版补出。此亦王藏本因袭俞辑旧版之迹，较隐蔽。同类例证尚多，不獭祭。

（14）第七回"我虽如此比他珍贵"，甲戌本夹批"却是古今历来膏梁纨裤之意"，"梁"讹。陶洙抄件"裤"径改"袴"。俞辑旧版袭，作"袴"。王藏本从，亦作"袴"。俞辑新版改从甲戌本，"袴"恢复"裤"。

（15）第七回"咱们红刀子进去白刀子出来"，甲戌本夹批"特为天下世家一咲"，"咲"为"笑"字异体。陶洙抄件"咲"径改"笑"。俞辑旧版从，校"笑（哭）"。原"咲"字形远，不至讹"哭"，俞平伯误改。王藏本袭，作"哭"。俞辑新版改同甲戌本，但用"笑"，不取"哭"。于此，王藏本"哭"，甲戌本"哭"，悲喜判然，乃因一连串差池。

（16）第八回"姐姐这八个字到真与我的是一对"，甲戌本眉批"花看平开，酒饮微醉，此文字是也"。陶洙抄件同。俞辑旧版校"平（半）"，王藏本从，作"半"；俞辑旧版夺"此"，王藏本袭其误，无"此"，另"是也"妄改"亦是"(欠通)。俞辑新版同旧版，但补出"此"字。按"花看半开，酒饮微醺"系明人洪应明《菜根谭》中成句，王藏本抄手或可自行"平"校"半"，但同时又夺"此"，无可抵赖矣。纵"是也"妄改"亦是"，也无法矫饰。

（17）第八回"举止温柔堪陪宝玉读书"，甲戌本硃笔侧批"骄養如此，溺爱如此"，"養"系墨笔描改。陶洙抄件"養"径改"大"（缘由不明）。俞辑旧版袭。王藏本从。俞辑新版"大"改回"養"，括注"'養'墨笔改"。此"養"为谁所描改，何时所描改，均不得而知。周氏录副本是否已改"養"为"大"，亦不详。"骄养""骄大"皆通，此处焦点惟王藏本"骄大"何所据而来。

（18）第八回"同仰首看门斗上新书的三个字"，甲戌本眉批"是不作词幻见山文字"。陶洙抄件同。俞辑旧版校"词幻（开门）"。王藏本从，作"开门"，另"是"臆改"誓"。俞辑新版同旧版。按"詞幻"与"開門"仅草书形近，不易校出，今人或谓"詞幻"不讹。

（19）第八回宝玉掷茶杯一段，甲戌本眉批"非薛蟠纨裤辈可比"。陶洙抄件同。俞辑旧版"裤"径改"袴"。王藏本从，作"袴"。俞辑新版改同甲戌本，"袴"恢复"裤"。参看例4、12、14，合此批为四例。同一词汇也，俞辑旧版时而"纨裤"，时而"纨袴"，无一定之规，颇显随兴。王藏本始终跟从，亦步亦趋，一心一意，则其来有自，明之又明。

（20）第十回"也帮了僭们七八十两银子"，己卯本侧批"因何无故结许多银子"。俞辑旧版校"结（给）"。王藏本从，作"给"。俞辑新版同旧版。己卯本乃董康原藏，后归陶洙，一向秘不示人，周汝昌亦未能得见。1954 年整理辑评之际，俞平伯据有己卯本原物。该本后归北京图书馆，1980 年春上海古籍出版社首次影印。王藏本从俞辑，盖有因乎？再观以下两例。

（21）第十回"我告诉你说罢比登天的还难呢"，己卯本侧批"如此弄艮，若有金荣在亦可得"。俞辑旧版"弄艮"径改"弄银"。王藏本从，作"弄银"。俞辑新版同旧版。正文中金荣之母胡氏所言，已转入学堂纠纷，非复银钱事。俞平伯径改"弄艮"为"弄银"，未必确当。《说文·匕部》："艮，很也。从匕目。匕目犹目相匕，不相下也。"故"艮"即"很"，通"狠"，原具桀骜义。清人翟灏引明初陶宗仪《南村辍耕录》："'杭人好为隐语，如粗蠢人曰杓子，朴实人曰艮头。'按今又增其辞曰'艮古头'。"（《通俗编》卷一一）"艮古头"一作"艮骨头"，江浙一带今犹使用。为人朴实则昧于权变，较死板。常熟俚语，好人发艮劲，艮起来吓煞人。北方俚语，嘴不甜、心不狠，长得磕碜办事艮。据此，脂批"弄艮"疑即执拗义，近似"弄性尚气"（第四回正文形容薛蟠）。王藏本未审正误，一味盲从。该本抄手实未见己卯本"弄艮"原貌，仅知俞辑旧版"弄银"，故不得不尔。

（22）第十回"更兼医理极深且能断人的生死"，己卯本侧批"为必能如此"。俞辑旧版校"为（未）"。王藏本从，作"未"。俞辑新版同旧版。蒙府本此处侧批"举荐人的通套多是如此说"。俞辑新旧两版皆无。王藏本无。至 1960 年，达理扎雅（达王）、金允诚夫妇方捐献蒙府本。举凡梦稿、蒙府、列藏、舒序、南图诸本批语，俞辑旧版未及采录，王藏本遂付阙如。

（23）十二回"出自太虚玄境空灵殿上警幻仙子所制"，庚辰本朱笔眉批"与红楼梦呼应"，左侧有一墨笔"幻"字。俞辑旧版作"与红楼梦呼应□□幻"，括注"小字旁注"。王藏本作"与红楼幻梦呼应"，即将"幻"字插入句中，貌似别出心裁，实亦受俞辑旧版引文及括注误导。俞辑新版同旧版，但于"幻"下扩充括注："小字旁注，亦朱笔，此乃'玄境''玄'字之校语，云当作'幻'也。"意谓"幻"

属正文校字，非批语校字。此言极是，可怜王藏本抄手未见。俞辑新版括注"亦朱笔"显误。庚辰本原属徐星署，后归燕京大学，1955年底文学古籍刊行社影印，后多次再版，极易得。王藏本抄手当拥有该类影本，唯因俞辑旧版括注语焉不详，故敢另出己意，竟抄出"红楼幻梦"来，实则阅室不通。此批原文"与红楼梦呼应"指本回"太虚玄（幻）境"云云遥对第五回"饮仙醪曲演红楼梦"故事，不得错会。

（24）十三回"头一件是人口混杂遗失东西"，甲戌本眉批"今余想恸血泪盈"，"盈"系尾字。陶洙抄件"盈"下径增一"腮"。俞辑旧版袭，增"腮"，无任何标记及说明。王藏本从，有"腮"。俞辑新版校："今（令）余想（悲）恸血泪盈（腮）。"括注"'腮'字原本缺"。❶ 胡适校："今（令？）余想恸血泪盈□。"括注"此处疑脱一字"❷。周汝昌校："令余悲恸血泪盈面。"括注"面字原缺，以意补"❸。靖本作"令余悲痛血泪盈面"❹。味文意，此批"盈"下似确有脱文。除"腮""面"外，尚存众多选项，如襟、袖、衫、衿、袪、衣、裳、裾、袂、巾、帕、把、掬、手、抱、脸、颊、臆、眸、睫、目、眦、眶、枕、杯、醪、卮、帙、篇、简、纸、盈等，聊举数例。求那跋陀罗译《偈言》："今且观汝母，血泪盈目流。"（《央掘魔罗经》卷一）李白《上崔相百忧章》："举酒太息，泣血盈杯。"（《全唐诗》卷一八三）白居易《崔公墓志铭》："遂宾笏伏陛，极是非，血泪盈襟，词竟不屈。"（《全唐文》卷六七九）曹邺《长城下》："泣多盈袖血，吟苦满头霜。"（《全唐诗》

---

❶ 俞平伯：《脂砚斋红楼梦辑评》，中华书局1963年版，第174页。按此处未注"见胡适文存"字样。

❷ 胡适：《考证〈红楼梦〉的新材料》，见《胡适红楼梦研究论述全编》，上海古籍出版社1988年版，第147页。按胡适仅说"此处疑脱一字"，并以"□"表示脱文，但未补出"腮"字。

❸ 周汝昌：《红楼梦新证》，棠棣出版社1953年版，第560页。

❹ 毛国瑶辑录：《靖应鹍藏抄本〈红楼梦〉批语》，《红楼梦研究集刊》第12辑，上海古籍出版社1985年版。由甲戌本第三回批语"四字是血泪盈面"可知，"血泪盈面"为脂批习惯用语。

卷五九二）文彦博《神宗皇帝挽词》："血泪盈襟陨，何由报昊穹？"
（《潞公文集》卷八）王清惠《满江红》："千古恨，凭谁说？对山河
百二，泪盈襟血。"（《放歌集》卷二）卢琦《赵孝子卷》："仙居连朝
雨雪集，孝子血泪盈衣襟。"（《圭峰集》卷上）黄佐《三穷图诗》："雌
雄嗟未判，血泪徒盈眦。"（《泰泉集》卷四）陈邦彦《南上述怀》："抚
膺疏往事，血泪欲盈纸。"（《南上草》）孔尚任《桃花扇》："这才去
野哭江边奠杯斝，挥不尽血泪盈把。"（三十二出"拜坛"）曾衍东《封
邱陈女纪事》："启视箧笼，不见其金，魂丧魄失，血泪盈盈。"（《小
豆棚》卷一）长白浩歌子《卜大功》："形容惨淡，血泪盈眶，揖卜
而谢之。"（《萤窗异草》初编卷一）庄棫《买陂塘》："剩凉月三更，
盈盈血泪，化作杜鹃去。"（《白雨斋词话》卷五）寿富《知耻学会后
序》："于时上海士大夫闻而耻之，创立《时务报》，以讽天下，哀哀
长鸣，血泪盈简。"（《皇朝经世文新编》卷一七）甲戌本第三回针对
"孽根祸胎"侧批："四字是血泪盈面，不得已无奈何而下四字，是
作者痛哭。"由此可知，将十三回脂批"血泪盈"补作"血泪盈腮"，
乃近人陶洙独门首创，产生于1948年冬或1949年春。此批原文未必
如陶洙所拟。俞平伯再三认可"腮"字，似亦属盲从。❶王藏本此"腮"
原始依据，昭然若揭。陈庆浩《新编石头记脂砚斋评语辑校》与朱一
玄《红楼梦脂评校录》索性不校不改不补，径作"今余想恸血泪盈"，
最真实。明末郭之奇《附金十主》："三十七辆和林道，五百余人血
泪盈。"（《宛在堂诗》稽古十五集）可见"血泪盈"亦通。王藏本"血
泪盈腮"固通，但来路阴邪，破绽致命。另，俞辑旧版未校"今（令）"、
"想（悲）"，王藏本遂亦未改。蹈袭之迹，晰晰可辨；依傍之象，班

❶ 王藏本此"腮"字问题由陈庆浩首先指出。郑红枫、郑庆山《红楼梦脂评辑校》
全句作："今（令）余想（悲）恸，血泪盈（面）。"（北京图书馆出版社2006年版第147
页）郑庆山《非所惑也——再谈靖藏本》引靖批"令余悲痛血泪盈面"；注："'盈面'，甲
戌本缺'面'字。俞平伯补'腮'字，注'见胡适文存'。"（《红楼梦的版本及其校勘续编》
北京图书馆出版社2006年版第57页）然而，我未检得郑庆山所据俞平伯"注'见胡适文
存'"云云。实则，补此"腮"字的始作俑者，似非胡适，应为陶洙。

班可考。

以上二十四例版本实证，远非全部。限于篇幅，已经检出的例子，许多都没有胪列出来。例子再多也还是举例，一时无法穷尽，也没有必要穷尽。为何二十四例？考据讲求孤证不立，至少要有两项证据，三项证据则可定谳。二十四是三的八倍，窃以为足够了，完全可以就此下定论。

抄一部书，抄错不稀奇，那是难以避免的；抄对更不稀奇，那是理所应当的；甚至技痒手贱，自出机杼，胡添、乱删、瞎改也不稀奇，因世上确有自以为是的知识妄人。王藏本的可咍之处在于，人有你有、人无你无、人对你对、人错你错、人改你改、人不改你也不改，关节上竟尔毫厘不爽，几乎悉数照猫画虎。❶天底下绝无这样偶然巧合的。例证丰富，俯拾即是，则不约而同（happen to coincide）的可能性百分之百没有。朱熹所谓闭门造车、出门合辙，王藏本挨不上。

二十四个例子是钢板钉钉的版本事实，它们确证王藏本批语主要依据俞平伯《脂砚斋红楼梦辑评》1954年12月初版或1957年2月再版，确证王藏本肯定抄成于1955年之后。王藏本正文主要依据庚辰本，该本由文学古籍刊行社影印初版于1955年11月，则王藏本只能抄成于1956年之后。结合甲戌本附条产生于1948年夏秋冬这一参照系数，可下定论：王藏本毫无疑问属于现代抄本。再根据那些标新立异的版本噱头，如"古今一梦近荒唐"（阑入正文）、"乾隆庚寅""松轩本""鹤轩本""鹤轩先生""丁亥春脂砚""也见狱神庙一大回文字"……可断然肯定，王藏本是今人蓄意造假的龌龊产物，招摇撞骗的冒牌货。无如一些研究者群起证真，有论文、有随笔、有信札、有网帖、有专著、有序跋、有报道……累牍连篇，言之凿凿。他们内部也存在分歧，但属五十步笑百步。有的证真者判定王藏本系乾隆抄本、晚清

---

❶ 此处人有你有云云系概略而言，亦见例外。如第七回"只见薛宝钗穿着家常衣服"，甲戌本眉批"家常爱着旧衣常是也"。陶洙抄件"衣常"径改"衣裳"。俞辑旧版从。王藏本无此批。俞辑新版校"衣常（裳）"。按"家常爱著旧衣裳"出王建《宫词》，"著"通"着"。

抄本或清末民初抄本，这都是错的，反证不胜枚举；有的证真者判定它有个"古本"为依据，绝非造伪之物——尽管抄成于当代，这是不合逻辑的，既背离排中律，又违庚矛盾律，等同于指鹿为马。

前引《立松轩·鹤·湘云》显为"松轩本""鹤轩本""鹤轩先生"之类跷蹊概念的灵感泉源。此文编入《红楼别样红》，此书由作家出版社初印于 2008 年 4 月。然则，王藏本当抄成于 2008 年 4 月之后。由于新闻媒体轮番炒作，周汝昌及其"脂砚即湘云"说获得社会普遍推崇，"红学泰斗"封号风靡全国，也遭到学界严重质疑，景象闹热，事在新世纪头十年。正是这个时候，刘心武登上中央电视台百家讲坛。伴随名人效应，某些具体的专业话题逸出象牙塔，广泛散入民间。此类话题包括佚稿情节、史湘云出场、脂砚斋性别、畸笏叟身份、甲戌本凡例补字及题诗、庚辰本和其他早期抄本文献价值……（大体以"脂砚即湘云"说为核心）这皆是王藏本所刻意涉及并一一给出标准答案的。此类具体问题本来特别专业，《红楼梦》爱好者一般不会予以关注，此期竟成为普通受众茶余饭后的热门话题。另外，此期北师大藏本、卞亦文藏本先后引起社会轰动，勿论真假，它们都会对伪书制造者构成强烈的示范、启发、诱导、激励作用。根据上述种种迹象估量，王藏本当伪造于此际，即 2010 年前后，亦即 2008—2011 两三年间。其时江泽（1925—2011）年登耄耋，行将就木，他还有没有心情体力诈造赝鼎，这是需要考虑的。目前，尽管涉嫌暮龄制假，但江泽的名义遭人盗用（实即亵渎）的可能性也未排除。接下来，相关当事人各方对此作何反应（含缄默），将会是重要的判断凭据。

有的证真者断言，王藏本依照"古本"抄成于 1954—1963 八九年间。由此设问：2010 年前后，梦稿、蒙府、列藏、郑藏、舒序、南图诸本俱已印行，因何不见王藏本具备它们的版本特征？甲戌、己卯、戚序、甲辰诸本早出影本，王藏本抄手因何不据以弄得更像样些？俞平伯辑评早有新版，陈庆浩辑校也已流通，脂批资料堪称完备，王藏本抄手因何不作参考？因何还会留下偌多破绽？答曰：欲人弗察，莫若弗为，作伪总会露出马脚。别以为王藏本造假者很专业，很敬业。他所谋划的，本质上无非一场红学恶作剧罢了。缺德行为（immorality）之所缺，正是纯净诱因及高贵目标，其内驱力（inner drive）定然不够饱满，不够强劲，故行为人往往吝于金钱、时间、精力、热情等成本投入，以致粗心大意，粗枝大叶，粗针大线。比真钞、真画、真古董还真的假钞、假画、假古董，纵有也凤毛麟角，因那除了饱满强劲的内驱力，还要求超一流的专业技能。

结语——姑妄言之姑妄听之

红学须保持科学性，去伪存真，所关非细。清初姚际恒《古今伪书考序》云："造伪书者，古今代出其人，故伪书滋多于世。学者于此，真伪莫辨，而尚可谓之读书乎？是必取而明辨之。此读书第一义也。"[1]伪书赝籍情况复杂，鉴别方法也便多种多样。明季胡应麟所谓"核之传者，以观其人"（《四部正讹》卷下），能够予人以启迪。任公总结道："其书不问有无旧本，但今本来历不明者，即不可轻信。"[2]今人伪造古籍，来历方面最易穿帮露馅，经不起盘诘。

证真方再三申言，王藏本长期保存于"江泽小柜"中，无作伪牟利之嫌，绝对与现代影本无关。甚至还讲，伪造这么个本子，那是皓首穷经、呕心沥血也难以做到的。[3]此项鉴定断语太夸张，仿佛四十年前吴世昌肯定假诗，明显不符合客观事实。王藏本抄手仅凭俞平伯一册旧版辑评（各图书馆及旧货市场常见）便基本搞定了十三回脂

---

❶ 姚际恒：《古今伪书考》（顾颉刚点校），中华书局1955年版，第1页。

❷ 梁启超：《中国历史研究法》，见《饮冰室合集》第10册，中华书局1989年版，第87页。

❸ 乔福锦：《〈石头记〉庚寅本考辨》，《辽东学院学报》2013年第1期；赵建忠：《新发现的〈石头记〉"庚寅"本》，《河北学刊》2014年第2期；赵建忠、任少东：《影印庚寅本〈石头记〉序》，见《脂砚斋重评石头记》（庚寅本）卷首，百花文艺出版社2014年版，第2-9页；梁归智：《我研究王超藏本〈石头记〉的历程（代序）》，见《脂砚斋重评石头记》（庚寅本）卷首，第10-18页。

批，其人懒，其物粗。他对红学仅略窥门径而已，格局囿于津沽，姿态近乎訾呰，水平比起抄校北师大藏本的陶洙差得远。陶洙即可作证，造个假本子，既不需要皓首穷经，也不需要呕心沥血。[1]"曹雪芹佚诗"案中人也可作证，在红学领域，没有什么神话是不可能的。王藏本证真方判断失误，缘故甚繁，一个非常吃紧的心理因素，就是轻易采信"江泽小柜"传奇。

王超藏伪书影印本卷端刊载一文，作者即王超。此系迄今为止最为正式的一份相关证词。拜读过此文，我只能一言以蔽之，王藏本犹然来历不明。关乎来源问题，此文全篇勉强可算明确的有效信息，仅仅一个短语，即"冒称江泽长子的卖书人"[2]。倘若读者叱斥此"卖书人"实际上就是个江湖骗子，该应不算过分。"冒称"——我们都懂该词的意思。这样一个人的华言风语，当然不可信。

王超同江泽长子赵十月仅仅通过一番电话，并未谋面，那么王超如何确定"卖书人"是"冒称江泽长子"的？一般而言，"冒称"（arrogated）与否，必须见过面才能确定。双方既未当面对质，此中可能性便有 N 种。譬如赵十月其人子虚乌有；再如赵十月就是那个神秘的"卖书人"，只是如今他不愿承认罢了。王超属于当事人，而非客观中立的第三方。尽管存在身份限制，我们还是欢迎王超积极出面作证，但他在"江泽小柜"传奇中长久作为叙述者（narrator）搬演独角戏，话语疑点重重，不得不打上问号。鉴于资讯匮乏，此节暂时按下不表。

妙就妙在，涉嫌行骗的"卖书人"（假设此人确实存在过）所言，居然与江泽子女赵十月、赵小鸽所言"完全相符"——串通一气也不过如此。赵家人士所言是王超在电话里听到的，是王超转述给我们听的。关于"江泽小柜"传奇，王超有没有哪怕仅仅一个旁证呢？没有，

---

[1] 梁归智、乔福锦是将陶洙抄校整理的北师大藏本列为"真本"的，此属周氏衣钵。

[2] 王超：《〈石头记〉庚寅本购藏、鉴定及来源调查等情况说明》，见《脂砚斋重评石头记》（庚寅本）卷首，百花文艺出版社 2014 年版，第 19-21 页。

半个都没有，起码目前还没有站出来。连江泽、赵十月、赵小鸽这些名字，都只是王超孤身一人说出来的。原藏主（假设与江泽及其家人相关）和卖主（假设已失踪）一方，买主兼现藏主王超（网络售书问题涉及其父王树栋）一方，他们都有权利讲话，都有责任讲话，都有能力讲话，都有机会讲话，都有条件讲话。我们无不翘首以待，十分乐意洗耳恭听。证人（attestor）的功能体现在出面、表态、作证，休管话语重复与否。任何证人皆不能天然替代其他证人表态。越俎代庖式、大包大揽式及非必要转引式表态都是可疑的，不宜贸然采信。证人无故缺席与长期沉默则属消极表态，常常意味着对于流行话语（例如"江泽小柜"传奇）的间接否认，而非简单默认。疑窦恰恰在于，到目前为止光有王超孤零零一个人单调叙述"江泽小柜"传奇。无论如何这都是相当诡异的，极不正常的，极不可信的。我辈姑妄听之而已。

　　王藏本假冒伪劣，此为铁的事实，难以回避，只得面对。剩下一个谜。造假者已呼之欲出，学界理当一鼓作气，再接再厉。三十多年前，有一宗陆厚信绘"曹雪芹画像"案。河南博物馆调查组辛苦走访数十天，找到并说服卖主郝心佛，令他供出通同作弊的朱聘之、陆润吾，从而水落石出，使得相关真相最终大白于天下。此节特别值得称道，属于红学辨伪佳话。河南博物馆功在当代，利在千秋。否则，今人及后代便有可能执着迷信周汝昌等研究者的错误判断，冲着俞瀚画像顶礼膜拜，以为那就是曹雪芹。由此以观目前，我希冀，天时、地利、人和三项全备又系客观、中立、严谨、负责的第三方权威（the third-party authority）及早介入，尽快将王藏本造假者找出来，交给未来一份满意的红学答卷，莫使伪"庚寅本"案留下余憾。若干调查只有现在可做，失却天时的未来是无所措手足的。对今日天津知识界而言，这是个轻松的学术生长点，问问江泽长子即可。

　　眼下，我之所能仅略尽一己的绵薄微力，郑重提醒读者，天津王超藏《脂砚斋重评石头记》抄本绝对是一部伪书，那上面没有一个字是清代抄的，没有一个字是民国时期抄的，没有一个字是依据"古本"抄的，总之没有一个字是真的。半日可买三千假，三年卖不出半个真。诸君警惕，擦亮金睛，切勿被赚。

附言：王藏伪本与《立松轩·鹤·湘云》之间蹄袭关系由天涯论坛网友首先提出，不敢掠美。此篇拙文中许多材料是刘奕男同学协助核查的，特志感谢。

乙未小雪初稿
2016 年 3 月 5 日丙申惊蛰订定于武里喃旅次

新发现的程伟元佚诗及相关红学史料考辨

　　《燕行录》是古代高丽、朝鲜使者以及他们的随行人员来华时写下的文字记录，时间前后相继达 700 年之久，可以说是世界上少有的外国文人记录中国的超大型文库。这部卷帙浩繁的文献中有一部分叫"蓟山纪程"❶，作者是生活在朝鲜纯祖年间的李海应，他当年曾随一个大型使节团来华观光。该部分的"卷之二"有则关于《红楼梦》的主要整理者之一程伟元的记载，文虽不长但资料价值弥足珍贵，全录如下：

程伟元书斋

　　号小，能诗文字画，家在城内西胡同。因沉教习仕临，往见之。程出，肃延座。题一绝句："国语难传色见春，雅材宏度尽精神。贱生何幸逢青顾，片刻言情尽有真。"程本系河南籍，伊川先生三十一世孙，见授沈阳学掌院。

　　郢下歌成白雪春，主人情致谵怡神。逢迎诗席匆匆话，莫辨浮生梦与真。

　　这是程伟元"工诗"记载的首次被印证❷，可以说填补了红学史料的某项空白。尽管程伟元"工诗"的记载在很多文献中并不难找

---

❶ 刘顺利：《朝鲜文人李海应"蓟山纪程"细读》，学苑出版社 2010 年版。

❷ 李桼在《且住草堂诗稿》跋中曾明确指出："小泉，予之同学友""工于诗"。此外，晋昌将军唱和程伟元的诗有十余首，刘大观在诗中也说过"我与小泉亦吟友"，足见其诗在当时名不虚传。

到，但迄今为止，红学界还没有见过他的一首诗。单从这个意义上讲，程伟元没有曹雪芹幸运。我们至少还能从曹雪芹的好友敦诚《四松堂集》中知道有"白傅诗灵应喜甚，定教蛮素鬼排场"那两句残诗。所以，当见到《燕行录》中有关"蓟山纪程"部分时，我和同事林骅教授非常感兴趣，立即进行了涉及有关红学问题的讨论，并将这一发现披露在天津的《今晚报》。❶由于报纸版面有限，没能充分展开有关问题的讨论。经过一段时间的综合互参相关红学史料，才有可能进一步深入认识一些问题。以下就新发现的程伟元佚诗并根据上引"蓟山纪程"的史料线索，再结合目前红学界已经掌握的程伟元情况，对相关问题进行考辨。

从红学研究的角度，程伟元被重视首先是作为《红楼梦》版本流传史上的标志性人物。但曾几何时，他被轻视成略识之乎的一介书商，而将一百二十回《红楼梦》的整理者全归高鹗，这很不公允。根据时人记载，程伟元兼擅绘画、书法，指画造诣尤高，从传世的罗汉册可窥其一斑。❷结合其书画题记特别是世人共知的程本《红楼梦》序文参看，他的古文功力也很渊深。实际上，就总体文化底蕴而论，程伟元比中过进士的高鹗还要丰厚些。

这次程伟元佚诗的发现又为其文化素养的多元化提供了一个佐证。当然，此诗提供的背景文献与现存的有关程伟元史料也有不尽契合之处，这就需要甄别考辨。综览"蓟山纪程"上引的那段话，我们可以判断韩国使者见到的程伟元就是那位高鹗的合作者即一百二十回《红楼梦》的出版人。因为时间、地点、身份都一致，而且字号也非常接近。就具体时间而言，"蓟山纪程"所记韩国使者往见程伟元是在癸亥农历十二月初六，当为清嘉庆八年（1803）。而根据有关史料，程伟元是在嘉庆五年（1800）春奔赴盛京受晋昌将军延聘做幕僚的。再从地点上考察，这位韩国使者是路过沈阳时前往住在城内西胡

---

❶ 参见 2007 年 4 月 10 日、5 月 5 日《今晚报》"日知录"栏目林骅及赵建忠短文。

❷ 史树青：《跋程伟元罗汉册及其他》，《文物》1978 年第 2 期。

同的程伟元家中拜访的，而当时程伟元也确实住在沈阳。此外，从身份上看，"蓟山纪程"提到的是"能诗文字画"且"沉教习仕临"，"见授沈阳学掌院"的文人，而程伟元恰恰身居将军幕府又兼职"沈阳书院"！如此接榫，基本可排除嘉庆初年在沈阳书院并存两个程伟元的巧合性。至于字号问题，我们已知程伟元字小泉，但这位韩国使者记载的文人却是"号小"，似略有异同。由于民族文化的差异，外国人一时弄不清"字"与"号"的区别也完全有可能。从"国语难传色见春"分析推断，韩国使者与程伟元见面时似乎语言交流也不是很通畅，足见这位外国文人还算不上是严格意义上的"中国通"，从其和韵诗的水平亦可窥一斑。最大的可能是韩国使者漏记一"泉"字抑或"蓟山纪程"整理过程中脱漏亦未可知。当然，这些对于我们的有关判断还都不是太大的问题。

值得探索的是程伟元的籍贯。"蓟山纪程"所记程伟元"本系河南籍，伊川先生三十一世孙"。根据红学界目前掌握的史料，一般认为程伟元是苏州人，因为他传世的几种书画作品都自署"古吴程伟元"。如何解释这种与现存红学文献相抵牾的现象？看来问题的答案只有三种可能性：一，程伟元本来是河南人，曾经在苏州居住过；二，传世的相关程伟元书画可能存在赝品；三，清嘉庆年间沈阳同时生活着两个在学院供职的程伟元。

但以上第三种情况可能性最小。如前所述，各种条件都很符合我们特指的红学意义上的程伟元情况。第二种猜测可能性也不是很大，很多文物鉴定专家和红学家们已经从多角度证实了那些书画作品的真实性。笔者觉得第一种可能性可以继续讨论。"蓟山纪程"所记程伟元"本系河南籍"，乍看好像与程伟元书画上自署的"古吴"相抵牾，然细按则可以做出圆通的解释。揣测韩国使者语气，无非是想说程氏远祖原本河南，后经迁徙，落籍异乡而已。抬出"伊川先生"程颢，亦是宋明以降迄至清代的思想界"理学"势焰炽昌所致。一个外国人，对中国彼时文化生态的理解，恐怕也是要受特定历史时期主流意识形态的影响和制约的。但就程伟元个人而言，远迈北宋的程颢以及所谓"河南籍"，对他已经没有实际意义。自署"古吴"，可能是离程伟元较近的几代人长期生于斯、长于斯并早被同化的缘故。证以甲、乙程本《红楼梦》中颇多吴语，亦可为内据。又据周春《阅红楼梦随笔》所记"时始闻《红楼梦》之名，而未得见也。壬子冬，知吴门坊间已开雕矣"。这里的"吴门开雕"实指苏州"萃文书屋"。叶德辉《书林清话》引录颇多文献备述吴门书坊盛衰，其中的"萃文书屋"系由"文粹堂"演变而来，且在北京琉璃厂有联号。程伟元接手经营后，也是利用了两地"联号"的销行优势，才使《红楼梦》誉满京华、流行江浙，从此程高本遂取代脂砚斋残抄本而独行天下，在红学史上开创了一个新的时代。

从现存的程伟元同时代人晋昌、金朝觐、范秋塘诸子记录其活动空间考察，他的足迹及交游亦大体局限在苏州、北京、沈阳一带。另据李桑《且住草堂诗稿》跋"程君小泉，予之同学友"推知，程伟元在苏州一带度过青年求学期的可能性很大。按李桑籍贯为苏州府长洲县人，但《苏州长元吴三邑科第谱》和《长元吴三邑诸生谱》，却无相关的程伟元记载。河南地方志和程氏族谱俱未收录，这也可以理解，程伟元科举不第，功名蹭蹬，难入高人法眼青目，亦是修志定规常例。倒是在前引二谱中有些李桑身世材料，知道他是乾隆壬辰科进士，并于嘉庆五年授奉天府丞，旋赴任辽东，机缘凑合，得以与程伟元相会于沈水之畔。我们知道了李桑的生平概况，也就大致能推测程伟元活动时间的上下限。又，客居津门的徐世昌编有《晚晴簃诗汇》，著录李桑有部《惜分阴斋诗钞》，这是一条很有价值的线索，集进士、名宦、诗人和《四库全书》缮书处分校官于一身的李桑，还应有其他文集存世。作为与程伟元关系最密切的同学、同乡，尤其是那位有《月小山房遗稿》《兰墅诗钞》《砚香词》等诗词传世的程伟元亲密合作者高鹗，如果我们花些精力对他们注意寻踪觅迹，不但可望钩沉出更多的程伟元佚诗，而且极有可能发现有关《红楼梦》的新材料，特别是与程伟元、高鹗相关的后四十回的有价值的文献。倘能由此开掘进行深入研考，或许最终能揭开"续书"200年来的悬案，那可是对"红学"这门显学最大的贡献。比如高鹗，认定他是《红楼梦》后四十回的作者，这个复杂的问题姑且勿论，但是硬说他娶了"同年"诗人张船山之妹张筠为妻还残忍地折磨死了她，并以这种子虚乌有的"妹夫"关系做论据来判断后四十回作者问题，那就失之草率了。事实上高鹗妻子仅卢氏一人，近人在《遂宁张氏族谱》中得知，所谓"汉军高氏"，实指四川人汉军高瑛之子高扬曾。❶顾廷龙整理汇编的《清人朱卷集成》第四册收录高鹗的乾隆乙卯恩科"会试朱卷"，也提供了更详细的相关情况，从而排除了对高鹗的诬说。

对程伟元的评价也是如此，我们不能仅仅视其为一介书商。他的诗文书画曾受到同时代人相当高的评价。尽管现在我们见到的这首诗也许并不像时人说的那么优秀，遣词命意俱平，但一则我们不能以偏概全，即不能以此来证明程伟元其他诗的艺术水平，因为毕竟程伟元所面对的写作对象是位粗通中国文化的外国人，而且即席之作，难免酬酢通病；二则我们对一首新发现的诗，不仅要看到它的艺术水平，还要看到它的文献价值。单就这首程伟元诗而论，它的文献价值要大于其文学价值，主要是起到了揭开程伟元"工诗"面纱一角的作用。

---

❶　胡传淮：《洗百年奇冤，还高鹗清白——高鹗非"汉军高氏"铁证之发现》，《红楼梦学刊》2001年第3辑。

新发现清人裕瑞斋名印章"凄香轩"考辨

　　红学界关于"脂本""程本"先后及优劣问题的争鸣中，欧阳健先生《红楼新辨》对包括《枣窗闲笔》在内的很多史料都进行了质疑❶，对于那些疑问，研究者从不同角度均给予了解答，但迄今为止，对他指摘的《枣窗闲笔》稿本自序下所钤作者裕瑞书斋印"萋香轩"误为"凄香轩"的问题，在释疑解惑方面做得尚不充分。笔者不揣冒昧，对此做了点考证，并由此引发，将《枣窗闲笔》稿本的笔迹结合其他文献再次进行了比勘、考辨，以此就教于方家。

　　《红楼新辨》中"《枣窗闲笔》辨疑"一节特别指出：

　　《枣窗闲笔》之非出裕瑞之手，还有一个证据。此书自序末署"思元斋自识"，下有"思元主人""凄香轩"二印。裕瑞著有《萋香轩吟草》《萋香轩文稿》，其书斋当名《萋香轩》，而"闲笔"自序下所钤之印章竟刻成"凄香轩"，错的未免有点离奇。据此推知"闲笔"不惟出于"抄胥之手"，且抄手非受裕瑞之请托，而系后人之作伪，谅亦不为太过。

　　欧阳健先生指摘《枣窗闲笔》稿本所钤印章误为"凄香轩"，主要是根据潘重规发现的《萋香轩文稿》。从文字学角度讲，"萋"与"凄"两个字有时可以通假，如今本《诗经》"小雅"中的"大田"篇"有渰萋萋"，《说文解字》及《汉书》"食货志"均引作"有渰凄凄"，段玉裁对"凄凄"两字的解释为"雨云起貌"，这与《毛传》

---

❶　欧阳健：《红楼新辨》，花城出版社 1994 年版。

对"萋萋"的释义"云行貌"一致。又如《诗经》"秦风"中的"兼葭"篇，中学语文教材中"人教版"的选字是"兼葭萋萋"，而"苏教版""浙教版"教材均作"兼葭凄凄"，这都不能算错，因为汉字有同源字、异体字。古人还常把室名别号改易一同音或音近字，拓出另外一番情趣。如明代通俗小说家冯梦龙斋名"墨憨"又作"默憨"；清代学者阮元自署"颐性老人"，但有时又署"怡性老人"。《红楼梦》早期评点家"脂砚"也可写成"脂研"，不足为奇。

一般情形下，抄手将"萋"误写成"凄"，常情难免，但篆刻家为人家治印，姓名是绝对不允许有任何差错的，刻闲文印章尤其是书斋、轩馆之类印章，也不该有错字。如果裕瑞书斋名确系"萋香轩"竟误刻成"凄香轩"，当然是不可原谅的错误，诚如欧阳健先生所云"错的未免有点离奇"。但我们不妨换个角度想一下，一般来说，作伪者都会尽量做得像才能骗得信任，制一方"凄香轩"或"萋香轩"印章花费的精力一样，何必刻错一个字而授人以柄呢？况且裕瑞未刊稿或未发现的手稿尚多，怎么就断定没有"凄香轩"字样的书名呢？随着佘嘉惠所绘《临罗两峰鬼趣图》册页在纽约苏富比拍卖行的现身，以收集文献新方法"e考据"著称的台湾黄一农先生从册页中找到裕瑞题诗及"凄香轩"钤印❶，这个问题的讨论至此可画上句号。

因《枣窗闲笔》稿本发现年代较晚，欧阳健先生认为不可靠，怀疑系托名之作，目的是迎合胡适新红学观点。关于《枣窗闲笔》稿本情况，朱南铣先生在《红楼梦研究集刊》第 7 辑上撰文《〈红楼梦〉后四十回作者问题札记》，明确指出"一九一二年东四牌楼八条胡同三十一号裕颂庭藏，后归孙楷第，现归北京图书馆"（1963 年上海古籍刊行社已影印裕瑞这部稿本）。从时间上看，当时"新红学"尚未诞生，不存在为"迎合胡适"作伪问题。若"作伪"可以仿裕瑞一批书画，那样简捷便当获利又丰（据《清史稿》"文苑传"知，裕瑞"工

---

❶ 黄一农：《二重奏：红学与清史的对话》，新竹市"清华大学"出版社 2014 年版，第 489 页。

诗善画"）。若为"迎合胡适"，可将《枣窗闲笔》稿本直接卖给这位当时如日中天的学界泰斗。胡适有财力并且也肯出"重价"，这从他购买甲戌本出手阔绰大方即可判断，胡适与孙楷第同在北大，而费力炮制出的《枣窗闲笔》居然卖给了从事冷僻图书目录学研究的寒士孙楷第，不可思议。

《红楼梦大辞典》（文化艺术出版社1990年版）涉及裕瑞条目时说"卒年及生平事迹不详"，是未深考。裕瑞（1771—1838），号思元主人，他的家谱脉络及个人经历都比较清楚。据《爱新觉罗宗谱》，系清太祖六世孙，为豫良亲王修龄次子。他的一生经历了乾隆、嘉庆、道光三朝。担任过镶白旗蒙古副都统，镶红旗、正黄旗、正白旗副都统和护军统领等重要官职，天理教反满运动爆发后，因失职被革去公爵发配盛京。嘉庆十九年，又以不能约束移居宗室及强买民妇为由，永远圈禁，可谓命途多舛。《枣窗闲笔》当是圈禁后所作，因书内评到的《镜花缘》成书最晚，周汝昌《红楼梦新证》中断代为嘉道之际，大体判断没错，然太笼统。考《枣窗闲笔》不避道光帝"宁"字讳，故成书下限应在嘉庆二十五年前。书中评论到的八种书，《镜花缘》成书最晚，直到嘉庆二十三年，作者李汝珍才从"淮南草堰场"（今江苏东台）出发去苏州监刻已"收拾誊清"的手稿，《镜花缘》版本研究者称其为"初刻本"（今藏北京大学图书馆）。据此可推，《枣窗闲笔》的成书，必在嘉庆二十三年后而又不会晚于嘉庆二十五年前。《枣窗闲笔》流传过程是：裕瑞—裕颂庭—北京隆福寺街青云斋书店（史树青发现）—孙楷第—北京图书馆（今国家图书馆），可谓流藏有序。其中"裕颂庭"是稿本流传环节上的关键人物，虽因文献无徵，不能弄清他与裕瑞关系（从其所冠姓看，或为同族），但此人在历史上是存在的，民国初年尚在世。2012年11月19日，崔虎刚、胡刚的博文《〈枣窗闲笔〉出处重要证据被发现》❶，披露邮品中有关裕颂

---

❶ 引自 http://blog.sina.com.cn/s/blog_8fb5891c0101a18g.html.

庭照片等资料，他寄往欧洲的信封所用英文人名及地址章，恰与朱南铣所记若合符契。高树伟据孙殿起《琉璃厂小志》、王玉甫《隆福春秋》，绘出《青云斋书店沿革及〈枣窗闲笔〉递藏表》，并辨析《枣窗闲笔》文字所涉清代典章制度，如清雍正十年所设军机处有"红章京"，裕瑞朋友赵翼便是其中一位。又如"克食""旗人合卺"诸语，大都关乎清代满人习俗，非置身其时代者不能洞悉。从避讳康熙帝"玄"字、乾隆帝"历"字现象看，也提供了《枣窗闲笔》稿本系清代抄本的佐证。❶此外，确认《枣窗闲笔》并非现代人杜撰产物，还有文献依据，清人英浩在《长白艺文志》（稿本）中曾记载："裕思元有《枣窗闲笔》一卷，皆评论七种《红楼梦》之作，云雪芹书成，旋亦故矣"。这至少确定了《枣窗闲笔》的书名在清代就已真实存在。无独有偶，裕瑞的《思元斋全集》八卷中有《枣窗文稿》二卷，《思元斋续集》三卷中有《续枣窗文稿》一卷，亦可作为"枣窗"书名存在的注脚。

欧阳健先生还认为《枣窗闲笔》稿本并非裕瑞手迹。他以台湾学者潘重规在这个问题上的考察结论为据并做了发挥，认为现存的《枣窗闲笔》稿本笔迹如"稚子涂鸦"。按潘氏于海外偶得裕瑞"手书"《姜香轩文稿》并曾在香港影印出版，他在"序"中认为此文稿的书法"颇具晋唐人笔意"，遂断为裕瑞手稿。相形之下，潘氏却以《枣窗闲笔》稿本"字体颇拙"且有"怪谬笔误"为由，认为出于"抄胥之手"。

潘重规的看法本来就值得商榷，从中国书法发展史上看，晋代的书法潇洒飘逸，王羲之《兰亭序》可为代表，而唐代尤重法度，如欧阳询的气象森严，这是就大的区别说；但无论晋还是唐，其书法又都有朴拙的一面，可见"拙"未必都是贬义，如唐颜真卿的朴厚雄浑、大巧若拙，晋人沿魏碑一路形成的结体严谨、朴拙险峻书风。需要指

---

❶ 高树伟：《裕瑞〈枣窗闲笔〉新考》，《曹雪芹研究》2015 年第 3 期。

出的是，面世的王羲之行书，不少系虞世南、褚遂良摹本，这就难免有"唐人"笔意糅合其间。

问题是《枣窗闲笔》的稿本是否真的"字体颇拙"或"稚子涂鸦"？天津人民出版社1979年出版的吴恩裕《曹雪芹佚著浅探》，书影中收录了裕瑞《风雨游记》手稿一页，欧阳健先生也承认"其为裕瑞之真迹，当无可疑"。笔者仔细对照了国图《枣窗闲笔》手稿，感觉相同的字如出一辙，不同的字在运笔特点上也反映出书写习惯的同一，个别文字起、收笔虽稍有异，然承嬗之迹显而易见。从《风雨游记》到《枣窗闲笔》，时间跨度近二十年，此间裕瑞宦海浮沉、阅尽沧桑，虽尚在中年，但已心境凄凉，可谓"人书俱老"，这从《枣窗闲笔》手稿字体的老辣、间架结构的更加圆熟可窥一斑。好在这些文献都已面世，研究者自可目验去印证。又据吴恩裕先生书中自述，他在1954年为文化部洽购恩华氏所藏两千四百多册满洲人的著作时，看到了很多装订成册、成套的裕瑞手稿，笔迹都与《枣窗闲笔》相同。除此之外，还有一幅存世的名为《墨菊条幅》的画，上有题字"长幅写菊，不衬以石，殊难布置，此则低昂其丛，用实空白而已"。此画为裕瑞所绘向无争议，文物鉴定专家史树青对比后得出结论"细审《枣窗闲笔》书法与此画题字，完全一致"，这就为裕瑞稿本的真实性补充了有力的旁证。而潘重规得到的《姜香轩文稿》只是"孤证"，按照"孤证不为定说"的学术通则，更应相信可以互证的包括《枣窗闲笔》在内的大量裕瑞手稿的可靠性。

至于所谓《枣窗闲笔》的"笔误"问题，亦是常情难免。裕瑞以失察之咎革职，到盛京后仍放荡不羁，"文如其人"，可以推想他并非那种一笔不苟的严谨学者。这从《枣窗闲笔》文风的随意性也可看出，况且有些也不能都看作是"笔误"，如欧阳健先生提到的将"原委"写成"原尾"，就如同今天将"原意"写成"原义"，"优美"写成"幽美"一样，取意角度不同，选字自然有别。

退一步说，即使确证了稿本并非裕瑞手迹，也不能否定《枣窗闲笔》内容的真实性，这就如同潘重规发现的那部《姜香轩文稿》，笔迹与传世的大部分裕瑞手稿有异，但我们却不能据此就认为其内容与裕瑞无关，因为那部文稿中的某些思想恰与裕瑞一致。如反对"华夷之辨"以及对名节、食色和男女的独特看法等，并且文稿所载《风雨游记》内容与嘉庆五年瑛宝为裕瑞所绘《风雨游图》画境相契合，文稿的成书时间"嘉庆八年"与之也很接近。此外，还有张船山、法式善等同时代名士的评语为佐证，这就大体能确定《姜香轩文稿》为裕瑞所作，但却不一定是他本人亲笔。

不可否认，《枣窗闲笔》成书虽早但出现年代确实较晚，这里需要辨明的是，"晚"与"伪"之间并不能构成逻辑关系，比较明显的例子，甲骨文是清末才在河南安阳出土的，但我们却不能因为发现"晚"就否认它作为商朝文字的真实性。一代学者王国维据此建构了一门新学问并提出了著名的"二重证据法"理论，为近代以来的学人所接受，以后又有敦煌文书、流沙坠简的陆续发现，开拓了学术新领域并导致传统研究方法的变化。特别是 20 世纪 70 年代以来一连串的考古发现，如长沙马王堆汉墓帛书中的《黄帝书》《易》《五行》《老子》，临沂银雀山发现的汉简《孙膑兵法》，定县八角廊汉墓发现的竹简《文子》等，由于这些古籍的出土，使得长期以来人们怀疑的一批"伪书"得到平反，恢复名誉后成了学术研究珍贵的新史料，给人们重新认识秦汉之际的实际文化情形提供了一幅过去从未看到过的历史图景。这批曾被判决为"伪书"的古书重见天日，也使一大批学人走出了"疑古思潮"的笼罩，不再囿于清儒涉猎文献的范围及治学模式。我们只要比较一下清代考据学家和 20 世纪 20 年代以来学者们的研究领域、资料范围、论证角度及其取得成就的差异，就一清二楚了。

确定《枣窗闲笔》并非现代人为迎合"新红学"而杜撰的产物，还有文献上的依据。如清人英浩在《长白艺文志》中就曾明确记载："裕思元有《枣窗闲笔》一卷，皆评论七种《红楼梦》之作，云雪芹书成，旋亦故矣"，这至少确定了《枣窗闲笔》的书名在清代就已客观存在。无独有偶，裕瑞的《思元斋全集》八卷中恰有《枣窗文稿》二卷，《思元斋续集》三卷中恰有《续枣窗文稿》一卷，亦可作为"枣窗"书名存在的注脚。

红学形成发展过程中出现的分支如"曹学""版本学""脂学""探佚学"❶，目前看"脂学"的建构最为薄弱，这虽有多重因素，但"脂砚斋"其人的难以确定，恐怕算是最重要的原因。明清小说评点史上，曾出现过评点大家如金圣叹、毛宗岗、张竹坡和李贽那样"导夫先路"式的前驱，当代小说理论批评研究者也出版了相关学术成果，实绩颇丰。尽管学界对个别评点大家如毛宗岗的著作权问题也存在争议，可他的身世轮廓还是清楚的，并且不影响我们将其放在具体特定的时空中去考察。均署名为李卓吾的《水浒传》"容与堂""袁无涯"两种评点本的关系也不难厘清。但"脂砚斋"可就不同了，此人究竟是与曹雪芹同时还是晚出，这个问题不同的答案直接会影响到某些研究结论是否可采信。因此，确定了《枣窗闲笔》为裕瑞所作，也就确定了"脂砚斋"其人及其批语在清代的真实存在❷，从某种意义上说，也就等于确定了"脂本"在"程本"之前的客观存在，因裕瑞明确提到"曾见抄本卷额，本本有其叔脂砚斋之批语"的话，这就是争论的实质所在。

---

❶ 周汝昌在《河北师范大学学报》1982 年第 3 期撰文《什么是红学》，认为"红学"包括上述四个分支，而研究《红楼梦》"本身"的学问只能叫作"一般小说学"而不算"红学"，但这种意见遭到质疑，有些研究者还将上述分支涉及的内容称为"红外线"，并呼吁"回归文本"。

❷ 确定"脂砚斋"其人及其批语在清代的真实存在，还有其他文献依据，如嘉庆初年试魁手钞《红楼梦诗词选》，所据底本即"脂本"，且有"脂砚先生恨儿多"诗句，参见《红楼梦学刊》2005 年第 3 辑胡文彬文章；又，收藏家张伯驹购得的"脂砚斋"石砚也可作为文物旁证，据砚匣底所刊文字可知，系"万历癸西姑苏吴万有造"，又据砚匣盖内所刻小像，知其为名妓薛素素私人用品，砚背有当时文士王穉登题诗，与传世王氏手迹笔法一致，砚石侧面镌刻"脂砚斋所珍之砚，其永保"小字，书法、刀工俱系乾隆时风格，显然，"脂砚斋"这个名称即由薛素素持有的"脂砚"而起，此砚后归清末重臣、金石学家端方收藏（他还藏有《红楼梦》抄本，对与红学相关的文物感兴趣，亦非偶然），因其曾在"保路运动"的辛亥革命那年作为"钦差"入川，而这件文物恰于蜀地发现，可谓流传有序。

《枣窗闲笔》的辨伪与脂砚斋的"存在"

欧阳健

《枣窗闲笔》的文献属性，是红学论争的焦点之一。20 世纪 90 年代初我对脂砚斋提出质疑后，《红楼梦学刊》为了"不让这种观点再扩散下去"，在 1993 年第三辑组织了五篇专稿"进行全面批驳"，所恃的"杀手锏"，便是《枣窗闲笔》。蔡义江先生调侃说："欧阳健没有读过裕瑞的《枣窗闲笔》吧？或者即便读过，在创作'作伪说'时也想不起来了吧？"他甚至料定我必定无言以对，幸灾乐祸道："欧阳健现在发现自己的奇谈原来有这么大的漏洞，他准备作怎样的辩解呢？我也能猜到几分：他大概会说，'刘铨福化名脂砚斋'，就是受到那个胡编乱造的裕瑞的启示呀！"（《〈史记〉抄袭〈汉书〉之类的奇谈——评欧阳健脂本作伪说》）宋谋玚先生更义愤填膺地责问："难道爱新觉罗·裕瑞是 1927 年以后的人吗？难道欧阳健同志连《枣窗闲笔》这种红学常见书都没有读过吗？"（《脂砚斋能出于刘铨福的伪托吗？》）

可当我通过《红楼新辨》《红学辨伪论》《还原脂砚斋》等著述，对《枣窗闲笔》作系统辨证之后，倏忽过去了二十年，《红楼梦学刊》只刊出了唐顺贤《裕瑞曾见脂批甲戌本浅考——条辨〈枣窗闲笔〉"伪书"说》（1994 年第四辑）和赵建忠《清人裕瑞书斋名"蓑香轩"误刻"凄香轩"释疑——兼谈〈枣窗闲笔〉的稿本笔迹问题》（2012 年第五辑）两篇文章以回应。唐顺贤命笔之时，并没有直面我的论据和论述，只自说自话地讲《枣窗闲笔》的"矛盾"，虽承认"由于裕瑞同曹雪芹不同时，只能听闻于'前辈姻戚'的谈话之中，也未作深入的调查考证，有其偏差失实之处"，又强调不能因"道听失实之事的不足而全盘否定《枣窗闲笔》的真实和价值，甚至否定裕瑞亲眼看见的东西"；赵建忠则纠缠于若干枝节，对核心论题却语焉不详。这种由咄咄逼人到群体噤声的尴尬局面，网友"扫花斋"有极形象的描绘：

> 《枣窗闲笔》是新红学关于脂砚斋与脂批的唯一历史文献，其珍贵程度不亚于基督徒之于圣经。任何一位认可脂批的聪明红学家，是绝不会把毫无退路的最后一根救命稻草拿出来做"有"与"无"的探讨。把这个问题放在阳光下，对于本就有所犹豫的主流红学家们来讲，并不是一种明智的选择。

> 当下，最聪明的做法就是径把"其叔脂研斋"作为不需要证明的公理直接使用即可，同样的，脂砚斋是否为历史真实人物，脂批是否为历史真实记录，从来就不是当下主流红学的讨论范畴与治学方向，径做"公理"使用即可。

蔡义江、宋谋瑒是聪明的，不"把这个问题放在阳光下"，继续假装"没事人"，"径把'其叔脂研斋'作为不需要证明的公理直接使用"。唯有不识深浅的后来者，尝试着"把毫无退路的最后一根救命稻草拿出来做'有'与'无'的探讨"。可惜在他们的"探讨"中，好些重要条目或被忽略，或被歪曲，故不得不重新梳理其来龙去脉，以求得完整的贯通与共识。

一、《枣窗闲笔》来历辨证

《枣窗闲笔》的来历，最早见于孙楷第《中国通俗小说书目》的著录:"《枣窗闲笔》一卷,存。余藏作者手稿本,已捐赠北京图书馆(编者注:现国家图书馆)。"1981年,朱南铣在《红楼梦研究集刊》第七辑发表《〈红楼梦〉后四十回作者问题札记》,中说:"一九一二年东四牌楼八条胡同三十一号裕颂庭藏,后归孙楷第,现归北京图书馆。""1912年"云云,我以为当系售书者对孙楷第的表白,则此本的来历,可追溯至民国以后。

2012年11月19日,崔虎刚、胡刚的博文《〈枣窗闲笔〉出处重要证据被发现》公布了杜邦拍得的一枚"洪宪快信票",与另一邮友发现的英文红色戳记,考定为清皇族裕颂庭的个人名章:裕颂庭(Yu SungTing),地址北平东四牌楼(TungSsuPaiLou)八条胡同(PaTiaoHuTung)31号。洪宪为袁世凯所创"中华帝国"年号,自1915年12月25日至1916年3月22日,文章得出结论道:

这一来自集邮界的历史证据,(因看不清邮戳是洪宪几年)证明了一九一五年十二月二十五日宣布第二年改元"洪宪",到一九一六年三月二十二日这期间,北平东四牌楼(TungSsuPaiLou)八条胡同(PaTiaoHuTung)31号,确有裕颂庭其人。

因此,可证孙楷第《中国通俗小说书目》的著录:"《枣窗闲笔》一卷,存。余藏作者手稿本,已捐赠北京图书馆。"及朱南铣《〈红楼梦〉后四十回作者问题札记》一文介绍:此书"一九一二年东四牌楼八条胡同三十一号裕颂庭藏,后归孙楷第,现归北京图书馆"所言准确。

《枣窗闲笔》确实是出现于胡适新红学产生之前!

发现了新的旁证,总是好事。由于"洪宪快信票"与裕颂庭(Yu SungTing)英文红色戳记的出现,我的第一感觉是:确实言之有据!1915年12月25日到1916年3月22日间,东四牌楼八条胡同三十一号裕颂庭的存在,可证孙楷第、朱南铣所言不虚,遂转贴在自己的和讯博客上。

不想几天后，博友"醉里轻歌"于2012年12月03日留言："请注意红色印章的年代至少比洪宪年间晚十二年，因为北京直到1928年才改称北平。而印章上刻的是'PEPING'。"

我惊叹"醉里轻歌"的细心，注意到这一重要的历史背景：蒋介石于1928年定都南京，为了淡化北京传统政治中心概念，将其改称北平。于是悟到"洪宪快信票"与"YuSungTing"英文红色戳记，并未共存同一邮件；而将两个互不相关的邮品牵扯一起，则是为了抬高其商品价值。按照网址，查到"华邮网"杜邦2012年2月9日的帖子："多谢兄台惠让好东西，我只是爱瞎琢磨，刨根问底了！有幸能搞清后面红色戳记真相，证实不是伪品，已经很开心了。此戳记主人据说与红楼公案有牵连，晚清皇族内也算知名人士，当然是在学术界而不是在集邮界知名了"，"网上找的，与红楼后四十回是否曹雪芹所写争论有关，欢迎红学家也来洽谈高价购买我此票"。

其后，"古代小说研究网"发表曹震先生《邓之诚论〈红楼梦〉及其他》，据凤凰出版社2012年4月版《邓之诚文史札记》，摘录有关裕瑞《枣窗闲笔》的文字有：

民国三十五年十一月十一日晚作书致高名凯，托其向孙楷第借裕瑞《枣窗闲笔》。

民国三十七年十一月三日孙楷第来，以《枣窗闲笔》送阅，为

《跋百廿回本〈红楼梦〉》一首、《跋〈续红楼梦〉七种》各一首、《跋〈镜花缘〉》一首。道光时裕府思元主人所撰。胡适辈视为秘笈者，其实无甚足取，文笔尤滞。唯有闻之先辈言："曹雪芹。其人肥黑广额，每言只须人以南酒烧鸭享我，即可作佳小说报之。作《红楼梦》预计百二十回，仅成八十回而逝，先后已改过五次矣。书中所言俱家中事，元、迎、探、惜四春者，寓'原应叹息'四字，皆其姑辈，与平郡王有亲。所谓'脂砚斋批本'者，其叔所为，宝玉指别一叔，非自道也。后四十回有目无书云云"皆尚可取。校中议推院士，予何暇问此矣！

民国三十七年十一月十一日草《裕瑞〈枣窗闲笔〉书后》一首，亦以遣病也。

一九五六年六月初七日致书吴恩裕，托代钞《枣窗闲笔》中曹雪芹一则。

一九五七年冬月初五日朱南铣寄赠《枣窗闲笔》，未印予所作跋。

然后评论道：

邓之诚先生提到的"草《裕瑞〈枣窗闲笔〉书后》""予所作跋"，指的就是 1948 年发表于《图书季刊》新第九卷第三、四合期的《〈枣窗闲笔〉跋》一文，其中说，"孙子书先生得《枣窗闲笔》，偶出以相示，问平郡王事，因书所及知者以归之。时戊子十月朔十日"。据日记可知，孙楷第先生得到《枣窗闲笔》不迟于 1946 年 11 月，曾在胡适等友朋辈中传阅，邓之诚闻讯托人借阅，但直到两年后的 1948 年 11 月才如愿。

据邓之诚札记，孙楷第得《枣窗闲笔》在 1946 年，但未点明出自裕颂庭藏。此本为胡适辈视为秘籍，故孙楷第破格收入专录通俗小说的《书目》。"一九一二年东四牌楼八条胡同三十一号裕颂庭藏"，只是朱南铣1981年的说法。博友"飞福州"2012年12月05日留言："朱南铣是1916生的，没有文献记载，哪里知道1912年的事？必须是裕颂庭的朋友在没有文献记载的情况下说这句话（"1912年东四牌楼八条胡同三十一号裕颂庭藏，后归孙楷第，现归北京图书馆"）才有意义。朱南铣说的是骗人的假话，没有引用文献作为证据，不符合学术规范。"

《枣窗闲笔》出于"裕颂庭藏"的说法，有利于《枣窗闲笔》为"作者手稿本"的判断；赵建忠先生就说："从其所冠姓氏看，似为裕瑞后人，至少该是同族。"裕颂庭既是裕瑞后人，他保存的《枣窗闲笔》应是家族旧藏的手稿。因了裕颂庭（YuSungTing）英文红色戳记的出现，裕颂庭其人得到确认，更加深了这种印象。

这样一来，《枣窗闲笔》是不是如孙楷第所说，是裕瑞的手稿本，就成了关键中的关键。我当年的辨证，是从手迹与印章两点入手的。

对于后一点，我是这样说的："裕瑞著有《萋香轩吟草》《萋香轩文稿》，其书斋当名'萋香轩'，而《闲笔》自序下所钤之印章竟刻成'凄香轩'，错的未免有点离奇。据此推知'闲笔'不惟出于'抄胥之手'，且抄手非受裕瑞之请托，而系后人之作伪，谅亦不为太过。"赵建忠先生的《释疑》，首先对"萋香轩"误为"凄香轩"作了辨解：

一般情形下，抄手将"萋"误写成"凄"，常情难免，但篆刻家为人家治印，姓名是绝对不允许有任何差错的，刻闲文印章尤其是书斋、轩馆之类印章，也不该有错字。如果裕瑞书斋名确系"萋香轩"竟误刻成"凄香轩"，当然是不可原谅的错误，诚如欧阳健先生所云"错的未免有点离奇"，但问题的关键是，"萋"与"凄"这两个字有些情况下可以通用，如今本《诗经》"小雅"中的"大田"篇"有渰萋萋"，《说文解字》及《汉书》"食货志"均引作"有渰凄凄"，段玉裁对"凄凄"两字的解释为"雨云起貌",这与《毛传》对"萋萋"的释义"云行貌"是一致的;又如《诗经》"秦风"中的"蒹葭"篇,中学语文教材中北方"人教版"的选字是"蒹葭萋萋",而南方"苏教版""浙教版"教材均作"蒹葭凄凄",这都不能算错,因为汉字有同源字、异体字,就如红学人物中人们熟知的"脂砚斋"也可写成"脂研斋",不足为奇。其实我们换个角度想一下,一般来说,作伪者都会尽量做得像才能骗得信任,制一方"凄香轩"或"萋香轩"印章花费的精力一样,何必刻错一个字而授人以柄呢?况且裕瑞未刊稿或未发现的手稿尚多,怎么就断定没有"凄香轩"字样的书名呢?

赵建忠先生承认:"篆刻家为人家治印,姓名是绝对不允许有任何差错的","如果裕瑞书斋名确系'萋香轩'竟误刻成'凄香轩',当然是不可原谅的错误",在前提上与我一致;却欲以"'萋'与'凄'这两个字有些情况下可以通用",来为"凄香轩"印章辩解。殊不知通假字实际上就是古人所写的别字(白字),因后人纷纷效仿,遂尔积非成是。即便如此,通假也是有条件的。"萋"本义是盛,《汉书·班婕妤》云:"华殿尘兮玉阶菭,中庭萋兮绿草生。"张协《杂诗》之一云:"房栊无行迹,庭草萋以绿。""凄"的本义是寒,如"寒风凄凄",又同"悽",如"凄切"。一盛一衰,词义正好相反,在这种情况下,二者是不能互通的。

"萋萋"连用,为草木茂盛貌,如"晴川历历汉阳树,芳草萋萋鹦鹉洲";为华丽貌,如"掩萋萋之众色,挺袅袅之修茎";为衰飒貌,如"衰草萋萋一径通,丹枫索索满林红"。"凄凄"连用,唯衰飒一义与"萋萋"可以互通,如"衰草萋萋"可作"衰草凄凄";他义皆不能互通,"芳草萋萋鹦鹉洲",不能写作"芳草凄凄鹦鹉洲";"掩萋萋之众色",不能写作"掩凄凄之众色"。裕瑞以"萋""香"二字相连名其书斋,花木既然有香,无疑是取茂盛、华丽之义,是不应与"凄其""凄切"相混,误为"凄香"的。至于搬出中学语文教材中"人

教版"，"苏教版""浙教版"来证明己说，与文献考证的学术规范，
是差得太远了。

对于前一点——《枣窗闲笔》是否裕瑞手迹，我当时说："此点
本来无人加以怀疑，直到潘重规于海外偶得裕瑞手书《蓁香轩文稿》
（按：孙楷第《书目》误作《蓁秀轩文稿》），于 1966 年在香港影印出
版，才开始被提了出来。"按，潘重规指《蓁香轩文稿》为裕瑞自书
手稿的理由有三：

一，此稿首载《风雨游记》，复有《书风雨游记后》一文，所叙
内容正与瑛宝所绘《风雨游图》书有《风雨游记》及诸名家题跋的
情形相吻合；

二，此稿真行书颇具晋唐人笔意；

三，所附评语均同时名士手笔。

相形之下，《枣窗闲笔》"字体颇拙"，且有"怪谬笔误"，故潘氏
以为"显出于抄胥之手，谓为原稿，似尚可疑"。

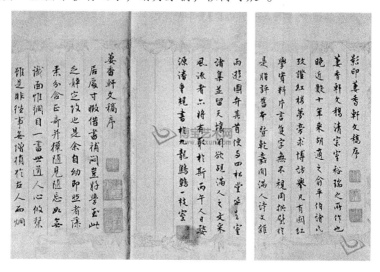

赵建忠先生是这样反驳的：

潘重规的看法本来就值得商榷，从中国书法发展史上看，晋代的书法潇洒飘逸，王羲之《兰亭序》可为代表，而唐代尤重法度，如欧阳询的气象森严，这是就大的区别说；但无论晋还是唐，其书法又都有朴拙的一面，可见"拙"未必都是贬义，如唐颜真卿的朴厚雄浑、大巧若拙，晋人沿魏碑一路形成的结体严谨、朴拙险峻书风。需要指出的是，面世的王羲之行书，不少系虞世南、褚遂良摹本，这就难免有"唐人"笔意糅合其间。问题是《枣窗闲笔》的稿本是否真的"字体颇拙"或"稚子涂鸦"？天津人民出版社 1979 年出版的吴恩裕《曹雪芹佚著浅探》，书影中收录了裕瑞《风雨游记》手稿一页，欧阳健也承认"其为裕瑞之真迹，当无可疑"，我仔细对照了北图《枣窗闲笔》手稿，感觉相同的字如出一辙，不同的字在运笔特点上也反映出书写习惯的同一，个别文字起、收笔虽稍有异，然承嬗之迹显而易见。从《风雨游记》到《枣窗闲笔》，时间跨度近二十年，此间裕瑞宦海浮沉、阅尽沧桑，虽尚在中年，但已心境凄凉，可谓"人书俱老"，这从《枣窗闲笔》手稿字体的老辣、间架结构的更加圆熟可窥一斑。好在这些文献都已面世，研究者自可目验去印证。又据吴恩裕书中自述，他在 1954 年为文化部洽购恩华氏所藏两千四百多册满洲人的著作时，看到了很多装订成册、成套的裕瑞手稿，笔迹都与《枣窗闲笔》相同。除此之外，还有一幅存世的名为《墨菊条幅》的画，上有题字"长幅写菊，不衬以石，殊难布置，此则低昂其丛，用实空白而已"，此画为裕瑞所绘向无争议，文物鉴定专家史树青对比后得出结论"细审《枣窗闲笔》书法与此画题字，完全一致"，这就为裕瑞稿本的真实性补充了有力的旁证，而潘重规得到的《姜香轩文稿》只是"孤证"，我们当然更应该相信可以互证的包括《枣窗闲笔》在内的大量裕瑞手稿的可靠性。至于所谓《枣窗闲笔》的"笔误"问题，如前所述，常情难免，裕瑞以失察之咎革职，到盛京后仍放荡不羁，"文如其人"，可以推想他并非那种一笔不苟的严谨学者，这从《枣窗闲笔》文风的随意性也可看出，况且有些也不能都看作是"笔误"，如欧阳健文中提到的将"原委"写成"原尾"，就如同今天将"原意"写成"原义"，"优美"写成"幽美"一样，取意角度不同，选字自然有别。

赵建忠先生侈谈晋唐书风，既谓"'拙'未必都是贬义"，又称扬"《枣窗闲笔》手稿字体的老辣、间架结构的更加圆熟"，用语游移定见乃尔，何以驳正前人！

《娄香轩文稿》为嘉庆八年（1803）裕瑞手书，首有其自书文稿序，有石禅、思元主人、裕瑞之印，梦曦主人藏佳书之印，又有法式善、杨芳灿、张问陶、吴鼎、谢振定多条跋文，自为珍贵之物；而《枣窗闲笔》所钤唯两枚印章，"娄香轩"竟误刻成"凄香轩"，"当然是不可原谅的错误"，潘重规认为出"抄胥之手"，可谓言之有据。

赵建忠先生又抬出史树青来，以为为"裕瑞稿本的真实性补充了有力的旁证，而潘重规得到的《娄香轩文稿》只是'孤证'，我们当然更应该相信可以互证的包括《枣窗闲笔》在内的大量裕瑞手稿的可靠性"。其实，裕瑞保留下来的真迹不止《风雨游记》，已刊专集《东行吟草》《沈居集咏》《再刻枣窗文稿》中，有他写于嘉庆癸酉（1813）、道光戊子（1828）、道光庚寅（1830）的自序。自序系裕瑞之手书写刻，虽留有刀工痕迹，然仍不失其书法之固有特征，验之《娄香轩文稿》，可谓如出一辙。

张广文先生在《红楼》2012年第二期发表《〈枣窗闲笔〉真伪辨》，指责我"犯了一个常识性的错误"：所列《东行吟草》《沈居集咏》《再刻枣窗文稿》刻本裕瑞自序，"乃雕刻版（欧阳健先生也承认'有刀工痕迹'），与裕瑞本人的笔迹根本就不是一码子事。欧阳健先生用雕版字体与手写本的字体进行比较，以此来证明手写本系真迹或系伪造，是非常荒唐可笑的"。按，写刻乃刻版之一法，由善书法者写样上版，细心雕刻。写刻之精本，传世甚多，如乾隆原刻初印善本《草字汇》，收录汉章帝、晋武帝、梁武帝、唐太宗等十帝墨迹，及王铎、张瑞图、米芾、苏轼等名家草书字样，字迹皆从真摹写，神形兼备，印制清晰，清代书家张廷济赞为"前无古人，后无来者"。写刻保存的裕瑞书法，不失其固有特征，与《萋香轩文稿》相较，断其为裕瑞之自书手稿，有何不可？

"文物鉴定专家"史树青的名气，近年来是越来越大了。张广文先生信奉他之断定《枣窗闲笔》为裕瑞手写稿、可作红学研究"可靠的史料"的，尽管亦知道史树青卷入谢根荣"金缕玉衣"骗贷案的丑闻，仍坚持认为："就目前的社会风气而言，也不能完全排除史树青先生因丰厚的鉴定费或碍于朋友情面而在'金缕玉衣'鉴定书上签下自己名字的可能性。但这并不能代表史树青先生对《枣窗闲笔》和《萋香轩文稿》的鉴定也存在问题。因为1977年还是计划经济时期，社会风清气正，文物市场还没有开放，文物鉴定工作比较严谨，完全是从学术方面考量，因此史树青先生1977年对《枣窗闲笔》和《萋香轩文稿》的鉴定结论应该是可信的。"这就涉及社会风气与个人动机，不妨来"认真"一下。

据张广文先生说，《枣窗闲笔》是史树青1943年在北京隆福寺街青云斋书店发现，后为孙楷第购得的。这一信息是人们以往没有注意的，它将《枣窗闲笔》发现定为1943年，而"发现者"居然就是大名鼎鼎的史树青！这就回答了赵建忠"从时间上判断，当时'新红学'尚未诞生，因此不存在为'迎合胡适'而作伪问题"。已经难以弄清史树青将隆福寺街青云斋书店这部《枣窗闲笔》推荐给孙楷第时，有没有从中得到什么好处，但他一定信誓旦旦地向他保证：这是裕瑞的后人——住在东四牌楼八条胡同三十一号的裕颂庭旧藏的"稿本"，从而让胡适辈视为秘籍的。三十年后，忽然得潘重规发现裕瑞《萋香轩文稿》，断定《枣窗闲笔》乃出抄胥之手的信息，《枣窗闲笔》之事即将穿帮，岂能不加反应？于是借鉴定裕瑞《墨菊条幅》笔迹之机，在《文物》1978年第二期撰文道："细审《枣窗闲笔》书法与此画题字，完全一致；而此画题字与《蒉香轩文稿》书法，颇有不同。知《枣窗闲笔》乃真裕瑞亲笔，而《蒉香轩文稿》'殆出抄胥之手'。非但如此，今所见裕瑞所撰写刻本《蒉香轩诗草》《樊学斋诗集》《清艳堂近稿》等，除《清艳堂近稿》写有'此卷自录'外，其他两种字体清秀，楷法端庄，与此画题字及《枣窗闲笔》书体皆不相类，显然也出自抄胥之手。益证《蒉香轩文稿》非裕瑞亲笔。《文稿》中各篇之后，张问陶、法式善、吴嵩、杨芳灿、谢振定诸人所书跋语（实为评语）与传世各家书迹不类。"通篇是"文物鉴定专家"霸道用语，断定"《枣窗闲笔》乃真裕瑞亲笔"，几无商量余地，岂能以"计划经济时期，社会风清气正，文物市场还没有开放，文物鉴定工作比较严谨"回护？

摆在我们面前的，是一批与裕瑞相关的书法材料，又有站立着两位鉴定专家——潘重规和史树青。我们是相信自己的眼光，还是相信鉴定者的结论？自然都有可做的文章。撇开裕瑞书法的"标准"与鉴定者的人品学问，但就裕瑞本人而论，有一点应该是有共识的：即裕瑞工诗善画，且具相当学识。据《清史稿》卷四八四《文苑传》："裕瑞，字思元，豫亲王多铎裔，封辅国公。工诗善画，通西蕃语，常画鹦鹉地图（即西洋地球图）。又以佛经自唐时流入西藏，近日佛藏皆出一本，无可校雠，乃取唐古特字译校，以复佛经唐本之旧凡数百卷。著有《思元斋集》。"这样的人写字，会不会有不应该出的错？赵建忠先生为"笔误"所作"常情难免"之辩护，说："将'原委'写成'原尾'，就如同今天将'原意'写成'原义'，'优美'写成'幽美'一样，取意角度不同，选字自然有别"，尤为强词夺理。"原意"与"原义"，"优美"与"幽美"，皆为既有之词汇；将"原委"写作"原尾"，将"服毒以殉之"写作"服毒以狗之"，其一为音近而误，一为形近而误，是裕瑞本人不可能犯的低级的错误。足以证明《枣窗闲笔》不但不是手稿，而且也不是受裕瑞请托抄写的。抄手既不认识裕瑞，对他又不甚了了，无非是想借其名以表达某种意思而已。

赵建忠先生说："退一步说，即使确证了稿本并非裕瑞手迹，也不能否定《枣窗闲笔》内容的真实性，这就如同潘重规发现的那部《姜香轩文稿》，笔迹与传世的大部分裕瑞手稿有异，但我们却不能据此就认为其内容与裕瑞无关，因为那部文稿中的某些思想恰与裕瑞一致。如反对'华夷之辨'以及对名节、食色和男女的独特看法等，并且文稿所载《风雨游记》内容与嘉庆五年瑛宝为裕瑞所绘《风雨游图》画境相契合，文稿的成书时间'嘉庆八年'与之也很接近。此外，还有张船山、法式善等同时代名士的评语为佐证，这就大体能确定《姜香轩文稿》为裕瑞所作，但却不一定是他本人亲笔。"这种模棱两可的态度，足以反映他的不自信。

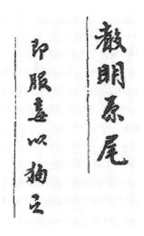

二、《枣窗闲笔》史事辨证

1996 年，第三届大连明清小说研讨会召开前夕，林辰先生嘱我就红学存在的主要问题写成提要，以供与会专家切磋指正，遂成《红学ＡＢＣ25 问求答》，以为"当务之急，恰好是回到红学研究的正确起点即ＡＢＣ上来。只有正视那些构成红学体系基础的版本、史料的辨伪考订，才称得上是对红学的ＡＢＣ的尊重"。第 22 问是："《枣窗闲笔》为什么没能提供程伟元、高鹗任何一点第一手材料？"我所做的说明是：

裕瑞因曹纶一案，与高鹗、程伟元二人建立了联系，然而《枣窗闲笔》并没有提供任何有关的第一手材料。当林清案发时，高鹗正担任刑科给事中，在处分失察科道官员中，高鹗名列第一，与裕瑞可算是同案处分之官员，对于高鹗的种种行止，裕瑞是不应该毫不知情的。嘉庆十八年十月，裕瑞获谴，发往盛京派令管束居住，幸好嘉庆十九年晋昌第二次任盛京将军，裕瑞的情况大有改善。程伟元其时亦在盛京，正受晋昌的倚重。裕瑞的身份是永不叙用、严密圈禁的罪臣，他要得晋昌的庇护，势不能不走程伟元的门子；他又是一个与晋昌唱和的诗友，在种种把酒赋诗的场合，也不能不与程伟元交游。《枣窗闲笔》对高鹗、程伟元却力加诋斥，诸如"伟元臆见""遂获赝鼎""不能鉴别燕石之假""故意捏造以欺人者"等，屡见于笔端。《枣窗闲笔》评及的续书中，最晚者为《红楼圆梦》，其最早版本为嘉庆十九年甲戌（1814）红蔷阁写刻本，《镜花缘》的最早刻本江宁桃花镇坊刻本刊于嘉庆二十二年（1817）下半年或二十三年（1818）春，故《闲笔》成书之上限，必在嘉庆二十三年之后。若此书真出于裕瑞手笔，则必不至于对高鹗、程伟元如此不近人情，更不至于只说些尽人皆知的旧话而毫不提供有关"程高汇而刻之"的任何一点非得自"传闻"而得自"耳闻目睹"的材料。

2007年10月，曹震先生（署名cao）在"中国古代小说研究网"刊出《红学ＡＢＣ25问拟答》，针对此问作答曰：

裕瑞乃豫良亲王修龄次子，嘉庆十七年任管理正白旗护军统领，嘉庆十八年十月因失察之咎革职，仍加恩赏给宗室四品顶戴，以宗人府七品笔帖式用。之后又被加重处罚，革去顶戴官职，发往盛京，派令管束，永不叙用。裕瑞到了盛京以后，因为买妾被参荡检逾闲、无耻妄为，嘉庆十九年四月被严密圈禁不据年限。

"走门子"云云纯属瞎猜；是否有交游或者是否交恶，也均囿于材料所限。而《枣窗闲笔》只是裕瑞一部文稿，因为其中未见关于程高"提供任何有关的第一手材料"，就断为伪书，逻辑上也是犯了"默证"的毛病。

此答只简述裕瑞革职经过，又以犯"默证"的毛病指责我"纯属瞎猜"。按，"默证"说出于张荫麟。他说："凡欲证明某时代无某某历史观念，贵能指出其时代中有与此历史观念相反之证据。若因某书或今存某时代之书无某史事之称述，遂断定某时代无此观念，此种方法谓之'默证'。"讨论裕瑞与高鹗、程伟元"是否有交游或者是否交恶"，回避不了林清一案，故有必要回述相关之史实。

林清，直隶宛平人，嘉庆十八年（1813）九月十四日，乘嘉庆皇帝承德围猎，派天理教徒一百多人潜入北京，于次日在信教太监接应下，分两路攻入皇宫，后被禁军捕杀干净，林清于十七日被捕，史称"癸酉之变"。林清案是清朝著名大案，嘉庆皇帝叹为"汉唐宋明未有之事"，下诏罪己，并严厉惩治罪犯与失职官员。

林清余党、时任都司的曹纶与子曹福昌，俱磔于市。其时舆论，多将曹纶说成是雪芹后裔。毛庆臻《一亭考古杂记》云："嘉庆癸酉，以林清逆案牵都司曹某，凌迟覆族，乃汉军雪芹家也。"汪堃《寄蜗残赘》云："相传其书出于汉军曹雪芹之手。嘉庆年间，逆犯曹纶，即其孙也。灭族之祸，实基于此。"陈其元《庸闲斋笔记》云："至嘉庆年间，其曾孙曹勋以贫故，入林清天理教。林为逆，勋被诛，覆其宗，世以为撰是书之果报焉。"其实这些传说，都是误会。据兰簃外史《靖逆记》卷六记载："曹纶，汉军正黄旗人。曾祖金铎，官骁骑校；伯祖瑛历官工部侍郎；祖城，云南顺宁府知府；父廷奎，贵州安顺府同知。"与传为《红楼梦》作者曹雪芹一支，毫无关系。

此案发生时，裕瑞为正黄旗汉军副都统，曹纶、曹福昌适归其统辖，以"失察之咎"，受到严厉处置。嘉庆十八年十月己未谕："前因正黄旗汉军兵丁曹福昌从习邪教，与知逆谋，该管都统等均有失察之咎，降旨将禄康、裕瑞革去都统、副都统，仍加恩赏给宗室四品顶戴，禄康以宗人府副理事官用，裕瑞以宗人府笔帖式用。兹据讯明，曹福昌之父曹纶听从林清入教，经刘四等告知逆谋，欠为收众接应，曹纶身为都司，以四品职官习教从逆，实属猪狗不如，罪大恶极。该管都统、副都统漫无觉察，其咎尤重。禄康、裕瑞著革去宗室四品顶戴副理事官、笔帖式，即日俱发往盛京，派令管束移居宗室各户，即在小东门外新建公所居住，永不叙用，以示惩儆。"

高鹗时任刑科给事中，亦因林清一案受到牵连。《平定教匪方略》卷十七载："吏部奏：遵旨议处失察林清、曹纶谋逆不奏之汉军直隶各科道，按其在任年月分别降调留任。得旨：所有失察谋逆在任一年以上，议以降二级调用之给事中高鹗、御史今任江安粮道魏元煜、常州知府朱澄，俱著改为降三级调用。"在处分失察科道官员之中，高鹗名列第一。吏部原议降二级调用，嘉庆皇帝嫌处分太轻，御旨改为降三级调用。

"癸酉之变"，让高鹗和裕瑞成了"同案犯"。从法律上讲，同案犯指二人以上实施同一犯罪的行为；由于某种原因，将并无关联的人牵扯进同一案件，也就成了"同案犯"。"同案犯"间的感情，没有一定人生体验，是很难感知的。"文化大革命"中，我因日记之故，在淮阴县看守所拘留四年，虽然没有"同案犯"，却相伴了好些"同犯"（犯人间不能称"同志"，只能称"同犯"），时间过去了四十多年，和好些"同犯"之间，依然有着感情上的维系。至于真正的"同案犯"，倒有两位著名学者的例子。

生于1919年的何满子，和胡风原没有什么交往，更没在《七月》和《希望》上面写过一个字。新中国成立后，何满子到震旦大学中文系任教。贾植芳曾多次请他去见胡风，而以"江湖散人"自居的何满子，以为自己已不写诗了，不想见这位"诗坛领袖"，所以就没有去。1955年胡风集团案发，与胡风没有一点关系的何满子，竟然成了"胡风分子"，被捕了。1957年又被定为"右派"，罪名是"给胡风集团翻案"，1958年发配到宁夏。1964年调回上海，1966年又被打成"现行反革命嫌疑分子"，遣送原籍，1978年年底方回上海古籍出版社。何满子先生有独立的人格精神，无论做学问写杂文，都有个"我"在。

生于1934年的章培恒，新中国成立前夕入党，1954年复旦中文系毕业，留校任教，任党支部书记。胡风案起，章培恒因向贾植芳通风报信，被捕入狱，虽未定为"胡风分子"，却被开除党籍，调任图书资料工作。有人质疑：章培恒向贾植芳泄露党内机密，"天知地知你知我知"，怎会被组织掌握？无非两种可能：章培恒为了防止被贾检举，自己陷于被动，抢先向组织坦白；贾植芳开头虽然硬颈，但被施以专政之后，精神上垮了，不得不低头认罪，向组织"出卖"自己的学生。章培恒见不能教书，就埋头写作，不想对清末"谴责小说"的批判论文，被高层看中，赞许有加，于是被重新起用，且进入张春桥、姚文元、王洪文、徐景贤、马天水等主导的上海市委写作班子，参与炮制了不少鼓吹"文革"路线的文章。"四人帮"粉碎后，章培恒在上海市委写作班子里的同事如朱永嘉、胡锡涛等，都受到严厉整肃，有的甚至被判处徒刑，章培恒却没被深究，从此不问政治，专心于中国文学史学问，被复旦目为名师，在校史馆里占一席之地。

无论年龄、经历、性格，何、章二人都有相当差距，他们的良好关系，就是因了"胡风集团"的"同案犯"。他们都研究过《西游记》，何满子写有《〈西游记〉研究的不协和音》，是承认吴承恩著作权的；章培恒写有《百回本〈西游记〉是否吴承恩所作》，完全否定吴承恩是《西游记》的作者，两人的见解不一致，但不妨碍之间的友谊。如果百年之后，忽然出现一本何满子的"闲笔"，说他对章培恒的名号、里居、交游都不了解，皆以"想系""不得知""亦不知""皆不可考"等语含糊出之，却充斥"培恒臆见""遂获赝鼎""不能鉴别燕石之假""故意捏造以欺人者"一类的话，你会相信是何满子的手稿吗？这里涉及的不是"默证"，而是对世情的洞明。裕瑞与高鹗的关系，亦可作如是观。

好些老干部对"文革"的回忆，都写到落难之时，因得某人看顾，少遭了不少罪，字里行间，充满感恩之情，这也是人情世态。裕瑞因与程伟元的联系，中介就是晋昌。晋昌，字戬斋，号红梨主人，太宗皇太极之后，恭亲王常宁五世孙。他于嘉庆十九年（1814）第二次出任盛京将军，使发往盛京派令管束的裕瑞，处境大有改善。裕瑞《晋斋自书〈牡丹再荣〉诗见赠属和》有句云："应感上公曾护惜，芳情重奉一枝春。"对晋昌的"护惜"，充满感激。晋昌《西域虫鸣草》诗集卷首，还有裕瑞所作序言。可见因得晋昌保护，裕瑞的日子过得还是比较舒心的。

其时程伟元亦在盛京，且正受到晋昌的倚重。"文章妙手称君最，我早闻名信不虚"，是晋昌称赞程伟元的诗句。早在嘉庆五年（1800）初任盛京将军时，晋昌即延请程伟元入幕，为晋府主要幕僚，将军衙门的最重要的"奏牍"工作，是由程伟元一人佐理。嘉庆二十五年（1820），程伟元将晋昌《戍旗遣兴集》与《西域虫鸣草》整理编次，合刻为《且住草堂诗稿》，有程伟元所写的跋，位置居裕瑞"前辈姻戚"明义跋前。据胡文彬、周雷《红学丛谭》统计，晋昌《且住草堂诗稿》共收诗七十三题一百五十四首，其中直接与程伟元唱和的占九题四十首，间接与程伟元有关的有一题十二首，总计达十题五十二首，几占全书的三分之一，二人的关系到了"忘形莫辨谁宾主"的程度。在那个当儿，裕瑞是奉严旨"永不叙用、严密圈禁"的罪臣。他要得晋昌的庇护，势不能不依托程伟元；他又是与晋昌唱和的诗友，在种种把酒赋诗的场合，也不能不与程伟元交游（晋昌《西域虫鸣草》亦有程伟元序）。程伟元看在晋昌面上，也必定对裕瑞有所关照，在一定程度上于裕瑞应是有恩有义的。

裕瑞和程伟元的结识，时在程甲本问世二十二年之后，出于对

《红楼梦》的爱好和关注，两人应该有更多的共同语言。即便见解不同，也可揭示他所了解的内情。但在《枣窗闲笔》中，读到的却是对高鹗、程伟元的无知和诋毁："伟元臆见，谓世间当必有全本者在，无处不留心搜求，遂有闻故生心思谋利者，伪续四十回，同原八十回抄成一部，用以贻人。伟元遂获赝鼎于鼓担，竟是百二十回全装者。不能鉴别燕石之假，谬称连城之珍，高鹗又从而刻之。"裕瑞是有学识的人，不该如此不近人情，更不会只说些尽人皆知的旧话，而毫不提供有关"程高汇而刻之"的任何一点得自"耳闻目睹"的材料，仿佛根本就不认识高鹗、程伟元似的。这些，都不是用"纯属瞎猜""犯了'默证'的毛病"所能勾销的。

三、《枣窗闲笔》时代辨证

张广文先生在评论"闻其所谓宝玉者，尚系指其叔辈某人，非自己写照也"时说：

一个"闻"字表明，所谓宝玉是曹雪芹的叔辈，也是裕瑞听人传说。脂砚斋在批语中屡以"石兄"相称，称元春为"先姊"，应是与宝玉一辈的，因此裕瑞就想当然地认为脂砚斋也是曹雪芹的叔叔。

我认为，裕瑞自己已经声明关于宝玉为曹雪芹叔辈的记述是听信传闻，自己并没有予以核实，裕瑞关于脂砚斋为曹雪芹叔辈的推论是否正确，有待进一步分析考证。在没有足够证据证明贾宝玉是曹雪芹的叔叔之前，裕瑞根据传闻的记述和推论只能存疑。

这一慎重态度是可取的。只是他没有想到，这段话其实提供了查明《枣窗闲笔》时代印记的线索。由于这一问题为所有的辩护者所回避，故不避重复再予提示。这段话的意思是：《红楼梦》中的贾宝玉，是作者的"叔辈某人"；在作了这一"正面认定"之后，又补了一句"非自己写照也"——想从反面对某种说法予以否定，马脚就露出来了。

熟悉红学史的人都知道，胡适1921年撰《红楼梦考证》，力排种种"牵强附会的《红楼梦》谜学"，第一次提出"《红楼梦》这部书是曹雪芹的自叙传"的观点，从而奠定了"新红学"的基础。他直到1952年还说："我的假设就是说，《红楼梦》是作者的自传，是写他亲自看见的家庭，贾宝玉就是曹雪芹；《红楼梦》写的就是曹家的历史。""自叙传"这一"新红学"的基本理念，是胡适首创的专利。在胡适之前，不曾有人说过"贾宝玉就是曹雪芹"。若有，胡适——连同整个"新红学"，就不可能有如此显赫的地位。然而，生在胡适一百多年前的裕瑞，居然跑出来对"自传说"加以"批判"，说贾宝玉不是作者的"自己写照"（自传），而是"叔辈某人"，简直不可思议。周汝昌先生《红楼梦新证》说："他说脂砚是雪芹的叔叔，其立说之因，大约在于他所说的：'闻其所谓宝玉者，尚系指其叔辈某人，非自己写照也。'他既然相信了这个传'闻'，又见脂砚与'宝玉'同口气同辈数，故此才说脂砚也是雪芹的叔辈。他这个'闻'本身也不过是'自传说'的一种变相（可称之为'叔传说'），小小转换，本质无殊，因此思元斋的推论说脂砚是'其叔'也不过是附会之谈。"话中"变相""转换""附会"等提法，用得都很贴切。《枣窗闲笔》要以"叔传说"自作聪明地转换"自传说"，说明它只是"自传说"的一种变相，它之不可能产生于胡适之前，是不容置疑的。售书者在史树青一类专家的"指导"下，特意表白《枣窗闲笔》为1912年某人所藏，就是要将其超前于1921年，用心可谓良苦矣。

《枣窗闲笔》还有一段绘声绘影的描写，向为红学家所乐道："又闻其尝作戏语云：'若有人欲快睹我书不难，惟日以南酒烧鸭享我，我即为之作书'云。"殊不知这种"传闻"，分明是对《红楼梦》写作与传播隔膜者的信口杜撰，打上了近代的鲜明烙印。如晚清小报鼻祖李伯元，1899年主办《游戏报》，刊载小说《海天鸿雪记》，按期排印，逢一、六出书，随报附送，不取分文。1901年主办《世界繁华报》，连载自撰《庚子国变弹词》与《官场现形记》，往往是一回一回地写作，一回一回地发表，写完若干回后便汇集成书。这种写作发表方式，拉近了作者与读者的距离，酿成了作者现作现卖、读者先睹为快的心态，"小说家"才有社会地位，并有可能以作品夸示读者。《红楼梦》非报章连载之小说，岂能一回一回地写作，一回一回地传抄，以致"红迷"们竟要用南酒烧鸭相馈赠，方能得作者现作现卖、先睹为快乎？红学家多相信，有关曹雪芹的情况，是裕瑞从明兴、明仁、明义等"前辈姻戚"处听来的，借给永忠《红楼梦》读的墨香，又是作《题红楼梦二十首》的明义的堂姐夫。然永忠《因墨香得观〈红楼梦〉小说吊雪芹》说："可恨同时不相识，几回掩卷哭曹侯。"弘旿眉批云："第《红楼梦》非传世小说，余闻之久矣，而终不欲一见，恐其中有碍语也。"永忠尚且与曹雪芹不相识，弘旿恐《红楼梦》"有碍语""而终不欲一见"，尤证明"若有人欲快睹我书"戏语之妄诞。

四、关于脂砚斋的"存在"

赵建忠先生的题目是《清人裕瑞书斋名"蔓香轩"误刻"凄香轩"释疑——兼谈〈枣窗闲笔〉的稿本笔迹问题》，要说的仿佛是枝节问题，文章最后却归结说：

红学形成、发展过程中出现的几个分支如"曹学""版本学""脂学""探佚学"等，目前看"脂学"的建构最为薄弱，这虽有多重因素，但"脂砚斋"其人的难以确定，恐怕算是最重要的原因。明清小说评点史上，曾出现过评点大家如金圣叹、毛宗岗、张竹坡和李贽那样"导夫先路"式的前驱，当代小说理论批评研究者也出版了相关学术成果，实绩颇丰。尽管学界对个别评点大家如毛宗岗的著作权问题也存在争议，可他的身世轮廓还是清楚的，并且不影响我们将其放在具体特定的时空中去考察。均署名为李卓吾的《水浒传》"容与堂""袁无涯"两种评点本的关系也不难厘清。但"脂砚斋"可就不同了，此人究竟是与曹雪芹同时还是晚出，这个问题不同的答案直接会影响到某些研究结论是否可采信。因此，确定了《枣窗闲笔》为裕瑞所作，也就确定了"脂砚斋"其人及其批语在清代的真实存在，从某种意义上说，也就等于确定了"脂本"在"程本"之前的客观存在，因裕瑞明确提到"曾见抄本卷额，本本有其叔脂砚斋之批语"的话，这就是争论的实质所在。

将意思说得非常显豁："确定了《枣窗闲笔》为裕瑞所作，也就确定了'脂砚斋'其人及其批语在清代的真实存在，从某种意义上说，也就等于确定了'脂本'在'程本'之前的客观存在。"

张广文先生的"简单的小结"，则比较客观地承认："由于有关曹雪芹、脂砚斋及红楼梦创作的文献资料缺乏，裕瑞对曹雪芹、脂砚斋及红楼梦创作的了解只能根据传闻。因裕瑞听到的这些传闻没有经过认真核实，捕风捉影的成分较多，因此裕瑞《枣窗闲笔》关于曹雪芹、脂砚斋及红楼梦创作情况的记述可信度较低，因此不能盲目相信。"但依然强调："这并不等于说《枣窗闲笔》里的所有内容都是根据传闻，其中关于红楼梦抄本和续书内容的记述，是裕瑞亲眼所见的，应该是事实。因为裕瑞既然要将各种红楼梦续书的内容与曹雪芹的原著进行比较分析，必然会搜集并阅读一些抄本和续书。裕瑞说他曾看到过有脂砚斋批语的红楼梦抄本，也应该是可信的。"

一句话，赵建忠、张广文先生要做的，就是对冯其庸先生二十年前断定《枣窗闲笔》是"乾隆时期的文献记录"，是"脂本和脂评可信的铁证"的"捍卫"；是对《枣窗闲笔》作为脂砚斋"存在"的第一份"证言"的"捍卫"。连当初力诋《枣窗闲笔》、以为"不免望风捕影，不尽靠得住"的周汝昌先生，也察觉《枣窗闲笔》对于"捍卫"脂砚斋的重要性，在北京文学馆的讲演中改口说：

裕王多铎的后人有一位叫裕瑞，他写了一部书叫《枣窗闲笔》。可能他窗外有一棵大枣树，他在那里写随笔，所以他的书名叫《枣窗闲笔》。他是宗室，可以不做事，可以拿钱两，有饭吃。书里边大量地记载有关《红楼梦》的情况，提到曹雪芹其人，曹雪芹的长相、脾气、性格，只有裕瑞给我们留下了几句话，很生动，这个太宝贵了。我现在还没有说它具体内容，就是说我首先要告诉大家，你看一看，给我们留下史料的是这些人，这个惊奇不惊奇，这不是一般人。

又说：

曹雪芹这个人到底有什么特点？他有很多不寻常的特点，真是与众不同。先说一说他的为人，我刚说那个《枣窗闲笔》，裕瑞记下来的，他有个亲戚就是富察氏，富察家跟曹家有千丝万缕的亲友关系。曹雪芹生前给富察家做过师爷。裕瑞的长亲是富察家的人，亲眼见过曹雪芹。你听听裕瑞怎么描写曹雪芹，裕瑞说，头广，脑袋大，色黑。这个很奇怪，曹雪芹长得不像书里面贾宝玉，面如秋月，色如春花。说他色黑，我想大概裕瑞的那个长亲看到曹雪芹的时候，曹雪芹已经又贫又困，无衣无食，受风霜饥饿大概就黑了。善谈，能讲故事，讲起来是娓娓然终日。他讲一天，让你不倦。大家都围着他，你讲啊，你的《红楼梦》最后怎么样了。我们想象就是这个情景。曹雪芹就说了，我给你们讲，你们得给我弄点好吃的。他喜欢吃什么呢？南酒，就是绍兴酒——黄酒，他喜欢喝那个酒。吃什么呢？烧鸭。我也不知道曹雪芹吃的烧鸭是怎么做的，是否就是北京全聚德的烤鸭？不一定，他没钱吃啊。所以他才说，你们要给我弄南酒烧鸭，我给你们讲。讲条件，我想那个烧鸭一定是非常好吃。那时候做菜，特别是旗人，那简直考究到万分。这是裕瑞记下来的，从来没有第二个人能够亲眼亲闻知道曹雪芹的这些细节，这是真实的，这个很宝贵，所以我先说它。

　　这种实用主义的态度，促使他们不顾一切，一定要力保《枣窗闲笔》其脂砚斋"存在"的"证言"资格，但所有这些尝试都是徒劳的。"曾见抄本卷额，本本有其叔脂研斋之批语"，不过短短三十一字，张广文先生以为"应该是可信的"，赵建忠先生以为"这就是争论的实质所在"，细分起来，包含了下列三层信息：

　　一，脂砚斋（《枣窗闲笔》作"脂研斋"）的身份——《红楼梦》作者曹雪芹之叔。

　　二，脂砚斋在《红楼梦》抄本上作过批语——这里又包含两个要点：

　　① 批语的位置：在"抄本卷额"，且"本本"都有；

　　② 批语的内容："引其当年事甚确"。

　　三，脂砚斋为小说改了书名——"易其名（《石头记》）曰《红楼梦》"。

　　第一条，涉及脂砚斋与曹雪芹之关系，但曹雪芹是"谁"，连《枣窗闲笔》也不清楚，只朦胧地说："'雪芹'二字想系其字与号耳，其名不得知。曹姓，汉军人，亦不知其隶何旗。"连曹雪芹是谁的儿子，红学家迄无定论，脂砚斋是否曹雪芹之叔，就更无从稽核了。

　　第二条说，《红楼梦》抄本有脂砚斋的批语，"引其当年事甚确"，似可与现存《脂砚斋重评石头记》相印证：脂本都是抄本；脂本确有一些"引其当年事甚确"的批语；脂本有的批语还有"脂砚""脂研"或"脂砚斋"的署名。但如果再仔细核查，又会发现细节上诸多不合："卷额"指书页的天头，卷额上的批语称作眉批，己卯本没有一条眉批，庚辰本的眉批集中在二、三两册，并非"本本"皆有。庚辰本的眉批署的是"畸笏""畸笏叟""畸笏老人"之名，没有一条署作脂砚斋。署有"脂砚""脂研"或"脂砚斋"的批语都不是眉批，而是文中的双行夹批。

　　第三条说，脂研斋主张将《石头记》"易名"为《红楼梦》；但甲戌本第一回正文明白写道："至脂砚斋甲戌抄阅再评，仍用《石头记》。"可知《枣窗闲笔》说"易其名曰《红楼梦》"的说法，完全是信口开河。赵建忠先生不是也承认："裕瑞以失察之咎革职，到盛京后仍放荡不羁，'文如其人'，可以推想他并非那种一笔不苟的严谨学者，这从《枣窗闲笔》文风的随意性也可看出。"

总之，由《枣窗闲笔》的来源、《枣窗闲笔》的史事、《枣窗闲笔》的时代，与《枣窗闲笔》同现存《脂砚斋重评石头记》实物的矛盾，都只能导出一个结论：《枣窗闲笔》不出于裕瑞之手，不能支持脂砚斋的"存在"。对有些人来说，它也许是有用的；但在考证和层面上讲，却是无效的，因而是不能采信的。

《枣窗闲笔》作为脂砚斋唯一"证言"的合法性、有效性被排除之后，有关脂砚斋"存在"的证明，便归到《脂砚斋重评石头记》抄本来了。脂砚斋的"存在"，要通过《脂砚斋重评石头记》自身来证明，这种局面对于红学家来说，是绝对尴尬的。

近年来，出现了"发现"新脂本的浪潮，什么"卞藏本""庚寅本"，闹得沸反盈天，让脂砚斋的信奉者兴奋了好一阵，其热度至今不衰。出版商忙着赶制影印本，以供"深入研究"为名牟财；收藏者、购买者忙着讲清"递藏过程"，一跃而成为红学专家；一二权威忙着"鉴别真伪"，进一步加重其权威的筹码；数字化更有了用武空间，我的朋友周文业先生，已经将"庚寅本"写到了"十四探"；更多的老实人看得眼花缭乱，在茫茫"本海"中耗费着宝贵的时光。对此，我只想来泼一点冷水。

为什么热衷于"脂本"？就是为了求得接近作者原稿的本子。曹雪芹写作《红楼梦》，最初应是没有加批的白文本；有人出来加批，也应是先有初评，再有重评、三评、四评的。换句话说，最有身价的本子，应该是曹雪芹的稿本，其次是某某的"初评本"。但为什么没有出现这种本子呢？因为路子已被祖师爷胡适堵死。胡适早就说过："这个脂砚斋甲戌本的重要性就是：在此本发见之前，我们还不知道《红楼梦》的'原本'是什么样子；自从此本发见之后，我们方才有一个认识《红楼梦》'原本'的标准，方才知道怎样访寻那种本子。"他规定的原本的"标准"是："《红楼梦》的最初底本就是有评注的"，而且必定题着"脂砚斋重评石头记"！这个"标准"既引导胡适们"走上了搜集研究《红楼梦》的'原本''底本'的新时代"，也为书贾制造伪本制订了遵循的规格。既然绝不会有"初评"的本子，就只能一律标"重评"了。

如果世间只有一个甲戌本就好了，就不会有后来的麻烦了；因为只要咬定胡适甲戌本是"曹雪芹自己"本子的论断，一时还真难厘清是非。可奈无餍之欲，难以抵御。罗马废墟偶然"发现"的一枚古金币，能瞒得美国游客；转眼间有更多古金币兜售，又怎能不发觉是上当受骗？有一个甲戌本还不够，又炮制出己卯本、庚辰本，为显示其"独特价值"，不得不在数量上由甲戌本的十六回，增到己卯本的三十八回，再增到庚辰本的七十八回；由甲戌本的"再评"，进到"己卯冬月定本""庚辰秋月定本"的"四阅评过"。可奈己卯本、庚辰本虽称"定本"，文字不仅没有后来居上，反而越弄越糟；甲戌本称"重评"，己卯、庚辰本称"四评"，批语数量大为减少，文字谬误反大为增加了。这些，都是自乱阵脚，自己添乱。

前些年"发现"北师大本，张俊先生电话说到有陶洙和周绍良笔迹，且得到周绍良的指认，我说："张兄，'发现'新的脂本，千万不要高兴，那都是给你们帮倒忙。'发现'越多，倒忙就帮得越厉害。""卞藏本""庚寅本"的新出，更印证了这一预见。"至脂砚斋甲戌抄阅再评仍用石头记"，是拥脂派的命根，胡适因此判定："甲戌为乾隆十九年（1754），那时曹雪芹还没有死。"后来的本子都不敢定在甲戌本之前，上头哪怕有一万条异文，都不值一文。道理很简单：曹雪芹已经死了，请问谁有权力、有资格，来改动曹雪芹的哪怕一个字？要从"卞藏本""庚寅本"寻找曹雪芹原稿的印迹，无异于缘木求鱼。

为什么热衷于"脂批"？就是企图借助"与曹雪芹有亲密关系"

的脂砚斋批语，了解曹雪芹的家世生平与《红楼梦》的成书过程。脂批存有数千条，俞平伯先生精辟地概括为"极关紧要之评"与"全没相干之评"两类。所谓"极关紧要之评"，是与曹雪芹家世生平、《红楼梦》素材来源与修改过程有关的，诸如"能解者方有辛酸之泪，哭成此书。壬午除夕，书未成，芹为泪尽而逝""今而后，惟愿造化主再出一芹一脂""'秦可卿淫丧天香楼'，作者用史笔也""凤姐点戏，脂砚执笔事，今知者聊聊矣，不怨夫""此回未成而芹逝矣，叹叹""乾隆二十一年五月初七日对清，缺中秋诗，俟雪芹"，等等。这些"极关紧要之评"，总数不超过 50 条，充其量占全部 3788 条的 1.32%。而占总数 98.68% 的脂批，只能归进"全没相干"的箩筐之中。请问，后出的"卞藏本""庚寅本"，有过哪怕一条"极关紧要之评"吗？没有，因为他们没有那水平和胆量。对于它们，只管弃如敝屣可也。

最后要问：脂砚斋是否"存在"？当然是存在的。"他"就是 1927 年以后，为迎合胡适的"新红学"的需要而炮制脂本、脂批的角色。

让我用网友"江海红狐"的一段话来结束本文：

新红学在解释脂本的时候，理论已经是修补得太厉害了。新红学的九十年就是一部不断修补的历史，可以说就是一部补锅匠修补新红学这口大铁锅的历史。

为什么不承认你们对红学其实是一无所知呢？为什么还要作毫无获胜希望的抵抗呢？

为什么不真正地好好读点书，然后再来谈红学呢？

红学史上首部续书《后红楼梦》作者考辨

    很多研究者曾断定，续补《红楼梦》的历史当从高鹗开始，但近年来"后四十回续书说"受到严峻的挑战，尤其是指认高鹗为作者，就现有材料看证据明显不足，为此，人民文学出版社 2008 年出版的《红楼梦》已将作者署名标为"曹雪芹著 无名氏续"，这表明校注者在后四十回问题上的传统立场已有所改变；不过，考虑到 200 年来读者从阅读习惯上已视一百二十回《红楼梦》为一个有机整体，如按时间排列，第一部真正意义上的《红楼梦》续书当为《后红楼梦》，依据就是时人仲振奎在嘉庆三年（1798）所做的《红楼梦传奇》跋：

    丙辰（嘉庆元年，1796）客扬州司马李春舟先生幕中，更得《后红楼梦》而读之，大可为黛玉、晴雯吐气。

    从上引材料看，仲振奎见到《后红楼梦》是在嘉庆元年，与程甲本刊行相距仅五年，而续作者实际成书时间应该更早些，当在乾隆五十六年冬至嘉庆元年之间，这与清人裕瑞《枣窗闲笔》描述的程甲本刊行后"作《后红楼梦》者随出"文献可互证，时间点亦契合。

    作为首部《红楼梦》续书，后世对它的关注，一直甚于后出之续书，这是因为续作者在接续点、接续方式和对人物命运、情节发展、最终结局的处理上都做了努力，从而奠定了后出之续书的基本格局，但截至目前，这部续书作者的真实姓名还在争论之中。《后红楼梦》"著作权"如果解决不好，对这部作品本身进一步的研究必然缺少学术定力。章学诚早就说过："不知古人之世，不可妄论古人之辞也。知其世矣，不知古人之身处，亦不可以遽论其文也。"中国学人"知人论世"的治学传统，在人文学科领域还是具有普适作用的。有鉴于此，下面列出有文献支撑的关于《后红楼梦》作者的几种代表性观点并加以考辨。

一、认为《后红楼梦》作者是化名"逍遥子"的著名文人钱维乔

《后红楼梦》作者的署名历来不统一。孙楷第在其《中国通俗小说书目》中署名为无名氏；春风文艺出版社校点本则署名为逍遥子；北京大学出版社又署名为白云外史、散花居士撰，各有所据。拙著《红楼梦续书研究》（天津古籍出版社 1997 年版）对第一部《红楼梦》续书的作者自然也格外关注，曾试图寻觅其人踪迹。为此，首先查阅了杨廷福、杨同甫编著的《清人室名别称字号索引》（上海古籍出版社 1988 年版），发现有号"逍遥子"王耀临者，并注明王氏籍贯禹州（今河南地区），遂查禹州志书，未见载记其人。不过，当笔者看到苏兴《后红楼梦作者为"常州某孝廉"辨》及江慰庐《红楼梦、后红楼梦与常州的关系》先后发表的两篇文章后❶，更坚信《后红楼梦》的作者应该是江南一带人，尽管尚不能接受两位研究者关于《后红楼梦》作者是"逍遥子"尤其是真实姓名为钱维乔的结论，因为钱维乔与逍遥子生平事迹颇不类。钱维乔中举后官至知县，即使后来辞官，也还在常州过着"足不出户庭者几二十载"的舒适隐居生活。这种生活状况与苏兴推测的"落魄京师曾为某权贵西宾"结局毫无共同之处，倒是印证了清人吴克歧《忏玉楼丛书提要》卷一"解盫居士《石头丛话》以为某广文作"的说法。按，"广文"，儒学教官之谓也。解盫居士去作者未远，或有所本。此外，"逍遥子"为钱维乔的说法还横亘

---

❶　苏兴：《后红楼梦作者为"常州某孝廉"辨》，《红楼梦学刊》1983 年第 2 辑；江慰庐：《红楼梦、后红楼梦与常州的关系》，《常州教育学院学刊》1984 年第 2 期。

着一个巨大障碍，即潘炤《西泠旧事》跋提到的：

> 己巳（嘉庆十四年，1809）岁暮，巨卿逍遥子者，招余于梅花香雪斋中，左图右史，键户围炉，颇微闲适。

这条材料证明逍遥子至迟在嘉庆十四年仍和好友潘炤雅集，而钱维乔早在嘉庆十一年就已去世。此说提出者也注意到了这条材料对其结论不利，但却在文章"注"中颇疑《西泠旧事》跋记载的年份有误，认为潘炤可能把"乙巳"（乾隆五十年，1785）错写成"己巳"。这种思维方式，有的著名红学家都难免，如周汝昌为牵合己说，将甲戌本上明明白白的脂批"壬午除夕，书未成，芹为泪尽而逝"推断为批者误记❶，正与此相类。更有甚者，近年有的研究者不仅继续维护"钱维乔说"，还进一步提出《后红楼梦》系袁枚与钱维乔合著。理由是《后红楼梦》作者应为《红楼梦》"内幕知情人"，并认为袁枚具备这个条件。且逍遥子"序"云"与同人鸠工梓行"，指此书系与别人合著，逍遥子即袁枚，合著者乃钱维乔。

逍遥子是否《后红楼梦》的作者姑且勿论，我们先引乾隆刊本《随园诗话》的一段描述，来看看作为曹雪芹同时人的袁枚是否真的为《红楼梦》"内幕知情人"：

> 康熙间，曹练亭为江宁织造……其子雪芹撰《红楼梦》一部，备记风月繁华之盛，明我斋读而羡之。当时红楼中有某校书尤艳，我斋题云："病容憔悴胜桃花，午汗潮回热转加；犹恐意中人看出，强言今日较差些。""威仪棣棣若山河，应把风流夺绮罗；不似小家拘束态，笑时偏少默时多。"

---

❶　周汝昌：《红楼梦新证》第 5 章"雪芹生卒"，人民文学出版社 1985 年版。

视雪芹为曹寅之子,复将《红楼梦》中女子当做"校书"（妓女）,如此看朱成碧,怎么能说袁枚是《红楼梦》"内幕知情人"呢?

二、认为《后红楼梦》作者乃化名"逍遥子"的 钱维乔侄子钱中锡

持此观点的研究者是叶舟 ●,支撑其论点的主要论据,其实也只是逍遥子字"巨卿"的孤证。由此思路出发,他查阅了《续修四库全书》影印本钱维乔《竹初诗钞》,发现"巨卿"确有其人,因《竹初诗钞》卷五有《岁暮感怀和巨卿侄》《再叠前韵赠巨卿侄》《吴九行思归里仍用巨卿侄韵》,卷十有《寄巨卿侄》,卷十二有《寄巨卿侄关中二首》,卷十三有《拣得巨卿侄三月所寄诗,盖与序东、鲁思唱酬之作,蓬窗无寐辄依其韵》,共计六首诗。叶舟认为,钱维乔与这位"巨卿"相唱和既然称"侄",就应该是钱氏亲属。为此,他又不惮其烦地翻阅了现藏于常州图书馆的咸丰乙卯（1855）重修锦树堂本《段庄钱氏族谱》,这是钱氏家族的较详细资料,最可注意的是,目录称此谱为第十世孙钱人麟（钱维乔之父）原编,第十一世孙钱维乔修辑,第十二世孙澔斯纂修,这又增加了此谱资料的可靠性。该谱世系叙及钱维乔兄弟钱维屏,提及钱中锡是钱维屏长子,字巨卿,准此可知,钱维乔《竹初诗钞》中所言"巨卿侄"确为钱中锡。对叶舟这方面的考证,笔者并无异议,我们分歧的焦点在于:钱维乔的侄子钱中锡字"巨卿",是否就一定能和"巨卿"逍遥子联系到一起? 尽管钱中锡与逍遥子均与"巨卿"沾边,但这两个"巨卿"的含义未必相同。对于钱中锡,依据《段庄钱氏族谱》,"巨卿"是其表字可为定谳,但对于逍遥子而言,目前尚不能确定"巨卿"就是其字或号。潘焰《西泠旧事》跋中所称的"巨卿逍遥子",应该指的是人们通常所说的"名公

● 叶舟:《后红楼梦作者之我见》,《明清小说研究》2010年第4期。

巨卿"，这是有《后红楼梦》中提供的例子为内证的，如第一回通过刘兰芝口告诉曹雪芹说："从前愚夫妇死别生离，人间都也晓得；到了同证仙果，却亏了近日一位名公，谱出一部《碧落缘》乐府，世上人遂得知。"无独有偶，第三十回的内容是为曹雪芹回南钱别，作者通过林黛玉的口又称，"有一回《碧落缘》，是南边一位名公新制的，填词儿直到元人最妙处"，即为显例；而叶舟意念中先有了逍遥子字"巨卿"的结论，在这种"大胆的假设"之后，他又去钱维乔家族中寻觅"巨卿"其人，即使最终找到了，这种论证方式的大前提也有问题，从形式逻辑的角度讲，拿一个有待证明的论题再推出另一个结论，这本身就不靠谱。退一步讲，即使能证明逍遥子确实字"巨卿"，也不一定就导出他必然是钱中锡的唯一结论，因为古人字号相同者多矣，除非能同时证明钱中锡也有"逍遥子"的别号，然而《段庄钱氏族谱》并未有这方面记载，我们仅知道他是钱维乔感情亲密的侄子，这从钱中锡也列名在《竹初诗钞》编者之列亦可推知。

问题的关键在于，"逍遥子"并不是《后红楼梦》的作者而仅是"序"者。这在乾嘉间白纸本（此续书初刻本）中说得很清楚，逍遥子"序"中称该书是白云外史、散花居士访得曹雪芹"原稿"。"原稿"云云，自然非实情，但据此可推测，真正的作者应该就是白云外史、散花居士。叶舟关于"白云外史"这一别号的考论，颇有见地，但可惜的是，他没有在此思路上继续挖掘下去，而将《后红楼梦》作者仍锁定在"逍遥子"身上，这是令人遗憾的。

早年拙著在相关部分虽也指出过"白云外史"这一别号为清常州籍画家恽寿平所使用，但因其在康熙二十九年就去世，显然与《后红楼梦》题词者"白云外史"不在同一时间点上，疑为一号两人，故未再深究；叶舟进一步发现，钱维乔及其兄钱维城恰恰是恽寿平所创常州画派的传人，遂将两者联系起来，为后来研究者寻觅《后红楼梦》真正作者提供了新线索和有益思路，是他的贡献。这方面材料在后文将要涉及。还应指出的是，苏兴、江慰庐等研究者关于钱维乔是《后红楼梦》作者之说也有值得肯定处。《后红楼梦》作者虽然不是钱维乔，但应和钱维乔有密切关系，不然就颇难解释为什么这部续书中多处提及钱维乔的作品《碧落缘》。此外，苏兴、江慰庐、叶舟等研究者确定了关于《后红楼梦》作者的籍贯坐标，即他应是常州人，使得后来研究者的探索可以少走些弯路。学若积薪，后来居上，真理总是相对的，没有颠扑不破的绝对，只有无限接近的可能。不同观点之间的探讨、争论、确认、推翻、重构，才是接近真理的必经之路。后来的研究者总会在前贤研究的基础上得出更接近情理的新结论，这也符合学术研究的一般规律。

三、认为《后红楼梦》作者是钱维乔外甥吕星垣

持此观点的研究者是许隽超❶，他是以左辅《念宛斋书牍》卷二《与吕叔讷》一札"蒙示手编《后红楼梦》"为据得出结论（按，吕星垣，字叔讷，以字行），但《后红楼梦》作者的这一新说法刚出现，就有颇多研究者持异议，有人指出：逍遥子"序"中明明提到"与同人鸠工梓行"，这句话应该理解成该续书为合著，逍遥子只是作者之一，将《后红楼梦》视为吕星垣独自完成，缺乏合著方面的考虑。还有研究者认为，仅凭一札来立论本来就有"孤证"之嫌，且此札中"蒙示手编《后红楼梦》"这句话亦可解释成是吕星垣将别人著的手抄本给左辅看过。

笔者对苏兴、江慰庐、叶舟等研究者的探索过程深感兴趣，但更倾向于许隽超的结论。虽然他对"逍遥子"究竟是作者还是"序"者缺乏必要的辨析，并且其关于《后红楼梦》作者是吕星垣的论据也还需要做些必要的补充。

逍遥子"序"中确实提到了"与同人鸠工梓行"，但仅从字面意

---

❶ 许隽超：《吕星垣作后红楼梦考》，《红楼梦学刊》2012 年第 6 辑。

思看，指的也是共同出版而非合作著书，且此说纯属虚构，系旧时代小说家惯用的"障眼法"，连曹雪芹都在《红楼梦》开篇时用过，本不必刻意求深。实际上，清人姚燮《读红楼梦纲领》中早就挑明了真相："此书为白云外史著，托名曹雪芹原稿"。吕星垣本人就著有《白云草堂诗钞》《白云草堂文钞》，恐怕不是巧合。"白云外史"这一别号虽曾为清常州籍画家恽寿平所使用，但据叶舟先生考证，钱维乔及其兄钱维城恰恰是恽寿平所创常州画派的传人，而吕星垣本人还工于绘事，有《春峦耸秀》图卷传世。他是否借用"白云外史"这一别号以比肩恽寿平，亦未可知。目前我们仅从《毗陵吕氏族谱》中知道，吕星垣号湘皋。按，《毗陵吕氏族谱》卷十四有赵怀玉《湘皋公墓志铭》，卷十七还有吕星垣之子吕振镳《湘皋公行述》，迄今未发现他有"逍遥子"的字号。考证"逍遥子"，当然有助于对《后红楼梦》作者的解决，但他毕竟只是《后红楼梦》的"序"者。而要考证这部续书真正的作者，还应该从"白云外史"这一别号入手，才更接近事实真相。

《后红楼梦》开卷就将空间定位在毗陵。第十八回，林黛玉又说常州的"扎彩灯"才是最好的。按，毗陵、毗坛、延陵、晋陵、长春、尝州、武进等在古代均系常州别称，到了隋文帝开皇九年（589）始有常州之称。吕星垣与洪亮吉、黄景仁、赵怀玉、孙星衍、杨伦、徐书受并称"毗陵七子"，从《后红楼梦》实际描写看，作者对毗陵的地理情状颇为熟悉。很多研究者将《后红楼梦》作者锁定为常州人，就是其中一个重要原因。与此相联系，《清代毗陵诗派研究》（纪玲妹著，凤凰出版社2009年版）中还说吕星垣有"李白遗风"，由此注意到，《后红楼梦》中多处提及李白的诗句，这恐怕是有原因的。

至于有研究者将《与吕叔讷》札中"蒙示手编《后红楼梦》"，解释成吕星垣将别人所著手抄本给左辅看过，显系望文生义，这是割裂原札导致的理解偏差。为论述问题方便，兹将道光刊本《念宛斋书牍》卷二的《与吕叔讷》札引录如下：

　　壬子之秋，浙中握别，忽忽六年。足下以轶伦之才，暂屈冷官，同人皆为惋惜。然得以爱日余闲，恣意卷轴，说虞初之九百，奉生佛于六时，此即神仙洒脱尘缰，岂某等所能希仰？春仲超然来霍，奉到手书，大慰积恼。蒙示手编《后红楼梦》，大补前缘缺陷，且足下以此效莱舞，至性中存，阅者诧为才人闲笔，并有雌黄，浅之乎议足下也。仆读书缘浅，堕落风尘，不特灵光不生，抑亦尘面俱墨，书卷久庋，唫情亦阑。赖有黄山来游，歌清辞而醉呼，稍稍发兴耳。宦况无可言，惟一贫字可告知已。十月于役庐江，病妇奄忽辞世，此中情绪，又非可为外人道者。今乘超然回里之便，附呈书价银若干两，伏乞检收。统希心鉴，不宣。十一月初六日。

　　请特别留意此札中"足下以此效莱舞"句，典出"老莱子娱亲"。回检逍遥子"序"，有"尤喜全书归美君亲，存心忠孝"语，笔者曾认为这不过是封建礼教套话，无甚实质内容，便忽略未予深究。吕星垣之子吕振镳《湘皋公行述》中提及钱太宜人对府君曰"尔以苜蓿盘为白华养，官闲无事，可教子孙，所入者惟生徒修脯，无造孽钱，吾愿亦慰矣"。按，府君，即吕星垣，钱太宜人为吕星垣母，乃钱维乔胞姊。许隽超先生经过比较，发现钱氏训子之语，与《后红楼梦》卷首白云外史题词《十二时》下片"也还堪卖文佣字，不受孽泉高洁。尽许抽身，脱羁卸缚，归与庭帏说"诸句，若合符节。如果结合"效莱舞"句，更可以坐实《后红楼梦》逍遥子"序"、白云外史"题词"的本意。按，泉者，钱也，"孽泉"即"孽钱"；"庭帏"指父母居住处，如清刘大櫆《少宰尹公行状》云"公少而卓荦多才，遵太夫人朝夕庭闱之训，言动皆必以礼"，故"庭帏"又可代称父母。再联系"原序"所谓"曹太夫人寄曹雪芹先生家书"，虽系编造，亦非空穴来风。《与吕叔讷》札中"足下以此效莱舞"句的重要性，在于道出《后红楼梦》的创作动机乃娱亲之作。此信札还谈到"足下以轶伦之才，暂屈冷官，同人皆为惋惜。然得以爱日余闲，恣意卷轴，说虞初之九百"，

"大补前缘缺陷，阅者诧为才人闲笔，并有雌黄，浅之乎议足下也"。这些话在具体语境中，完全是左辅对受信者的赞美之辞，但也并非虚誉，吕星垣著有《白云草堂诗钞》《白云草堂文钞》、杂剧《康衢新乐府》等，从综合文化修养看，他完全具备续《后红楼梦》的条件，文风亦颇类。况且札中"蒙示手编《后红楼梦》"的"手编"二字，本身就说明系吕星垣亲为，不可能再做别解。至于有的研究者认为左辅《与吕叔讷》札在论据上有"孤证"之嫌，这确实还要补充旁证，许隽超文章也初步考察了吕星垣与《后红楼梦》两卷附录中提及的"吴下诸子"的关系，并且将"吴下诸子"的作品翻检一过，虽弋获无多，然事出有因，探其缘由，盖与嘉庆四年轰动苏州的诸生案有关。许隽超认为"吕星垣于乾嘉之际撰《后红楼梦》，时与李福、顾莼等人交密，故附诸人赓和大观园菊花社诗于册尾，以见交游。后数年监院紫阳，以揭报吴下诸生罢考而与构隙，双方诗文集中未载酬唱之什，亦情理中事也"。这种判断是有文献依据的。除"吴下诸子"外，笔者注意到，吕星垣与红学人物张问陶也有文字交往，其长婿陈锺麟还是《红楼梦传奇》八卷的作者，从这些人物的文集中，或许还有望进一步发掘吕星垣与《后红楼梦》联系的文字信息。

作为红学史上首部《红楼梦》续书，《后红楼梦》面世后一直受到诟病，这也是《红楼梦》续书的总体命运。出现这种主观评价的根本原因就是偏见，归根结底，还是"经典情结"在作怪。经典作品虽然意义重大，但在文学史上毕竟只占少数；相反，在阅读数量上，非经典作品占有绝对大量的比重。对于《红楼梦》续书这类"非经典作品"❶，应该少一分傲慢与偏见，多一分理解与包容。

---

❶ 张云：《清代红楼梦续书研究》，中华书局 2013 年版。

新发现的清人《六续红楼梦》文献之考释

一、概述

《清人诗集叙录》❶著录了清人方玉谷的诗集《稻花斋诗钞》,其道光刻本藏于北京图书馆。"叙录"编者还特别强调:该诗集中的《戏题周白於六续红楼梦后》20首七绝"为治红者所未言及"。覆按有关红学文献,关于《六续红楼梦》这个书名,一粟《红楼梦书录》、胡文彬《红楼梦叙录》以及冯其庸、李希凡主编的《红楼梦大辞典》等红学资料书均未著录,应该算一项新发现的清人周白於续《红楼梦》资料,值得介绍。

近日一个偶然的机会,在天津图书馆古籍善本部见到了完整的两册《稻花斋诗钞》,而且从书的扉页看,有"嘉庆丁丑仲秋"的题额,比北京图书馆(编者注:今国家图书馆)的道光刻本还要早。这部嘉庆刻本(系编年体)的第六卷,收录了从戊辰至己巳这段时间内方玉谷所做的诗。其中"叙录"编者提及的那20首七绝赫然在目。以下笔者就以这20首七绝为主,连同作者相关的文献做些考释。

二、20首七绝与原续书情节关系之考索

《戏题周白於六续红楼梦后》前六首是这样的——

第一首

才放书堂小学生,便寻姊妹说风情。

红笺写个鸳鸯字,递与今宵要认清。

---

❶ 袁行云:《清人诗集叙录》,文化艺术出版社1994年版。

第二首

一幅鲛绡一炷香，东家何苦又登墙。

纵然流作长河水，已试华清第一汤。

第三首

不采荷花不肯归，衣香水气荡晴晖。

后湖花比前湖好，惹得鸳鸯两处飞。

第四首

苦把真真叫不回，容光全灭旧妆台。

担心一死弥留际，还怕旁人看出来。

第五首

私唤红儿汝细评，有谁到眼便关情。

累侬多少伤心事，一一从头记得清。

第六首

飞下蓬莱雪一堆，空花无影落莓苔。

年年细雨清明路，瞒著人家送纸来。

    之所以将前 6 首诗串在一起考释，主要是感觉它们是在集中笔墨描述原续书中主人公宝玉、黛玉的悲欢离合。这完整的 6 首七绝，写出了宝黛相爱、黛玉之死以及黛逝后宝玉祭奠的全过程。

    从第一首可以看出，这部《六续红楼梦》是承曹雪芹原著 80 回后而续。清人续红之作，从模式上看，不外乎顺续、截续、插续几类，其中以顺接 120 回《红楼梦》而续的最多，这是因为作者们大都是抱着"翻案"的态度去续书的。让宝玉还俗、黛玉复生，是这类续书的基本构思格局。而"截续"的续书，主要是不满于接 120 回而续的那些作品"神仙人鬼，混杂一堂"的荒诞笔法，因而大都从程本的第 97 回黛逝弥留之际截续，这样可以避免去写"死而复生"的非写实情节。这部《六续红楼梦》，从 20 首诗看，总的风格基调倾向于写实，斯时黛玉、宝玉尚在贾府，因此既不可能是接 120 回后的宝玉出家、黛玉仙逝而续,也不可能是从第 97 回后截续。因为从第一首宝玉"寻姊妹说风情"看,如果黛玉真的已"魂归离恨天",宝玉此时似不大会如此薄情地寻人"说风情""红笺写鸳鸯"的,而是顺接原著第 80 回而续,而第 81 回的回目恰恰有"奉家严两番入家塾"字样,这也是一个印证。看来,宝玉还是那么禀性难移,刚一放学就去找黛玉"说风情",这与原著中他的性情还是较为接近的。

第二首化用了《西厢记》中张生幽会崔莺莺的典故,所谓"登墙"。但用玄宗与杨妃的"华清赐浴"史实,写宝黛之恋又太露骨,与原著不太协调。原著虽然也写了宝玉与袭人的肌肤之爱,但具体到宝、黛,主要还是侧重于他们的一往情深,所谓警幻仙子所说的"意淫"。但一则这是续书,而且清代的续红之作写宝黛恋情时就有过类似描绘,二则在清人关于《红楼梦》原著的评价中,本来已经有过宝玉与黛玉尝试肌肤之爱的猜测或索隐,并无足奇。至于第四首似写的是黛玉归天,但此处名黛为"真真"与原著中"颦颦"相异。不过清人其他续红之作也有类似情况,如《红楼复梦》中将宝玉转身为祝梦玉,黛玉转身为松彩之等。这部《六续红楼梦》的黛逝情节与程本第 98 回"苦绛珠魂归离恨天"相仿佛,区别是黛玉"弥留之际"还担心外人看出她与宝玉的私情,而程本后 40 回中写黛玉在临死之时喊"宝玉,你好……",则略无讳饰。第五首诗是写黛逝后宝玉与身边丫鬟红儿细诉衷情,剖白对黛玉的一片痴心,所谓"累侬多少伤心事",之所以能"私唤",大概是由于红儿一直服侍宝玉的缘故。其实,据脂批透露的八十回后的佚稿线索,本来有贾府败落后红儿和芸哥探监情节,那应该是在黛玉之死、贾府被抄、宝玉一干人被囚在"狱神庙"的时候了。是否作者周白於了解一些有关这方面的逸闻,并据此敷衍成一部续红之作?囿于材料所限,未敢擅断。但第六首诗分明是写宝玉祭黛玉无疑,所谓"清明时节雨纷纷,路上行人欲断魂",恰合此诗意境。而月此诗提及"空花无影""落莓苔"字样,也与脂批透露的黛逝后的佚稿情节"落叶萧萧、寒烟漠漠"相吻合。

241

从第七首至十三首，很像是写"木石前盟"破灭后，宝玉与宝钗结为"金玉良缘"，此后家道中衰的事。这组诗，我们也抄录如下——

第七首

一样迎春并惜春，也如奴婢学夫人。

今朝青鸟传来信，许汝瑶池作替身。

第八首

近水垂杨风扬开，美人刚傍水边来。

只因跟著黄蝴蝶，步过桥西首不回。

第九首

秋雨秋风不卷帘，归来孤燕影纤纤。

金钗罗袜都抛却，翻为当家算米盐。

第十首

试问天边月一围，嫦娥曾许两因依。

如何忍放纤纤手，让与他人理嫁衣。

第十一首

知道伤心泪不禁，此生空赋白头吟。

前天一纸书来说，典尽萧娘缠臂金。

第十二首

春明骑马踏平沙，迎入画廊尽茜纱。

尚是卿家全盛日，一重楼阁一重花。

第十三首

半截单衫六月天，夜凉私褪小窗前。

徐娘老去心还软，尚有风情似少年。

第七首诗，大概写的是贾府败落后的事。迎春、惜春"奴婢学夫人"，可谓"小姐身子丫鬟命"。最可注意的是第九首，所谓"归来孤燕"，窃以为当指的是元妃被逐回贾府，这正好印证了脂批常提及的曹寅那句"树倒猢狲散"的俗语，很显然这里贾府是彻底败落了。

遥想元妃当年，一人之下，省亲时的排场多么显赫，尔今竟落个"翻为当家算米盐"的结果。霄壤之别，让人情何以堪！正是在这种特殊的家庭背景下，宝玉悬望明月，思慕"嫦娥"（按指仙逝的黛玉），所谓"空对着，山中高士晶莹雪，终不忘，世外仙姝寂寞林"，也就可以理解了。而此时宝钗虽然形式上已奉旨与宝玉成婚，然空担个虚名，正是"此生空赋白头吟"，而且随着元妃的失宠遭逐，旋即贾府的生计江河日下，尽管"瘦死的骆驼比马大"，而随着时间的流逝，最终也到了山穷水尽、萧娘典尽"缠臂金"的地步！

自第十四首至二十首隐隐约约写的事件与传说中的"宝湘结合"有关。兹将这几首叙录如下——

第十四首

原向青溪唤小姑，风花一阵落氍毹。

似闻小语羊皇后，只算官家是丈夫。

第十五首

昵郎手折一枝花，只要将花比妾夸。

一种倾城好颜色，偏偏嫁与饼师家。

第十六首

自小明珠掌上圆，身材袅袅影娟娟。

怜他小胆长廊过，抱著衣裳到榻前。

第十七首

当场难唱定风波，抵死声声唤渡河。

还怕桃花贪结子，流莺说出是非多。

第十八首

对面忍教同涕泪，此心终是不分明。

爱他一队红旗出，跨上雕鞍便用兵。

第十九首

雪意风怀亦可怜，看花还要近身前。

牛郎守著银河渡，迟下机来十几年。

第二十首

老来心事渐销磨，得共酸咸乐亦多。

别有春情经不得，好花欲活水添波。

　　传闻某些"旧时真本"中有湘云沦落妓家事，该组诗的第十四首提及"风花一阵落氍毹"，或与此相关。按，"氍毹"，隐指戏院。再联系下一首提及的"嫁与饼师家"，则湘云很可能沦为艺妓，旋即下嫁，红颜薄命，于此可窥一斑。至若第十七首，"定风波"事，当用秦桧构陷岳飞典故，与第十八首合析，似写宝玉出征，此节乍看令人不解，细按则有迹可循。清代的《红楼梦》续书，有不少关于战争描写的，更有甚者，还有宝钗率军出征的，如《红楼复梦》，令人啼笑皆非，这乃是特殊时代的折光。这一段大概写宝玉空怀报国之志，然无端受到类似岳飞式的陷害，其中必有冤情在，最终报国无门，解甲归田。或者就像传说中的沦为"看街兵""更夫""乞丐"之类，亦未可知。清代的某些续书还透露湘云与宝玉在贫穷磨难中相遇，最终结为夫妇。第十九首提及"雪意风怀"，颇合传说中宝湘相会的情境。而"牛郎织女"典故，恰与《红楼梦》原著第三十一回"因麒麟伏白首双星"遥相呼应。这首中的"迟下机来十几年"，或是叹惋宝湘结合之晚。终篇提及"共酸咸"，亦可见出宝湘晚景之凄凉。

三、关于题红诗作者的情况及原续书作者的寻踪

　　上述对《六续红楼梦》情节的考索，依据主要是那 20 首七绝，旁及相关的传说逸闻。这种疏解是否可靠，可以研究，因为"诗无达诂"。而且诗之于小说，毕竟要概括得多，还是隐去了不少信息的，这一点，颇类明义题红诗 20 首。当年吴世昌先生想据此"还原"出

明义见到的"原本"情节❶,也并不容易。就这 20 首题《六续红楼梦》的七绝看,有些用得较为明显的典故,一望便知;而有一些诗句,颇为晦涩朦胧,未知所射何典?理解起来,也就相对困难了。所以,我们还要利用这 20 首七绝以外的材料;更重要的,还是要尽量找到清人周白於的这部续书原著。正像我们如果发现了《红楼梦》八十回后的曹氏原著,又何必去建立什么"探佚学"的道理是一样的。

关于这 20 首题红诗的作者方玉谷,目前所能见到的最主要材料,即长洲人顾日新为《稻花斋诗钞》所做的序。序不长,照录如下。

石伍先生与予交三十年,前客龙山,朝夕过从。得"稻花斋诗"读之,知游粤东湖,北及吴越。视予足迹远且倍,而先生年复长于予。乃生平积诗七、八卷,盖已削芟过半。而《荆襄游草》二卷,《吴越游草》二卷,又均为友人窃去,无剩稿,故所收仅此。先生少年诗导王新城派,后乃上窥历代,悉变换形貌,古制天才奔放,苍劲宕逸,近制远体远神,铲废死句,予两人交最深,故言之较得其实。全诗具在,请有目者合前后审观之。

从这篇序看,方玉谷字石伍,除了《稻花斋诗钞》外,还有《荆襄游草》《吴越游草》等诗集,这是一条线索,如果能找到序中提及的方玉谷其他诗集,或可进一步挖掘到与《六续红楼梦》作者周白於交游的相关情况。至于序中提及方玉谷的诗风,所谓"天才奔放,苍劲宕逸"云云,实乃旧时文人的溢美之辞,不必看得过死,因为顾日新在序中坦陈"予两人交最深",不难看出归美同侪的倾向。顾日新在序中还讲"全诗具在,请有目者合前后审观之",其实,无论是《稻花斋诗钞》中的其他诗,还是单就这 20 首七绝题红诗而论,方玉谷诗的水平并不很高,与顾日新的评价并不相符,这是明眼人能看得出

---

❶ 吴世昌:《论明义所见〈红楼梦〉初稿》,《红楼梦学刊》1980 年第 1 辑。

来的，考虑到本文出发点是钩稽与周白於原续书相关的文献，故对此无须深论。

又据《清人诗集叙录》著录，方玉谷系安徽桐城人，诸生，生于乾隆二十二年，道光十四年卒，享年 78 岁，这就有了一个考察文献资料的区域及上下限。可以据此查一下安徽特别是桐城地方史志（有关"桐城"文人的记闻应该不少），或可有进一步的关于方玉谷并旁及周白於材料的新发现。

新发现的《红楼觉梦》及张船山文献叙录

在所有名著的续书中，《红楼梦》续书最多，类型也最广，但由于正统的文学观念不重视小说，尤其是对《红楼梦》续书成见特深，因此很少有人搜集编次成册，散佚的作品当不在少数。

笔者在天津又发现一则《红楼梦》续书的文献，记载源于《梅树君先生文集》（津门龚望刊）。梅树君（1779—1844），字吟斋，号成栋，著述宏富，诗名尤高，系道光年间天津诗坛公认的领袖。其文集中著录了《红楼觉梦》弁词：

近岁，曹雪芹先生所撰《红楼梦》一书，几于不胫而走，属在闺门孺稚，览之者罔不心羡神往，以为新奇可喜，大都爱其铺陈缛丽，艳其绮思柔情。愁香怨粉之场，往往堕人于迷窟，而于当日著书之意反掩。此铁峰夫人《红楼觉梦》一书之所以续著也。夫宇宙，一梦境也，然非身历沧桑、备尝艰苦者，岂易遽回长夜、超越情尘？今夫人抱绝世才华，而早赋离鸾，饮冰茹蘗，爱叩色界之晨钟，破昏途之爱网。其寓意也，始于幻、终于幻。举凡前书中未了之缘、未竟之欢，一一为之归结，人人为之圆满，使孽海情天无恨不补，而意存规戒、语切劝惩，有善必昌，有恶必罚。借水月镜花之妙谛，撼勉忠勋孝之苦心。夫儒者，区别异端、痛诋仙佛，斥轮回为虚诞，驳鬼神为渺茫。夫人则悟澈根尘、会通三教，所谓觉原是梦，梦原是觉，非觉非梦、即梦即觉者，与大慈氏色空、空色之旨混合无问。昔普门大士，以薰闻妙力发菩提心，拯人到岸，有求明悟、不犯欲尘者，现三十二应身而为说法，令其成就。今夫人提醒尘梦，点破迷津，其即大士现女儿身，而为说法之意乎？磋乎！夜摩天上，自为极乐之乡，清净界中，尽是明心之士。普愿锦秀才人猛省回头，同登彼岸，则夫人立言之旨，为功不浅矣。

这则文献提供的续书《红楼觉梦》，至迟下限不会晚于 1844 年（弁词作者梅树君卒年）；从弁词语气看，似离程本刊行时间不太远。究竟哪年创作的，因原书已佚，同时代的人为这部续书所做的序、跋也没见到，其他笔记亦未见提及，文献不足，难以确考。

关于《红楼觉梦》的作者铁峰夫人，现在可知的文献主要也是上引梅树君"弁词"。笔者曾查《清人室名别称字号索引》（杨廷福、杨同甫编，上海古籍出版社 1988 年版）中收五位与"铁峰"这个字、号或室名相关的人物，即王会昌、武懿、张怒、赵执洧、蒋山，但其中只有一位钱塘人武懿注明为女性，其他四位均可排除。查胡文楷《历代妇女著述考》，进一步了解到：懿号铁峰，浙江钱塘人，盐大使陈嘉斡妻"，《杭州府志》《国朝闺秀正始集》著录了铁峰夫人的诗集《讯秋斋诗稿》，此外，《全清词钞》还收录了铁峰夫人的词作《秦楼月·关盼盼》：

春寂寂，落红飞满阑干碧，阑干碧，危楼空结，素心谁白。去年归燕今年识，独留清怨千秋惜，千秋惜，画成纤影。试临风说。

《全清词钞》在作者小传一栏写道："武氏，字铁峰，适钱塘陈氏。"如结合她的诗集，再多注意一下《杭州府志》，里面或许还有更多的铁峰夫人文献资料，如诗词题注以及铁峰友人文友们的旁述等。

"弁词"曾说铁峰夫人："抱绝世才华，而早赋离鸾，饮冰茹檗"。从传世的铁峰夫人的诗词来看，确实显露了一定的才华。关于她的有关生平，天津水西庄研究会红学研究者韩吉辰曾告知笔者一则轶闻："铁峰夫人早寡，比曹雪芹生年早，而卒年要晚"。若此传闻确实，那么《红楼觉梦弁词》中提到的"近岁"则大致可以推考出一个时间范围。另外，这则轶闻与弁词中关于铁峰夫人早寡的描述也是较为吻合的。按，关于曹雪芹的生卒年，一般认为，他约生于康熙末或雍正初，而卒于乾隆壬午或癸未、甲申。若铁峰夫人出生在曹雪芹之先，卒年又在其后，假定她活的更长些，则其卒年可能已到乾末嘉初，这样，大致推考《红楼觉梦》最迟的成书及问世时间在程本梓行前后是较为适当的。

《红楼觉梦》这部续书曾一度在天津出现过，据大津市凤城路中学教师刘国政同笔者讲，他读过该书的印象："贾宝玉出家沦为乞丐，后被友人遇见。友人告诉他湘云尚在妓院。于是大家集资赎出了湘云，并与宝玉结合。"他是在"文革"中读到这部续书的。可惜，经过这段岁月该书已颇难寻觅。

另外，"弁词"中提到的这部续书的情节："举凡前书中未了之缘、未竟之欢，一一为之归结，人人为之圆满，使孽海情天无恨不补。"这种传统的"大团圆"结局模式，一般也可视为《红楼觉梦》是早期续书的一个佐证。这类"补恨""团圆"式的续书大都蜂起在乾嘉之际。

值得注意的是，梅成栋在《红楼觉梦词》中，竟未有一语提及高鹗续《红楼梦》，颇不可思议。"弁词"本身描述对象是《红楼梦》续书，却对作为"续书之祖"的程本后四十回只字不提，令人费解；且梅成栋同清代著名诗人张船山关系非同一般，他与崔旭、姚元之合称"张门三才子"。尽管近人通过《遂宁张氏族谱》中坐实了"汉军高氏"系川籍汉军高瑛之子高扬曾 ❶，排除了张船山之妹张筠嫁高鹗的风影传闻。但高鹗与张船山的关系还是见诸文献记载的。❷ 他们系"同年"关系（戊申同科举人、嘉庆六年同闱考官）。

---

❶ 胡传淮：《洗百年奇冤，还高鹗清白——高鹗非"汉军高氏"铁证之发现》，《红楼梦学刊》2001 年第 3 辑。

❷ 张船山有《赠高兰墅鹗同年》诗，见《船山诗草》。

作为张船山的入室弟子，梅成栋对其师行状事迹尤其是诗词成就方面叙述颇多，可补张船山研究文献之罅漏。《梅树君先生文集》中有两则，附录于此：

张船山夫子诗集题词

夫子早列词垣，以诗名世。栋虽门下士，所知者不过散篇断句，得诸传闻。乙丑春，应礼闱试，谒夫子，求观全篇。夫子曰："全帙过繁，难于邮寄，不如陆续观之。"取此卷授予，盖止癸丑、甲寅、乙卯三年作，计诗七百一十首。已而，栋报罢携归。长夏课余，读而录之，及秋始竣。原稿缴还，且求续寄。时夫子以检讨改官御史，移吏部，事冗未及检讨，旋又出守莱州矣。故栋所存，惟此三册。什袭之藏，如拱璧焉。噫！栋以庚申科受夫子知得与贤书，时方青年，深蒙爱许，以远大期之，乃历辛酉、壬戌、乙丑、戊辰数科，同门中如龚季思、瞿子皋、姚伯昂、查又山诸君子皆后腾达，致身通显。惟栋以不才黜落，蠹瘠萤乾，于书间乞活。尝有句寄夫子，云："桃李门墙开遍了，春风何日到梅花？"夫子答云："莫向东风羡桃李，梅花已作杏花看。"一时都下传为韵句。今屈指又近十年矣。栋之潦倒者如故，而夫子亦宦途坎坷。甲戌岁，解组南游，病没于虎邱。是夫子知人之明，重为栋之不才累，而栋之落拓者，终无以慰夫子爱许之心也已。萧然蓬荜中，惟抱一卷残诗与共，风雨謦咳犹在目前，芳型懿德竟不可追。言念及此，每不知涕之何从也。

夫子姓张，讳问陶，字仲冶，号船山，四川潼川府遂宁县人。乾隆戊申恩科登北榜，中庚戌三甲进士，授检讨。嘉庆庚申恩科及辛酉分校北闱，己巳分校会闱得人最盛，有翰林改侍御，转吏部郎中，出守山东莱州府，著循声，有飞言。公以诗酒自娱，弛于政者，大宪以为言。公伤孤立，勿谐于时，引病南游，卒于虎邱之寓园。先生志在江南，竟没于江南。查公有圻与先生厚，遣人护柩，返葬遂宁，而梓先生诗。公卒年五十，无嗣。

六匹心声诗序

昔先师遂宁张船山先生与栋论诗曰："未观诗品，先观人品；未有人品不立而诗品可传者。"又云："人有奇气，方能言诗。夫所谓奇气者，非激烈昂藏、剑拔弩张之谓。性天之内，必有不容已于君臣、父子、夫妇、昆弟、朋友之至，而后流露于飞潜动植风云月露间，

皆足以发其排恻芬芳之旨，而达其温柔敦厚之思。三百源流，昭揭于此。"栋心识此训，以衡量古今人诗，往往不差毫黍。道光丁酉余以司铎来北平，埋头首蓿，寡所知遇，而私心窃窃，每思物色贤豪，甲以郡人士，莫不以温公石坡先生对。及接见，一恂恂善下朴讷君子也。居久之，意气颇投间出绪论。则于儒理、禅宗、天人上下之故，无不洞悉精微，剖析真伪。乃始服其有本之学，必能植其品而柔其气也。一日，出所著《六匹心声诗集》，属余一言为赘。时当春寒雪霁，就书窗，偎炉火，快读一过，不禁击节大息。先生之恂恂善下，乃所谓胸有奇气，发乎情而不可解也。乃真能立品于不求人知之地，而不汲汲自见者也。先生为尹亭侍御公之季嗣。侍御公早世年弱冠，值家清贫，力学自励，冀图特达，以绍家风。应京兆试者十三科，卒以不售。橐笔游四方。足迹半天下。老归故乡，客囊如洗，年近古稀，犹不离砚田瑚口。乃其发于诗者，无一些激烈牢骚不平之意、愤时喜俗之言。与人论说，不叹贫，不伤老，不绳人是非、雌黄人学问。居恒手一篇。寒暑不辍。性喜饮，对影衔杯，陶然自得。易曰："遁世无闷"。不见是而无闷，乐则行之，忧则违之。确乎其不可拔，叶乎龙德之潜得非先生其人欤！盖必胸有不可磨灭之气，乃能蕴之也，深养之也。粹历境之穷达显晦而不变。吾于石坡之诗而有以信石坡之品矣。石坡《春阴即事》句云："一瓢安陋巷，五斗谢华簪。适意应多趣，居山不必深。"此四言足以尽先生之生平，亦可谓工于自写照者矣。是为序。

新发现的《红楼梦》续书及相关文献考辨

　　1997 年天津古籍出版社出版《红楼梦续书研究》以来，笔者陆续收到了不少读者和师友的来函，特别是红学前辈徐恭时连续写来数通长札，谆谆鼓励，同时又提出了很多有价值的建议。本文以这些建设性意见为基础，结合自己的思考，针对拙著尚需进一步深入解决的问题，归纳如下：

　　第一，有关《红楼梦》续书新文献的发现。

　　第二，随新文献的发现而需要更正的错误。

　　第三，随新文献的发现尚需深入研考的问题。

　　第四，其他有关问题的阐释、说明。

一

　　关于第一点，笔者在前辈学者辛勤钩沉、搜辑的基础上，尽可能将散见各处的隐逸文献发掘出来，但仍有遗佚，兹择其要补述。

　　董康《书舶庸谭》卷四，有条记载：

　　［1927 年 4 月］二十七日……深夜，发柳行李，检点书籍，猝见绮云之《妨绣编》一册。……绮云生平酷嗜《石头记》。先慈尝语之云：幼时见是书原本，林薛夭亡，荣宁衰替，宝玉糟糠之配，实维湘云，此回目中所以有"因麒麟伏白首双星"也。绮云欲本此意，改窜最后数十回，名《三妇艳》，以补其憾，惜削稿未就也。……题玉壶山人"琼楼三艳图"……（着重号为笔者所加）

上引红学文献，一般研究者只注意前半部分，即董康母亲所见的"旧时真本"，这自然很重要，但后半部分却往往被忽略。其实这则文献应"一分为二"分析，后段"削稿"的"削"字，是借用竹木简之"削"以代"撰"字。从后半文字看，《三妇艳》这部红楼续书已撰稿，仅是未流传而已（也许因作者早逝修补得不够理想或其他原因）。

绮云女史，即董康之妾，她是继顾太清、铁峰夫人及彭宝姑之后，清代又一位《红楼梦》续书女性作者。关于《三妇艳》这部续书的材料，还可以找到些旁证。清代中叶著名人物画家改琦（别署玉壶外史）曾绘有《琼楼三艳图》，绮云女史撰《妙绣编》稿，集中有"题玉壶山人《琼楼三艳图》"诗。❶从这则文献看，似《三妇艳》不仅写成书，且有图画传世。

《红楼梦学刊》"红楼一角"披露信息❷，引清末杨凤辉《南皋笔记》，抉剔出名为《桂十三娘》的短篇《红楼梦》续书。按，此篇记载潇湘艳遇故事，约千字，写得缠绵悱恻，堪称诗化的散文。

二

关于第二点，即"随新文献的发现而需更正的错误"，且举个显著的例证。我曾设想《红楼梦影》作者顾太清与《城南草堂笔记》或有联系，因该笔记中记载：

余草堂之后有楼焉，左曰天籁阁，即书画处也。右楼中除湘塌、茶灶、香鼎、花瓶外无它物，惟贮《红楼梦》书八种，如《红楼后梦》《红

❶ 一粟《红楼梦书录》仅节引第三首《枕霞阁》，尚有《潇湘馆》《蘅芜院》二首未录。《红楼梦研究集刊》第9辑发表玉字《改绮绘〈琼楼三艳图〉》短文，将三首诗全录入，可窥此画梗概。

❷ 乐于时：《潇湘生与潇湘侍者》，《红楼梦学刊》1998年第1辑。

楼补梦》《红楼复梦》《绮梦》《重梦》《演梦》等，故以此名"八红楼"。

《城南草堂笔记》作者号"幻园"，与顾太清之夫奕绘（幻园居士）相同。奕绘文化素养极高，亦擅书画，因而我曾推测他或是该笔记作者。借此想说明一点：假若他们是同一人，那么顾太清之创作《红楼梦影》就不是出于偶然。"幻园居士"收藏了那么多《红楼梦》续书，有的即使在当时亦不经见。这带有浓厚"红学"氛围的家庭环境，势必对《红楼梦影》的创作产生影响。但这种推测现在看来是可以排除了。

考《城南草堂笔记》之作者为"许鏐"，江苏华亭（今松江县）人，寓上海。"城南草堂"在上海县城之南，故名。虽其遗址已不复存在，但有关文献却给我们提供了旁证。1899年，弘一法师自津来沪，即住在"城南草堂"，他与许鏐等在此以诗相会，结为"天涯五友"，照片见天津古籍出版社的《李叔同——弘一法师》一书卷首。《城南草堂笔记》成书于光绪二十七年（1901）春，弘一法师还为此写了跋文，而奕绘早在1838年即已谢世。显然，这"幻园"不是那"幻园"。

再举一明显例证，拙著24页表四"借题类"《红楼梦》续书中误将孽缘君著《新红楼梦》收录（参见本书"红学新视角"收《仿红作品〈新红楼梦〉〈风月鉴〉透视》考辨文字），且在301页"叙录"部分根据传闻对该书做了错误简介。其实《新红楼梦》是一部仿作而非续书，应从"借题类"中剔除。

尽管孽缘君《新红楼梦》并非续书，但它的发现仍然是有意义的。一粟《红楼梦书录》"仿作类"于此未收，我们可以在这个基础上做补遗工作。"仿作"本身又是一个需要另研的课题，这方面的作品，尚需寻索、补充，并予鉴别，容著专文再讨论。

此外，拙著23页表三"短篇续书"栏中，笔者误将《想入非非》的作者判归刘半农，且其版本情况亦语焉不详。其实此篇乃诗人朱湘所做，文载《青年界》五卷二期，1934年出版。至于内容，是记宝玉出家后去求藐姑射仙术，并由此敷衍出一段故事。此项材料既已发现，则误记部分（包括"叙录"中"线索备考"一段文字）当据以改正。

三

关于第三点，即随着新文献的发现尚需深入探讨的问题，仍复不少。

例如，拙著"叙录"部分的 236 页开始，收录了关于《红楼复梦》作者的文献。但是关于陈少海的问题是较复杂的。他在自序中只记"少海氏"，未冠姓，而一般著录，均据陈诗雯序而为其"加姓"，因陈诗雯序中有"吾兄"云云。其实"吾兄"之称呼，非一定亲兄不可。从形式逻辑的角度讲，拿一个有待证明的论题再推出另一个结论，这本身就靠不住。

《杭州府志·艺文志》部分，曾著录《小红楼词稿》，其作者"程瑜，字少海，钱塘人，义乌教谕"。考《义乌县志》，程瑜嘉庆二年至六年任教谕，七年离任。这几年他是否去过广东？未见载有与之相关的线索。但《说杭州》一书内有"大和山"之名（按：《红楼复梦》作者别署"小和山樵"），仅"大""小"一字之别，是否有关联？且该续书另有异名版本《小红楼》，是否与程瑜之《红楼词稿》相关？而且程瑜的字亦为"少海"，江浙人说话，往往"陈""程"不分，是否陈诗雯之姓误刻（音讹）？

当然以上推测中也蕴含着不好解释的内在矛盾，除了陈诗雯与少海氏之间的兄妹关系尚需坐实外，还要厘清《小红楼》缘何衍为《红楼词稿》。《金瓶梅》版本系统有《金瓶梅词话》，但"词话"与"词稿"不能并论，所以这个问题的获得解决还有待于杭州方面《红楼词稿》的发现。该书至今未见，从名目上看，似属"题咏派"一脉（《国朝杭郡诗钞续集》引文谈到程瑜"八岁工诗……酷嗜为长短句"云云，亦可资参考）。如果找到程瑜这部著作，即使不是续书，对红学研究也有贡献，可补某方面文献之阙漏。

接下来的问题就是：程瑜乃钱塘人氏，但少海氏自序却说"书于春州之蓉竹山房"。"春州"即广州肇庆府阳春县（今广东阳江北）。陈诗雯的序亦书于"羊城读画楼"，但她又自称"武陵女史"，证以《红楼复梦》屡次写到征南平乱，薛宝钗与瑶人作战，则作者似更与广东有联系。因此一般著录，称作者为广东人。《国朝杭郡诗钞续集》卷二十三，程瑜小传中又录"题赵蕙士表弟《罗浮清梦图》"。（按，罗浮在广东，但《广东通志》未载程瑜名。）所以《红楼复梦》的作者问题尚为悬案，并未真正解决。

另，"小和山樵"号中含的山名，与杭州"大和山"，虽有关联但又迥异。缘何有此一字之差？抑或作者幻设的山名，一如《红楼梦》中的"大荒山""无稽崖"让人无从稽考，亦未可知。

与此相联系，除"小和山樵"外，《红楼梦》续书的作者和序者们，有好几位都使用山名做别号，如长白临鹤山人"娜嬛山樵""犀脊山樵"，等等，那么这些山到底在何方？地方志中有一支系为"类志"，其中含"山志"。但考诸"山志"，均未见载。对这个问题，窃以为：原则上应引起重视，如能做些艰苦的工作，综合各种工具书，查清这些"山"的具体所在地，再从有关方志中去寻索署了山名别号的作者，不失为一种思路。但亦不能过于胶柱鼓瑟，因为还可能有"小说家笔法"所设的烟幕。若必一一对应，毫厘不爽，后人又会讥为"笨伯"了。

关于新文献的发现而尚需深入研考的问题，有一重要发现需特别指出，这应归功于红学前辈徐恭时。拙著对《红楼梦补》作者归锄子试做追寻，并据《清人室名别称字号索引》列表备考，但弋获无多。其实仔细推敲该续书序尾"嘉庆己卯重阳前三日归锄子序于三时定羞幕斋"这句话，其中"嘉庆己卯重阳前三日"本身即写序日期，但"定羞幕斋"地点词前又冠时间词"三时"（按：岁时辞典类有此条目），明显与文意不合。徐恭时先生从此症结入手，先怀疑"三时"即"三晋"误写，因"时"古字为"旹"，这种"大胆的假设"后，他又经过了"小心的求证"，果然找到了版本上的依据，即道光十三年刊本与传印本不同。以此为突破口，终于在《淮录》这部方志中索得归锄子，并钩稽其生平大概。其考证当行本色，令人钦服。归锄子沉埋一个半世纪之久，终于水落石出。其真名为沈懋德，可为定谳，对进一步研究《红楼梦补》的创作思想提供了珍贵的材料。这是当代学者利用地方志考得小说作者的又一范例。归锄子的考出，还给我们以启示：应重视不同版本的存在。联系从前赵伯陶考《红楼梦影》作者云槎外史之为顾太清，亦是据了《天游阁集》在日本收藏的某抄本诗题小注。❶

还有一个需要研究的问题，即短篇续书《红楼梦逸编》。拙著曾对此著录："作者署赝叟，一回。该短篇《民吁日报》第41—48期连载，系《红楼梦》117回的一个别本，与程本主要区别是：略去本回开头宝玉会癫和尚的整段文字，并改写了宝玉管家理财时贾环、贾芸诸人的行为，还增加了东边庄子邻居图谋借修路强占土地的情节"。

从回目对勘可看出其区别：

版本	回目
程本《红楼梦》117回	阻超尘佳人双护玉 欣聚党恶子独成家
《红楼梦逸编》	硬支持宝玉独成家 真胡闹庸奴私让产

徐恭时先生来函指出，此短篇应是二回，作者范舆。起初笔者仅是推测可能是原著116回末或118回首与通行本略异，这样接117回恰是二回书。至于范舆，亦可能是赝叟别号，故未予深究。但徐先生以后来函对《红楼梦逸编》有关情节做了概述，"此文记载沣摄政，

---

❶ 赵伯陶：《〈红楼梦影〉的作者及其他》，《红楼梦学刊》1989 年第 3 辑。

沙俄侵占铁路诸事";并指出刊载日期为宣统元年,写此篇是为了反满。徐先生资料来源于上海图书馆葛正慧。关于作者范舆,徐先生还了解到,他在民国初于北京稽勋局任职。

显然,上引情节梗概与前迥异,当是别本《红楼梦逸编》,录此以供研考。

还有"旧时真本"问题,笔者深知,红学界争议很大。"旧时真本"的提法,源于《续阅微草堂笔记》。后来红学前辈俞平伯加上"所谓"二字,已属贬词。发展到后来,人们提及此,贬之更甚。或因未见原书而不信其存在,或虽承认其存在但否认其价值的大有人在。当然,也有深信不疑者,如红学前辈周汝昌,可谓针锋相对。拙著将他们列为续书,但未展开深入讨论,应是很大缺憾。

应当正视,在一些清人笔记中,常常提及有不同于"程本"后四十回的情节,如"湘云嫁宝玉""探春远嫁""宝玉讨饭"等,与脂批透露的佚稿线索近似。需要指出的是:这些记载出于不同人物、不同地点、不同时间,总不能采取虚无主义的办法将其一笔勾销。与此相联系,还有一些清人笔记提供了某些旧抄本异于前八十回的个别情节,如嘉庆二十四年犀脊山樵在为沈懋德(归锄子)《红楼梦补》所做的序中说:

> 余在京师时,尝见过《红楼梦》元本,止于八十回,叙至金玉联姻、黛玉谢世而止……原书金玉联姻,非出自贾母、王夫人之意,盖奉元妃之命,宝玉无可如何而就之,黛玉因此抑郁而亡,亦未有以钗冒黛之说。

上引犀脊山樵所说"元本",乃出自他本人之亲见。有的研究者因为《红楼梦》所有的八十回都没有写到"金玉联姻、黛玉谢世"收束全书的情况,便怀疑犀脊山樵描述的可靠性(参见欧阳健《红楼新辨》第二章第三节"旧时真本辨证",88页,花城出版社1994年版),

不能说没道理,对这类"真本""元本",确实应该仔细甄别,考而后信。但也不能走极端,凡是今本八十回内没出现的情节,就完全排除其版本存在的可能,亦失之武断。曹雪芹的创作历经十年,《红楼梦》的成书过程异常复杂,即以前八十回而言,由于曹雪芹披阅增删数次,稿子很多,以致在后来流传中出现一些异稿情节也是可能的。当然,这些异稿可能经过时人的改造、润饰。对这种种复杂的现象,不能简单化地一概而论。

关于"犀脊山樵"真名,尚未考出。但归锄子已考出本名,即从浙西远赴晋北的沈懋德。为沈做序应是熟人,且一般说来在沈所处环境中,应具备一定身份,所以很可能犀脊山樵即沈懋德从幕之主人。如果查一查光绪《山西通志》"职官表",看"保德州"的"知州"在嘉庆二十四年前后是谁(边地小州,归锄子从幕谅为"知州署"中),并看看《山西通志》"山川"门中有否记及"犀脊山"者,或许有助于真名的考出。再以此为突破口,追踪一下犀脊山樵可能看到的版本线索,或许有助于此问题的深入研考。

"旧时真本"问题还有深入讨论的必要。这个称呼本身即寓褒贬,不如易为"《红楼梦》别本"更妥。拙意认为它们还是有些价值的,应系统梳理、归纳,并与脂批做些比较研究,当能有助于某些问题的深化。

四

还有一些《红楼梦》续书作者,拙著附录"线索备考"一栏,仅是略志数语,姑弗深考。其实有些还是有线索可寻的,可以试做追踪。例如另一部《新石头记》之作者"南武野蛮",拙著未做深究。"南武"是古地名,在今昆山之北境(如清季王韬在其日记上,即署籍"南武王韬")。有"蛮"别号的小说共五种,弹词一种,《江苏艺文志·苏州卷》著录"黄人"记常熟人。他用过笔名"蛮",在1907年《小说林》4、6、8 期，发表《蛮语摭残》，是否相关？再如"引见书目类"续书《补天记》，未详作者，但《中国近现代人物名号大辞典》收有燕斌（女）一条小传，记她写有《补天石》小说，且署笔名"蜗魂"，是否其中有联系？该辞典还收有短篇续书《红楼劫》作者王钝根及《红楼余梦》作者吴惜小传，录此备考。此外，拙著有些注释、引文尚不够规范、精细。如"引见书目类"提到《十二金钗新册》《小石头记》《补天记》等，并列"引记文献"系柳絮《红楼处处续新梦》，但仅注明文章发表在《新民晚报》，未注具体日期，日后有读者若核对原文就会感到很不便。再如引陶报癖评《石头记》脱一"评"字，易生歧义。其他处仍有个别脱字衍文现象，并且在校勘上，还有不够精细之处，尚存错别字，如王兰址之"王"误为"玉"；吴克岐之"岐"全书俱误为"歧"；邢上蒙人的"邢"字误为"邝"字。其他地方，这种鲁做鱼写、豕为亥误现象亦复不少。

除上述之外，还有一些细节问题，虽与《红楼梦》续书关涉不大，但它们出现在拙著有关部分，如 28 页"旧时真本"类表中列有"王衍梅见本"，究竟是陈其泰还是王衍梅作"吊梦文"，尚有争议。周乐清《静远堂初稿》（抄本）后附录"吊梦文"，署作者"王衍梅"；缪艮编《文章游戏》，收"吊梦文"，亦署"王衍梅"。刘操南《桐花凤阁评〈红楼梦〉辑录》卷首收"吊梦文"，刘操南作序，认为是陈其泰作。《红楼梦学刊》1996 年第 1 辑苗怀明《〈红楼梦〉评点家陈其泰生平考述》文章中所编《年表》云"陈作《吊梦文》"，看来这个著作权之争，关键是陈其泰在评本卷首收此文时下面记一"题"字，若是自己所做，一般应写"撰"字。

再如拙著 54 页记"刘廷玑确切生卒年月不详"，经查相关文献，其生卒年为 1653—1722，则 54 页关于刘廷玑的有关论述还可扩展。因拙著仅引谭正璧编《中国文学家大辞典》，记其"清圣祖康熙十五年前后在世"，显得太笼统，因材料所限，多少影响了该问题的深入讨论。

"文章千古事，得失寸心知"。自从笔者从事《红楼梦》续书研究以来，已经改正了不少错误，拙著出版，又陆续发现存在的一些问题，今后肯定还会有新的问题随时出现，因为《红楼梦》续书研究是个较大课题，个人闻得只是沧海一粟，这需要大家集思广益，以拓展、深化这个问题的讨论。

刘心武"秦学"及其新续《红楼梦》指摘

以《班主任》一炮打响的新时期作家刘心武近年转向了《红楼梦》研究，自东方出版社推出其《揭秘红楼梦》、凤凰传媒出版集团推出其新续《红楼梦》，特别是中央电视台"科学·教育频道"《百家讲坛》栏目播放其系列"秦学"红楼节目以来，由于媒体大张旗鼓地宣传造势加上他本人作为名作家的轰动效应以及红学大家周汝昌的力挺，已经形成当代红学的一个"热点"话题。尽管如此，刘心武的"秦学"和新续《红楼梦》仍然是经不起任何推敲的"戏说"而非严格意义上的学术。鉴于那些危言耸听的所谓"《红楼梦》揭秘""还原曹雪芹真意"已经和正在愚弄、误导着千千万万个读者和听众，有必要对其"秦学"理论困境进行透视、对其新续《红楼梦》创作的荒唐进行指摘，以正视听。

一、"秦学"的理论困境和文献缺失

任何一个学术流派的产生，总要有相应的理论作为自己学说的支撑。从 20 世纪那一百年红学的发展史上考察，王国维依据的是叔本华的西方哲学理论，胡适则从杜威实验主义中获取灵感并对传统的"朴学"进行了创造性转换，从而使他成为考证派红学的鼻祖，就是被"新红学"创始人讥讽为"笨伯"的蔡元培，也还是有一套自己的系统理论，即"品性相类""轶事有徵""姓名相关"的三法则。作家刘心武既然自称建立了所谓"秦学"，那么他的研究有什么自成体系的理论为支撑呢？一门学问如果上升到"学"的地位并且能够叫响，总该有一定的示范意义和"学"的质素。对此，钱锺书在《管锥篇》中有段论述，颇能给人以启发：

> 词章中一书而得为"学"，堪比经之有"易学""诗学"等或《说文解字》之蔚成"许学"者，惟"选学"与"红学"耳。寥落千载，俪坐俪立，莫许参焉。"千家注杜"，"五百家注韩、柳、苏"，未闻标立"杜学""韩学"等名目。考据言"郑学"、义理言"朱学"之类，乃谓郑玄、朱熹辈著作学说之全，非谓一书也。

从这里可以看出，钱先生对一书能否名学，要求近乎苛刻，但完全是出自严谨的学术立场。"红学"之所以能叫得响，完全是由于《红楼梦》的独特魅力，然而由于小说的创作没有最后完成，使之在情节、人物诸方面存在着种种疑点，人们才力图去恢复曹雪芹《红楼梦》的原貌（主要是八十回后散佚的文字），于是考证派的一个分支——"探佚学"便应运而生。许多探佚学者是认真、严肃的，他们的终极目标是想通过还原曹雪芹原著，追求与这位旷世奇才"心魂的契合与灵感的冥会"。虽然他们探佚的具体结论也许不尽相同，但基本上还是依据前八十回文本和脂批以及相关的文献史料去综合互参，成一家之言，得出较为接近情理的结论。但刘心武就不同了，他在没有任何史料做证据的情况下，凭空"探索"出一个"公主"秦可卿来，还对她的死因进行了想象中的"史料还原"，提出了迥异于前人的重新解读。应该指出的是，这还不是什么诠释过度的问题，而是梁启超当年极力反对过的那种"无证据而以臆度者"的空疏学风。传统索隐派虽然研究结论并不正确，但多少还有点史料支持其观点，而且确实曾存在过那样的历史人物、历史事件，只不过硬扯到《红楼梦》上来，就是牵强附会了。

《红楼梦》的伟大，首先是因为它充盈着宇宙人生的形上思考，完全没有必要那样刻意求深去把这部写实伟著变成"文化谜藏"，完全没有必要把曹雪芹的"一把辛酸泪"还原成"满纸荒唐言"。因为中国小说发展史的轨迹表明，从"历史小说"向"人情小说"的衍变，是一种进化的必然。曹雪芹在《红楼梦》开卷就已经把"历来野史"驳得体无完肤，他怎么可能再去写被他否定的那些"皆蹈一辙"的"历史小说"呢？他深深关注的是现实中人性的美以及这种美在"集体无意识"氛围中令人心痛的毁灭！别说是一个"秦可卿"原型，就是整部清史也笼罩不住博大精深的《红楼梦》。诚如清代红学评点家二知道人精辟指出过的"太史公纪三十世家，曹雪芹只纪一世家……然雪芹纪一世家，能包括百千世家"。我以为这段话是对刘心武"秦学"的绝妙讽刺。《红楼梦》是曹雪芹呕心沥血、精雕细刻的伟大艺术品，刘心武却非要把她解构作未成型的粗糙毛坯，用了很多想象中的所谓"史事"去还原生动活泼的艺术情节，去重走当年已经被宣布走不通的索隐派老路。这样做得出的结论实际上是降低或歪曲了《红楼梦》的伟大价值。作为一个有着相当影响的新时代文化人，不能引领风骚反而与先进的价值文化体系背道而驰，是很令人惋惜的。

当然，刘心武并不认可其研究方法是"索隐"，而是所谓的"原型研究"或"原型批评"。他曾特别强调"原型研究是一种世界很流行的文学研究模式"，并声称是"从对秦可卿原型的研究入手，揭示《红楼梦》本文背后的清代康、雍、乾三朝的政治权利之争"。需要指出的是，"原型研究"或"原型批评"模式，与新旧索隐派的确不可同日而语，这主要体现在它们的出发点和归宿点都不尽相同。从操作上看，索隐派受到汉儒解经式"今文学派"影响，把《红楼梦》作为"信史"去读解，最终归宿点是将零碎的"历史"与《红楼梦》一一对应后算是完成了作品的解读；而"原型批评"模式是借鉴了弗雷泽文化人类学、荣格的心理学中"集体无意识"概念的研究成果，其理论来源呈现出多元特征。"原型批评"并没有混淆"历史"和"文学"，去追求那种机械对应关系，仅仅是把某些文学结构要素置于文学传统中去考察。中介因素就是"原型"意象。这对把握文学的叙事模式、对文学作品进行"远观"研究自有其理论意义。当然，任何方法并不都是包治百病的灵丹妙药，有所恃必然有所失。每一种研究方法对文学作品的解读都有其独特的视角，但也因自己的立足点而导致偏差，"原型批评"也不例外。这里问题的关键在于：刘心武的所谓"原型研究"，从实质上看，思路其实也不过是传统的"自叙传"与当代新索隐、探佚派糅合后的产物而已，已经陷入了理论困境而难以自拔。

具体到"秦学"，刘心武有一个设想，即"秦可卿出身未必寒微"。应该承认，秦可卿这个人物的确有些扑朔迷离，研究者对她进行些考证、探佚乃至于有限度的索隐是必要的。但不管用什么方法，总要持之有故言之成理，也就是说要有像样的证据。刘心武提供的是什么证据呢？原来就是秦可卿卧室的"陈设"。所谓"武则天当日镜室中设的宝镜，飞燕立着舞过的金盘，安禄山掷过伤了太真乳的木瓜，寿昌公主于含章殿下卧的榻，同昌公主制的联珠帐"。熟悉中国古典小说的人都知道，这些夸张的描写大都是从诗词中脱化而并非实境。不仅《红楼梦》，其他小说也有过类似语句的引用，它不过就是渲染和暗示居室主人的生活态度罢了，岂可胶柱鼓瑟般地句句坐实？再拿刘心武的"秦学"核心论点即视秦可卿为康熙朝废太子"女儿"来说，究竟有哪一条过硬的史料支撑呢？且不说文献无徵，从爱新觉罗宗谱、皇室玉牒查不到这么一个"公主"。刘心武致力于此问题研究也有多年，出版了关于"秦学"的多部书，但是我们并没有看到他在这个关键问题上有什么实质性的进展。退一步讲，即使真有这样的"公主"，作为已经被圈禁的废太子又怎能把她潜送出府？再者，曹家乃百年望族、曹寅系海内名士，平日里宾客辐辏、门庭若市，而且交往的多是些"通天"人物，在那样的复杂政治背景下，曹家就如此敢冒天下之大不韪去私藏钦犯的骨肉？更何况，也没有任何文献证明曹家是什么"太子党"系，倒是有大量的历史档案足以证明曹家与康熙的关系非比寻常，看不出曹家为什么要与他对着干的感情基础或理由。这至少构成了刘心武论点的一个反证。更滑稽可笑的是，《红楼梦》中"张太医论病细穷源"一回，本来是专为秦可卿看病而开的一张药方，那头十个大字"人参白术云苓熟地归身"，竟然被刘心武用索隐式的拆字、谐音法强断为两句分读，所谓前半句中"参"是天上"二十八宿"之一，"白术"理解为"半数"的谐音，后半句是"令熟地归身"的谐音，也就是皇室夺权最终失败后让秦可卿在自小寄养长大的贾府自尽。连这么一个普通的药方都认为大有深意存焉，我们的作家想象力可真够丰富！然而，我们还是要说，如果《红楼梦》是由这样一些隐语谶言构成，还要靠后世读者去如此"猜谜"、像破译"密电码"那般去解读，那么这部作品也就不成其为"滴泪为墨、研血成字"的旷世巨著了！

刘心武总以为是他在开始"普及"红学知识。从《红楼梦》的传播发展史看，任何时代的红学"传播"都在不同程度进行着，只不过是"载体"不同罢了。影视传播固然是一种方式，但题咏、评点、专著、戏曲、子弟书、绘画、邮票以及学校里的教师授课，等等，也是在进行红学知识的多途径的传播，而且电视的兴起是很晚近的事，在此之前，自《红楼梦》诞生起，它的传播就一天都不曾停止过。这里的关键问题在于，身负传播中华文化的高级知识分子、精英阶层，对大众就更不能误导，否则还不如不去传播，免得贻误后人。

二、刘心武新续《红楼梦》指摘

继"秦学"系列著作出版后，刘心武又新续出《红楼梦》二十八回。前面是我针对他在央视《百家讲坛》上有关"秦学"的系列讲座而发。那么，刘心武新续《红楼梦》是否有价值呢？

不否认刘心武新续《红楼梦》的故事情节曲折新鲜，因具有刺激性可读性强，比较符合勾栏瓦舍"书场"文化语境下的阅读传统，也不否认由此书所引发的社会效应，如推动"红学热"并进一步在更广泛的层面上普及《红楼梦》。然而，这仅仅是问题的一个层面，况且即使是这个层面，也还应该具体分析。比如"文革"中的"评红热"，卷入其中者可谓多矣，从积极意义上讲，它也确实使《红楼梦》普及到相当的程度，但我们也应该同时承认另一方面的基本事实，即《红楼梦》的专学意义和学术价值也随之减弱，使"红学"在通俗化的同时也变得日益庸俗化。这是其消极方面。因此，就刘心武新续《红楼梦》这部作品本身而言，也不能仅凭社会反响大小去进行单维价值判断。

《红楼梦》续书自清以降就屡见不鲜。这部经典从来也不曾被束之高阁。刘心武把自己的生活体验，通过大家所熟悉的《红楼梦》载体来传达，为数目惊人的《红楼梦》续书景观再添一道靓丽的风景，本来也无可厚非。但问题的关键在于，身为作家的刘心武却偏偏说他写的是"学术小说"，特别是声称他这部续书是通过多年对八十回后的"探佚"才恢复了"曹雪芹原意"。而笔者正是从这个意义上才要与他进行讨论。

所谓恢复"原意"，除了要延续曹雪芹《红楼梦》前八十回中的基本故事框架外，还要对原著中的主要人物结局做出交代，特别是必须对原著的关键情节走向做出符合"伏线"的安排。在此基础上，还要大体达到曹雪芹"原笔"的要求，即不但内容上要与原著"契合"，形式上还应该与原著的语言、结构等风格尽量保持统一，并具备一定的清代特殊语境下的典章制度、民俗风情等文化元素。能大体做到这几点，才真正称得上是《红楼梦》的续书。按照当下红学积淀的文献和已取得的成果，如果不是借名著随意"写写自家怀抱"，而是真正去续曹雪芹的后半部《红楼梦》，一般来说，除了笔力功夫相符，至少还有几方面的前期工作不能绕行：第一，《红楼梦》本身尤其是第五回判词及相关谶语要深入理解，因为曹雪芹擅造"草蛇灰线"般的伏笔；第二，《石头记》古抄本系列的批语应研究透辟，因为脂砚斋等是看过曹雪芹八十回佚稿内容的，并且在批语中多处透漏；第三，清人有关红学的笔记、杂著要进行认真的钩沉和梳理，因为其时去曹雪芹未远，而且有些迥异于后四十回续书的"旧时真本"还曾一度在不同时间、空间范围内流传；第四，当代红学研究者的探佚成果、续书论著以及相关的"补佚类"续红标本应该作为重要的参照。

但刘心武新续《红楼梦》是如何处理这些问题的呢？

让我们具体看看第八十一回他对迎春之死的安排。且不说刘心武续写的这一回迎春嫁给孙绍祖的过程是否符合曹雪芹"原意"，因为按照他的描写，贾赦明知孙绍祖"调戏"了忠顺王的宠妾，居然还放心将女儿许配给这样一个恶人，总感觉不合中国人的伦理常情。尽管贾赦也动过强娶鸳鸯的荒淫念头，但父亲荒淫未必肯在女儿终身大事上也择人不淑而硬把她往"狼"口里送。况且贾府这样一个"诗礼簪缨"家族总还要考虑来自各方的对女婿的品评，谅贾赦还不至于因为区区"五千两银子"就如此草率。其实要"落实"孙绍祖的恶劣品行不见得非要用那种方式，这姑且不去深论。当与原著出现情节不接榫时，刘心武为了牵合己说，为其臆想的续书结局张本，竟不惜指认原著的第七十九、八十两回非曹雪芹所作。正可谓"假作真时真亦假"，不知其根据何在？相反，对前八十回中同样有争议的六十四、六十七两回，为了坐实他续书的第九十二回"薛宝钗夜成十独吟"，就不加辨析地径引六十四回林黛玉的组诗"五美吟"作为根据。尽管这一回有脂批作为印证，所谓"《五美吟》与后《十独吟》对照"，但毕竟这回的文字属于抄配，合成一体后连版式都不同。程伟元、高鹗整理《红楼梦》时都感慨"燕石莫辨"，今天的研究者要引用就更应审慎，至少该有所说明。但刘心武对于自己不利的文献就干脆回避，或者对这些文献采取了"双重标准"去任意弃取。退一步说，就算八十回后真出现有《十独吟》，怎么就一定是宝钗而非她人所作？就这类思妇诗的作者群归属对象考察，一般只有像李清照那样的孤独女性方适合，具体到《红楼梦》中，史湘云的身份和才情倒是恰当人选，而宝钗作《十独吟》的可能性反而最小，因为就"独"字意蕴来分析，一般是指丧子的老人，也可以勉强说成是守寡多年的女性。而刘心武的这一回续书中，并没写她的丈夫贾宝玉死掉，不过就是"晨往五台山"而已，所以这样设计情节多少有些差强人意甚至可以说不伦不类。况且甫塘逸士的《续阅微草堂笔记》中曾有"宝钗亦早卒"的记载，清人其他涉红文献中也有谈及"宝钗以娩难亡，宝玉更放纵，至贫不能自存"的话，足证其不可能以寡妇口吻自况。再进一步，单就续书中薛宝钗的《十独吟》而论，其水平之差亦足令人喷饭。为省篇幅，这里仅录第一首《嫦娥》简析：

冷萤残桂浸空房，往事悠悠隔雾瘴。

谁言已悔偷灵药？玉珂微微传佳响。

这首七绝的内容和意境优劣暂且不论，此处要辩明的是，近体诗讲究格律，平上去入的用字选用应遵守平仄的粘对规律，虽说有"一三五不论，二四六分明"的通融之说，但在韵脚处要求还是严格的。曹雪芹笔下的蘅芜君诗艺足堪与潇湘妃子"双峰并峙"。论才气或稍逊黛玉，但论功底抑或过之，而到了刘心武续书里，她竟沦落到如此不谙旧体诗规矩的地步，令人一叹！再从人物形象塑造角度看，刘续中的宝钗简直判若死人，了无生气。仅用一句连文法都不甚通的"宝钗一味端庄"便敷衍了读者。其他如凤姐也失去了往日的神采，成为任人摆布的木偶。她们在原著中的行事和性格都荡然无存，连话都没说几句就匆匆退场谢幕。这点倒是有些像李纨，"槁木死灰"一般。最煞风景的是女主人公林黛玉之死，她居然服用了赵姨娘唆使的人炮制的慢性毒药。这种情节安排使我不由联想到了现代国际特工所采用的谋杀方式，简直把续书写成了"侦探小说"！更有甚者，后面的妙玉结局真是匪夷所思，她为救宝玉，设计与忠顺王在船上用炸药同归于尽。刘心武想象力之丰富，使他的续书又有点像"玄幻小说"

了！再回看他关于"黛玉投湖"的构想，主要是依据"玉带林中挂"判词而来。为此刘心武还专门去了故宫博物院考察"玉带"。且不必说原著中林黛玉系的腰带"青金闪绿双环四合如意绦"是否就真算"玉带"，因为"绦"指的是用丝编织的带子或绳子（按，郑玄注《礼记》句"织纴组纴"即为："纴，绦也"；孔颖达疏："组、纴俱为绦，薄阔为组，似绳者为纴"），更不必说"玉带"一般系男性所佩戴。这里只重点分析一下刘心武对判词采取的望文生义的肤浅理解。其实，"玉带林中挂"这句判词的作用，表层是点出了"林黛玉"的谐音，而深层意蕴是和"金簪雪里埋"一道，概括以林黛玉、薛宝钗为代表的红楼女儿"千红一（窟）哭、万艳同（杯）悲"的共同命运。本不必刻意求深。另外，从林黛玉号"潇湘妃子"，并联系"寒塘渡鹤影、冷月葬花（诗）魂"等原著中的只言片语，找到一些与水有关的所谓"伏线"，证据未免也太牵强了。刘心武还认为林黛玉是"行为艺术的实践者"，而"投湖"是一种比"葬花"更有"诗意"的行为艺术。殊不知投湖自杀一般是尤三姐那样的烈女子所为，但却与林黛玉的气质格格不入。这位柔情少女性格中主要的元素还是多愁善感，说她以病弱之躯在肉体、精神的双重摧折下去"眼泪还债"并"泪尽而逝"最合情理。我们也可以根据前八十回内容并结合脂批推知黛玉之死的大体过程：从元妃赠送礼物中看出她倾向于"金玉良缘"，因此"木石前盟"愿望落空，黛玉忧郁成疾，病势日重；元妃死后，贾府遭抄没一败涂地，宝玉获罪系狱淹留在狱神庙，黛玉在苦等中以"沉痼"之身"日夕以泪水洗面"，终于泪尽而亡。当宝玉再回到大观园时，据甲戌本第二十回脂批，潇湘馆已是"落叶萧萧，寒烟漠漠"，宝玉感慨系之，方有"对景悼颦儿"之举。我们从第二十七回《葬花吟》"试看春尽红颜老，花落人亡两不知"以及第七十回《桃花行》"一声杜宇春归尽，寂寞帘栊空月痕"等辐辏密集的文本信息中也能捕捉到黛玉"泪尽而逝"的归宿走向。最荒唐的还是元妃之死的处理。其实这个形象在曹雪芹的前八十回中并没有作为中心人物去极力刻画，只是在"省亲"一回中重彩浓墨做了描绘，以后就若隐若现，基本游离于红楼人物之外了。但刘心武却以元妃故事作为贯穿线索，构成了续书的主要情节板块。续书开始不久就写出了江南甄家被抄，贾府也呈风雨飘摇之势，宫中的元春因私藏"腊油冻佛手"埋下奇祸，后随皇帝巡狩，卷入一场政治谋杀案中。她成为替罪羊在兵乱中被缢死。皇帝回宫后遂追究当年宁国府藏秦可卿以及不久前藏匿甄家罪产等事，旧账新账并算，荣、宁两府被彻底查抄。刘心武这样设计情节，据考是从脂批关于"元妃省亲"时所点的四出戏批注而来，即所谓"《一捧雪》中，伏贾家之败"，"《长生殿》中，伏元妃之死"。且不说"腊油冻佛手"是否能和《一捧雪》中因"古玩"而破家的中心情节相联系，因为即便刘心武校订"蜡油"为"腊油"或"膊油"有版本依据，那么石制的"冻佛手"私藏或可，但这种足可致人死命的"凶器"怎么可能随便在皇帝面前显现呢？何况原著中还多次提到"此书不敢干涉朝廷"而仅是"大旨谈情"的话。作者所处的时代文字狱异常残酷，即使《红楼梦》原著中涉及皇帝的描写也很谨慎，他不可能去正面表现皇室政治斗争的敏感事件。我们很清楚地看到，曹雪芹主要是围绕大观园少女的悲剧和荣、宁两府的盛衰来展开叙述。至于大观园和荣、宁两府以外的人物和故事情节，在原著中仅是偶尔写到。即使写到也是背景烘托，是出于服务《红楼梦》主题的需要。由此我们就可以窥知曹雪芹取材的范围。但刘心武的续书基调全变，写成了一部围绕宫廷斗争展开的历史小说。这怎么能算"恢复曹雪芹原意"呢？可见，他还是按照解读"秦可卿"的揭秘考隐和所谓"探佚"思路去续《红楼梦》。这样的"探佚"，倾向性和个人色彩就非常强烈，并且必然会导致对相关红学文献诠释过度甚至曲解。因为红学探佚如果不加以节制，就会走向误区，很容易与索隐派合流。曾经有人根据"太极图"以及对称理论或原著一百零八回说推导出了八十回后的情节。结果又如何呢？给人的感觉是主观臆测成分太多，而且离《红楼梦》原著和脂批提示的情节也越来越远，时下颇盛的网络红学在探佚的操作方式上就是这样随心所欲。不客气讲，实际上是在"玩红学"，已经走向了一种猜谜游戏。需要指出的是，不要说在浩如烟海的清代文献中没有提供任何关于秦可卿系废太子女儿以及元妃卷入皇权斗争的信息，退一步讲，就算是有，她们和曹雪芹熔铸在《红楼梦》中的艺术形象也不能相提并论。从根本上讲，还是个方法论问题，其主要弊端是刘心武用的索隐方法本身并不科学。尽管他的新索隐吸纳了考证、探佚派的一些长处，但这一派红学的最大迷误就在于它非要在文本意义诠释领域中进行"史料还原"。其实，不管曹雪芹这部作品中存在多少真实的历史信息，而这些信息一旦进入作家的审美心理结构，进入小说艺术整体中，它们就必然会被天才的作家所整合，从而被构造成为新的意义单位。本来，作为小说家的刘心武应该是懂得这个道理的，但居然也深陷索隐泥潭而不能自拔。随着他索隐的过头，走向猎奇也就不足为怪了。

退一步讲，即使刘心武全部或局部恢复了"曹雪芹原意"（假设八十回后佚稿情节真如他所探佚的那样），那也很难恢复"曹雪芹原笔"。这个道理，恰如钱钟书所说"能列出菜单，未必能做出好菜"。从"笔意"上去考察，别的姑且不论，长达二十八回的续书中诗词竟很少。这方面与原著散韵结合的总体风格就很不协调，即便这少之又少的部分还引用了"江南可采莲"之类妇孺皆知的低幼读本，而属于刘心武自己创作的诸如写鸳鸯剪喉时所吟"惨烈玫瑰开满地"以及薛宝钗的《十独吟》"谁言已悔偷灵药"两句，分别从曹雪芹"揉碎桃花红满地"和李商隐"嫦娥应悔偷灵药"脱化而来，然套用痕迹太重。至于其他属于叙述性的描写，古今语言沟壑也是遍布各个章节。语言毕竟是文学的第一要素，这一关是对续书作者水平的考量。当然也难完全归咎于刘心武，因为单从"笔意"上讲，程本后四十回作者毕竟与曹雪芹是同时代人，除了可能掌握一些佚稿线索外，最重要的是切近语言环境，这就是得天独厚的条件；而距离曹雪芹二百多年后的刘心武，在这一点上先就处于劣势。如果仅仅是为了"酷肖"《红楼梦》"笔意"，那就要刻意去模仿曹雪芹，但模仿出来的东西又难免机械生硬，绝不可能比自己独创的鲜活，因为它不可能是一种有机自然的语言。

除了语言要与《红楼梦》的文化语境切近之外，续书作者还应了解一定的清代典章制度、民俗风情等文化元素。刘心武新续《红楼梦》的情节如同流水账，想到哪里就写到哪里，没有原著中如祭宗祠那样的大场面描写，也缺乏对品茗、用膳等具体器物的细致描绘。续书中写到贾母仙逝，那时元妃还在宫中，无论如何，一向标榜"以孝治天下"的朝廷也会默许贾府去操办，至少规格不该比秦可卿低。本来在葬礼和守制问题上可以多做些文章，但在刘心武的续书中也是匆匆几笔带过，恐怕还是缺乏相关知识储备所致。可见，要恢复"原意""原笔"是多么困难！老一辈红学家俞平伯曾阐述说明了续《红楼梦》的特殊困难，因为"第一，《红楼梦》是文学书，不是学术的论文，不能仅以面目符合为满足。第二，《红楼梦》是写实的作品，如续书人没有相似的环境、性情，虽极聪明，极审慎也不能胜任"。总体而言，这番话是深中肯綮并大体符合续书创作实际的，可以说是深谙创作三昧，同时又熟悉红学状况的甘苦之言。

《红楼梦》本身作为一个"开放型文本"，应该允许各式各样的续仿之作存在，因为文学创作与学术研究是两回事，曹雪芹的残缺文本呈现出来的开放性可以调动任何人的参与性阅读。作家魏明伦认为，"刘心武所写回目多处词性不相对，声韵平仄有问题，但内容比高鹗接近曹雪芹原意。"这种总体肯定、细节否定的评价只是魏明伦的一厢情愿。"内容"是否"比高鹗更接近曹雪芹原意"，现在下结论恐怕还未免过早。

三、关于红学研究的学术空间"公众共享"问题

刘心武将自己研究的"秦学"及其新续《红楼梦》定位为"民

间红学"，并提出了红学研究的学术空间"公众共享"问题，这个口号是很容易博得红迷的同情并会有相当的"群众基础"的。应该指出的是，这种提法本身并没有什么特别不合理之处。学术乃天下之公器，红学确实不应该被少数"权威"垄断而应"公众共享"。问题是如何理解"公众共享"，打个比方说，马路是"公众共享"的，你可以走，我也可以走，但如果谁违反了交通规则，那么就会有警察出来干涉。红学研究也是这个理，红学并没有固定的"界"，但却该有相应的学术规范。百家争鸣是必要的，红学环境也应该宽松，但宽容并不意味着对那些所谓"新说"就不允许批评。有些人只许他信口开河、放胆肆论，而专家们同他商榷、争鸣就说是"压制"。哪有这样的道理呢？！我们且看刘心武身负的光环、头衔：著名作家、前《人民文学》主编，其作品在海内外的不同版本据不完全统计已逾130种，说明他已经是走向世界的名人了。即使单就红学而言，一般的专业学者、教授甚至他所认为的那些红学权威，也并不是都有条件像他那样可以到现代文学馆讲红学，到中央电视台录制几十次的"秦学"红楼节目，还能把他的"红学观"弘扬到海外，谁又能压制了他呢！笔者倒是觉得，在市场经济的大潮下，正常的红学声音反被淹没。不错，近些年来屡创"新说"者多是非专业人员或原研究领域与红学无涉者，而反对"新说"的多是大学教授或研究机构的专业研究人员。那么，是不是后者因为身在"红楼"中，已经形成了固定的思维模式也就难有突破，而前者处在旁观者的位置反而不被条条框框束缚也就更容易有新发现呢？从红学的实绩看，并非如此。毕竟红学研究已有近百年的学术积累，该发现的史料虽不能说一网打尽但也所剩不多，红学研究的起点已经被垫高，在没有新材料或新视角的常态状况下，是不大可能一会儿就有一个"新发现"的。所以，谁提出了"新"观点，就都必然会受到现有红学材料的检验，逞臆空谈是不可能持久的。当此学术规范在拥挤的红学世界迷失之际，严肃的红学研究者就应该理直气壮地发出自己正面的声音，因为这是一种文化人应有的责任。

最后需要说明的是：作家中评论《红楼梦》的很多，尽管他们并不是专门的红学研究者，但他们的某些论述，更能给人一种剥骨剔髓的明爽感，有时还是红学家们说不出来的。个中原因，恐怕还是由于他们真正地深入到了作品内部，把《红楼梦》当作文学作品来诠释。我们欢迎这样的作家对《红楼梦》的深入解读，《红楼梦》不仅是学问对象，更是与读者灵犀相通、灵魂共振的生命感悟之书。

《红楼梦》续书的最新统计、类型分梳及创作缘起

一、引言

鉴于《红楼梦》后四十回问题长期存在争议，同时也考虑到 200 多年来读者从阅读习惯上普遍已视一百二十回《红楼梦》为一个有机整体，这里重点要讨论的是《红楼梦》后四十回之外的其他续书。按时间排列，这类续书的第一部当为《后红楼梦》。1992 年，《红楼梦学刊》第 4 辑上发表本人长文《红楼梦续书的源流嬗变及其研究》，统计自《后红楼梦》以来的各类《红楼梦》续书为 79 种，受到业内研究同一课题的颇多学人关注。台湾林依璇女士在其出版的专著中曾指出，"第一位以《红楼梦》续书作为研究专题者，应是大陆学者赵建忠先生"。❶1997 年，拙著《红楼梦续书研究》由天津古籍出版社发行，各类《红楼梦》续书又增补到 98 种。红学史家郭豫适曾指出，拙著与其他续书专著共同"对新时期的小说续书研究做出了贡献，起到了推动作用"。❷从那以后，20 多年过去了，经过很多学人的共同努力，"《红楼梦》续书"研究专题在资料开掘和理论深化两方面又有很大进展。文献资料钩沉方面的新成果如：徐恭时考出化名归锄子的《红楼梦补》作者本名为沈懋德❸，李永泉考出《续红楼梦》作者

---

❶ 林依璇：《无才可补天：红楼梦续书研究》，（台北）文津出版社有限公司 1999 年版，第 5 页。

❷ 郭豫适：《古代小说续书研究又一新成果》，《明清小说研究》2004 年第 2 期。

❸ 徐恭时：《〈红楼梦补〉作者归锄子寻名》，《红楼梦学刊》1998 年第 2 辑。

秦子忱本名为秦世忠等❶，对进一步研究那些续书的创作主旨颇具参考价值。理论研究方面的新成果如：张云在其专著中提出了"非经典阅读"的命题。❷将《红楼梦》续书置于"非经典阅读"的理论之下加以观照，对今后阅读其他"非经典"文学作品具有普适作用。关于"文学经典"，童庆炳《文学经典的建构、解构和重构》（北京大学出版社 2007 年版），詹福瑞《论经典》（人民文学出版社 2015 年版），均有阐发，兹不赘述。除续书的资料挖掘和对其进行理论探索之外，当代还新创作出一批《红楼梦》续书，这方面高玉海进行过系统研究，可以参考。❸

既然二十年来《红楼梦》续书研究取得了颇多进展，拙著就有必要进行修订。《红楼梦》续书数量之多、类型之广堪称中国古代小说续书之最。这里先对《红楼梦》续书进行最新的数字统计并根据创作实际重新归类。

二、《红楼梦》续书的钩沉整理

在拙文《红楼梦续书的源流嬗变及其研究》统计各类《红楼梦》续书 79 种、拙著《红楼梦续书研究》统计各类《红楼梦》续书 98 种的基础上，笔者参考诸家著录，尽可能将散见各处的零星文献、口碑传闻汇集甄别，最新统计《红楼梦》续书为 194 种，从数字上看，新统计后的《红楼梦》续书较 20 年前翻了一倍还出现了新的创作类型，因而对《红楼梦》续书的归类也有必要进行调整。经过重新分梳归纳，大体可分为 8 种基本类型：

---

❶ 李永泉：《秦世忠即〈续红楼梦〉作者秦子忱》，《红楼梦学刊》2008 年第 1 辑。

❷ 张云：《谁能炼石补苍天：清代〈红楼梦〉续书研究》，中华书局 2013 年版。

❸ 高玉海：《近三十年〈红楼梦〉续书创作述评》，《红楼梦学刊》2009 年第 6 辑。

一、程本续衍类（13 种）

书名	异名	回数	自何回所续	作者	初刊本或较早刊本概况（所列书目以初刊本时间排序，若初刊本已佚，以较早刊本并综合成书可考时间大体排序。著录收藏单位以便查考，尽量选交通方便的大城市图书馆著录）
后红楼梦	后金玉缘 石头记后编	30	120	吕星垣	至迟在清嘉庆元年（1796）已出现《后红楼梦》，现存清乾嘉年间白纸本系初刊本，台湾大学藏
续红楼梦	秦续红楼梦	30	98	秦世忠	存清嘉庆四年（1799）抱瓮轩初刊本，辽宁省图书馆藏
红楼复梦		100	120	陈少海	存清嘉庆四年（1799）初刊本，英国皇家亚洲学会藏
绮楼重梦	①红楼续梦 ②蜃楼情梦 ③新红楼梦	48	120	王露	初刊本为清嘉庆四年（1799）蒳园漫士叙本，未见；另有嘉庆四年（1799）至嘉庆十年（1805）写刻本，缺扉页；现存较早完整刊本为嘉庆十年（1805）瑞凝堂本，北京大学藏
续红楼梦新编	①续红楼梦 ②增红楼梦 ③增补红楼梦 ④红楼重梦 ⑤海续红楼梦	40	120	海圃主人	内封题"续红楼梦新编"的初刊本系清嘉庆十年（1805）刊，未见；现存嘉庆十年（1805）文秀堂本，天津师范大学藏
红楼圆梦	绘图金陵十二钗后传	30	120	临鹤山人	初刊本为清嘉庆十九年（1814）红薔阁写刻本，大连市图书馆藏
红楼梦补	红楼姊妹篇	48	98	沈懋德	存清嘉庆二十四年（1819）藤花谢初刊本，香港大学冯平山图书馆藏
补红楼梦	补石头记	48	120	嫏嬛山樵	初刊本在清嘉庆十九年（1814）出现，未见；存世较早刊本为嘉庆二十五年（1820）刊，北京师范大学藏

书名	异名	回数	自何回所续	作者	初刊本或较早刊本概况（所列书目以初刊本时间排序，若初刊本已佚，以较早刊本并综合成书可考时间大体排序。著录收藏单位以便查考，尽量选交通方便的大城市图书馆著录）
增补红楼梦		32	接《补红楼梦》末回	娜嬛山樵	清嘉庆二十五年（1820）有初刊本，未见；现存较早刊本系清道光四年（1824）刊，辽宁图书馆藏
红楼幻梦	幻梦奇缘红楼后梦	24	98	花月痴人	初刊本系清道光二十三年（1843）疏影斋本，辽宁图书馆藏
红楼梦影		24	120	顾太清	初刊本系清光绪三年（1877）聚珍堂活字本，辽宁图书馆藏
续红楼梦稿	续红楼梦	9册20卷	120	张曜孙	周绍良藏稿本，1990年北京大学出版社据此付梓印行
红楼真梦	石头补记	64	120	郭则沄	初刊本系民国二十九年（1940）家印铅字本，辽宁图书馆藏

这种类型的《红楼梦》续书，均据程本续下。大部分接续第一百二十回，也有一些自第九十八回截续。续法不同，不单纯是形式问题，体现了续作者思想倾向，因为程本第九十八回恰恰是"苦绛珠魂归离恨天，病神瑛泪洒相思地"。续作者大都不愿看到这种悲剧，便"从新旧接续之外，截断横流，独出机杼，结撰此书，以快读者之心，以悦读者之目"。其实，即使是接第一百二十回续下的，那些续书一般也都扭转了原著的悲剧场面，作者们往往借助许多超现实事件的铺排，使贾府由否渐亨，使宝、黛由离散而聚合。总的看，这类续书的基本格局，从程本后四十回之外的首部续书《后红楼梦》起就奠定了。为使宝黛团圆，为释红楼旧恨，在情节方面进行了不同的构造，但大都"神仙人鬼，混杂一堂""非纪潇湘馆主之返魂，即称怡红公子之还俗"。最明显的共同待征，就是"大团圆"结局模式，旧时代的人因此而称之为"翻案之作"。从创作时期看，清嘉庆年间为鼎盛期，道光后渐衰，然其余波，则披尚广远，至民国而不绝。

二、改写、增删、汇编类（32 种）

书名	异名	回数	作(编)者	初刊或较早刊本概况（所列书目以作品初刊并综合成书可考时间大体排序）
葬花		1折	孔昭虔	清嘉庆元年（1796）创作的昆曲，抄本
红楼梦传奇		56折	仲振奎	清嘉庆四年（1799）绿云红雨山房初刊本，北京图书馆、泰州图书馆收藏
醒石缘		60折	万荣恩	清嘉庆八年（1803）青心书屋初刊本，6册，藏北京图书馆
绛蘅秋	绛蘅秋传奇	28折	吴兰徵 俞用济	清嘉庆十一年（1806）抚秋楼初刊本，藏中国艺术研究院图书馆
十二钗传奇		20折	朱凤森	清嘉庆十八年(1813)晴雪山房《韫山六种曲》初刊本
红楼梦散套		16折	吴镐	清嘉庆二十年（1815）蟾波阁初刊本
红楼梦传奇		80折	陈钟麟	清道光十五年（1835）广东西湖街汗青斋刊本
三钗梦北曲		4折	许鸿磬	清道光二十六年(1846)《六观楼北曲》初刊本
弹词红楼梦	十二金钗	13种	马如飞	清光绪十二年（1886）上海木活字本（原载《南词小引》初集），苏州戏曲博物馆、中国苏州评弹博物馆馆藏，后易名《十二金钗》，收入沈陛云编《开篇大王》，1938年曼丽书局出版
红楼拾梦平话		100卷		清咸丰至光绪年间作品，已佚
太虚幻境		4	惜花主人	清光绪三十三年（1907）上海活版部单行本
新红楼梦		24		清末初刊石印本上下册共二十四回，王超藏本残存第一回末，存第二至二十四回整回
饯春泣红	黛玉葬花		梅兰芳	民国十五年（1926）梅兰芳拍过《黛玉葬花》电影身段，与京剧《饯春泣红》剧情同（存京剧文学剧本）

书名	异名	回数	作(编)者	初刊或较早刊本概况（所列书目以作品初刊并综合成书可考时间大体排序）
绛洞花主		14幕	陈梦韶	民国十六年（1927）鲁迅为此话剧剧本写序（存话剧文学剧本）
红楼二尤	鸳鸯剑		陈墨香	民国二十一年（1932）于北京哈尔飞戏院上演的京剧（存京剧文学剧本）
红楼梦别本	①木石缘②宝黛姻缘	120	陶明濬	民国二十五年（1936）沈阳平记印刷所铅印本
王熙凤大闹宁国府			陈大悲	民国二十八年（1939）于上海新光大戏院上演的电影（存电影文学剧本）
郁雷		4幕	朱彤	民国三十三年（1944）读书出版社出版（话剧文学剧本）
诗魂冷月	贾宝玉和林黛玉		赵清阁	民国三十五年（1946）上海名山书屋以《诗魂冷月》初版（四幕五场话剧），后改名《贾宝玉与林黛玉》（五幕八场话剧），收入1985年四川文艺出版社出版的《红楼梦话剧集》
血剑鸳鸯			赵清阁	民国三十五年（1946）上海名山书屋初版，收入1985年四川文艺出版社出版的《红楼梦话剧集》
流水飞花			赵清阁	民国三十五年（1946）上海名山书屋初版，收入1985年四川文艺出版社出版的《红楼梦话剧集》
禅林归鸟	富贵浮云	4幕	赵清阁	民国三十五年（1946）上海名山书屋初版
晴雯传		6段	沈彭年	1955年通俗文艺出版社出版（鼓词文学剧本）
晴雯		6	李易	1957年上海文化出版社出版
尤三姐			陈西汀	1963年海燕电影制片厂、香港金声影业公司联合摄制的京剧电影（存电影文学剧本），1981年上海文艺出版社出版京剧曲谱《尤三姐》
晴雯		6场	王昆仑王金陵	1963年北方昆曲剧院演出的昆曲（存昆曲文学剧本）

续表

书名	异名	回数	作(编)者	初刊或较早刊本概况（所列书目以作品初刊并综合成书可考时间大体排序）
红楼梦断		4部	高阳	1978年5月至1981年8月台北联合报社连载，整部作品《红楼梦断》于1998年由中国友谊出版公司出版
鬼蜮花殃	晴雯赞	4幕	赵清阁	初载1980年《海洋文艺》第九期，收入1985年四川文艺出版社出版的《红楼梦话剧集》时改名《晴雯赞》
石头记稿		110	张欣伯	1986年台湾文华印刷事业有限公司出版
红楼梦续		13梦	姜凌	1993年中国文联出版公司出版
红楼梦续：后四十回新编		40	崔耀华	2002年北京华文出版社出版
王熙凤		7场	饶骞	2019年中国戏曲学院演出的豫剧（存豫剧文学剧本）

　　此类作品，主要是对《红楼梦》原著整体及局部进行适度增删改编，或对其续书进行增删汇编，如陶明濬《木石缘》就是以宝、黛姻缘为线索，从头至尾改编原著而成；而增删汇编类续书，如百卷本《红楼拾梦平话》，据平步青《峃斗蕰乐府本事》序："乃取后、续、重、复、补五梦及梦补、增补、圆、幻、梦影五种芟剃增易而成。"此种类型中，还包括非小说形式《红楼梦》题材作品的改编，如清乾嘉时期泰州人仲振奎，改编了56折的《红楼梦传奇》，且并非仅据《红楼梦》原作改编，还融入了续书《后红楼梦》。

　　三、中短篇续书类（15种）

书名	异名	回数	作者	作品初刊概况（所列书目以作品初刊并综合作品可考时间大体排序）
梦红楼梦	三妙传	2	尹湛纳希	清蒙文残抄本藏内蒙古社会科学院图书馆，当代明辉今汉语译本收入《世界性文学名著大系》，1998年由台湾金枫出版社出版
红楼梦逸编		2	范舆	载清宣统元年（1909）某刊物

续表

书名	异名	回数	作者	作品初刊概况（所列书目以作品初刊并综合作品可考时间大体排序）
红楼梦逸编		6篇	谈善吾	清宣统元年九月三十日（1909年11月12日）《民吁日报》开始刊出《红楼梦逸编》，1909年11月12日、14日、16日、17日、18日、19日连载共6篇
红楼梦逸编		11篇	竞	清宣统二年（1910）二月初六至十六日连载《天铎报》共11篇
桂十三娘		1	杨风徽	载《南皋笔记》卷一第五篇。民国三年（1914）笔记作者撰自序，则《桂十三娘》当完成于此前
小红楼		1	沈情虎	载民国三年（1914）《销魂语》杂志创刊号。
红楼劫		1	王钝根	载民国四年（1915）《礼拜六》杂志第三十六期
潇湘影弹词		16折	陈蝶仙	民国五年（1916）中华图书馆初版单行本
红楼残梦		1	陈德清	载民国五年（1916）《小说新报》第二年第八期
红楼余梦		1	吴惜	载民国六年（1917）《小说丛报》第三年第九号
真假宝玉		1	张恨水	载民国八年（1919）《民国时报》，收入1993年北岳文艺出版社版的《张恨水全集》
续红楼梦		2	刘大白	载"五四"时期某刊物
摩登红楼梦		6	张爱玲	据2013年九州出版社出版的胡兰成《今生今世》"民国好"篇载，张爱玲14岁创作此篇，即民国二十三年（1934）
想入非非		2	朱湘	载民国二十三年（1934）《青年界》五卷二期
宝黛爱情的新结局		1	李亚	载1995年3月24日《北京晚报》

与清代那些传统的章回体长篇《红楼梦》续书迥异的这类续书，其篇幅短的仅一、二回，类似短篇小说。署名"竞"所续《红楼梦逸编》共十一篇，在宣统二年庚戌（1910）二月初六至十六日《天铎报》连载，但每篇文字不长；陈蝶仙化名天虚我生所续《潇湘影弹

词》16折，总字数也不足二万，属于中短篇。不少近现代作家续写过这类作品。

四、同人小说类（31 种）

书名	回数	作者	初刊或较早刊本概况（所列书目以作品初刊并综合成书可考时间大体排序）
新石头记	40	吴沃尧	清光绪三十一年（1905）化名"老少年"初载于上海《南方报》，因报馆封闭未连载完，后于光绪三十四年（1908）由改良小说社印行"说部丛书"初刊单行本，署名"我佛山人"
新石头记	10	南武野蛮	清宣统元年（1909）上海小说进步社刊印
新石头记		古瀛痴虫	《五日缘》之"叙"中所记，古瀛痴虫所作尚有《梦之痕》《新石头记》等小说，《五日缘》有清光绪三十四年（1908）改良小说社刊本、清宣统元年（1909）再版本，据此可大体确定《新石头记》创作时间
林黛玉日记		喻血轮	民国七年（1918）上海广文书局出版
贾宝玉秘记		海上神仙	民国初年刊印
新红楼梦	40	陆士谔	民国十七年（1928）上海亚华书局初版
二十世纪红楼梦	10	吴绮园	民国三十一年（1942）载《万象》杂志第2卷第3期，32–39页
今红楼梦	7	段南清	民国三十五年（1946）1月20日至6月9日连载《新疆日报》
红楼欢梦	30章	应广璩（秦真真）	台湾版署名应广璩，1997年9月禾马出版社出版；大陆版署名秦真真，1997年10月延边人民出版社出版
新红楼梦	48	白帆	2000年世界出版社出版
大话红楼		牛黄	2002年德宏民族出版社出版
大话红楼	31	张培祥	2004年中国工人出版社出版
金陵十二钗的网络生活	30	顾诚	2004年中国工人出版社出版
大话红楼十二钗·秦可卿	40	阮小武	2004年知识出版社出版
我的红楼		何诚斌	2004年经济日报出版社出版

续表

书名	回数	作者	初刊或较早刊本概况（所列书目以作品初刊并综合成书可考时间大体排序）
幽默红楼		周锐	2005年浙江少年儿童出版社出版
贾宝玉日记	10章	叶青	2005年中国广播电视出版社出版
大话红楼	13	（美）陈特	2005年长江文艺出版社出版
大话红楼十二钗·薛宝钗	50	阮小武	2006年知识出版社出版
红楼新梦	16	方清	2006年河南文艺出版社出版
新红楼梦	160	陈海鹰	2006年时代文艺出版社出版
林黛玉新传		林辰	2006年春风文艺出版社出版
红楼梦杀人事件		（日）卢边拓	2006年远流出版社出版台湾译本，译者黄春秀；2008年群众出版社出版大陆译本，译者赵建勋
红楼梦杀人事件		江晓雯	2010年新星出版社出版
脂砚情迷红楼梦	3卷	雷贵勤 杨振伟	2011年当代世界出版社出版
红楼再梦	80	柯元华 柯溢滨	2011年新世界出版社出版
红楼梦迷案	15	史军	2012年西安交通大学出版社出版
戏说红楼		陆杨	2013年湖北少年儿童出版社出版。
红楼密码		光未尘	2013年群众出版社出版
红楼补梦		许映明 马雪芬	2015年羊城晚报出版社出版
格致斋重续石头记	28	格致斋	2017年上海社会科学院出版社出版

　　此类续书往往情节与原著无涉，违背了原著预设的情节走向，仅是借用《红楼梦》的人名脚色，幻设事迹，形成了另一个故事体系的二次创作。这类"借名"续书，较早出现于清末民初，系特定时代思潮的产物。由于主要人物被安排脱离红楼生活，故事情节脱离原有的家庭琐事与风月情愁，读者们感受到的荒谬程度往往更甚于其他类型的续书，可以说是传统续书的一大转变。用这种方式来写《红楼梦》

续书，有点像"旧瓶装新酒"，借"旧瓶"的号召力，来推销瓶内的"新酒"。当代这类续书又变形为"大话""戏说"等，鉴于这类续书系借《红楼梦》旧人名构造新故事，可以"同人小说"归类总括。

五、外传类（37 种）

书名	回数	作者	初刊本概况（所列书目以初刊本时间为序）
走马看花录(续)：贾宝玉传		许啸天	载民国四年（1915）《眉语》第1卷第8期第9页
红楼梦：林黛玉		端木蕻良	载民国三十二年（1943）《文学杂志》（桂林）创刊号第19-28页。系话剧文学剧本
红楼梦：晴雯		端木蕻良	载民国三十二年（1943）创刊的《文学杂志》（桂林）。系话剧文学剧本
司棋		金寄水	1981年山西人民出版社出版
龄官		刘肇霖	1983年青海人民出版社出版
红楼十二官	8场	王祖鸣	载1983年第6期《新剧作》（上海），系新编京剧
红楼外传	60	萧赛	1985年四川文艺出版社出版
焦大	10	言炎 程钧	1985年江苏文艺出版社出版
馒头庵	22	苗培时	1987年北岳文艺出版社出版
红楼补梦：尼姑怨		苗培时	1988年花山文艺出版社出版
芳官		钱世明	1988年北岳文艺出版社出版
秦可卿与宁国府		周玉清	1992年黑龙江人民出版社出版
妙玉与海盗		王玉鑫	1993年金陵书社出版公司初版
痴情司		亦舒	1996年海天出版社出版
妙玉传奇		享文	1997年百花文艺出版社出版
金陵十二钗：王熙凤 巧姐 李纨		周玉清	1998年四川人民出版社出版
金陵十二钗：林黛玉 薛宝钗史湘云妙玉		周玉清	1998年四川人民出版社出版
金陵十二钗：元春 迎春 探春 惜春		周玉清	1998年四川人民出版社出版
金陵十二钗：秦可卿		周玉清	1998年四川人民出版社出版

续表

书名	回数	作者	初刊本概况（所列书目以初刊本时间为序）
秦可卿		郭五堂	2004年陕西人民出版社出版
红楼外梦·红楼之花——袭人晴雯卷		朱浩文	2005年北京图书馆出版社出版
红楼外梦·红楼悲歌——香菱臻儿卷		朱浩文	2005年北京图书馆出版社出版
红楼外梦·红楼情侣——司棋绣桔卷		朱浩文	2005年北京图书馆出版社出版
红楼外梦·红楼烈女——鸳鸯琥珀卷		朱浩文	2005年北京图书馆出版社出版
红楼外梦·红楼忠仆——紫鹃雪雁卷		朱浩文	2005年北京图书馆出版社出版
红楼外梦·红楼义女——小红平儿卷		朱浩文	2005年北京图书馆出版社出版
红楼春梦		郭五堂	2006年北京西苑出版社出版
红楼遗秘全集		恺撒大帝	2006年广西人民出版社出版
红楼遗梦：秦可卿的自述		夏凤馨	2007年中国友谊出版公司出版
惜春纪		安意如	2007年中国友谊出版公司出版
林黛玉和北静王：红楼梦外的故事		妩妙三水	2008年北方文艺出版社出版
红楼怨梦第一部：红楼二尤		朱浩文	2008年北京图书馆出版社出版
红楼怨梦第二部：红楼女尼		朱浩文	2008年北京图书馆出版社出版
红楼怨梦第三部：红楼优伶		朱浩文	2008年北京图书馆出版社出版
红楼铁梦		陈雪	2009年作家出版出初版
完美红楼梦		万莹	2010年北京科学技术出版社出版
我和她们：贾宝玉自白书		汪溪	2012年花城出版社出版

这种广义上的"外传"，中国小说史上作品特多，可归入"衍化派生类"，如《水浒传》中西门庆、潘金莲等人名虽仍出现在《金瓶

梅》中，但已经形成另一故事体系，与原著情节关系不大；《红楼梦》的一些"外传"与上述情况还有所区别，并不像其他的"外传"作品那样远远脱离了原著。《红楼梦》的"外传"与前面提到的增删改编性质的广义续书及同人小说续书也有所不同，与后面提及的补佚类续书更是迥然有别。前者主要是对《红楼梦》原著的全部或局部的适度增删改编或借名演义，后者则是作者吸取脂评、探佚学当代红学研究成果基础上创作的。而此处提到的"外传"类续书，特点是与原著情节有所衔接，当涉及《红楼梦》某个主要人物时，一般会对其结局有所交代，或者涉及《红楼梦》中未及展开的次要人物（如丫鬟们）时，一般会有深度拓展。"外传"更强调对原著某一方面的生发，可以看作是对曹雪芹创作思想的延伸。

六、补佚类（22 种）

书名	回数	作者	初版概况（所列书目以成书可考时间并结合作品初刊本时间大体排序）
红楼梦新补	30	张之	1984年山西人民出版社出版
后七集电视连续剧《红楼梦》文学脚本	7	周雷 周岭 刘耕路	1987年中国电影出版社出版
红楼梦新续	40	周玉清	1990年团结出版社出版
秦可卿之死		刘心武	载1993年第5期《时代文学》
红楼遗事	13	都钟秀	1994年中国文学出版社出版
红楼梦的真故事	十部分	周汝昌	1995年华艺出版社出版
贾元春之死		刘心武	载1995年第6期《时代文学》
妙玉之死		刘心武	载1999年第2期《时代文学》
黛玉之死	12	西岭雪	2008年作家出版社出版
宝玉传	20	西岭雪	2010年吉林出版集团有限责任公司出版
刘心武新续红楼梦	28	刘心武	2011年凤凰传媒出版集团出版
红楼续梦	20	温皓然	2011年九州出版社出版
红楼续本	28	石瞳	2012年江苏文艺出版社出版
佚红楼梦	30	李芹雪	2013年中国文史出版社出版

书名	回数	作者	初版概况（所列书目以成书可考时间并结合作品初刊本时间大体排序）
情续红楼	30	何恩情	2013年安徽文艺出版社出版
续红楼梦	28	张江红	2013年合肥工业大学出版社出版
补撰红楼梦	24	匡双喜	2013年明天书社出版
癸酉本石头记	28	佚名（金俊俊何玄鹤整理）	2014年九州出版社出版
红楼梦后四十回新补	40	刘莲丽	2015年线装书局出版
红楼梦圆	32	顾文嫣	2015年文汇出版社出版
红楼梦八十回后曹文考古复原	20	唐国明	2016年团结出版社出版
泪衍红楼	28	张媛	2017年中国电影出版社出版

此类续书主要是在吸取脂评、探佚学研究成果基础上，结合作者想象而撰制的，可以看作是红学研究某些成果的图解。作者们做了大量辑佚、研究工作，但由于资料所限（脂批作为小说评点，不可能提供太细的线索），作者们只能靠联想来缀补那些情节片断。又由于对脂批具体理解存在歧义，因而补佚续书对《红楼梦》人物结局安排也不尽相同。此类续书较早的是张之《红楼梦新补》等。电视剧《红楼梦》后七集文学脚本标明"根据曹雪芹原意新续"，亦属此类。当代这类续书颇多。

七、"旧时真本"类（25种）

版本	记载版本书目出处
吴璇藏本	陈其泰《桐花凤阁评〈红楼梦〉》三十一回回评
王衍梅见本	徐恭时《〈红楼梦〉版本新语》中《凤钗鹏晴结局新探》一节
淳颖见本	路工、胡小伟文章介绍，载《红楼梦研究集刊》第十四辑
朱铦藏本	李慈铭《越缦堂日记补》庚集下眉批
犀脊山樵见本	犀脊山樵《红楼梦补序》

版本	记载版本书目出处
杨继振见本	徐传经批本《红楼梦》
宗稷辰藏本	赵之谦《章安杂说》稿本
朱逌然藏本	李慈铭《越缦堂日记补》庚集下眉批
恒文藏本	清道光十二年恒文致静泉函
濮文暹见本	王伯沆批《红楼梦》之批语
傅钟麟友人见本	解庵居士《石头记集评》
陈韬庵见本	启功《记传闻之红楼梦异本事》
戴诚甫见本	甫塘逸士《续阅微草堂笔记》
彭龄见本	解庵居士《石头记集评》
端方藏本	徐恭时《端方收藏的〈红楼梦〉抄本》及褚德彝跋《幽篁图》
三多藏本	周汝昌《红楼梦新证》
董康母亲见本	董康《书舶庸谭》卷四
唯我见本	唯我《饮水诗词集》跋
李佛声友人见本	李佛声《读红楼梦劄记》
袁翼藏本	吴恩裕《曹雪芹佚著浅谈》
齐如山见本	《齐如山回忆录》
郭则沄见本	《清词玉屑》
朱衣见本	民国三十五年（1946）11月24日《新民晚报》朱衣文章
李伯孟见本	甲戌本刘铨福跋文
姜亮夫见本	《我读红楼梦》中蔡义江文章

一些清人笔记、小说序跋中，常提及有一些迥异于程本后四十回的"旧时真本"，其情节有"湘云嫁宝玉""探春远嫁""宝玉沦为看街兵"等，与脂批透露的佚稿线索近似。还有一些清人笔记提供了某些"旧时真本"的收藏线索及异于前八十回的个别情节，如嘉庆二十四年犀脊山樵在为归锄子的《红楼梦补》所做的序中说：

余在京师时，尝见过《红楼梦》元本，止于八十回，叙至金玉联姻、黛玉谢世而止。今世所传一百二十回之文，不知谁何伧父续成者也。原书金玉联姻，非出自贾母、王夫人之意，盖奉元妃之命，宝玉无可如何而就之，黛玉因此抑郁而亡，亦未有以钗冒黛之说……。

犀脊山樵所说的"元本"，乃出自他本人之亲见。有的研究者因为《红楼梦》所有的八十回都没有写到"金玉联姻、黛玉谢世"收束全书的情况，便怀疑犀脊山樵的描述的可靠性，这有一定的道理，对这类"真本""元本"确实应该仔细甄辨，考而后信；但也不可完全排除其存在的可能，因为曹雪芹的创作历经十年，《红楼梦》的成书过程异常复杂，即以前八十回而言，由于曹雪芹披阅增删数次，稿子很多，以致在后来流传中出现一些异稿情节也是有可能的。当然，有的"真本""元本"也许是时人根据传闻中的八十回后曹雪芹佚稿及八十回内异稿情节进行了联缀、改造，或根据脂批进行想象生发，可视为是另一种形式的续书。

八、引见书目类（25 种）

书名	引见书目
红楼再梦	梁恭辰《劝戒四录》
红楼绮梦	幻园居士《城南草堂笔记》
红楼重梦	幻园居士《城南草堂笔记》
红楼演梦	幻园居士《城南草堂笔记》
红楼续梦	解庵居士《石头记集评》
红楼补梦	解庵居士《石头记集评》
再续红楼梦	解庵居士《石头记集评》
三续红楼梦	解庵居士《石头记集评》
红楼梦醒	解庵居士《石头记集评》
红楼翻梦	毛庆臻《一亭杂记》
大红楼梦	《古今小说评林》
疑红楼梦	报癖《新石头记》
疑疑红楼梦	报癖《新石头记》
风月梦	报癖《新石头记》
新续红楼梦	一粟《红楼梦书录》
红楼三梦	一粟《红楼梦书录》
红楼新梦	柳絮《红楼处处续新梦》

续表

书名	引见书目
十二金钗新册	柳絮《红楼处处续新梦》
小石头记	柳絮《红楼处处续新梦》
补天记	柳絮《红楼处处续新梦》
顽石记	徐恭时《红楼梦资料》
红楼续梦	1992年第4期《川府新论》刘世德文章
红楼觉梦	龚望刊《梅树君先生文集》
增红楼梦	李福清《长篇小说〈红楼梦〉的无名抄本》
红楼浮梦	朝鲜赵在三《松南杂识》

这类续书，由于种种原因，今天已很难见到，有不少在当时已佚，成书时间、回数、作者一般都不详。但据一些清人笔记、小说序跋、禁书目等文献记载，它们确实存在过，如《红楼后梦》《红楼再梦》《红楼翻梦》等，古人云"记事者必提其要，纂言者必钩其玄"，对叙事性文学的小说来说，其"要"乃在于人物和情节，在没有见到原著或有关资料对它们情节梗概记载之前，无法确定这些续书分属哪一类，因名之曰"引见书目类"云云。

20多年前拙文《红楼梦续书的源流嬗变及其研究》，曾将《红楼梦》续书归为7种类型，稍后出版的拙著《红楼梦续书研究》增加"外传类"，变为8种类型。本文重新调整分类，主要变化在于：结合《红楼梦》续书的创作实际，将"借题类"变为"同人小说类"，并将"短篇续书类"扩展为"中短篇续书类"，涵盖更广。

三、《红楼梦》续书的创作缘起

考察《红楼梦》续书的创作缘起，就要了解《红楼梦》早期创作成书及其流传情形。

研究《红楼梦》的成书，几乎都要引用脂钞系统甲戌本开头那段楔子：

……空空道人听如此说，思忖半晌，将这《石头记》再检阅一遍，……因毫不干涉时世，方从头至尾抄录回来，问世传奇。因空见色，由色生情，传情入色，自色悟空，遂易名为情僧，改《石头记》为《情僧录》。至吴玉峰题曰《红楼梦》，东鲁孔梅溪则题曰《风月宝鉴》。后因曹雪芹于悼红轩中披阅十载，增删五次，纂成目录，分出章回，则题曰《金陵十二钗》，并题一绝云："满纸荒唐言，一把辛酸泪；都云作者痴，谁解其中味。"至脂砚斋甲戌钞阅再评，仍用《石头记》。

楔子中首先提到的书名是《石头记》，从作品开头看，这个故事是空空道人从那块顽石上抄录的，后来他易名为"情僧"，将《石头记》改名《情僧录》；到了吴玉峰，又改名叫《红楼梦》，为什么这样改？作者没有交待；而孔梅溪将作品题名为《风月宝鉴》，则大有深意存焉。甲戌本在关于书名的来历上有一条硃笔眉批：

雪芹旧有《风月宝鉴》之书，乃其弟棠村序也。今棠村已逝，余睹新怀旧，故仍因之。

这条硃笔眉批证明了《风月宝鉴》的书名存在，且是曹雪芹"旧有"并由其弟棠村作序的另一部稿子，它不简单仅是个异名。

至于《风月宝鉴》究竟写了哪些内容，因原稿淹没太久，难知其详，但甲戌本卷首独有的"凡例"，却为我们透露了一些信息：

是书题名（极多），《红楼梦》是总其全部之名也。又曰《风月宝鉴》，是戒妄动风月之情。又曰《石头记》，是自譬石头所见之事也。此三者，皆书中曾已点睛矣。如宝玉做梦，梦中有曲名曰《红楼梦》十二支，此则《红楼梦》之点睛；又如贾瑞病，跛道人持一镜来，上面即錾"风月宝鉴"四字，此则《风月宝鉴》之点睛；又如道人亲眼见石上大书一篇故事，则系石头所记之往来，此则《石头记》之点睛处……

"凡例"将《红楼梦》作为"总其全部之名",这就是说,它与另外两个书名,是一个总名与两个分支的关系。《风月宝鉴》是讲"戒妄动风月之情"的,而《石头记》是"自譬石头所记"之事的。《风月宝鉴》是一部旧稿,而它的有关内容,已经融汇到《红楼梦》中去了。

已故戴不凡先生晚年曾致力于揭开《红楼梦》"作者之谜"的工作❶,对其研究结论未必都认同,但所提出的一些问题如《红楼梦》中人物年龄忽大忽小、时序倒流、地点环境不统一等,却值得进一步思考。探究一下那些问题产生的原因,对于了解《红楼梦》的早期创作至关重要。正因为《红楼梦》掺杂着《风月宝鉴》的某些内容,同时曹雪芹也还有自己构思的初稿,这样,根据一般创作规律,他在具体创作中就不大可能将旧稿的素材都用尽,那些素材有可能通过某种方式流传出去而被当时或以后的人所记载。

更重要的还是甲戌本楔子提到的曹雪芹的创作过程,是"披阅十载,增删五次",而且曹雪芹在长达十年的"披阅增删"过程中包括前八十回情节的各种异稿也不会完全销声匿迹。这样,在清人的不少笔记、杂著、题红诗中出现了许许多多异于今本《红楼梦》的情节,就不难理解。对这种现象,清代裕瑞《枣窗闲笔》曾有段解释说明:

> 《红楼梦》一书,曹雪芹有志于作百二十回,书未告成即逝矣。诸家所藏抄本八十回书及八十回书后之目录,率大同小异者,盖因雪芹改《风月宝鉴》数次,始成此书。钞家各于其所改前后第几次者分得不同,故今所藏诸稿未能划一耳。

撇开这里有些表述判断失误不谈,裕瑞推测的曹雪芹早期创作、

---

❶ 戴不凡:《揭开〈红楼梦〉作者之谜》,《北方论丛》1979 年第 1 期。

成书经过及其对以后的影响，应该说有一定道理。

正由于曹雪芹原著前八十回中所创造的众多艺术形象给读者留下了想象与探究的广阔空间，这种模糊性和不确定性给续补者以充分的自由，于是就会有各种形式的《红楼梦》续书产生。

如果说，早期的某些续书还以"旧时真本"形式出现了并不算多情节的话，那么到了托名曹雪芹原著的《后红楼梦》，则出现了整整三十回大书。而程本刊行后，续书的作者们干脆就承认是自己的创作。这个变化当然有多种原因，一方面，很多人认为后四十回系续作，作俑在前；另一方面，很多人对后四十回也不满，"续貂词笔恨支离"，自己跃跃欲试，欲与他人试比高。所以，要考察大量《红楼梦》续书何以在短期内迅速涌现，还应到程本《红楼梦》后四十回中去找原因。

由于抄写《红楼梦》这样一部大书既费时又费力，非一般人能胜任，所以当初那些脂抄本也只能在作者亲友间小范围流传，后来虽在庙市上出售，然而"好事者每传钞一部，……昂其值得数十金"。这样贵的价格一般人是买不起的，其流传范围仍相当狭窄，社会影响还不够广泛。乾隆五十六年北京萃文书屋首次以木活字摆印了一百二十回《红楼梦》，才结束了早期抄本流传的历史，读者面迅速得到拓展。据一粟《红楼梦书录》著录，1791 年至 1927 年之间，仅以程甲本为第一祖本的翻刻本就有四五十种，如果再加上程乙本的翻刻本，数字就比这还要多。这些翻刻本，因价格便宜，《红楼梦》才会普及到遍及海内的程度。

正是程本的面世，才为众多的《红楼梦》续书在短时间内的涌现创造了前提。这主要体现在：第一，程本故事情节首尾完整，因此其读者比脂抄本要广泛得多，相对来说各阶层有条件作续书的人也要比抄本阶段多得多。《红楼梦》续书大多出现在乾嘉之际，即是明证。第二，尽管《红楼梦》在程本出现后普及相当广泛，但社会上的一般读者都对后四十回悲剧结局的处理不满。例如，花月痴人认为"凡读

《红楼梦》者，莫不为宝黛二人咨嗟，甚而至于饮泣，盖怜黛玉割情而殀，宝玉报情而遁也"。于是，他要使世人"破涕为欢，开颜作笑"，又续了《红楼幻梦》。这也是其他大多数《红楼梦》续书的创作缘起。需要指出的是，这些作者原是读者身份——《红楼梦》的读者，他们的续作实际上是社会上大部分读者心理的反映。他们续作中的"大团圆"结局，正是读者们"补恨"心理的投射。《红楼梦》正是令人在无以释怀的悬念中，勾起重续前缘、破涕为欢的续作动机。所以，程本的出现，又是《红楼梦》续书的直接缘起。社会上很多人对后四十回悲剧结局的强烈不满，导致了继程本后四十回续书之后大量"续书的续书"的涌现。有了一百二十回程本的扩大流传，同时又与当时读者的"补恨""团圆"心理相结合，遂使续《红楼梦》之风愈演愈炽。早在程甲本问世不久的嘉庆元年，有人就读到托名曹雪芹撰的《后红楼梦》，紧接着《红楼补梦》《红楼续梦》《红楼圆梦》《红楼幻梦》《红楼复梦》之类的续书相继面世，历清乾隆、嘉庆、道光、咸丰、同治、光绪、宣统诸朝，至民国而不衰，其影响甚至延及现当代。

从小说"发生学"的角度，《红楼梦》续书的创作缘起，固然与《红楼梦》早期脂抄本的"披阅增删"及其流传特别是与程本的印行有关，但也与我国长期以来形成的续仿文化渊源尤其与特定历史时期的大环境密不可分。应该看到，乾嘉以后之所以会涌现如此多的《红楼梦》续书，主要还是当时的文艺思潮发生了巨大变化。晚明"心学"以来的启蒙思潮并不算遥远的回响。这股思潮仍呼唤着作家们主体意识的回归。《红楼梦》续书的作者们用以观察社会人生、指导自己创作的思想武器，总会或多或少地含有启蒙思想的因素。人们用自己的眼光去看事物，抒发自己对社会、人生的独特感受，正如晚清谴责小说家吴趼人在自己创作的《红楼梦》续书《新石头记》中所表达的创作宗旨：

　　自曹雪芹撰的《红楼梦》出版以来，后人又撰了多少《续红楼梦》《红楼后梦》《红楼补梦》《绮楼重梦》，种种荒诞不经之言，不胜枚举，看的人没有一个说好的。我这个《新石头记》岂不又犯了这个毛病吗？然而据我想来，一个人提笔作文，总先有一番意思，下笔的时候，他本来不是一定要人家赞赏的，不过自己随意所如，写写自家的怀抱罢了，至于后人的褒贬，本来与我无干。

吴趼人的"写写自家怀抱"，道出了《红楼梦》续书作者们的主要创作动机。正是这种动机在不同作者身上的体现，才产生了种类繁多的《红楼梦》续书。

当然，就续书的数量而言，《红楼梦》远远超过其他古代小说，从根本上讲，还是这部名著本身巨大影响下的产物。

红学新视角

"非经典阅读理论"在《红楼梦》
续书研究中的尝试

　　《红楼梦》续书之多、类型之繁堪称中国古代小说之最，然而，此领域的研究却相对薄弱，较之于红学其他课题尚属冷门。20 世纪 90 年代末，笔者和台湾林依璇曾有同名专著在海峡两岸先后出版。❶但一二十年过去了，《红楼梦》续书除了在古代小说续书研究中作为一部之例出现外，未见《红楼梦》续书研究以专著形式再出现。张云著《谁能炼石补苍天：清代红楼梦续书研究》2013 年由中华书局出版（以下简称"张著"，引文亦不另注），打破了这种沉寂，令一直关注续书研究的笔者甚感欣悦。拿到此书细读一过，确有心神俱往之感。这部专著填补了一直以来《红楼梦》续书研究的不少空白，诸如续书与原著、续书与续书之间的对话关系，续写策略、方法、逻辑和接续起点的探讨，以及文本细读基础上的续书价值重估，续书的非小说形式的艺术改编等。该著将以往对《红楼梦》续书的忽视甚至蔑视的阅读态度，置于非经典阅读的理论之下加以透视。此理论的提出对阅读其他非经典小说具有普适性作用。该著在小说批评理论的选择上，对研究者亦颇有启发。

　　提出《红楼梦》续书"非经典阅读"的理论命题，是"张著"的鲜明特色。《红楼梦》续书自清以降就屡见不鲜，长期以来学术界对这类作品基本持否定态度，对《红楼梦》续书的诟病遍及人物设置、情节安排和性格描写、语言风格等多个方面。正如张云在本书中指出

---

　　❶ 赵建忠：《红楼梦续书研究》，天津古籍出版社 1997 年初版；林依璇：《红楼梦续书研究》，（台北）文津出版社有限公司 1999 年初版。

的那样："凡称得上小说要素的几乎都被指责了一遍。应当承认，单就艺术性而言，那些指责虽不完全准确，但确是有一定根据和缘由的。那些批评不约而同都是将《红楼梦》续书与原著进行比较，是符合批评原则与规律的。"鲁迅尚认为："后来或续或改，非借尸还魂，即冥中另配，必令生旦当场团圆，才肯放手者，乃是自欺欺人的瘾太大，所以看了小小骗局，还不甘心，定须闭眼胡说一通而后快。"赫克尔（E. Haeckel）说过："人和人之差，有时比类人猿和猿人之差还远。我们将《红楼梦》的续作者和原作者一比较，就会承认这话大概是确实的。"评价《红楼梦》续书，不可避免地会以原著作为比较对象，因而其方法论自有其合理一面，但这种合理性之下，便是对续书作为一般小说创作应有的个性化的忽视。这几乎是所有《红楼梦》续书研究者共同持有的文本立场。不可否认，鲁迅的上述见解确实犀利深刻，但他仅仅是从社会心理角度对《红楼梦》续书的批评，意在揭示续书"团圆结局"背后隐藏着盲目乐观的传统文化心态，为的是唤醒国人去直面现实，去"睁了眼看"。而且鲁迅当时的阅读视野也使得他无暇去深层顾及《红楼梦》续书生态园内部的复杂构成，这一点从他的某些具体论述中也能辨析出来。如《中国小说史略》在提及《红楼梦》续书时，并举了《续红楼梦》和《鬼红楼》，实际上那是一部书之别称。由于秦子忱的《续红楼梦》人鬼混杂，才又被戏称为《鬼红楼》。这个疏漏至少说明鲁迅下笔时，并未能将批评对象阅读完全。后来的研究者本应对《红楼梦》续书进行目验并做整体考察之后方能做规范研究。可遗憾的是，很多人往往拘泥于鲁迅当年的论断，一概做武断的评判，以至于连古代戏剧、小说中常被使用的还魂、再生等超现实情节，到了《红楼梦》续书中，常被讥为荒诞不经。其实，问题不在于这种"借尸还魂、冥中另配"的创作模式本身，而是能否在一部作品中运用得和谐优美。《聊斋志异》"谈狐说鬼"能打动人心，《牡丹亭》"人鬼情未了"的情节建构使得人们在阅读体验中不但不生厌反而还激起共鸣。可是，对运用了同样创作模式的《红楼梦》

续书，研究者却采取了双重评价标准，不能不说有失公允。这是由于没能将传统文化中固有的真假、虚实、奇幻等概念范畴引入《红楼梦》续书批评领域所致，反而将生活中的事体、情理等同于文艺批评。"张著"特别指出，出现这种主观评价的根本原因就是偏见，归根结底，还是"经典情结"在作怪。

关于"文学经典"，童庆炳《文学经典建构诸因素及其关系》一文有系统阐述❶，此不赘述。难能可贵的是，"张著"研究《红楼梦》续书提出了"非经典阅读"问题。作者在该书中指出，经典作品虽然意义重大，但在文学史上毕竟只占少数；相反，在阅读数量上，非经典作品占有绝对大量的比重。"经典具有典范和引领作用，标志着一个时代的文学高度，而非经典则具有彰显格局与烘托氛围的作用，标志着一个时代的文学起点。没有经典就不能从质量上显示文学的成就，没有非经典也就不能从数量上呈现文学的繁荣。从某种意义说，经典可以代表而不能代替非经典，而非经典不仅烘托而且更能印证经典的突出地位。"这无疑是具有真知灼见的崭新命题。在这种论述基础上，作者还进一步提出了如何对待"非经典作品"的问题。她认为，对于《红楼梦》续书这类"非经典作品"，在进入阅读程序之后，无论是翻阅、浏览、抽读、全读，也无论是粗读或细读，都应把它当作文学作品对待，不能有先入为主的歧视心态。她特别强调，"对待非经典作品的态度最好不与对待经典作品的态度出现差别，而研究与评价时，也最好不要将经典的标准强加在非经典之上"，应该"彻底摒弃长期以来的唯经典情结，少一分傲慢与偏见，多一分理解与包容"。这些可贵的见解，对《红楼梦》等古代续书理论建设所起的作用是不容小觑的。

对《红楼梦》续书文本的细读及其传播影响的探究，是"张著"的又一特色。毋庸讳言，《红楼梦》续书不可能如原著般可做含英咀

---

❶ 童庆炳：《文学经典建构诸因素及其关系》，《北京大学学报》（哲社版）2005 年第 5 期。

华的品阅，但续书的研究者必须拿出足够的耐心来仔细研读文本。可惜的是，在以往《红楼梦》续书解读中，长期存在着未曾目验就作泛化批评的现象。"张著"首先在"细读文本"方面进行了艰苦扎实的工作，用作者的形象比喻，就是"啃酸果"的精神。作者从创作论的角度，关注《红楼梦》诸续书的艺术构思及其风格个性，努力探索续书与原著、续书与续书之间多层次的对话关系，尤其注重对清代《红楼梦》诸续书续写策略的研究，试图以具体的文本分析为基础，探寻并总结诸续书的接续要求、接续起点、接续逻辑及接续方式，并注意引入叙事学的理论与方法，力争超越情节、人物、语言的小说批评模式，进而在续书研究的学理层面上有所突破。这方面的成功尝试可从作者对《后红楼梦》的个案解读中看出。"张著"在具体分析《后红楼梦》等续书之前预先指出，续书若想获得成功就应该具备三点基本条件，即时间的衔接性、生活内容的相似性以及文学风格上保持与原著的一致性。这是张云在总结了诸续书的成功之处后提出的。对于作为第一部续书的《后红楼梦》，虽然续作者逍遥子在接续点、接续方式和对人物命运、情节发展、最终结局的处理上都做了努力，但在实际效果上确实难遂人愿。张云认为，真要做到衔接自然，前后一贯，情节发展符合逻辑，收束恰当，意足神完，实现接得上、展得开、收得圆的理想要求，实非努力可及。张云也正是在细读文本之后，才有可能在观点及论证角度上有这样的不俗之见。

"张著"还有一个贡献，就是提出了"涉红小说"的概念，这可以算是张云对《红楼梦》续书界定方面的新突破。《红楼梦》的续仿现象到了清末民初呈现出一定的特殊性。但对这一特殊时期作品的把握却至少有两点难处：一是那些量多质杂的作品，时代虽不算太遥远，但因战乱以及出版情况的复杂，有不少已难寻觅，造成了具体评价的困难；二是学界对"续书""仿作"界定的模糊性，致使一些并非续书的作品进入了续书之列，同时也使得一些与《红楼梦》相关的作品流失于研究视野之外。为此，作者提出了"涉红小说"的新概念，试图弥补这一缺憾。"涉红小说"将凡与《红楼梦》有一定互文关系的小说均囊括其中。

《红楼梦》究竟可不可以续，这是"张著"在理论上必须解决的新课题，也是红学界曾经争论的老话题。"张著"认为，由于大众阅读需求的广泛、多元，续书作为《红楼梦》批评的特殊形式，仍有存在的必要。"张著"还分析了续《红楼梦》的可能性，指出"首先，续写《红楼梦》会永远吸引着勇敢的尝试者；其次，《红楼梦》留下了无尽的可阐释空间；再次，此前大量的续红之作，为后来的续写提供了正反两方面的借鉴；最后，不断出现的新思想、新观念、新事物、新生活以及红学的新成果，都是再续红楼的无尽资源"。这种新观点的提出，从思路到论证，无疑需要挑战权威的理论勇气。长期以来，《红楼梦》续书只要一问世，就难脱讥贬责难的共同命运。那些与原著相符的作品，往往被认为是机械模仿，而相异之处就是歪曲曹雪芹本意，更是大逆不道，可谓"啼笑皆不是，方知做人难"。曹雪芹的原著前八十回乃至脂砚斋的批语都成了《红楼梦》的"宪法"。针对这种苛酷的批评现象，"张著"从理论层面分析指出，面对《红楼梦》，由于每个人的价值思考方式和生活体验方式都有区别，所有的"以意逆志"最终"都只能是主观阐释的产物，因此任何续书都不可能完全符合原作者的本意——续书归根结底只能是一种阐释行为"。这种对《红楼梦》诸续书的理解，是深中肯綮的。

最后，值得一提的是，该书不仅考镜续书概念的源流，对此进行了相对严密的界定，还将过去对《红楼梦》续书创作方法的研究推进了一步。它将过去笼统地以三种模式（还魂类、二代类、三界互通类）来划分续书类型，或以顺续、逆续、截续、连续、套续、反续、活续、类续等八种抑或是顺接、截接、转世、后代、借续等五种类型研究来探讨续书创作方式的方法，进行了进一步的探索；将关乎续书创作的要素分作接续要求、接续逻辑、接续方式、接续点等几个问题加以细致研究。这无疑是探索续书创作规律和特色的一种颇有成效的尝试。

  "张著"以程本问世后大量出现的清代《红楼梦》续书为讨论对象，在系统梳理清代《红楼梦》续书史、全面考辨相关续书文献的基础上，踏踏实实细读文本，并合理运用新理论、新方法，对诸续书的思想与艺术作了较为客观的价值重估，澄清了此前关于该类续书的一些简单化的流行观点，具有较高的学术价值，堪称《红楼梦》续书研究乃至中国古代小说续书研究的新收获。

  应当指出的是，该书价值固然在对"续书"学术史意义的阐发，也由非经典的解读进一步衬托出了《红楼梦》的经典存在。但笔者以为作者的研究尚有需要改进的空间。虽说该著研究的范围界定在清代章回体长篇续书上，但对当代《红楼梦》续书应有所涉及，因为《红楼梦》续书现象至今赓续不衰。它们当是清代《红楼梦》续书影响下的产物，并且可以成为清代续书的比较对象，应略加涉及，做些延伸与辐射当更完满。何况当代续书还是当前小说创作的一扇窗口。与此相联系，就是"张著"未及与其他小说续书的平行比较，比如与同为世情小说的《金瓶梅》续书的比较研究等。尤其是该书在总体上尚缺对续书的"文化观照"。作者自己在《后记》中似也曾提及此憾。然而，瑕不掩瑜，以作者的学养和功力，笔者相信在其后续的研究中将会弥补此类缺失。换一个角度来说，这些空缺正可作为今后《红楼梦》续书延伸研究的学术生长点，由此再生发开去，取得新的收获。期盼《红楼梦》续书的研究也能如红学的其他课题一样成为演练小说研究法的美妙园地。

大观园"原型"探索及《红楼梦》
研究中的两种思路

　　北京是曹雪芹结束"秦淮旧梦"——江南生活后的归宿，是"滴泪为墨、研血成字"的不朽巨著《红楼梦》创作之地。随着"87版电视剧《红楼梦》开播30周年纪念音乐会"在人民大会堂的上演、中国最高学府北京大学"曹雪芹美学艺术研究中心"的成立及讲习班的开课，使得近年持续的"红学热"达到了高潮。与上述高端文化活动同时进行的，还有文化部恭王府系列《红楼梦》讲座的举办，引发了网上几百万"红迷"的关注。本人参与了全部讲座六场中的两场，其中一场探考大观园的"原型"问题，另一场则通过大观园的创作构思探索曹雪芹的人生诉求，并关涉红学理念冲突以及与此相关的当代《红楼梦》研究格局走向问题。

一、大观园原型探考中涉及的红学理念冲突

　　自《红楼梦》诞生以来，将作者说成是曹雪芹独立完成一直存在争议，但若说"没有大观园，就没有《红楼梦》"，恐怕不会有任何异议。我们很难想象没有大观园的《红楼梦》会是什么情形。《红楼梦》主体故事是在大观园内发生的。第七十三回抄检大观园后，众金钗们风流云散，小说到此准备收束，围绕大观园的故事基本写的也差不多了。《红楼梦》本来就有个异名叫《大观琐记》。从这个书名看，顾名思义就是记载大观园里发生过的故事。伴随着《红楼梦》的传播影响，现在北京、上海、正定等地还有大观园实体建筑，足见其在中

国文化生态环境中的地位。

大观园的研究历来是红学中的重要课题。近年来叙事学中新兴的"庭院叙事"模式，又以新的学术话语将大观园的课题重新激活。所谓"庭院叙事"，属于一种空间叙事手法。曹雪芹的作品之前汤显祖在著名的《牡丹亭》传奇剧中对"庭院叙事"就有过尝试；《红楼梦》出现之后，对这部作品的续仿更是层出不穷，像《镜花缘》《泣红亭》《海上尘天影》等。它们的创作旨趣虽异，但其叙事模式却存在对《红楼梦》的因袭。作为"庭院叙事"的个案研究，如今关于大观园的论著越来越多。概括而言，研究取向主要分为两种思路：一种是据《红楼梦》中薛宝钗那句诗"芳园筑向帝城西"去寻觅大观园的"原型"；另一种则认为大观园是曹雪芹心灵的艺术投影，不可能在人间找到其具体"遗址"，主张研究重点应该通过大观园的创作构思去进一步探索曹雪芹的人生诉求。

就前一种研究思路而言，探寻大观园遗址所在的"帝城"，主要有南京、西京、北京三说。"南京说"主张《红楼梦》中大观园原址是南京小仓山的随园。这一说法始作俑者是乾隆时代的袁枚。他在《随园诗话》中明确说过"其子雪芹撰《红楼梦》一部，备记风月繁华之盛。中有所谓大观园者，即余之随园也"。袁枚及其《随园诗话》在中国文学史上名气都很大。"随园"也是南京和全国的名胜古迹，"大观园系随园故址"的说法就很有影响。❶可是从《红楼梦》文本内证看出这一说法不合逻辑，如原著第三十三回写宝玉挨了父亲毒打，贾母很生气，对贾政说"我和你太太，宝玉，立刻回南京去"。说明此刻对话人的环境在南京之外。贾母如果本来就住南京，怎么会说"回南京去？"显然不合逻辑。再从随园的传承源流考察，"随园"之名虽与接任曹家江宁织造职务、奉旨查封曹家的隋赫德相关，但是

---

❶ 对袁枚《随园诗话》中的记载颇有质疑者，如乾隆时周春在《阅红楼梦随笔》中曾指出袁枚"善于欺人，愚未深信"，袁枚后人翻刻《随园诗话》特将大观园系随园的话删去，并特声明"吾祖谰言"。

即使追溯到他之前，园主也姓吴，与曹家略无瓜葛。曹雪芹以此为蓝本去写大观园，直接依据不足。何况袁枚自己相关文字也描述过随园与大观园的地理环境无毫厘相似处。这里有必要指出：袁枚比曹雪芹出生早去世晚，赶上了程伟元、高鹗一百二十回印本风行年代，却对声誉日隆的《红楼梦》后四十回真伪问题不置一辞！以他在当时文坛的地位及与曹雪芹朋友圈熟悉程度，最有条件澄清《红楼梦》研究中的很多疑问，为后人留下宝贵文献。但遗憾的是，他不但没做到，反而还给后来的研究者制造了不少混乱。至于"西京说"，证据就更为薄弱。此说源自民国年间《新光杂志》刊出的"圣美"文章，认为《红楼梦》故事的背景在西安，即古称的"长安"或"西京"。论据是：《红楼梦》开篇甄士隐助贾雨村进京是"买舟西上"；书中刘姥姥曾对女婿说"这长安城中，遍地都是银子"；薛宝钗写的螃蟹诗，也有"长安涎口盼重阳"句；且《红楼梦》八十回后写薛蟠打死人，所递呈文说案犯"本籍南京，寄寓西京"。这些论据禁不住推敲。关于"长安"地名，甲戌本《石头记》"凡例"说得再明白不过："书中凡写长安，在文人笔墨之间，则从古之称。"不能仅从字面上呆解刘姥姥说的"长安"一词。而宝钗是作诗用典，"长安"不过是用作"京城"的代词。明朝人记北京的书，也题作《长安客游记》，可资佐证。所谓"买舟西上"，贾雨村从苏州出发，必须向西，经扬州、南京，才能北上进京。而写薛蟠打死人后所递呈文，系杂采八十回后情节立论，不足为据。比较而言，还是"北京说"靠谱些，其内证在《红楼梦》中不胜枚举：如林黛玉从扬州坐船入京都，航程应该是南北直通的大运河，清代南方人进京，一般是取这条水路而行。又如书中叙"宝玉坐车出西城门外，去天齐庙烧香还愿"。按"天齐庙"是东岳庙，即泰山之神，只有北京及华北地区的人才供奉。再如《红楼梦》写"炕"的地方很多。北方苦寒，"炕"就成为明显特征。当然，即使确认"帝城"是北京，大观园"遗址"所在的"西"具体地理位置也存在分歧。有种代表性的观点，认为大观园"遗址"在圆明园，但书中写到元妃省亲系"戌正起身""丑正三刻起驾回銮。"我们不妨设想一下：从故宫走到"圆明园"需要多长时间？并且在这七个小时内元妃需要完成的仪式包括游幸、行礼、开宴、作诗、看戏、叙旧等，显然与《红楼梦》描写的实际情形相冲突。何况大观园基址并不大，只是因为布置穿插巧妙，显得丘壑很深罢了，而圆明园却很大。资深红学家周汝昌出版的专著❶，详细论证了大观园"遗址"是北京北城偏西的恭王府。他找到了一些《红楼梦》文本内证，如书中第五十七回，邢岫烟回答宝钗把棉衣当在哪里时说过是"鼓楼西大街"。这条大街，由鼓楼直奔西北，接近北京最西北处。又如第六十回，贾琏偷娶尤二姐，书中写到"已于宁荣街后二里远近，小花枝巷内买定一所房子"。在护国寺街以北不远，确有花枝胡同。此外，他依据曹寅的《西城忆旧》词，认为所写内容很像恭王府一带，由此推断曹雪芹可能将其作为大观园的蓝本。他还列出一些恭王府与《红楼梦》大观园关系的文献记载及口碑传闻。

徐珂《清稗类钞》："京师后城之西北，有大观园旧址，树石池水，犹隐约可辨。"

蒋瑞藻《小说考证》："地安门外，钟鼓楼西，曰什刹海，前海垂杨夹道，错落有致，或曰是《石头记》之大观园。"

北平市政府编《旧都文物略》："什刹海在地安门外，相传《红楼梦》大观园遗址在此。"
……

应该承认，恭王府的环境特征与大观园确有相似之处。首先，后

❶ 周汝昌：《恭王府考》，上海古籍出版社 1980 年版。

花园"萃锦园"的名字就与"大观园"命名有异曲同工之妙。其次，大观园有两处制高点，一处是入门穿过迎面土山"翠嶂"后入眼的溪上桥亭，另一处是全园正中的大观楼；而恭王府后花园恰恰也有两处制高点，一处是假山高处的平台小筑，另一处是两翼斜坡引廊的正楼。尽管如此，还是想在此强调：写景虽然可以有特定的蓝本，但周汝昌的论证囿于"文史合一"的封闭思路，在客观上也局限了包括恭王府与大观园关系这个课题在内的考证红学天地；何况《红楼梦》中的大观园与恭王府也有不相似处，比如大观园的"命脉"是贯穿全园的"沁芳溪"，而恭王府后花园的"元宝池"根本构不成主景，园中缺少溪流贯穿萦绕。既然曹雪芹在《红楼梦》中明说大观园是"天上人间诸景备"，那么"大观"这名字本身就说明了不可能拘泥于一个恭王府，大观园应该是融合"苑囿"与"庭院"两种系统而成的一个私家园林。

与此相反的后一种研究思路，认为在人间去寻觅大观园的"遗址"是徒劳的。用香港宋淇的话讲，大观园是"空中楼阁、纸上园林"。❶美籍华人学者余英时又将大观园的研究提升到一个新的理论高度，提出曹雪芹书中所描述的大观园是"理想世界"，而大观园以外是现实世界。他还特别强调"这两个世界是贯穿全书的一条最主要的线索。把握到这条线索，我们就等于抓住了作者在创作企图方面的中心意义"❷。余英时的观点引发了红学界的争鸣。周汝昌从《红楼梦》文本出发❸，首先确定大观园的地理坐标。根据原著第一回交待的石头下凡历世的去处"（僧道）说到红尘中荣华富贵，此石听了，不觉打动凡心，也想要到人间去享一享这荣华富贵"，以及下文明言的"花柳繁华地（脂批：伏大观园）"，可见石头是从所在地大荒山"下凡"即向往"现实世界"，怎么会从"理想世界"又去"理想世

---

❶ 宋淇：《红楼梦识要》，中国书店 2000 年版，第 15 页。

❷ 余英时：《红楼梦的两个世界》，上海社会科学院出版社 2002 年版，第 36 页。

❸ 周汝昌：《红楼梦研究中的一大问题》，《齐鲁学刊》1992 年第 4 期。

界"？这存在一个论证逻辑问题。可见大观园应该是红尘人世，并非什么"理想"世界。

周汝昌、余英时这两位红学大家的争鸣焦点，表面看是《红楼梦》内的大观园究竟是"理想世界"还是"现实世界"的分歧，而深层实质问题却涉及大观园之外的两种红学理念冲突。在余英时看来，《红楼梦》研究的方法主要是一种史学研究，红学家所作的是史学家性质工作，研究重点在《红楼梦》的写实性还原。在"自传说"的影响下，这种还原工作进一步从小说中的现实世界转向了曹雪芹所生活过的真实世界，因此所谓"红学"其实只是"曹学"。而周汝昌则认为，余英时不过是借提出大观园的"理想世界"去批评曹学及考证派，认为那些都要不得，到了"眼前无路"的地步了，要急于去建立新"典范"。

余英时作为美籍华人学者受西方文化影响很深，与长期浸染在传统文化中的周汝昌学术背景差异很大。今天我们重新审视那场交锋，不应拘泥于所谓"理想"和"现实"的成分究竟在大观园中占多大比例。事实上，我们也很容易看出：余英时夸大了大观园中的虚构亦即"理想"成分，而周汝昌由于无法完全摆脱"自传说"的影响，又无视这种"理想"成分的存在。两者各有偏颇，都属于对《红楼梦》文本的"过度诠释"。就红学研究理念而言，考证派的曹学与批评派的文本阐释不可偏废。正如徐恭时形象比喻的："考芹探红，是大鹏的左右翼，缺一，不能高飞入云霄。鸟身，就是芹红的融合。"❶

二、大观园的创作构思与曹雪芹的人生诉求

那么，曹雪芹究竟是如何构思、创作大观园的？或者说，他通过这种构思，体现了一种怎样的价值关怀和人生诉求？这才是我们应该

---

❶ 徐恭时：《〈红楼梦补〉作者归锄子寻名》，《红楼梦学刊》1998 年第 2 辑。

追索的形而上哲学命题。我们不能单纯把《红楼梦》视为文献考证的"学问对象"，还应视为生命感悟的"审美对象"。任何企图把"现实世界"与"理想世界"截然分开，对它们作孤立的了解，都无法把握到《红楼梦》内在结构的完整性。

从《红楼梦》文本中，我们可以看到，曹雪芹为我们具体描述过至少三个世界：大荒山青埂峰，太虚幻境，贾府和大观园。

这三个世界有着密切联系。贾宝玉来自大荒山青埂峰，又游历过太虚幻境，但常态生活是在贾府和大观园里，而更多的活动空间还是大观园。因此研究大观园的创作构思，对把握《红楼梦》艺术结构的精神内涵极其重要。

关于曹雪芹的创作构思，自《红楼梦》流传后就有不少探索者。清新睿亲王淳颖《读石头记偶成》有首七律，颇得芹书意旨神髓，原诗如下：

满纸喁喁语不休，英雄血泪几难收。
痴情尽处灰同化，幻境传来石也愁。
怕见春归人易老，岂知花落水仍流。
红颜黄土梦凄切，麦饭啼鹃认故邱。

前四句，可谓《红楼梦》开卷标题诗"满纸荒唐言，一把辛酸泪。都云作者痴，谁解其中味"的恰切注脚；后四句表达了对曹雪芹人生诉求的深切感悟；尾联"红颜黄土""麦饭啼鹃"正是"千红一哭、万艳同悲"红楼女儿命运写照；而"怕见春归人易老，岂知花落水仍流"两句，概括了大观园"花落水流红"葬花场景，可与第二十八回对看：❶

---

❶ 文中所引《红楼梦》原文据中国艺术研究院《红楼梦》研究所校注本，人民文学出版社 2005 年版。

……（宝玉听了）"一朝春尽红颜老，花落人亡两不知"等句，不觉恸倒山坡之上，怀里兜的落花撒了一地。试想：林黛玉的花颜月貌，将来亦到无可寻觅之时，宁不心碎肠断！

既黛玉终归无可寻觅之时，推之于他人，如宝钗、香菱、袭人等，亦可以到无可寻觅之时矣。宝钗等终归无可寻觅之时，则自己又安在哉？且自身尚不知何在何往，则斯处、斯园、斯花、斯柳，又不知当属谁姓矣！——因此一而二，二而三，反复推求了去，真不知此时此际欲为何等蠢物，杳无所知，逃大造，出尘网，使可解释这段悲伤……

这段描写实际是中国文人伤时情怀的体现。难怪贾宝玉常有青春期的烦恼，时刻"无故寻愁觅恨"，拒绝成长，幻想留住岁月，诗意栖居。推己及人，一见"绿树成荫子满枝"，便推想邢岫烟出嫁以至红颜枯槁，因生无限伤感。这痴情非一般常言能表达，亦非常人能感悟。林黛玉又何尝不是如此？通过"葬花"的行为艺术，可见大观园少女们面对"出嫁"和"死亡"的生存焦虑，最美的花也是最脆弱的，中国的社会环境还没有空间容纳林黛玉这稀有的生命景观。"葬花"预示了"香消玉殒"和"爱情夭折"。至于"葬花辞"中出现"一年三百六十日，风刀霜剑严相逼"的句子，也许一般人颇难理解，尽管她寄人篱下，但看不出她受到过什么虐待，很多读者认为她是无病呻吟。其实林黛玉的愁，是骨子里的幽怨，相比之下，薛宝钗能适应社会规范，就没有深刻忧伤和刻骨铭心的缠绵。林黛玉的苦闷根本不是什么物质匮乏。《红楼梦》有种看不见、摸不着的无名伤感，虽然没有惊心动魄的场面、跌宕曲折的情节，如新历史主义认为的"碎片再现"而非"宏大叙事"，但这些地方恰恰体现出曹雪芹的人生诉求。

鲁迅说过："自有《红楼梦》出来以后，传统的思想和写法都打破了"。[1]《红楼梦》之前，即使是最优秀的经典如《史记》，也难摆

---

[1] 鲁迅：《鲁迅全集》第9卷，人民文学出版社2005年版，第348页。

脱"红颜祸水"的观念，似乎男人创造历史，女人污染历史。古代小说中《金瓶梅》《水浒传》《三国演义》对女性形象的塑造大都不具正面意义。《红楼梦》第一次为女性塑造了正面群像。❶著名文学理论家刘再复曾指出："《红楼梦》为我们树立了文学的坐标，这部伟大小说对中国的全部文化进行了过滤。"❷这话很到位。文学史上汗牛充栋的一般性作品且不论，《红楼梦》对经典作品过滤吸纳后的再创造，值得深入探讨。曹雪芹实际是对传统价值观的重新建构。就先秦文学最优秀的作品而论，说曹雪芹"师楚"固然不错，《红楼梦》确实拥有《天问》的想象力，但又突破了屈原对大自然的追问，而提升到了对人存在意义的生命叩问，突破了"香草美人"的士大夫情结局限，而把《芙蓉女儿诔》献给了底层丫鬟晴雯；也不必讳言曹雪芹并没有摆脱《庄子》的虚无思想，但《红楼梦》又说"开辟鸿蒙，谁为情种，都只为风月情浓"，说明他对人类最美好的情感并未幻灭，在言情中具有禅宗深度，认为人人具有佛性，都有正邪两赋一面；说《红楼梦》"假语村言"堪比"高文典册"的《史记》，评价也不算低，但曹雪芹能以一座贾府去囊括百千世家，《红楼梦》是历史文化的"全息图像"；说大观园具有陶渊明幻想的"桃花源"理想境界，也有道理，但"桃花源"有父子无君臣，虽无政治秩序，却仍保持其伦理秩序，而大观园的秩序则是以"情"为主；说《红楼梦》是部诗画小说并且继承了唐诗宋词的意境也不错，但曹雪芹是"羹调未羡青莲宠""苑招难忘立本羞"，从不与权贵有染，更不会去写"悲士不遇赋"；说《红楼梦》深情呼唤着王实甫的"愿天下有情人终成眷属"更没问题，曹雪芹本来就让主人公共读"西厢"，还郑重将书名写进题目，但《西厢记》中张生仍热衷科举，崔莺莺的思想境界与林黛玉也有天壤之别，贾宝玉与林黛玉的爱情，是中国文学史上最富文化含量和灵魂含

❶ 吕启祥：《〈红楼梦〉与中国现代女性文化形象的塑立》，《红楼梦学刊》1994年第1辑。

❷ 刘再复：《红楼梦悟》，三联书店2009年版，第7页。

量的爱情。至于说同时期先后的那些最有名的明清小说，与《红楼梦》比较方知高下：《三国演义》作为形象的历史教科书能给人"以史为镜"教益，但仍局限于"明君贤相"模式作为理想社会的最高境界，而《红楼梦》完全解构了圣人话语权，小说满纸是人的宣言，彻底打破中国传统的功业思想，将之视为生命之轻而另有自己定位；《水浒传》虽将眼光下移到市民，然"造反有理"的宣传暴力倾向至今也还有负面影响，《水浒传》的局限还在于武松那种变态英雄对潘金莲的快意恩仇，居然赢得了那么多的"看客"，作者根本不屑于去追究造成这一女性悲剧的深层原因，而《红楼梦》却为同样"淫丧"的秦可卿举行了隆重的丧礼；《金瓶梅》在描写市井社会方面比从前的古代小说更胜一筹，对《红楼梦》的创作构思也有很大影响，但性多情少，尤其是因果报应模式，缺乏曹雪芹那种深层的哲学思考。《红楼梦》作为真正意义上的"悲剧"结局，彻底打破了中国传统戏曲、小说的"大团圆"俗套而令人耳目一新。《红楼梦》的悲剧是人们日常生活中常见的，且这种悲剧并不全是恶人造成，好人也可以制造悲剧，构成共同犯罪，是病态的"集体无意识"使然。这种悲剧才算真正的"悲剧中的悲剧"，有普遍的社会意义。如鲁迅《狂人日记》所说的大家都在不知不觉中互相"吃人"。真正伟大的作家无不关注人类的生存困境与价值意义，无不充盈着对人类命运的形上追问与思考。曹雪芹经历了生命的大起大落、大悲大喜，对人生深刻思考后才大彻大悟。《红楼梦》的深度在于打破了千古以来许多人打不破的名利迷关，时时提醒人们做精神的守望者，呼唤生命所本有、应有的一切而不是任何附加的东西。而生活于当下社会的人们，常常忘记了追问生命的本原和意义，沉迷在物欲中难以自拔，忘记了自己真实的存在，"反认他乡是故乡"。《红楼梦》清醒地反思了人类的生存困境，回答了生命存在与如何超越这一根本性问题。当年的曹雪芹，会否期盼后人由书中字字句句读懂他对这人世的诉求？

三、当代《红楼梦》研究的多元格局及走向

大观园的创作构思体现出了曹雪芹的人生诉求。正因为《红楼梦》是上升到对人生根本问题的叩问和终极关怀的品位，才超出了一般的作品而提升至中国古典小说罕至的高境界。如前所述，周汝昌、余英时关于大观园究竟是"理想世界"还是"现实世界"的交锋，涉及大观园外的两种红学理念冲突。在那场红学理念冲突中，两位红学大家通过辩难，各有所赢，各自在一个方向上影响了《红楼梦》研究又形成互补，共同丰富发展了红学世界。❶

当今的红学世界是一个开放的多元世界。总括而言，《红楼梦》研究已经形成了文献研究、文本研究、文化研究三足鼎立格局。毋庸讳言，当代红学界发生的有影响学术论争基本属于文献研究层面，但这些论争也存在一个明显的共同点，就是距离《红楼梦》文本意义日渐遥远。其实，文献研究层面不一定能碰触到《红楼梦》涉及的精神境界，不能指望文献研究所承担的任务超过它的功能极限。

随着改革开放以来主体性哲学在中国大陆的演成主潮，主体价值学阐释成为文本批评新理论为不少红学研究者采用。应该承认，新范式让人们把目光聚焦于作品，意义自不可估量。要求对作品进行主体价值学诠释，这种由外向内的诠释维度的转换，正是对传统红学范式偏向的反拨；但如果夸大认为是红学的全部，那就又犯了以偏概全的错误。作为具有兼容性、开放性和边界性的红学，各种红学范式应该互相阐发和解释。像《红楼梦》这样伟大的作品，也不是任何一种研究范式能笼罩住的，一位勇于开拓的研究者不是在自我封闭的心态中进行思维，而是在与外界对话中不断摄取新的信息并调整自己的理论

---

❶ 张惠：《中美红学的交锋与双赢：周汝昌与余英时对当今红学研究格局之贡献》，《红楼梦学刊》2012 年第 5 辑。

意识中进行。应该看到，在文化开放、价值多元的全球化文化语境下，"红学"这一东方显学研究的起点已经被垫高，消除"曹学"与"红学"的分野，打破"内线"与"外线"的樊篱，实现《红楼梦》文献、文本、文化研究的融通和创新，应该是红学转型的客观需要，也是当代《红楼梦》研究多元格局整合后的走向。

仿红作品《儿女英雄传》的
"崇武尚侠"集体无意识

在"仿红作品"的作者中，与曹雪芹各方面颇相似的，莫过于《儿女英雄传》的作者文康了。两位作者都出身于满族官僚家庭，曹雪芹的高祖曹振彦是满洲正白旗人，"多尔衮属下旗鼓牛录章京"❶，曾祖、祖父、父亲均任过江宁织造，是康熙的心腹宠臣；文康是满洲镶红旗人，曾祖官至工部尚书，祖父作过陕甘、云贵、两江总督，父亲是内阁学士兼礼部侍郎。文康本人先后任过理藩院员外郎、天津兵备道、凤阳府通判、荣昌县知县，晚年被任为驻藏大臣，因病未及上任而终。曹雪芹与文康两人都亲身经历了由盛而衰的变化，正如鲁迅《中国小说史略》（以下引此书同，不再注）所指出的："荣华已落，沧然有怀，命笔留辞，其情况盖与曹雪芹颇类。"

然而，将《红楼梦》与《儿女英雄传》加以比较，却发现两部作品的品格很不相同。尽管《儿女英雄传》有着同《红楼梦》相似的情节，甚至许多细节也很相似，但是它们却朝着不同的方向发展，有着截然相反的结局。《红楼梦》描写了"千红一哭，万艳同悲"的凄惨境遇，而《儿女英雄传》却有憾于《红楼》，欲使"英雄儿女之概，备于一身"，塑造了何玉凤式忠孝侠义并兼柔情的英雄。我们通观文康的这部作品，夫荣妻贵，二女一夫，怪力乱神，科场果报、升官发财等腐旧思想贯穿全书，与曹雪芹的境界相比，显然不可同日而语。尽管曹雪芹和文康都不满现实，但他们在变革现实时选择了不同的道路。曹雪芹在现实中遍尝了永恒的痛苦，文康却在幻想中获得了暂时

---

❶《清太宗实录》卷18。

的慰藉。鲁迅认为这两部书一是"写实""自叙"，一是"理想""叙他"，所以成就"迥异"，并且认为十三妹的描写很不成功，"性格失常，言动绝异，矫柔之态触目皆是"，因而失去了人物塑造应有的真实感。以后，郑振铎进一步分析了这类侠义小说产生的根源，并且指出，这类小说让人们陷入无知、依赖超人的力量，"使本来落伍退化的民族更退化了"❶，而范烟桥《中国小说史》则认为："清代武功彪柄，而又文网严密，故盗贼忠义之说，已不见容于社会，乃有侠义小说。"当代学人对这类侠义小说进行了重新审视、评介，如王先儒、周伟民合著的《明清小说理论批评史》（花城出版社 1988 年版）、宁宗一主编的《中国小说学通论》（安徽教育出版社 1995 年版）都列有专门章节；继 1992 年出版《千古文人侠客梦——武侠小说类型研究》后，陈平原对这个问题的研究视角又有所拓展，他不把侠义小说仅仅看成是时世的反映，而注意到了思想文化背景以及商品经济的冲击与作者本身的因素，给人以有益的启发。

以上诸家的分析，都有一定的道理。特别是鲁迅从塑造人物的角度，指出了《儿女英雄传》等侠义小说违背了人物性格的真实，说得更为中肯，至于他由此而对国民性的批评，许多地方也很深刻。但我们不能不说，总的来看，学界对《儿女英雄传》这类侠义小说的评价是不够高的，而且有些解释还不能完全令人满意。比如鲁迅认为侠义小说之所以有英雄替皇帝奔走的赞颂，所谓"而终必为一大僚隶卒，供使令奔走，以为宠荣"，是由于"时去明亡已久远，说书之地又为北京"。意思是朱明王朝已灭亡很久，汉民族意识已不像先前那么强烈，而且天子脚下说书，内容自然不可能有造反的倾向等。这种看法固然精辟，但又如何解释同样有这些内容的侠义小说的《群英杰》刊于广东、《七剑十三侠》为姑苏人编、改订《七侠五义》的俞樾，当时也寓居吴门，而《绿牡丹》之说书却盛于扬州这一系列现象呢？显

---

❶ 郑振铎：《论武侠小说》，见《海燕》，中国书店 1932 年版。

然，这是国人的普遍意识。至于范烟桥提出的"文网严密"说，也还值得进一步研究，有清一代确实制造了不少"文字狱"，尤其是对小说、戏曲禁毁较严。只要看一看王利器主编的《元明清三代禁毁戏曲、小说史料》即可知其大概。但在清政府实施禁书的具体过程中，却有紧有松。实际上，"文网之密"主要是在雍、乾二朝，道光以后渐放宽❶，而且汉人的"民族意识"勃兴于光绪朝，可是《儿女英雄传》这类被斥为"无抗争意识"的侠义小说恰炽盛于此时，怎么能仅仅说成是逃避"文网"呢？

《儿女英雄传》这类侠义小说的产生，确实有着复杂的原因，而且不同历史时期又呈现不同的特点。唐代出现的这类小说与当时的藩镇割据有关；同样，20世纪20年代出现的《江湖奇侠传》之类也与军阀混战的形势有关。不能说时世与文学没有关系，当然也不能看得过于单一和绝对。所以陈平原又提出了"反抗平庸"说，认为读者们倾心这类小说，是"借此进行灵魂的自赎"，"侠客那种独立苍茫狂放不羁的恣态，对于为平庸的自我感觉焦虑不安的现代书生，尤其有吸引力"。❷这确为卓见。不错，侠义小说体现了一种张扬人类个性、肯定独立人格的文化意识，积淀着人类对自身本质的思考。然而，人类发展的历史决定了它在不同时代有不同的内容与形式。总的来看，侠义观念实际上已经成为一种凝结着对一定的社会理想和人生意义包括自我价值实现的积极思考。所以我们还是认为，侠客小说之所以受到人们长期的喜爱，主要的原因还在于它迎合了"尚侠崇武"的普遍社会心理。从人类文化学的角度看，这种心理可以说源远流长。在荒古时代，恶劣的环境一方面培养了人们的生存能力，另一方面也陶铸了人们这种文化性格，关于"侠"的文化观念和心理意识也就形成了。在我国，"侠"的记载很多。早在春秋战国时期，由于诸侯争

---

❶　其实在《四库全书》工作告竣前后，文网即已放宽。这个问题的详细阐述，可参阅龚鹏程《论清代的侠义小说》，《明清小说研究》第17—18合刊。

❷　陈平原：《小说史：理论与实践》，北京大学出版社1993年版。

霸、合纵连横，为了增强自己的实力，就争相收纳侠客义士。《史记》中专设有"游侠列传"。尽管游侠没有什么政治地位，"侠以武犯禁"，所以统治者并不大欢迎，但民众却很喜欢他们，因为他们一般都能做到像司马迁说的"其行虽不轨于正义，然其言必信，行必果，已诺必诚，不爱其躯，赴士之厄困，既已存亡死生矣，而不矜其能，羞伐其德"。《史记》中就记载了荆轲之类的义士。尽管作为"刺客"，他与"侠"还有所区别，而且他行刺失败了，但"风萧萧兮易水寒，壮士一去兮不复还"的诗句却成了千古绝唱。英雄豪杰的侠义风范从此却得到了广泛的张扬。这些先秦诸子和史传中的侠士故事就对后来的侠义小说产生了影响，于是唐人传奇中的许多作品专写侠客，著名的如《聂隐娘》《虬髯客传》等。宋元话本中这类题材一也有不少，漫延至清，便有《绿牡丹》《三侠五义》等侠义群像。应该说这都是作者按照社会发展的普遍需要和期待来塑造的，特别是鸦片战争欧人武力侵入中国之时，这类小说尤为盛行，也正是因为它能以幻想的超人侠客去为民抑强除暴，从而去满足那些受到暴政压迫而又无力反抗的大多数民众的一种心理。

不可否认，《儿女英雄传》这类侠义小说在张扬侠义精神的同时，也掺杂了较多的传统伦理观念，像忠孝节义等，而且我们也应该看到，这种期望侠客的出现以拯救自己确是人民还认识不到自己力量时的一种幻想，是一种还没有完全觉悟的人民思想的反映。但我们应该看到，"统治阶级的思想历来是占统治地位的思想"，所以作者的思想也不可能完全超越时代的局限。中国人民在历代残酷的政治体制下，一直过着悲惨的生活。他们在现实中得不到的东西，希望能在幻想中靠侠客去解决一些现实问题，也是可以理解的，这比较符合感情的真实，倘若拿现实的真实去衡量，自然难得出恰当的结论。

侠义小说中的《儿女英雄传》，除了具有同类作品共同的倾向外，还有自己的一些特点。这部小说得以广泛流传，固然是由于十三妹的侠义行为体现了旧时代弱小者渴望得到援助的理想，但也与作品的表现手法有关。《儿女英雄传》运用了评话形式，并且善于运用伏笔、设置悬念，特别是优美流畅的北京口语，非常生动、风趣。胡适当年读这都书时甚至感慨：真想为了它语言的风趣、而"轻轻地放过"其内容上的"许多陋见与腐气"。❶《儿女英雄传》能在方言、理俗小说沸腾的晚清时期一枝独秀，正是得力于这一点，无怪乎人们誉它为"国语最佳教科书"。"花朝生笔记"亦叹云："满人小说，《儿女英雄传》最有名，结构新奇，文笔瑰丽，不愧为一时杰作"。正是文康这种难以企及的语言成就，使得《儿女英雄传》的续书都很少见。目前知道的，也只是在《儿女英雄传》问世达二十年之久后，始有《续儿女英雄传》，以后又出了一部《再续儿女英雄传》，就水平波息，没有人再敢续作了。而相比之下，《三侠五义》这部小说出版后续书在二十年间竟续至二十四集。无怪乎连鲁迅也惊叹"很觉得作者和看者，都能够如此之不惮烦，也算是一件奇迹罢了"。个中原因，除了两书创作意图本身因素外，显然与文康高度语言成就的难以模仿有关。《三侠五义》是据北京说书艺人石玉昆的唱本作底本加工整理而成。这类侠义公案小说源远流长，发端于宋人话本"银字儿"，一般是罗致几件公案，穿插些曲折情节，经几个下层文人的捏合，一部侠义小说即可出笼。这些小说成就有别，但其制作过程，大体如此。但《儿女英雄传》就不同了。文康有意继承《红楼梦》的写法，用了标准的北京口语，借说书人的口吻，读来自然亲切。后世人既无文康那种"晚年块处一室，笔墨仅存……升降盛衰，所经历"的遭遇，又缺乏文康的语言才能，所以很难续好《儿女英雄传》。这进一步反映出《红楼梦》对后世小说的积极影响，衣被后人，非一代也。

《儿女英雄传》还提供了许多可供研究的民俗材料。胡适认为这部小说对科场果报的描写与《儒林外史》很不相同，吴敬梓是有意的刻画，而文康则是自然的流露，因此其史料价值更可宝贵。的确如此，

---

❶ 胡适：《儿女英雄传考证》，见《胡适古典小说考证》，云南人民出版社 1994 年版。

在清代科举考试方面，作品细致地写出了填五魁的热闹情景、中探花后游街荣归的仪注、下场时所提考篮里装的各种东西，等等。除了科场描写外，这部小说还写了不少地方风物、民情习俗、典章制度。例如，作品完整细微地记录了满洲贵族婚礼的一切仪注，清代北京前门一带的饭馆的经营，涿州庙会的情景等。特别是《儿女英雄传》也模仿《红楼梦》写到的"盗贼遍地"详写了"响马占山"，反映了下层的反抗。它在描写旗人家庭生活时，注意与社会政治密切联系，比如庄园的衰歇，高利贷的盘剥，八旗子弟的持家、理财，安学海因不奉迎上司而丢官等。这就多侧面地描写了社会风貌。所有这一切，若不是《儿女英雄传》作了具体叙述，现代读者就很难了解。这些材料具有不可多得的社会思想史、民俗学研究价值。

作为《红楼梦》的仿作，尽管《儿女英雄传》也有缺陷，但这部作品在情节安排、人物刻画、寄托理想等方面均有创新尝试，不应一笔抹倒。研究者要打破偏见，跳出单纯与原作比较的旧研究视角。

仿红系列作品"狭邪小说"的多重意蕴

鲁迅在《中国小说史略》"清之狭邪小说"一节中曾这样描述：

《红楼梦》方板行，续作及翻案者即奋起，各竭智巧，使之团圆，久之，乃渐兴尽，盖至道光末而始不甚作此等书。然其余波，则所披尚广远，惟常人之家，人数鲜少。事故无多，纵有波澜，亦不适于《红楼梦》笔意，故遂一变，即由叙男女杂沓之狭邪以发泄之。如上述三书，虽意度有高下，文笔有妍媸，而皆摹绘柔情，敷陈艳迹，精神所在，实无不同，特以谈钗、黛而生厌，因改求佳人于倡优，知大观园者已多，则别辟情场于北里而已。

"上述三书"指《品花宝鉴》《花月痕》《青楼梦》，"狭邪"则指的"小街曲巷"。因狭路曲巷多为娼妓所居，后遂以指娼妓。如南朝《陈后主集》"杨叛儿曲"："日昏欢宴罢，相将归狭邪"。唐白行简《李娃传》："此狭邪女李氏宅也"。

鸦片战争后中国沦为半殖民地半封建社会。一些大都市出现了畸形繁华，妓院亦随之发达，戏院娼楼的故事遂成为小说的新材料。这是狭邪小说得以迅速发展的社会背景。

对这类小说，学术界评价一般是偏低的。北京大学《中国小说史稿》、复旦大学《中国近代文学史稿》及游国恩等编著《中国文学史》都认为，这些作者创作小说主要是由于得不到飞黄腾达的发展，充满了爬不上去的悲哀和穷愁潦倒的牢骚。他们羡慕贵族官僚的糜烂生活，便到妓院中寻找安慰，写出了大量以嫖妓为题材的小说，以发泄自己的堕落、颓废的思想感情，寄托自己空虚的灵魂和幻想。刘大杰《中国文学发展史》虽承认这些作品不同程度展示了当时有产阶级的腐朽生活状态和妓女、艺人的悲苦命运，但总的评价倾向也趋于否定。

当代学人对这类小说进行了重新审视。王先霈、周伟民合著的《明清小说理论批评史》（花城出版社 1988 年版）列有专节，陈平原《小说史：理论与实践》（北京大学出版社 1993 年版）也在有关章节中有所涉猎。无论是资料的占有和研究视角，较之过去均有所突破，对于继续讨论狭邪小说，是有着较多启发意义的。

关于狭邪小说，鲁迅将他们的创作划为三个时期，即"谥美期""近真期""谥恶期"。《品花宝鉴》《青楼梦》等是"谥美期"，其特点在于小说主人公往往是作者的理想人物，并非完全写实，后来的《海上花列传》等才是反映狎妓的写实作品。从理想化到写实，中间可以《绘芳录》为界。当然，鲁迅认为"近真期"的《海上花列传》，也不过是"以为妓女有好，有坏，较近于写实"，并没有自觉发展现实主义小说传统。至于"谥恶期"的《九尾龟》，则和"谥美期"作品一样，有简单化倾向。

唐人登科之后，多作冶游，故反映妓女生活的文字，唐代已出现，如《教坊记》《北里志》，至晚清《海陬冶游录》等亦有记载。这些实录体的笔记，虽并非文体意义上的"小说"，但对我们了解青楼生活及其对文人思想、创作的影响大有帮助。清代中叶开始出现以妓院生活为中心的长篇小说，"青楼"这一特殊背景的文化意义才得以显示。"狭邪小说"才作为一种小说类型受到文学史家关注。鲁迅指出这类小说在艺术上的渊源，是明清的人情小说。它在小说发展史上属于《红楼梦》续书的余波，是很精辟的。但需要补充的是，可能他较多地看到了狭邪小说在艺术上的传承关系，而对它之所以在当时大量产生的外部原因却分析不足。尽管他也曾注意到了读者的阅读心理对这类小说的影响，即"特以谈钗黛而生厌，因改求佳人于倡优，知大观园者已多，则别辟情场于北里"。而且因常人家的故事不适于《红楼梦》的笔意，故内容为之一变，"即由叙男女杂沓之狭邪以发泄之"，这自然也很重要，其实这种巨族式微乃至分崩离析后形成的家庭结构，仍然根源于社会的急剧变化。从前的续书作者们，为释红楼旧恨，他们不惜求助许多超现实事件的铺排，使贾府由否渐亨，使宝、黛由离散而聚合，以求扭转原著的悲剧性情节。但是鸦片战争打开了中国的大门，时移事异，原来续书作者们刻意追求的那种红楼环境、人物性格，再也经不起现实的摧折考验，于是，人们由传统的"悲金悼玉"，转而去描摹时代现象，也就是势所必然。因为"旧瓶"再也装不了"新酒"了，复杂的社会需要用新的样式去表现，变迁了内容，也就要相应的变迁形式。于是，原来那些孤高绝俗的红楼人物纷纷脱卸旧衣，走出红楼，走下凡尘，迎接新时代的洗礼。这应该是狭邪小说等《红楼梦》仿作产生的一个重要原因。笔者还注意到，即使晚期出现的那些《红楼梦》续书，也早已不再关心宝黛在原著中的命运，而一般都是借用一下《红楼梦》的人名，主要人物脱离红楼生活，故事情节也脱离了原有的风月情愁，而更多的是去描摹时代现象，用《新石头记》作者吴趼人的话讲："不过自己随意所如，写写自家的怀抱罢了。"

就具体的作品表现来看，比如俞达的《青楼梦》，写金艳香不仅在风月场中左右逢源，还能登科入仕，而功名利禄到手后又修成了"神仙"。我们可以指责这是一种品格并不高的幻想，但俞达生活的时代，一般的下层知识分子生活落魄，人生抱负难以实现，面对现实，他们既无法回避又无力抗争，也只能在幻想中求得心理上的平衡。然而这种幻想却反映出封建末世下层知识分子普遍的精神状态。对于书中描写的文人与妓女的感情，我们也不能一概简单地斥之为腐朽、堕落，似应看做是失意文人的某种寄托，"当世滔滔，私人谁与"。这些"才子"的境遇与妓女的命运有相通之处，因而极易引起心灵上的共鸣，"美人沦落，名士飘零，振古如斯，同声一哭"❶。所以《青楼梦》

---

❶ 金湖花隐：《青楼梦》序，天津古籍出版社1992年版。

在当时就被人认为是《感士不遇赋》，并且做序者金湖花隐一再强调"倘谓为导人狭邪之书则误矣"。当时能这样看待狭邪小说，是难能可贵的。又如陈森的《品花宝鉴》，固然也有《青楼梦》等狭邪小说的通病，反映了当时文人的颓废、空虚的精神状态，像梅子玉与杜琴言、金粟与袁宝珠这种畸形的同性恋，尽管他们与狎优者不可同日而语，但毕竟是种不健康的心态。不过此书对乾嘉以来的许多梨园内幕、昆腔衰微、地方戏勃兴、京城中下层社会的世态人情乃至园林艺术、诗词曲学，等等，都有比较生动的描绘。此外，它将嘉庆道光时期部分秘史隐记在内，写了官场贿赂公行，还写了捐纳制度（即官职商品化）❶，且揭露了科举制度的流弊，并描写了清廷对鸦片问题的态度，可供研究鸦片战争所以失败者参考。这些描写都可补正史之不足。至于被划为"谴恶期"的《海上尘天影》，在狭邪小说中更是别具一格。作者邹弢把《红楼梦》里的大观园移到《海上尘天影》，建造了一座绮香园。尽管作品也如同类题材一样，写了畸形变态的男女纠葛，写了商品化的人际关系，但它不是一般的所谓狎妓小说，作者在小说中夹写了大量介述西学和反侵略战争的内容。他通过书中主人公韩秋鹤与朋友的谈论，分别介绍了英、法、俄、德四强的武备。他如实地反映了当时爱国知识分子留意国事的动人情景。从小说尤其是言情小说的艺术角度看，这些内容似与情节游离过远，但这确是作者维新爱国思想的折射。我们再联系作者编著的其他著作，如《万国近政考》《万国风俗考略》以及《洋务志略》等有关诸国政情风俗的文集，可以认为这是当时先进的中国人崇尚西学、探求中国出路的进取姿态。因之，《海上尘天影》就具有不可多得的社会思想史价值。这显然不是"谴恶"之说所能贬倒的。

在狭邪小说中，韩邦庆的《海上花列传》特别值得注意。鲁迅称它"平淡而近自然"。这是很高的评价，能达到这一境界是很不易的。

---

❶ 尚达翔：《说〈品花宝鉴〉》，《明清小说研究》第 9 辑。

该书的语言特色，正如胡适、鲁迅早年曾指出的，较早采用了苏州土语。的确如此，《海上花列传》之前，苏州土语仅在当地土生土长的昆曲、弹词等演唱文学中流行，进入小说领域，则是从韩邦庆开始。他运用这种方言非常得心应手，许多对话读来都能如见其人。由此还引起了文人们的模仿，如《九尾龟》一类的吴语小说相继出世，即是明证。如果我们研究吴方言，这是一部不可多得的好材料。这些吴语小说除了可以恰切神妙地表现地方色彩及作家独特的艺术感受外，还具有表现青楼女子的聪明伶俐与故作娇羞情态的文化功能，因此，苏白也就成了一种有特殊内涵的文化符号。从这个文化层面上继续深入研究《海上花列传》等吴语小说，道路仍很宽广。不错，这类方言小说可能因语言的特殊，拥有的读者并不很多，像《海上花列传》等即使在当时销行也颇为寥落，但一部作品的价值是不能按销量来估衡的。

　　狭邪小说自晚清出现以来即备受责难。鲁迅在《中国小说史略》中目为"狭邪"，除了概括它的性质外，其中也微含贬意。相比之下，反映同类题材的一些外国作品却能备受青睐。例如法国作家小仲马的《茶花女》，通过玛格丽特的悲惨命运的描写，指出了产生这一悲剧的社会根源。尽管《茶花女》在当时也受到过冷落，整个法国没有剧场敢于上演。正如中译者夏康农在《茶花女前前后后》一文中所记载的："这艺术家创作中的受尽世人践踏侮蔑灵魂好容易才挺起身来在世人前面"，"这般先生们从前只拿茶花女当作一簇行云，一曲流水，一朵奇花，一株异草样欣赏把玩，现在蓦地觉得这灵魂背负着她的痛苦、她的悲哀，她的烦恼，她的怨恨，遍身是血溅的现实，扑向他们眼前，翘起食指来指点着他们，叩询答话。这样，所以他们脆弱的神经受不住了"。最后，小仲马胜利了，《茶花女》中这一个尽受侮辱与损害的妓女形象，因触及现实，成了跨越时代和国界的名著。严复曾为此感叹："可怜一卷《茶花女》，断尽支那荡子肠。"

　　自然，我们不能简单把欧洲的《茶花女》与同时代中国的狭邪小说相提并论，然而，像《青楼梦》《花月痕》《品花宝鉴》《海上尘天影》乃至《海上花列传》等，它们所描写的内容和主题，与《茶花女》是非常近似的。但时至今日，这些作品还不能获得《茶花女》所得到的礼遇，这不能不引起我们的沉思。

晚清狭邪小说审美蕴涵是多层而丰富的，从语言学、社会学、民俗学、文化心理学、比较文学以及小说史的多角度去研究它们，尚有许多课题可开崛、深入。这是我们今天在评价这类作品时不宜一并抹灭、理当平心论衡的地方。

仿红作品《新红楼梦》《风月鉴》透视

　　名著续仿现象已日益受到学术界的重视。《红楼梦》的续书、仿作就更具代表性。乾隆末程本面世不久，旋即续书纷纷涌现，迄至道光末此风渐衰，取而代之者便是仿红之作的蜂起。一粟《红楼梦书录》"续书类"附"仿作"共著录各类仿作 21 种，且纂辑时人序、跋、笔记等，资料翔实，对考证作者身世及作品本事源流提供了不少方便，于研究者颇多助益。但"书录"的著录尚有遗漏，《红楼梦学刊》1997 年第 3 辑曾有"仿作"补遗文章，按一粟体例增补了《绣囊记》《芸兰泪史》两部仿红作品。但仍有一些有研究价值的仿作未引起重视，且一粟"书录"收入的仿作有时考订亦欠精当，兹举其要者撮叙如下。

一

　　戊寅春夏之交，笔者赴沪访学，借上海师范大学红学师友徐恭时、顾明塘的帮助，在该校图书馆访得一部迄今未见著录的仿作《新红楼梦》。此书全二册，系言情小说，署孽缘君著，四十八回。有序两篇，因未见红学资料书收载，故不避繁琐抄录。

　　序一：

　　吾友孽缘君，籍隶滇西。文学家亦政治家，且具有哲学家之眼光者也。其生平侨寓京华及遨游羊城沪上。与夫大江南北，并两湖安南西蜀诸处。足迹几历亚洲之半。凡耳闻目见，大都笔之于书。或发为吟咏，或抒为歌啸。类皆音韵铿锵，形容尽致。淘足为关怀时事者之所同鉴。兹著有《新红楼梦》小说一部。综其大概，原以留东男学生又芦为经，以京都中之名妓曼仙与黄歇浦所之女伶赛文君错杂其中。举凡世俗酬酢之棋牌诗酒，医道命理诸端无不应有尽有。情景毕真，惟其事实之烧点，大抵个人家庭、社会之幻剧，竟至相与俯仰一世。放浪形骸及情随事迁，感慨系之矣！故又芦与萍姐湘若曼仙辈均以才人才女一世凤鸣凰和，凤舞凰从，都成眷属，继而中途危险，遭逢坎坷，兴尽悲来，相率学辟谷术以终。独赛文君则淫荡性成，才不称德。竟与小使走座，携手同行飘然逸去，似觉享尽人间幸福。是何君子道消，小人道长，一至于此。是不特可为近今炎凉世态之所龟鉴。而实可为一般逸情风月者之茂铭也。书既成，请付诸剞劂，以公同好。良以与个人、社会、国家，有密切之关系云尔，是为序。民国乙巳年孟春上浣洞庭小隐望月子撰于星沙旅次。

这篇序，详细地谈到了作者及其里贯、仕履，特别述及作者孳缘君之才情性格，《新红楼梦》的成书背景及其时代折光。这就对我们考察作者的创作思想提供了第一手材料，弥足珍贵。

序二：

近世阅小说者，多艳称《石头记》。盖以其事实文笔精细合宜，雅俗共赏，富有一种流丽杂端庄，婀娜含刚健之特质也。今吾友滇西孳缘君著有《新红楼梦》小说一部，其人物之风骚，情辞之俊逸，直堪与《石头记》并驾齐驱，故名《新红楼梦》，且又以留东毕业之男学生与本国毕业之女学士以及京都之名妓歇浦之女伶并社会上酬酢往来之诗酒棋牌、医道命理诸项嘈嘈切切错杂其间，其足以厌阅者之心胸，而扩张吾人之眼帘者。似觉超《石头记》而上之。独情其由苦而甘，由甘而苦，辗转变迁，昙花泡影，光怪陆异非常，竟至于云散风流、天然淘汰，同归于无何有之乡。真有令人不可思议、黯然魂销之处。君子于此，亦深叹才子佳人之难以美满完全也。其亦盈虚消长之理，有以使之然欤？名之曰《新红楼梦》其然乎？其不然乎？爱志之研究焉。民国乙巳年孟春上浣书于星沙旅次洞庭小隐望月子撰。

出于同一手即"望月子"撰的这篇序，进一步阐释了《新红楼梦》的内容及其艺术特征，并同原著进行比较。但认为这部仿作"似觉超《石头记》而上之"，论述就未尽妥当。当然，这也与旧时文人相互推许、归美同侪的风气有关。

附目录：

第四十七回　野鹤闲云飘然去也　昙花泡影怪哉梦乎
第四十八回　混沌乾坤旁人扫兴　蹉跎岁月作者终篇

　　这部《新红楼梦》仿作，尽管不少处刻意模仿原著，如第三回有"茫茫之所，空空之处"，与《红楼梦》中的"茫茫大士，渺渺真人"或"空空道人"相对应。且第十五回也有诗社互相唱和的场面，与《红楼梦》中的有关情景类似。其他地方，这种例子亦复不少。但是总的来看，由于时代的急剧变化，早期仿作所刻意追求的那种红楼环境，人物性格，毕竟在本书中淡化了。描摹时代现象，是《新红楼梦》这部晚出仿作的一个突出特点。应该说，这是时势使然，因为复杂的社会需要用新的样式去表现。原来仿作中那些孤高绝俗的红楼人物只好纷纷脱卸旧衣，走出红楼，走下凡尘，去迎接新时代的洗礼。笔者注意到，晚期的红楼仿作从情节上一般也都普遍脱离了原有的风月情愁，而更多的是去描摹时代的风云变幻。

二

　　另有一部很重要且颇有研究价值的仿作《风月鉴》，一粟《红楼梦书录》漏载。该书的书名也许与《红楼梦》的别名《风月宝鉴》相关。此书模仿《红楼梦》处不少，如写主人公嫣娘（系男性）的"爱红"之癖，与写贾宝玉几似：嫣娘梦众美，显系从"贾宝玉神游太虚境"一回化出；至于嫣娘的离家赴考，更与书末宝玉的行为如出一辙。但嫣娘的气质总的看远逊贾宝玉，尽管他们同出自官宦之家。其实，这种"流丽杂端庄，婀娜含刚健"的富贵气质远非土豪所能同日而语。此外，作者写一男众美的大团圆结局，更落入才子佳人小说之俗套，并不足取。

　　《风月鉴》凡十六回，国家图书馆藏有嘉庆刊本，又有抄本，浙江图书馆藏。据该书自叙尾署"嘉庆庚辰仲夏爱存氏自书于茹芝草堂"，书末钤"中州弋阳吴氏"印章及寄男方钰的跋可知，作者姓吴名贻先（按：浙江抄本作吴贻棠），字荫南，号爱存，河南弋阳人氏。约生活于清乾嘉之际，曾仕长芦，后归里作塾师。

本书的回目颇为独特，如"投胎，解笑""幻梦，刁宴"一类二字语式。在通俗小说中为仅见，类似戏剧或弹词目。这对研究小说与说唱文学的血缘关系，亦是不可多得的资料。

一粟《红楼梦书录》于此书未收。李梦生《中国禁毁小说百话》❶著录《风月鉴》，并附该书浙江抄本书影一页，供学人继续研考，嘉惠学林，功不可没，但其对仿作的看法失之偏颇，如认为一粟著录的《镜花缘》《瑶华传》是"神魔小说"，《儿女英雄传》《品花宝鉴》"离《红楼梦》风格很远"，"其他小说大部分是写狭邪妓女，严格说只与《红楼梦》在某些写法上沾些边，主题截然不同"等，似有将上述作品摒除于仿红作品之嫌。

其实，像《镜花缘》这类小说，虽然有模仿《西游记》《山海经》痕迹，乍看颇类"神魔小说"，但总的看，颂扬百女，显其异能且旁及杂艺，博识多通，"以小说见才学"❷，更与《红楼梦》一脉相承。至于《儿女英雄传》等其内容旨在赞美粗豪，并迎合当时人们"尚侠崇武"的普遍社会心理，在具体的艺术刻画方面的确与《红楼梦》的风格有所差异。但是我们应该看到，这类侠义小说是因为它能以幻想的超人侠客去为民除暴，恰恰满足了鸦片战争外敌入侵中国后那些受到暴政压迫而又无力反抗的大多数民众的心理。这类小说体现了一种张扬人类个性，肯定独立人格的文化意识，积淀着人类对自身本质的思考。正是这一点构成了《儿女英雄传》等仿作的深层文化意识和凝重的社会意蕴。由于时移事异，原先言情小说作者们所刻意追求的那种红楼环境，人物性格，再也经不起现实的摧折考验。于是，人们由

---

❶ 李梦生：《中国禁毁小说百话》，上海古籍出版社 1994 年版。

❷ 鲁迅：《中国小说史略》，人民文学出版社 1973 年版。

传统的"悲金悼玉",转而去写欲使"英雄儿女之概,备于一身"❶的侠客,也是势所必然。如果逆流溯源,总还是能寻出这类小说与《红楼梦》的源流关系的。

<h2 style="text-align:center">三</h2>

与此相联系,这里存在一个仿红之作如何界定的问题。如前所述,一粟《红楼梦书录》,在仿作的资料方面已经做了奠基性的工作,但确有遗漏,且考订时有舛误。如"仿作"列有《花田金玉缘》一种。一粟这样著录:

> 《花田金玉缘》,佚名撰,十六回,光绪二十年上海书局石印本,首临湖浪迹子序。

"书录"未对全书内容作详细介绍,亦未对作者进行考索。近年出版物以讹传讹,如北京大学出版社梓行的《红楼梦资料丛书·仿作》,竟不加考辨就列入出版。

其实《花田金玉缘》的成书远在《红楼梦》之前,有的学者经过研究后指出,它是《画图缘小传》的翻印本,只不过"更改了书名,修改了回目,并对正文文字稍加变动"后再版,此举是"清末小说出版商牟利的通用手段"。论者还根据存世的《画图缘小传》清初刊本首序,断为明末清初的天花藏主人所著。❷笔者认为,将《花田金玉缘》从《红楼梦》仿作中剔除,确为卓见,但推断天花藏主人即《画图缘小传》作者这一点,却值得进一步商榷。可能是研究者没见到大连图书馆的另一版本,但问题恰就出在这里。按《画图缘小传》四卷十六回,大连图书馆藏有两种版本。清初旧刻本无刊刻者名号,

---

❶ 鲁迅:《中国小说史略》,人民文学出版社 1973 年版。

❷ 李梦生:《〈花田金玉缘〉非〈红楼梦〉仿作》,《红楼梦学刊》1992 年第 2 辑。

只题"步月主人"，无"订"字，有"天花藏主人题于素政堂"的序。而另一刊本无序，仅题"步月主人订，益智堂藏板"，较之清初旧本，刊刻甚精。这两个版本还有一个明显的区别，旧刻本回目极不精炼，而益智堂本则是七字、八字的双句回目，显系经过一次较大的删改、润色。益智堂本应是晚出本，这比较符合小说版本演变的规律。但令人费解的是，益智堂本为什么要删掉天花藏主人的序？如果书商为了牟利，何不打起这块招牌呢？我们知道，天花藏主人因编写过不少才子佳人小说，在当时文名颇高，也正因为这一点，假托其名作序及编次的作品颇多。可能是益智堂本的刊刻者知道了那篇序是托名伪作，因而再版时删弃了。如果序是伪作，那么《画图缘小传》自然也就不会是天花藏主人的作品了。

一粟《红楼梦书录》将其著录，可能是仅从书名有"金玉缘"三字，遂做出误断。再有一粟"书录"中仿作列有《水石缘》，并著录李春荣编，首"乾隆三十九年何森昌序，同年自序"。乾隆三十九年《石头记》（或〈红楼梦〉）虽已有抄本，但李春荣不可能见及，也就不可能是所谓仿红之作。拙意这则"仿作"应删除。

还有一粟"书录"将《梅花梦》弹词列入仿作，并记"心铁道人撰，三十七回，嘉庆五年五桂堂刊本"。

查胡士莹《弹词宝卷书目》，谭正璧《弹词叙录》均记此书"一名《何必西厢》"。谭氏考出"此书有雍正重刊本，则写作必更早"，一粟认为雍正十二年桐峰外史序系伪托。

考《品花宝鉴》的作者陈森曾写过《梅花梦》传奇十八出，时间在道光三年八月十二日，翌年六月自序，可参见《古典戏曲存目汇考》下册1415页，故事叙张若水、梅小玉事。这与心铁道人之《梅花梦》弹词全异，仅书名相同而已。如果谭氏考证弹词《梅花梦》成书于雍正年间确切，那么与《红楼梦》更无涉，也就无所谓仿作了。此外，一粟收录李汝珍《镜花缘》为仿作，但华琴珊著《续镜花缘》未收，似应连类及之。

还有一些作品像清沈复（三白）所著的《浮生六记》，曾有学者将其与《红楼梦》进行比较研究❶，并探考沈复去琉球时间，但未查到直接证据（此前，俞平伯编有沈复年表，似太简单，特别是嘉庆十三年以后沈复情况全属空白）。以后陈毓罴又写了《〈浮生六记〉足本考辨》文章，刊于《文学遗产》增刊第十五辑。此文功力颇深，但仍未考出沈复去琉球的最原始资料。

考嘉庆十三年清廷曾册封琉球，正使是侯官人齐鲲。经查相关目录文献，知齐鲲著有《续琉球国志略》五卷，记嘉庆间内府聚珍本（此书陈毓罴文章中未见提及）。沈复这位赴琉球随员，似还可觅到相关材料。沈复从琉球归来后，其友人顾荷写有《寿沈三白布衣》一诗，中有"偶因印聘来雉皋，十年幕府衣青袍"句（"雉皋"即江苏如皋古名）。原来沈复从琉球归来后去了那里，《如皋县志》是否涉及他，亦未可知。此线索如注意寻综，当能填补沈复仕履、身世资料之空白。

这部《浮生六记》，与《红楼梦》的关系究竟属于什么性质？既非续书，一粟又未录入仿作，但红学文章多有涉及，则它们之间似有微妙联系。

对于某些确属《红楼梦》仿作的作品，我们不应视而不见。例如俞天愤《绣囊记》，就是一部未著录的仿红之作。作者在总评第一句话就说："此篇行文，全学着《红楼梦》。"通过两书的比较对勘，发现它确实酷肖红楼笔意，而且内容与程派名剧《锁麟囊》极似，骨架亦为"一富一穷两花轿，雨天相遇"而敷衍出的一段故事，经过比较分析，可证《锁麟囊》一剧系由此本改编，不过把时代背景由清同治年间提到古代某个时期。这对研究《锁麟囊》的素材渊源问题，提供了很重要的材料。此外，朝鲜南永鲁的《玉楼梦》、无名子的《九云记》也在许多方面对《红楼梦》进行刻意模仿。从前我们的一些红学资料

---

❶ 陈毓罴：《〈红楼梦〉与〈浮生六记〉》，《红楼梦学刊》1980 年第 4 辑。

书对中国仿红作品搜辑甚勤，但对外国的那些受到《红楼梦》影响而出的作品却注意不够，其实这也是观念问题。如果站在红学史的立场和比较文学的角度看，对《红楼梦》在国外的流传和影响方面加深研究，走出自我封闭的研究模式，面向世界，从文化交流史、传播学的多角度，认真看待这些史料，那么对《红楼梦》这部巨著意义的估计就会更加深刻、全面。

因此，一部作品是否属于仿红之作，要进行认真的甄别考辨，要结合作品的序跋，特别是作者自述的创作缘起以及作品本身去综合考察。随意扩大仿作范围，必然导致许多不属于《红楼梦》仿作的作品成为靶标，造成任情褒贬，抑扬失实，但反过来随便缩小仿作范围，资料占有不充分，也会导致具体评论中的以偏概全，亦不足取。

四

长期以来，人们对《红楼梦》仿作评价不高，认为它是"东施效颦"，从而反对这种创作手法。其实问题不在于是否"摹拟"，而在于如何"摹拟"。文学史上这种摹拟现象并不鲜见，比如前后七子主张"文必秦汉"，而介乎前后七子之间，出现了主张模仿唐、宋文的唐顺之等。两派都是从拟古入手，然而一派学古而成为赝鼎，一派却能写出宛曲流畅的散文。可见模仿的对象不同，取得的成就也不同。

模仿《红楼梦》也是一样，如果徒从外貌求之，必至摹其腔调，袭其字句，拘而不化，所以更重要的是继承原著精神，才能由"形似"而"神似"。

值得注意的是，尽管我们自己对续红、仿红作品评价不高，但一些国外汉学家对它们的态度却颇不寻常，如俄国的瓦西里耶夫院士有如下的评价：

名为《红楼梦》的长篇小说的这些版本数目表明，第一部长篇小说为中国人留下了怎样的印象。《红楼梦》确实写得如此美妙，如此有趣，以致非得产生模仿者不可。据说，这些模仿者都未能达到原作的程度，但我们知道，它们同样是应该表现中国人的那种生活和体现其精神的，所以我们并不认为它们是全然没有兴趣的。❶

对于渴望了解中国人心态的外国人来说，他们对《红楼梦》仿作投注了兴趣，是可以理解的。《红楼梦》仿作，从小说发展史的角度看，仿作者们以一种特别的"接棒"形式，将原著所取得的成就接传下去，从而延长了《红楼梦》的艺术生命。所以，对于这些仿作，我们应打破偏见，跳出单纯与原著比较的小圈子，方有益于理解它们的客观存在。

---

❶ 胡文彬，周雷：《红学世界》，北京出版社 1984 年版，第 245 页。

《红楼梦》小说艺术的现当代继承问题

　　《红楼梦》这部经典与现当代文学关系的研究是个重要课题，可惜这片处女地长期以来无人开垦。新时期以来陆续出现过一些这方面的探索文章，但研究者通常所使用的都是"作家资源分析"和"小说文本比对"的传统文学比较方法，虽取得了一定学术成果但总的看问题探讨的不算很深入，甚至存在着严重的"误读"现象。比如研究者艳称的20世纪三四十年代著名女作家张爱玲对《红楼梦》的"继承"问题，就是显例。不错，张爱玲本人的表白特别是透过《传奇》等文本呈现出来的与《红楼梦》的"相似性"是客观存在，这使得新时期以来不少研究者对这方面的"影响研究"津津乐道、越挖越深，然而"相似性"固然是影响的一种表现，但影响的吊诡之处还在于，一心追随大师，说不定还买椟还珠，反而跟大师的精髓失之交臂。说张爱玲才情富艳是不错的，她的思力也很敏锐，一生恋恋踯躅依依盘桓于"红楼"之下，但最终却不无反讽与悲凉地跟真正的"红楼精神"完成了一场漫长的擦肩而过。因为张爱玲小说失落了曹雪芹所禀赋的、通过《红楼梦》实现的小说精神，而这正是曹雪芹"遗产"最精华也最珍贵的部分。从这个例子也可以看出，《红楼梦》的"影响研究"很复杂，绝不能用"一言以蔽之"的简单裁决方式，不能单纯追求"形似"，还要看到"神似"。

　　毋庸讳言，《红楼梦》的"经典化"，是中国文学、文化发展及意识形态建设需要等复杂因素形成的历史合力作用的结果。但在中国现当代文学的发展历程中，《红楼梦》的经典地位得到了进一步的确认，却是不争的历史事实。这既是新文化运动主将们的主观挑选，离不开他们的慧眼巨识，也是在经过时光磨砺、反复汰选之后的庄重命名。尽管不同时代人们在论证《红楼梦》的"经典性"时，不乏功利主义为我所用的态度，如长期以来研究者曾实用主义地将《红楼梦》的人物塑造强行纳入"典型论"的阐释框架。其实，《红楼梦》中的人物塑造，具有"典型论"所不能涵盖的部分。"典型论"下的人物，一般来说仅有典型环境下的认识价值，而《红楼梦》中的人物，往往更具有生命语境下的启示意义。

面对作为经典的《红楼梦》，谁是继承人？这无疑是一个有趣的话题，但却不是一个可以一言以蔽之的话题。2013年文化艺术出版社推出了女作家计文君的《谁是继承人：红楼梦小说艺术现当代继承问题研究》。这是国家社会科学基金重大项目的一项结题成果，具有重要的学术价值。论者讨论的是包括胡适、鲁迅、茅盾、俞平伯、何其芳等在内的诸位学术大家对《红楼梦》研究的思想成果，也包括对著名作家在创作上与《红楼梦》渊源关系的研究。此外，作者也没有止步于已有定论的现代作家，还延伸到"进行时"的中国当代作家中，如王蒙、宗璞、霍达、贾平凹、二月河、格非、叶广芩、李洱等。

与以往的研究著述相比，本书在学术上的最大突破，体现在作者尝试性地引入了体系化的"小说范式"概念，提供了"整体性"和"本体性"的新角度。所谓"整体性"，是将《红楼梦》作为一个艺术体系，而不是"肢解红楼为我所用"。条分缕析当然是必要的，但"整体性"的把握更为迫切。将《红楼梦》看成是经典，或者以此为标杆（魔鬼的床）对现当代文学及其创作进行唯我独尊式的挑肥拣瘦、横加指责、吹毛求疵，这是以往研究者曾经有过的做法，它势必会将经典与文学的发展对立起来，更会在读者和作家中间制造逆反情绪，使红学声名狼藉。《红楼梦》可以经典化，但不能圣化或神化，夸得它高不可攀、望尘莫及，让它高高在上变成顶礼膜拜的对象，实际上是将之束之高阁、弃之它置的做法。这种方法不可取，在学术上也是自掘坟墓、自寻死路的选择。而"本体性"，是指小说本体。《红楼梦》的现当代继承问题，表面上看是一个古代经典叙事文本的现代影响问题，实际上也是中国小说叙事的现代演进问题。研究《红楼梦》小说艺术的现当代继承问题，为我们思考中国小说叙事百年嬗变提供了一个非常理想的场域，使我们能够在"本体论"意义上，重新思考和认识中国小说叙事艺术特有的内在规定性。

把《红楼梦》当作参照坐标，将中国现当文学重新梳理，作者得出的结论是：一脉千流——中国现当代文学与《红楼梦》有着密切的联系，同时《红楼梦》又是"广陵绝响"——巨大榜单中所谓忠实继承者"得其形而遗其神"的创作，正在使中国文学所特有的叙事范式——《红楼梦》的"文脉诗情"在模拟中丧失。从形似上来看，家族题材的继承、婚恋主题的偏爱、悲剧艺术的体认、人物系列的发展等，都可以看出现当代文学创作与《红楼梦》的关系。从神似的角度看，继承《红楼梦》不应该是题材的层面、主题的层面、写实技法的层面，而是从艺术家的精神层面来继承。

本书作者立意在寻找一种属于中国的叙事范式，或者说是中国人独有的抒情方式。该书涉及了最大范围、最广作品的现当代作家，寻绎了复杂的文学线索，对文学的流变做了比较全面的梳理，将文学的通变规律呈现在广大读者面前。作者揭示了《红楼梦》成为经典的历史过程。借助于《红楼梦》经典在传播中的呈现——特别是对后世作家的影响，以逆向的方式显现《红楼梦》的文学意义和真实内容。只有被接受的才是实际存在的，作者不是就继承而研究继承的问题，而为的是建立属于我们自己的小说美学，寻找中国小说趋于完美的民族形式。用作者自己的话说，就是"对《红楼梦》现当代继承问题的思考，始终伴随着对小说现实困境的焦虑。因此，本书观察和思考的指向，不仅仅是谱系梳理和理论建构，创作实践始终是思考的重要立足点"。从这个意义上也可以说，作者翻检"谁是继承人"的旧账，用意却在当下。

附　录

曹雪芹与《红楼梦》研究史事系年
（1630—2018）
——据《红楼梦大辞典》增补

1630 明崇祯三年后金天聪四年庚午

孟夏，曹寅祖父曹振彦为佟养性属下汉兵教官。

9月，曹振彦为佟养性属下汉兵致仕。

1631 明崇祯四年后金天聪五年辛未

佟养性督造红衣大炮成，汉军建立。佟养性总理汉军旗事。

1632 明崇祯五年后金天聪六年壬申

佟养性死。曹振彦约于本年或稍后归属多尔衮正白旗。

1634 明崇祯七年后金天聪八年甲戌

曹振彦任多尔衮属下正白旗旗鼓牛录章京，因有功，加半个前程。

1644 明崇祯十七年清顺治元年甲申

3月19日，李自成率领农民起义军进入北京。

4月23日，多尔衮率领清军入关。

4月29日，李自成登基称帝，国号大顺，改元永昌。

第二天农民起义军撤出北京。

五月初二日，多尔衮率清军进入北京。

9月，福临迁入北京。

十月初一日，福临继皇帝位，国号大清，定都北京，建元顺治，标志着清王朝中央政权的确立。

1649 清顺治六年明永历三年己卯

曹振彦之子曹玺参加平姜镶叛乱有功，提拔为内廷二等侍卫，管銮仪事，升内务府工部郎中。

1651 清顺治八年明永历五年辛卯

8月21日，以"覃恩"诰授曹振彦奉直大夫，妻袁氏宜人。

1654 清顺治十一年明永历八年甲午

3月18日，福临第三子玄烨生，曹玺妻孙氏为玄烨保姆，其后曹家与玄烨（康熙帝）的关系极为密切。

1655 清顺治十二年明永历九年乙未

曹振彦由山西阳和府知府升为两浙都转运盐使司运使。

1661 顺治十八年辛丑

正月初七日，顺治帝死，立其第三子玄烨。

正月初九日，玄烨即位，以第二年为康熙元年。康熙当皇帝，对曹家的生活产生了决定性的影响，使曹家从一个普通"包衣"一跃变为皇帝的亲信。康熙对孙氏一向感情很深。他即位时年仅八岁，长曹寅四岁，据说曹寅很可能给康熙当过伴读，因而康熙与曹寅的关系更是非同一般。正是由于康熙的关照，曹家才有了几十年繁华似锦的江南生活。

1663 康熙二年癸卯

2月，停差江宁、苏州、杭州织造，拣选内务府官各一员，专差久任。曹玺以内务府郎中首任江宁织造之职。自此，曹家在江南赫赫扬扬达六十年之久。

1667 康熙六年丁未

11月26日，以"覃恩"诰赠曹寅曾祖父曹世选资政大夫，妣张氏夫人。

1675 康熙十四年乙卯

12月，以"覃恩"诰赠曹世选光禄大夫江宁织造三品郎中加四级，妻张氏一品夫人。以"覃恩"诰赠曹寅祖父曹振彦光禄大夫江宁织造三品郎中加四级，妻欧阳氏一品太夫人，继室袁氏一品夫人。

1677 康熙十六年丁巳

曹玺进京陛见。

李煦初任韶州府知府。

1678 康熙十七年戊午

曹玺再次进京陛见，陈江南吏治，深受康熙帝赞许，加正一品。

1684 康熙二十三年甲子

6月，曹玺卒于江宁织造任。曹寅自京至江宁奔丧，诏晋内少司寇，协理江宁织造事务。曹寅在京任正白旗包衣第五参领第三旗鼓佐领，年二十七岁。

11月，康熙帝第一次南巡至上元，驻江宁将军衙门，亲至曹家抚慰。

是年，李煦任宁波府知府。

1688 康熙二十七年戊辰
李煦去宁波知府任,返京充畅春苑总管。

1689 康熙二十八年己巳
正月,康熙帝第二次南巡,3月还京。

1690 康熙二十九年庚午
4月,曹寅任苏州织造职。

1692 康熙三十一年壬申
11月,曹寅自苏州赴江宁织造任。
李煦任苏州织造职。

1693 康熙三十二年癸酉
3月,李煦赴苏州织造任。

1699 康熙三十八年己卯
4月10日,康熙帝第三次南巡至上元,以江宁织造府为行宫,曹家第一次接驾。曹寅奉母见康熙:"上见之,色喜,且劳之曰:'此吾家老人也。'赏赉甚厚。"并书"萱瑞堂"三字赐之。

1703 康熙四十二年癸未
2月26日,康熙帝第四次南巡至上元,以江宁织造府为行宫。奉旨,曹家与李煦轮管盐务。

1704 康熙四十三年甲申
春末,洪昇应江南提督张云翼之聘,往游松江。曹寅闻之,亦迎至江宁,集南北名流为胜会,演《长生殿》剧。

7月，钦点曹寅为巡视两淮盐务监察御史。

1705 康熙四十四年乙酉

3月，康熙第五次南巡至上元，以江宁织造府为行宫。曹寅奉旨刻《全唐诗》。因接驾有功，曹寅加授通政使司，李煦加授光禄寺卿。

1706 康熙四十五年丙戌

曹玺妻孙氏去世，终年75岁。

9月，曹寅重刻《楝亭五种》。

10月1日，《全唐诗》刻成，具表进呈。

10月中，曹寅送长女进京，嫁镶红旗王子纳尔苏。11月26日，王子迎娶过门。

1707 康熙四十六年丁亥

3月6日，康熙第六次南巡至江宁，以江宁织造府为行宫。

1708 康熙四十七年戊子

7月，曹寅长女、镶红旗王子纳尔苏福晋生子福彭。

1709 康熙四十八年己丑

曹寅嫁次女。婿为何人，不可考。《江宁织造曹寅奏为婿移居并报米价折》云："……拟于东华门外置房移居臣婿，……臣有一子，今年即令上京当差，送女同往，则臣男女之事毕矣。"

1710 康熙四十九年庚寅

8月20日，苏州织造李煦奏盐法道李斯佺病危预请简员佐理折，朱批："风闻库帑亏空者甚多，却不知尔等作何法补完？留心，留心，留心，留心，留心！"

九月初二日，江宁织造曹寅奏进晴雨录折，朱批："知道了。两淮情弊多端，亏空甚多，必要设法补完，任内无事方好，不可疏忽。千万小心，小心，小心，小心！"

1711 康熙五十年辛卯

三月初九日，江宁织造曹寅奏设法补完盐课亏空折，朱批："亏空太多，甚有关系，十分留心，还未知后来如何？不要看轻了。"

一说曹雪芹生于本年。主要据张云章（1648—1726）的《朴村诗集》卷十所载七律诗《闻曹荔轩银台得孙却寄兼送入都》，诗云："天上惊传降石麟（时令子在京师以充闾信至），先生谒帝戒兹辰。俶装继相萧为侣，取印提戈彬作伦。书带小同开叶细，凤毛灵运出池新。归时汤饼应招我，祖砚传看入座宾。"

1712 康熙五十一年壬辰

3月17日，曹寅奏《佩文韵府》开工刊刻。

6月16日，曹寅自江宁至扬州书局料理刻工。7月1日感受风寒，卧病数日，转成疟疾。李煦代请赐药，康熙帝命驿马星夜送药金鸡拿（即奎宁）。未至，曹寅于7月23日病故，终年五十五岁。

1713 康熙五十二年癸巳

曹寅子曹颙（连生）继父职，补放江宁织造，加授主事职。

1715 康熙五十四年乙未

正月初九日，曹颙病故。特命将曹荃四子曹頫过继给曹寅妻为嗣，承祧袭职。曹頫补放江宁织造，授主事职。

十二月初一日，上谕李陈常以两淮盐课羡余之银，代赔曹寅李煦亏空。

一说曹雪芹生于本年。康熙五十四年三月初七日《江宁织造曹頫代母陈情折》云："奴才之嫂马氏，因现怀妊孕已及七月，恐长途劳顿，未得北上奔丧，将来倘幸而生男，则奴才之兄嗣有在矣。"又，张宜泉《伤芹溪居士》诗注云："其人素性放达，好饮，又善诗画，年未五旬而卒。"如曹雪芹卒于 1763 年或 1764 年，上推至本年，正好四十七岁或四十八岁，同"年未五旬"相合。这两条材料是曹雪芹生于本年的主要依据。

1722 康熙六十一年壬寅

十一月十三日（12月20日），康熙去世，终年六十九岁。雍正登基。十二月十三日上谕："各省督抚将所属钱粮严行稽查，凡有亏空，无论已经参出及未经参出者，三年之内务期如数补足，毋得苛派民间，毋得借端遮饰，如限满不完，定行从重治罪。三年补完之后，若再有亏空者，决不宽贷。"

冬，李煦卸苏州织造任。

1723 雍正元年癸卯

正月初十日，内务府衙门奏称："李煦因奏请欲替王修德等挖参，而废其官、革其织造之职，请咨行该地巡抚等严查其所欠钱粮，将李煦之子并办理家务产业之所有在案家人，以及李煦衙门之亲信人等俱行逮捕，查明其家产、店铺、放债银两，由该巡抚及地方官汇总另奏等因具奏。"朱批："著将交付该巡抚及地方官之事交付总督查弼纳，其在京之产业著内务府大臣等查抄，其他各项著依议。"

5月26日，江南总督查弼纳奏称："为遵旨事。查抄李煦家产，查出李煦奏折送来后，臣查得有圣祖皇帝朱笔谕旨一件，已奉朱批折四百零六件，未奉朱批折一百九十三件……今李煦之家产业已查明，一应物件俱已封存……"

6月14日，总管内务府事务和硕庄亲王允禄、内务府大臣来保等面奏："据总督查弼纳奏折内称：'李煦亏空银三十八万两，查过其家产，估银十万九千二百三十二两余，京城家产估银一万九千二百四十五两余，共十二万八千四百七十七两余。以上抵补外，尚亏空二十五万一千五百二十三两余。'"

十二月初一日，两淮巡盐御史谢赐履奏折，请追解江宁织造银两事。奏折云："再本年六月内，奉有停止江宁织造之文；查前盐臣魏廷珍经解过江宁织造银四万两，臣任内亦未经奉文停止之先，节次解过江宁织造银四万五千一二两，亦将情由咨明，部议行令臣向江宁织造催还，臣节次咨催差催，查无一字回复。窃思停止之文，若经知会江宁织造，即不应混催混收。既收之后，竟不回复，则钱粮从何着落？臣请将解过苏州织造银两，在于审理李煦亏空案内并追，将解过江宁织造银两，行令曹頫解还户部……"

1724 雍正二年甲辰

正月初七日，曹頫奏谢准允将织造补库分三年带完折，朱批："只要心口相应，若果能如此，大造化人了！"

五月初六日，曹頫奏江南蝗灾情形并报米价折，朱批："据实奏，凡事有一点欺隐作用，是你自己寻罪，不与朕相干。"

本年曹頫有请安折（月日无考），朱批极其严厉："你是奉旨交与怡亲王传奏你的事的，诸事听王子教导而行，你若自己不为非，诸事王子照看得你来；你若作不法，凭谁不能与你作福。不要乱跑门路，瞎费心思力量买祸受。……主意要拿定，少乱一点。坏朕声名，朕就要重重处分，王子也救你不下了。"

一说曹雪芹生于本年。依据是敦诚《挽曹雪芹》诗有句："四十年华付杳冥。"如果曹雪芹卒于1763年，上推四十年，即本年。此说认为曹雪芹是曹頫之子，否认遗腹子说。

1726 雍正四年丙午

平郡王纳尔苏革爵圈禁，其子福彭袭爵。

1727 雍正五年丁未

李煦因送允襈（阿其那）侍婢事发，流放打牲乌拉。

12 月初，三处织造被劾严审。先是山东巡抚塞楞额奏，杭州等三处织造运送龙衣，经过长清县等处，于勘合外，多索夫马、程仪、骡价等项银两，请旨禁革。

十二月初四日谕旨："朕屡降谕旨，不许钦差官员、人役骚扰驿递。……织造差员现在京师，着内务府、吏部，将塞楞额所奏各项，严审定拟具奏。"

12 月 24 日，上谕："江宁织造曹頫，行为不端，织造款项亏空甚多。著行文江南总督范时绎，将曹頫家中财物，固封看守，并将重要家人立即严拿。"至此，曹家彻底败落。

1728 雍正六年戊申

二月初二日，隋赫德接任江宁织造职。隋赫德到任后，奏细查曹房地产及家人情形折云："细查其房屋并家人住房十三处，共计四百八十三间。地八处，共十九顷零六十七亩。家人大小男女共一百十四口。"曹頫所有田产房屋人口等项，均赏给隋赫德。

曹家约于 3 月至 6 月间返回北京，从此结束了江南曹家富贵繁华的生活。

1729 雍正七年己酉

李煦卒于流所，终年 75 岁。

1735 雍正十三年乙卯

8 月 23 日，雍正帝病死。

9 月 3 日，皇四子弘历嗣位，明年改元乾隆。同日，以"覃恩"追封曹振彦为资政大夫，原配欧阳氏、继配袁氏为夫人。

10 月 21 日，宽免曹頫在雍正六年 6 月因骚扰驿站案赔银四百四十三两二钱（已赔过一百四十一两，尚未完银三百二两二钱）。

11月，曹寅婿纳尔苏之子平郡王福彭协办总理事务。

12月，傅鼐调任刑部尚书，兼兵部。

1736 乾隆元年丙辰

本年，福彭任正白旗满洲都统。

1748 乾隆十三年戊辰

曹雪芹约于本年前后在右翼宗学供职，并与敦氏兄弟相识。敦诚《寄怀曹雪芹（霑）》诗云："当时虎门数晨夕，西窗剪烛风雨昏。"虎门即指宗学。

1750 乾隆十五年庚午

据吴恩裕考证，曹雪芹可能于本年前后离开右翼宗学，移居西郊。

1754 乾隆十九年甲戌

脂砚斋重评《石头记》。甲戌本有"至脂砚斋甲戌抄阅再评仍用《石头记》"批语。初评何时，不可考。

1756 乾隆二十一年丙子

脂砚斋三评《石头记》。庚辰本第七十五回回前有批："乾隆二十一年五月初七日对清，缺中秋诗，俟雪芹。"

1757 乾隆二十二年丁丑

畸笏初评《石头记》。靖本第四十一回有批："尚记丁巳春日谢园送茶乎？展眼二十年矣。丁丑仲春畸笏。"

秋，敦诚在喜峰口有《寄怀曹雪芹（霑）》诗。诗云："少陵昔赠曹将军，曾曰魏武之子孙。君又无乃将军后，于今环堵蓬蒿屯。扬州旧梦久已觉（雪芹曾随其先祖寅织造之任），且著临邛犊鼻裈。……"

1759 乾隆二十四年己卯

冬，脂砚斋四评《石头记》。庚辰本中有署己卯年批语多条，又有"己卯冬月定本"题字。

张宜泉《和曹雪芹〈西郊信步废寺〉原韵》诗，约作于本年前后。一说此诗作于乾隆二十六年。

1760 乾隆二十五年庚辰

秋，脂砚斋四评《石头记》毕。庚辰本有"庚辰秋月定本"题字。

是年，敦敏有诗《题芹圃画石》《芹圃曹君霑别来已一载余矣。偶过明君琳养石轩，隔院闻高谈声，疑是曹君，急就相访，惊喜意外，因呼酒话旧事，感成长句》等两首。

张宜泉《怀曹芹溪》诗约作于是年。

1761 乾隆二十六年辛巳

秋，敦氏兄弟去西郊访曹雪芹。敦敏有诗《赠芹圃》，敦诚有诗《赠曹雪芹》。

冬，敦敏再赴西山，未遇雪芹，有诗《访曹雪芹不值》。

1762 乾隆二十七年壬午

畸笏二次阅评《石头记》。庚辰本有署"壬午"或"壬午孟夏雨窗畸笏"批语 42 条。

秋，敦诚有诗《佩刀质酒歌》。诗自注："秋晓遇雪芹于槐园，风雨淋涔，朝寒袭袂。时主人未出，雪芹酒渴如狂，余因解佩刀沽酒而饮之。雪芹甚喜，作长歌以谢余，余亦作此答之。"

是年，张宜泉亦有诗《题芹溪居士》。诗自注："姓曹名霑，字梦阮，号芹溪居士，其人工诗善画。"

是年，曹雪芹有诗《题敦诚〈琵琶行传奇〉》。据敦诚《四松堂集·鹪鹩庵笔麈》记："余昔为白香山《琵琶行》传奇一折，诸君题跋，不下几十家。曹雪芹诗末云：'白傅诗灵应喜甚，定教蛮素鬼排场。'亦新奇可诵。曹平生为诗大类如此，竟坎坷以终。"雪芹传世之诗，仅存此两句。

一说曹雪芹本年除夕去世（1763 年 2 月 16 日）。甲戌本有批："壬午除夕，书未成，芹为泪尽而逝。……"

1763 乾隆二十八年癸未

敦敏有诗《小诗代简寄曹雪芹》。是年三月初一日是敦诚三十岁生日，敦敏以诗代简请雪芹，雪芹未能赴约。此为曹雪芹卒于癸未年除夕的主要依据。

1764 乾隆二十九年甲申

是年，敦敏有诗《河干集饮题壁兼吊雪芹》，敦诚亦有《挽曹雪芹》诗两首。张宜泉有《伤芹溪居士》诗一首。

一说曹雪芹卒于本年岁首，即 1764 年初春。靖本有"甲申八月泪笔"批语，甲戌本作"甲午八月泪笔"。

1765 乾隆三十年乙酉

畸笏三评《石头记》。庚辰本有"乙酉冬畸笏老人"批语一条。

1767 乾隆三十二年丁亥

畸笏第四次阅评《石头记》。靖本第二十二回有一批语："前批知者聊聊，不数年，芹溪、脂砚、杏斋诸子皆相继别去，今丁亥夏只剩朽物一枚，宁不痛杀。"另，庚辰本有畸笏丁亥年批语 27 条。

1768 乾隆三十三年戊子

畸笏第五次阅评《石头记》。靖本有畸笏"戊子孟夏"批语一条。

本年，永忠作《因墨香得观红楼梦小说吊雪芹三绝句姓曹》。诗云："传神文笔足千秋，不是情人不泪流。可恨同时不相识，几回掩卷哭曹侯。"诗上有乾隆堂兄弟、永忠堂叔瑶华手批，说："此三章诗极妙。第《红楼梦》非传世小说，余闻之久矣，而终不欲一见，恐其中有碍语也。"

1770 乾隆三十五年庚寅

明义诗《题红楼梦》20 首，约作于本年前后。诗自注："曹子雪芹出所撰《红楼梦》一部，备记风月繁华之盛，盖其先人为江宁织府。其所谓大观园者，即今随园故址。惜其书未传，世鲜知者，余见其抄本焉。"

1771 乾隆三十六年辛卯

畸笏第六次阅评《石头记》。靖本有"辛卯冬日"批语一条。

1774 乾隆三十九年甲午

甲戌本有"甲午八月泪笔"批语，此为脂砚斋阅评《石头记》最晚的年份。一说甲午为甲申之笔误。

1784 乾隆四十九年甲辰

梦觉主人作《红楼梦序》。序末署："甲辰岁菊月中浣梦觉主人识。"梦觉主人生平事迹不详。一说此本为程甲本底本。

1788 乾隆五十三年戊申

秋，高鹗中顺天乡试举人。

1789 乾隆五十四年己酉

舒元炜作《红楼梦序》。序云："惜乎《红楼梦》之观止于八十回也。全册未窥，怅神龙之无尾，阙疑不少，隐斑豹之全身。……矧乃篇篇鱼贯，幅幅蝉联，漫云用十而得五，业已有二于三分。从此合丰城之剑，完美无难，岂其探赤水之珠，虚无莫叩。"又云："就现在之五十三篇，特加雠校，借邻家之二十七卷，合付抄胥。核全函于斯部，数尚缺夫秦关。"据序所云，可知此时已有一个 120 回的全本在流传。序后署"乾隆五十四年岁次屠维作噩且月上浣，虎林董园氏舒元炜序并书于金台客序"。

1790 乾隆五十五年庚戌

福建巡抚杨嗣曾重价购买 120 回《红楼梦》抄本。周春《阅红楼梦随笔》云："乾隆庚戌秋，杨畹耕语余云：雁隅以重价购抄本两部，一为《石头记》，八十回；一为《红楼梦》，一百二十回；微有异同……"据此可证，早在程高本问世之前，确已有 120 回《红楼梦》本。又据周绍良考证，雁隅即福建巡抚杨嗣曾，浙江海宁人，本姓徐。

1791 乾隆五十六年辛亥

11 月 16 日，爱新觉罗·敦诚卒，享年五十八岁。

冬，乾隆辛亥萃文书屋木活字摆印本《新镌全部绣像红楼梦》问世，即程甲本。这是在程伟元主持下，由高鹗参与校订整理的第一个刻本，从而结束了《红楼梦》以抄本形式流传的时代。书前有程伟元序和高鹗序。程伟元序云："《红楼梦》小说本名《石头记》，作者相传不一，究未知出自何人，唯书内记曹雪芹先生删改数过……不佞以是书既有百廿卷之目，岂无全璧？爰为竭力搜罗，自藏书家甚至故纸堆中无不留心，数年以来，仅积有廿余卷。一日偶于鼓担上得十余卷，遂重价购之，欣然翻阅，见其前后起伏，尚属接榫，然漶漫不可收拾。乃同友人细加厘剔，截长补短，抄成全部，复为镌板，以公同好。《红楼梦》全书始至是告成矣。"高鹗序云："今年春，友人程子小泉过予，以其所购全书见示……"

本年前后，宋鸣琼有《题〈红楼梦〉》四首，其一云："好梦惊回恶梦圆，个中包括大情天。罡风不顾痴儿女，吹向空花水月边。"这是目前所知最早为《红楼梦》题诗的女诗人。

1792 乾隆五十七年壬子

春，程伟元、高鹗再印乾隆壬子萃文书屋木活字摆印本《新镌全部绣像红楼梦》，即程乙本。书前除有程、高序言外，又增加了程、高合写的引言，云："书中后四十回系就历年所得，集腋成裘，更无他本可考，唯按其前后关照者，略为修辑，使其有应接而无矛盾。"程、高两次排印时间相隔只有 70 多天，但改动却很大。据统计，程乙本比程甲本增删字数达 21506 字，其中前八十回就增删了 15537 字。在程甲本 1571 页中，程乙本改动的有 1515 页之多。

春，高鹗有《重订〈红楼梦〉小说既竣题》七绝一首，诗云："老去风情减昔年，万花丛里日高眠。昨宵偶抱嫦娥月，悟得光明自在禅。"

秋，仲振奎取材《红楼梦》，写《葬花》一折，这是第一个《红楼梦》戏。仲振奎在《红楼梦传奇》自序中说："壬子秋末，卧疾都门，得《红楼梦》于枕上读之……同社刘君请为歌辞，乃成《葬花》一折。"

1793 乾隆五十八年癸丑

《红楼梦》传入日本。据记载，1793 年秋冬之际南京王开泰"寅贰号船"从浙江乍浦港开往日本，船上载有中国图书 67 种，其中第 61 种是"《红楼梦》，九部十八套"。据考证，流传到日本最早的《红楼梦》版本，当属于程甲本和程乙本系统。

1794 乾隆五十九年甲寅

周春写《阅红楼梦随笔》，全书内容包括《红楼梦记》《红楼梦评例》《红楼梦约评》等。这是红学史上第一本研究《红楼梦》的专著。

本衙藏板本《红楼梦》约在本年前后刊印。扉页题记："《红楼梦》一书，向来只有抄本，仅八十卷。近因程氏搜辑刊印，始成全璧。但原刻系用活字摆成，勘对较难，书中颠倒错落，几不成文；且所印不多，则所行不广，爰细加厘定，订讹正舛，寿诸梨枣，庶几公诸海内，且无鲁鱼亥豕之误，亦阅者之快事也。"背面题："新镌全部绣像红楼梦，本衙藏板"。120 卷。

1795 乾隆六十年乙卯

高鹗中三甲一名进士。

1796 嘉庆元年丙辰

《后红楼梦》（吕星垣化名逍遥子著）刊行。仲振奎《红楼梦传奇》序云："丙辰客扬州司马李春舟先生幕中，更得《后红楼梦》而读之。"

1797 嘉庆二年丁巳

仲振奎写成《红楼梦传奇》32 出，内含《葬花》一折。这是最早多折《红楼梦》戏。

1799 嘉庆四年己未

抱青阁本《红楼梦》刊印。扉页题："嘉庆己未年镌，绣像红楼梦，抱青阁梓。"

《续红楼梦》（秦世忠著）刊印，书 30 卷。接《红楼梦》第 120 回。秦子忱，号雪坞，陇西人，官兖州都司。

《绮楼重梦》（王露化名兰皋居士著）约于本年前后刊印，48 回。书接《红楼梦》第 120 回。兰皋居士，原名兰沚，据考即王露，杭州人。

1801 嘉庆六年辛酉

9月，张问陶有《赠高兰墅同年》诗，题注："传奇《红楼梦》八十回以后俱兰墅所补。"

1805 嘉庆十年乙丑

《红楼复梦》刊印。书题"红香阁小和山樵南阳氏编辑，款月楼武陵女史月文氏校订"，100回。书接《红楼梦》第120回。

《续红楼梦》（海圃主人著）约于本年刊印，首有嘉庆十年乙丑自序。书接《红楼梦》第120回。

1806 嘉庆十一年丙寅

吴兰徵《绛蘅秋》问世，共30折，最后两折是其夫所补。这是最早由女作家改编的《红楼梦》戏曲。

1811 嘉庆十六年辛未

东观阁本《红楼梦》重刊。120回。扉页题"嘉庆辛未重镌文畲堂藏板东观阁梓行，新增批评绣像红楼梦"。东观阁本初刊于嘉庆初年，具体时间不可考。

1812 嘉庆十七年壬申

《红楼梦说梦》（二知道人著）约在本年刊印。1卷，140则，嘉庆间解红轩刊本。卷首有朱黼嘉庆十七年序。

1814 嘉庆十九年甲戌

《枣窗闲笔》（裕瑞著）约成于嘉庆十九年至二十五年间，1册。书中说："雪芹二字，想系其字与号耳，其名不得知。曹姓，汉军人，亦不知其隶何旗。闻前辈姻戚有与之交好者。其人身胖头广而色黑，善谈吐，风雅游戏，触境生春。闻其奇谈娓娓然，令人终日不倦，是以其书绝妙尽致。"

《红楼圆梦》（梦梦先生著）刊印。31回，红蔷阁刻本。书接《红楼梦》第120回。

1817 嘉庆二十二年丁丑

《痴人说梦》（苕溪渔隐著）刊印，含《槐史编年》《胶东徐牒》《鉴中人影》《镌石订疑》4种，附《大观园图》。

《京都竹枝词》（得舆著）刊印。其中《红楼梦竹枝词》云："做阔（京师名学大器派者曰做阔）全凭鸦片烟，何妨作鬼且神仙。开谈不说《红楼梦》（此书脍炙人口），读尽诗书是枉然。"杨懋建《梦华琐簿》后两句为："开谈不说《红楼梦》，纵读诗书也枉然。"梦痴学人的《梦痴说梦》引《京都竹枝词》后两句是："开口不谈《红楼梦》，此公缺典定糊涂。"

1819 嘉庆二十四年己卯

《红楼梦补》（沈懋德化名归锄子著）刊印，48回，藤花榭本。书接《红楼梦》第97回。

1820 嘉庆二十五年庚辰

《补红楼梦》（嫏嬛山樵著）刊印，48回，本衙藏板。书接《红楼梦》第120回。金陵藤花榭本。

1821 道光元年辛巳

《红楼评梦》（诸联著）刊印。诸联评价《红楼梦》："吾以三字概之，曰真，曰新，曰文。"见解不俗。

1822 道光二年壬午

《红楼梦赋》（沈谦著）刊印，绿香红影书巢本，1卷。这是早期题咏派代表作之一。

1830 道光十年庚寅

约翰·弗郎塞斯·戴维斯译《红楼梦》第三回中两首《西江月》词，载 1830 年《大不列颠和爱尔兰皇家亚洲学会学刊》第二卷。英汉对照。这是目前所知最早的《红楼梦》译文。

1832 道光十二年壬辰

王希廉评双清仙馆本《红楼梦》刊印，120 回。扉页题"新评绣像红楼梦全传"，背面题"道光壬辰岁之暮春上浣开雕"。王希廉评包括《护花主人批序》《红楼梦总评》和《红楼梦分评》三部分。王希廉认为《红楼梦》第 5 回"是一部《红楼梦》之纲领"。

本年，俄国东正教传教团学生库尔梁德采夫从北京回国时，携带一部抄本《石头记》。这部书先是存于俄国外交部亚洲图书馆，后归苏联科学院东方学研究所列宁格勒分所收藏。简称"列藏本"。苏联解体后，又称"俄藏本"等。

1842 道光二十二年壬寅

《红楼梦论赞》（涂瀛著）刊印。养余精舍本，1 卷。

桐花凤阁（陈其泰）评《红楼梦》约于本年完成。

1843 道光二十三年癸卯

《红楼幻梦》（花月痴人著）刊印，24 回，疏影斋本。书接《红楼梦》第九十七回。

俄罗斯《祖国纪事》杂志 1843 年第 1 期发表了《红楼梦》第一回开头部分的俄文译文，署名德明，即矿业工程师阿列克赛·伊万诺维奇·科万科。他著有《中国旅行记》，在 1841 年至 1843 年间的《祖国纪事》上连载，《红楼梦》译文片段即是其中第 9 篇文章的一节。

这是最早的《红楼梦》俄文译文。

1847 道光二十七年丁未

蒙古族杰出文学家哈斯宝约于本年前后用蒙古文翻译《红楼梦》。哈斯宝把 120 回节译成 40 回，每回之后有批语，书前有序、读法，还画了 11 幅十二钗正册图像，书题为《新译红楼梦》。哈斯宝精通蒙汉两文，有相当高的文学造诣，他用规范的蒙古文翻译评论《红楼梦》，文笔独特。哈斯宝《新译红楼梦》回批奠定了近代蒙古族文学理论的基础。

1850 道光三十年庚戌

8 月，太平闲人张新之在台湾评《石头记》成。

1869 同治八年己巳

《读红楼梦杂记》（江顺怡著）刊印，杭州自刊本，1 卷，24 则。

1874 同治十三年甲戌

《石头记评赞》（王希廉著）刊印，金陵吴耀年本，4 册。共《大观园图说》《问答》《存疑》《石头记论赞》《总评》《石头记分评》《评花》《音释》等 8 种。

1875 光绪元年乙亥

光绪初年，"红学"一词已出现。据光绪朝举人雷瑨（均耀）《慈竹居零墨》记载："华亭朱子美先生昌鼎，喜读小说……时风尚好讲经学，为欺饰世俗计。或问：'先生现治何经'？先生曰：'吾之经学，系少三曲者'。或不解所谓。先生曰：'无他，吾所专攻者，盖红学也'"。又据李放《八旗画录》后编卷中引《绘境轩读画记》说：曹雪芹"工诗画，为荔轩通政文孙。所著《红楼梦》小说，称古今平话第一"。

下有注："光绪初，京朝士大夫尤喜读之，自相矜为红学云。"

1876 光绪二年丙子

《红楼梦偶说》（草舍居士著）刊印，箕覆山房本，2 卷。

1877 光绪三年丁丑

《红楼梦影》（顾太清化名云槎外史著）刊印，北京聚珍堂本，24 回。书接《红楼梦》第 120 回。

《红楼梦偶评》（张其信著）刊印，琉璃厂宝仁堂本，1 卷。

《红楼梦精义》（话石主人著）刊印，申报馆仿聚珍版本，1 卷。

1878 光绪四年戊寅

《青楼梦》（俞达著）刊印，上海申报馆仿聚珍板本。鲁迅《中国小说史略》第 26 篇中提到："《红楼梦》方板行，续作与翻案者即奋起，各竭智巧……亦不适于《红楼梦》笔意，故遂一变，即由叙男女杂沓之狭邪以发泄之。如上述三书（指《品花宝鉴》《花月痕》《青楼梦》）虽意度有高下，文笔有妍媸，而皆摹绘柔情，敷陈艳迹，精神所在，实无不同，特以叙钗黛而生厌，因改求佳人于倡优……"

《儿女英雄传》（文康著）刊印，亦称《金玉缘》《日下新书》《正法眼五十三参》。40 回，聚珍堂本。

黄遵宪与日本友人笔谈《红楼梦》。我国著名诗人黄遵宪以参赞衔，随何如璋公使出使日本。本年六月至十月，黄遵宪于公余之暇，经常与日本友人大河内辉声聚首在东京都隅田川畔之墨江酒楼，笔谈《红楼梦》。现存稿 73 卷 71 本（原稿为 96 卷 94 本）。

1881 光绪七年辛巳

张新之评点本《红楼梦》刊印，湖南卧云山馆本，120 回。扉页题"光绪辛巳新镌妙复轩评本绣像石头记红楼梦，卧云山馆藏板"。

1883 光绪九年癸未

《读红楼梦随笔》（无名氏著）约写成于本年前后。本书批语中曾提到光绪癸未年间事。本书共 8 册，与后来铅印的《红楼梦抉隐》（洪秋蕃著）十分相似。据考证，此系洪秋蕃所著之同书异名。

1884 光绪十年甲申

王希廉、张新之、姚燮三家合评本《红楼梦》刊印，120 回，上海同文书局石印本。扉页题"增评补像全图金玉缘"。

故宫长春宫《红楼梦》壁画，可能是本年为慈禧 50 岁生日重新装修时所画。

约在本年前后，朝鲜文士李钟泰等人将《红楼梦》译成朝鲜文，这是世界上最早的外文译本之一。存 117 回，中缺第 24 回、第 54 回、第 71 回。

1887 光绪十三年丁亥

《悟石轩石头记集评》（解盦居士著）刊印，毗陵红藕花盦校本，2 卷。

《梦痴说梦》（梦痴学人著）刊印，管可寿斋刊本，1 册。

1892 光绪十八年壬辰

日本森槐南摘译《红楼梦》第 1 回楔子。岛崎藤村节译《红楼梦》第 12 回，载《女学生杂志》321 号。这是目前所知最早的《红楼梦》日文译文。

赫·本克拉夫特·乔利的英文节译本《红楼梦》第一卷 24 回，由香港凯利·沃尔什出版社出版。第二卷 32 回，次年由澳门商务排印局出版。两卷共 56 回，中间没有删节，这是第一个较完整的英文译本。译者原为英国驻澳门副领事，后为驻中国领事。

1898 光绪二十四年戊戌

孙雄《道咸同光四朝诗史一斑录》下册收录徐兆玮《游戏报馆杂咏》诗，下有小注云："都人喜谈《石头记》，谓之红学。新政风行，谈红学者改谈经济；康梁事败，谈经济者又改谈红学。戊戌报章述之，以为笑噱。"

1902 光绪二十八年壬寅

梁启超《论小说与群治之关系》发表，载《新小说》1902 年第一号。

1904 光绪三十年甲辰

王国维《红楼梦评论》发表。载《教育丛书》第八至十三期。这是红学史上第一篇比较系统地从文学的角度研究《红楼梦》的专论。

梁启超、侠人等《小说丛话》发表，载《新小说》。

1912 民国元年

上海有正书局石印大字本《国初抄本原本红楼梦》刊印，8 卷 80 回。扉页题"原本红楼梦"，封面题"国初抄本原本红楼梦"，中缝则题"石头记"。首戚蓼生《石头记序》。简称"戚本"或"有正本"。

1914 民国三年

成之《小说丛话》发表，载《中华小说界》第一年第三至八期。成之认为："《红楼梦》之为书，可谓为消极主义小说，可谓为厌世主义之小说，而亦可为积极的乐观的之小说。盖天下无纯粹之积极主义，亦无纯粹之消极主义。"又说："所谓十二金钗者，乃作者取以代表世界上十二种人物者也；十二金钗所受之苦痛，则此十二种人物在世界上所受之苦痛也。"

王梦阮《红楼梦索隐提要》发表，载《中华小说界》第一年第六至第七期。

《陈蜕盦文集》（陈蜕著）出版。内有《列石头记于子部说》《梦雨楼石头记总评》两篇文章。陈蜕认为："《石头记》一书，虽为小说，然其含义，乃具有大政治家、大哲学家、大理想家之学说，而合于大同之旨。谓为东方《民约论》，犹未知卢梭能无愧色否也。"又说：宝玉"综观始终，可以为共和国民，可以为共和国务员，可以为共和议员，可以为共和大总统矣"。陈蜕认为："《石头记》，社会平等书也。"

1915 民国四年

季新（汪精卫）《红楼梦新评》发表，载《小说海》（上海中国图书公司版）第一卷第一至二号。季新认为："中国国家组织全是专制的，故中国之家庭组织亦全是专制的，其所演种种现象无非专制之流毒。想曹雪芹于此，有无数痛哭流涕，故言之不足，又长言之，长言之不足，又嗟叹之。可惜雪芹虽如此制度之流毒，却未知改良之方法，以为天下之家庭终是如此，遂起了厌世之心，故全书以逃禅归宿，此亦无怪其然。"

1916 民国五年

9月，《红楼梦索隐》（王梦阮、沈瓶庵著）出版。本书附在上海中华书局百二十回铅印本上，题"悟真道人戏笔"。本书的基本观点：《红楼梦》写的是清顺治皇帝和董鄂妃的故事。

弁山樵子《红楼梦发微》发表，载《香艳杂志》第十一、十二期，未完。

岸春楼日文译本《红楼梦》出版，上卷，39回，文教社版（上海国华书局）第二卷第八期。

《红楼残梦》（陈德清化名颍川秋水著）发表，载《小说月报》（上海国华书局）第二卷第八期。

蔡元培《石头记索隐》发表，载《小说月报》第一卷第一至六期。蔡元培的基本论点是："《石头记》者，清康熙政治小说也。作者持民族主义甚挚，书中本事，在吊明之亡，揭清之失，而尤于汉族名士仕清者寓痛惜之意。当时即虑触文网，又欲别开生面，特于本事以上加以数层障幂，使读者有'横看成岭侧成峰'之状况。"

1917 民国六年

《石头记索隐》（蔡元培著）出版，商务印书馆铅印本。

毗陵绮缘《红楼余梦》发表，载《小说丛报》（上海中国图书公司版）第三卷，第七号。

1919 民国八年

《红楼梦释真》（邓狂言著）出版，上海民权出版部铅印本，4 卷，4 册。邓狂言认为："盖原本之《红楼》，明清兴亡史也；删增五次者，曹氏之崇德、顺治、康熙、雍正、乾隆五朝史也。"

杨令茀女士制作大观园模型，在上海展出。模型约 16 平方尺，有怡红院、潇湘馆等十几处景。杨令茀作有《大观园模型记》3 篇。

1920 民国九年

吴宓《红楼梦新谈》发表，载上海《民心周报》第一卷第十七、十八期。

佩之《红楼梦新评》发表，载《小说月报》第十一卷第六至七期。

幸田露伴、平冈龙城日文译注本《红楼梦》出版，至 1922 年（大正 11 年）全部出完，3 卷，80 回，国民文库刊行会"国译汉文大成"本。首有凡例、《红楼梦解题》及图像。此本据有正书局本译成。

上海有正书局石印小字本《国初抄本原本红楼梦》出版，8 卷 80 回。此本系用有正书局大字本剪贴重印。

1921 民国十年

5月，上海亚东初排本《红楼梦》出版。书前除附载程伟元序外，还有胡适《红楼梦考证》、陈独秀《红楼梦新序》、汪原放《校读后记》。亚东初排本的出现，在红学发展史上有着重要意义，它不仅是五四运动以来最早加新式标点和分段的本子，而且标志着新红学的发轫。胡适的重要著作《红楼梦考证》，就是附载在这个本子上第一次发表的。

11月，俞平伯《石头记底风格与作者态度》发表，载《学林杂志》（北京学林杂志社编）第一卷第三期。

1922 民国十一年

2月21日至22日，蔡元培《石头记索隐第六版自序对胡适之先生红楼梦考证之商榷》发表，载北京《晨报——副镌》。蔡元培坚持认为："吾人与文学书最密切之接触，本不在作者之生平，而在于著作。著作之内容，即胡先生所谓'情节'者，决非无考证之价值。"

5月7日和14日，胡适《跋红楼梦考证》发表，载北京《努力周报》第一、二期。文章的第二部分加一个副标题《答蔡孑民先生的商榷》。这就是红学史有名的"蔡胡论争"，是旧红学索隐派同新红学考证派一次大的较量。自这次论争以后，以胡适、俞平伯为代表的新红学逐渐占据了《红楼梦》研究的主导地位。

5月，上海亚东本《红楼梦》再版。胡适将《红楼梦考证》加以补充修订，作为改定稿印出。同时附录蔡元培《石头记索隐第六版自序》和胡适的《跋红楼梦考证》。

7月10日，俞平伯《后三十回的红楼梦》发表，载上海《小说月报》第十三卷第七号。

8月10日，俞平伯《高作后四十回批评》发表，载《小说月报》第十三卷第八号。

1923 民国十二年

3月，顾颉刚首次提出了"新红学"与"旧红学"的说法。他在为《红楼梦辨》写的序言里说："我希望大家看着这旧红学的打倒，新红学的成立，从此悟得一个研究学问的方法……"

4月，《红楼梦辨》（俞平伯著）出版，上海亚东图书馆铅印本，1册，3卷。内收有《论续书底不可能》等17篇文章。《红楼梦辨》是继胡适《红楼梦考证》之后，一部很有影响的著作。

12月，鲁迅《中国小说史略》上卷（第一篇至第十五篇）由北京新潮社印行。

1924 民国十三年

3月3日，大白《〈红楼梦〉和〈儿女英雄传〉的成书时代》一文发表，载上海《民国日报》。

4月7日，沈雁冰《〈红楼梦〉〈水浒〉〈儒林外史〉的奇辱》一文发表，载上海《时事新报》。

6月，鲁迅《中国小说史略》下卷（第十六篇至第二十八篇）由北京新潮社印行。

本年，上海民新影片公司拍摄梅兰芳主演的京剧《黛玉葬花》，这是最早的《红楼梦》电影。

1925 民国十四年

1月26日，俞平伯《修正〈红楼梦辨〉的一个楔子》一文发表，载《语丝》（北京语丝社编）第十一期。

2月7日，俞平伯《〈红楼梦辨〉的修正》一文发表，载《现代评论》（上海现代评论社编）第九期。

4月，《红楼梦抉微》（阚铎著）出版，天津大公报馆铅印本。该书的基本观点：《红楼梦》是从《金瓶梅》化出，是一部淫书。

12月1日，刘大杰《红楼梦里重要问题的讨论及其艺术上的批评》一文发表，载《晨报七周纪念刊》。

《红楼梦抉隐》（洪秋蕃著）由上海图书馆出版，16卷，8册。

1926 民国十五年

春，陈梦韶写话剧剧本《绛洞花主》，计十四幕又序幕。

1927 民国十六年

2月，上海亚东图书馆重排本《红楼梦》出版。重排本底本用的是胡适收藏的程乙本，书前除照收了亚东初排本中的各篇文章外，增加了程乙本中所收的高鹗序、程高引言。胡适新写了《重印乾隆壬子本红楼梦序》，汪原放重写了《重印乾隆壬子本红楼梦校读后记》。

本年，《脂砚斋重评石头记》（甲戌本）在上海出现，被胡适购得。胡适后来说："去年（1927）我从海外归来，接着一信，说有一部抄本《脂砚斋重评石头记》愿让给我。我以为'重评'的《石头记》大概是没有价值的，所以当时竟没有回信。不久，新月书店的广告出来了，藏书的人把此书送到店里来，转交给我看。我看了一遍，深信此本是海内最古的《石头记》抄本，遂出了重价把此书买了。"

1928 民国十七年

3月10日，胡适《考证红楼梦的新材料》一文发表，载上海《新月》创刊号。

1929 民国十八年

王际真英文节译本《红楼梦》出版，纽约道布尔德·杜兰公司本。首有阿瑟·韦利序以及译者引言。节译39章及一楔子，后半部作提要式叙述。

1931 民国二十年

李玄伯《曹雪芹家世新考》一文发表,载《故宫周刊》(北京故宫博物院编)第八十四至八十五期。这是早期研究曹雪芹家世比较重要的文章。

1932 民国二十一年

《脂砚斋重评石头记》(庚辰本)在北京出现。据胡适说:"大约在 1931 年,叔鲁就向我谈及他的一位亲戚家里有一部脂砚斋评本《红楼梦》","王克敏先生就把他的亲戚徐星署先生家藏的一部《脂砚斋重评石头记》抄本八大册借给我研究……此本我叫做'乾隆庚辰本'"。

12 月,胡适《跋乾隆庚辰本〈脂砚斋重评石头记〉》一文发表,载北京《国学季刊》第三卷第四号。

《红楼梦》德文节译本出版,库恩译,莱比锡岛社本。

1934 民国二十三年

9 月,《红楼梦真谛》(景梅九著)出版,西京出版社铅印本,2 卷,2 册。一名《石头记真谛》。景梅九的《红楼梦真谛》是后期索隐派的重要著作。

1935 民国二十四年

5 月,上海开明书店节本《红楼梦》出版,茅盾节编。本书重订了章回,改写了题目,前后删削,约占全书五分之二。卷前有茅盾写的导言。

1938 民国二十七年

冬,王伯沆手批《红楼梦》完成。王伯沆以王希廉评本为底本,评点 5 次,计有一万多条批语,历时 24 年。

1940 民国二十九年

8月，《瓶外卮言》（姚灵犀等著）出版，天津书局铅印本。

松枝茂夫日文译本《红楼梦》出版，岩波书店"岩波文库"本，14册，120回。首有译者解说，末附译注及贾家世系图表。松枝茂夫译本前80回据有正本，后40回据程乙本。全书至1951年翻译完成。这是第一个全本《红楼梦》日文译本，影响很大。

1942 民国三十一年

《红楼梦研究》（李辰冬著）出版，重庆正中书局铅印本，1册。本书的特点是运用西方文艺思想和比较文学的方法评价《红楼梦》。

1944 民国三十三年

《红楼梦新考》（方豪著）出版，重庆独立出版社"中外文化交通史论丛"第1辑；又单行本。副题《从研究书中外国物品所得之结论》。

1945 民国三十四年

《贾宝玉的出家》（张天翼等著）出版，东南出版社铅印本，1册。卷首有史任远序。

1947 民国三十六年

12月5日，周汝昌《红楼梦作者曹雪芹生卒年之新推定》一文发表，载天津《民国日报》"图书"副刊第七十一期。在这篇文章中，周汝昌首次提出曹雪芹卒年"癸未说"。

1948 民国三十七年

1月，《红楼梦人物论》（太愚著）出版，国际文化服务社铅印本，1册。这是红学发展史上一部十分重要的著作，对后来的《红楼梦》

人物研究产生了很大的影响。

2月,《林黛玉的悲剧》(阿印著)出版,香港千代出版社铅印本,1册。

2月20日,胡适《致周汝昌函》发表,载天津《民国日报》"图书"副刊第八十二期。

5月21日,周汝昌《关于红楼梦作者曹雪芹的生卒年复胡适之》一文发表,载天津《民国日报》"图书"副刊第九十二期。

6月11日,俞平伯《关于曹雪芹的生平致本刊编者书》一文发表,载天津《民国日报》"图书"副刊第九十五期。

本年,围绕着曹雪芹卒年展开的讨论是引人注目的。周汝昌提出"癸未说",胡适、俞平伯坚持"壬午说",这是红学史上关于曹雪芹卒年问题的第一次讨论。

1949

1月,《红楼梦宝藏》(高语罕著)出版,重庆陪都书店铅印本,1册。

1952

9月,《红楼梦研究》(俞平伯著)出版,上海棠棣出版社本。本书是《红楼梦辨》的修订本,删去了原书卷首顾颉刚序和引论,代以作者1950年写的自序,删去了原书的个别篇章,增加了《前八十回红楼梦原稿残缺的情形》《"寿怡红群芳开夜宴"图说》等文章。著者在谈到将《红楼梦辨》修订为《红楼梦研究》的缘由说:在《红楼梦辨》出版不久,就发现该书存在若干错误。错误"大约可分两部分,(一)本来的错误,(二)因发见新材料而证明出来的错误","把曹雪芹底生平跟书中贾家的事情搅在一起,未免体例太差。《红楼梦》至多是自传性质的小说,不能把它径作为作者的传记行状看啊"。

1953

9 月,《红楼梦新证》（周汝昌著）出版，上海棠棣出版社本。首有王耳代序，末有周缉棠跋。《红楼梦新证》是红学发展史上最有影响的著作之一。

12 月，北京作家出版社整理重印《红楼梦》，3 册，120 回，通常称之为"作家本"。这是中华人民共和国成立后第一次出版的《红楼梦》。

12 月 19 日，俞平伯《红楼梦简说》一文发表，载天津《大公报》"文化生活"第六十七期。

本年，在山西发现甲辰菊月梦觉主人序本《红楼梦》，简称"甲辰本"或"梦觉主人序本"。

1954

1 月 1 日至 4 月 23 日，俞平伯《读红楼梦随笔》连续在香港《大公报》上发表。

1 月 25 日，俞平伯《我们怎样读红楼梦》一文，在上海《文汇报》发表。

3 月 1 日，俞平伯《曹雪芹的卒年》一文发表，载《光明日报》。俞平伯针对"作家本"书前"关于本书的作者"一文采用"癸未说"提出讨论，主张"壬午说"。

3 月 7 日，刘大杰《古典文学巨著红楼梦》一文发表，载上海《解放日报》。

4 月 26 日，曾次亮《曹雪芹卒年问题的商讨》一文发表，载《光明日报》。曾次亮反驳俞平伯的意见，主张"癸未说"。

俞平伯《红楼梦的思想性与艺术性》一文发表，载《东北文学》2 月号。

俞平伯《红楼梦简论》一文发表，载《新建设》3 月号。

9 月，李希凡、蓝翎《关于〈红楼梦简论〉及其他》一文发表，载山东《文史哲》9 月号。李、蓝的文章是努力运用马克思主义的观点，对俞平伯《红楼梦》研究中的错误进行的第一次认真的批评。

10 月 10 日，李希凡、蓝翎《评〈红楼梦研究〉》一文发表，载《光明日报》。

10 月 16 日，毛泽东给中央政治局和有关同志写了《关于〈红楼梦〉研究问题的信》。毛泽东的信对全国的文化思想工作产生了巨大影响，并很快展开了一场对俞平伯的《红楼梦研究》和胡适的实验主义的批判运动。

10 月 28 日，《人民日报》发表了《质问文艺报编者》文章，对《文艺报》提出了严厉的批评。

12 月 8 日，中国文学艺术界联合会和中国作家协会主席团再次举行扩大联席会议，郭沫若、茅盾、周扬在会上发了言。会上通过了《关于〈文艺报〉的决议》。

12 月 29 日，中国科学院、中国作家协会举行《红楼梦的人民性和艺术成就》讨论会。

从 9 月至 12 月，全国各地举行了各种座谈会、讨论会，报刊上发表了约二百四十篇文章。

12 月，《红楼梦研究资料集刊》出版，华东作家协会资料室编印。《红楼梦研究资料集刊》第二集出版，中国作家协会资料室编印。

《脂砚斋红楼梦辑评》出版，俞平伯辑，上海文艺联合出版社初版。这是第一次将脂批加以汇辑。

《红楼梦卷》（一粟编）由上海文艺联合出版社出版。本书辑录了从乾隆到"五四"止大约 160 年间有关《红楼梦》及其作者的评论和考据方面的主要资料，是《红楼梦》研究资料中最完备的辑录。

是年，《新红学发微》（曹聚仁著）由香港创垦出版社出版。

1955

1 月 9 日，邓拓《论红楼梦的社会背景和历史意义》一文发表，载《人民日报》。

2月，翦伯赞《论十八世纪上半期中国社会经济的性质——兼论红楼梦中所反映的社会经济状况》一文发表，载《北京大学学报》（人文科学版）1955 年第二期。

4月，俞平伯《坚决与反动的胡适思想划清界限——关于有关个人红楼梦研究的初步检讨》一文发表，载《新华月报》1955 年第四期。

《批判红楼梦研究中的资产阶级思想》（河南人民出版社编），由河南人民出版社出版。

《脂砚斋重评石头记》（庚辰本）由北京文学古籍刊行社影印出版。

王冈绘曹雪芹小像由文学古籍刊行社首次发表。

5月，《红楼梦版画集》（阿英编）由上海出版公司出版。

6月，《红楼梦问题讨论集》（1—4 集）由作家出版社编辑出版。

7月，《高兰墅集》由北京文学古籍刊行社出版。

是年，《俞平伯与红楼梦事件》（赵聪著），由香港友联出版社出版。

《四松堂集》（敦诚著）、《懋斋诗钞》（敦敏著）、《绿烟琐窗集》（明义著）由北京文学古籍刊行社影印出版。

1956

4月25日，毛泽东在中共中央政治局扩大会议上的讲话《论十大关系》中，高度评价《红楼梦》，他说："我国过去是殖民地、半殖民地，不是帝国主义，历来受人欺负。工农业不发达，科学技术水平低，除了地大物博，人口众多，历史悠久以及文学上有部《红楼梦》等等以外，很多地方不如人家，骄傲不起来。"

5月26日，陆定一在中南海怀仁堂作报告，代表中共中央向知识界宣布"百花齐放，百家争鸣"的方针，陆定一特别讲到对俞平伯《红楼梦》研究的批评。他说："俞平伯先生，他政治上是好人"，"当时确有一些批判俞先生的文章是写得好的。但是有一些文章则写得差一些，缺乏充分的说服力量，语调也过分激烈了一些。至于有人说他把古籍垄断起来，则是并无根据的说法。这种情况，我要在这里解释清楚"。

11 月,《红楼梦的思想与人物》(刘大杰著)由上海古典文学出版社出版。

是年,《红楼梦人名辞典》(广智书局编辑部编)由香港广智书局出版。

围绕《红楼梦》的社会背景和思想倾向的讨论趋于激烈。早在 1955 年年初,邓拓在《论红楼梦的社会背景和历史意义》一文中提出:"《红楼梦》应该被认为是代表十八世纪上半期的中国未成熟的资本主义关系的市民文学的作品。"这通常被称为"市民文学说"。一些同志不同意此说,相继提出了"农民说"和"传统说"。这场争论从 1955 年开始,1956 年至 1957 年达到高潮。

1957

1 月 5 日,何其芳在中国作家协会文学讲习所演讲,题目是《答关于红楼梦的一些问题》。主要谈了关于典型、关于《红楼梦》的现实主义、人民性和民族特色等五个方面问题。

1 月,《红楼梦评论集》(李希凡、蓝翎著)由人民文学出版社出版。这是 1954 年以来最有影响的《红楼梦》研究著作之一。

《谈红楼梦》(曾敏之著)由广东人民出版社出版。

5 月,何其芳长篇论文《论红楼梦》发表,载于《文学研究集刊》第五辑。这是红学研究的重要文章。

10 月,人民文学出版社出版 120 回本《红楼梦》,3 册,简体字横排,通常称为"人民文学本"。此本以程乙本为底本,参校了王希廉评本、金玉缘本、藤花榭本、本衙藏板本、程甲本、庚辰本、有正本等 7 种本子。周汝昌、周绍良、李易校订标点,启功注释。

1958

1 月,吴恩裕《敦敏、敦诚和曹雪芹》一文发表,载《人文杂志》

本年第一期。

2月，《红楼梦八十回校本》出版，俞平伯校订，王惜时（王佩璋）参校，人民文学出版社出版。此次校订用了甲戌、己卯、庚辰、甲辰、郑抄本、程甲、程乙、有正等8个本子。

4月，《红楼梦书录》（一粟编）出版，上海古典文学出版社出版。

9月，《论红楼梦》（何其芳著）由人民文学出版社出版。

10月，周春《阅红楼梦随笔》由中华书局上海编辑所影印出版。

是年，《有关曹雪芹八种》（吴恩裕著）由中华书局上海编辑所出版。

俄文全译本《红楼梦》出版，巴那苏克译，两卷，莫斯科国家文艺出版社本。

意文译本《红楼梦》由爱诺地公司出版，波维罗·黎却奥译。此本据库恩德文译本。

1959

1月，《红楼梦论稿》（蒋和森著）由人民文学出版社出版。本书是1954年以来，最有影响的《红楼梦》研究著作之一。

2月，《红楼梦研究论文集》（人民文学出版社编），由人民文学出版社出版。

3月，《红楼梦新解》（潘重规著）由新加坡出版。本书同意蔡元培的基本观点，认为《红楼梦》"确是一位民族主义者的血泪结晶"。

越南文译本《红楼梦》由河内文化出版社出版，武培煌、阮允泽等译前八十回，阮育文、阮文煊译后四十回。

是年夏，靖本《石头记》在南京为毛国瑶发现。此本原为靖应鹍家藏，惜现已丢失。

是年，《乾隆抄本百廿回红楼梦稿》在北京发现，简称"梦稿本"或"全抄本"。

1960

2 月，《脂砚斋红楼梦辑评》（俞平伯编辑）增订本，由中华书局上海编辑所出版。

4 月，《红楼梦简说》（任辛著），由新加坡青年书局印行。

11 月，《红楼梦人物评传》（朱虚白著），由台北新兴书局出版。

1961

5 月，胡适藏《脂砚斋重评石头记》（甲戌本）由台湾中央印刷厂影印出版。

12 月，毛泽东在中央政治局常委和各大区第一书记会议讲话中，曾把《红楼梦》与《金瓶梅》加以比较，他说："《金瓶梅》是《红楼梦》的祖宗，没有《金瓶梅》就写不出《红楼梦》。但是，《金瓶梅》的作者，不尊重女性，《红楼梦》、《聊斋志异》是尊重女性的。"

《红楼梦探源》（吴世昌著）由英国牛津大学出版社出版。英文版。

是年，清蒙古王府抄本《红楼梦》在北京发现，简称"王府本"。

程丙本由台湾青石山庄出版社主编人胡天猎影印出版。

1962

1 月，毛泽东在扩大的中央工作会议上，谈到西方资本主义的发展从 17 世纪开始经过了好几百年的时候说："十七世纪是什么时代呢？那是中国的明朝末年和清朝初年。再过一个世纪，到十八世纪上半期，就是清朝乾隆时代，《红楼梦》的作者曹雪芹就生活在那个时代，就是产生贾宝玉这种不满意封建制度的小说人物的时代。乾隆时代，中国已经有了一些资本主义生产关系的萌芽，但是还是封建社会。这就是出现大观园里那一群小说人物的社会背景。"

12 月，《曹雪芹的故事》（吴恩裕著）由中华书局出版。

是年，《脂砚斋重评石头记》（甲戌本）由香港友联出版社影印出版。中华书局上海编辑所据影印本翻印，并附有俞平伯"后记"。

越剧《红楼梦》被拍成电影,海燕电影制片厂和香港金声影业公司联合摄制。编剧徐进,导演岑范,艺术指导朱石麟,摄影陈震祥,作曲顾振遐。贾宝玉由徐玉兰扮演,林黛玉由王文娟扮演,薛宝钗由吕瑞英扮演,王熙凤由金采风扮演。

一部早期抄本《石头记》,在苏联科学院东方研究所列宁格勒分所抄本室中发现,简称"列藏本"。

金龙济译朝鲜文《红楼梦》由汉城正音社出版。

从本年 3 月起,因筹备曹雪芹逝世二百周年纪念展览,围绕着曹雪芹卒年问题展开了激烈的争论,这是红学史上关于卒年问题参加人数最多、规模最大的一次讨论。

1963

1 月,朝鲜平壤市演出唱剧《红楼梦》。唱剧《红楼梦》由朝鲜著名剧作家赵灵出、音乐家李冕相改编,用朝鲜人民喜闻乐见的西部民谣为基础,吸收中国音乐的优点,以上海越剧团的舞台脚本为基础,用朝鲜新型的唱剧形式演出。演出获得极大成功,观众逾十万人。

《乾隆抄本百廿回红楼梦稿》由中华书局影印出版。书末附有范宁撰写的跋文一篇。

2 月 19 日,河南省博物馆收到商丘县郝心佛寄来的一幅"雪芹先生"画像和一册"瘗鹤铭"摩崖题记拓本。画像是一张整纸,纵25.7 厘米,横 46.9 厘米,对折成两页。右页为画像,像的左上方有"雪芹先生,鸿才河泻……"五行题记一则,末署"云间艮生陆厚信并识"。下钤阳文"艮生"、阴文"陆厚信印"图记各一方。左页有尹继善题诗二首,落款署"望山尹继善",下钤阴文"继善"、阳文"敬事慎言"图记各一方。画像背面左边贴有红虎皮宣纸题签,上写"清代学者曹雪芹先生小照""藏园珍藏"字样。这幅画的真伪,在学术界引起了长时间的争论,后经河南省博物馆调查证实,所谓陆厚信绘曹雪芹小像系伪造。

3月，陈仲篪《脂砚斋重评石头记撷谈》一文发表，载《图书馆》本年第三期。

7月，《杨柳青红楼梦年画集》（阿英编）由天津人民美术出版社出版。

7月25日，郭沫若给吴世昌写信，谈曹雪芹卒年问题，郭老信中说："颇觉癸未说的证据要充实些，壬午说不免有孤证单行之嫌。"

8月11日下午，陈毅来到故宫文华殿，参观了"曹雪芹逝世二百周年纪念展览会"预展。参观后，陈毅又与有关同志座谈，谈了对《红楼梦》的意见。陈毅说："《红楼梦》这部书很值得我们研究，它是那个时代产生的最伟大的作品。《红楼梦》是从当时各个方面摄取镜头，广泛地反映了当时的社会背景。对于今天的读者，它是有教育意义的。有这样多的人来研究它，决不是偶然的。"

8月12日，周恩来总理在人民大会堂小礼堂审查昆剧《晴雯》，并与剧作者王昆仑、王金陵父女长谈，对《晴雯》的创作和演出给予了热情的鼓励和肯定。周总理指出，要学习列宁对托尔斯泰的评价，既对他充分肯定，又做深刻的分析批判。托尔斯泰比曹雪芹要晚100年，尚且没有出路，何况曹雪芹呢！所以曹雪芹笔下的贾宝玉，虽有一定的进步性，他反对科举，反对压迫妇女，但他无能为力，不能改变现状，他只能是个"半革命派"。

8月17日至11月17日，由文化部、文联、中国作协和故宫博物院联合主办的"曹雪芹逝世二百周年纪念展览会"在北京故宫文华殿举行。这是有史以来，最隆重、规模最大的一次曹雪芹纪念活动。

10月，《曹雪芹十种》（吴恩裕著）由中华书局出版。本书是《曹雪芹八种》的增订本。

《散论红楼梦》（吴世昌等著）由香港建文书局出版。

12月，茅盾《关于曹雪芹》一文发表，载《文艺报》十二期。

何其芳《曹雪芹的贡献》一文发表，载《文学评论》本年第六期。

《红楼梦考证拾遗》（赵冈著）由香港高原出版社出版。

1964

1 月，《曹雪芹》（周汝昌著）由作家出版社出版。

6 月，夕葵书屋《石头记》卷一批语发现。俞平伯收到靖应鹍、毛国瑶信，内附夕葵书屋《石头记》批语原件。靖书云："日前清理剩余旧书纸出售在《袁中郎集》中找到《红楼梦》残页一张，是夕葵书屋《石头记》卷一……"毛书云："应说，这页残纸他曾于抗日战争前在抄本中见过，原附粘在书的扉页后面。……"批语原文如下：

夕葵书屋石头记卷一

此是第一首标题诗，能解者方有辛酸之泪哭成此书。壬午除夕书未成，芹为泪尽而逝。余常哭芹，泪亦待尽。每思觅青梗峰，再问石兄，奈不遇赖头和尚何，怅怅。今而后愿造化主再出一脂一芹，是书有幸，余二人亦大快遂心于九泉矣。甲申八月泪笔。

8 月 18 日，毛泽东在北戴河找几个哲学工作者谈话，谈到怎样读《红楼梦》。毛泽东说："《红楼梦》我至少读了五遍……我是把它当历史读的。……什么人都不注意《红楼梦》的第四回，那是个总纲，还有《冷子兴演说荣国府》《好了歌》和注。……《红楼梦》写四大家族，阶级斗争激烈，几十条人命。统治者二十九人（有人算了说是三十三人），其他都是奴隶，三百多个，鸳鸯、司棋、尤二姐、尤三姐等等。讲历史不拿阶级斗争观点讲，就讲不通。《红楼梦》写出二百多年了，研究红学的到现在还没有搞清楚，可见问题之难。有俞平伯、王昆仑，都是专家。何其芳也写了个序，又出了个吴世昌。这是新红学，老的不算。蔡元培对《红楼梦》的观点是不对的，胡适的看法比较对一点。"

8 月，毛泽东在关于坂田文章的谈话中说：曹雪芹写《红楼梦》还是想"补天"，想补封建制度的"天"。但是《红楼梦》里写的却是封建家族的衰落。可以说是曹雪芹的世界观和他的创作发生矛盾。

11 月 6 日至 18 日，《红楼梦》展览会在日本东京举行。这个展览会是根据中岛健藏先生到北京同中国人民对外文化协会签署的关于中日两国人民文化交流的共同声明，由日中文化交流协会和《朝日新闻》社共同举办的。《红楼梦》展在日本受到热烈欢迎，共接待观众 1.4 万多人次。

苏联汉学家缅希科夫和里弗京《前所未闻的红楼梦抄本》一文发表，载苏联《亚洲人民》杂志本年第五期。这篇文章首次公开报道了列藏本的消息。

1965

吴世昌《脂砚斋重评石头记（七十八回本）的构成、年代和评论》一文发表，载《中华文史论丛》1965 年第六辑。

是年，高鹗诗集《月小山房遗稿》在北京发现。

1966

9 月，《红学五十年》（潘重规著）由香港中文大学新亚书院中文系刊印。著者认为梦稿本确实是高鹗手定。

11 月，《红楼梦的写作技巧》（墨人著）由台湾商务印书馆出版。

1967

2 月，《红楼梦的重要女性》（梅苑著）由台湾商务印书馆出版。著者认为，《红楼梦》的价值在于人物描写的精彩，"《红楼梦》的确是一本最能理解妇女悲剧性的书"。

3 月，《试看红楼梦的真面目》（苏雪林著）由台北文星书屋出版。著者认为曹雪芹"只是一个仅有歪才，并无实学的纨绔弟子"，"及高鹗将前八十回大加改削修润，又续作了四十回，《红楼梦》始成为一部伟大的文艺作品"。

4 月，《红楼梦研究专刊》（香港中文大学新亚书院中文系红楼梦研究小组编）创刊，广华书局总发行。

1969

7月，《红楼梦人物介绍》（李君侠编）由台湾商务印书馆出版。

12月，《平心论高鹗》（林语堂著）由台湾传记文学社出版。著者认为，后四十回系高鹗"据雪芹原作的遗稿而补订的，而非高鹗所能作"。

伊藤漱平日文全译本《红楼梦》由东京平凡社出版，120回。

李周海译朝鲜文《红楼梦》由汉城乙酉文化社出版。

1970

3月，《红楼梦与禅》（潇湘著）由台北狮子吼杂志社出版。

6月，台湾出版《胡适手稿》第九集中册，内收胡适有关《红楼梦》手稿九篇。

7月，《红楼梦新探》（赵冈、陈钟毅著）由香港文艺书屋出版。

11月，香港中文大学举办"红楼梦展览会"。

1971

3月，《灵山忆语谈红楼》（吴灵均著）由台湾标准书店出版。

4月4日，北京香山正白旗39号住宅房主因修房舍，在西耳房西山墙上发现清代题壁诗文，计有古诗7首，对联2副，散文1篇。有人认为曹雪芹是这些诗文的作者，这里是曹雪芹晚年的故居。但据有关专家调查考证，诗文均从《东周列国志》等书上抄下来的，一副菱形对联："远富近贫，以礼相交天下少；疏亲慢友，因财而散世间多。——真不错。"传说是一个叫鄂比的朋友送给曹雪芹的，亦无法证明。因而否定了这里是曹雪芹故居的可能性。

1972

1月，《新编红楼梦脂砚斋评语辑校》（陈庆浩编）由香港中文大学新亚书院红楼梦研究小组、法国巴黎国立第七大学东亚研教处出版中心联合出版。

4月，《红楼梦原理》（杜世杰著）自印于台北。著者认为，《红楼梦》是隐悲金悼明的史实。曹雪芹只是一个化名，是"抄写勤"的谐音。

金相一译朝鲜文《红楼梦》，由汉城徽文出版社出版。

1973

2月，吴恩裕《曹雪芹的佚著和传记材料的发现》一文发表，载《文物》本年第二期。本文首次公开介绍新发现的《废艺斋集稿》里面的《南鹞北鸢考工志》的文字和图式残稿等。同期还发表了周汝昌《红楼梦及曹雪芹有关文物叙录一束》一文。

4月，《曹雪芹和他的红楼梦》（李希凡著）由人民出版社出版。

8月，《红楼梦辨》和《红楼梦研究》（俞平伯著）由人民文学出版社出版。

10月至11月，《红楼梦研究参考资料选辑》（人民文学出版社编辑部编）第一、二辑由人民文学出版社出版。

11月，潘重规《谈列宁格勒红楼梦抄本记》一文发表，载香港《明报月刊》95期。

霍克思英文译本《红楼梦》（译名《石头的故事》）从本年开始出版，至1977年完成，5卷，120回。企鹅书店"企鹅古典丛书"本。

12月，《戚蓼生序本石头记》由人民文学出版社影印出版。此本影印据1912年有正书局石印大字本。线装两函12册，平装8册。

12月，《红楼梦评论集》（李希凡、蓝翎著）由人民文学出版社出第三版。

是年，"评红热"兴起，据不完全统计，报刊发表各类评红文章一百二十余篇，出版各种评红著作、资料汇编十余种。

1974

1月，《封建社会的一面镜子——红楼梦》（冯尔康著）由中华书局出版。

2月，《红楼梦新辨》（潘重规著）由台湾文史哲出版社出版。著者认为曹雪芹非《红楼梦》原作者，只是一个整理人。

6月，《红楼梦——中国地主阶级的没落史》（辽宁大学中文系《红楼梦》评论组编著）由辽宁人民出版社出版。

7月，《红楼梦研究汇编》（吴宏一编）由台北巨浪出版社出版。

9月，《红学六十年》（潘重规著）由台湾文史哲出版社出版。

10月，《阶级斗争的形象历史——评红楼梦》（洪广思著）由人民文学出版社出版。

张寿平先生在台北市今日公司的今日画廊发现了一幅程伟元的画。这幅画长 1.29 米，宽 0.61 米。画面是一棵松树和一棵柏树交缠而成的一个大寿字。没有上款，下款是"古吴程伟元绘祝"7 个字。下面钤两个印章：一为"伟元"，圆形朱文；一为"小泉"，方形白文。右下角钤一个押脚印章，文为"小泉书画"，方形白文。左下角还有收藏印一，文为"嫩江意氏藏书画印"，方形朱文。据说此画笔力苍劲，布局自然，表现出很高的素养和功力。

本年，"评红热"遍及全国，达到高潮。据不完全统计，各种报刊发表评红文章五百余篇，各类评红著作和资料汇编近四十种。

1975

春，文化部《红楼梦》校注组成立。

年初，南京博物院王少华在南京太平门内金星桥 37 号内，发现香林寺庙产碑，碑文记载："前织造部堂曹大人买施……"经吴新雷考证，曹大人为曹寅，这表明曹家曾是香林寺最大的施主。

1月，吴恩裕、冯其庸发现中国历史博物馆藏三回又两个半回残本《石头记》为现存己卯本的散失部分，并证实现存己卯本是乾隆时怡亲王弘晓家的过录本。这是《红楼梦》版本研究中的重要发现。

《列宁格勒十日记》（潘重规著）由台北学海出版社出版。

3月24日，吴恩裕、冯其庸《"己卯本"石头记散失部分的发现及其意义》一文发表，载《光明日报》。

3月《关于江宁织造曹家档案史料》（故宫博物院明清档案部编）由中华书局出版。

5月，《政治历史小说红楼梦》（北京大学中文系72级工农兵学员编）由人民教育出版社出版。

6月，《论红楼梦的政治历史意义》（佟雪著）由江西人民出版社出版。

8月，《红楼梦论集》（赵冈著）由台北志文出版社出版。

10月，《和青年同志谈谈红楼梦》（李厚基著）由陕西人民出版社出版。

12月，《红楼梦研究新编》（赵冈、陈钟毅著）由台北联经出版公司出版。本书是《红楼梦新探》的增订本。

本年冬，上海古籍书店在清仓整理库存时，发现了10册前四十回《石头记》抄本，经考证是清末有正书局石印《国初抄本原本红楼梦》上半部的底本。

罗马尼亚文节译本《红楼梦》由布加勒斯特米纳瓦出版社出版，伊利亚娜·霍卡·维利斯库译，3册。

1976

4月，《红楼梦新证》（周汝昌著）增订本由人民文学出版社出版。

《红楼梦与清代封建社会》（施达青著）由人民出版社出版。

5月，《李煦奏折》（故宫博物院明清档案部编）由中华书局出版。

6月，《红楼梦研究参考资料选辑》（人民文学出版社编辑部编）第三辑由人民文学出版社出版。

8月，《红楼梦叙录》（田于编）由台北汉苑出版社出版。

9月,《红楼梦西游记》(林以亮著)由台北联经出版公司出版。这是一本评论霍克思英译本《红楼梦》的专著。

本年,上海书店《旧抄本戚蓼生序本石头记的发现》一文发表,载《文物》本年第一期。

冯其庸《曹雪芹家世材料的新发现》一文发表,载《文艺研究》1976年第一期。

吴新雷《关于曹雪芹家世的新资料——康熙上元县志·曹玺传的发现和认识》一文发表,载《南京大学学报》1976年第二期。

文雷《程伟元与红楼梦》一文发表,载《文物》1976年第十期。本文公布了一批新发现的有关程伟元的历史资料,计有:①晋昌给程伟元的唱和诗九题40首;②孙锡的一首七律《赠程小泉(伟元)》;③刘大观题程伟元画《柳阴垂钓图》的一首古风;④金朝觐题程伟元画册的诗并序;⑤晋昌、程伟元、李楘、刘大观、周篆龄、明义等人为晋昌的《且住草堂诗稿》写的序跋,等等。由于这些材料的发现,初步弄清了程伟元的情况。

1977

6月,《红楼梦诗词释注》(文冰编著)由中华书局香港分局出版。

8月,《红楼梦魇》(张爱玲著)由台北皇冠杂志社出版。

《红楼梦的叙述艺术》(Wang Kam Ming著,黎登鑫译)由台北成文出版社出版。

《红楼梦与中国旧家庭》(萨孟武著)由台北东大图书有限公司出版。

10月,《红楼·水浒与小说艺术》(胡菊人著)由香港百叶书舍出版。

《红楼梦注释》(徐振贵、李伯齐、戴磊著)由山东人民出版社出版。

12月,《曹雪芹与红楼梦》(周汝昌、冯其庸等著)由中华书局香港分局出版。

本年,《红楼一家言》(高阳著)由台湾联经出版事业公司出版。著者认为,曹雪芹是遗腹子,北静王即平郡王福彭,贾宝玉为曹頫影子等。

1978

春,安徽省来安县文化馆在该县舜山乡大安大队的尊胜禅院遗址上,发现了曹寅所撰额篆"普门示现""尊胜院碑记",碑文第 15 行有曹寅署名,并有篆刻印章 2 方,一为阳文"荔轩",一为阴文"曹寅私章"。

1 月,《红楼梦的两个世界》(余英时著)由台湾联经出版事业公司出版。

《红楼梦戏曲集》(阿英编)由中华书局出版。

《红楼梦研究参考资料选辑》第四辑(人民文学出版社编辑部编)由人民文学出版社出版。

4 月,《论庚辰本》(冯其庸著)由上海文艺出版社出版,这是第一本研究《红楼梦》版本的专著。

8 月,《花香铜臭读红楼》(赵冈著)由台北时报文化出版事业有限公司出版。

《红楼梦研究》报刊资料选汇(中国人民大学书报资料中心复印)创刊。

9 月,《漫说红楼》(张毕来著)由人民文学出版社出版。

10 月,《红楼梦人物论》(佟雪著)由江西人民出版社出版。

12 月,《楝亭集》(曹寅著)由上海古籍出版社影印出版。

蒙文译文《红楼梦》由内蒙古人民出版社出版,120 回,赛音巴雅尔、钦达木尼、丹森尼玛据 1973 年 2 月人民文学出版社本翻译。

本年,杨宪益、戴乃迭英文译本《红楼梦》1、2 册由外文出版社出版。

史树青《跋程伟元罗汉册及其它》一文发表，介绍了新发现的程伟元指画《罗汉册》，载《文物》1979年第二期。

1979

1月，中国艺术研究院红楼梦研究所正式成立。该所是由原文化部《红楼梦》校订注释小组（后改为室）充实调整后建立的，主要从事《红楼梦》系统全面的研究工作，包括《红楼梦》的思想与艺术、作者家世生平、版本源流考订、红学发展历史，以及对其资料的研究探讨、搜集编辑等工作。

1月，戴不凡《揭开红楼梦作者之谜——考论曹雪芹是在石兄〈风月宝鉴〉旧稿基础上巧手新裁改作成书的》一文发表，载《北方论丛》本年第一期。戴不凡认为，曹雪芹不是《红楼梦》原作者，只是一个改作者。由于戴不凡文章的发表，很快在全国范围内展开了一场《红楼梦》著作权的论争。

2月，《新译红楼梦回批》（哈斯宝著）由内蒙古人民出版社出版。

4月，《考稗小记——曹雪芹红楼梦琐记》（吴恩裕著）由中华书局香港分局出版。

5月20日，《红楼梦学刊》编委会在北京成立。茅盾、王昆仑等参加了成立大会。《红楼梦学刊》顾问茅盾、王昆仑；主编王朝闻、冯其庸。《红楼梦学刊》由天津百花文艺出版社出版。

5月，《红楼梦学刊》第一辑（创刊号）出版。创刊词说："《红楼梦》在我国文学史上的地位是毋庸置疑的"，"全面地科学地评价和阐发《红楼梦》的思想意义和艺术价值，把古典作家的宝贵遗产真正变成广大群众手里的财富，仍然是我国古典文学和文艺理论工作者面临的一项重要任务。创办本刊的目的，就是为专业的和业余的《红楼梦》研究者提供一个园地，通过彼此交流，互相切磋，共同探讨，提高《红楼梦》研究的学术水平"。

5月，《红楼梦研究集刊》编委会成立。

《石头记人物画》（刘旦宅绘，周汝昌题诗）由北京人民美术出版社彩色影印社出版。

《红楼梦诗词评注》（丁广惠撰稿，哈尔滨师范学院中文系评红组修订）由黑龙江人民出版社出版。

6月，《红楼佛影》（张毕来著）由上海文艺出版社出版。

《红楼梦概说》（蒋和森著）由上海古籍出版社出版。

7月，《红楼梦论丛》（陈毓罴、刘世德、邓绍基著）由上海古籍出版社出版。

《散论红楼梦》（吴世昌等著）由香港中流出版有限公司出版。

《红楼梦研究书目》（初稿，那宗训编）由香港龙门书店有限公司出版。

10月，《红楼梦诗词曲赋评注》（蔡义江著）由北京出版社出版。

11月，《曹雪芹佚著浅探》（吴恩裕著）由天津人民出版社出版。

《红楼梦研究集刊》第一辑由上海古籍出版社出版。"编后记"中说："本刊的编辑方针是，坚持马克思列宁主义、毛泽东思想的基本原则，提倡解放思想和实事求是，促进《红楼梦》研究的繁荣发展。"

12月12日，著名红学家吴恩裕病逝。

12月，《红楼梦诗词译释》（夏延章、罗宗扬等著）由江西人民出版社出版。

本年，冯其庸《五庆堂重修辽东曹氏宗谱考略》一文发表，载《红楼梦学刊》1979年第一期。

吴恩裕《新发现的曹雪芹佚著和佚物》一文发表，载《红楼梦学刊》1979年第一期。

据不完全统计，本年内各种报刊发表《红楼梦》研究文章约三百一十篇，出版研究著作和资料汇编近二十种。

1980

1月，《红楼梦研究小史稿》（郭豫适著）由上海文艺出版社出版。

《红楼梦人物画》（清改琦绘）由上海古籍出版社出版。

长篇小说《曹雪芹》上卷（端木蕻良著）由北京出版社出版。

2月，《曹雪芹丛考》（吴恩裕著）由上海古籍出版社出版。

4月，《论凤姐》（王朝闻著）由天津百花文艺出版社出版。

《曹雪芹小传》（周汝昌著）由天津百花文艺出版社出版。

5月，《脂砚斋重评石头记》（己卯本）由上海古籍出版社影印出版，线装本，尺寸同旧抄本，1函，5册。

《红楼梦艺术论》（徐迟著）由上海文艺出版社出版。

《红楼梦艺术论》（段启明著）由江西人民出版社出版。

6月13日，《光明日报》转发新华社消息，上海发现"曹雪芹小像"部分题咏诗幅。题咏诗计7首：永璇（皇八子）2首、观保2首、谢墉2首、陈兆崙1首。《光明日报》同时发表了邓绍基《关于"曹雪芹小像"的部分题咏诗》一文。

6月16日至20日，首届国际《红楼梦》研讨会在美国威斯康辛州首府麦迪逊举行。本次讨论会由美国威斯康辛大学发起和主办。我国红学家周汝昌、冯其庸、陈毓罴，台湾著名学者潘重规及日本学者伊藤漱平、英国霍克思、加拿大叶嘉莹等来自5个国家的八十多位学者出席了这次会议。大会收到论文45篇，取得了积极的成果，推动了中国与世界各国学者之间的交流和联系。而海峡两岸学者共赴研讨会，切磋学术，交流感情，更是本次研讨会的重大收获。

6月25日至30日，辽宁省《红楼梦》学术讨论会在沈阳举行。在这次会议上成立了辽宁省《红楼梦》研究会。

6月，《恭王府考》（周汝昌著）由上海古籍出版社出版。

《红楼梦叙录》（胡文彬编著）由吉林人民出版社出版。

7月21日至30日，首届全国《红楼梦》学术讨论会在哈尔滨举行。这是自有红学以来，第一次全国性的红学盛会，由哈尔滨师范大学中文系、《北方论丛》编委会、中国艺术研究院红楼梦研究所、《红楼梦学刊》编委会、中国社会科学院文学研究所、《红楼梦研究集刊》

编委会联合发起，哈尔滨师范大学主办。与会代表 137 人，递交论文 70 篇。代表们主要围绕着《红楼梦》作者，思想性与艺术性，曹雪芹的家世生平、版本以及后 40 回等问题，展开了讨论。会议代表还就中国红楼梦学会的成立、学会章程、组织机构等问题进行了酝酿和讨论。

7 月 30 日，在首届全国《红楼梦》学术讨论会闭幕式上，宣布中国红楼梦学会正式成立，并原则通过《中国红楼梦学会章程》。中国红楼梦学会名誉会长茅盾、王昆仑，会长吴组缃。

7 月，《曹雪芹家世新考》（冯其庸著）由上海古籍出版社出版。

8 月，台湾《联合报》邀请了 10 名中外学者参加《红楼梦》座谈会，探讨"红楼梦研究的未来方向"。

10 月，《红楼猜梦》（赵同著）由台北三三书坊出版。

《红楼梦研究论丛》（《社会科学战线》编辑部编）由吉林人民出版社出版。

11 月 12 日，中国红楼梦学会常务理事会第一次会议在北京举行。本次常务理事会决定，凡参加 1980 年全国《红楼梦》学术讨论会的正式代表，均为中国红楼梦学会的第一批会员。会议还决定 1981 年召开《红楼梦》艺术成就专题讨论会。在本次常委会上，吴组缃先生就如何促进红学发展和红学争鸣问题发表了重要意见，提出学术讨论要有好的学风。

11 月，温州民间艺人叶其龙父子制作的大观园建筑工艺品，在杭州清波公园展出。展出的大观园主体建筑物共 6 组，总计占地 42 平方米，计有大观园门庭、大观楼、怡红院、蘅芜院、缀锦阁、紫菱洲等。

12 月 1 日，中国红楼梦学会黑龙江分会在哈尔滨成立。

12 月 22 日至 26 日，辽宁省第二次红楼梦学术讨论会在沈阳举行。

12 月 25 日，著名历史学家、中国红楼梦学会顾问顾颉刚逝世。

12 月，《红楼梦探源外编》（吴世昌著）由上海古籍出版社出版。

吴荣锡译朝鲜文《红楼梦》由汉城知星出版社出版。

是年，各种报刊发表《红楼梦》研究文章750余篇，出版各类学术著作、资料汇编近20种。

1981

1月27日至28日，贵州省《红楼梦》小组在贵阳市举行成立会。

1月，《大观园》（顾平旦编）由文化艺术出版社出版。

《红楼梦研究书目·续编》（那宗训编）由香港龙门书店有限公司出版。

《红楼梦版本研究》（王三庆著）由台北石门图书公司出版。

《红楼梦诗词联语评注》（于舟、牛武编著）由山西人民出版社出版。

北京大学出版社陆续出版各种《红楼梦》续书。

2月，《红楼梦插图集》（戴敦邦绘、张鸿林编文）由河北人民出版社彩色影印出版。

3月27日，红楼梦学会名誉会长茅盾逝世。

4月24日至5月14日，日本红学家松枝茂夫、伊藤漱平应中国艺术研究院邀请访问中国。

6月10日至16日，辽宁省第三次《红楼梦》学术讨论会在辽阳举行，与会代表60余人。会议较集中地讨论了曹雪芹、程伟元、高鹗的生平家世、版本、情节结构、艺术形象等问题。辽阳市文物管理所展出了近年发现的有关曹雪芹、程伟元的文物文献资料。

6月，《漫说红楼梦》（赵冈著）由台湾经世书局出版。

7月15日至30日，黑龙江省第二次《红楼梦》学术讨论会在牡丹江市举行，与会代表约30人，讨论的主题是《红楼梦》的艺术成就。

7月，《脂砚斋重评石头记》（己卯本）缩印平装本由上海古籍出版社出版，2册。

8月，《红楼梦研究小史续稿》（郭豫适著）由上海文艺出版社出版。

《红楼梦注解》（毛德彪、朱俊亭著）由广西人民出版社出版。

9月，《红楼梦论稿》增订本（蒋和森著）由人民文学出版社出版。

10月5日至10日，第二届全国《红楼梦》学术讨论会在济南举行。本次大会由中国红楼梦学会和山东大学联合发起，由山东大学筹办。与会代表160余人，提交论文72篇。本次大会的中心议题是《红楼梦》的艺术成就，代表们就《红楼梦》的表现艺术、曹雪芹的文学思想、脂评的艺术观等展开了多方面的讨论。会议期间，中国红楼梦学会副会长张毕来，代表中国红楼梦学会呼吁，倡议海峡两岸红学家开展学术交流，为完成祖国统一大业贡献力量。大会期间，中国红学会还召开了第三次常务理事会和第二次扩大理事会。

10月，《台湾红学论文选》（胡文彬、周雷编选）由天津百花文艺出版社出版。这是中华人民共和国成立以来，第一次公开出版台湾学者《红楼梦》研究成果。

《桐花凤阁评红楼梦辑录》（刘操南辑）由天津人民出版社出版。

11月，中华人民共和国邮电部发行《红楼梦——金陵十二钗》特种邮票一套12枚，由著名画家刘旦宅绘制。

《红楼梦脂评初探》（孙逊著）由上海古籍出版社出版，这是第一本比较系统地研究脂评的专著。

《红学史稿》（韩进廉著）由河北人民出版社出版。

12月，《红楼梦问题讨论集》（郭豫适著）由上海古籍出版社出版。

本年，在辽宁省辽阳市发现程伟元的《双松并茂图》。此画保存在王尔烈的寿屏上，原藏辽阳翰林府故居，现存辽阳市文管所。寿屏系嘉庆元年正月二十三日王尔烈70岁生日同僚所赠之贺礼，寿屏共9扇，每扇高2米，宽0.32米，木框，泥金纸。程伟元画在第七扇第一行第五幅（全屏的第97幅）。画面为水墨"双松并茂图"，右下角署小楷程伟元款，有小印二，上一印尚可认出一"元"字。

法籍华人李治华及夫人雅克琳·阿雷扎克思法文全译本《红楼梦》，由巴黎葛利玛出版社出版，120回。《红楼梦》法文译本的出版，被称为本年法国文学界的重大事件。法国评论界一致认为，《红楼梦》是"中国文学的一块丰碑"，是"世界文学中最富魅力的瑰宝"，是"中国小说文学难以征服的顶峰"。他们称曹雪芹为世界文坛奇才，认为："曹雪芹具有普鲁斯特的敏锐的目光，托尔斯泰的同情心，缪塞的才智和幽默，有巴尔扎克的洞察和再现整个社会的自上而下各阶层的能力。"曹雪芹之于中国，如同"莎士比亚之于英国，塞万提斯之于西班牙，歌德之于德国一样"。

1982

1月，《我读红楼梦》（巴金等著）由天津人民出版社出版。

《曹雪芹的传说》（张嘉鼎搜集整理）由河北人民出版社出版。

2月26日，《红楼梦学刊》第四次编委（扩大）会在北京举行，全体编委、中国红楼梦学会在北京的部分理事、中宣部副部长贺敬之等参加了会议。

2月，中国艺术研究院红楼梦研究所校注的新版《红楼梦》，由人民文学出版社出版。新校注本《红楼梦》以庚辰本为底本，以各种早期抄本为主要参校本，以程本及其他早期刻本为参考本，有校记1033条，注释2318条，这是《红楼梦》版本史上前所未有的一项大工程。

《红楼梦新论》（首届全国红楼梦讨论会论文选）由黑龙江人民出版社出版。

《红楼梦插图》（清王钊绘）由山东人民出版社复制出版。

4月3日，中国艺术研究院和人民文学出版社联合召开座谈会，庆祝新校注本《红楼梦》问世。

4月26日至30日，中国红楼梦学会江苏分会成立大会和学术讨论会，在南京博物院举行。与会代表67人，提交论文30篇。

4月，《微论红楼梦》（郁增伟著）由香港田园书屋出版。

5月3日至7日，山西省8所高等院校30多位学者，在山西大学举行《红楼梦》学术讨论会，并成立了山西省高等院校《红楼梦》研究会。

5月，《曹雪芹在西山》（舒成勋口述，胡德平整理）由文化艺术出版社出版。

6月，《红楼梦十二论》（张锦池著）由天津百花文艺出版社出版。

《香港红学论文选》（胡文彬、周雷编）由天津百花文艺出版社出版。

《红楼梦研究文献目录》（宋隆发编）由台湾学生书局出版。

7月，《海外红学论文选》（胡文彬、周雷编）由上海古籍出版社出版。

《红楼梦新论》（刘梦溪著）由中国社会科学出版社出版。

7月15日至23日，辽宁第四次《红楼梦》学术讨论会在大连举行。

8月，《红楼梦与金瓶梅》（陈诏、孙逊著）由宁夏人民出版社出版。

9月，《说梦录〉（舒芜著）由上海古籍出版社出版。

《红楼梦作者——曹雪芹故居的发现》（胡德平著）由文化艺术出版社、香港蔡和平制作有限公司出版。

《台湾所见红楼梦研究书目》（那宗训编）由台湾新文丰出版公司出版。

《红楼梦探索》（那宗训著）由台北新文丰出版公司出版。

10月22日至29日，第三届全国《红楼梦》学术讨论会在上海举行。这次大会是由中国红楼梦学会、上海红楼梦学会筹委会、上海师范学院联合发起，上海师范学院主办。与会代表108人，特邀代表50人，收到论文76篇。大会围绕着思想艺术、文物版本、研究方法、移植改编、家世生平等专题，展开了热烈的讨论。尤其是在文物和家世方面，讨论更为深入。会上吴晓铃指出，1973年2月，《文物》杂志上发表的《自题画石》诗曾被认为是曹雪芹的佚诗，实际上是民国初年八旗文人富竹泉的作品。河南省博物馆韩绍诗向大会介绍了有关陆厚信绘制曹雪芹小像的调查报告。中国第一历史档案馆以其近年发现的清宫内务府满文老档，说明曹家原来镶白旗，顺治以后才隶正白旗；较详细地介绍了其中一条档案，提到曹頫因"骚扰驿站"、转移财产和亏空公款等原因获谴，有助于了解曹雪芹早年生活和《红楼梦》中贾府的结局。

10月，《梦边集》（冯其庸著）由陕西人民出版社出版。

《红楼梦的语言艺术》（周中明著）由漓江出版社出版。

《程刻本红楼梦新考》（徐仁存、徐有为著）由台北国立编译馆出版。

12月，《红楼梦版本小考》（魏绍昌著）由中国社会科学出版社出版。

禹玄民译朝鲜文《新译红楼梦》由汉城瑞文堂出版。

1983

1月，《历史档案》第一期公布中国第一历史档案馆新发现的一件曹頫获罪档案史料。这是一件满汉合璧的刑部移会，全文如下：

刑部为移会事，江南清吏司案呈：

先据署苏抚尹〔继善〕咨称：奉追原任江宁织造曹寅名下得过赵世显银八千两一案，随经饬令上元县遵照勒追去后。今据该县详称："县详织造隋〔赫德〕批开：前任织造之子曹頫已经戴罪在京，所有家产奉旨赏给本府，此外并未遗留可追之人。等情。"查曹寅应追银两，原奉部文在于伊子名下追缴。今一年限满，即据查明伊子曹頫现今在京，又无家属可以着追，上元县承追职名似应邀免。等因咨部。

本部以曹寅名下应追银两，江省既无可追之人，何至限满始行详报，明属玩延，行文该旗作速查明曹頫是否在京，并江省有无可追之人，咨复过部，以凭着追。仍令该抚将承追不力职名补参，并知会办理赵世显事务之主、犬人等在案。

今于雍正七年五月初七日，准总管内务府咨称：原任江宁织造、员外郎曹頫，系包衣佐领下人，准正白旗满洲都统咨查到府。查曹頫因骚扰驿站获罪，现今枷号。曹頫之京城家产人口及江省家产人口，俱奉旨赏给隋赫德。后因隋赫德见曹寅之妻孀妇无力，不能度日，将赏伊之家产人口内，于京城崇文门外蒜市口地方房十七间半、家仆三对，给与曹寅之妻孀妇度命。除此，京城，江省再无着落催追之人。相应咨部。等因前来。

据此，应将内务府所咨曹寅之子曹頫京城及江省家产人口，俱经奉旨赏给隋赫德缘由，知会办理赵世显事务王、犬人等可也。

雍正七年七月二十九日

《高阳说曹雪芹》（高阳著）由台北联经出版事业公司出版。

春节期间，四川省广元县在皇泽寺举办了"纪念曹雪芹逝世二百二十周年书画工艺品展览"。此次展览是在中共广元县委的关心和支持下，由《红楼梦》爱好者张敬朴负责筹备，共有展品200余件。

4月，《红学丛谭》（胡文彬、周雷著）由山西人民出版社出版。

《红学三十年》上册（刘梦溪编）由天津百花文艺出版社出版。

《曹雪芹》（吴新雷著）由江苏人民出版社出版。

5月3日至7日，贵州省《红楼梦》研究小组召开第四次学术讨论会，与会代表37人，提交论文32篇。

5月，《贾府书声》（张毕来著）由上海文艺出版社出版。

《石头记探佚》（梁归智著）由山西人民出版社出版。

《红楼梦十讲》（邢治平著）由河南中州书画社出版。

《红楼梦研究点滴》（张硕人著）由泰国国光图书杂志社出版。

《红楼梦人物索引》（潘铭燊编）由香港龙门书店有限公司出版。

6月，《红楼梦研究论集》（周绍良著）由山西人民出版社出版。

《校定本红楼梦》（潘重规主持校勘）由台湾中国文化大学文学研究所用朱墨套印出版。

8月，《李士祯李煦父子年谱》（王利器著）由北京出版社出版。

《论石头记庚辰本》（应必诚著）由上海古籍出版社出版。

《红楼梦艺术论》（1983年全国红楼梦学术讨论会论文选，中国红楼梦学会秘书处编）由齐鲁书社出版。

9月8日至14日，台湾图书一馆在台北市举办"台湾地区《红楼梦》资料展览"。

9月24日至29日，山西省高校《红楼梦》学术讨论会在临汾举行。

9月，《红楼梦人物论》（王昆仑著）修订本由三联书店出版。

《曹雪芹江南家世考》（吴新雷、黄进德著）由福建人民出版社出版。

10月，八七版《红楼梦》电视剧剧本（初稿）讨论会在北京回龙观举行。著名红学家、古代文化专家蒋和森、杨乃济、胡文彬、邓云乡、卢学恭，中央电视台副台长阮若琳、戴临风和电视剧导演王扶林，以及编剧周雷、刘耕路、周岭等参加，对剧本初稿进行了热烈的讨论和激烈的争辩。

《红楼梦论集》（中国作家协会贵州分会《红楼梦》研究小组编）由贵州人民出版社出版。

《红学丛抄》（黄钵隐纂辑）由杭州图书馆复印出书。

11月19日，上海越剧院青年演员应邀赴日演出越剧《红楼梦》。

11月23日至28日，纪念曹雪芹逝世220周年学术讨论会在南京举行。本次大会由中国红楼梦学会，江苏省文化厅、中国作协江苏分会、《江海学刊》编辑部、江苏省红楼梦学会联合发起主办。与会代表230人，收到论文109篇。这次大会围绕着《红楼梦》研究中的诸多问题展开了热烈的讨论。曹雪芹家世档案史料的新发现，电子计算机研究《红楼梦》，电视连续剧《红楼梦》和电影《红楼梦》的改编，都引起代表们极大的兴趣。与会期间，代表们还参观了南京博物院举办的《红楼梦》文物资料展览。

11月，在纪念曹雪芹逝世220周年学术讨论会（第四次全国红楼梦学术讨论会）上，中国第一历史档案馆委托张书才向大会公布了一件新发现的曹雪芹家世档案史料。新发现的这件档案是满文，是内务府为曹顺等人捐纳监生事致户部的咨文，具文时间是康熙二十九年四月初四日。这件咨文在迄今发现的有关曹寅子侄的档案中，是时间最早、内容最为具体集中的一件。它提供了不少前所未知的新内容，为曹雪芹的家世研究提出了新的课题。这件档案是高振田发现并译成汉文。档案全文如下：

总管内务府为曹顺等人捐纳监生事咨户部文
康熙二十九年四月初四日
总管内务府咨行户部
案据本府奏称：
三格佐领下苏州织造。郎中曹寅之子曹顺，情愿捐纳监生，十三岁；
三格佐领下苏州织造。郎中曹寅之子曹颜，情愿捐纳监生，三岁；
三格佐领下南巡图监画曹荃，情愿捐纳监生，二十九岁；
三格佐领下南巡图监画曹荃之子曹颢，情愿捐纳监生，二岁；
三格佐领下南巡图监画曹荃之子曹頔情愿捐纳监生，五岁；
都虞司所属住玉田县镶黄旗鹰户刘勋之子刘成章，情愿捐纳监生，六岁，北京汉人。
都虞司所属住玉田县镶黄旗鹰户张文芳之子张昙，情愿捐纳监生，十八岁，北京汉人。
斡锡管领下住蔡村收豆人季秀之子兆儿，情愿捐纳监生，十七岁，北京汉人，等因。
将此等人名各缮一绿头牌并拟将此送部等情具奏。奉旨：知道了。

钦此。

为此咨行。

内务府总管飞扬武、班第著笔帖式苟色送去，交付员外郎和隆。

该资料为研究曹家内部复杂的继嗣关系提供了新的线索和依据。本次讨论会上也有文章论述了曹家好佛，曹寅与镇江金山寺、南京香林寺等处的关系。

11月，为纪念曹雪芹逝世220周年，南京市越剧团公演越剧《秦淮梦》，第一次将曹雪芹形象搬上戏剧舞台。

12月18日，曹雪芹研究会成立大会在北京香山曹雪芹纪念馆举行。

12月，《红楼梦子弟书》（胡文彬编）由春风文艺出版社出版。

《红楼梦研究论文资料索引》（顾平旦主编，刘伯渊、殷小冀整理）由书目文献出版社出版。

《曹雪芹家世·红楼梦文物图录》（冯其庸编著）由香港三联书店出版。

本年，《首届国际红楼梦研讨会论文集》（周策纵主编）由香港中文大学出版社出版。

1984

3月，《〈一层楼〉〈泣红亭〉与〈红楼梦〉》（扎拉嘎著）由内蒙古人民出版社出版。

4月，《红学世界》（胡文彬、周雷编）由北京出版社出版。

八七版《红楼梦》电视剧演员培训班在北京圆明园开班，著名红学家、古代文化专家、学者王昆仑、王朝闻、周汝昌、胡文彬、周雷、周岭、朱家溍、杨乃济等先后授课、辅导。

5月，《红楼梦中的建筑研究》（关华山著）由台湾境与象出版社出版。

6月,《红楼梦考论集》(皮述民著)出版。

《红楼梦识小录》(邓云乡著)由山西人民出版社出版。

8月,《百二十回红楼梦人名索引》(何锦阶、邢颂恩编)由香港集贤社出版。

9月,《高鹗诗文集》(胡文彬、周雷编注)由天津百花文艺出版社出版。

10月15日至21日,辽宁省第五次《红楼梦》学术讨论会在锦州召开,与会代表40余人。这次会议比较集中地就《红楼梦》艺术性与后40回问题展开了热烈讨论。

11月8日,贵州省第五次《红楼梦》学术讨论会在贵阳举行,贵州省《红楼梦》研究会正式成立。

12月16日至25日,冯其庸、周汝昌、李侃应苏联科学院东方学研究所副所长宋采夫的邀请,赴苏联考察列宁格勒藏抄本《石头记》,与苏联达成联合出版列藏本的协议。

12月,《红楼梦的修辞艺术》(林兴仁著)由福建教育出版社出版。

《红楼梦与戏曲比较研究》(徐扶明著)由上海古籍出版社出版。

《红楼梦新补》(张之著)由山西人民出版社出版,这是当代人写的第一部《红楼梦》续书。

1985

1月,《王伯沆红楼梦批语汇录》(赵国璋、谈凤梁辑)由江苏古籍出版社出版。

《红楼梦著作权论争集》(《北方论丛》编辑部编)由山西人民出版社出版。

《红楼梦探考》(红楼梦综合研究上篇,岑佳卓编著)在台湾出版。

2月1日,中国红楼梦学会常务理事会在北京举行会议,决定在贵阳市召开全国《红楼梦》学术讨论会,以"《红楼梦》人物论"为讨论会的中心内容。会议还决定,凡在1985年2月1日前填写过中国红楼梦学会会员登记表的同志，一律为本会的正式会员。决定恢复编印《红学通讯》，以加强学术界的信息交流。

2月，《石头渡海——红楼梦散论》（康来新著）由台北汉光文化事业公司出版。

春节，四川省自贡市歌舞团公演六场古装歌剧《燕市悲歌》，脂砚斋、敦敏、敦诚的形象第一次在舞台上出现。编剧邓遂夫。

3月，《献芹集》（周汝昌著）由山西人民出版社出版。

《红楼梦谈艺录》（陈诏著）由宁夏人民出版社出版。

4月，《"钗黛合一"新论》（吴晓南著）由三联书店香港分店出版。

5月2日至12日，故宫博物院油彩女工董可玉，在北京劳动人民文化宫举办红楼百美画展。

5月，曲剧《曹雪芹》在北京演出，这是北京市曲剧团新创作演出的剧目，编剧徐淦生、赵其昌，导演杜澎、周国治、黄坚，顾问周汝昌、汪曾祺。

《石头记鉴真》（周汝昌、周祜昌著）由书目文献出版社出版。

《谈红楼梦》（张毕来著）由知识出版社出版。

《曹雪芹》中卷（端木蕻良、钟耀群著），由北京出版社出版。

6月，《红楼梦评论》（红楼梦综合研究下篇，岑佳卓编著）在台湾出版。

7月14日，上海红学会正式成立。

7月，北京大观园第一期工程竣工，并对外开放。大观园位于北京市区西南护城河畔的南菜园公园，全园面积为12.5公顷，建筑面积8000平方米，开辟水系2.4万平方米，堆山叠石6万土石方。全园包括庭院景区五处，自然景区三处，佛寺景区一处，殿宇景区一处，总计景点四十余个。全部工程主要由北京市古建筑公司承担，分三期进行。第一期工程建成景点8个：大观园正门、曲径通幽处、沁芳亭桥、怡红院、潇湘馆、秋爽斋、稻香村、滴翠亭。第二期景点包括紫菱洲等十处；第三期景点有大观楼等八处。

8月23日，著名红学家王昆仑逝世。

8月，《三教合流的香山世界——论曹雪芹的反佛思想》（胡德平著）由文化艺术出版社出版。

8月，《红楼梦的语言艺术》（卢兴基、高鸣鸾著）由语文出版社出版。

10月13日至19日，全国第五次《红楼梦》学术讨论会在贵阳举行。这次大会是由中国红楼梦学会、贵州省文联、中国作协贵州分会、贵州省红楼梦学会联合发起，由贵州省红楼梦学会负责筹备。会议代表172人，收到论文93篇。会议以《红楼梦》人物论为中心议题。大会期间，中国红楼梦学会常务理事会召开了会议。大会增补和调整了中国红学会领导机构，改变了常务理事会由北京同志担任的状况，从各省增补常务理事若干名。由于会长吴组缃先生年事已高，已于1983年辞职，因选冯其庸为会长，蒋和森为副会长；并调整和增补了秘书处的组成人员。

10月，《红楼梦艺术探》（王昌定著）由浙江人民出版社出版。

11月1日至4日，江苏省红学会在扬州举行年会，与会代表50余人，提交论文25篇。在这次会上，名誉会长匡亚明提出了两项建议：①江苏与曹雪芹和《红楼梦》有特殊关系，应力争在全国红学研究中处于领先地位；②呼吁在南京建立一个《红楼梦》研究中心，或者是曹雪芹纪念馆，或者为曹雪芹立个像。匡亚明的建议，引起与会者的热烈反响。

11月，《红楼梦小考》（陈诏著）由上海古籍出版社出版。

《红楼梦人物冲突论》（王志武著）由陕西人民出版社出版。

12月9日，中国红楼梦学会常务理事会在北京举行会议。这次会议研究并确认了由贵阳会议通过的关于领导机构调整、增补的人员名单。

12月，《红楼梦纵横谈》（林冠夫著）由广西人民出版社出版。

1986

1月20日,中国社会科学院文学研究所集会,庆贺俞平伯先生从事学术活动65周年。胡绳在会上讲了话,他认为,俞平伯先生在《红楼梦》领域里的研究具有开拓性的意义。刘再复在《献给俞平伯先生的祝词》中,也充分肯定了俞平伯先生在新文学创作、古代诗歌与词学方面的研究、《红楼梦》方面的研究三个突出的贡献。他特别指出,俞平伯先生钻研《红楼梦》65年,发表红学论著近40万字,为《红楼梦》研究做出了不可磨灭的贡献。

1月,电视连续剧《秦淮梦》正式播出,导演贯德荣,顾问冯其庸、吴新雷。

《红楼梦新评》(白盾著)由上海文艺出版社出版。

《红楼梦艺术技巧论》(傅憎享著)由辽宁春风文艺出版社出版。

2月,《红楼采珠》(薛瑞生著)由天津百花文艺出版社出版。

4月,《水浒传与红楼梦》(《胡适作品集》之五)由台湾远流出版事业股份有限公司出版。

《红楼梦诗词解析》(刘耕路著)由吉林文史出版社出版。

4月,列宁格勒藏抄本《石头记》(简称“列藏本”)由中华书局影印出版。本书是由中国艺术研究院红楼梦研究所和苏联科学院东方学研究所列宁格勒分所编定,共6册,分精装、平装两种。首有中国艺术研究院红楼梦研究所序和苏联学者李福清、孟列夫合写的《列宁格勒藏抄本石头记的发现及其意义》一文。

5月5日至8日,黑龙江省第三次《红楼梦》学术讨论会在姚山举行。与会代表34人,收到论文30篇。大会经充分酝酿,选举产生了黑龙江省第二届《红楼梦》学会理事会。

5月7日,《光明日报》报道了深圳大学研制出《红楼梦》电脑多功能检索系统的消息。这是我国应用现代科学技术研究古典文学名著的一个重要收获。报道说:“用电脑研究《红楼梦》已经取得一批成果,汇编成18个专题,有关人员根据电脑提供的资料,对《红楼梦》

研究中的一些问题提出新看法。"

5 月，《曹学论丛》（中国曹雪芹研究会编）由群众出版社出版。

6 月 13 日至 19 日，国际《红楼梦》研讨会在哈尔滨举行。这次大会是由哈尔滨师范大学和美国威斯康辛大学联合发起，由哈尔滨师范大学主办。来自美国，日本、法国、加拿大、新加坡、澳大利亚、泰国、中国香港地区和中国内地各省市的《红楼梦》研究者 120多人（正式代表 88 人，特邀代表 20 人，列席代表 20 人）出席了会议，收到论文 110 篇。这次大会围绕着《红楼梦》的思想艺术、曹雪芹的家世生平、版本与成书过程、脂评、探佚、《红楼梦》研究的历史和现状等专题，展开了广泛而深入的讨论，取得了积极的成果。

6 月，哈尔滨举办《红楼梦》博览会。这次博览会是为了配合哈尔滨国际《红楼梦》研讨会的举行，由哈尔滨师范大学图书馆与黑龙江省博物馆联合举办的。博览会共展出《红楼梦》早期抄本，《红楼梦》研究专著、书画、大观园模型等几百件珍贵展品。这次博览会还第一次展示了电子计算机研究《红楼梦》的最新成果，受到与会中外代表们的热烈欢迎。

哈尔滨举办《红楼梦》艺术节。这是在哈尔滨国际《红楼梦》研讨会期间，由哈尔滨师范大学、黑龙江省文化厅、电视台、国际文化交流中心等单位联合主办。艺术节名誉主席周扬、王蒙、曹禺、李剑白，主席谢铁骊、张向凌、陈云林、靖伯文；总编导为中国曹雪芹学会常务理事兼艺术委员会主席、本届《红楼梦》艺术节组织委员周岭。著名表演艺术家骆玉笙、陈爱莲、童芷龄、华文漪、岳美缇、史文秀等表演了精彩节目。

哈尔滨举办国际《红楼梦》研讨会文学讲习班。这次讲习班是由哈尔滨师范大学《北方论丛》编辑部主办的。来自全国各省市近百名《红楼梦》研究者、爱好者参加了历时 20 天的讲习班学习。讲习班邀请了参加哈尔滨国际《红楼梦》研讨会的中外著名学者周策纵、唐德刚、冯其庸、周汝昌、李希凡等做了专题讲演。

6月25日，故宫端门外东朝房展出电视连续剧《红楼梦》主要人物服饰100余件，这次展览由中国电视剧制作中心与历史博物馆联合主办。

《红边脞语》（胡文彬著）由辽宁人民出版社出版。

7月15日，《光明日报》发表路工、胡小伟新发现的睿亲王淳颖《读石头记偶成》诗一首。据介绍，诗是在路工收藏的一幅清人诗稿长卷中发现的，写于乾隆辛亥（1791）春夏之交，比第一次刊行的程甲本早半年左右。通过诗的分析，淳颖所读《石头记》有着完整的结局，不同于今之通行本，故对研究《红楼梦》早期流传、全本面貌等问题有一定价值。诗云："满纸喁喁语不休，英雄血泪几难收。痴情尽处灰同冷，幻境传来石也愁。怕见春归人易老，岂知花落水仍流。红颜黄土梦凄切，麦饭啼鹃认故丘。"

7月，《石头记交响曲》（胡风著）由湖南文艺出版社出版。

《红楼梦的背景与人物》（朱眉叔著）由辽宁大学出版社出版。

天津孟继宝制成大观园模型，计有21个风景区，几十个人物，全部木结构，占地1200平方米。

8月9日，由著名越剧演员徐玉兰、王文娟领衔的"红楼越剧团"在上海正式成立。

8月17日，河北省正定县仿古建筑"荣国府"初步建成并对外开放。

8月，《红楼梦人物谱》（朱一玄编著）由天津百花文艺出版社出版。

8月31日，著名红学家吴世昌逝世。

9月，《红楼梦资料汇编》（朱一玄等编）由南开大学出版社出版。

10月，《红楼梦辞典》（杨为珍、郭荣光主编）由山东文艺出版社出版。

11月22日，著名红学家俞平伯应香港中华文化促进中心邀请，在香港专题学术讲座上，谈了他对《红楼梦》研究的新观点。俞平伯认为，对《红楼梦》应该从文学、哲学上加以研究，重点应放在文学上而且研究要简单明了。他还说，曹雪芹和《红楼梦》都很伟大，但是曹雪芹没有完成《红楼梦》，用我们现在的话说，《红楼梦》是"集体创作"。他还认为，高鹗是有功劳的，毕竟是把书续完了，而且续得不错。

11 月，六集系列故事片《红楼梦》开拍，由北京电影制片厂和中国电影发行公司联合摄制。编剧谢逢松、谢铁骊，导演谢铁骊，顾问李希凡、冯其庸、朱家溍、胡文彬、丁维忠、方一中；夏菁饰贾宝玉、陶慧敏饰林黛玉、傅艺伟饰薛宝钗、刘晓庆饰王熙凤。

12 月 4 日，中国红楼梦学会常务理事会在北京举行会议。这次会议主要就修改学会章程、召开 1987 年《红楼梦》学术讨论会、发展会员等问题进行了讨论。会议一致通过《中国红楼梦学会章程》（修改草案）。

12 月 28 日，李湘《红楼梦人物画展》在河北省正定县仿古建筑荣国府正式展出，共展出 414 幅人物画。

12 月，《红楼梦学刊》出满 30 期。《红楼梦学刊》1986 年第四辑发表端木蕻良等人文章，祝贺《红楼梦学刊》取得的成绩。

《红楼梦人物塑造的辩证艺术》（周书文著）由江西人民出版社出版。

《红楼》（贵州省红楼梦学会主编）创刊。

1987

1 月 30 日至 2 月 1 日，中央电视台试播电视连续剧《红楼梦》前 6 集。

1 月，《曹雪芹传说故事》（张嘉鼎搜集整理）由光明日报出版社出版。

2 月，《论石头记己卯本和庚辰本》（王毓林著）由书目文献出版社出版。

3月21日至27日，《红楼梦学刊》编委会邀请部分同志，在扬州召开《红楼梦》学术讨论会。

3月，香港话剧团演出话剧《红楼梦》，编导陈尹莹，区嘉文反串贾宝玉，万绮雯饰林黛玉。

4月，《红楼梦艺术管探》（杜景华著）由中州古籍出版社出版。

5月2日，中央电视台正式播出36集电视连续剧《红楼梦》。编剧周雷、刘耕路、周岭；导演王扶林，监制戴临风，副监制胡文彬；主要演员有欧阳奋强（饰贾宝玉）、陈晓旭（饰林黛玉）、张莉（饰薛宝钗）、邓婕（饰王熙凤）等。

5月，《红楼梦作者问题论稿》（李百春著）由北方文艺出版社出版。

6月，《列藏本石头记管窥》（胡文彬著）由上海古籍出版社出版。《红楼入门》（周雷、刘耕路、周岭编写）由中国电影出版社出版。

8月3日至18日，中国艺术研究院红楼梦研究所在北京举办《红楼梦》讲习班，来自全国各地的学员70余人参加了学习。

8月，大型文献艺术纪录片《曹雪芹与红楼梦》正式开拍。这部文献片将从六个方面记录曹雪芹的生平事迹及《红楼梦》的成就和影响：①曹雪芹家世与生平；②《红楼梦》传世及红学的形成和发展；③《红楼梦》的社会历史背景；④《红楼梦》题材与建筑、绘画；⑤《红楼梦》的改编；⑥《红楼梦》的流传与影响。本片计划拍20集。编导周岭，总监制冯其庸，副总监制胡文彬。中国艺术研究院、中央电视台联合拍摄。

9月，《红楼梦开卷录》（吕启祥著）由陕西人民出版社出版。

10月3日，中央电视台、香港亚洲电视台联合举办京港《红楼梦》知识电视竞赛决赛，京港各有3名选手参加，北京南口机车车辆厂工程师邱木根夺得第一名。

11月13日，中国红楼梦学会常务理事会召开会议，决定1988年5月26日至30日在安徽省芜湖市安徽师范大学举行第六届全国

《红楼梦》学术讨论会，大会议题为"《红楼梦》与中国传统文化"。

12 月，《脂砚斋重评石头记汇校》第一册（冯其庸主编，红楼梦研究所汇校）由文化艺术出版社出版。本书聚集了目前已经知道的 12 种乾隆抄本，是迄今最完备的《红楼梦》汇校本。

《红学散论》（顾平旦、曾保泉著）由文化艺术出版社出版。

《红楼梦辞典》（周汝昌主编、晁继周副主编）由广东人民出版社出版。

1988

1 月，缅文本《红楼梦》由缅甸私营新力出版社出版，吴妙丹丁译。

以程甲本为底本的《红楼梦》新校注本由北京师范大学出版社出版。本书是在启功先生具体指导下，张俊、龚书铎等注释校勘。全书 120 卷，插图 24 幅，分装 4 册，简体字竖排。有注释 3380 余条。

2 月，《脂砚斋重评石头记汇校》第二册（冯其庸主编，红楼梦研究所汇校），由文化艺术出版社出版。

电视剧《曹雪芹梦断西山》在中央电视台正式播出，编剧河南新乡中学教师梅子、树林，导演高步、韩宏飞，石维坚饰曹雪芹，吴玉华饰芳青，由中央电视台、天津电影制片厂联合录制。

4 月 20 日，浙江省平湖县工人文化馆红楼梦学会成立。

5 月 26 日至 30 日，全国第六次《红楼梦》学术讨论会在安徽省芜湖举行。本次大会由中国红楼梦学会和安徽师范大学联合举办，与会代表 115 人，提交论文 56 篇。大会以"《红楼梦》与中国传统文化"为主要议题展开了热烈讨论。（大会期间还召开了两次全国理事会，就中国红楼梦学会领导班子的换届选举问题进行磋商和表决，成立了新的理事会）

5 月，《红楼梦鉴赏辞典》（上海市红楼梦学会、上海师范大学文学研究所编），由上海古籍出版社出版。

6月13日至28日，《中国红楼梦文化艺术展》在新加坡举办。这次展览展出了大量的实物和图片，其中有红楼景观的工艺造型、红楼民俗模型、天津泥人张彩塑红楼人物，还有红楼灯品、红楼生活服饰及以《红楼梦》为题材的戏剧、曲艺、影视等剧照。以冯其庸为团长、胡文彬为副团长、周岭为总编导的《红楼梦》文化艺术代表团在展出期间赴新加坡同各界人士开展了广泛的学术和文化交流。

7月2日，湖北高校"当代红学研究的思考与探索"讨论会在湖北大学举行，来自20余所大专院校70多人参加了讨论会。

8月，《红学新澜》创刊，由武汉《红楼梦》学会、湖北省古典文学研究会、湖北大学《水浒》《红楼梦》研究室学术通讯组编印。

8月10日至9月中旬，赴新加坡《红楼梦文化艺术展》回国汇报展，在北京大观园新落成的顾恩思义殿举办，由中国艺术研究院和北京大观园管委会共同举办。展览分实物和图片两类共11部分。

10月28日，"《红楼梦》与当代意识"学术讨论会在北京大观园举行。这次讨论会由《红楼梦学刊》《文艺报》《文学评论》3家刊物联合发起筹办，与会代表40余人，多为中青年研究者。讨论会由冯其庸、谢永旺、王信主持。

11月3日，"列宁格勒市《红楼梦》爱好者学会"成立，发起人庞英（列宁格勒大学副教授），由列宁格勒大学东方系汉学教研室主任谢希利考夫教授担任学会主席，汉学家孟列夫（缅希柯夫）和庞英为常务理事。学会的基础是列宁格勒大学、东方研究所、艾尔末塔什第五寄宿学校。

1989

此后，红学著作增多，故不再收入史事系年。

1989

4月26日，中国艺术研究院红楼梦研究所邀请高阳就海峡两岸红学研究进行交流。这是 40 年来海峡两岸红学同仁的第一次相聚。参加座谈会的有著名红学家吴组缃、张毕来、冯其庸，以及北京大学、北京师范大学、红楼梦研究所的部分研究人员。

9 月 22 日，苏联列宁格勒大学孟列夫教授访问红楼梦研究所。

9 月 26 日，由《红楼梦学刊》编辑部发出邀请，特邀在北京的部分红学专家及红楼梦研究所的部分研究人员，就 90 年代红学研究发展的前景进行了座谈，冯其庸、胡文彬、刘世德、蒋和森、沈天佑、张俊、蔡义江、吕启祥、顾平旦等专家学者作了发言。

12 月 28 日至 1990 年 1 月 28 日在广州举办中国《红楼梦》文化艺术展。老一代革命家李雪峰，著名红学家冯其庸、李希凡、蒋和森、吕启祥、胡文彬、曾扬华、任少东，著名书画家爱新觉罗·溥佐，著名表演艺术家、文艺工作者骆玉笙、林默予、徐玉兰、王文娟、曹燕珍、成方圆、李秀明、那英、胡文阁、朱哲琴、程前、陈小奇以及《红楼梦》电影、电视剧主要演员欧阳奋强、陈晓旭、邓婕、陶慧敏、傅艺伟等参加。其中的《红楼梦》文化艺术展由中国艺术研究院等单位主办，总编导为本届《红楼梦》艺术节组织委员兼秘书长周岭。内容包括：①《红楼梦》文化艺术展览；②专场文艺晚会；③《红楼梦》电影、电视展播；④《红楼梦》知识游艺；⑤红楼宴。

1990

3 月，由中国艺术研究院《红楼梦学刊》编辑部与江苏扬州市外事办公室、西园饭店、扬州宾馆联合举办扬州《红楼梦》笔谈会。本次会议邀请了北京、安徽、上海、扬州、南京等地的部分专家学者。

5 月 11 日上午在北京大观园举行《红楼梦大辞典》首发式，中国红学会会长、该书主编冯其庸及部分编委为购书者签名留念，中国红学会副会长蒋和森也应邀参加。

5 月，六部八集的电影《红楼梦》在燕园放映了四天。放映之后，由北京大学学生会组织，来自中文系、图书馆系、英语系、法律系、社会学系、计算机系等三十余位同学，以及中文系沈天佑教授等，与编剧谢逢松、导演赵元及部分剧组人员进行了座谈讨论。

8月20日，由台湾中央大学康来新教授领队的台湾"红楼之旅"旅游团飞抵北京。旅游团成员由台湾各大学青年教师、学生及社会各界《红楼梦》研究者、爱好者组成。21日该团与冯其庸先生及红楼梦研究所部分研究人员进行座谈，康来新女士代表台湾著名文学家台静农先生向冯其庸先生问候。胡文彬向客人介绍了红楼梦研究所及红学会的有关情况。红楼梦研究所在会后向客人赠送了《脂砚斋重评石头记汇校》《红楼梦大辞典》及全套《红楼梦学刊》等。

11月13日，台湾电视事业股份有限公司新闻部记者对中国艺术研究院红楼梦研究所进行了采访，胡文彬、杜景华、吕启祥、林冠夫、顾平旦等接受了台视人员的采访，并介绍了红研所及大陆红学界的情况。

1991

6月16日，继平湖红楼梦学会之后，又一个县级红学团体——上海市松江县红楼梦学会成立。

7月29日至8月2日，为纪念程伟元、高鹗排印《红楼梦》一百二十回本（简称"程甲本"）200周年，在辽阳召开"纪念程甲本问世200周年学术研讨会"。本次研讨会由中国艺术研究院红楼梦研究所、《红楼梦学刊》编辑部与辽阳市文学艺术联合会共同举办，冯其庸、李希凡、王蒙等40余名红学家参加了会议。与会专家对程甲本《红楼梦》的优缺点进行了认真讨论，对它的价值做了充分肯定，认为百二十回本《红楼梦》不仅对我国伟大名著《红楼梦》的流传有着很大的贡献，而且对《红楼梦》的普及和人们对这部伟大作品的欣赏和认识都有不可估量的作用。《红楼梦》被介绍到海外和世界各地以及我国"红学"的形成，也与百二十回本《红楼梦》的出现分不开。红学家们在辽阳看到了刻有曹雪芹高祖名字的石碑，目睹了程伟元为王尔烈祝寿所绘的《双松并茂图》，并考察了其他有关的史料文物。

9月1日至14日上海市红楼梦学会、上海市旅游局，与台湾康来新教授带领的"红楼梦旅游团"在上海金马大酒店共同举办纪念程甲本问世200周年及海峡两岸红学家恳谈会。参加此次会议的"红楼梦旅游团"共37人，另有北京、上海等地红学专家30余人。9月1日至3日，海峡两岸红学家在上海就一些问题进行了讨论；9月4日起，"红楼梦旅游团"沿《红楼梦》旅游线经苏州、扬州、南京至北京参观，考察了有关曹雪芹与《红楼梦》的文物与遗迹。这是继1990年来康来新所率"红楼之旅"到大陆参观访问之后，又一次两岸红学家的交流活动，也是一次较大规模的海峡两岸红学家相聚与共同探讨的活动。

10月15日，在北京金朗大酒店召开《红楼梦学刊》创刊五十期纪念暨编委会。这次参加会议的除《红楼梦学刊》编委会及编辑部全体人员之外，还有在京的部分红学专家及中国艺术研究院红楼梦研究所的全体成员。文联党组书记林默涵、著名作家王蒙、红学会前任会长吴组缃、中国艺术研究院原副院长苏一平、新加坡友好人士周颖南、德国汉学家史华兹及其他领导和知名人士，也到会祝贺并发言。

5月16日至19日，在绵阳市举行"《红楼梦》与孙桐生研讨会"。本次会议由中国艺术研究院红楼梦研究所、《红楼梦学刊》编委会以及绵阳市哲学社会科学联合会联合举办。来自全国各地40余位专家首先就晚清学者孙桐生在红学史的贡献及地位展开了讨论，还就《红楼梦》与中国传统文化等课题进行了广泛的讨论。

10月18日至22日，在扬州举办了"扬州国际红楼梦研讨会"，本次研讨会是由中国艺术研究院与扬州市外办共同组织，到会的代表除大陆数十名红学家到会外，海外有来自美国、法国、日本、韩国、澳大利亚、加拿大等国的专家，共收到文章60余篇，主要以《红楼梦》与中国文化为中心议题。由于此次大会在时间上紧跟于京城各报关于曹雪芹墓石之讨论，会上不可避免地要对"墓石"之真伪问题再次进行讨论。王利器、刘世德、陈毓罴等先生先后在大会上发言，论证墓石之可信性。分组讨论时，各地有未目睹过墓石的人，提出不少疑问，会议代表就其见闻分别做了解答。这是继 1986 年在哈尔滨召开的国际红学研讨会之后，海内外专家又一次的隆重聚会。

1993

6 月 17 日，《红楼梦学刊》编委会与中国红楼梦学会常务理事会举行"纪念毛泽东诞辰 100 周年座谈会"，缅怀毛泽东对红学研究的关怀与支持。冯其庸、杜景华、邓绍基等专家学者做了发言。

8 月 19 日，应法籍学者陈庆浩先生倡议，"香港及海外红楼梦学会"在香港成立。学会推选潘铭燊博士为主席，陈永明博士为副主席，梅节、马力、杨钟基分别担任秘书、司库及学术理事，吴国荣律师为法律顾问。学会简章规定："本会为学术文化团体，宗旨是通过研究、出版、教学、交流等方式促进海内外《红楼梦》学术，及联系红学界。"该会成立后即印行了第一期《香港及海外红楼梦学会会讯》，在《发刊辞》中，主持者表明了对红学研究做出一点贡献，并且以香港有利的地理位置，联系海内外红学界。

10 月 1 日至 4 日，为纪念《红楼梦》从乍浦走向世界 200 周年，平湖市人民政府、市对外文化交流协会、市文化局、平湖市红楼梦学会发起并主办纪念活动，参加活动的代表共有一百余人。《红楼梦学刊》编委会与平湖市红学会联合举办的学术研讨会，则是这次纪念活动的主要内容。专家们探讨了红楼文化的传播，以及乍浦港的国际贸易史与《红楼梦》传到海外的地缘关系。代表们还与平湖市主要领导及市红学会会员举行了《红楼梦》出海纪念亭的揭幕仪式。

10 月 18 日至 22 日，"第一届两岸红学交流会暨红楼文化艺术周"在台湾举行。这次活动由台湾"中央大学"红楼梦研究室策划发起、台湾"中央大学"文学院、中文系联合举办。协办、赞助单位则有元智工学院、台湾"清华大学"、联合文学、台湾"新闻局"、文艺基金会等。活动分三大部分：专题座谈；影片欣赏；文物展示。

1994

6月10日至12日于台湾"中央大学"文学院举办"甲戌年红学会议"。这是在《石头记》"甲戌抄阅再评"本传世240周年之际，由台湾"中央大学"文学院的康来新教授倡议和发起的。中国红学会会长冯其庸教授等12位大陆红学家参加了本次大会，并在研讨会上发表了论文。来自海峡两岸的红学家和中国香港及海外华人学者向大会提交了44篇论文，举行了13场报告和讨论会。参加本次会议的大陆学者的论文内容主要集中在曹雪芹家世生平及原作者问题、版本问题、《红楼梦》艺术论、红学史问题和《红楼梦》与当代科技问题。

8月25日至29日，第七届全国红楼梦学术研讨会在山东省莱阳市举行。这次会议由山东报业协会外事委员会、山东省莱阳市人民政府协办。本届讨论会突出的特点是：浓重的学术氛围，坦诚求实的学术追求，探索真理，否弃谬误的科学精神。在三次大会发言和多次分组讨论中，代表们就目前红学领域的各种话题和学会课题发表了意见，大体可分为三项：家世、版本和作品。本次大会的一个重要议程是对红楼梦学会进行换届改选，经充分的民主协商，产生了新一届学会领导机构。

1995

5月29日至31日，由中国红楼梦学会、《红楼梦学刊》杂志社和南平师专共同发起主办的"当前红学现状与研究方法问题研讨会"在福建省南平市举行。在会议期间，李希凡先生和50余位专家、与会代表就《红楼梦》与传统文化、《红楼梦》与地方文化、《红楼梦》后40回等问题展开研讨。同时也提出《红楼梦》研究方面一些令人担忧的问题，如曹雪芹祖籍问题、著作权问题及脂评的价值，代表们认为学术争鸣要坚决反对弄虚作假，提倡实事求是的学风。

12 月 22 日至 24 日，由武汉红楼梦学会和武汉大学、武汉教育学院等 10 余所大专院校联合发起的"第七次当代红学研讨会"，在汉川金鲤湖宾馆和武汉教育学院举行。与会者有来自京、津、辽、吉、鲁等地及湖北的专家学者 150 余人，收到论文、发言稿 100 余篇。冯其庸在学术报告中强调培养实事求是学风的重要性，张国光教授也在会上对所谓的"红学新革命"提出了批评。代表们就当前红学的现状和出现的不正之风进行讨论，一致倡导老老实实做学问，更应该注重对《红楼梦》本身思想艺术的研究。

1996

5 月 17 日至 26 日，由中国艺术研究院主办的"红楼梦文化艺术展"在北京炎黄艺术馆展出。本次展览分序展、曹雪芹家世生平、《红楼梦》版本及红学研究成果、红楼梦艺术服饰和清代服饰、大观园模型、红楼梦文化艺术 6 个方面，充分展示了红学研究和红楼梦文化艺术的丰硕成果。

9 月 14 日，中国红楼梦学会和辽阳市人民政府共同举办"辽阳首届曹雪芹文化艺术节"。期间，同时举办了"'96 辽阳全国红楼梦学术研讨会"、曹雪芹纪念馆开馆仪式、红楼书画艺术品展览、红楼戏曲专场演出等活动。

9 月 13 日至 16 日，"'96 辽阳全国红楼梦研诗会"在辽阳举行。本次会议为"首届曹雪芹文化艺术节"活动之一。冯其庸、李希凡、蔡义江、杜景华、胡文彬、吕启祥、邓庆佑、魏绍昌等来自全国各地的红学专家 80 余人参加了此次盛会。本次会议共收到论文 32 篇。曹雪芹祖籍问题是本次研讨会的热门话题之一。在研讨会中，专家学者们还就《红楼梦》本身的思想艺术成就，诸如《红楼梦》的象征、意象、人物性格等方面进行了认真深入的探讨；对 21 世纪的红学研究寄予厚望。

12月26日至27日，河南省南阳市《红楼梦》研究会和南阳工人报社在梅溪宾馆联合召开了"南阳市首届红楼梦学术理论研讨会"。来自学术界的专家学者及业余从事红学研究的爱好者30余人参加了研讨会。

1997

4月18日，斯洛伐克汉学家黑山女士（卡尔诺古尔斯卡娅·玛丽纳）访问红楼梦研究所。黑山女士为斯洛伐克科学院东方研究所教授，多年从事中国古代文化的翻译和研究工作。黑山女士用10年时间，将《红楼梦》120回翻译成斯洛伐克文，第一卷译本已经出版。

8月7日至10日，由中国红楼梦学会、中国艺术研究院和辽阳市人民政府联合举办的"'97北京国际红楼梦学术研讨会"，在北京饭店举行。参加本次研讨会的有来自美国、法国、日本、韩国、挪威等国家和中国大陆及香港、台湾的专家学者共120余人，提交论文90余篇，会议的中心议题是：21世纪红学展望。学者们对20世纪红学研究的重大成果进行历史性的回顾，对即将到来的21世纪红学研究重点及研究方法进行讨论，对未来的红学发展趋势和将会取得的成果进行展望。如何进一步发挥老一辈红学家的优势、发挥中青年研究作用、加强海内外交流、倡导一个扎实的学风等问题也在会议上进行了热烈的讨论。

9月12日至10月11日，应台湾财人法团沈春池文教基金会的邀请，由中国艺术研究院筹办的大型艺术展"红楼梦文化艺术展"在台北市国父纪念馆中山画廊隆重举行。在长达一个月的时间里，丰富多彩的展览活动吸引参观人数逾10万人次。本次展览内容分为两大部分，第一部分的主题是曹雪芹家世与《红楼梦》，侧重于学术内容；第二部分的主题是《红楼梦》对其他艺术的影响，侧重于红楼文化内容。其中北京图书馆珍藏的《红楼梦》早期抄本己卯本原过录本、甲辰本原过录本及《楝亭图》《楝亭书目》，北京植物园黄叶村曹雪芹纪念馆收藏的曹頫题陶柳村画的海棠册及红楼梦研究所王湜华先生收藏的永忠画像等，都具有极高的学术价值和史料价值。在台期间，两岸红学家进行了广泛的学术交流，台湾主办单位为配合展览，还同步举行了"百年红楼万世情"系列活动。

1998

10 月 18 日至 21 日，由《红楼梦学刊》杂志社和天津师范大学中文系联合举办的"首届全国中青年红楼梦学术研讨会"在天津师范大学举行。60 多位专家学者就《红楼梦》的文本问题展开了研讨。著名红学家周汝昌发来贺词，著名红学家冯其庸给大会题诗一首。老一辈红学家参加会议，给中青年学者以支持和鼓励。与会的中青年学者带着各自不同的学术观点、研究方法聚在一起互相学习、讨论。

1999

5 月 10 日至 11 日"《红楼梦学刊》创刊 20 周年庆祝大会暨学术研讨会"在北京中国作家活动中心会议厅举行。大会一致肯定了《红楼梦学刊》20 年来所取得的成绩，并对今后学刊的工作和未来红学的发展提出建议。在研讨会上，与会者认真回顾总结了 20 年来的红学历程，对新世纪红学前景，对《红楼梦学刊》所应发挥的作用寄予厚望。研讨会期间还召开了常务理事扩大会，通过了联席会议建议，增补的中国红楼梦学会副会长、秘书长、副秘书长、理事、常务理事名单。

11 月 7 日至 11 日，由浙江师范大学与中国红楼梦学会、《红楼梦学刊》杂志社联合举办的全国中青年学者红楼梦学术研讨会在金华举办。著名红学家冯其庸、李希凡、梅节、蔡义江、刘世德、张锦池、吕启祥、杜景华、张庆善等出席。会议的主题是：在面向 21 世纪的时刻，红学研究如何将文献、文本、文化研究三者之间相互融通和创新。

2001

2月26日，由中国艺术研究院红楼梦研究所、《红楼梦学刊》杂志社、中国书店召开"宋淇《红楼梦识要》出版座谈会"。

8月12日至15日，由天津师范大学与中国红楼梦学会、《红楼梦学刊》杂志社及天津红楼梦文化研究会联合举办的新世纪海峡两岸中青年学者红楼梦学术研讨会在天津及北戴河举办。著名红学家冯其庸、李希凡、蔡义江、胡文彬、张锦池、吕启祥、杜景华、张庆善等以及台湾著名学者和红学专家魏子云、刘广定、康来新、陈益源等应邀与会，前文化部部长、著名作家王蒙出席了此次会议在北戴河的闭幕式。本次会议以"《红楼梦》与世界文学"为主题，在更广阔的文化背景上，力求进一步拓展和深化对《红楼梦》的认识。参加会议者逾百人，提交论文七十余篇，反映出中青年红学研究力量日趋壮大的声势。与会论文中，将《红楼梦》与国外文学进行比较的文章增多，从宏观方面审视《红楼梦》或提出新的研究思路或对传统研究路数进行反思的论文也占了相当比例，还有许多关于版本、脂评及《红楼梦》对传统文化承传问题的相关论文。会议期间，举行了海峡两岸部分学者恳谈会，代表们互相通报了学术信息，并就进一步加强两岸红学交流交换了意见。

2003

10月14日至15日，在北京大观园酒店召开"纪念曹雪芹逝世240周年"大会。此次会议是由中国艺术研究院、北京对外文化交流协会、北京市人民政府新闻办公室、北京市宣武区人民政府、中国红楼梦学会5家单位联合主办的。表彰国外汉学家将《红楼梦》翻译成不同的语言文字，为增进世界各国文化交流做出的巨大贡献，大会组委会向22位翻译家颁发了"《红楼梦》翻译贡献奖"。西班牙、捷克、缅甸及斯洛伐克等驻华大使馆的文化官员代表本国的翻译家前来领奖。会后各地红学家进行了学术研讨，为《红楼梦》研究的发展出谋划策。

10 月 25 日至 27 日，由南开大学外国语学院和《中国翻译》杂志社联合举办的全国《红楼梦》翻译研讨会在天津南开大学召开。这是我国举行的首届《红楼梦》翻译研讨会。大会特别邀请了著名红学家冯其庸、诗词专家叶嘉莹和文艺理论家宁宗一，就《红楼梦》的思想、艺术及研究状况做了专场报告。来自中国香港、大陆各地的翻译界广大师生及专家学者参加了研讨活动。会议收到 40 多篇论文，组织了大会重点发言和分组讨论。研讨主要围绕杨宪益和霍克思两个全译本，就《红楼梦》英译的历史、体制、倾向、语言、文化等问题，进行了深入的讨论和比较研究。

2004

4 月 22 日，在北京植物园黄叶村召开"建馆 20 周年暨曹雪芹逝世 240 周年纪念大会"。冯其庸、李希凡等红学专家及中国红学会理事七十余人与会。各界来宾包括各级领导、红学爱好者共计 100 余人参加了本次纪念活动，有数十家媒体对本次纪念活动进行了报道。

6 月 21 日至 25 日，辽阳市政府、辽阳红学会与中国红学会联合举办了"辽阳市第二届曹雪芹艺术节"。冯其庸、蔡义江、张庆善、吕启祥、孙玉明、张书才、陈熙中、段启明、张俊、周思源、杜春耕及北京曹雪芹纪念馆、大同市红学会、辽宁省红学会的代表等参加了文化艺术节的活动。

6 月 22 日，由中国红学会和辽阳红学会联合举办的"2004 辽阳红楼梦学术研讨会"在辽阳宾馆举行。冯其庸、吕启祥、段启明、周思源、邱华东、刘福林、马国权、林正义、郭明等先后发言。会议代表一致认为：开展对《红楼梦》的研究，是继承中华民族优秀传统文化的需要，红学作为中国文化的优秀代表，已经走向世界。因此，当前开展红学研究意义非常重大，而红学研究的内容，涉及家世、版本、文化、文本等诸多方面，博大精深，需要真功夫和大气力。同时红学文化有着得天独厚的社会和市场需求。红学文化的市场和产业开发，又可以推动学术文化的发展，为其成果提供出路。

10月10日，由中国红楼梦学会、扬州市人民政府、中国艺术研究院主办，扬州市外事办公室、红楼梦研究所、《红楼梦学刊》杂志社等协办的"扬州国际《红楼梦》学术研讨会"在扬州举行，此次会议是"纪念曹雪芹逝世240周年"活动。这是21世纪以来红学界的第一次国际性学术盛会，来自美国、法国、荷兰、日本、韩国等国的海内外代表共130余人参加了这次盛会。著名红学专家冯其庸、李希凡、赵冈、梅节及著名作家二月河等参加了这次会议。大会提交的论文以及会上专家学者的发言涉及红学的各个领域，其中以《红楼梦》文本研究、从文化和历史角度研究《红楼梦》为主。研讨会期间还举行了"中国红楼梦学会会员代表大会"，完成了中国红楼梦学会组织机构的换届改选，选出新一届领导机构，张庆善出任会长，通过了修改后的《红楼梦学会章程》。

11月，由鲜文大学中韩翻译文献研究所、韩国高丽大学中国学研究所主办，韩国学术振兴财团、美都民俗馆协办的"韩国《红楼梦》国际学术研讨会"在韩国汉城举行。会议的名称为"乐善斋本《红楼梦》翻译丛书刊行纪念国际学术会议"。此会除了韩国学者20多人之外，外国学者有10多人参加。研讨会以《红楼梦》的传播与翻译为主题，会议日程分为两部分：宣读海外学者的论文，内容集中于《红楼梦》的传播与英文翻译；宣读韩国学者的论文，内容集中于乐善斋本翻译小说及新发现的韩国古小说。会议期间，高丽大学中国学研究所还举办了一次小型的"红楼梦学术资料展览会"。

2005

1月11日，"《瓜饭楼重校评批红楼梦》出版座谈会"在京西宾馆召开。座谈会由辽宁出版集团、中国艺术研究院、辽宁人民出版社、中国红楼梦学会等联合主办。参加会议的除本书作者冯其庸外，还邀请了国家新闻出版总署署长兼国家出版局局长石宗源、中共中央统战部副部长胡德平、国家图书馆馆长任继愈、中华书局原总编辑傅璇琮等有关领导。《瓜饭楼重校评批红楼梦》是凝集作者研究《红楼梦》数十年心血的集大成之作，是全面阐释解读《红楼梦》深刻内涵的文化巨著。这部书是宏观研究和微观研究相结合的成果，评批的形式既继承了传统，又有所发展，也成为《红楼梦》的一个新的版本。

6月3日至5日，由中国红楼梦学会、河南教育学院共同主办，河南教育学院承办的"'百年红学'的回顾与反思——2005全国中青年学者《红楼梦》学术研讨会"在河南郑州举行。出席会议的学者有来自全国40多家著名科研机构和高校，包括冯其庸、李希凡和著名作家二月河在内的老中青三代红学家。研讨会定位在"百年红学"的回顾与反思，与会学者以座谈讨论方式，对百年红学得失和发展动向等问题进行交流。同时还就红学界提出的"三文融通"（文献研究、文本研究、文化研究相融通）的命题进行深入探讨。学者们还从曹雪芹家世、版本、研究方法、《红楼梦》翻译中存在的问题、《红楼梦》中人物性格和历史背景等具体命题进行了研讨。

12月3日，中国红楼梦学会在京召开常务理事会。前来参加会议的有中国红楼梦学会名誉会长冯其庸，顾问李希凡、刘世德，会长张庆善，副会长蔡义江、石昌渝，秘书长孙玉明，副秘书长沈治钧，以及常务理事吕启祥、张书才、张俊、杜春耕、陈熙中、周思源、段启明、丁维忠、曹立波等。大同市红学会副会长王祥夫也代表大同市红学会前来参加了此次会议。此次理事会主要讨论的是拟于2006年8月上旬在大同市举办的"国际红楼梦学术研讨会"的会议议题。学术研究的文化导向、研究方法，以及海外汉学的发展，都成为学者们最为关注的话题。同时，学者们还就刘心武在百家讲坛提出"秦学"而引发的争论，使红学直接面临如何看待学术规范化这一问题，对红学的科学性和严谨性都提出了要求。学者们一致认为，目前红学界乃至学术界都存在着学术不规范的普遍现象，这将成为日后红学研究乃至学术研究所面临的主要问题。

2006

8月5日至7日，"大同国际红楼梦学术研讨会"在山西大同云岗国际大酒店举行。本次研讨会是由中国红楼梦学会、中共大同市委、大同市人民政府共同主办，中共大同市委办公厅、大同市人民政府办公厅、中共大同市委宣传部、大同市红楼梦学会、中国艺术研究院红楼梦研究所共同承办，出席会议的有来自中国内地各省、自治区、直辖市和台湾地区，以及美国、韩国、俄罗斯、日本、意大利、瑞典、西班牙、新加坡、越南等10个国家从事《红楼梦》研究的著名专家学者，共计180余人，提交论文60余篇。代表们就《红楼梦》研究的各个方面进行了深入细致的讨论。有对红学研究总体形势进行的反思和探索，有就当前研究现状索做的针对性批评，有从文艺理论角度对《红楼梦》文本进行的鉴赏分析，有对史料的考证，有对前人学术成果的总结梳理，有对西方理论的借鉴和比较研究。值得注意的是，针对近期红极一时的"秦学"及其引发的一系列文化现象，与会代表纷纷发表意见，从而使尊重学术规范以及如何遵守学术规范成为会上的一个焦点话题。

2007

5月18日，马来西亚代表团陈广才一行访问中国艺术院红楼梦研究所。中国红楼梦学会顾问李希凡、中国红楼梦学会会长张庆善、中国艺术研究院红楼梦研究所长孙玉明出席接待会。双方就《红楼梦》译本问题进行了深入学术交流。

7月16日至22日，中国红楼梦学会会长张庆善、中国艺术研究院红楼梦研究所长孙玉明、中国红楼梦学会副秘书长沈治钧一行，抵马来西亚就召开国际红楼梦学术研讨会以及马来文翻译等相关事宜进行学术交流，并前往《星洲日报》社参观座谈。

7月26日，韩国高丽大学国学研究所所长崔溶澈教授访问中国艺术研究院红楼梦研究所，中国红楼梦学会会长张庆善、中国艺术研究院红楼梦研究所长孙玉明出席接待会。

8月24日，德国汉学家吴漠汀博士赠送中国艺术研究院红楼梦研究所刚出版的德文本《红楼梦》。这是第一部《红楼梦》德文全译本。

10月19日至21日，由中国红楼梦学会、中国艺术研究院红楼梦研究所与黄冈师范学院联合举办的全国中青年学者红楼梦学术研讨会在湖北黄冈举行。中国红楼梦学会顾问李希凡、会长张庆善、副会长蔡义江等出席。此次会议承继以往中青年研讨会的主题，继续提倡将文献、文本、文化研究三者之间在红学中相互融通和创新，并对《红楼梦》的传统性与创新性进行细致审视与探讨。研讨会分四场共33人发言，题目范围广阔。

2008

3月22日，由中国红楼梦学会、中国艺术研究院红楼梦研究所、文化艺术出版社、河南教育学院共同主办的"百年红学"开栏五周年暨《百年红学》出版座谈会在中国艺术研究院举行。

9月16日，由中国社科院文学研究所和海宁市委宣传部联合主办的纪念著名红学家吴世昌诞辰百年学术研讨会在其故乡浙江海宁举行。来自中国艺术研究院红楼梦研究所、首都师范大学、澳门大学等机构的专家学者以及吴世昌先生家属代表参加了学术研讨会。

12月6日，由首都师范大学中国传统文化数字化研究中心主办、中央民族大学文学与新闻传播学院协办的"一百二十回《红楼梦》版本研讨会"，在首都师范大学国际文化大厦多功能厅举行。

2009

4月22日，庆祝北京曹雪芹纪念馆成立25周年活动举行。曹雪芹纪念馆成立以来先后接待了 660 余万人次的参观者，对传播中华文化、普及红学知识起到了积极的作用。

7 月 11 日至 13 日，"2009 国际红楼梦学术研讨会"在山东省蓬莱市举行。此次会议由中国红楼梦学会、中国艺术研究院红楼梦研究所共同举办，山东省蓬莱市三仙山旅游开发有限公司承办。来自中国大陆、香港特区及日本、韩国、马来西亚、新加坡等国家和地区的专家学者 120 余人出席会议。中国红楼梦学会名誉会长冯其庸发来贺信。中国红楼梦学会会长张庆善与会致开幕辞，烟台市、蓬莱市及山东省文化厅相关负责人出席。中国红楼梦学会副会长蔡义江、胡文彬、张锦池、石昌渝，中国红楼梦学会顾问刘世德、吴新雷、梅节等出席。韩国高丽大学崔溶澈教授等国外红学家、《红楼梦》研究者与会。

7 月 26 日至 9 月 25 日，历时两个月的辽阳市第三届曹雪芹文化艺术节落下帷幕。艺术节活动丰富多样，充分体现了"雪芹祖籍，文化辽阳"这一主题。中国红楼梦学会会长张庆善出席艺术节开幕式，在致辞中对辽阳弘扬红楼文化给予充分肯定。著名红学家胡文彬、吕启祥、杜春耕在艺术节举办期间分别作了学术报告。

11 月 23 日，《红楼梦》著名翻译家杨宪益在北京去世。

2010

5 月 29 日，正在韩国访问的时任中国国务院总理温家宝来到首尔中国文化中心，接受赠送韩译本《红楼梦》，并与韩国红学家、《红楼梦》爱好者们交流。

8 月 3 日至 5 日，"纪念中国红楼梦学会成立三十周年暨全国《红楼梦》学术研讨会"在北京西山实创科技培训中心召开。中国红楼梦学会名誉会长冯其庸、中国红楼梦学会顾问李希凡等出席。会议期间举行了中国红楼梦学会第七届会员代表大会，选出新一届理事会，其中会长为张庆善（法人代表），副会长为孙逊、孙玉明、梅新林、沈治钧，秘书长为孙伟科。

9 月 15 日，著名红学家陈毓罴在北京去世。

2011

6 月 26 日，北京曹雪芹学会 2011 年年会在江西庐山召开。来自海峡两岸的红学研究者、部分地方红学会代表及北京曹雪芹学会会员共 120 余人参加了会议。北京曹雪芹学会会长胡德平致开幕辞，江西省相关领导出席。

7 月 2 日，围绕着"杭州与红楼梦"这个主题，来自全国各地的 30 多位红学专家齐聚西溪湿地，参加了由杭州西湖区委、区政府和西溪湿地管委会共同主办，由杭州西溪研究院、中国湿地博物馆组织策划的学术研讨会。

9 月 27 日，纪念新红学奠基人之一俞平伯诞辰 110 周年学术研讨会在俞平伯故里湖州德清召开，中国红楼梦学会顾问邓绍基等出席。

2012

5 月 16 日至 17 日，"曹寅与镇江暨《红楼梦》程乙本刊行 220 周年"学术研讨会在江苏镇江举行，北京曹雪芹学会会长胡德平、江苏省相关领导及来自全国各地的 80 余位学者与会。

5 月 31 日，著名红学家周汝昌去世。

6 月 11 日至 15 日，"红楼梦版本展"在北京大学图书馆开展。中国红楼梦学会会长张庆善以及著名学者袁行霈、刘世德、陈庆浩、蔡义江等出席，中国红楼梦学会名誉会长冯其庸题写展名。

9 月 21 日，中国作家协会举办的"端木蕻良百年诞辰纪念座谈会"在中国现代文学馆举行。中国作家协会主席铁凝、中国红楼梦学会会长张庆善等 60 余人与会并发言，纪念这位著名作家、红学家。中国现代文学馆馆长陈建功等相关负责人出席。

12 月 9 日，冯其庸学术馆在无锡前洲开馆，中国艺术研究院院长王文章、中国人民大学原校长纪宝成、中国红楼梦学会会长张庆善以及江苏省、无锡市相关领导出席了开馆仪式，来自全国各地的 300 余位各界专家学者与会。

2013

3 月 4 日，甘肃省白银市红楼梦学会成立，葛文林当选为第一届会长，孙宪武聘为名誉会长。中国红楼梦学会发去贺信并委托与会的中国红楼梦学会常务理事王人恩宣读。

3 月 25 日，著名红学家邓绍基去世。

3 月 28 日，由中国社会科学院《民族文学研究》编辑部、中国艺术研究院《红楼梦学刊》杂志社联合举办的"《红楼梦》与满族历史文化学术座谈会"在北京举行。《民族文学研究》主编汤晓青和《红楼梦学刊》主编张庆善分别代表主办方致辞。会议主要围绕《红楼梦》作者曹雪芹的族属等问题展开讨论。

11 月 21 日，天津市红楼梦研究会成立暨《红楼梦与津沽文化研究》创刊大会在天津隆重举行，选举赵建忠为会长兼任刊物主编，任少东、张春生、罗德荣、孙玉蓉、吴裕成为副会长，郑铁生为副会长兼秘书长。聘请宁宗一、陈洪为名誉会长，鲁德才、滕云、冯尔康、林骅为顾问。中国红楼梦学会会长张庆善、副会长梅新林莅会致辞，副会长孙玉明宣读中国红楼梦学会贺信。

11 月 22 至 24 日，"纪念伟大作家曹雪芹逝世 250 周年大会暨学术研讨会"在河北省廊坊市隆重召开，中国红楼梦学会名誉会长冯其庸、李希凡，中国红楼梦学会会长张庆善，北京曹雪芹学会会长胡德平，中国红楼梦学会顾问袁世硕、蔡义江、胡文彬、张锦池、石昌渝，副会长梅新林、孙玉明、沈治钧等 120 余位红学专家出席。此次纪念活动分纪念大会、学术研讨会和《红楼梦》书画展等三个部分。在六场学术研讨会上，与会的专家学者主要就三个方面的内容进行了研讨：一是对以往关于曹雪芹与《红楼梦》的研究与纪念活动的回顾；二是围绕作者与文本所进行的考证与辨析；三是对《红楼梦》当代传播的文化研究。

2014

9月19至21日,由捷克帕拉茨基大学孔子学院主办的"欧洲《红楼梦》多语种译介与海外红学研究研讨会"在捷克共和国东部城市奥洛穆茨帕拉茨基大学召开。来自中国、韩国、捷克、斯洛伐克、丹麦、瑞士、德国等7个国家13所著名高校或研究机构的红学专家和研究者参与本次会议,其中包括《红楼梦》的捷克文、斯洛伐克文、丹麦文和韩文译者。参会论文主题涉及《红楼梦》的英、俄、韩、丹麦、波兰、捷克、斯洛伐克等7种语言译本,而且完全突破了以往英译本为主的译介研究格局,对于以《红楼梦》为代表的多种中国优秀古典小说在非通用语世界的译介和传播而言尤其具有重要意义。

12月16日,由中国艺术研究院主办的"永远的丰碑——纪念王朝闻先生逝世十周年座谈会"在中国艺术研究院举行,100余位专家学者参加。王朝闻先生在红学领域贡献突出,其红学专著《论凤姐》是《红楼梦》人物研究的经典之作,他积极支持创办《红楼梦学刊》并与冯其庸、李希凡共同担任主编,推动了新时期红学事业的发展。

2015

5月18日,为庆祝中国园林博物馆开馆两周年暨"5·18国际博物馆日",由北京曹雪芹学会、中国园林博物馆和中国园林博物馆协会文学专业委员共同主办的"红楼梦与中国园林"主题展览在中国园林博物馆开展。

8月8日,为纪念曹雪芹诞辰三百周年,为韩国红学发展打基础,《红楼梦》翻译家崔溶澈、高旻喜等发起成立韩国红楼梦研究会,在韩国首尔举行创立总会,并选出了研究会的首任会长、副会长和监事。高丽大学的崔溶澈教授作为韩国《红楼梦》研究的先行者、《红楼梦》韩文全译本的翻译者,当选为首届研究会会长。《红楼梦》韩文全译本的共同翻译者、韩国红学家翰林大学的高旻喜教授，韩国中国小说学会会长、韩国红学家韩惠京教授为副会长。

2016

4月15日至17日，在河南省郑州市的河南财政金融学院学术交流中心举办了"历史回顾与未来展望——《红楼梦》文献学研究高端论坛"，中国红楼梦学会会长张庆善、中国红楼梦学会顾问胡文彬以及韩国红楼梦研究会会长崔溶澈等出席。

11月19日，著名红学家林冠夫去世。

12月8日，中国艺术研究院与中国红楼梦学会联合举办"李希凡与当代红学"学术座谈会。中国红楼梦学会会长张庆善、中国红楼梦学会顾问胡文彬等出席。

2017

1月14日，天津市红楼梦研究会与河南教育学院学报编辑部联合主办的"周汝昌与现代红学"专题座谈会在北京举行，揭开纪念周汝昌（1918—2018）百年诞辰序幕，中国红楼梦学会会长张庆善、中国红楼梦学会顾问胡文彬等出席。

1月22日，著名红学家冯其庸去世。

4月10日，"文化自信 学术报国——冯其庸先生追思会"在中国艺术研究院举行，中国艺术研究院院长连辑、中国红楼梦学会会长张庆善等出席。

5月13日，"一卷红楼万古情——冯其庸先生追思会"在无锡冯其庸学术馆举行。中国红楼梦学会会长张庆善、副会长孙逊等出席。

5月29日，由中国矿业大学与河南教育学院联合主办的"红学学科建设高端论坛"，在北京名人国际大酒店举行，中国红楼梦学会会长张庆善、中国红楼梦学会顾问胡文彬、台湾红楼梦版本专家王三庆等出席。

7月2日至8月6日每周日晚，由中国红楼梦学会与文化部恭王府联合主办的"恭王府与《红楼梦》"系列讲座，引发网上几百万"红迷"关注。

11月17日至20日，由中国红楼梦学会主办、红楼梦学刊杂志社、韩江文化研究会承办的全国红楼梦学术研讨会在深圳举行，会议主题是讨论红楼梦的当代传播与影响，来自全国各地的120余位红学研究者及资深红迷参加。会议期间举行了中国红楼梦学会第八届会员代表大会，选出新一届理事会，其中张庆善为会长（法人代表），梅新林、沈治钧、孙伟科、赵建忠、詹丹为副会长，秘书长为张云、何卫国（执行）。

12月16日，由中国红楼梦学会与天津师范大学联合主办的"京津冀红学高端论坛"在天津举办。中国红楼梦学会会长张庆善，中国红楼梦学会顾问胡文彬，中国红楼梦学会副会长孙伟科，河北师范大学教授、中国金瓶梅学会副会长霍现俊，《河北学刊》原主编王维国，《明清小说研究》主编徐永斌，《曹雪芹研究》主编张书才，中国红楼梦学会艺术与文创委员会主任、1987版《红楼梦》电视剧贾宝玉饰演者欧阳奋强等应邀参加论坛活动。

2018

9月8日至23日，"周汝昌与天津红学"展览在天津鼓楼开幕，中国红楼梦学会顾问胡文彬，红学家邓遂夫及2010版《红楼梦》电视剧编剧胡楠等应邀参加。

9月19日至21日，"《红楼梦》与长白山文化研讨会"在吉林省长白山池北区举行。中国红楼梦学会会长张庆善，北京曹雪芹学会会长胡德平，中国红楼梦学会顾问胡文彬，中国红楼梦学会副会长孙伟科、赵建忠，中国红楼梦学会艺术与文创委员会主任欧阳奋强等应邀参加。

11月24日，由天津市红楼梦研究会与"问津书院"联合主办的"纪念周汝昌诞辰百年高端论坛"在天津举行，中国红楼梦学会会长张庆善、1987版《红楼梦》电视剧编剧周岭等应邀参加论坛活动。

10月29日，著名红学家李希凡逝世。

12月1日，中国红楼梦学会主要负责人年度工作会议在北京中国艺术研究院举行。

12月8日，中国西部首届《红楼梦》学术研讨会在昆明开幕，中国红楼梦学会会长张庆善，北京曹雪芹学会会长胡德平，中国红楼梦学会顾问胡文彬，中国红楼梦学会副会长孙伟科、赵建忠，中国红楼梦学会艺术与文创委员会主任欧阳奋强等应邀参加。

12月24日，恭王府举行周汝昌纪念馆开馆仪式。《周汝昌百年诞辰纪念专辑》由百花文艺出版社岁末发行。